LAS CRÓNICAS DEL BIEN Y DEL MAL

Jugando con Fuego

J. Mariño

CULTIVA

COLECCIÓN LUNA LLENA • NÚMERO 15

Primera edición: noviembre 2011

Cultiva Libros S.L.
Teléfono: 91 50 60 975
www.cultivalibros.com

Edición: A. de Lamo

Diseño gráfico y maquetación: Yudi Vargas Parra

Fotografía y maquillaje: Manuel Andrade. www.lacajademaquillaje.com

Modelo de portada: Cristina López

Web y diseño gráfico: Gonzalo Hidalgo. www.sintegraf.com

Precio ejemplar: 21 €

Impresión: Cofás S.A.

ISBN 13: 978-84-9923-899-9
Depósito Legal: M-43642-2011

IMPRESO EN ESPAÑA • (UE)

LIBRO I

Jugando con Fuego

Dedicado a mi tío Manuel y a mi madre, Isabel.
Vuestro pedacito de eternidad…

¿Qué soy, me preguntas?
Soy un nombre, solo un hombre
Un pedazo de eternidad en el infinito
Una brizna de hierba en el campo
Una mota de polvo en el desierto
Un hombre, solo un nombre
Mas mi secreto es tal
Que cuando el sol cubre de fuego el mundo en el que vives
En las alas de las nubes verás escrito mi nombre
Un nombre, solo un hombre
Un pedazo de eternidad en el infinito...

Las Crónicas del Bien y del Mal
(La hora del Fénix)

PRÓLOGO

Cuando os crearon, todos los eones nos deshicimos en promesas, juramos protegeros, incluso de vosotros mismos, prometimos respetar la voluntad de los hijos de Eva, juramos enseñaros... Pero no dijimos cómo. Aquellos de nosotros que heredaron del creador su benevolencia y su cariño se unieron, aunando sus fuerzas en un plan común, decidieron confiar en la enseñanza, sin castigo... Y se hicieron llamar «los Tronos de la Alianza», porque, como los tronos, permanecerían siempre gobernando desde la misma posición. Ellos respetarían siempre el libre albedrío, girando su rostro ante el daño que el ser humano se hace a sí mismo. Por otro lado, los «rebeldes», aquellos de nosotros que heredamos la sed de justicia, no aceptamos enseñar sin imponerla. Y puesto que teníamos potestad para enseñar a nuestro modo, tomamos el nombre de «Potestades». Ambos enseñamos al hombre, ambos sacrificamos nuestra voluntad y energía en sacar de vosotros lo que sabemos habita en vuestro interior. Puesto que, aunque ni siquiera lo sospecháis, no somos más que vuestros siervos.

Como uno más, moví piezas entre los hombres, extendí mis tentáculos por la tierra y mi influencia no tardó en dar sus frutos. De un asentamiento nómada a la ribera del Nilo, levanté una civilización capaz de obras tales que, aún a día de hoy, pueden verse desde el espacio. Yo creé «mi» Egipto y por el aliento del creador os juro que fue una tierra de justicia, donde ni el más mísero entre los hombres carecía de derechos.

Dejé pasar el tiempo contemplando mi obra, y aquel se me escurrió entre los dedos como la arena del desierto al que tanto amo. Un día, el creador puso un alma más sobre la tierra...: Salomón, un simple mortal, nacido de sangre real. Un hombre que se adentró en nuestros misterios e invocó uno a uno a todos mis hermanos. Algunos Tronos de la Alianza se entusiasmaron con él, parecía el exponente más evolucionado entre «los hijos de Eva», y se le colmó de poder, se le dio acceso a información sobre el pasado, sobre nuestras promesas... Craso error... Al igual que una bestia no es capaz de imaginar qué hay más allá de las montañas, Salomón no fue capaz de entender la complejidad del universo.

Muchos de mis hermanos intentamos hacerle ver que la inmensidad de la creación no podía ser encerrada en un solo nombre. Y él, creyendo que nuestra existencia amenazaba su religión, nos encerró en botellas de cobre, sellando la prisión con nuestras propias promesas. Nos llamó *demonios* («enemigos, adversarios y rebeldes»), y lanzó las botellas al Mar Muerto. ¡Maldito loco!, ni un millón de vidas podrán paliar las consecuencias de sus actos.

Sin nuestra guía, las grandes civilizaciones del momento se sumieron en conflictos y luchas de poder, los que hasta ese momento habían sido tratados como dioses fueron olvidados o sustituidos por aquellos que consiguieron pasar la criba de Salomón, la mayoría, Tronos de la Alianza, incapaces de imponer la paz por la fuerza, incapaces de hacer justicia, incapaces de castigar al culpable...

Mi Egipto fue desmembrado y sometido por las torres griegas de la Alianza; mis piezas, desconectadas de mí, se debilitaron y fueron exterminadas... Solo el padre que ha perdido a sus hijos puede entender el sufrimiento al que me vi sometido.

La tortura se alargó, años, siglos... hasta que un día la sal y el tiempo rompieron mis cadenas. Débil, furioso, triste... me levanté de nuevo sobre la tierra baldía y pude ver en qué se había convertido el mundo. Algunos de mis hermanos que se habían liberado antes que yo, presas de la ira, habían perseguido al linaje de Salomón y su pueblo. Antes fuerte y poderoso, se había convertido en una sombra de sí mismo. Sus genes, su progenie directa, habían sido exterminados. Mi Egipto había caído en manos de los griegos, y una valiente mujer llamada Cleopatra, descendiente directa de Alejandro Magno, ocupaba el trono de los faraones en pugna constante contra su hermano, el legítimo heredero; ambos perecerían sin remedio ante el poder de «el gran proyecto de la Alianza»: Roma, que no deseaba más que lucir mi obra como una vieja joya más, engastada en el enorme anillo del Imperio.

El patrón genético de los faraones, el que me permitía influir de forma directa en sus decisiones, se había extinguido siglos atrás... Y con él, toda posibilidad de salvar mi obra. Vi Karnak arrasado, a los amonitas extinguidos, vi las pirámides profanadas y los símbolos, a los que tardé siglos en dar sentido, borrados y sustituidos por garabatos sin fundamento. La regla, la norma, el sentido de la justicia... pisoteados por la soberbia de los reyes. Y vosotros, ¿me llamáis demonio?

Mi dolor, el vacío que sentí... que aún siento cada vez que recuerdo todo cuanto se perdió... Al fin, no me sobrepuse, me dejé llevar como solo mi especie sabe hacerlo. Inmerso en la neblina del sendero astral, dejé que cada detalle de la creación me revelase sus secretos, entregué mi tiempo al vuelo de las aves y la estela de los delfines, al color vivo de las rosas y al olvido... En alguna ocasión, algún loco me invocaba, adictos al poder, codiciosos que reunían fragmentos del conocimiento que una vez Salomón esgrimió contra nosotros... ¡¡Necios!! Una vez sentado un precedente, nuestra reacción fue contundente... Tanto ellos como su descendencia fueron presas de nuestra ira. Y nunca más un hijo de Eva tuvo poder sobre potestad alguna sin pagarlo con la muerte.

Que todo aquel capaz de pensar comprenda que si hay demonios sobre la tierra es obra directa del ser humano, que el bien y el mal son palabras humanas... Pero parece ser que para vosotros es importante la existencia del mal, pues al igual que la luz necesita de la oscuridad para destacar, el hombre necesita enfrentarse al mal para sentirse «bueno». Mientras seáis así, de las Potestades solo veréis sus dientes, puesto que para poder comprendernos, antes debéis comprender vuestra propia naturaleza.

Qué más podía hacer o decir, qué otro regalo os podía dar... Qué presente, qué legado... Más que mi arduo trabajo, mi entrega y mi valor, ¿qué más podía enseñaros?

El tiempo pasó, y las alas de las nubes se llevaron mi fatiga, mi odio y mi resentimiento, hasta que, no pudiendo ser de otro modo, el Fénix renació de sus cenizas y una vez más regresó al juego.

Estamos aquí desde que erais solo un proyecto divino, os enseñamos a andar y a volar, y el día que conquistéis las estrellas, de nosotros lo habréis aprendido... Mas a pesar del tiempo y de todos nuestros sacrificios, aún seguís sin conocernos.

Aceptad, pues, este regalo, e intentad comprender... que el mundo no es lo que parece, que no sois más que el sueño del creador, que la vida es tan solo una escuela y que siempre hemos estado y estaremos...

...entre vosotros...

CAPÍTULO I

Los asesinos

Año 13 d. C.

La única verdad visible era la muerte. La ley del más fuerte y la política romana se daban la mano en medio mundo, mientras el otro medio luchaba contra el progreso con uñas y dientes, condenando todos sus esfuerzos al fracaso. Allí donde se posase la vista, la vida estaba continuamente amenazada por la muerte y tanto la razón como la ciencia estaban subyugadas a ella...

La luna aún podía distinguirse en el cielo, a pesar de que el día despuntaba con fuerza descubriendo los reflejos de un Danubio completamente helado. Los árboles se defendían del frío con su característica paciencia, aguantando el peso de la nieve sobre sus ramas. Parecía como si los fríos dioses bárbaros castigaran sus dominios con la nieve con la intención de probar a los hombres, las plantas y las bestias...

Mell sujetaba con fuerza las riendas de su caballo mientras el asustado animal observaba su reflejo en el lecho helado del río.

—No tengas miedo, demonios. ¡Maldito caballo!, tenía que haberte tapado los ojos. —El caballo relinchaba con suavidad, como pidiéndole paciencia a su dueño, y a cada paso que daba sobre el hielo exhalaba una bocanada de cálido vaho sobre el rostro de aquel humano impaciente.

Mell, harto de forcejear con las riendas, las soltó con una maldición.

—Vale, ya es suficiente. —Dio un bufido y se apartó de él luchando por controlar su escasa paciencia—. De acuerdo, tú ganas, condenado. ¿Acaso crees que a mí me hace gracia caminar sobre esta balsa de hielo? Joder, ¡yo también estoy asustado! —El caballo reculó medio paso y miró a su dueño allí plantado sobre sus patas traseras con las delanteras en jarras y con la cara semioculta por un trozo de su capa pretoriana, mientras el viento no paraba de jugar con el resto a sus espaldas.

—¡Mira a tu alrededor, demonios! Estamos en medio del maldito río... Te va a dar lo mismo seguirme al otro lado o regresar por donde has venido, ¿no?

Instintivamente, el animal miró a su alrededor como si entendiera cada palabra que le decían.

—Por Polux. —Sacudió la cabeza y se colocó un flequillo rebelde que se le escapaba del casco—. Vale, tú mismo... yo sigo hasta la otra orilla, así que tú verás lo que haces... —Con gesto de enfado, Mell dio media vuelta y comenzó a caminar despacio hacia la orilla mientras en su rostro se dibujaba una sonrisa. Como se esperaba, Ator parecía haberse dado cuenta de que seguir luchando no era la mejor opción y bajando el morro comenzó a caminar tras su dueño. Llegaron a la otra orilla en un suspiro. A su llegada a tierra firme, Mell se dio la vuelta despacio mientras Ator se acercaba con la cabeza baja, como un niño después de una reprimenda de su madre. Ya a su altura levantó el morro y, dejando escapar un relincho, le dio un lametón en el hombro.

—Maldita sea, Ator. No te comportes así, ¿vale? Poniéndote cabezón no solucionas nada.

Paró un segundo para observarse a sí mismo y no pudo dejar de verse como un loco que trataba como un igual a un caballo que, a todas luces, era más listo que él. Meneó la cabeza como quien despierta de un sueño y tomó de nuevo las riendas.

—Venga, anda… que nos queda poco tiempo para terminar con esto. —Le rodeó a medio lomo y se subió a la silla.

—¡Arre! —La bestia levantó el morro y comenzó a caminar hacia las lomas llenas de pinos congelados.

Tras superar los primeros altos, Mell tiró de las riendas y dejó caer la vista sobre la extensa llanura. Una enorme estructura se alzaba con orgullo entre las dunas de nieve, era la fortaleza romana de Iarlo, un recinto de un tamaño sobrecogedor que se decía albergaba todo un pueblo en su interior.

Años atrás, el divino Augusto lo había mandado construir como punto de defensa de las tierras de Tracia ante la amenaza que representaban las tribus del norte. Nunca había sido atacada oficialmente, y salvo algunas pequeñas incursiones de tribus venidas a menos, la política exterior hacia las tierras nororientales defendía con más tesón el Imperio que las espadas o las flechas. En tiempos de paz, si es que esos tiempos existían realmente, Iarlo acogía en su interior cuatro manípulos, es decir, ochocientos hombres, la mayoría de ellos *triarii,* soldados experimentados, lo suficientemente capaces como para defender el cuartel y la frontera invisible del Danubio durante días, en espera de los refuerzos del Imperio. Era difícil calcular a cuántos hombres podía albergar en tiempos de guerra.

La estructura defensiva era parte de la mítica genialidad de Augusto: un foso exterior de poco calado, una empalizada de madera reforzada con piedra y adobe por el interior y un segundo foso de calado fuerte a intramuros, que hacía las veces de cloaca de todo el campamento. El agua de los fosos se desviaba de un pequeño afluente del Danubio y mantenía el campamento libre de olores indeseables la mayoría del año. En invierno los fosos estaban helados y podían verse con claridad sus contornos desde lo alto.

En el interior se divisaban cientos de tiendas de campaña pequeñas y treinta o cuarenta tiendas grandes de corte griego, algunos edificios de madera y adobe, seguramente los arsenales, y una atalaya de piedra que parecía dominar la estructura como un gigante. Era imponente a los ojos de cualquiera y Mell se revolvió en la silla de montar mientras calculaba su siguiente movimiento.

Desmontó y se arrodilló delante del caballo, removió la nieve hasta formar un barro rojizo lleno de trozos de hielo y empezó a ensuciarse las botas y la capa ante la atónita mirada de su montura, que parecía albergar serias dudas sobre su estado mental. Se manchó la cara y el pelo, se quitó uno de los guantes y lo enterró en la nieve para terminar orinándose encima mientras dedicaba a Ator una sonrisita perversa. Tomó más barro del suelo y comenzó a mancillar el lomo del animal, que no le quitaba ojo de encima.

—Tranquilo, chico, es parte del trabajo. —Ator dejó escapar un relincho y un bufido fuerte mientras le dejaba hacer resignado. Mell regresó a lomos del caballo y se dejó caer sobre la silla como si estuviera herido o exhausto.

—Venga, ahora te toca a ti.

Como impulsado por un resorte, el caballo comenzó a trotar en dirección al campamento, dejando caer la cabeza en una actuación que le hacía parecer fatigado.

Sobre la empalizada, un grupo de soldados asaeteaba un muñeco de nieve dispuesto a unos cien pasos del foso exterior. La mezcla de paja y nieve le había permitido soportar las primeras flechas sin perder la cabeza, pero la continua lluvia de proyectiles ya le había costado uno de los brazos y, a cada disparo, su apariencia humana se deshacía entre los gritos de júbilo de los guardias de la puerta.

Se oyó un silbido desde la atalaya y los soldados miraron hacia lo alto.

—Un jinete. —El vigía señalaba hacia el lindero del bosque—. Parece que está solo… ¡Cargad!

Los soldados tomaron posiciones de cara al bosque y se separaron unos de otros un par de metros. En cuestión de segundos siete arcos se tensaron en dirección al bosque.

—No tiréis hasta que se le vea bien, puede que sea de los nuestros. —El oficial se giró hacia uno de los vigías—. Ve a avisar al general. ¡Vamos! —El muchacho se desperezó, dio un rápido vistazo a la silueta del jinete a lo lejos y comenzó a bajar los peldaños de la escalera a toda velocidad mientras el oficial intentaba asimilar lo que estaba viendo en la llanura cubierta de nieve; su propia respiración se convertía en un obstáculo al transformarse en vaho delante de su cara y, puesto que no podía creer lo que veía, no sería quien diese la voz de alarma.

El general Marco Veridio era un veterano de mil batallas. Entre sus hombres de confianza corría el rumor de que había hecho un pacto con algún dios oscuro y por eso no lucía cicatriz alguna en todo su cuerpo. A la edad de cincuenta y nueve años era un hombre sano, que, a pesar de haber estado en casi todas las grandes batallas del norte, no había sido herido en ninguna ocasión. En su cintura destacaba un parazonio[1]. La empuñadura de oro y gemas ya bastaba para asegurarle un digno retiro, en caso de que su singular «espíritu castrense» tuviera a bien abandonarle algún día.

El joven vigía cruzó todo el campamento hasta la tienda del general, una mole de cuero de casi tres metros de alta, con nueve mástiles en forma de equis. Las fuertes telas se veían reforzadas con pieles de cordero en las esquinas y en su interior albergaba cuatro salas bien diferenciadas y separadas por cortinas de seda y lona. El muchacho penetró en la tienda sin encontrar resistencia y se adentró hacia el improvisado *cubiculum*[2], deteniéndose en seco antes de rozar la cortina.

1. Arma más ceremonial que útil, consistente en una espada corta sin punta, que el divino Augusto tenía por costumbre regalar a sus mejores generales.

2. Dormitorio o aposento.

—Mi general… —el soldado esperó el típico gruñido de aprobación antes de continuar—, un jinete se aproxima a la empalizada por la puerta norte.

—¿Un jinete, dices? —Tras la cortina se dibujaba la imponente figura de Marco, un hombre de corta estatura, que acusaba el paso de los años de la misma forma que los troncos de los árboles, sumando capas de grasa en la cintura—. ¿Un emisario en esta época del año?

El vigía dudó durante un segundo.

—No lo creo señor, además… creo haber distinguido un casco… un casco pretoriano, señor.

—¿Pretoriano? ¿Has bebido, hijo? —El general abrió la cortina y escrutó el rostro del vigía en busca de signos de embriaguez—. ¿Un pretoriano aquí, con Roma a tres semanas y el Emperador a dos meses de distancia?—La guardia pretoriana estaba acuartelada en Roma y solo podía verse un pretoriano fuera de allí, formando un corro alrededor del Emperador—.

—No estoy seguro, mi general, pero capa granate y casco de pretoriano… —El muchacho tenía cara de asombro y levantaba las manos con las palmas hacia arriba, como diciendo «¿y qué quiere que haga, señor?».

Marco echó a un lado al soldado y comenzó a caminar como una exhalación, salió de la tienda y cruzó el campamento haciendo gestos con la cabeza a cada paso para no dejar a sus tropas con el saludo en la boca. Cuando llegó al pie de la atalaya se quedó clavado en la puerta con la vista fija en los escalones que llevaban al balcón cuatro pisos más arriba. ¿Por qué hacer esfuerzos inútiles? Levantó la vista con gesto cansado y gritó:

—¡Oficial!

En lo alto del balcón se recortó la figura del capitán de la guardia, en su eterna lucha con el viento helado de la mañana y las cejas cubiertas de escarcha.

—Mi general, es un pretoriano, su caballo se ha parado a veinte pasos de la puerta norte y no responde a la salve, parece muerto sobre la silla, señor.

Marco no daba crédito a lo que oía: ¿qué demonios era eso?, ¿una aparición?

—Abrid la maldita puerta norte y metedlo dentro, voy hacia allí. —Se giró en redondo y comenzó a caminar hacia el puesto de guardia de la puerta norte. Podía oír como sus órdenes se pasaban a gritos por la muralla. Mientras, el joven vigía le seguía dos pasos por detrás como un perro faldero.

Cuando alcanzó el puesto de guardia la puerta ya estaba abierta, solo se veía un caballo junto ella y dos arqueros registrando las alforjas. A la llegada del general se cuadraron junto al caballo.

—¿Y bien?

—Está dentro del puesto de guardia, señor. Parece estar inconsciente —contestó uno de los soldados sin mirar al general a la cara. Este entró en el puesto de guardia donde los soldados habían tendido al visitante sobre la mesa de madera y lo cubrían con pieles de oveja. Parecía inconsciente, tenía la cara tostada por el sol y los labios cuarteados por el frío, estaba sucio y olía como un cerdo. Se acercó y le apartó la capa. El peto pretoriano lucía reflejando la luz y podía distinguirse el águila imperial y el broche de camafeo con la insignia de Augusto. En la cintura el gladio con su mango de marfil tallado.

—¡Por todos los dioses…! —El gesto de asombro se extendió entre los oficiales. La mayoría de ellos no había visto Roma en años, ni mucho menos al Emperador, se habían convertido todos en hijos de las tierras del norte y para ellos Roma solo era un sueño y un motivo por el que luchar. Posiblemente ninguno de ellos volvería allí en años. A la par, un pretoriano era lo último que podían esperar ver en esas tierras.

—El médico viene hacia aquí, mi general —se anticipó el jefe del puesto, recibiendo un gesto de aprobación de Marco.

Mell abrió lentamente los ojos, y se echó la mano hacia el mango de la espada con un gesto lastimero, dejándola caer en el último momento.

—¡Está despierto! —Uno de los soldados señalaba el cuerpo sobre la mesa.

—Soldado, soldado…, despierta. —Marco golpeó con suavidad el pecho del pretoriano—. Despierta hijo, estás a salvo, estás en Iarlo, despierta. —Pero el pretoriano parecía haber perdido de nuevo el conocimiento.

—Que le reanimen, le den de comer y le aseen, después quiero verlo en mi tienda. Que registren todas sus cosas, si hay algún mensaje o algún objeto peculiar que me lo traigan, que no se extravíe nada.

Los soldados comenzaron a salir del puesto de guardia uno por uno mientras lanzaban miradas de asombro al cuerpo tendido sobre la mesa.

El médico no tardó en llegar, y tras comprobar el estado del pretoriano, ordenó su traslado a la enfermería y pasó el informe al jefe de la guardia. Escribió en un rollo con letra firme y rápida:

«El soldado pretoriano presenta el tatuaje de legionario en el hombro derecho, diecisiete cicatrices, ocho de las cuales parecen de flecha en piernas y brazos. Presenta síntomas de deshidratación en los labios y la boca, signos externos de congelación en el rostro y mano derecha, una de las cicatrices parece el mordisco de un animal y no parece tener más de dos o tres meses. Aparte de todo esto parece únicamente extenuado por el esfuerzo y no parece tener lesiones de mayor importancia».

Entregó el manuscrito al jefe de la guardia y se marchó.

Todo había salido a pedir de boca: Mell descansaba sobre su camastro en la enfermería, le habían dado de comer y le habían facilitado todo lo necesario para asearse. Junto a él descansaba su peto pretoriano dispuesto sobre una muda de ropa limpia, y le habían dado lustre a sus botas hasta dejarlas nuevas; junto a la armadura un nuevo par de guantes y su gladio descansando en su funda. Se sentó sobre la cama y cogió una de las botas, manipuló el tacón hasta que este se abrió descubriendo un pequeño compartimiento del que sacó una ampolla de barro cocido con un tapón de corcho, no más grande que una castaña. Durante unos segundos la sostuvo en la mano mirándola con respeto, luego se vistió y guardó la ampolla dentro de una de las mangas de lana.

—Maldito trabajo —gruñó en voz baja. Dejó pasar las horas hasta que la luna ya estaba empezando su carrera en el cielo, se levantó y salió fuera del pequeño edificio de madera que albergaba la enfermería. La noche había llegado limpia, sin una sola nube en el cielo, las estrellas brillaban con tal fuerza que Mell no pudo evitar pararse a mirarlas, ¿cuántos de los países que había visitado tenían un cielo como ese?… Ninguno, solo en el Norte podían verse así las estrellas.

No tardó en encontrar la tienda del general Marco. Lo encontró sentado en una silla romana de tijera, primorosamente tallada en fresno, estudiando documentos y comunicados, buscando, sin duda, notificaciones de días anteriores en las que se hablara de una migración del Emperador o alguna nota que aclarase la presencia de un pretoriano tan lejos de su puesto.

Una vez dentro pudo sentir como el frío silenciaba su presencia, escondiéndose en el viento más allá de las cortinas de la tienda. Dentro, el calor de las brasas de roble templaba el ambiente, y la cálida luz de las velas destacaban el rostro de Marco, que le miraba impasible desde su silla al otro lado de una magnífica mesa de roble tallado, llena de documentos y jarras de vino a medio vaciar.

—Salve, Marco Veridio.

—Salve, pretoriano —respondió Marco sin levantar la vista de los documentos—. Pareces salir de la nada, no tengo noticia ninguna sobre tu… ¿cómo decirlo…? Aparición milagrosa en Iarlo. —Soltó los papeles sobre la mesa y le clavó los ojos.

—Lógico… —Mell dejó sus guantes sobre la mesa, puso a su altura una de las sillas de tijera y le devolvió la mirada acompañada de una de sus brillantes sonrisas.

—Nadie sabe que estoy aquí. —Se sentó e hizo una pausa a propósito, buscando en los ojos de Marco algún signo de hostilidad, pero como él ya esperaba, solo vio curiosidad, esa curiosidad malsana que todo soldado sin tarea desarrolla tarde o temprano, ese deseo, por no decir necesidad, de enterarse de algo que pueda paliar su letargo.

—¿Y bien? —Marco hizo un gesto con la mano, como quien deja caer un objeto—. ¿Vas a decirme qué quieres o necesitas una copa de vino para soltarte la lengua?

Mell tensó el gesto y le miró con expresión de cansancio.

—Me temo, mi general, que tengo malas noticias, tal vez el que va a necesitar una copa es usted. —Se levantó y comenzó a caminar hacia una mesa auxiliar donde podían verse varias copas labradas y una jarra de vino que, por el color, parecía del bueno—. Marco Veridio —adoptó el aire marcial de los comunicados oficiales—, siento tener que comunicarle… —dijo, tragando saliva de forma teatral y acercándose a Marco con una copa de vino en cada mano y una sombra en la mirada que no presagiaba nada bueno— que su hija Porcia falleció en Roma en los comicios del octavo mes.

Marco palideció. Durante unos segundos el tiempo pareció detenerse en la pequeña tienda, el aire azotó la lona y tensó los correajes, emitiendo un suave crujido.

—El Emperador le envía su más sincero pésame, pero le suplica que no abandone su puesto hasta pasado el invierno. —Extendió el brazo y le ofreció a Marco una de las copas de vino, respiró hondo y le miró apenado—. Lo siento…

Marco estaba helado. En su mente la pequeña Porcia se dibujaba en sus recuerdos, con su sonrisa llena de perlas. Ya habían pasado cuatro años desde que el Emperador le mandara a Iarlo. ¿Qué edad tendría Porcia? Doce, tal vez ya trece años. Durante meses ni siquiera se había acordado de ella ni de su madre, esa zorra manipuladora que le había tenido años cortejándola para consentir acostarse con él tan solo un par de veces antes de reclamarle una prima y divorciarse de él. Todos le advirtieron de que una chica tan hermosa no podía fijarse en un anciano como él sin querer algo concreto, muy concreto: posición y dinero. Cuántas veces había suplicado a los dioses que esa fulana recibiera su castigo… Pero la pequeña Porcia, su Porcia…

Por más que trató de evitarlo una lágrima se le escapó rodando por la mejilla… Inspiró tan fuerte como pudo, cogió la copa que Mell le estaba ofreciendo… y la apuró de un trago.

Mell se sentó de nuevo frente a él.

—Por desgracia eso no es todo… —Marco levantó de nuevo la cabeza, tenía la cara roja y los ojos inyectados en sangre.

—Habla.

—Es referente a su muerte, señor; tal vez sería mejor que asimilara antes la noticia…

—Habla —repitió con la vista perdida.

—Muy bien —Mell volvió a coger aire—. Su hija fue violada y asesinada…

—Pero ¡¡¡por todos los dioses!!! —Marco intentó levantarse, pero al ponerse de pie notó que le fallaban las rodillas. Mell reaccionó deprisa y le cogió por un brazo, en ese momento el guardia de la entrada levantó la lona.

—¿Todo bien, señor? —Marco volvió a sentarse en la silla y levantó la vista hacia el soldado

—Estoy bien, Casio, estoy bien… He recibido una mala noticia, eso es todo. Hoy termina tu guardia, vete a dormir. —Hizo un gesto con la mano al soldado, que se cuadró y salió de la tienda de camino hacia la cantina de la torre. Por lo que había oído, el general estaría indispuesto un par de días y él tenía una primicia que le permitiría beber gratis esa noche.

Mell ayudó a Marco a sentarse de nuevo, estaba muy flojo, caliente y sudoroso, como si hubiese llegado corriendo desde la mismísima Roma.

—Gracias, hijo, uno no sabe lo que significa la familia, no sabe lo que le importa la vida de un hijo... hasta que lo pierde.

—Sí —dijo Mell mientras servía otra copa de vino; una vez más Marco la apuró sin ni siquiera mirar la copa.

—¿Cómo fue? —Levantó de nuevo la mirada hacia el pretoriano—. Cuéntamelo todo, no tengas miedo, sabré soportarlo. En esta vida de soldado, ya lo sabes, he visto de todo... —Hacía pausas al hablar, pues le costaba trabajo articular palabra.

—Muy bien, señor. Por los datos que tengo la chica se encontraba en un poblado, o una casa de campo... el caso es que un grupo de soldados entró en el pueblo y sin mediar palabra ni pedir ni exigir nada a nadie, mataron a todos los hombres en edad de levantar una espada. Después quemaron algunas casas y robaron el ganado, al parecer... —Hizo una pausa y sacó una nota mal doblada de una de las botas mientras Marco le miraba con la vista perdida. Una fina línea de saliva le caía por la comisura de los labios—. Aquí está la lista. Prosigo: robaron doce cabras y diez cerdos, tras matar a todos los animales que no podían transportar, se dedicaron a violar a las mujeres, tres doncellas, y dos niñas de nueve y doce años respectivamente... —Hizo otra pausa y miró directamente al viejo general a los ojos. Este le devolvía la mirada de hito en hito tratando de respirar con bocanadas cortas. Había perdido por completo la capacidad de moverse—. Curiosamente —continuó Mell con furia en la mirada—, los responsables de esta masacre eran soldados romanos, y dicha villa se encuentra a dos horas de Iarlo... El responsable de la muerte de Porcia —enfatizó el nombre de la niña para que Marco le prestase todo la atención de la que aún disponía— era un hombre de estatura, peso y rango idéntico al suyo. Después de violarla le rebanó el cuello con una espada muy particular. —Estiró la mano y cogió el parazonio de Marco de la mesa—. Tenía el mango tallado en oro y no tenía... punta. —Acarició el mango de la espada y la desenvainó despacio, mientras clavaba en Marco la mirada

—Ufff. —Hizo un gesto teatral con la mano—. Lo siento mucho, mi general, pero creo que me he equivocado, no debía de llamarse Porcia... Tal vez no era su hija... De lo que sí estoy seguro es de que su padre, el cacique del pueblo, os envía saludos... —Levantó la mano y dejó caer la pequeña ampolla de barro sobre la mesa. Marco alzó la cabeza y le miró sonriendo. Por las comisuras de los labios la saliva le chorreaba, espesa y blanquecina, dándole la apariencia de un perro rabioso. Frente a él, el joven pretoriano parecía rodeado de un halo dorado. «Por fin llegó el castigo», pensó el general. Tal vez Roma se había enterado de sus «escapaditas» por los alrededores y, conociendo al Emperador, sería muy lógico que enviase a un asesino a zanjar el asunto. Parecía mentira que allí, en el culo del mundo, alguien pudiese encontrarle y darle caza delante de todo su regimiento, sin duda alguna ese muchacho tenía talento.

Casi no tenía fuerzas para respirar, cuanto menos para mover un dedo; solo pudo parpadear para aliviar la pesadez de sus ojos y conservar la sonrisa ante aquel soldado..., ante su muerte, su redención, su asesino...

—¿Sabes? Daría lo que fuera por saber qué estás pensado —dijo Mell. Rodeó la mesa y se sentó junto al viejo general—. Chico, tienes mal aspecto, la verdad, pero aún te queda lo peor... —Marco levantó los ojos hacia Mell.

—Verás —prosiguió Mell—, resulta que el veneno que te di no es mortal, tan solo te está paralizando, disminuye los latidos de tu gordo y podrido corazón, pero no te matará, no. El veneno no te matará. —Le tiró fuerte del poco pelo que aún lucía y giró su cabeza hasta tener los ojos delante de los suyos; cara a cara, quería verle sentir el mismo dolor que vio dos días atrás en la cara del padre de la pequeña Layda.

—Layda, ¿sabes? Se llamaba Layda. —Marco perdió la sonrisa—. No era más que una cría. ¡Por todos los dioses!, ¿se puede saber en qué demonios estabas pensado? ¡¡¡Una niña!!! —Tiró de su pelo con más fuerza y pudo ver como su cara se tensaba por el dolor, tal y como le dijo el viejo druida que le dio el veneno. Este no le mataría pero lo dejaría indefenso, con la particularidad de multiplicar su sentido del tacto: todo lo que le hiciese en ese estado lo sentiría tres veces más fuerte de lo normal.

—¿Te duele? La verdad es que espero que lo haga... Mereces sentir el dolor, sentir la ansiedad de verte indefenso, sentir que nada bueno te espera en el Elíseo... —Hizo una pausa mientras levantaba despacio la espada y la ponía delante de los ojos de Marco—. Quiero que sepas que el Emperador ha mandado requisar tus propiedades y borrar tu nombre de los laureados del Imperio, y que te envía un regalo a cambio de este, que debo llevarle manchado con tu sangre —dijo, mientras levantaba el parazonio y le mostraba una daga fina y alargada, típica de la legión.

A Marco Veridio los ojos se le salían de las órbitas, se sentía cansado y confuso, pero una parte de él le mantenía despierto, a la espera del golpe final. Un calor infernal le comía las entrañas mientras su corazón se debatía entre la vida y la muerte.

—El padre de la chica me ofreció una moneda de oro por cada agujero que te haga... creo que me conformaré con treinta. —Mell se levantó de la silla y escupió al general en la cara—. Es hora de saldar tu deuda.

Le asestó las primeras puñaladas con precisión, buscando las zonas blandas donde el dolor era más agudo. Después de las cuatro primeras, Marco murió, la vida se apagó en sus ojos de la misma forma en que se pone el sol al atardecer, pero a diferencia del sol, Marco presentaba el rostro desfigurado por el dolor, muy lejos del afable rostro de Apolo.

Continuó hasta darle las treinta puñaladas pactadas y después se retiró, limpió la daga y manchó el filo del parazonio antes de devolverlo a la vaina. Se sentó de nuevo en la silla de tijera y relajó los brazos. Allí estaba el general Marco Veridio, vencedor de cien batallas, azote de los bárbaros... Maldito hijo de perra.

Mell era un hombre sensible, no era un carnicero, pero a medida que el padre de la chica le fue contando los pormenores de aquel asalto injustificado... Cada morboso detalle, cada gesto de dolor en los ojos de aquel hombre… Aún recordaba las lágrimas de impotencia que aquel pobre derramaba exigiendo la justicia romana. Justicia…

Había salido al amanecer con una partida de caza, cuando regresó a sus tierras las encontró devastadas, dos de sus hijos habían sido pasados a cuchillo, una de sus dos hijas violada y la otra violada y asesinada. Justicia… No buscó venganza, ¿para qué arriesgar la vida de los pocos hombres que quedaban en el pueblo? Pero partió a Roma y después a las zonas fronterizas de Germania, donde buscó al Emperador y exigió justicia… Aquello no había sido justicia, ¿o sí? No lo sabía… Solo tenía la seguridad de que el mejor sitio para aquel malnacido no era el mundo de los vivos. Pero no era momento para las dudas, los soldados de aquella guarnición eran fieles a Marco, incluso muchos de sus hombres no eran más que cómplices de aquella locura; escaparía, Roma mandaría a un oficial nuevo y este se ocuparía de investigar y ajusticiar a aquellos hombres, pero él tenía que salir corriendo de allí como una flecha si no quería terminar acompañando a Marco en su paseo por el infierno…

Se limpió el sudor de la cara, y en ese momento se dio cuenta de un detalle curioso: hacía un calor infernal, el brasero no ardía desde hacía mucho tiempo y aun así la tienda estaba muy caliente; eso en un Iarlo, diciembre y en plena nevada, no tenía mucha lógica. Se miró el cuerpo y lo descubrió lleno de sudor, estaba chorreando. Se tocó la frente pero no parecía tener fiebre; trató de recordar si había bebido el vino, pero eso no era lógico, no tenía ningún sabor en los labios y podía moverse perfectamente.

—Qué demonios… —Dejó la frase entre dientes, se levantó y se adecentó las vestiduras, ajustó la coraza y recogió los guantes. Dedicó una última mirada de odio a Marco y salió de la tienda.

Fuera, la luna estaba ya muy alta y la noche se presentaba muy calurosa, demasiado calurosa… La nieve estaba derretida allí donde mirase, toda la fortaleza parecía haber sido limpiada a conciencia resaltando cada madera en un marco general de montañas cargadas de nieve. Aquello no era normal, por no ser no era siquiera lógico. Comenzó a caminar hacia la gran torre, con un poco de suerte recogería a Ator y saldría de allí antes de que nadie se diera cuenta de nada. Después de la noticia de la muerte de la hija del general nadie le molestaría hasta bien entrado el día.

A medida que se acercaba a la torre el espectáculo se hacía más extraño, la madera parecía estar evaporando la humedad y emanaba vapores al frío de la noche. Mell seguía sintiendo calor, un calor interior que se extendía por todo su cuerpo como por oleadas, y cada oleada era más caliente que la anterior. Cuando solo le faltaban unos metros para alcanzar la puerta, una fuerte llamarada brotó junto a la torre y en menos de dos segundos estaba rodeándola entera. Mell se quedó paralizado, empezó a oír zumbidos a su espalda de lo que claramente eran lenguas de fuego surgiendo de la nada por toda la estructura; las tiendas estaban ardiendo, las puertas estaban ardiendo… El infierno había llegado a Iarlo.

Durante unos segundos su supersticioso corazón se paralizó, en su mente los demonios venían a buscar a Marco y a toda su legión de asesinos. Se volvió a tiempo de ver salir a los soldados de sus tiendas, la mayoría estaban ardiendo. Por uno y otro lado empezaron a oírse los alaridos de dolor y, en unos segundos, los soldados corrían por toda la fortaleza gritando y recogiendo las armas.

—¡Nos atacan! ¡Alerta, nos atacan! —gritaban por todas partes.

Mell seguía allí petrificado, hasta que alguien salió de la tienda del general gritando.

—Nos atacan! ¡Han matado al general! ¡¡El pretoriano!!

Por el rabillo del ojo pudo ver como el guardia personal del general le señalaba desde la entrada de la tienda, que estaba empezando a arder con furia.

—¡El pretoriano! ¡Es un espía, ha matado al general y ha prendido fuego a la fortaleza!

Mell se giró deprisa y empezó a correr hacia las puertas, pero el guardia de la torre ya tenía cargada una flecha… Sonó un silbido y un golpe seco… Mell sintió como una fuerza lo lanzaba contra el suelo, al principio solo notó calor en el pecho, pero luego vio la flecha. Se llevó la mano al peto y la tocó, había penetrado la coraza de cuero y se había clavado en mitad del pecho, sintió una punzada de dolor y se dejó caer del todo. «Hay que joderse —pensó—, ese chico sabe usar el arco». Giró la cabeza desde el suelo para mirar la torre, justo a tiempo para ver al muchacho que le había disparado la flecha.

Toda la torre estaba ardiendo, podía distinguir la silueta del muchacho gritando y maldiciendo mientras el fuego le privaba de la cordura; dos segundos más tarde se dejaba caer de la torre envuelto en llamas.

Por todas partes se oían alaridos de terror y ruido de maderas al desmoronarse, pero a Mell ya nada le asustaba, sabía que moriría en unos minutos... Cogió todo el aire que le permitió la flecha y cerró los ojos. Su madre siempre le decía cuando era pequeño: «Hijo, el mundo que nos rodea es, en ocasiones, horrible. Cuando la muerte te rodee en el campo de batalla, cierra los ojos un segundo y recuerda a todos los que te quieren, recuérdame a mí y a tu hermana, recuerda a tu padre, y, cuando vuelvas a abrir los ojos, el mundo será una pizca más bonito». Esbozaba una enorme sonrisa y continuaba: «Pero asegúrate de que no ha quedado ningún enemigo cerca antes de hacerlo». Bonito recuerdo. Mell contuvo tarde la carcajada, el dolor de la flecha se hizo mucho más fuerte y no tuvo más remedio que retorcerse en el suelo. Se echó de lado al tiempo que luchaba por aspirar una bocanada más de aire. Abrió los ojos, y entonces vio algo increíble: la puerta de Iarlo había caído, podía distinguir las maderas ardiendo en el suelo, y la fortaleza entera estaba convertida en cenizas.

Justo detrás de donde se encontraban las enormes puertas estaba Ator. El caballo estaba tranquilo a pesar de la tormenta de fuego que se reflejaba en toda la montaña y que proyectaba sombras en todas direcciones como demonios corriendo de aquí para allá entre los árboles. Junto al caballo había un hombre no muy alto pero bien formado, vestido con una especie de capa blanca atada al cuello. Debajo parecía llevar solo un taparrabos blanco bordado en oro que recortaba sus muslos hasta casi la rodilla.

Aquel hombre estaba acariciando al viejo Ator, mientras este bajaba la cabeza agradeciendo las caricias. El caballo miraba con frecuencia hacia el cuerpo caído de Mell como si quisiera decirle a aquel hombre que ese del suelo era su dueño, señalando con golpes de cabeza el cuerpo de aquel idiota con una flecha clavada en el pecho.

Estaba delirando, tenía que ser eso. ¿Qué demonios hacía una especie de egipcio en cueros en mitad de una montaña helada en la otra punta del mundo? No pudo por menos que sonreír al pensar que lo mismo que un pretoriano a dos meses del Emperador.

Se tumbó de nuevo boca arriba. Ya había visto bastante, estaba harto; había visto suficiente muerte en su vida, suficiente violencia, suficiente odio. Ahora sabía que su caballo estaba a salvo, sin duda era más listo que él, seguro que terminaría sus días de semental. Cerró los ojos dispuesto a morir, dispuesto a exhalar su último aliento a las estrellas... pero no sucedía... Oyó unos pasos acercándose, así que abrió los ojos. El egipcio estaba junto a él. Desde el suelo podía ver todo su cuerpo, sus piernas parecían de bronce, ni un solo pelo en el cuerpo y todo el torso lleno de músculos cincelados como una estatua de mármol.

El extraño se dejó caer sentándose a su lado con las piernas cruzadas delante del cuerpo y le dedicó una sonrisa. Su rostro era muy hermoso, de aspecto cuadrado y nariz ancha, los labios finos y largos enmarcaban una dentadura perfecta, parecía un dios... Tal vez lo era. Lo que hizo que Mell se asustara un poco fueron sus ojos: los tenía muy claros, casi cristalinos, y en su interior podían distinguirse los reflejos de las llamas que consumían la fortaleza. El fuego crepitaba en su interior como si fuesen de cristal, grandes, irreales...

Mell cerró los ojos una vez más y elevó una plegaria. Nunca pensó que morir fuese tan lento.

—Despierta, romano, los dioses no pueden oírte. —La voz que oyó era dulce, de un tinte femenino, pero claramente era la voz de un hombre. Mell abrió los ojos y miró de nuevo al egipcio, no podía ser una alucinación, no era un delirio, ese tipo estaba allí, sintió su voz como una bofetada de calor por todo el cuerpo.

—¿Eres un dios? —Pronunció las palabras con mucho cuidado, en un susurro, aterrorizado por el dolor del pecho, aterrorizado por la respuesta que le daría... ¿Y si era un dios? ¿Cómo se trata con los dioses? Él nunca había sido religioso; supersticioso sí, pero religioso... Acompañaba a su madre al templo de Júpiter en las celebraciones, incluso en una ocasión visitó el templo de Isis, una diosa egipcia que llevaba siglos formando parte del panteón romano, pero eso había sido hacía mucho tiempo, cuando tenía las manos menos manchadas de sangre.

El extraño pareció sopesar la respuesta, perdió la vista alrededor para luego volver a centrarla en Mell.

—Un dios... Verás, en Súmer me llamaron hijo del cielo; en Egipto me tomaron por un dios y me adoraron como tal; en Persia me llaman genio y *di-gin* o demonio del fuego; en Judea un rey me catalogó como un demonio y la verdad es que en cada sitio me han puesto un nombre... ¿Un dios? Tal vez.; lo que sí puedo asegurarte es que soy parte de uno.

Mell tragó un poco de aire y se retorció de dolor. El pecho le ardía y sentía como su cuerpo se empezaba a entumecer.

—Tu tiempo se está acabando, romano, así que será mejor que me escuches y prestes mucha atención, porque no tendré tiempo de repetirlo. —Hizo una pausa para tomar a Mell de los hombros y recostarlo sobre sus piernas, sostuvo con fuerza la cabeza del romano con una mano mientras que ponía la otra en su pecho, junto a la flecha.

—Soy un eón, un espíritu primigenio. Estoy en el mundo desde su creación y seguiré en él para siempre. Da igual cómo me llamen, da igual si soy malévolo o bondadoso, puesto que el bien y el mal son palabras humanas. —Agarró la flecha y esta empezó a arder. Mell sintió como una suave corriente de aire frío le atravesó el pecho y un escalofrío le recorrió la columna. El dolor del pecho desapareció y pudo coger una bocanada de aire.

—Hace más tiempo del que puedo calcular, yo y los míos juramos educar a los hombres, ayudarles a completar el camino de su evolución, pero es una tarea difícil, puesto que el ser humano aún está en sus albores. Sois ruines y mezquinos, deshonráis día a día el pedazo del creador que os da la vida, os matáis por sistema y rara vez aprendéis algo sin antes haber sangrado por ello.

Mell distinguió la tristeza tras aquellos ojos de fuego, lo que segundos antes le inspiraba terror, le recordaba ahora la mirada que le dedicó su padre antes de verle partir hacia Roma. Contaba con tan solo diecisiete años, mucha voluntad y sin duda poca inteligencia; tanto su hermana como su madre le habían pedido que se quedara, solo su padre permaneció callado, solo él podía ver cómo se cerraba el círculo: aquel que él mismo empezó años atrás cuando abandonó su casa para alistarse en el ejército, la misma situación, la misma pena...

—¿Por qué Iarlo?, ¿por qué estás aquí? —Percibió su propia voz como si fuese un silbido en la brisa, sin fuerza, tan fugaz como un susurro en la oscuridad de la noche.

—Por muchos motivos... Recogerte es solo uno de ellos.

— Ass...assessinoss, violadores. —De nuevo un susurro, una letanía privada de vida.

—Sí, ese es otro de mis motivos. —El egipcio esbozó una sonrisa—. Estoy aquí para dar una cura de humildad a Roma. Iarlo ha caído, es la última excusa que necesitan algunas tribus para atacar. Llegada la primavera sus ejércitos estarán en posición de atacar a Roma, el grueso de las tropas romanas está en el norte y el resto dividido entre Egipto, Cartago y Persia. No hay supervivientes, nadie informará a nadie sobre lo que hoy ha pasado aquí. ¿Comprendes?

—Comprendo, pero ¿por qué? ¿Odias a Roma?

El egipcio volvió a sonreír.

—No, hijo, Roma es la luz. Hoy en día es la punta de lanza de los hijos de Eva... No voy a destruir Roma, solo voy a darle un buen susto. Su política con las tierras del norte necesita un estímulo, ya va siendo hora de que Augusto comprenda donde está el límite. Este es el último aviso, si no comprende, morirá en menos de un año. Por su parte, Roma se destruirá a sí misma tarde o temprano... Yo no creo las respuestas, sino las preguntas... No soy un exterminador, soy un maestro. Te pondré un ejemplo: cuando Augusto te ordenó que mataras a Marco, no te dijo cómo hacerlo, tú fuiste quien pensó en la forma, el que decidió que aquel hombre tenía que aprender la lección a cualquier precio. Puede que desde el punto de vista de un mortal eso no tenga importancia, pero la tiene: el alma humana es tan inmortal como la mía, y está tan necesitada de aprender como un niño pequeño. Yo juré enseñar a los hombres, pero no juré cómo hacerlo. Dice la leyenda que cuando el pecado se encontró con la muerte la veneró diciendo: «Bendita seas, pues enseñas a los hombres en un solo día, lo que yo intento hacer que comprendan durante toda su vida». ¿Lo entiendes ahora?

—Sí, supongo que es la muerte la que me hace comprender. —Los susurros ya no podían salir de su garganta, no existía ya el mundo más allá del alcance de su mirada; solo aquel ser le separaba de la oscuridad profunda y fría donde los espíritus de los muertos esperaban a Mell para vengarse, para hacerle pagar por los hombres que había matado.

De repente sintió miedo, un miedo atroz, si todo aquello era real, él estaba condenado por la sangre que había derramado, por el sufrimiento que había sembrado. Condenado...

—Sí Mell, lo estás —El egipcio consiguió de nuevo arrancarlo de los fríos brazos de la muerte. Sentía como su calor le mantenía con vida mientras su espíritu luchaba por salir de su cuerpo y lanzarse a la oscuridad. En aquel momento tan cercano a la muerte pudo verle con total nitidez, estaba cubierto de oro y brillaba en la oscuridad rodeado de un manto de fuego. En su pecho lucía la efigie de un pájaro envuelto en llamas que parecía estar vivo en su interior agitando las alas lentamente. Pudo sentir su inmenso poder, su furia firmemente sujeta a una voluntad de hierro, en sus ojos de llamas podía ver reflejados todos sus pensamientos. —Estás condenado por más motivos de los que imaginas. —Su voz ya no sonaba humana, era firme como un trueno, carente de todo sentimiento—. No obstante, te ofrezco la posibilidad de redimirte, de limpiar tu alma y de encontrar respuestas a todas tus preguntas. Te ofrezco la inmortalidad, te ofrezco la vida... ya no queda tiempo para negociar, romano, la oscuridad te reclama más allá de mi poder... Es hora de morir o renacer como hijo del Fénix. Serás peón en un juego eterno, serás mi esclavo, mi vínculo con este mundo. Solo puedo prometerte que si algún día te arrepientes serás libre de continuar tu camino hacia la oscuridad o la luz... ¿Qué me dices, romano?... ¿Sí o no?

CAPÍTULO II

Condenado

15 de septiembre de 2005
Shanghái. China

La verdad es que hacía frío. Nada como una alta humedad para hacer que la sensación térmica se dispare como un cohete. Había sido un día de perros con fuertes vientos y una lluvia de esas que siempre da la sensación de que va a diluviar pero nunca llega la dichosa tormenta. Por fin, cuando lo hizo, la lluvia llegó suave, lenta y capaz de calar a cualquiera hasta los huesos.

Marc se concentraba en el edificio que tenía delante intentando alejar el frío de su cabeza. La situación, vista desde cualquier punto, era, como mínimo, anecdótica. Un hombre de casi dos metros de altura y cien kilogramos colgado de un cable de rapel a unos cuarenta y cinco metros del suelo, pegado a un edificio de cristal de sesenta plantas. En sus manos un rifle Ertex de alta precisión, un juguetito de última tecnología que la agencia le había facilitado para su último encargo.

Dicho encargo estaba al otro lado de la calle, en otro de esos enormes rascacielos que solo se ven en Shanghái, es más, según donde mires, tan solo puedes ver eso, enormes rascacielos, torres inmensas de acero y cristal.

Algunos metros más abajo, la noche se comía por completo las calles, mientras las luces de algunos coches se encontraban con los pocos caminantes que corrían bajo la lluvia.

Marc relajó el pulso, respirando despacio para que el vaho no le nublase la vista y trató de poner todas sus ideas en orden antes de actuar. Allí estaba Hasim-al-Admaha, uno de los terroristas más buscados del mundo, reunido con un jefe local de las tríadas metido hasta el cuello en el tráfico de armas. Al parecer, Hasim trataba de comprar al *señor* Chang-jun un dispositivo nuclear ruso. Ya se sabe, las fronteras del norte son muy marcadas en los mapas y muy finas en la realidad, es fácil que los juguetes de unos lleguen a manos de los otros, sobre todo cuando algunos generales del viejo régimen viven sus vidas de jubilados junto a antiguos depósitos de armas que, en algunos casos, ellos mismos diseñaron.

Muchos ingredientes para una buena fiestecita. Hasim se veía pequeño a través de la mira del rifle, como si fuera de juguete, frágil, distante, prescindible... A su lado, Chang tomaba sorbos cortos de alguna bebida oscura en un vaso de cristal grande lleno de hielo. Desde su posición, a la intemperie, Marc se pasó la lengua por los labios. Llevaba una hora colgado de ese maldito cable abriendo un poco la boca de vez en cuando para que la lluvia se colase en la boca; esa mezcla de sabor entre agua sucia y sudor sería una mierda, «pero cada uno está en su sitio —pensó Marc—, él está allí, bebiendo a gusto en su precioso sofá de cuero negro, mientras yo estoy calado hasta los huesos; pero, por otro lado, él está a punto de morir y yo no».

En su oído el receptor de comunicaciones lanzó un zumbidito, Marc tan solo parpadeó.

—Marc, ¿cómo va la noche?

—Bueno, he tenido noches mejores en esta ciudad. Lyn, tengo a Chang a tiro, pero Hasim está muy separado, podré darle a uno antes de que la seguridad reaccione, pero uno de los dos va a marcharse de rositas.

Al otro lado de la línea se escuchó una voz masculina maldiciendo, una voz muy distinta de la de la joven Lyn, la cual tenía ese timbre de voz chino tan bonito, típico de recepcionista de hotel.

—¿Tienes compañía preciosa? Más te vale que no sea un ligue. —Llevaba ya dos días tirándole los tejos a Lyn; la chica parecía estar vacunada por completo contra sus encantos, pero no por eso dejaría de intentarlo.

—Se me olvidó comentártelo, pero sí, John Rassell está aquí a mi lado. Ha llegado hace cosa de media hora con instrucciones de la agencia.

—¿Qué clase de instrucciones? —Sacudió la cabeza, lanzando un millón de gotas de agua al vacío y las vio caer como perlas de cristal mientras llenaba de nuevo los pulmones de aire—. No me vais a joder la noche ¿verdad?; llevo una hora aquí colgado y no me voy a largar sin la cabeza de alguno de esos malnacidos.

—Negativo, Marc, todo sigue según lo previsto. El coronel pregunta si tienes confirmación de Hasim.

—Sí, le tengo a tres metros de Chang. Está sentado en otro sofá de piel justo frente a Chang; es blanco fácil.

Al otro lado del visor del rifle Hasim tenía el mismo aspecto que Chang, salvo por algunos kilos de más: no era más que otro cabrón con traje de seda. Desde su entrada en la CIA, dos años atrás, había descubierto que el mundo estaba lleno de gentuza como esa, viviendo de lujo a costa del sufrimiento de los demás, vendiendo armas, drogas, mujeres, niños... de todo.

—El jefe quiere que liquides a Chang, pero dice que esperes a que Hasim se haya ido, no quiere alertarlo y que se escape, lo quiere muerto antes del amanecer. Ya le cazaremos en su hotel, ¿de acuerdo?

—Vale, confirmado, el blanco es Chang. —Lentamente volvió a encañonar a Chang, mientras este apuraba su copa una vez más—. Bebe, maldito hijo de puta…, bebe, yo lo haré en tu entierro.

—¿Decías algo, Marc? —Lyn fingió no haber oído nada. En muchas ocasiones, los agentes de campo pensaban en voz alta y daba la impresión de que el pequeño dispositivo que llevaban en la garganta podía leerles el pensamiento, incluso en alguna que otra ocasión les había oído decir cosas sobre ella en susurros, perlas de sabiduría como «qué pedazo de culo tiene esta niña» y cosas por el estilo, pero a esas alturas ya estaba acostumbrada—. Tienes luz verde. A partir de aquí es cosa tuya, Marc. Hazlo y sal corriendo, todo está en su sitio, ahora pon tú a Chang en el suyo. Suerte.

—De acuerdo, sigo según lo planeado… ya nos veremos. —Sintió como el intercomunicador se quedó mudo y su percepción se extendió de nuevo a su entorno cercano, como quien despierta de un sueño. Estaba empapado hasta los huesos, y le dolían los músculos del peso del rifle. Por suerte, ese modelo se fijaba con dos correas al cuerpo descargando la mayoría de la presión en las costillas. Tenía la espalda pegada al edificio con las piernas dobladas por las rodillas y los pies en los cristales, el peso del rifle le clavaba literalmente contra el edificio y eso le daba estabilidad, pero le estaba destrozando el hombro y tenía el brazo derecho dormido después de una hora en la misma posición.

Estaba harto pero no estaba cansado, solo deseaba que empezara la acción. No podía acostumbrarse a esas esperas eternas que mantenían su adrenalina en la sangre. Para cualquiera que pudiera verle allí arriba, parecería una sombra de rodillas sobre un andamio mágico. No pudo por menos que esbozar una sonrisa al imaginarse a sí mismo como un muñeco olvidado por los críos en la terraza, colgado de la cuerda de tender; curiosamente, se sentía igual de estúpido.

Al otro lado de la calle la negociación parecía dura. Hasim se había quitado la chaqueta y se estaba soltando la corbata y Chang parecía estar poniéndose muy colorado. Ajustó el *zoom* sobre Chang, estaba sudando a chorros, muy típico de un chino en una reunión de negocios. Sería capaz de morir antes que quitarse la chaqueta. Era curioso que en pleno siglo XXI la mentalidad china aún fuera tan férrea en cosas tan banales. Al parecer le pasaba algo al aire acondicionado. Marc estiró el dedo índice y pulsó un botón en la mira, un zumbido y se activó el sensor por infrarrojos, la habitación cambió por completo; allí estaban Hasim, Chang, dos guardaespaldas de Hasim junto a la puerta y otro guardaespaldas junto a otra puerta más pequeña, seguramente la de los servicios, pero todo estaba teñido de rojo. Chang parecía el muñeco de un semáforo; si alguien le acercara una cerilla saldría ardiendo. Los demás tenían alguna que otra mancha oscura allí donde el sudor refrescaba el cuerpo, pero la habitación tenía una temperatura fuera de lo normal. Más arriba, en el piso superior pasaba lo mismo y un par de pisos más abajo, pero parecía que un marco rojo estaba centrado en ellos. Encendió el comunicador.

—Lyn... aquí hay algo raro. —El receptor tardó dos segundos eternos en zumbar de nuevo.

—Sí, Marc, ¿algún problema?

—Tengo lecturas extrañas en el edificio, a no ser que se les fuese la mano con la calefacción esta gente se está asando. El sensor marca nubes de calor por toda la habitación, incluso algunas se mueven, como si alguna clase de gas se estuviese concentrando alrededor, no solo en la habitación: parece que en tres plantas del edificio más o menos...

Lyn tardó un poco en responder.

—Eso no tiene lógica, Marc. Por un decreto de Beijín, no tenemos calefacción en Shanghái. Esa habitación esta climatizada, deberías poder ver el aparato de aire acondicionado a la derecha de tu posición sobre un mueble largo de color negro. —Marc desvió la mira, efectivamente había un aparato al fondo de la habitación, en el visor se veía oscuro, por lo tanto estaba funcionando, pero al parecer el aire frío no conseguía templar la habitación. En ese momento, vio como el guardaespaldas de Chang se acercó al aparato, levantó la mano para comprobar el funcionamiento y se dio la vuelta hacia su jefe, hacía gestos con la mano como diciendo que el aparato estaba bien. Marc apagó los infrarrojos y se fijó en la cara del guardaespaldas; estaba muy rojo y mucho más teniendo en cuenta que debería ser amarillo…

—Tenemos un problema. El piso entero está que arde, el aparato de aire funciona perfectamente. Por un lado eso puede hacer que todos abandonen la habitación y puedo perder a mi objetivo, por otro lado en esta época del año no deberían tener esa temperatura, podría ser una fisura en el paquete, ¿radiación o algo así?

—Negativo, Marc, la agencia tiene el paquete controlado en Moscú. No hay nada radiactivo en ese edificio.

—¿Estáis seguros de eso? —Una enorme gota de sudor resbaló por su mejilla, perfiló todo el mentón y cayó sobre sus rodillas. Qué curioso, en ese momento se percató de que también él tenía calor, no tan sofocante como sus vecinos de enfrente, pero calor al fin y al cabo, y eso sí que ya no era normal.

—Perdona, Lyn, pero ¿qué temperatura hace ahora en la calle? —Volvió a echar un vistazo por el visor y lo que vio le dejó paralizado. Justo enfrente del visor un extraño le devolvía la mirada. Estaba en la línea de tiro de Marc, justo delante de Chang, de pie, con las manos apoyadas en los enormes cristales, mirándole de frente con una sonrisa en los labios. No era muy alto, pero parecía ancho de hombros. Tenía el pelo negro y largo cayéndole a un lado de la cabeza en lo que parecía una trenza muy larga y ancha. Llevaba una capa de color blanco ribeteada en rojo y dorado, el pecho al descubierto y una especie de taparrabos egipcio.

—¡Pero qué coño…! —A través del visor el rostro del desconocido parecía occidental y le estaba mirando directamente.

Marc había hecho los deberes, era imposible que aquel hombre viera algo a esa distancia, y mucho menos a un comando vestido de negro mate a ciento cuatro metros de distancia en una noche sin luna y con nubes. Pero allí estaba, mirándole con una sonrisa extraña.

A su espalda, la cosa se estaba poniendo fea. Chang estaba sujetándose la cabeza, como si estuviese mareado; Hasim respiraba de forma lenta y profunda como si le faltase el aire, y los guardaespaldas estaban a punto de caer de rodillas. ¿Qué demonios estaba pasando?

—Marc, en la calle estamos a siete grados Celsius. —Lyn parecía preocupada al otro lado de la línea. ¿Va todo bien?

En ese momento el extraño levantó la mano derecha y la apoyó contra los cristales, sin quitarle la vista de encima a Marc, o eso le pareció. Centró toda la atención en el visor. Una especie de onda expansiva se estaba extendiendo por los cristales. Solo pudo ver un pequeño destello en los ojos de aquel extraño, justo antes de que se desatara el infierno.

El edificio tembló ligeramente y después todo estalló en mil pedazos; una enorme bola de fuego arrasó toda la planta del edificio. La onda expansiva arrojó una lluvia de cristales sobre Marc, mientras este luchaba por mantener la calma, pero la hora de calmarse había pasado ya, era el momento de perder el culo. Se rehízo como pudo y echó una última mirada por el visor a la habitación de enfrente: aquello parecía un horno, tan solo podía distinguirse el cuerpo de Hasim, completamente carbonizado, aún sobre los restos del sofá. De los demás no había rastro. Dejó caer el rifle y aprovechó el tirón de la correa del hombro para ponerse de pie sobre los cristales, con un gesto activó el dispositivo de rapel del arnés y empezó a correr por la fachada del edificio.

Mientras bajaba pudo distinguir varios cuerpos estrellados contra el asfalto, papeles y muebles todavía ardiendo, algunos coches que se habían parado por el estruendo. No le quedaba mucho tiempo antes de que la gente empezara a mirar hacia arriba; por suerte mirarían al edificio de enfrente. En su oído, Lyn empezaba a ponerse nerviosa.

—Marc, ¿qué demonios ha sido eso? Responde, ¿cuál es la situación?

A Marc no le entraba el aire en los pulmones, llegó hasta la ventana de su habitación, que ya estaba preparada para recibirle, entró de un salto y soltó el arnés, el rifle cayó sobre la moqueta como un peso muerto…

—No tengo ni puta idea —cogió una bocanada de aire—. Están todos muertos, no sabría decir. —Se pasó la mano por el pelo empapado, parecía un cepillo húmedo, y cogió aire de nuevo—. Joder, no sé… había un egipcio. En ese momento la puerta de la habitación saltó de los goznes con un fuerte estruendo salido de la nada.

Un hombre estaba frente a él, trajeadito al estilo de las tríadas con una escopeta en las manos… No sintió el primer disparo, fue como si del mismo susto se hubiese quedado insensible, pero sí sintió el segundo. El empujón le arrojó contra la pared, mientras el mundo entero daba vueltas a su alrededor. Después de eso solo oyó la voz de Lyn por el audífono.

—Marc, responde, Marc… ¿Marc? Parece que le hemos perdido.

CAPÍTULO III

El romano

Roma, Italia

Le dolían todos los huesos, había pasado los últimos ocho días durmiendo en el sofá de la habitación sin separarse de ella, y esos excesos, a su edad, pasaban factura muy deprisa.

Ella seguía delirando, presa de los analgésicos, Adolonta y morfina en dosis suficientes para tumbar a un elefante, pero aun cuando él le acariciaba la mano ella le devolvía una de esas sonrisas, una de esas miradas que le encogían el corazón, como la que le dedicó el día en que se conocieron cuarenta y siete años atrás. Nunca olvidaría ese día. Ella estaba radiante con un vestido de gasa verde y esos dos ojos brillantes como esmeraldas. Sí, siempre tuvo clase para vestir, parecía un hada del bosque perdida en un casino de Montecarlo. Volvió a mirarla allí sobre la cama, enchufada a sabe Dios cuántos tubos, cables y aparatos, como si aún importase cuál de sus órganos vitales le fallaría primero… El cáncer no le había dejado ni uno solo sano.

—Me pregunto qué hace un hada del bosque derrochando belleza en este casino —le dijo mientras le sujetaba la mano junto a la cama, tratando sin éxito de no rozar el catéter. Ella abrió los ojos, esbozó una de sus preciosas sonrisas, y respondió con un hilo de voz:

—Es que en mi bosque no tenemos ruleta… —Ensanchó la sonrisa—. Aún lo recuerdas. Siempre consigues sorprenderme, estaba recordando aquello en este preciso momento.

—Yo creo que eres tú la que me manda esos pensamientos —respondió él con cara de sorpresa—. Por eso no paro de recordar —bajó la cabeza hasta casi rozar su oído— … lo bien que hacías el amor. —Le dio un sonoro beso en la mejilla y se dilató unos segundos a su lado para sentir el roce de su piel. Respiró de nuevo su olor, ya viciado por las medicinas, pero aún conservaba ese toque a rosas y limón que exhalaba por cada poro de su cuerpo, antes… ahora… y siempre. Cuando se separó de ella todo su rostro era una preciosa sonrisa, le miraba con aquel increíble brillo en los ojos y, por mucho que lo intentó, no pudo evitar que una lágrima traicionera le delatara de nuevo.

—Mi vida… —su voz, como siempre, alimentaba su alma como un manantial—, cariño —extendió su delgada mano y le limpió la lágrima de la cara—, creía que ya habíamos hablado de esto, ¿no? Estaré bien, te esperaré y por Dios que más te vale hacerme esperar mucho. —Zanjó la frase recuperando la sonrisa, desarmándole por completo una vez más.

Se moría, él podía notarlo, la había sentido morir desde el primer día en que se desmayó, hacía ya dos años, y había luchado con uñas y dientes para robarle al cáncer un solo segundo más con ella, pero la última batalla ya estaba perdida, la metástasis había alcanzado casi todos sus órganos vitales. La noche anterior, el médico había ordenado la no reanimación con el consentimiento de ambos. La guerra había terminado, había llegado el momento, su respiración se hizo cada vez más pesada y minuto a minuto la vida se le escapaba como a una rosa en un florero; llegadas las luces del alba le miró con cariño, tragó saliva y cerró los ojos… Ya no volvió a abrirlos. Él se quedó allí sentado, ni siquiera llamó a la enfermera, siguió mirándola mientras su cuerpo se enfriaba y la luz del sol entraba a raudales por la ventana anunciando un nuevo día.

—Lidia, mi amor… Donde estás ahora ya no sirven las mentiras. Desde que te conocí he permanecido a tu lado, he envejecido contigo y no me arrepiento de uno solo de los segundos que pasé a tu lado. —Dio la espalda a la ventana y la miró de nuevo—. Ahora que ya sabes lo que soy solo puedo decirte que lo siento, siento no haberte contado la verdad en todos estos años, siento no haber podido salvarte de tu destino, pero sobre todo, siento haberte mentido. —Apretó con fuerza los puños y se giró hacia la ventana, la luz del sol le golpeó con tal fuerza que creyó haber visto el alma de Lidia tras la ventana—. Lo siento, tendrás que esperarme un poco más de lo normal.

Recogió la chaqueta y salió al pasillo, se acercó despacio al mostrador de las enfermeras.

—¿Algún problema, señor Craso? —El rostro de la enfermera delataba cierta impaciencia, mientras cerraba un glosario de accesos un tanto nerviosa. Al parecer las camas escaseaban y seguramente necesitaban la cama de Lidia para otro enfermo. Sintió un escalofrío al pararse a pensar en cuántos habrían muerto ya en esa habitación, y cuántos más morirían aún en ella…

—Mi mujer… —bajó la cabeza.

—Cuánto lo siento, señor. Solo puedo decirle que todos la apreciábamos mucho. Debió de ser una gran mujer.

—Gracias, sí… Una gran mujer. —Por más que lo intentó no consiguió erguirse del todo—. Será tan amable de llamar a la funeraria, por favor…

—Sin ningún problema, tenemos el número que nos recomendó su abogado.

—Sí, él se ocupara de todo. Yo necesito descansar un poco. —Una excusa pobre, pero útil; lo único que deseaba era salir del hospital y tomarse una copa, coger algo de aire fresco y recuperar el control—. Gracias por todo.

—Gracias a usted, señor Craso y, por favor, cuídese, a su edad estos disgustos hacen mucho daño.

—Descuide —esbozó una sonrisa no demasiado lograda y comenzó a caminar hacia el ascensor… Para la enfermera él era un anciano, lógico… Cuando conoció a Lidia tenía el aspecto de un hombre de treinta y cuatro años, así que ahora tendría ochenta y un años. La verdad es que envejecer le había sentado bien, las canas le habían dado carácter y nunca perdió el pelo del todo, tenía ese aire distinguido que solo consigue un caballero, aún le sentaba bien el traje de chaqueta y no había perdido el ancho de los hombros con el paso de los años.

Cuando el ascensor abrió sus puertas se encontró con su reflejo en el espejo; sí, sin duda había envejecido con estilo. Entró en el ascensor y pulsó el botón del parking. Se miró las manos, estaban acartonadas y se le antojaron largas, nunca se había parado a pensar en el paso del tiempo, tan solo el día de su cumpleaños había observado su reflejo en el espejo del cuarto de baño, como un general pasa revista a sus tropas para comprobar cuántas bajas ha tenido el último año. En su mano derecha lucía su alianza de boda y en su mano izquierda otra alianza de color oscuro, más similar al cobre que al oro viejo. Lentamente se quitó la alianza de boda de la mano derecha y se la guardó en el bolsillo, después extrajo con cuidado la otra alianza de la mano izquierda y, sin dejar de tocarla, se la colocó en la derecha, ocupando el sitio que antes ocupaba su lazo con Lidia. Inmediatamente sintió una descarga de calor que se extendió rápidamente por el brazo, en cuestión de segundos empezó a sudar, parecía haber pasado una eternidad desde la última vez que sintió aquel calor… Un calor seco y penetrante que se adueñaba de cada fibra de su cuerpo… Empezó a notar cómo su piel se tensaba lentamente y cómo sus músculos se quejaban por la tensión. Miró su reflejo en las bruñidas puertas del ascensor... Ya podía verse claramente cómo su rostro se transformaba.

Cuando el ascensor paró en el sótano salió corriendo hacia los servicios del parking, sin duda se movía demasiado rápido para un hombre de ochenta y un años, pero de todos modos guardar las apariencias ya no tenía ningún sentido. Entró en los aseos como una exhalación, por suerte, estaban vacíos y metió la cabeza debajo del grifo de agua fría; el primer trago le rasgó la garganta, tuvo que dar cuenta de al menos cuatro litros de agua para que su sed empezara a calmarse; cuando levantó la cabeza del grifo se quedó paralizado. Era como volver a ver a un viejo amigo después de muchos años. Allí estaba él, joven y lleno de vida. Las últimas arrugas de su frente desaparecieron delante de sus ojos dejándole con la impresión de un alucinado... Tomó aire con todas sus fuerzas y se dejó caer de rodillas. De nuevo podía sentir cada fibra de su cuerpo, volvía a ser capaz de ver con total nitidez y a su alrededor sus sentidos detectaban cada suspiro, cada movimiento del aire. Se tapó la cara con las manos y dedicó unos segundos a recordar quién era antes de conocer a Lidia, unos segundos para meter cuarenta siete años de su vida en un rincón de su mente, una caja de Pandora en cuyo interior reposarían las largas noches de agosto en la Toscana, las cenas a la luz de las velas... Recuerdos que le darían valor cada noche, que le alentarían y llenarían de vida cada vez que lo necesitase.

Ya estaba a punto de ponerse en pie cuando sintió una nueva onda de calor, esta vez fuera de él... Parecía emanar del espejo. Se incorporó y pudo ver cómo su imagen se distorsionaba hasta convertirse en una figura conocida...

—Hola, Mell... —El Fénix le miraba desde sus ojos de fuego más allá del espejo. A su alrededor el reflejo del cuarto de baño brillaba, todo parecía contraerse y dilatarse como si la realidad no fuera más que un montaje informático—. Siento mucho lo de Lidia, de veras.

Mell se dejó caer sobre una rodilla, como un caballero arrodillado delante de un rey.

—Lo sé, mi señor... —Intentó encontrar palabras suficientes para agradecerle esos cuarenta y siete años de felicidad que le había regalado, pero no encontró ninguna; por suerte, sabía que no sería necesario, el Fénix lo podía leer en él como en un libro abierto. Lejos había quedado el joven pretoriano al que había salvado en Iarlo. Como al buen vino, el tiempo solo había mejorado a Mell, sin duda había superado todas sus expectativas.

—Tranquilo, romano... levántate. —Mell obedeció, curiosamente se sintió agradecido de volver a sentir esa seguridad que emanaba la presencia de su señor, volver a recibir órdenes... Él siempre había sabido ser un soldado—. ¿Estás preparado para volver a tu puesto o necesitas tiempo para recuperarte?

—Estoy por completo a tu disposición... deseando volver a la arena.

—Pues más vale que te pongas al día. Joyko está en Siria, siguiendo la pista de una pieza grande. No sabemos qué pretende, pero se mueve muy bien para ser un simple cuervo. Está planeando algo y quiero saber qué es. —Hizo una pausa, consciente de que Mell llevaba casi cincuenta años sin escuchar la jerga típica del juego—. Por otro lado, tenemos un nuevo fichaje, le recluté ayer en Shanghái.

—¿Un novato? —Dio un pequeño bufido y se pasó la mano por la frente para echar hacia atrás el flequillo de la melena negra que volvía a caerle sobre la frente. Cuando se dio cuenta del gesto volvió a mirarse en el espejo.

—Más vale que te arregles ese pelo y te compres algo de ropa, estás a punto de reventar la chaqueta. —El Fénix parecía divertido al otro lado del espejo, con sus músculos de bronce y su taparrabos blanco—. Cuando estés preparado, ve a recoger al chico a Shanghái, les he pedido a los hijos de Shen que cuiden de él hasta tu llegada, es un buen chaval, tiene potencial.

—Vaya, no esperaba tener que educar a nadie nuevo.

—Por desgracia el tiempo no fluye hacia atrás Mell, llevamos demasiado tiempo sin aumentar de número. Intenta que llegue a caballero lo antes posible. —Sin más, se esfumó en el aire como un mal sueño. El cuarto de baño pareció recomponerse en el espejo y el calor se fue disipando poco a poco.

Mell tragó otros dos litros de agua, se arregló como pudo el pelo y a duras penas se quitó la chaqueta. Su cuerpo ya estaba completo, se miró de nuevo las manos, habían recuperado el tono y ya se percibían los músculos bajo la piel, al cerrar el puño pudo sentir de nuevo la dulce sensación del poder.

— Bendita juventud— susurró entre dientes.

Salió del aseo como había entrado, con prisas, caminando a una velocidad sospechosa, pero al menos ahora era joven. Llegó hasta el Audi A8 y se metió dentro. Cuando sintió cerrarse la puerta del coche una nube de recuerdos se le echó encima, no se atrevía a mirar al asiento del copiloto por miedo a recordar a Lidia, parecía poder sentirla allí, a su lado.

Activó el *bluetooth* y marcó el número de su abogado mientras salía del aparcamiento. Tres tonos y allí estaba la voz de Carolo.

—Sí, dígame. —La voz resonó en los altavoces del coche.

—Carolo, soy Mell… Lidia ha fallecido esta mañana.

—Vaya, lo siento mucho, Mell, ¿qué deseas que haga? —Sonaba sincero, claro que nunca había conocido a Lidia.

—Primero negocia los preparativos del entierro, una capilla ardiente que durará dos días, en la iglesia de San Pedro; no importa lo que cueste, págalo y punto.

—Entendido.

—Después quiero que lo vendas todo, la casa, los coches, la finca en Santorini y el viñedo.

—¿Quieres que lo venda todo? —interrumpió Carolo—. ¿Hay algún problema, Mell?, ¿estás bien?

«Pobre —pensó Mell— debe de pensar que he enloquecido.»

—Sí, véndelo todo, incluido el mobiliario y todo lo que haya dentro. No volveré a casa, me voy a casa de mi hijo en Montecarlo, no me encuentro bien… —La vieja excusa del hijo que nunca tuvo, y la vieja casa que nunca compró—. Estaremos en contacto por teléfono, mi hijo te verá en el funeral. A partir de ahora trabajas para él. ¿Alguna duda?

—Supongo que no. —Parecía haberse quedado sin palabras—. ¿Estás seguro de esto?

—Completamente. Hasta pronto, Carolo.

—Un placer, Mell, cuídate.

CAPÍTULO IV

Resurrección

Depósito de cadáveres del hospital general de Shanghái. China

Notó cómo una mano helada le tocaba el hombro. Se sentía mareado y aturdido. Cuando abrió los ojos no sabía dónde estaba, una fuerte luz circular le quemaba las pupilas a unos dos metros de distancia. A medida que iba sintiendo los músculos de la espalda comprendió que estaba tumbado en una cama de metal, tal vez un quirófano, pensó.

—Bienvenido al mundo de los vivos, muchacho. Es hora de despertar. —Enfocó la vista hacia el lugar de donde provenía la voz y vio la cara de un hombre de unos treinta y cinco años. Era chino, con algún que otro rasgo occidental en sus facciones.

Un tanto atontado, reaccionó de forma automática a la orden que había recibido, hacía mucho tiempo que recibía órdenes. El colegio militar, los marines, la CIA… En todas partes le habían dicho qué tenía que hacer y él se limitaba a hacerlo sin rechistar. Así que se incorporó; al cambiar el ángulo de visión la luz ya no le cegaba, se encontraba en lo que parecía ser la morgue de un hospital o un sanatorio.

—¡Joder! —Le dolían todos los huesos—. ¿Dónde demonios estoy?

Como respuesta a su pregunta le vinieron a la cabeza algunos recuerdos inconexos, una explosión, cristales... Miró a su alrededor y vio varios cuerpos en sus mesas de acero distribuidos por la habitación; cuatro, tal vez más. Si tenía más mesas a su espalda... Se giró. Efectivamente. Al menos otras doce o trece mesas, todas llenas de cuerpos tapados con sábanas de ese bonito color azul verdoso, tan típico de los hospitales.

—Supongo que estarás muy confuso. Toma, bebe. —El extraño le alcanzó una botella de agua mineral de litro y medio, la cogió y comenzó a beber, le sorprendió sentir tanta sed, se bebió la botella entera sin casi respirar. Para cuando la había apurado el chino ya tenía otra botella en la mano—. Toma, sigue hasta que ya no sientas sed.

Obedeció, pero aquella sed parecía no tener fin, cuanto más bebía más quería.

—A partir de hoy tendrás que beber unos seis litros de agua al día, recuérdalo.

En su mente empezaron a centrarse las ideas, estaba en un hospital, pero ¿por qué le decía ese hombre que tenía que beber tantísimo? Su cerebro tardó unos segundos en asimilar la pregunta y facilitar la respuesta. Y entonces lo recordó todo, como quien ha olvidado un aniversario de boda...: la explosión, el cuerpo de Chang cayendo al vacío envuelto en llamas, la habitación del hotel, el disparo, la escopeta, fotogramas de una muerte a cámara lenta, la luz, el egipcio... el Fénix.

—¡Santo Dios, era real! —Se miró la mano derecha, allí estaba el anillo de oro viejo en el dedo anular, sintió su calor... Recordó la conversación con el eón, la vida o la muerte, el juego... Todo estaba en su cabeza hecho una madeja, como un recuerdo inventado durante una borrachera, demasiado absurdo para ser real.

—Sí, era real. —El chino estaba allí plantado, en posición de descanso con otra botella en la mano derecha y la otra mano a la espalda. Iba vestido a la forma tradicional, con un pantalón negro de esos cómodos, que lleva estando de moda en China demasiados siglos, y una chaqueta de cuello redondo también negra con un bonito dragón dorado rodeándole los hombros; podían verse la camisa blanca en el dobladillo de las mangas; parecía sacado de una película de kung-fu de serie B.

—Toma, sigue… —le acercó la tercera botella de agua—, con esto bastará hasta que salgamos de aquí.

Marc dejó la segunda botella de plástico junto a la otra en la mesa de metal y cogió la siguiente, la sed disminuía.

—¿Quién eres? —preguntó Marc al fin.

—Me llamo Ryu Lang-tse, pero puedes llamarme Ryu. —Hizo una pequeña pausa y algo similar a una reverencia a cámara rápida—. Soy una torre de Shen, me envían para protegerte hasta que el romano venga a por ti.

En su mente despertaban nuevos recuerdos, el romano («espera al romano, él es tu superior, obedécele»)… Las palabras del Fénix se acumulaban en algún lugar de su cabeza, grabadas con el fuego de aquellos ojos. Sintió un escalofrío.

Ryu cogió una bolsa de tela del suelo y se la pasó a Marc.

—Toma, ponte esto, tenemos que salir de aquí deprisita.

Marc abrió la bolsa. En su interior encontró unos pantalones del mismo corte que los de Ryu, una muda de algodón blanco, zapatillas de deporte negras y, además, el modelito de chino tradicional al completo.

Bajó de la mesa y comenzó a quitarse la ropa, aún podían verse los agujeros de los disparos; la sangre empapaba por completo el traje de combate, mientras se lo quitaba podía distinguir claramente el olor a sangre seca y sudor… Olía a muerte por todas partes, pero su cuerpo estaba completo, ni una sola marca del disparo en el pecho ni en la cadera, nada… Se palpó el pecho.

—Estás enterito —dijo el chino esbozando una sonrisa—. Ya me contarás qué pasó ayer. El Fénix la lio gordísima. Cayeron todos los jefes locales de la tríada. Chang tenía una reunión preparada en el piso de abajo, la explosión los cogió a todos de lleno; culpan a la CIA; más vale que nadie te vea caminando o nos complicarán las cosas. —Aquel chino hablaba mejor el inglés que Marc, parecía tener acento de Oxford.

—Puesto que tendrás un millón de preguntas te voy a ir contando de qué va todo esto antes de que empieces a volverte loco. Tú solo obedéceme y no hagas preguntas hasta que estemos a salvo, ¿vale? —Marc asintió con la cabeza mientras se ponía la ropa de la bolsa—. Bien, somos «condenados», siervos de los eones, caminamos como humanos pero ya no lo somos... Estás muerto. —Marc le miró por el rabillo del ojo mientras se calzaba la camiseta—. Tu corazón y tus pulmones funcionan por inercia nerviosa, el corazón continuará, pero los pulmones, con el tiempo dejarán de hacerlo. Aun así... nada cambiará. En los próximos días perderás de un veinte a un treinta por ciento de tu masa corporal, cosa que además no te vendrá mal porque pareces un armario ropero. —El chino soltó una risita mientras miraba a Marc de arriba abajo—. Es el resultado de la muerte de tus fibras musculares, con ello te volverás mucho más duro, te costará un poco más moverte, pero ya le cogerás el truco, es algo parecido a caminar con un traje de goma puesto, serás... Corrijo, *eres* unas diez veces más fuerte que antes de morir, más rápido y equilibrado; a la par, tus sentidos se refinarán hasta el punto de ser capaz de escuchar el pedo de un ratón a quinientos metros, hasta aquí ¿tienes alguna duda? —Marc terminó de abotonarse la chaqueta y le miró con cara de «¿qué quieres que te diga?»—. De acuerdo, salgamos de aquí. Sígueme a medio metro de distancia y no digas una sola palabra, y tampoco levantes la vista pase lo que pase, hay cámaras. Sólo sígueme.

Salieron al pasillo. Era largo, frío y con poca luz. Al fondo podían verse las escaleras de acceso a la planta de arriba. No había escaleras de bajada, por lo que Marc supuso que estaban en los sótanos del hospital.

Pasaron por delante del mostrador de seguridad sin que nadie les dijera nada, como si no existieran. Casi cuando ya habían cruzado Ryu se detuvo y se dio la vuelta.

—En estos momentos tú eres solo un peón, ellos — dijo señalando a los dos guardias de seguridad tras el mostrador— pueden verte y oírte, pero yo sé cómo hacerles pensar en otra cosa, es como estar en trance, una de esas ocasiones en las que estás tan concentrado en lo que haces que todo a tu alrededor desaparece y no te enteras de nada. Ellos están escuchando mi voz pero no les llama la atención en absoluto… —Hizo una pausa teatral—. Podría matarte delante de ellos y no se darían cuenta hasta que yo no los liberase, ¿entiendes? —Marc asintió con la cabeza—. Bien. —Levantó la mano derecha y le mostró un aro de color plateado que rodeaba su dedo anular—. Este es nuestro enlace con aquel al que servimos. Si el anillo se separa de tu dedo, morirás; si alguien consigue quitártelo, morirás; si alguien te corta la mano o el brazo, o separa el anillo de tu cuerpo de alguna forma…

—Moriré… —concluyó Marc.

Los guardias levantaron la vista y la clavaron en Marc. Uno de ellos se levantó de la silla. Ryu saltó el mostrador a una velocidad de vértigo, le sacudió una patada en la cabeza al guardia que le cogía más cerca y antes de haber tocado el suelo ya había tumbado al segundo. Después se giró despacio y miró a Marc mientras movía el dedo índice de izquierda a derecha.

—Eso ha sido un error. —No parecía enfadado, ni siquiera nervioso, se le veía alegre y un tanto divertido—. Te dije que ni una palabra, dedícate a asentir… No me gustaría tener que dejar todo el hospital patas arriba por tu culpa.

Marc asintió con la boca abierta y los ojos como platos.

—Bueno. Supongo que te has dado cuenta de que usamos expresiones como peón, torre, juego, etcétera. —Saltó de nuevo el mostrador, con la misma naturalidad que un gato—. Cuenta la leyenda que el ajedrez lo inventaron los reyes persas en la antigüedad. Hay referencias a este juego incluso en el Egipto de los faraones, pero puedo asegurarte que es mucho más antiguo. Los eones lo tomaron como referencia hace milenios por su increíble —acentuó la palabra mientras hacia el gesto de las comillas con los dedos— parecido con el mundo real, y cuando digo mundo real, me refiero a mucho más que el mundo que has conocido hasta ahora. Pronto descubrirás que hay mucho más bajo la luz del sol de lo que puedes imaginar. —Comenzó a caminar hacia las escaleras—. Tú eres un peón, tu capacidad para moverte sin ser detectado es nula, y en el sendero brillas como el sol… Ya hablaremos sobre el sendero más adelante. Después del peón viene el caballero. Nosotros utilizamos energía elemental, cada eón utiliza un elemento de los que conforman el universo. Por ejemplo, tú eres hijo del Fénix, y su naturaleza es el fuego; yo soy hijo de Shen y su naturaleza es el agua. Los eones dominan los cuatro elementos, pero suelen usar siempre el que más se adapta a su naturaleza para cruzar, por decirlo de alguna manera, a este plano de existencia. Un caballero es un peón que aprende a dominar el elemento al que sirve. Cuando domines el fuego… —hizo una pausa para mirar a Marc por encima del hombro—, dejarás de ser una carga para convertirte en una herramienta útil.

Marc tuvo que morderse la lengua para no agradecerle el apelativo de carga.

Una vez arriba, el hospital estaba abarrotado, podía verse gente por todas partes, saturando los mostradores de información. Ryu continuó hablando pero esta vez en chino, hacía gala de un mandarín perfecto, sin comerse una sola expresión y con un tono de voz muy fluido y melodioso.

—Los alfiles son más fuertes y más capaces de ocultarse, pueden cruzar por el sendero sin dificultades y manejan a voluntad dos elementos, ¿entiendes lo que te estoy diciendo?

Marc levantó un poco la vista y asintió haciéndole ver que entendía muy bien el mandarín.

—¡Increíble! —se mofó Ryu—, la CIA enseña mandarín a sus chicos. —Exageró la sonrisa—. ¡Parece que China empieza a ser lo suficientemente importante!

Continuó su paseo por la sala de espera de urgencias y se lanzó a la calle con Marc a su espalda. Fuera hacía una noche de perros, llovía a cántaros y el viento soplaba con fuerza. Los pocos peatones que circulaban por la calle lo hacían bajo paraguas, apretándolos con fuerza contra el cuerpo para que la lluvia no se los arrancase de las manos.

—A partir de aquí puedes ponerte a mi lado y preguntar lo que quieras. —Marc aceleró hasta ponerse a su vera, pero no dijo ni una palabra—. Y, por último, viene la torre, máximo exponente de la capacidad humana hasta la fecha...

Se paró junto a un Jaguar plateado que estaba aparcado en la zona de minusválidos. Sacó la llave del bolsillo y abrió la puerta

—¡Sube!

El muchacho se dejó caer sobre el asiento del copiloto. Cuando se sentó sobre el mullido asiento de cuero fue cuando se dio cuenta de que no se había mojado. Se miró la ropa para cerciorarse. Nada..., ni una sola gota de agua. Ryu debió de darse cuenta de su expresión y se adelantó a la pregunta.

—Es mi elemento, muchacho, ya tengo bastante agua en mi vida como para encima dejar que me moje en la calle.

Marc aceptó la explicación como quien oye alucinar a un loco, ¿qué podía decirle?

—¿No te mojas si no quieres?

—Ajá, ni tú te quemarás aunque quieras. —Dicho esto, arrancó el coche y salió haciendo ruedas de la plaza de aparcamiento.

—Así que minusválido, ¿eh?

—¿Estás ciego? Estoy muerto, joder... conoces a alguien que esté peor? —Buscó a Marc con la vista y le guiñó un ojo.

—Aún no... —La respuesta del chico le hizo soltar una carcajada.

Le caía bien aquel chaval, era eficiente y podía notar cómo al menos la teoría le entraba en la mente como si nada.

—Me encantan las nuevas generaciones, es increíble la velocidad a la que aprendéis; por desgracia, luego, a la hora de poner la teoría en práctica sois un poco más lentos, pero está claro que los eones están haciendo bien su trabajo.

—¿A qué te refieres?

—Mmm... —sopesó la respuesta—. Verás, hace dos siglos intentabas hacer a alguien entender lo poco que te he contado y ya empezaban a desvariar, sus prejuicios y sus miedos eran tremendos. Ahora sois más abiertos, más inteligentes. El objetivo de los eones es enseñar a la raza humana. No deben de estar haciéndolo nada mal para que la mentalidad global esté cambiando a este ritmo.

—¿Qué edad tienes? —No sabía si estaba preparado para escuchar la respuesta pero sentía mucha curiosidad desde que empezó a especular al respecto.

Al otro lado de la ventanilla la ciudad se movía muy rápido, las luces de las tiendas se perdían tras el coche sin darle tiempo ni a saber qué vendían. Ryu conducía muy deprisa pero con mucha pericia. Marc se sentía seguro, incluso cuando tomaba las curvas cerradas dejando que la parte trasera del coche patinara un poco se podía sentir cómo dominaba el vehículo sin dificultad.

—La verdad es que perdí la cuenta después de los dos mil primeros años, pero más o menos dos mil cuatrocientos. ¡Por favor, no me hagas calcularlo! —Marc le miró con cara de espanto, pero Ryu tenía la vista puesta en el asfalto y al parecer la pregunta no le había hecho demasiada gracia, así que cambió de tema.

—Me estabas contando lo que era una torre...

—Cierto, sí. Una torre es casi invisible en el sendero, puede moverse por este a su antojo y transportar a personas y objetos a través de él, también domina tres elementos; seguramente la torre sea la pieza más poderosa y versátil del juego.

—Repites mucho eso del sendero...

—Sí, bueno, eso es algo que es mejor que veas tú mismo más adelante.

—¿La reina no es la pieza más fuerte del ajedrez?

—Una reina es una abominación, existen o han existido, pero nunca he visto ninguna. Supuestamente sería un eón, metido en un cuerpo humano; que yo sepa, las reinas están prohibidas por la Alianza.

—¿Qué es la Alianza? —Marc extendió la vista hacia arriba cuando pasaron por delante del rascacielos de Chang en el barrio de Pu-Dong. El edificio tenía los pisos superiores teñidos de negro y un enorme agujero donde antes había dos de sus pisos..., tal vez tres.

—La Alianza la formaron los eones al inicio de la creación, es un enorme número de espíritus con el mismo objetivo: elevar al hombre al lugar que le corresponde en el universo. Ocupan su tiempo en educarnos, manipulan las corrientes de pensamiento, influyen en la política, la religión, la guerra, las modas... Hacen todo lo que pueden para hacernos razonar sin alterar nuestro libre albedrío.

—Así que, ¿existen reglas?

—Todos los juegos tienen sus normas, ellos no pueden alterar la voluntad humana. Solo pueden influir de forma sutil, pueden enseñarnos el camino pero no pueden obligarnos a caminar por él. Casi todo su poder reside en el sendero y pocas veces pueden cruzar a nuestro plano, por eso nos necesitan a nosotros como vínculo con este mundo. Nosotros también tenemos ciertas normas que no podemos transgredir. —Marc centró la atención en Ryu, si tenía que seguir unas normas más le valía aprenderlas bien y cuanto antes—. No podemos matar a un solo inocente; no podemos revelar nuestra condición a nadie ajeno al juego; no podemos involucrarnos en política ni en religión, salvo si nos lo ordenan, y debemos intentar pasar desapercibidos.

En ese momento tomó un enlace a la autopista, superaba los ciento setenta kilómetros por hora y el coche dio un chillido al cambiar de tipo de asfalto; la nube de agua que arrastraba el coche salió despedida con la inercia, sacudiendo con fuerza a un coche de la policía que estaba vigilando en la esquina final del carril de aceleración.

—Entendido, no llamar la atención... Vale... —La broma quedó flotando en el aire unos segundos, hasta que las luces de la policía se encendieron y comenzó la persecución

—¿Estás sordo, chaval? —Levantó la vista de la carretera y le dedicó a Marc una de sus ya familiares sonrisitas—. He dicho *intentar* pasar desapercibidos... —Apretó el acelerador del coche hasta que no quedó rastro de la policía en el retrovisor...

—Te estarán esperando en la siguiente salida de la autopista, Ryu. Tal vez sería mejor no cabrear a la pasma, ¿no crees?

—Bueno, eso ya lo veremos. —Volvió a mirar por el retrovisor a pesar de que no se veía a la policía y el semblante le cambió de color al menos un tono.

—¿Algún problema?

—Sí, algo así —dudó unos segundos.

—Dijiste que la Alianza eran un «enorme número de espíritus con el mismo objetivo». —Repitió exactamente las mismas palabras y con el mismo tono de mandarín que había usado Ryu. Siempre había sido muy bueno imitando voces—. ¿Los defines como grupo dentro de una multitud?

Tanto la pregunta como la forma de imitarle demostraban que el Fénix sabía elegir a su gente.

—Sí, aunque la Alianza es una idea antigua, no todos los eones pertenecen a ella, hay disidentes y opositores.

—¿Opositores? —Aprovechó para buscar a la policía en el espejo retrovisor derecho: ni rastro de ellos. En cambio Ryu seguía tenso mirando por el espejo central con cara de póquer. «Tal vez —pensó Marc— podía ser por... Bah,... no tiene sentido».

—Hay espíritus que prefieren hacer las cosas a su manera, se centran en zonas concretas, a veces ciudades, otros países. Creen que lo hacen bien, pero en ocasiones entran en conflicto de intereses con la Alianza.

—Vale, más de lo mismo.

—¿Más de lo mismo?

—La CIA lleva haciendo lo mismo una eternidad: intentar arreglar el mundo a su manera... Algunos se unen, otros se convierten en disidentes y otros son opositores.

Ryu rompió a reír y, por primera vez, Marc pudo sentir la auténtica personalidad de aquel hombre. Un segundo de empatía le dijo lo suficiente de él como para reconocerle como un camarada. Una de esas personas que está cuando hace falta.

—Hijo, no sé si estás preparado para esto, pero sin duda te va a encantar... —Le dedicó a Marc otra pequeña sonrisa y sus ojos se llenaron de una luz azulada. Empezó a recitar una especie de salmo en un idioma que Marc no consiguió descifrar. Empezó como un susurro y a cada palabra subía lentamente de tono mientras, en sus ojos, aquel azul crecía en el sentido de las agujas de un reloj. El coche empezó a temblar suavemente como si el metal, el cuero y los cristales vibrasen al mismo ritmo. El salmo se hizo cada vez más fuerte, hasta que todo el cuerpo de Marc vibraba. Podía sentir cada fibra muscular, cada pelo del cuerpo acompañando la voz de Ryu, hasta que de repente se paró... Todo pareció hacer una pausa, la lluvia, el sonido del motor, el aire que estaba respirando... Todo se quedó parado durante lo que parecieron un par de segundos.

Marc intentó volver la cabeza para mirar a Ryu, pero no podía mover un solo centímetro de su cuerpo. Pudo escuchar con claridad la última palabra, cuando salió de su boca, como una explosión en un vacío infinito: «Shen».

Estalló como un trueno y pudo sentir cómo todo su ser se hacía pedazos, como si cada átomo de su cuerpo se convirtiera en energía. Todo a su alrededor se incendió de colores vivos. Estaba rodeado de luz por todas partes, minúsculas partículas de luz que lo llenaban todo, la calle, el agua, el coche, los edificios allí donde alcanzaba su visión, todo estaba lleno de luz. Luego las luces se empezaron a estirar y alterar de forma grotesca. Sintió una sensación de mareo como nunca antes había sentido, y entonces todo se esfumó. El mundo entero se fue al carajo delante de sus ojos mientras un nuevo fotograma se creaba delante de él.

La luz y los colores volvieron a ser normales y el sonido regresó a sus oídos con un nuevo trueno. Delante de él el paisaje era muy diferente al que habían dejado atrás, lucía el sol y el cielo estaba despejado. Estaban rodeados de agua y el coche circulaba a toda velocidad por lo que a Marc le pareció una pista de aterrizaje muy ancha. Al final de esta podía distinguirse una enorme casa de estilo japonés, en medio de una isla del tamaño de un par de campos de fútbol.

El coche parecía fuera de control, la velocidad superaba los doscientos cuarenta kilómetros por hora. Ryu mantuvo la velocidad hasta estar casi al lado de la casa y luego apretó el freno con fuerza dejando que el coche se fuera de atrás mientras frenaba y giraba sobre el asfalto.

Marc estaba petrificado, sus músculos no le respondían, dentro de él su corazón no latía y sus pulmones no parecían tener intención ninguna de funcionar. Todo su ser estaba parado como un viejo reloj.

—Muy bien, chaval. Concéntrate en parpadear… —La voz del chino se le hacía un eco lejano—. Parpadea, concéntrate en parpadear…

Le costó todo un esfuerzo hacerlo, pero lo logró. Un insignificante parpadeo, que hizo que todo su cuerpo despertó con una descarga de dolor. Inspiró con fuerza y comenzó a toser, mientras el terror se apoderaba de él. Abrió la puerta del coche y se dejó caer sobre el suelo de asfalto, cada movimiento que hacía estaba sujeto a un dolor similar al de las agujetas. El suelo estaba templado por el sol y una brisa suave le acariciaba la piel. Ryu bajó del coche y lo rodeó hasta ponerse a su lado.

—¿Qué coño…? —La voz de Marc salía de su garganta ronca y sin fuerza como el lamento de un crío recién nacido—. ¿Qué coño ha sido eso?

—Eso, chaval, es el sendero…

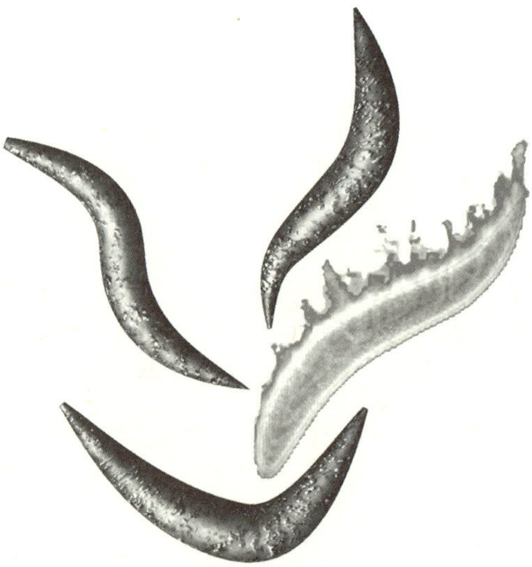

CAPÍTULO V

La pantera

Shanghái. China

A Sheteck nunca le había gustado China y no le gustaban los chinos. Tampoco es que le hicieran gracia el resto de las razas humanas. Además, aquel clima le estaba sacando de quicio. Le gustaba sentir la lluvia en la cara, pero le gustaba la lluvia de la selva, una lluvia limpia y siempre cargada del viejo olor de la tierra; lo que le estaba cayendo encima en esos momentos era más parecido al agua sucia de una cloaca que al agua de verdad. Miró hacia el cielo preguntándose cuánta polución debía de haber allí para que después de tres días lloviendo aún cayera agua sucia. En ese momento su teléfono móvil empezó a vibrar sacándole de sus cavilaciones. Lo sacó del bolsillo del pantalón y lo miró un momento. A sus ojos era un objeto curioso, aquel trasto era en sí mismo un resumen de los últimos veinticinco años, una revolución de la tecnología, sin duda una herramienta útil.

—¿Sí?

—¿Lo tienes? —La voz al otro lado de la línea sonaba seca y fría, pero lo suficientemente familiar como para que Sheteck se pusiera nervioso..

—Sí, está en un hospital, pero desde hace un rato he perdido el rastro, estoy esperando a que asome la cabeza.

—¿Sabemos de dónde ha salido?

—No lo tengo muy claro, pero hay rastros del Fénix por toda la ciudad. Un edificio salió ayer ardiendo sin causa justificada, llevándose por delante a un montón de gentuza. Por otro lado, está lloviendo a mares, el dragón está en el cielo y en el suelo; me está costando mucho que no me detecten. —Podía imaginar cómo el viejo chamán meditaba el siguiente movimiento desde la otra punta del mundo. Justo en ese instante dos hombres salían del hospital. Pudo sentir una descarga de adrenalina al verles.

—Un segundo, le tengo delante… —Dio un paso atrás y se agazapó en las sombras. Estaba a no más de cincuenta metros de ellos, oculto por la sombra de una ambulancia aparcada frente al hospital.

Sheteck no era un tipo corpulento, no superaba el metro setenta, y tenía el cuerpo delgado y fibroso, atípico en su raza; no se podía decir que impresionase mucho, hasta que le mirabas a los ojos: dos esmeraldas perfectas, frías y cristalinas que decían todo de él, dándole a su rostro la misma expresión que una pantera. Eso fue suficiente algunos siglos atrás para que le apodaran así. Era un rastreador, sin duda uno de los mejores. No solía actuar como cazador, ni como guerrero, era más parecido a un asesino, siempre sujeto al oportunismo, la velocidad y la sorpresa.

—Está acompañado de una torre de agua, parece un hijo de Shen, pero no sabría decirte si es Ryu o Lee. Se están subiendo a un coche. El nuevo es un varón y no es chino, es caucásico.

—Ya sé que es un varón —parecía divertido—. Sígueles, y, si tienes oportunidad, ya sabes lo que tienes que hacer, pero no lo fuerces, en China y lloviendo atacar al dragón sería un suicidio…

—Entendido, ¿la prioridad es el nuevo?

—Sí.

—No lo entiendo, ¿para qué conformarse con un peón teniendo una torre a tiro?

—No lo tienes que entender, ni tienes por qué pensar, solo haz lo que te he dicho. —El teléfono se quedó mudo. Lo cerró y se lo guardó en el bolsillo, mientras el Jaguar plateado salía del parking exterior del hospital haciendo ruedas. Bien, ese tenía que ser Ryu, Lee no habría llamado tanto la atención.

Concentró toda su energía en la boca del estómago y comenzó a transmitir la vibración que necesitaba por todo su cuerpo. El cuervo surgió como un relámpago absorbiendo el cuerpo de Sheteck en una décima de segundo, soltó un graznido y comenzó a elevarse hacia el cielo. La lluvia era fuerte y le costaba ganar altura; se arrepintió casi en el acto de no haber conjurado un escudo de viento antes de trasformase en cuervo, pero ya era tarde para eso, tendría que volar contra la lluvia si no quería perder el coche de vista. Ganó toda la altura que pudo antes de dejarse caer para ganar velocidad, en pocos segundos tenía el coche debajo.

Ese chino conducía como un piloto de fórmula uno; la última vez que intentó cazar a Ryu tardó tres meses en recuperar la consciencia y seis más en recuperarse de sus heridas. Con un poco de suerte, hoy podría vengarse a gusto…

Ryu, más que rodar, volaba a ras de suelo. En algunas curvas se dejaba trozos de goma en el asfalto y parecía no tener pedal de freno. A pesar de tener más envergadura que un cuervo normal, Sheteck lo estaba pasando realmente mal para mantenerse detrás del coche. Aprovechó el rebufo para mantenerse estable, pero la tromba de agua que levantaban los neumáticos le rozaba la cola y le hacía perder el control del vuelo.

Cuando llegaron a la entrada de la autopista tuvo que dejarse llevar por la inercia y casi se estampa contra los cristales de un coche de policía que estaba haciendo tiempo en el arcén. Tenía que darse prisa, estaba perdiendo demasiado tiempo en perseguir a su presa, tenía que actuar.

En la autopista el Jaguar se lanzó como un cohete. Era la oportunidad que había estado esperando. Si se materializaba sobre el vehículo a esa velocidad podía golpear con precisión al piloto y salir volando mientras el coche perdía el control. A esa velocidad el accidente sería lo suficientemente serio como para dejar a esos dos zombis a su merced durante horas. Si los cuervos pudiesen sonreír, sin duda lo estaría haciendo.

Una vez más ganó toda la velocidad que pudo desde el rebufo del coche y se preparó para el ataque. Sería rápido, sabía que un solo error daría al traste con todo, incluso con la suerte en contra podría resultar herido. Echó un último vistazo al interior del vehículo y entonces se le heló la sangre en las venas. Ryu le miraba por el espejo retrovisor con los ojos cargados; podía sentir la energía atravesándole desde el pico hasta la cola. ¡Ese cabrón le había detectado! ¡De noche y a través de un cristal mojado, ese maldito chino le estaba dedicando una sonrisa! Ryu tenía la mano izquierda en el volante del coche, levantó la mano derecha de la palanca de cambios, cerró el puño y levantó el dedo corazón… Un zumbido familiar le cogió por sorpresa mientras el coche se fundía en energía. Intentó reaccionar pero era demasiado tarde y el Jaguar se esfumó dejando un trueno en su lugar.

Sheteck tenía tres problemas: ya no había nada entre él y la noche, el aire que segundos antes el coche cortaba para él le dio la bienvenida cargado de agua fría y la onda expansiva del salto completó el pastel. Perdió el control por completo y se fue contra el suelo. Recuperó su forma humana en cuanto sintió el impacto… Rodó y rodó como un saco de patatas hasta que la ley de la gravedad y el muro de la mediana le frenaron en seco. Al igual que un cuervo herido, se quedó quieto, comprobando mentalmente los daños que había sufrido. Luego concentró todo su poder en regenerar sus tejidos punto por punto. Se había roto tres costillas, una rodilla y los dos brazos, pero al menos había podido usarlos para protegerse la cabeza. Tan solo tardó unos segundos en regenerarse y empezar a moverse. Cuando consiguió levantarse estaba mareado, aturdido y dolorido, pero, sobre todo, estaba cabreado, muy cabreado.

Inspiró todo el aire que pudo y soltó un grito que debió oírse en todo Shanghái.

—¡Maldito zombi cabrón! —Dejó escapar el poco aire que le quedaba en un pequeño gemido. En ese momento pudo distinguir cómo el coche de policía se acercaba a toda velocidad hacia él. Como era de imaginar venía a todo trapo y con la sirenita encendida. La oscuridad de la noche, la lluvia y el simple hecho de que los rastreadores solían vestir siempre de negro, le ponían en una situación un tanto complicada para esquivar el coche. No obstante, ni siquiera pensó en ello. Concentró algo de energía, hizo un gesto con la mano y el coche se elevó en el aire por encima de él, la inercia hizo el resto y el coche se estrelló contra el suelo veinte metros por delante mientras daba vueltas de campana. Unos segundos más tarde todo estaba en silencio, tan solo se oía el sonido de la lluvia contra el asfalto mojado.

Sheteck puso sus pensamientos en orden. Le dolía todo el cuerpo y su ropa estaba destrozada, sentía cómo le faltaba la carne de algunas zonas y podía sentir los pedacitos del teléfono móvil en el bolsillo. «Deberían hacerlos de acero», pensó.

Bueno, con un poco de suerte el muchacho no habría soportado el salto… ¿A quién coño se le ocurre hacer saltar al chaval el primer día? La mayoría necesitaba años para poder hacerlo de forma segura… Había llegado el momento de regresar a casa y contarle al chamán lo sucedido. Sintió un escalofrío…

—Esto no le va a hacer mucha gracia. —Dedicó una última mirada al coche de policía, estaba destrozado y no parecía haber nadie vivo dentro del que preocuparse. Conjuró al cuervo de nuevo y se perdió en la noche. Mientras, la lluvia seguía acariciando la tierra. El siguiente coche tardó unos minutos en pasar por allí…

—Mira, cariño —dijo ella desde el asiento del copiloto—, ha habido un accidente.

—Sí —dijo él mientras ponía las luces de emergencia para parar en el arcén—. Si es que van como locos.

CAPÍTULO VI

El maestro

Islote de Kium-Zu. Mar de China

Lee posó lentamente el helicóptero en el jardín, al norte de la casa. Tenía ganas de echarse a Ryu a la cara. Le había tenido cuatro horas esperándole en el helipuerto de Shanghái para luego decirle que estaba en casita con el muchacho… ¿En qué coño estaba pensando? ¡Hacer saltar al novato el primer día! ¿Qué es lo que quería conseguir, matarlo? El romano se pondría hecho una furia.

Apagó el motor y se recostó sobre el asiento mientras las hélices perdían fuerza lentamente. Cada día que pasaba, él se sentía más y más viejo, tenía la sensación de que cada pelo de su cabeza pesaba ya cien kilos. Cerró los ojos y trató de encontrar en su interior una pizca más de paciencia. Como dijo un sabio: «La paciencia es un bien que comienza a escasear a medida que se envejece». Si eso fuese cierto, a Lee se le debería haber agotado hacía milenios. Él era el segundo hombre *vivo* más viejo del planeta, con más de tres mil añitos entre pecho y espalda. Las fibras de su cuerpo eran ya tan duras que cuando cerraba los ojos tenía que hacer esfuerzos serios para volver a abrirlos, y ya no sabía si le costaba hacerlo por su edad o por la falta de la susodicha paciencia.

Muchas veces se había preguntado si no sería mejor dejarlos cerrados. Total, para lo que había que ver… Sin duda sería capaz de salir de aquel cacharro y llegar tranquilamente hasta la casa sin abrirlos. Más aún, sería capaz de ir donde le diera la real gana sin tener que hacerlo. Fuese como fuese, en su interior siempre despertaba una migaja de esa «bendita» paciencia, y una vez más, como en aquella ocasión, volvía a abrir los ojos.

Frente a él, su reflejo en el cristal se le antojó gracioso. Allí estaba, tres mil cuatrocientos setenta y cinco años, viendo la misma cara en el espejo… «Joder, qué cruz», esbozó una sonrisa y saltó del helicóptero. A la vista de cualquiera, Lee parecía un niño, su muerte tuvo lugar en esa fase de la vida en la que un niño debería empezar a comportarse como un hombre… Ahora lo llaman adolescencia. En su época, a los dieciséis años ya estaba casado y tenía dos hijos; ahora no podía comprar alcohol en un supermercado sin que le pidiesen los papeles. Vivir para ver…

Ryu le estaba esperando en el porche de la casa. Debió de ver venir la bronca porque se separó de la casa y empezó a caminar hacia él con la mano levantada a media altura, como queriendo parar el viento. Después de dos mil cuatrocientos años de existencia en común ya debería saber que no se puede parar el viento, aunque, pensándolo bien, era más fácil hacerlo que calmar a Lee después de lo que había hecho.

—Sé lo que estás pensando pero, antes de despedazarme, escúchame, ¿OK? —A su altura levantó las dos manos… quién sabe, a lo mejor conseguía parar el viento realmente.

—Más vale que tengas una buena razón.

—Estaba entre la espada y la pared, Lee, te lo juro… Teníamos un rastreador tolteca pisándonos los talones.

Lee frunció el ceño:

—¿Tolteca? ¿Bromeas?

—Estaba diluviando, Lee, y aun así nos estaba siguiendo, tuve suerte y le vi por el retrovisor, pero no conseguí detectarlo de otro modo.

—¿Qué viste exactamente?

—Al salir del hospital vi como un hombre se ocultaba cuando nosotros salíamos, solo lo vi por el rabillo del ojo, pero vestía de negro, sondeé la zona antes de entrar en el coche pero no noté nada de nada, así que pensé que no había peligro.

—¿El anillo?

—Nada, Lee; no vibró, no sentí nada. Todo parecía estar bien, así que salí hacia el helipuerto, un poco mosqueado, y le di un poco de caña. —Lee cerró los ojos y levantó una mano para acariciarse las sienes—. Nada exagerado, no te preocupes… —La última vez que oyó esa excusa les llegó una carta de la jefatura de tráfico acusándole de conducción temeraria, una multa astronómica y retirada del permiso de conducir. Le pedían hasta dos años de cárcel. Al final tuvieron que cambiar de identidad antes de tiempo. Se formó un lío enorme, y además, el coche estaba a nombre de Lee—. Al llegar a la autopista me di cuenta de que algo frenaba el agua detrás del coche, miré por el retrovisor y allí estaba el puto cuervo, Lee, ¡estaba pegado al coche!

—Un cuervo…

—Un cuervo persiguiendo un coche por la autopista a ciento ochenta kilómetros por hora, usando el rebufo del coche. —Lee miró a Ryu a los ojos, sin duda no estaba mintiendo. Salvo tal vez por la velocidad: ciento ochenta se le antojaba poco para Ryu en la autopista.

—Vale, OK, era un cuervo y seguramente un rastreador, pero ¿cómo sabes que era un tolteca?

—Era Sheteck… —Ryu bajó la cabeza.

—Vale, basta ya. Estás delirando.

—Mierda. Te juro que era él, joder. Cuando estaba saltando pude sentirle, del susto que se llevó perdió la cobertura. ¡Te juro que era Sheteck! —Ryu estaba diciendo la verdad, puede que no fuera el tolteca, pero estaba claro que había visto a un rastreador tras el coche. Dedicó unos segundos a meditar sobre la situación.

—Vale, supongamos que era Sheteck, ¿por qué hoy? En China, lloviendo… Intentar atacarte sería una locura. Si hubieses parado el coche y te hubieses enfrentado a él estaría muerto. Hiciste saltar al chico recién «nacido» Ryu… es un compromiso de la alianza. Si el chico muere ¿con qué cara le habrías explicado al romano lo sucedido? ¿En qué estabas pensando?

—Lo sé, joder… no tiene lógica. He estado pensando en ello y solo se me ocurre una cosa. —Lee hizo un gesto con las manos como esperando que algo lógico saliese de su boca—. Es el chaval, estaba rastreando al chaval, no a mí. —Los dos se quedaron en silencio.

—Tiene lógica, un solo golpe bien dado y el chaval estaría muerto. Si hubieras parado el coche lo habría matado y después habría huido. Sheteck no es un guerrero, es un oportunista. Tiene lógica…

—Sí, pero eso ¿en qué situación nos deja?

—Eso depende. ¿Cómo está el chico?

—Ah, ¡el chico está de lujo! —Ryu sonreía y movía la cabeza de arriba abajo en una mezcla de incredulidad y alegría—. Se recuperó en cuestión de minutos, Lee, no sé de qué pasta los escoge el Fénix, pero este niño va a llegar lejos.

Lee no sabía qué pensar, se quedó allí de pie, como una estatua de mármol, no parpadeaba, no respiraba, daba la impresión de ser un robot con alguna clase de cortocircuito. Acostumbrado a estos lapsus en su compañero, Ryu le acompañó en su parálisis durante unos segundos antes de perder los nervios.

—Bueno, si no me vas a despedazar ni nada parecido yo me voy a dar una ducha. El chaval está instalado en la torre, si quieres hablar con él, este sería un buen momento—. Se dio la vuelta y empezó a caminar hacia el porche.

—¡Ryu! —La voz de Lee no presagiaba nada bueno, había utilizado ese tonito de voz serio y monótono que solo usaba cuando estaba en guardia.

—Dime.

Esperó hasta que Ryu se dio la vuelta del todo.

—Si hay que darle explicaciones al romano serás tú el que se las dé, ¿entendido?

—No te preocupes, Mell es cosa mía.

—Muy bien. Y una pregunta... —Lee esbozó una sonrisita—, ¿por qué darte una ducha si puedes darte un buen baño? —Antes de que Ryu pudiera reaccionar, a Lee se le cargaron los ojos. Resultaba aterrador ver cómo la energía de Shen le transformaba la cara, sus rasgos se hacían duros y marcados cuando toda la musculatura del rostro se tensaba. El iris de sus ojos se tornó de un azul eléctrico. Normalmente, la carga se percibía iluminándolos en el sentido de las agujas del reloj, lentamente, hasta completar el círculo. Pero no en Lee. En él la carga se hacía casi instantánea, sin dar tiempo a su adversario de reaccionar. Ryu se elevó en el aire como si una mano invisible le hubiese cogido del cuello.

—Pero ¡por todos los dioses! ¿Qué querías que hiciera? —Estaba atrapado y lo sabía. Lee dominaba la energía del dragón con tal destreza que nada podía resistirse a él, ni siquiera Ryu.

—Sé que no tuviste alternativa, pero tampoco la buscaste. Además —ensanchó la sonrisa mientras levantaba la mano derecha haciendo que Ryu se elevase unos dos metros más—, podrías haberme llamado, entre los dos habríamos podido cazar al cuervo y averiguar sus planes. Ahora solo nos queda esperar a que vuelva a intentarlo. Piensa en ello. —Empujó con la mano en dirección a la playa y el cuerpo de Ryu salió disparado hacia el mar, voló unos doscientos cincuenta metros antes de estrellarse contra las olas. Después se cruzó de brazos mientras veía a Ryu salir del agua hecho unos zorros.

Ryu se vio transportado a sus primeros años. Cuando Lee era «el maestro» tenía la costumbre de lanzarle al mar siempre que cometía algún error; lo que Lee no supo nunca es que a Ryu le encantaba que lo hiciese. La telequinesia de Lee poseía tanta fuerza que daba la sensación de estar en una montaña rusa, y eso, en una época en la que la diversión más grande era salir de pesca, era una gozada.

Salió del agua con una sonrisa en los labios, incluso creyó sentir como su viejo y seco corazón latía con fuerza, como antaño.

—¿Y esto es todo? —gritó—. ¡Ven aquí si tienes huevos! —Hizo gestos con las manos retándole a que se acercase a la playa. Lee no pudo por menos que echarse a reír... Ese hombre nunca cambiaría y en el fondo, solo en el fondo, se alegraba de que no lo hiciese. Pasar la eternidad con alguien parecido a sí mismo habría sido un coñazo, un aburrimiento mortal.

—Tengo que hablar con el chaval... Ya te bajaré los humos más tarde. —Sin más, se dio la vuelta y se fue hacia la torre, mientras Ryu dejaba su ropa en la orilla y regresaba al mar, como siglos atrás le solía decir Lee, «a buscar sirenas».

La torre era el ala de invitados, una construcción moderna que simulaba ser de piedra y madera, pero que estaba hecha de acero y ladrillo. Todos los edificios del complejo eran de acero y ladrillo, pero a Lee le gustaba imitar los viejos materiales y tanto la torre como la casa principal imitaban el estilo de Japón en la Edad Media. Una pequeña pagoda en la parte más alta del islote ocultaba los sistemas de telecomunicaciones y también parecía haber sido secuestrada en el tiempo. El único edificio que destacaba con tintes más modernos era el hangar del aeropuerto, que, como había dicho Ryu («cuando no se puede, no se puede») era imposible de disfrazar, un auténtico muerto. En fin. Lee se conformaba con no mirarlo demasiado y en ocasiones, si el sake era bueno, hasta le resultaba gracioso con sus enormes puertas plateadas reflejando la luz del sol.

Dio un rodeo por la casa principal para coger unas cervezas frías de la nevera y luego saltó por el sendero hasta la torre. Por respeto a su invitado lo hizo en la planta baja, pero el estruendo del salto hizo temblar la torre como si fuera de papel. Bien visto, era casi como llamar al timbre.

Arriba, Marc estaba metido en el *jacuzzi*, sintió la onda del salto en el agua y no pudo evitar sentir un escalofrío por toda la columna. Aún tenía el estómago revuelto por la experiencia, aunque tenía que reconocer que había sido algo increíble. No recordaba haber sentido algo tan intenso en toda su vida.

La habitación que le habían asignado era impresionante, dejaba a la altura del betún cualquier *suite* que hubiera visto nunca, y había visto muchas. Habían levantado esa torre en mitad de la isla y se habían dedicado a hacer una habitación en cada planta. Era enorme, de unos ciento veinte metros cuadrados, con una cama de estilo balinés de dos por dos; más que un minibar, tenía cafetería; *jacuzzi* para cuatro personas más o menos; un tatami de unos dieciséis metros en medio de la habitación; una terraza en cada punto cardinal de unos doce metros, y luz, luz por todas partes… Parecía la versión japonesa del Olimpo. Lo único que parecía no encajar era la enorme pantalla de plasma de cincuenta y siete pulgadas con enlace de satélite, y el teclado inalámbrico de algún ordenador, que a saber dónde Dios estaba escondido.

Marc sintió algo raro en la mano, como si el anillo del Fénix vibrase durante un segundo, levantó la mano y se la miró. El anillo volvió a vibrar y una sensación parecida al miedo le recorrió el cuerpo. Se tensó en el *jacuzzi*… Un segundo después un chaval de unos dieciséis o diecisiete años entró en la habitación y le lanzó algo. Por instinto lo esquivó, pero apenas le dio tiempo; menos mal que aquel objeto se quedó parado a pocos centímetros de su hombro derecho. Era una lata de cerveza.

—Cógela, aún está fría. —El chaval le dedicó una sonrisa algo forzada—. Si hubiese sido un cuchillo te habría dolido. Siempre que notes que el anillo vibra ponte en guardia, da igual donde estés, da igual quién te acompañe: si el anillo vibra estás en peligro. Esa es la primera lección, si la recuerdas, las demás lecciones no serán muy... —hizo una pequeña pausa para encontrar la palabra adecuada— dolorosas.

—Gracias. —Cogió la cerveza sin pararse a pensar en lo que acababa de ver, era preferible no darle vueltas al hecho de por qué una lata de cerveza era capaz de levitar, desde que había despertado en la morgue del hospital empezaba a tener la sensación de estar volviéndose loco por segundos.

—¿Es una especie de detector?

—Más o menos. El anillo es una antena que te comunica con tu señor, pero también percibe cosas del entorno y te las transmite. Tu subconsciente interpreta las señales como puede; en tus primeros años la información será confusa, pero con el tiempo serás capaz de distinguir cada señal de forma clara, te dirá si te mienten, te dirá si estás en peligro y qué clase de peligro es, te dirá si estás en lugar seguro y, si necesitas agua o cobijo, te dirá dónde buscar. Hace un momento yo he pensado en hacerte daño, eso es lo que activó la secuencia. Pero para dominar todo eso necesitarás mucho tiempo... —Dejó su lata de cerveza en el borde del *jacuzzi*—. Soy Lee, torre de Shen, te doy la bienvenida a mi casa.

Marc no sabía qué decir, ya era la segunda vez que se le presentaban de esa forma y no sabía cómo responder, así que se quedó paralizado y con cara de idiota.

—Lo siento —reaccionó al fin—, no sé cómo contestar a tu presentación, yo soy Marc... y no... —buscó las palabras—, no tengo ni idea de qué más... porque supongo que mi currículum anterior no sirve, ¿no?

—No te preocupes, es una costumbre oriental,—Lee ahogó una carcajada—. Aquí todos nos presentamos, sobre todo en el pasado, es una norma de... ¿Cómo diríais vosotros, ¿«cortesía»? —Marc asintió con la cabeza—. Tú deberías decir algo así como: «Hola, yo soy...» —Hizo un gesto con la mano esperando la respuesta del chico—.

—Marc.

—Bien, Marc, peón del Fénix, ¿no?

—OK, soy Marc, peón del Fénix, y agradezco tu hospitalidad. —Hizo un gesto con la cabeza, satisfecho de haber terminado la frase por sí solo. Lee le dedicó una sonrisa, esta vez no parecía forzada.

—¿Qué tal te encuentras, Marc? —preguntó en un tono algo menos formal.

—Bien, el agua fría me ha sentado muy bien, pero parece que ya está empezando a calentarse.

—Bien, sal y ven aquí, charlemos un rato. —Dejó la orden en el aire y se acercó al centro de la habitación, se sentó en el tatami y cruzó las piernas en lo que a Marc se le antojó casi un nudo. Salió del agua y cogió la toalla para secarse. A medida que hacía los movimientos típicos para secarse se dio cuenta de que no había nada que secar, al parecer su cuerpo absorbía el agua a toda velocidad o algo parecido...

—En realidad no la absorbes, solo la evaporas —dijo Lee como si pudiera leerle el pensamiento—. Tu temperatura supera los cuarenta grados. Los días en que estés excitado o enfadado superará los sesenta grados; si te cabreas mucho y no bebes lo suficiente, la cosa se pondrá aún más fea. Así que relájate y bebe mucha agua.

Marc se puso la ropa de chino y se sentó delante de Lee, intentando sin éxito hacer un nudo en las piernas; tardó al menos un par de minutos en darse por vencido y simplemente las cruzó. Cuando levantó la vista vio una enorme sonrisa en el rostro de Lee.

—Cada ser tiene un pasado, un presente y un destino, Marc. Y me temo que tu cuerpo es demasiado grande como para que puedas sentarte como yo. —Parecía estar disfrutando de lo lindo con sus torpezas—. Supongo que tienes un millón de preguntas, ¿no? —Marc asintió con la cabeza—. Muy bien, Buda me dijo una vez: «Aquel que encuentra las preguntas está preparado para escuchar las respuestas». Así que adelante, pregunta... Y veremos si es el caso... —Clavó aquellos ojos vidriosos en los suyos y Marc sintió un leve escalofrío en la nuca. Mirándole de frente aquel muchacho parecía un maniquí, no parecía respirar, ni pestañear, era como estar hablando con un muñeco de cera. A su vez, aquellos ojos decían un millón de cosas. Fríos y calurosos, extraños y poderosos, parecían relucir con vida propia.

—¿Buda? ¿Conociste a Buda?

—Sí. —Lee se llevó la mano a la nuca y torció el gesto—. Pero creo que sería preferible empezar por preguntas sobre tu estado actual, ¿no crees? Ya tendremos tiempo de hablar de Historia.

—¿Estoy vivo? —La pregunta salió de sus labios con cierto temor a escuchar la respuesta.

—Técnicamente, no. Tu corazón late, tu sistema sanguíneo funciona perfectamente, así como tu sistema nervioso, cerebro, médula espinal, etcétera..., pero nada más. Eres un muerto viviente; parece una contradicción imposible, pero así son las cosas.

—¿Cómo es posible algo así?

—Pronto descubrirás que no hay nada imposible, amigo mío, pero de todas formas trataré de explicártelo. Tu alma está encerrada en tu cuerpo, así que tu mente no puede morir. Por otro lado, tu sistema nervioso está alimentado por la energía del Fénix, y eso hace latir tu corazón, que es quien mueve la sangre por todo tu cuerpo, alimentando con agua y sales minerales las fibras que componen tus tejidos. Imagina tu cuerpo como una máquina: algunas de sus funciones se han quedado paradas por completo, pero las funciones de mantenimiento y movimiento siguen activas. —Hizo una pequeña pausa para ver como reaccionaba el chico—. ¿Entiendes?

—Creo que sí... ¿Solo puedo beber agua?

—Solo puedes beber. La comida no será digerida, por lo que tendrías que expulsarla de tu cuerpo en el mismo estado en que te la comiste... Puede que en alguna ocasión tengas que hacerlo para dar el pego, pero no te lo recomiendo, resulta muy... —puso cara de asco— desagradable. Por otro lado, puedes beber cualquier cosa que no tenga fibra ni sedimentos, es más, es uno de los pocos placeres humanos que conservamos. —Hizo otra pausa y esbozó una sonrisa—. Los condenados solemos tener siempre una buena reserva de licores y bebidas, prácticamente tenemos de todo. Cuidado con el alcohol, ahora tu hígado y riñones no funcionan, por lo que por poco alcohol que bebas se te subirá muy deprisa a la cabeza, tendrás que sudar cada gota de alcohol que consumas, aunque... pensándolo bien los de fuego seguramente lo tenéis más fácil para sudar.

—Ryu me explicó lo de los elementos. ¿Hay mucha diferencia entre alguien de fuego y alguien de agua?

—Buena pregunta... —Lee parecía animarse a cada segundo—. En realidad somos muy parecidos, yo domino tres elementos, pero ninguno con tanta potencia ni facilidad como el agua, que es el que me devolvió a la vida. Mi temperatura corporal es muy baja, pero puedo paliarla si utilizo el fuego en alguna ocasión. Supongo que es el equilibrio entre elementos lo que más nos acercaría a la «vida». —Acentuó la palabra dándole un tinte triste, como quien rememora la juventud perdida, o un juguete de la infancia—. Pero siempre es más fácil utilizar el elemento raíz, por lo que terminamos por acostumbrarnos a sus pros y sus contras.

—Ajá... ¿El hecho de que nuestra raíz sea opuesta nos influye de alguna manera?

—¿Opuesta, dices? —Lee pareció refutar la pregunta de forma frontal—. En realidad no son opuestos. Es la fusión de los cuatro elementos lo que da origen a la realidad física. Como Albert Einstein solía decir, todo es relativo». Hizo un gesto con la mano y recuperó la sonrisa—. Todo depende de la intensidad de uno u otro elemento, la lógica te dice que el agua apaga el fuego, pero, si el fuego es muy intenso, el agua se evaporara a su paso, ¿entiendes?

—Creo que sí…

—Hay cosas que solo comprenderás con el paso del tiempo. —En ese momento el suelo vibró un poco y el ya conocido trueno resonó una vez más. Ryu apareció dos segundos más tarde por la puerta de la habitación. Se había cambiado de ropa, llevaba unos pantalones vaqueros y una camiseta negra de manga corta. En la mano traía una mochila de mano no muy grande.

—Hola, ¿interrumpo? —continuó hablando sin esperar respuesta—. Te he traído algo de ropa «moderna», supongo que te hará sentir un poco mejor, también te traigo ropa interior, y algunos utensilios de primera necesidad. —Dejó la bolsa en el suelo y se sentó junto a Lee—. Por desgracia, el pelo y las uñas les siguen creciendo hasta a los muertos. —Dejó escapar una risita liviana que relajó un poco el ambiente, pues Lee parecía algo enfadado con Ryu, por la forma en que lo miraba.

—Gracias, ya empezaba a sentirme cómodo con esta ropa, pero no creo que me favorezca mucho.

Marc miró la ropa que le habían traído, un pantalón vaquero del mismo corte que el que llevaba Ryu, que además parecía de la talla de este… es decir, algunas tallas menos que la suya. Las camisetas igual, eran todas pequeñas pero al menos podría vestirse un tanto ajustado.

—Ya sabéis, aunque la mona se vista de seda…— Tanto Ryu como Lee rieron el comentario y el ambiente se relajó un poco más—. Lee me estaba resolviendo algunas dudas.–

Ryu miró a Lee y automáticamente bajó la cabeza.

—OK, iré a buscaros algo de beber. —Hizo gesto de levantarse pero Lee le puso una mano en la pierna

—Quédate… El chico tiene, sin duda, preguntas para todos… — El gesto parecía brusco pero denotaba esa sensación de tregua que los amigos ofrecen entre líneas después de discutir. Ryu se relajó de nuevo.

—¿Qué es exactamente el sendero? —Marc hizo la pregunta con toda la entereza que pudo, pero no pudo evitar que un escalofrío le recorriese la columna con solo nombrarlo. El mero hecho de recordar lo sucedido unas horas atrás le ponía la piel de gallina.

Lee miro a Ryu y le hizo un gesto con la cabeza.

—Ya que Ryu te lo ha enseñado esta mañana... seguro que puede también darte una respuesta. —Quedó completamente claro cuál había sido el motivo de la discusión entre ellos por la cara que puso Lee, pero al parecer estaba zanjando el asunto con aquella pequeña puesta en escena.

—Verás —comenzó Ryu mientras bajaba un poco la cabeza—, el sendero es un espacio entre el mundo de los vivos y el mundo de los espíritus. —Marc puso los ojos como platos—. Te lo explicaré mejor con un ejemplo... Imagina que el mundo en el que vivimos es un enorme edificio; en cada planta vive gente que comparte la comunidad, pero cuyo estilo de vida es radicalmente distinto. En las primeras plantas aún puede verse a gente cazando con lanzas en las selvas del Amazonas, en otros pisos hay gente que vive del espectáculo y en otros de las finanzas; la gente puede vivir en este «edificio» vidas completamente diferentes, incluso dentro de un mismo piso puede haber personas que nunca se crucen porque su pequeño universo personal no es el mismo. Por ejemplo, un hombre que vive su vida entre abogados, pleitos, juicios y demandas, rara vez sabe nada de la gente que en su misma sociedad vive de la economía, el arte o la albañilería. Todos tienen su propio sitio, conviven como lo hacen los animales en la selva, haciendo caso a sus depredadores o aliados, según convenga. Son humanos, son iguales, siempre están juntos pero viven separados... —hizo una pequeña pausa—. ¿Hasta aquí lo entiendes todo?

—Ajá...creo que te sigo.

—Bien, a este edificio lo llamaremos «el plano físico». Los brujos mexicanos lo llamaron el *tonal*, los monjes tibetanos el universo mental, los egipcios el reino de Osiris o el mundo de los vivos. Cada cual le ha dado un nombre a través de los siglos. Hoy en día, la física cuántica lo llama realidad tangible, pero cómo se le llame es lo de menos. Este es el mundo que construimos cada día, todos y cada uno de los habitantes de este mundo le da forma a través de su conciencia; si el ser humano, como ente global, quisiera cambiar algo del universo, lo haría. Es importante que prestes atención a todo esto, porque en su conjunto es lo que limita nuestras acciones; desde el momento en que dejaste de ser «humano» estás obligado a respetar en la medida de lo posible las normas de los miembros de la «comunidad de vecinos». No está en nuestras obligaciones interponernos en la realidad humana; es más, estamos aquí para evitar que otros puedan hacerlo, entre otras cosas…

—OK, entendido, respetar la realidad humana supongo que no sirve de nada si pienso que las normas de la comunidad de vecinos dan risa, ¿no? —Ryu se quedó de piedra mientras Lee se echó a reír como un crío.

—Me temo que da igual lo que tú y yo pensemos —ensanchó la sonrisa—, aún queda mucho que explicar.

—Este chico me cae bien —dijo Lee entre carcajadas—. Dice lo que siente, que ya es algo, pero me gustaría ver cómo le dice eso al Fénix. —Y rompió a reír de nuevo; en esta ocasión Ryu empezó a reírse también, mientras Marc hacia lo posible para no hacerlo.

—Vale…—dijo Ryu recuperando la compostura pero sin dejar de sonreír—, ahora vamos al otro lado de la calle, donde hay otro enorme edificio; a este edificio le llamaremos «el Sephyra». Es el plano de la energía plena, donde habitan los eones, allí donde las almas de los muertos van tarde o temprano, el cielo, el reino de la luz, el plano espiritual… ¿OK? —Esta vez Marc solo asintió con la cabeza—. Allí es todo energía, la materia no existe, pero es mejor que dejemos este edificio para otra ocasión. —Lee vio a Ryu un poco perdido y decidió intervenir.

—El Sephyra es complicado, Marc. Es mejor que hables de él con los eones, nosotros no hemos estado allí, y es difícil explicar lo que es el Sephyra con palabras humanas…

—Bien —retomó Ryu—, en medio de ambos edificios hay un sendero que los une; un punto de unión entre los dos reinos. A lo largo de la Historia lo han llamado de mil formas: el nagual o *nahual* (en lengua náhuatl), el astral... Nosotros tenemos el poder de viajar a través él, pero no podemos alejarnos mucho de este edificio, cuanto más te alejas de este lado de la realidad más difícil es volver a ella. Casi todos los seres humanos pueden viajar por el sendero, pero lo hacen en sueños, de forma inconsciente. A veces, algún privilegiado consigue ser consciente del viaje, pero es muy poco común, ellos solo lo hacen con la mente y el alma. Nosotros podemos transformar nuestro cuerpo en energía, incluso algunos objetos cuando aprendemos cómo hacerlo, teniendo en cuenta que en el sendero uno se mueve a la velocidad del pensamiento, sus ventajas como medio de transporte son enormes.

A Marc ya le dolía un poco la cabeza. Intentaba poner cada palabra en su sitio y analizar lo que estaba escuchando pero le costaba mucho entender todo aquel nuevo concepto del universo, plano físico, astral, energía..., daban ganas de correr hasta la terraza y saltar al vacío. No podía quitarse de la cabeza la imagen del típico esnob alucinado «de la nueva era», y todas esas historias de espíritus nunca le habían hecho gracia.

—No te preocupes por entender todo esto, muchacho —dijo Lee—, no te esfuerces, porque no te será necesario hacerlo. Día a día convivirás con este nuevo universo y podrás entender cómo funciona paso a paso, como lo hemos hecho todos antes que tú. Ahora solo tienes que entender que el sendero es un pasadizo entre dos mundos. Nos permite movernos muy deprisa de un sitio a otro. A esto lo llamamos «salto». Hoy has dado tu primer salto, pero no deberías haberlo hecho al menos en los próximos veinte o treinta años. —Marc pereció relajarse al tiempo que escuchaba las palabras de Lee, como un alumno que se siente un zoquete al ver el temario completo a principio de curso, pero cuyo profesor le hace ver que todo puede aprenderse sin prisa... pero sin pausa.

—¿Por qué no debería haber saltado?

—La verdad es que es muy peligroso para la integridad física hacer saltar a un peón. —Ryu se puso serio—. Te ruego que me disculpes, porque te puse en peligro. —Las piezas empezaron a encajar para Marc, el enfado de Lee, la forma de comportarse de Ryu—. Si me haces el favor no le digas nada al romano, yo mismo se lo explicaré.

—¿Por qué lo hiciste? —Hizo la pregunta sin acritud, con la curiosidad simple de un niño—

—Estábamos en peligro, tal vez no te dieras cuenta pero nos estaban siguiendo.

—¿Te refieres al cuervo?

Ryu levantó la cabeza y Lee le miró con cara de asombro.

—¿Lo viste?

—Pues claro que lo vi... Joder, como para no verlo, ese bicho parecía un buitre, no sabía que hubiera cuervos tan grandes. —Dejó de hablar cuando vio la cara de asombro que ponían los dos—. ¿Qué os sorprende tanto? En la CIA te enseñan a mirar hacia atrás cada cinco segundos.

—¿Por qué no dijiste nada? —preguntó Lee—, ¿no te pareció extraño?

—¿Extraño? Verás... —intentó poner sus ideas en orden y prosiguió—: antes de ayer a estas horas, yo estaba colgado de un edificio, era agente de la CIA y tenía que matar a un terrorista. Después de ver cómo un egipcio medio en pelotas casi vuela el edificio, me pegaron dos tiros de escopeta. Luego tengo una especie de visión en la que me ofrecen la vida eterna y la ocasión de limpiar mi alma, algo que no sabía ni que tenía; más tarde, un chino con nombre de japonés, que habla inglés mejor que yo y calza dos mil trescientos años más o menos, me despierta en una morgue llena de cadáveres y me dice que no necesito respirar para vivir, algo que compruebo mientras me bebo cuatro litros y medio de agua sin hacerlo; después de hipnotizar a medio hospital para sacarme de allí, veo cómo deja inconscientes a los guardias de la morgue en menos de un segundo, me saca a la calle donde está diluviando, pero yo no me mojo…, y me mete en un coche sacado de una película de James Bond; después me doy cuenta de que Schumacher es un aficionado, al ver cómo un coche toma curvas a ciento ochenta kilómetros por hora bajo la lluvia sin derrapar. Sinceramente, cuando vi aquel cuervo volando (¡bajo la lluvia!) a unos doscientos por hora detrás del coche… ¡lo único que me sorprendió es que no llevase gafas de piloto!

Todos se quedaron callados unos segundos, mientras el rostro de Lee pasaba del estupor a la risa con uno de esos parpadeos tan raros en él. Un segundo después todos se estaban riendo, las carcajadas se podían oír por toda la isla. Incluso Marc dejó salir toda la tensión de los dos últimos días mientras intentaba sin éxito limpiarse las lágrimas de la cara.

Segundo a segundo fueron recobrando la calma, mientras el sol se caía del cielo más allá del horizonte y la luz de la luna ganaba protagonismo sobre las olas del mar.

—Bueno —dijo Lee mientras contenía una última carcajada en el estómago—, así que… ¿dejaste inconscientes a los guardias de la morgue? —Según hacía la pregunta dejó caer su mano sobre el hombro de Ryu, que se puso serio en el acto. El golpe sonó seco como si la mano de Lee fuera una garra; sus ojos se incendiaron de un azul luminoso mientras miraba a Ryu, aún con la sonrisa en los labios.

—¡Oh, mierda!

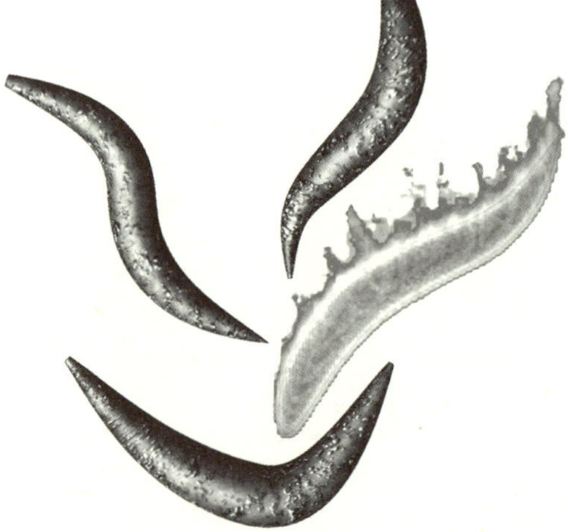

CAPÍTULO VII

La geisha

Roma. Italia

El día había transcurrido demasiado rápido. El funeral, el entierro, las estúpidas preguntas de los amigos sobre el paradero del viejo Mell, respuestas, mentiras, más preguntas, más mentiras…

El sol le había dado un respiro ocultándose tras algunas nubes y gracias a Dios la gente estaba más afectada por la muerte de Lidia que por la falta de Mell. «Se encontraba muy mal», «creímos que cambiar de aires era lo mejor para él», «os agradece a todos que hayáis venido»…

El toque de ironía lo puso el abogado cuando le dijo lo mucho que se parecía a su anciano padre cuando le conoció, casi cuarenta años atrás; vamos, «dos gotas de agua». A Mell le costó todo un segundo contener el llanto y las enormes ganas de darle un abrazo y contarle toda la verdad. Al menos todo había terminado.

Aparcó el coche en la plaza de aparcamiento indicada por Carolo para su futura venta y se quedó congelado en el asiento sin saber por dónde empezar. Estaba siendo más duro de lo que había imaginado. Miró al asiento del copiloto e imaginó a Lidia allí, a su lado, mirándole con esa bendita sonrisa que le hacía perder la razón. Estaba preciosa, con su traje de flores y sus tacones de aguja, mirándole con cariño. Así es como quería recordarla, por más que le doliera, perfecta, sublime, viva…

—Lo siento, cariño, pero tengo que irme a trabajar, algún día te daré las explicaciones que te mereces, pero aún no… —Se dio cuenta de que estaba cayendo en espiral; las lágrimas luchaban por abrirse camino y no encontraba excusas en su mente para poder contenerlas; con ella lo había perdido todo. Sentía que su alma no levantaría cabeza nunca más, pero sabía que tenía que reaccionar; había visto tanta muerte a lo largo de su vida, había perdido a tantos, había olvidado a tantos… Se tapó el rostro con las manos y dio un bufido.

—Bueno, ¿por dónde coño empezamos? —Rápidamente le vino una imagen a la cabeza: el santuario de Sicilia.

Sí, Joyko sabía que era su preferido. Llevaba casi medio siglo sin saltar, pero eso era algo que no se olvidaba fácilmente. Centró su energía, dio un último vistazo al asiento del copiloto y saltó… Un trueno resonó en el parking haciendo vibrar los cristales del coche, las alarmas de algunos vehículos comenzaron a sonar. Unos minutos después, todo quedó en silencio.

Apareció en mitad de una estancia completamente cambiada. El toque femenino y el estilo propio de Joy habían trasformado la vieja torre. Dio un vistazo a su alrededor tratando de encajar en su memoria las piedras, los marcos de las puertas. Sí, sin duda era la vieja torre de piedra que sus antepasados habían levantado en mitad de un bosque de álamos y olivos en Sicilia. Ya en sus tiempos la tuvo que arreglar mil veces y siempre le traía quebraderos de cabeza. En un principio era parte de una villa solariega, pero con el paso de los siglos solo sobrevivió la torre.

Se acercó al balcón y abrió las ventanas de madera, allí estaba su Sicilia, su hogar. Es curioso cómo la tierra que te ve nacer te da la bienvenida cuando estás lejos de ella mucho tiempo, es como si cada brizna de hierba hubiese estado siempre allí esperándote, y cuando ves que algo no está donde debería, te sientes un traidor por haber estado lejos tanto tiempo. Los árboles no parecían ser los mismos pero alguno estaba allí donde él lo recordaba, se giró y echó un nuevo vistazo a la estancia, Joy había hecho un gran trabajo. La vieja torre parecía ahora un palacio moderno, con los suelos de madera de teca y enormes ventanales de cristal blindado, los viejos muebles de madera de roble habían dado paso a otros de diseño en negro y crema... Estaba todo precioso. Sobre una mesa centrada en el cuarto se veía claramente una nota de papel y dos dagas largas de metal azulado; las reconoció en el acto. Esbozó una sonrisa y recogió la carta.

Al leer las primeras palabras, ya pudo imaginar la sonrisa irónica en el precioso rostro de ángel de Joy.

«Ave Mellias:

Supuse que vendrías aquí primero; como ves, he realizado algunos cambios. No me lo tengas en cuenta, por favor, el tejado se caía a trozos y no quedó más remedio que modernizarlo todo un poco..., espero que te guste.

El maestro me ha comunicado hoy que la enfermedad de Lidia se ha agravado y que no tardarías en regresar. Quiero que sepas que siento mucho lo que te ha tocado sufrir, Lidia era una mujer fantástica. Antes de que te asalten los remordimientos sobre mi estado en estos últimos cuarenta y siete años, quiero que sepas que me he alegrado por cada uno de los segundos que has disfrutado... Cada mañana me decía a mí misma que tú serías feliz por los dos. Así que no quiero ver en tu rostro una sola mirada de culpa cuando volvamos a vernos. Ya sabes cómo soy, no me gusta mucho hablar y no se me dan bien ni las despedidas ni los reencuentros; por eso creo que esta carta es una buena idea. Decirte que los últimos años mejoraron mucho nuestra infraestructura. Perdimos los santuarios de Manhattan (ya viste lo que les pasó a las torres gemelas), Moscú, Lima, Santo Domingo y Lisboa; por otro lado, hemos puesto santuarios en casi todas las capitales del mundo, tendré que enseñártelos para que puedas saltar. Instalé una caja fuerte digital en cada santuario, el código de acceso es el nombre hebreo del maestro en lengua inglesa».

La pequeña Joyko, siempre tan precavida. No pudo dejar de sonreír al recordar algunas de sus paranoias sobre la seguridad. Con la sonrisa en su rostro, siguió leyendo:

«Ándate con ojo, si equivocas el número se activará una carga de C4 bajo la caja y te puedes quemar las cejas».

«Joder —pensó—, antes se conformaba con poner puertas blindadas y alguna que otra trampa».

«... Tienes documentos y dinero en cada caja, y las llaves de los vehículos que hay en los garajes.

Le he sacado brillo a tus juguetes...».

Mell bajó la vista hacia las dagas de Timer en la mesa, de más de treinta centímetros. Eran dos piezas de colección con más de dos mil años de antigüedad, las recuperó del cadáver de un viejo brujo tolteca. Relucían como recién forjadas, estaban fabricadas con los restos de un meteorito que, según contaba la leyenda, chocó contra la península de Yucatán y fue el causante de la extinción de los dinosaurios. Los cuervos lo consideraban sagrado y le atribuían poderes sobrenaturales; la parte cierta de toda la leyenda es que aquel mineral vibraba tan bajo en su composición que era capaz de cortar el acero como si fuese mantequilla.

«Tuve que lijarlas durante días para sacarles el óxido. Esa aleación me pone los pelos de punta. En la caja fuerte te

he dejado un teléfono móvil con los números de nuestros conocidos, utilizan un sistema de satélite con cobertura en medio mundo. Desde que Star se ocupa de la tecnología la Alianza ha mejorado mucho las comunicaciones... LLámame en cuanto lo tengas.

Bienvenido al juego, romano, te hemos echado mucho de menos...

Besos, Joy».

Se sintió bien, aún tenía ganas de llorar... No solo por la muerte de Lidia. La carta de Joy, conociéndola, era todo un esfuerzo. A la niña que siempre había habitado en ella le costaba muchísimo expresar sus sentimientos, no hablaba mucho y se granjeaba fácilmente enemigos por su forma cortante y seca de comunicarse. Aquella muestra de cariño, incluso por escrito, era ya un enorme avance para Joyko.

Rememoró su último encuentro en París, cuando le dijo que se había enamorado. Ella le miró con esa carita suya de ángel caído y le dijo: «Si la amas, Mell, ni se te ocurra dejarlo pasar, llevamos una eternidad peleando, el Fénix sabe que necesitas un descanso... No seas tonto, habla con él». —Mell estaba hecho un lío aquel día, no podía quitarse a Lidia de la cabeza ni un solo segundo, estaba ciego de amor. Intentó no pensar en ella, intentó no soñar con ella, pero todo fue inútil. Joy acababa de convertirse en un alfil, y no quería dejarla sola. Ella lo notó e intentó quitarle al tema todo el hierro que pudo. Al final, aquel día le dijo algo que le ayudó a tomar la decisión, algo que recordaba cada vez que le venían las dudas: «El amor, cuando es verdadero, Mell, te visita solo una vez en la vida».

Él no creía en el amor, una relación extremadamente larga con una mujer ya le había dejado suficiente mal sabor de boca como para no plantearse cometer el mismo error de nuevo, pero Lidia le dio fuerte cuando tenía la guardia tan baja como la autoestima, y fue imposible no llenarse la cabeza con ideas románticas, con sueños, deseos de ser «normal», aunque solo fuese unos años.

Cogió una fuerte bocanada de aire y se fue hacia la caja fuerte. Estaba completamente a la vista. Una mole de hierro negro de dos centímetros y medio de grosor y estaba fija al suelo en un rincón. El teclado numérico destacaba con sus botones blancos sobre el negro del metal; bajo los números se veían las letras. Meditó un segundo: «Phoenix, vale. La variante hebrea era Phoen*ex*» y pulsó el código 7463639. El teclado emitió un pequeño zumbido y se encendió una luz verde. Dentro de la caja había de todo: dinero de todos los colores, pasaportes, un par de pistolas que parecían de plástico que Mell se preguntó qué hacían allí, una bola de algo parecido a la plastilina y un montón de trastos electrónicos que no sabría ni cómo coger. «Tengo que ponerme al día», se dijo. Cogió los pasaportes y los fue mirando hasta ver uno suyo. «Anda, si tiene hasta mi foto». Reconoció enseguida de dónde había sacado su cara, era de una foto que se sacaron en Berlín después de la Segunda Guerra Mundial. Joy había aprendido a usar el Photoshop, eso estaba claro.

Con una sonrisa se metió el pasaporte en la chaqueta, luego se la quitó y se ajustó la correa de las dagas. Quedaron cruzadas a su espalda con las empuñaduras en los riñones, sintió un pequeño escalofrío cuando volvió a percibir aquel peso en la espalda. El día que se las quitó se sintió liviano, después de una eternidad llevándolas no creía ser capaz de caminar si sentir el frío que emanaban. Incluso en alguna situación incómoda que le había tocado vivir, como en un par de ocasiones en las que intentaron atracarle, había echado la mano atrás buscando el mango de las dagas. Lidia siempre pensó que era un tic nervioso.

Se puso de nuevo la chaqueta y activó el móvil. En la lista de contactos, un montón de nombres olvidados retomaban su posición en la memoria…

—Madre mía, de alguno de estos no pude ni despedirme —dijo para sí—. Leo me va a matar… —Buscó el nombre de Joy, pero no estaba en su sitio, así que siguió pasando los nombres hasta que pudo ver un simple «Yo». Eran esa clase de tonterías las que hacían de Joy alguien tan especial. Marcó el número y esperó; al primer tono saltó la voz de Joy al otro lado de la línea.

—Hola, romano… ¿Te gusta cómo he decorado tu torre?

—No está mal, pero aún me tienes que explicar lo del C4. —Mell sintió como el corazón se le encogía.

—Bueno, al menos sabes lo que es, ¿no?

—En alguna película lo he visto, pero la verdad es que no creo que sea capaz de tostarme las cejas. —Ensanchó la sonrisa mientras imaginaba la cara que estaría poniendo Joy—

—Por si acaso, no pruebes. —Había muchas interferencias y un sonido de fondo que parecía una moto de gran cilindrada. Podía sentirse su alegría en la voz y eso era justo lo que Mell necesitaba.

—¿Dónde andas?

—Estoy en Siria, ni me preguntes dónde exactamente porque no tengo ni idea. Estoy rastreando a un cuervo muy extraño que está operando en la zona. Se mueve muy deprisa, llevo rastreándolo varios días y creo que ya casi tengo su posición. Está en una especie de campamento en mitad del desierto. En cuanto pueda abrir mi cobertura te mando una señal al sendero.

—OK, nena, te estaré esperando. Ándate con ojo, no te vayan a matar antes de darme un abrazo.

—Bueno –respondió Joy entre carcajadas—, no te preocupes mucho por eso, tienes de todo en la nevera, por si te toca esperar y el chico nuevo está con Lee y Ryu en China.

—Vale, ahora les llamo.

—Vale, oye Mell…

—Dime.

—¡Bienvenido! —Sin más, se cortó la comunicación. Mell soltó el aire que había retenido en los pulmones, había sido más fácil de lo que pensaba. Buscó el número de Ryu en el móvil y lo marcó. Por suerte los hijos de Shen eran de los pocos condenados que sabían que Mell no estaba muerto. La amistad entre el Fénix y el viejo dragón había permanecido inalterable con el paso de los años, incluso durante los siglos en que el Fénix había estado fuera de la Alianza. Lo cogió al tercer tono y solo se oyó un leve gruñido al otro lado…

—¿Ryu?

—Sí, ¿con quién hablo?

—Te daré una pista: me debes dos mil dólares y cuarenta y siete años de intereses. —Le costó contener la carcajada cuando recordó aquella anécdota. Le había venido a la cabeza de una forma tan natural que le costó mucho trabajo aguantarse la risa. Ryu se había apostado con Mell mil dólares a que el comunismo no prosperaría en China; Mell le subió la apuesta a dos mil…

—Joder, romano, ya era hora de que aparecieses, empezábamos a pensar en adoptar a Joy…, bueno, aún queremos hacerlo.

—Que no, Ryu, que no te la vas a ligar… —Ryu rompió a reír al otro lado de la línea. Siempre andaban bromeando sobre Joyko. Ryu la tenía en un pedestal, que si Joy es guapa, que si Joy es lista, que si Joy es sexy… Todos sabían que lo hacía por sistema y ya nadie le tomaba en serio, y mucho menos Joy, cuya forma de ver el sexo era el de una geisha *ninja*, o sea, que al terminar la sesión uno de los dos solía tener que morir… Y por regla general no era ella.

—Oye, Mell, tienes que pasarte por aquí, tenemos un paquete que lleva tu nombre.

—¿Tan mal os lo está haciendo pasar el chico?

—Qué va, este chico tiene mucho futuro, te va a caer bien, se le ve muy… cómo decirlo…, espabilado. Tiene a Lee frito a preguntas y ya le estamos cogiendo cariño.

—¿En dos días?

—Ya te digo que el chaval es majo.

—¿Qué tal está Lee? ¿Sigue cabreado?

—¿Contigo? Bueno, ya conoces a Lee, sin comentarios. Pero para mí que ya te está echando de menos… Está un poco harto de lanzarme siempre a mí a buscar sirenas.

—¿Todavía conserva esa costumbre?

—Qué va, llevaba un par de siglos que no lo hacía pero en dos días ya me ha lanzado un par de veces. Será el chaval, que le inspira. —Esta vez fue Mell quien se echó a reír.

—Bueno, no os preocupéis, creo que podré pasarme antes de que termine el día.

—Aquí es de noche, pero vale, te esperaremos para las próximas horas. Bienvenido, Mell, ya buscaremos la forma de arreglar ese asuntillo de los dos mil dólares. —Mell ya podía imaginarse a Ryu retándole a un duelo a doble o nada… y perdiendo otra vez.

—Por mí vale… —sonrió—, vas a palmar otra vez.

—Hasta pronto, romano.

Cuando Ryu colgó, Mell se dejó caer de rodillas sobre el suelo de tarima. A su alrededor, la luz cálida de su Sicilia natal; en su interior, la pena, la rabia, la alegría y el dolor pugnaban en un todos contra todos, luchando por aflorar a la superficie. A medida que los recuerdos más insignificantes ocupaban su lugar, su mente empezaba a aceptar la idea de que había regresado.

No sin esfuerzo levantó los brazos, se recogió el pelo en una coleta y de un salto se puso en pie.

—Bien —se dijo—, comienza el juego.

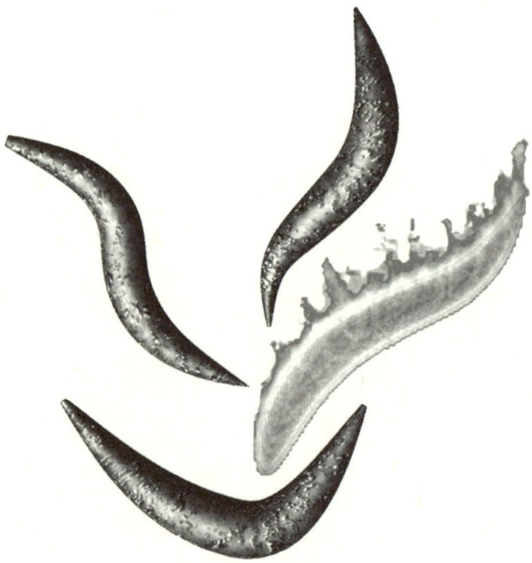

CAPÍTULO VIII

Cuervos con alma

En algún lugar del desierto de Siria

Joyko cortó la comunicación un segundo antes de que le aflorase una lágrima, no le gustaba nada llorar y mucho menos de alegría. Siempre había considerado un sinsentido llorar por eso. Le hacía mucha ilusión volver a ver a Mell, su presencia le devolvía esa seguridad que siempre te hace sentir un padre. Cuando él se fue, ella estuvo muy perdida, se sintió vacía, pero feliz por él, como un niño con fe al ver morir a su padre, siempre con la esperanza de volver a encontrarse en un mundo mejor. Habían pasado cuarenta y siete años, el mundo había cambiado mucho pero a Joyko no le parecía que hubiese cambiado para «mejor»; no obstante, las cosas cambiarían a partir de su regreso, él volvería a asumir el mando y eso la hacía sentirse segura y feliz.

Aunque estaba deseando ver la sonrisa de Mell de nuevo, tenía cosas que hacer. Aceleró la Kawasaki que tenía entre las piernas, al tiempo que ponía todos sus pensamientos en orden, como solo un japonés sabe hacerlo, o sea, en fila.

Tenía a un cuervo psicópata en pantalla: sabía que llevaba al menos cuatro meses dando saltos por la zona, metido en Dios sabe qué. Hasta el momento ya había contado veintitrés cadáveres humanos, y eso al jefe no le había hecho nada de gracia. Había matado a dos responsables del museo de El Cairo, en Egipto, y a cinco geólogos del Instituto Nacional Sirio. Una especialista en historia antigua apareció completamente descuartizada dos semanas atrás en Libia, y esta fue la gota que colmó el vaso. El Fénix quería saber qué estaba buscando ese malnacido y de paso su cabeza en una bandeja de plata. Era triste ver cómo un ser humano que había encontrado la forma de transgredir las leyes físicas, que había conseguido convertirse en un alarde de la evolución humana, podía malograrse y convertirse en una bestia así. Se endiosaban, perdían la cordura y se dejaban llevar por sus sueños de grandeza sin pararse a pensar en los demás. Triste, muy triste.

La vieja carretera, por llamarla de alguna manera, se bifurcaba a pocos metros. Un letrero gastado anunciaba la proximidad de una excavación arqueológica a tres kilómetros de distancia. *Touché*, tenía que ser eso.

Avanzó sobre la moto dos kilómetros más y después la abandonó en la cuneta. Seguiría a pie, no quería espantar a la presa saltando por el sendero ni traicionar su posición con el sonido de la moto. Tiró el casco al suelo y se echó la katana a la espalda. La tarde estaba llevándose al sol hacia el oeste y el calor remitía despacio. Joy estaba sudando por cada poro del cuerpo que no tenía cubierto de arena. En algunas zonas el mono de cuero que llevaba puesto parecía estar lleno de agua caliente, lo notaba esponjoso y no podía quitarse de la cara la sensación de incomodidad; tenía que terminar con ese asunto deprisita, necesitaba unos cuantos litros de agua bien fría y un buen baño. En su imaginación ya podía verse nadando en el Mar de China con el plasta de Ryu tirándole los trastos... En fin, el cielo tendría que esperar.

Apretó el paso hasta que pudo distinguir los techos de las tiendas de lona de la excavación; entonces se le activó el instinto *ninja*. Cambió el ritmo al caminar y aguzó sus reflejos como un gato. La transformación de Joyko ante el combate era evidente. Se movía como un felino, de forma que ya no levantaba siquiera la arena al caminar, todos sus movimientos estaban estudiados desde su más corta infancia y los había pulido hasta la saciedad durante sus más de quinientos años de vida. Se acercó hasta las tiendas rápido, sin dejar casi rastro de su paso sobre la arena y se acurrucó junto a unas cajas, detrás de una enorme tienda de lona gris. Dejó de respirar y extendió sus sentidos... Podía escuchar el viento azotando las dunas, le llegaban ecos de material informático en una de las tiendas, un ordenador encendido o algo así, pero nada más, no parecía haber siquiera nadie respirando en las inmediaciones. Esperó, pero eso no cambió la situación. No había voces, ni pasos, nada. Entonces le llegó un olor familiar. Era sangre, sí; el viejo olor de la muerte ya tenía un espacio propio en su cabeza, lleno de matices. Era el olor de una masacre, varios tintes distintos, olores que decían muchas cosas. Salió de su escondite con cautela, y desenvainó lentamente la hoja de acero dándole un giro rápido para ocultarla tras su antebrazo.

En la primera tienda había dos hombres, estaban tirados en el suelo con sendas heridas de arma blanca en el cuello. Al parecer estaban sentados delante de los ordenadores y no vieron venir a su asesino. Ninguno de los dos intentó levantarse, por lo que era de suponer que los habían matado muy rápido, con cierta maestría, pero los dos terminaron por caer al suelo con las manos en la garganta, así que no era un maestro. Si hubiese sido Joy ni siquiera se habrían enterado. El ordenador seguía funcionando, mostrando un salvapantallas de Windows.

Joyko salió de la tienda y echó una ojeada al resto de la instalación. A primera vista todo estaba muy tranquilo: cuatro tiendas más, alineadas todas a la derecha del camino, y la entrada a una pequeña cueva al otro lado; la típica disposición civil de un campamento. Los militares solían poner las tiendas más juntas, en cuadrado, mientras que la Cruz Roja y la Media Luna Roja solían hacerlo en semicírculo.

Miró tienda por tienda y en todas ellas podía verse el mismo espectáculo dantesco, sangre por todas partes y algún que otro cadáver más mutilado de lo normal, supuso que los de aquellos que le vieron venir. Pero nada más, nadie vivo. Estaba a punto de envainar la espada cuando oyó un eco débil dentro de la cueva, algo así como un zumbido. Automáticamente se enfiló hacia la entrada, entró despacio sin levantar un solo sonido, amortiguando los pasos tanto como era capaz. Dentro, la oscuridad le extendió las pupilas. Era un espacio demasiado grande para ser una tumba antigua, parecía más un templo o algo así. Al fondo podía distinguirse una zona iluminada, con frescos muy bien conservados. Pudo distinguir la sombra de un hombre grande, estaba erguido y sostenía lo que parecía un lector de escáner. Estaba escaneando los frescos, el aparato soltaba un zumbido deforme.

Joy se fundió en la oscuridad como solo un ninja sabía hacerlo. Entrecerró los ojos para que ni un solo brillo delatase su figura entre las sombras y se acercó hasta estar a menos de dos metros de su presa; luego se quedó quieta como una estatua, tenía algunas interrogantes que podían responderse por sí solas si esperaba un poco.

Aquel hombre era muy grande, de unos dos metros de altura y tenía unas espaldas de gladiador. Solo llevaba puestos unos pantalones vaqueros y unas botas de estilo militar, el pelo negro le caía a los dos lados de la cabeza con la raya en medio y llevaba dos dagas azuladas cruzadas en la espalda sujetas por unas correas de cuero. Joy distinguió las dagas mucho antes de conseguir descifrar el tatuaje tribal que tenía atravesándole la espalda de hombro a hombro. Sin lugar a dudas era un tolteca. Posiblemente un guerrero, a juzgar por el tatuaje y el tamaño.

No se lo podía creer. Ciento setenta años sin ver un maldito tolteca y tenía que ser justo ese día cuando las cosas se complicasen. No podía traer a Mell sin avisarle, y si notaba cualquier cosa, se esfumaría como un fantasma. Desestimó la idea. El cuervo terminó de escanear y se arrodilló junto a un maletín. Sacó un teléfono y le conectó un dispositivo; después, se puso un auricular en la oreja.

—Lo tengo. —Su voz sonaba como un trueno en la quietud de la cueva y Joy aprovechó la ocasión para colocar sus pies en posición para el ataque.

—Sí, es tal y como dijiste, ya está todo limpio. Te está llegando el último archivo, ya no hay más aquí. ¿Qué quieres que haga con el templo? —Escuchaba con atención apretando el auricular contra el oído—. Pensarán que fueron ladrones, lo quemaré todo y saldré de aquí. Tengo a alguien tras mi rastro… No, no, no sé quién es, pero ya debe de estar cerca.

«No lo sabes tú bien», pensó Joy desde las sombras.

—De acuerdo. —Cerró el teléfono y lo dejó caer sobre el maletín, se levantó y se giró hacia Joy muy deprisa.

—Joder… Sí que eres bueno… Casi me pescas. —En cualquier otra situación se sorprendería de que alguien la hubiese detectado, pero los guerreros tolteca tenían bien ganada su fama. En cierto modo Joy lo agradeció, siempre le había quedado la duda de cómo pelearía uno de ellos…: estaba a punto de comprobarlo.

El cuervo dio un paso atrás y sacó las dagas de su funda manteniendo los filos con la cara hacia afuera en todo el largo tras los brazos, la misma técnica que Joy usaría en espacios cortos. Bien, sabía usarlas para algo más que matar gente por la espalda.

—Has tardado mucho en encontrarme, ya pensaba que no nos íbamos a conocer. —Lucía una sonrisa llena de dientes grandes y afilados como navajas. Puede que eso fuera el último grito en imagen, pero la verdad es que le jodía por completo un rostro muy bien parecido, pensó Joyko.

Como siempre, ella no dijo una sola palabra. Entre los ninjas la costumbre era no hablar con nadie que fuese a morir, se creía que las almas de los hombres asesinados podían acusarte ante los demonios y los dioses si sabían tu nombre, por eso un asesino jamás se presentaba... A las geishas se les negaba ese derecho al anonimato, claro que ellas no solían matar, se dedicaban a fornicar y espiar todo lo que podían, el caso de Joy era una excepción.

—¿Se te ha comido la lengua el gato?

Joy dio un paso corto hacia delante dejándole ver su rostro. El tolteca frunció el ceño; lo que tenía delante no era lo que él esperaba. Parecía una niña con un rostro precioso, tenía los ojos como almendras, de un tono azulado casi cristalino, una melenita de estilo claramente japonés que le rodeaba la cabeza hasta casi rozar los hombros. Tenía el cuello muy largo y la piel muy clara, con ese tono marfileño típico de los orientales. Llevaba puesto un mono de motorista que definía un cuerpazo de esos que nadie puede dejar de mirar aunque lo intente, y unos tacones de aguja de doce centímetros de largo. La descripción tardó unos segundos en venirle a la cabeza y entonces se le heló la sangre en las venas... La geisha era el alfil del Fénix. Circulaban mil rumores sobre ella, pero todo aquel que la había visto no había regresado para contarlo. Muchos cuervos Jaqui, Zanii y Navajos habían muerto a sus manos. Tensó el rostro y se puso en guardia, no sería él quien la subestimase.

—Así que el Fénix se ha metido en esto; no tenéis nada que hacer aquí, lárgate y salvarás la vida.

Joyko no dijo nada, solo negó con la cabeza. Aquel hombre estaba asustado, se veía en su rostro, se veía en su sudor y se olía en su sangre; como el romano solía decir, hazte fama y échate a dormir. Ya estaba muerto y ni siquiera lo sabía.

El tolteca dio otro paso atrás, pero este era diferente, uno de esos movimientos que dejan claro que si das un solo paso, atacará; Joyko decidió apurarle un poco más los nervios.

—Sabes que esto no va a salirte bien. Hoy verás lo que hay más allá del sendero. Si me dices qué está pasando puedo dejarte marchar, pero si intentas saltar te mataré, si intentas atacar te mataré. Solo hay un camino para salir de aquí vivo... —La voz de Joy sonaba suave como la brisa, sin rastro alguno de duda, sin tensión, como una canción de cuna.

El cuervo se puso tenso, tenía miedo y un litro de adrenalina nublándole la vista, algo que sabía que ella no tenía; él estaba vivo, ella era solo un zombi. Para los suyos, los condenados no eran más que eso, zombis que obedecían los dictados de falsos dioses, espíritus malvados que intentaban gobernar a la humanidad desde la oscuridad. No se dejaría tentar por ella, no se dejaría pervertir ni manipular, la despedazaría, destruiría esa abominación poniendo punto y final a su leyenda.

—Guárdate tus mentiras, zorra... —No llegó a terminar la frase. A Joy no le gustaban esa clase de insultos. Desde su posición sabía que el tolteca no podía ver en qué mano tenía la espada, la luz le cegaba ese ángulo y Joyko era muy rápida. En una décima de segundo le asestó un tajo y le alargó la raya del pelo más allá de la barbilla; un chorro de sangre salpicó los frescos de la pared y el cuervo cayó al suelo sin tan siquiera saber qué le había pasado.

Los cuervos no tenían un eón protegiéndoles, solo podían regenerar sus heridas si conservaban la consciencia para hacerlo. En cierto modo sintió pena por no poder medir su habilidad con la suya. Pero los riesgos innecesarios eran algo que en su niñez le habían enseñado a evitar a golpes. Así que soltó un bufido y envainó la espada.

—Hombres... Da igual de qué cultura os saquen: habláis demasiado.

El tolteca expiró contra el suelo mientras su sangre se extendía poco a poco por las baldosas de piedra. Joyko siguió la sangre con la mirada y se dio cuenta de que también había frescos en el suelo. El tolteca, desde sus dos metros de altura, había olvidado mirar hacia abajo.

Cambió el ángulo de la luz enfocando el suelo. Una sucesión de tres dibujos contaban su historia allí atrapados desde hacía siglos: en el primero, una mujer de piel dorada aparecía rodeada de hombres muertos, soldados que con sus lanzas, arcos y flechas aparecían dispersos por el suelo y ensangrentados; ella tenía las manos en la espalda como escondiéndolas a la vista de un ojo grande pintado en el cielo, pero las tenía manchadas de sangre; en la segunda imagen, la misma mujer estaba suplicando a los cielos mientras dos figuras con alas, una a cada lado, empuñaban espadas llameantes contra ella; en la tercera imagen, la mujer estaba de rodillas, con las manos atadas con grilletes y unas cadenas doradas que la ataban al suelo, mientras las figuras con alas la miraban desde lo alto. Joy cogió de nuevo el escáner del maletín y escaneó los frescos del suelo, luego tomó el foco y lo dirigió al techo de la habitación. Como se había imaginado, había otra pintura en el techo abovedado, un enorme ojo dorado, similar al ojo egipcio de Amón pero sin la característica raya negra perfilándolo... Sintió un escalofrío. Volvió a meterlo todo en el maletín. Dentro había un ordenador portátil. Navegó por el sistema operativo y desactivó todas las contraseñas del sistema; después apagó el ordenador para no perder la batería y cerró el maletín. Tenía suficiente material para seguir la pista como para preocuparse por la muerte del tolteca; echó una última mirada a aquel cuerpo sin vida y salió de la cueva.

Fuera, el sol ya casi había caído y el aire fresco la cogió por sorpresa. Se detuvo dejando que el aire refrescase cada fibra de su rostro y la imagen de Mell regresó a su memoria arrancándole una sonrisa. Concentró algo de energía en el anillo e hizo un gesto en el aire. El romano apareció de la nada con el ya consabido estruendo. Estaba exactamente igual que el último día que lo vio, aunque lo extraño hubiese sido que no lo estuviese. Iba vestido de Armani, con una camisa blanca y una de esas corbatas de medio corte que parecían no estar completas del todo. Su eterna barba de dos días y esa preciosa melena negra brillante que le caía ondulada sobre los hombros; sus pómulos seguían estando cincelados con mucha gracia sobre un mentón firme y cuadrado de los que hacen a las mujeres suspirar. Después de tanto tiempo, allí estaba, como si nada hubiese pasado, como si el viejo Cronos no tuviese poder sobre él.

La miró de arriba abajo con una enorme sonrisa en los labios, dejando brillar al sol de la tarde aquella dentadura de anuncio de dentífrico. Joy no pudo evitar sentirse una niña de nuevo, le temblaron las piernas y dejó caer el maletín al suelo. A su mente llegaron recuerdos olvidados hacía siglos. No pudo evitar recordar la primera vez que lo vio, saliendo de un mar de llamas para cogerla en brazos y darle un sentido a su vida. Como aquel día, Joy salió corriendo y se lanzó a sus brazos, rodeó su cintura como una niña el primer día de colegio y, como en aquella ocasión, le oyó decir en susurros: «Ya pasó, princesa, yo cuidare de ti».

Pasaron abrazados un par de minutos dejando caer los segundos al suelo, hasta que Mell se zafó de su abrazo con cariño.

—Yo también te he echado de menos, princesita. —Joy levantó un rostro cuajado de lagrimitas hacia lo alto. Odiaba sentirse tan débil, ridícula e infantil. Pero, qué demonios, le había echado tanto de menos...

—Cuando veas lo que hay en la cueva te vas a cabrear —dijo Joy al tiempo que recuperaba la compostura—. Creo que las cosas se nos van a complicar un poco.

—Informe... —el típico estilo de Mell, siempre fue un soldado y siempre lo sería, pero daba gusto ver cómo recuperaba el control de la situación en cualquier ocasión con solo esa palabra, «informe».

—Trece cadáveres humanos y un cuervo en la cueva, están todos fuera. —Utilizó el término «fuera», que siempre definía a alguien que ya no pertenecía ni al juego ni al reino de los vivos—; el cuervo es cosa mía, los demás fueron cosa suya —señaló con el pulgar hacia la cueva como haciendo autostop—. Los mató a sangre fría, junto con los otros ya suman treinta y seis asesinatos, y ninguno de ellos estaba armado ni suponía amenaza alguna; los mandó fuera para tapar su rastro. Le encontré hablando por teléfono con alguien sobre unos frescos que hay en la cueva, los tenía todos escaneados, tengo los archivos y el teléfono. Pero no tengo claro de qué va toda la historia.

—OK, echemos un vistazo. —Mell se quitó la americana y se la echó al hombro mientras entraba en la cueva. Según sus ojos se acostumbraban a la oscuridad, analizó el entorno. Una habitación rectangular de unos cincuenta metros cuadrados, con cuatro columnas centrales sosteniendo una semibóveda a media altura... Un templo babilonio sin lugar a dudas, un tanto lejos de casa pero no era de extrañar para la época. Observó el mosaico del suelo, tenía al menos cuatro mil años. No necesitó mirar demasiado los frescos para comprender que no le encajaban las fechas. Dejó escapar un pequeño gruñido.

—¿Reconoces la arquitectura?

—Sí, pero no está en su sitio. El templo es más joven que el estilo de los frescos, y la escritura bajo los dibujos es nórdica, no sumeria ni babilonia, mucho más antigua que el templo; por lógica, primero se levanta el templo y después se pinta en él, no al contrario. Este sitio es una reproducción de otro templo, una especie de recordatorio.

—¿Una copia?

—Sí, algo así. Además, aquellos símbolos junto a la puerta no tienen ninguna lógica. Están completamente fuera de lugar.

—¿Por? —Joy se acercó a observarlos, antes ni siquiera los había visto. Parecía un cuenco con tres llamas que ascendían.

—Son nórdicos, creo que druidas, algo muy poco común, porque carecían de escritura, solo representaban a sus dioses y ese me suena de antiguo. —Siguió recorriendo la estancia hasta que vio el cadáver en el suelo. Como a Joy, lo primero que le impresionó fue el tamaño de aquel tipo. Se acercó al cuerpo y le dio la vuelta; le habían abierto en dos la cabeza siguiendo la raya del pelo, muy típico de Joy, un reto dentro de otro reto. Tenía el tatuaje de una conocida tribu tolteca.

—La jodimos, es Nadir.

—¿Le conoces?

—Sí, es hijo de Arishalotek, un chamán tolteca. Es increíble que no te diese más guerra. —Hizo una pausa y desvió la mirada hacia Joy.

—No le di ocasión, en cuanto vi las dagas me dejé de juegos.

—Hiciste bien, este niño era muy peligroso, al menos dos elementos y buen manejo de las dagas... Rondaría los seiscientos años.

—A su padre no le va a hacer mucha gracia, ¿no?

—Tendrá unos doscientos hijos, no te preocupes, los tolteca tienen hijos a lo largo de su vida con la única intención de hacer crecer su número. Es posible que no le tiemble siquiera el pulso cuando se entere, pero tampoco creo que le haga gracia. De todas formas no están por encima de la ley, el muchacho ha tenido su castigo y eso lo entiende cualquiera. Ahora tenemos que averiguar si el resto de su tribu estaba al corriente o si trabaja por libre para alguien ajeno a los tolteca.

—¿Por dónde quieres empezar?

—¿Qué hay que hacer cuando las cosas están fuera de su sitio, Joy?

Como si el romano nunca se hubiese marchado, como si nunca se hubiese quedado sola, Mell volvía a darle clases sobre cómo se hacían las cosas; por un lado se sintió alegre y capaz, por otro un pequeño regusto de nostalgia impregnaba cada palabra como si todo fuese un simple recuerdo; pero no, Mell estaba con ella de nuevo.

—Poner cada cosa en su lugar.

—Correcto. —Le dedicó una de sus mejores sonrisas—. Llevaré el cuerpo a Aris, y veremos cuál es su reacción.

—¿Te vas a meter en la boca del lobo?

—No, pero me voy a poner delante de su nariz.

—¿Y si te atacan?

—Si lo hacen morirán, no es lo mismo ir de caza que encontrarte con un león en la puerta de tu casa. —La Alianza tenía unas normas muy claras, los condenados no podían matar a nadie sin la aprobación de su eón o en clara defensa propia. Todos conocían estas normas, tanto los condenados como los brujos sabían dónde colocaban estas normas a todos los jugadores. Los condenados eran la presa hasta que las órdenes de la Alianza los convertía en ejecutores; entonces el cazador se convertía en presa. Era fácil de entender hasta para un hombre que se creía hijo de un dios como Arishalotek.

—¿Voy contigo?

—No, Aris es cosa mía. Nos conocemos y con él hay que ser un tanto… —buscó la palabra adecuada— contundente. Destruye el campamento, no dejes nada. Después ve con Ryu y Lee, nos reuniremos allí dentro de unas horas.

Joy no dijo nada, se limitó a asentir con su sonrisa de ángel. Recogió el maletín.

—Espera. —Mell señaló las dagas—. Llévatelas también, el nuevo necesitará juguetes. —Hizo una mueca mientras forzaba los músculos para levantar aquel cuerpo muerto. Pesaba una barbaridad, no pudo por menos que preguntarse a sí mismo qué demonios le habían dado a aquel infeliz de comer cuando era crío.

Un trueno estalló en la cueva y Mell desapareció con el cuerpo del cuervo al hombro. Joy se quedó un segundo mirando los frescos de la pared mientras meditaba la mejor forma de destruir el campamento. Lo más fácil sería una tormenta de arena, lo sepultaría bajo las dunas y nadie encontraría nada útil en meses; con algo de suerte, no lo harían nunca. Salió de la cueva y comprobó los alrededores. Como había imaginado, no se sentía presencia humana en cientos de kilómetros a la redonda, así que se fue de camino a la moto, hasta alejarse lo suficiente del campamento. Se dio la vuelta y dejó el maletín en el suelo, había llegado el momento de utilizar su segundo elemento. Cerró los ojos y los puños mientras invocaba la fuerza necesaria en su interior. Comenzaron a picarle los ojos, mientras una sensación de frescor le recorría el cuerpo. Manejar el aire tenía sus riesgos. A diferencia del fuego, no emanaba de su interior. Siempre le resultó agresivo y desconcertante; se podía dirigir, sí, pero nunca controlarlo del todo. Era fácil que las cosas se torcieran y su poder se le fuera a uno de las manos. Cuando abrió los ojos los tenía inyectados en plata, un fulgor blanquecino le daba a sus ojos un aire de santidad mientras el pelo comenzaba a alborotársele por la creciente brisa, una brisa que continuó creciendo y creciendo mientras Joy se centraba en su objetivo. Poco a poco el aire empezó a arremolinarse alrededor del campamento mientras arrastraba arena, al principio de forma lenta y pausada y más tarde con la fuerza de un vendaval. La arena sumaba al tornado una fuerza destructiva capaz de arrancar la carne de los huesos; infinidad de pequeños perdigones impulsados a más de ciento ochenta kilómetros por hora convertían aquella masa de aire en una columna de arena, y, en cuestión de minutos, no quedaba nada sobre la faz del desierto que pudiese recordar aquella excavación, como si el hombre jamás la hubiese pisado.

Joy recogió el maletín, se giró hacia la moto y cambió de elemento. El fuego volvió a su ser con extrema facilidad, adaptándose por completo a ella. Con un simple gesto, el carburante de la moto se incendió explotando con furia, mientras una nube de humo se elevaba hacia el cielo.

—Una lástima —masculló entre dientes. Aquella moto le gustaba, pero todavía no tenía pericia suficiente con el sendero como para transportar algo tan grande.

Cuando Joyko saltó, el desierto volvió a quedar en silencio, el sol lanzaba sus últimos rayos de luz sobre la arena, al tiempo que el tornado se deshacía lentamente. Mientras, a tres kilómetros de allí, el viejo letrero de carretera resistía como único testigo de que allí, tiempo atrás, había habido algo más que simple y ardiente arena…

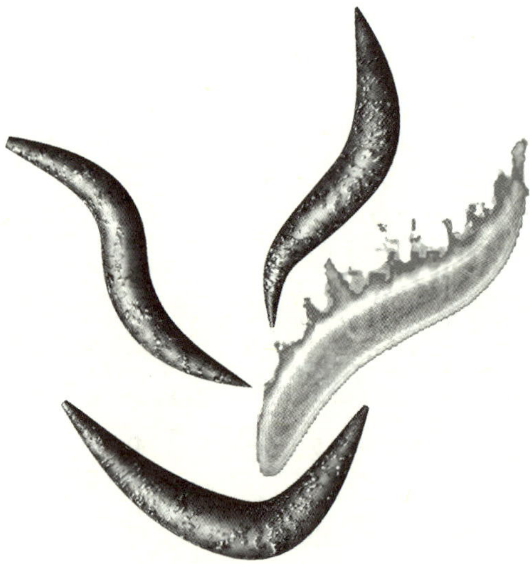

CAPÍTULO IX

Compañeros de armas

Islote de Kium-Zu. Mar de China

Marc permanecía sentado en la playa mientras ponía en orden sus ideas. Por lo que le había contado Lee después de lanzar a Ryu por la ventana, los condenados no necesitaban dormir. Algunos de ellos, sobre todo los más ancianos, lo hacían por disfrute, para templar los nervios y darle la opción al subconsciente de traerles recuerdos vividos del pasado.

Le había explicado casi todos los pros y los contras de ser lo que eran: por qué su físico se alteraba hasta hacerse duro como una piedra; por qué los ojos se les iluminaban cuando utilizaban la energía elemental, y demás detalles de su nueva existencia. Al parecer, el anillo que le unía a su señor era el instrumento que ultimaban los eones para hacer cruzar su energía hacia los planos físicos, por lo que aquel que lo llevaba se convertía en la antena conductora de una energía descomunal. Con tiempo y el entrenamiento preciso, el portador se hacía con el dominio de esa energía, usándola para cosas tan dispares como curar o matar, correr o volar. Cada elemento tenía sus propias reglas, sus ventajas y sus inconvenientes.

Marc estaba hecho un lío, llevaba dos días sin dormir y no tenía sueño, se sentía tan fuerte como recién salido del gimnasio y ese calor le abrasaba las entrañas sin darle la menor opción de sentir hambre. Tan solo una sed que le obligaba a beberse dos litros de agua cada cinco o seis horas, le daba a entender que seguía necesitando algo más que respirar; bueno, al parecer, esto tampoco lo necesitaba... Lee le había instado a hacer la prueba de dejar de respirar un rato para que pudiese sentir la diferencia. Estaba empezando a sentirse mareado, todo aquello le superaba, sentía ganas de echarse a temblar, a gritar, a llorar. Pero su cuerpo no estaba por la labor de hacer lo que su mente tanto le estaba pidiendo.

Marc siempre había sido un niño grande, la vida le quitó la opción de crecer al morir su madre, cuando él solo tenía diez años. Por lo que la gente le había contado, su padre murió cuatro años antes, debido a una dura enfermedad que le había arrancado lentamente la vida; nadie sabía con seguridad si había sido el cáncer o la tuberculosis, pero con el tiempo la verdad de su muerte dejó de importarle. Su madre no superó nunca la muerte de su marido y en los cuatro años siguientes la depresión pudo más que ella. Se suicidó tomando un frasco de sedantes. Esto dejó a Marc en manos de un colegio militar en Minnesota. A partir de aquel momento, su vida se centró en el ejército. No tuvo niñez aparte de los estudios, mientras sus pocos momentos de ocio se centraban en jugar con soldaditos de plomo robados de las viejas maquetas de batallas pasadas que exponía el centro de educación infantil.

Después, la academia militar, y de allí a las selvas de Sudamérica en misiones de limpieza, que el Gobierno y los responsables del Ejército nunca reconocerían públicamente. Toda una vida en la sombra le había quitado la voluntad, enterrándola entre cadáveres en alguna selva plagada de narcotraficantes.

Ese era Marc, el mismo que se levantaba cada mañana a las seis y media en punto aunque fuese el Día de Navidad. Obedecer se había convertido en su rutina diaria. Nunca se había encontrado con nada parecido, nunca había creído en ángeles ni demonios y mucho menos en criaturas como en la que se había convertido. Ya no sabía qué era verdad ni qué mentira, dónde estaba el Norte o el Sur ni qué le depararía el próximo segundo de su existencia.

Como si le hubiera leído el pensamiento, Lee apareció a su espalda, se había acercado caminando, lo cual Marc agradeció sin palabras; ya estaba un poco harto de truenos y gente apareciendo de la nada. Sin decir una sola palabra se sentó a su lado y le puso una de sus pequeñas manos en el hombro, pudo sentirla fría como la piedra, pero algo en su interior le dijo que era cálida y amistosa… comprensiva. Estuvieron allí sentados mirando el horizonte, mientras los primeros rayos de luz asomaban sobre el agua del mar.

—Yo no estoy preparado para esto —dijo Marc con un hilo de voz, como si el sonido se le hubiese escapado entre los dientes.

Lee sopesó la respuesta, sacudió un poco la cabeza haciéndole ver al chico que no era la primera vez que escuchaba eso.

—Nadie te pide que lo estés, nadie lo está.

—¿De veras? —levantó un poco las cejas y destrozó su sonrisa en una mueca—. A vosotros se os ve en vuestra salsa.

—Bueno, eso depende, todos tenemos días malos, hijo. —Aún se le hacía extraño escuchar a un crío que no aparentaba más de dieciséis o diecisiete años hablarle de esa forma—. Llevas dos días muy intensos, tal vez deberías dormir un poco.

—¿Es fácil hacerlo?

—Sí, solo tienes que intentarlo y caerás como un tronco. Es solo cuestión de voluntad. —Giró la cara y le estudió con la mirada. Tenía el aspecto de alguien a quien le hubiesen arrancado de una pesadilla y aún no supiese si seguía soñando o no.

—Pues entonces estoy jodido… Yo no me valgo de eso…

Lee le miró con cariño, y Marc echó la vista al suelo.

—¿Crees que no tienes voluntad? Yo no estaría tan seguro de eso, necesitas un poco más de confianza. El Fénix nunca elige a la ligera, muchacho. Tienes algo especial, eso es seguro.

Se oyó un trueno en la lejanía y Marc sintió un fuerte escalofrío por toda la espalda. Pudo sentir cómo una onda de calor se extendía desde el anillo por todo el brazo. Extrañado, se miró la mano y después a Lee.

—Es… —se detuvo antes de decir nada—, cierra los ojos y mira hacia allí —señaló el edificio principal, que ya empezaba a reflejar la claridad en los enormes ventanales.

—¿Cómo voy a mirar con los ojos cerrados?

—Hazlo, chico —Lee insistió—; solo cierra los ojos y enfoca hacia allí, como si quisieras ver a través de los párpados.

Marc cerró los ojos y, aun sin saber lo que estaba haciendo, encaró hacia donde Lee le señalaba. Pudo distinguir una silueta rojiza en la oscuridad. Sorprendido prestó más atención. La silueta estaba lejos, se acercaba caminando desde la pista de aterrizaje más allá de la casa, en su mente los edificios se perfilaban como líneas sin demasiada definición, pero podía distinguir distancias. Abrió los ojos y miró a Lee con la sorpresa escrita en la cara.

—¿Puedo ver sin los ojos?

—Eso que estás haciendo es rastrear —contestó Lee, que mantenía aún los ojos cerrados hacia el visitante—, podrás detectar a todo aquel que utilice un elemento en tu entorno; mira, Ryu se dirige hacia allí. —Marc volvió a cerrar los ojos y allí estaba la nueva silueta, acercándose a la otra, pero de un tono azulado en lugar de rojizo. Cuando llegó a su altura se pararon a conversar y luego comenzaron a acercarse;

la silueta rojiza empezaba a perfilarse como en la mira térmica de su rifle de precisión. No pudo evitar sentir un escalofrío cuando algunos recuerdos se le cruzaron por la cabeza. A su vez la silueta azulada se estaba intensificando por momentos hasta el punto de que parecía brillar contra la oscuridad.

—¿Qué le está pasando a Ryu?

—Bueno... —rio entre dientes—, Joyko siempre le pone muy nervioso..., por decirlo de alguna manera. En realidad Joyko pone a todo el mundo muy nervioso, al menos a todos los que tenemos algo entre las piernas.

Marc contuvo una carcajada al tiempo que se centraba en aquella silueta. Se acercaba con un andar claramente femenino, felino y un tanto exagerado en lo que parecían ser dos piernas larguísimas coronadas por un cuerpo de infarto.

—¿Bromeas? ¿Esa *parte* de nuestra anatomía también funciona?

Lee asintió con la cabeza sin abrir los ojos ni cambiar de ángulo mientras una enorme sonrisa le cruzó la cara.

—Por suerte, sí. —Levantó el labio inferior sobre el superior y soltó un bufidito—. Lo vas a comprobar pronto.

Cuando las siluetas terminaron de bordear el edificio, los dos abrieron los ojos al mismo tiempo. Marc volvió a sentir de nuevo la oleada de calor saliendo del anillo y, como impulsado por un resorte, se puso en pie. Lee le siguió al momento. Una extraña sensación se estaba apoderando de él, le recordaba a otra que había sentido cuando salía de maniobras con su unidad en la academia: aquella que te dice que la gente que te rodea tiene poder sobre tu vida... Algo que él siempre asoció a la familia que nunca había tenido. Súbitamente sintió un nudo en el estómago y se forzó a tragar saliva. De alguna manera sabía que esa mujer era parte de él en algún sentido que no alcanzaba a comprender todavía.

Inexorablemente, aquellas piernas caminaban hacia él con Ryu revoloteando alrededor; de forma instintiva volvió a cerrar los ojos y lo que antes era solo una silueta, era ahora toda una figura completa que parecía estar rellena de lava. A su alrededor parecía tener una especie de aura dorada que lucía con vida propia. A su lado, Ryu parecía estar hecho de luz blanca por dentro y oro por fuera, pero sin duda su aura dorada era tres veces más grande que la de ella. Con curiosidad giró la cabeza hacia Lee y dio un paso atrás de la impresión; era igual de blanco que Ryu, pero el aura dorada se le escapaba de la vista y hasta parecía envolverle a él dentro. Abrió los ojos justo a tiempo de encarar a los recién llegados.

—Hola, Joy. Bienvenida. —Lee hizo una pequeña reverencia al viejo estilo oriental, que ella le devolvió con una sonrisa. Luego se giró y levantó la mano hacia Marc mientras escondía la otra detrás de su espalda. —Este es Marc; Marc, esta es Joyko, alfil del Fénix.

Marc se quedó petrificado mientras miraba aquel rostro perfecto. Parecía sacado de una película de ciencia ficción: a los rasgos típicos de una japonesa agraciada, había que sumar unos ojos de un azul turquesa que parecían los de un ciego; unas cejas perfectas los enmarcaban, almendrados y cuajados de pestañas largas y negras. Los pómulos elevados le daban un aire felino y su pequeña nariz se perfilaba con delicadeza bajo una frente lisa y fina. Un flequillo moreno y tupido le tapaba parte de la frente dejando escapar algún que otro mechón rebelde hasta casi la línea de los ojos, el resto del pelo le caía a los dos lados de la cabeza hasta superar los hombros unos veinte centímetros. No recordaba haber visto nunca una mujer más hermosa que aquella. Estaba delante de él con los ojos clavados en los suyos y sintió tal intensidad en aquella mirada que se le puso tensa la piel del cogote.

Torpemente, como saliendo de un sueño, estiró la mano para ofrecérsela a ella, conteniendo a duras penas el impulso de dar un paso al frente y plantarle dos besos en esa carita de ángel. Ella le miró la mano con curiosidad, luego esbozó una sonrisa cuajada de perlas, avanzó hacia él y le dio un abrazo. En ese momento sintió cómo una oleada de calor le traspasaba la piel, sintió su pecho duro como una piedra y los músculos de sus brazos alrededor de su torso; un fuerte olor a canela se desprendía de su cuello y se le metía en la mente hasta hacerle sentir mareado. Cuando ella se separó de él, algo en su interior comenzó a arder y contuvo con dificultad la necesidad de apretarla contra él unos segundos más.

—Es un placer conocerte, hermano —dijo Joy con una voz dulce y sensual—, bienvenido al juego. —Luego bajó la vista como si sintiese vergüenza de lo que había hecho—. Supongo que tendrás mil preguntas en la cabeza… Yo soy Azuma Joyko, seré tu compañera de armas de ahora en adelante. —Levantó de nuevo la vista hacia Marc—. De aquí a un par de siglos estarás harto de mí —concluyó con otra sonrisa.

—Dudo mucho que eso le pase —se apresuró a decir Ryu casi a la espalda de Joy, mientras deslizaba la vista sobre ella.

Marc no pudo reprimir hacer lo mismo, esa mujer tenía un cuerpo hecho para pecar. Si ya por delante estaba increíble con ese mono de motorista ajustado a cada centímetro de su cuerpo, no quería ni imaginarse lo que sería verla de espaldas. Dejó caer la vista al suelo un tanto incomodado por sus propios pensamientos, mientras la predicción de Lee se hacía patente poco a poco entre sus piernas. En cuanto se dio cuenta se puso rojo, luego naranja de pánico y por último verde de vergüenza, como un semáforo, mientras ella fijaba su atención en Lee.

—Hemos tenido un altercado con un cuervo tolteca. Mell ha tenido que tomar cartas en el asunto, así que aún tardará un poco en llegar.

—¿Tolteca? —Lee cruzó la vista con Ryu, que se centró de golpe en la conversación.

Joy asintió con la cabeza.

—Esperaremos a Mell —sentenció Lee—. Tenemos mucho de qué hablar. Puedes usar la habitación de la tercera planta, como siempre, siéntete en tu casa —dispuso, e hizo una nueva reverencia algo más corta que la anterior.

—Gracias Lee, necesito un buen baño.

—Te traeré algo de ropa —dijo Ryu justo antes de desaparecer en el aire. Solo Marc acusó la vibración del salto. Dio un respingo como si le hubiese picado algo.

—¡Jod...! —Contuvo la lengua justo al tiempo que ella le volvía a clavar los ojos sonriendo—. Esa forma de desaparecer... —bufó.

—No te preocupes —suavizó ella—, ya te acostumbrarás.

Esa voz podía volverle loco, sacudió un poco la cabeza en lo que pareció ser un gesto de negación, pero tan solo lo hizo para espabilarse.

—Ya veremos...

Joyko se dio la vuelta y comenzó a caminar hacia la torre; una katana japonesa despuntaba de la hombrera de aquel mono infernal, mientras el maletín que llevaba oscilaba de atrás a delante y sus caderas de izquierda a derecha... Marc soportó mirarla solo dos segundos más antes de sentarse en el suelo con cara de haber visto un fantasma. Segundos después, Lee se sentó a su lado mientras luchaba por contener las carcajadas.

—Toda una mujer, ¿eh?

—Ah, ¿pero eso es una mujer? —dijo Marc entre dientes—, pensé que era una alucinación.

Lee soltó las carcajadas que había estado conteniendo mientras Joy giraba un poco la cabeza, ya a sus buenos cien metros de distancia.

—¿Me ha oído? —Marc abrió la boca como un buzón de correos mientras la vergüenza se lo comía por dentro.

—Sí, tiene los sentidos muy desarrollados.

Marc podía sentir cómo el sudor le chorreaba por todo el cuerpo, en ese momento seguramente superaba la temperatura necesaria para salir ardiendo.

—¿Todas las mujeres que hay en el juego son así?

—No, Joy es especial. Es un don innato, es capaz de poner nervioso a un monje budista. —Lee parecía divertido mientras miraba la expresión de asombro de Marc.

—Madre mía... —Marc se pasó la mano por la frente pero no encontró sudor, tal vez un leve rastro de humedad. Su temperatura evaporaba el sudor a tal velocidad que casi no lo conservaba en la frente—. Creo que yo necesito una ducha fría. —Los dos echaron unas carcajadas y el ambiente se relajó unos grados.

—Ha dicho tolteca, ¿no?

Lee se puso serio y asintió con la cabeza.

—Sí, me temo que sí.

—Ya es la segunda vez que oigo eso de tolteca. ¿Quiénes son? —preguntó.

Lee cogió aire y carraspeó, anunciando a Marc que se trataba de una historia larga. Como respuesta, Marc se estiró un poco en la arena preparado para escuchar.

—Los tolteca son una tribu de brujos —comenzó a explicar Lee—. Se dice que sus orígenes son aztecas, pero nadie lo sabe con exactitud. Casi todos creemos que son anteriores o convivieron con ellos. Cuenta la leyenda que un joven brujo llamado Ce Ácatl Topiltzin, hijo del gran guerrero Mixcóatl, invocó a la serpiente emplumada Quetzalcóatl, llamada comúnmente Ketxal. Para ellos esta era un dios, pero ya te adelanto que solo se trataba de un espíritu elemental de tierra que habitaba en lo profundo de la selva. Era un espíritu poderoso, tan antiguo como el propio planeta. Se dice que él intentó controlar a la serpiente, pero esta era demasiado poderosa y se zafó de su magia, lucharon y el joven brujo resultó herido de gravedad. Sabiéndose acabado, Topiltzin se aferró al espíritu de la serpiente con la intención de arrastrarla con él al nagual. Los espíritus elementales son similares a los espíritus de los animales, son muy viejos, pero temen al nagual, no quieren evolucionar ni salir del plano físico. Así que, viéndose arrastrada hacia el otro lado, la serpiente se metió en el cuerpo del brujo para intentar curar la herida. Pero Topiltzin murió teniendo dentro a la serpiente y su espíritu quedó mezclado con el de Ketxal, se regeneró por completo y nació algo nuevo. Se transformó en rey y sumo sacerdote, haciéndose llamar Ce Ácatl Topiltzin Quetzalcóatl. Estaba vivo, y tenía poderes que antes ni siquiera había podido soñar, podía transformarse en cualquier animal y podía alterar la tierra haciéndola temblar, controlaba el rayo y la piedra, el viento y la lluvia. Continuó intentando llevar una vida humana pero se percató de que no podía morir. El tiempo no pasaba para él y empezó a creer que se había convertido en un dios. —Hizo una pausa para ver al sol romper la línea del horizonte—. Tuvo muchos hijos y estos nacían siendo también inmortales; todos desarrollaban facultades fuera de lo común, pero cuando esta nueva generación se cruzaba con mujeres u hombres normales, sus hijos, salvo en muy raras ocasiones, ya no nacían siendo inmortales. Tardaron siglos en empezar a reproducirse entre ellos, pues entre las tribus aztecas la endogamia se consideraba pecado capital. Después de aquello, nació el «pueblo-espíritu»: los tolteca.

Lee prosiguió su relato:

—Las tribus cercanas los consideraban dioses; exigían sacrificios, oro, alimentos, esclavos… Su pequeño imperio se extendió hasta que en su locura empezaron a exigir sacrificios humanos. Entonces, los eones intervinieron. Intentaron hacer ver a los toltecas que no eran dioses, intentaron que asumieran su responsabilidad hacia el poder que ostentaban, pero los tolteca estaban demasiado endiosados para escuchar y tacharon a los eones de espíritus malvados. Les acusaron de intentar controlar a los humanos y a los «hijos de los dioses», como se hacían llamar, para su propio beneficio, y, por último, atacaron a los siervos de los eones —señaló a Marc y a sí mismo—, es decir, a los condenados. Los eones aman al hombre y respetan la vida en cualquiera de sus formas. Los tolteca no dejan de estar vivos, por lo que entra dentro de sus normas no levantar mano contra ellos. Podemos influir en su destino pero no atajarlo. *A no ser* que maten indiscriminadamente a sus semejantes o nos ataquen abiertamente..., o sea —aclaró para que Marc lo entendiese del todo—, podemos matarlos en defensa propia o por orden de los eones. Y ese fue su primer gran error... En el año 1146 de la era cristiana, cuando Europa ni siquiera sospechaba de la existencia de América, los condenados recibimos orden de atacar su capital, Tollan-Xicocotitlán, la que hoy en día se conoce como Tula, y les dimos tal paliza que sólo quedaron unos cuatrocientos individuos contando a Ketxal. La ciudad quedó devastada y se vieron obligados a mudarse al interior de la selva del Amazonas, muy lejos de su México natal; allí habían construido la mítica ciudad de Tollan-Irqué más de 600 años antes, una ciudad bañada en oro, un lugar donde solo los inmortales podían viajar y que, con los siglos, se convirtió en un mito. Todos los hombres, mujeres y niños que no poseían el linaje inmortal quedaron atrás, se mezclaron con otras tribus, y con el tiempo los tolteca simplemente desaparecieron... Mientras, los inmortales siguieron su evolución en la mítica ciudad de oro. Después de casi un siglo de guerra abierta fuimos a por su ciudad sagrada, Tollan, su santuario. Íbamos a por Ketxal, pero la única hija de Arishalotek y nieta de Ketxal —Yalia creo que era su nombre—, la única que se oponía a la guerra con los eones, se cruzó en la trayectoria de la lanza de Scyros... —negó con la cabeza afligido—, le atravesó el cuello y la decapitó. Tanto Ketxal como los eones se sintieron culpables de aquella muerte, y de alguna forma se firmó una tregua. Los tolteca abandonaron sus instintos de grandeza y los eones aceptaron la existencia de los supervivientes, deseándoles paz y prosperidad en su pequeño universo. No obstante, los tolteca no han perdonado; Ketxal duerme desde hace siglos, para evadir el gran rencor que nos profesa, y sus hijos no paran de atacarnos en peleas sin sentido. Por fin, entre refriega y refriega, los tolteca descubrieron que no podíamos atacar primero y se calmaron. Dejaron de comportarse como animales para pensar con la cabeza y se convirtieron en nuestro peor depredador: esperan pacientes en las sombras hasta que cogen a alguno de los nuestros desprevenido y lo eliminan. Con el tiempo, la guerra entre los condenados y los tolteca ha tomado un tinte sagrado, al menos en su forma de verlo. Ellos creen que somos abominaciones que los espíritus malvados crean con la esperanza de controlar a la humanidad y, puesto que no son capaces de ver más allá del sendero, creen estar en posesión de la verdad. Nosotros, por nuestro lado, desempeñamos nuestras funciones sin prestarles demasiada atención, hasta que los eones vuelvan a ordenar que les pongamos en su sitio.

»Sólo podemos defendernos si nos atacan, pero la verdad es que hace siglos que sus ataques son cada vez menos numerosos. No más de dos o tres al año y muy separados unos de otros. Por otro lado —continuó con un rastro de pena en su mirada—, no solo nos quitan a algún hermano de vez en cuando, también convencen a otros brujos a lo largo y ancho del planeta de que somos demonios a los que merece la pena exterminar. Muchos les creen y otros deciden comprobarlo en persona; estos últimos suelen tener algo menos de fanatismo en las venas. Contamos con muchos cuervos simpatizantes de la Alianza, pero los tolteca no lo son. Son fanáticos con un solo objetivo en su mente: salvar a la humanidad de nuestra influencia, sin tan siquiera pararse a pensar si esta es positiva o no.

Marc estudió el rostro de Lee, había tardado dos días en cogerle el tranquillo pero ya conocía algunas de sus expresiones. Aparte de estar ocultándole algo, se podía intuir que los tolteca le habían hecho más daño del que trataba de aparentar. Así que decidió pasar al siguiente punto del interrogatorio mientras los efectos del huracán Joyko se perdían al paso del tiempo.

—El cuervo del otro día... ¿iba a atacarnos?

Lee levantó una ceja y puso cara de meditar la respuesta.

—Posiblemente, pero no tenemos la cosa muy clara. Atacar a una torre de agua mientras llueve a cántaros es como saltar de un avión sin paracaídas... Por mucha suerte que tengas, estás muerto.

Marc tragó saliva mientras intentaba imaginar qué sería capaz de hacer Ryu con el agua.

—De todas formas, muchacho, tienes mucha suerte —sonrió abiertamente y miró a Marc directamente a la cara—, y no me refiero a que vayas a pasar la eternidad cerca de Joy.

—No sé si eso será una bendición o una tortura –respondió Marc entre carcajadas suaves.

—No solo es hermosa, hijo. Esa niña pelea como el diablo. Saber que estará a tu lado en el combate es un seguro de vida.

—¿Tan buena es? —ajustó el tono de la pregunta para no resultar ni incrédulo ni machista. No solía ver mujeres en el ejército y, aunque las que había conocido eran muy resueltas, ninguna de ellas había aguantado más de dos meses pegando tiros en la selva.

—Verás, Shen no es un eón demasiado activo, tanto Ryu como yo trabajamos poco. Al dragón no le gusta involucrarse demasiado. Conserva piezas en el juego para apoyar a la Alianza, pero no suele meterse en líos. En cambio el Fénix... —agitó una mano como si se hubiese quemado los dedos— es hiperactivo, siempre está moviendo pieza allí donde ve problemas. Joyko tiene más experiencia en combate durante su, relativamente, corta vida que yo en casi cuatro milenios. Y después está Mell... —Aquí se quedó mudo y serio como si alguien lo hubiese desenchufado.

—El romano....

—Sí —dijo al fin, mientras perdía la vista en el pasado—... el romano.

Marc podía sentir como Lee se tensaba un tanto, como si hubiese algún asunto entre él y el susodicho romano aún sin solucionar. Pero la curiosidad pudo más que él.

—¿No es buena gente? —preguntó con cuidado, no quería parecer maleducado.

Lee salió de su ensueño como si le hubiesen dado una patada en la espinilla.

—¿Mell? No, Mell es un gran hombre —pero su voz sonaba triste—. Es el hijo que a todos nos hubiese gustado tener —esbozó una sonrisa—; ahora tú eres parte de su familia y creo que no es necesario decirte cómo se toma un siciliano eso de la *familia* —bosquejó una sonrisa que no llegó a materializarse por ningún lado.

—¿Siciliano? —A Marc casi le pareció escuchar en su mente la banda sonora de *El Padrino.*

—Bueno sí, pero no un siciliano de los que tú imaginas, hijo... —Aquí sí completó la sonrisa—. Su familia se remonta a Dionisio de Siracusa. Cuando Mell nació, Roma ya dominaba medio mundo, pero los sicilianos siempre fueron gente muy entregada a proteger a los que aman. Si Mell te coge siquiera una pizca de cariño —explicó al tiempo que cogía un puñado de arena y la dejaba caer a medio metro del suelo— arrasaría medio mundo con tal de protegerte. Y métete esto en la cabeza, muchacho. —Se puso francamente serio mientras buscó la mirada de Marc—. Ese hombre no es el mejor luchador entre los nuestros, ni el más viejo, ni el más sabio, y sin duda no es el más poderoso, pero se ha ganado el respeto de todos gracias a su voluntad. —Levantó su pequeña mano y señaló a Marc con el dedo—. Eso que dices que tú no tienes... No hay nadie en este mundo que no tenga miedo del romano, porque si algo le cabrea, nada, absolutamente nada es capaz de detenerlo.

CAPÍTULO X

Una de romanos

Florencia, año 795 d. C.

Mell se acercaba a su objetivo entre la sombras de la noche. La ciudad de Florencia dormía, pero todavía podían oírse risas y discusiones, gemidos de placer y gritos de agonía por las calles, mientras que los rezagados apuraban el tiempo en las tabernas, los prostíbulos y las salas de juego.

«Civilización —pensó Mell—, el tiempo pasa, pero la gente sigue igual». Se acercó al *palazzo* con cuidado. Se trataba de un edificio bastante grande, de dos plantas y un patio central abierto a la calle donde se aparcaban los carruajes.

Tiempo atrás, aquel barrio era noble. Su relativa proximidad al centro de negocios de la ciudad lo hacía deseable a la nobleza italiana, pero un incendio, medio siglo atrás, lo convirtió en una sombra de lo que había sido en el pasado. Las pocas casas que sobrevivieron se encontraron rodeadas de escombros y, con el paso del tiempo, de desposeídos que levantaron sus pequeños chamizos y *palazzos* particulares. Por aquel entonces definirlo era sencillo: peligroso y sucio.

Mell se concentró en el edificio. Su objetivo estaba en la segunda planta, podía sentir cómo el anillo vibraba cuando miraba hacia allí. Se trataba de un banquero, según había oído, que salió de la nada vendiendo los favores de su madre viuda a un terrateniente al que le quedaban dos primaveras. Bueno, cosas peores había visto a lo largo de sus casi ocho siglos de vida, al menos aquel listillo «solo» había recurrido al robo, la extorsión y la trata de blancas para apañar su fortuna. Y en aquella época dos de esas prácticas se consideraban legales; si se tenían buenos amigos y algo de dinero… las tres.

Parecía un asunto sencillo: solo entrar, matarlo y desaparecer. La misma cantinela de siempre.

Antes de dar el primer paso hacia el edificio probó a rastrearlo. Era un ejercicio simple, solo tenía que cerrar los ojos y enfocar hacia él; entonces aparecían siluetas en su mente, los colores que proyectaban las personas en el sendero. Con el tiempo había aprendido el significado de aquellos colores y había averiguado que algunas personas también los veían. Una bruja a la que conoció en Turquía se había referido a esto como «aura». Según ella, podía verse la naturaleza de las personas en los colores que reflejaban: sus miedos, sus deseos, sus pecados…

Allí estaba su objetivo, un aura rosada le rodeaba, roja y violeta; el significado era simple, estaba excitado, borracho y seguramente enfermo. Desde más cerca sería capaz de ver incluso dónde estaba la enfermedad, pero a esa distancia le resultaba imposible. Había tres hombres más en la planta baja, sentados alrededor de una mesa, seguramente eran sus sirvientes. Pero había alguien más, parecía un jovencito, o un niño. Mediría poco más de metro y medio y estaba sentado junto a su objetivo en la planta de arriba. Su aura era intensa, más de lo normal, con tonos azules muy brillantes, naranjas y blancos que se arremolinaban a su alrededor. El romano se rascó la cabeza, no era muy común dar con gente con auras como esa, tal vez un brujo o un vidente de algún tipo... «Bueno —pensó—, eso no le va a salvar la vida al objetivo». Además, si estaba con ese niño a solas, borracho y excitado, era de esa clase de gente a la que Mell no le importaba «retirar». Sopesó las diferentes opciones y se decidió por la más sencilla. Entró con paso enérgico en la finca por la puerta principal y se fue derecho hacia los hombres de la mesa.

—Buenas noches, caballeros.

Por el tono y el acento, los mozos le catalogaron rápidamente, sin duda era un señor o el emisario de uno. Uno de ellos se levantó como activado por un resorte y se ajustó las vestiduras; portaba espada al cinto y algunas cicatrices de esas que no se hace uno sin querer.

—¿Qué se le ofrece, señor?

Sin duda era un hombre duro, el guardaespaldas personal del banquero. Miró a Mell de abajo arriba; vio un hombre de mediana edad, que no lucía cicatrices, algo que en aquella época resultaba difícil, muy difícil. Vestía con gusto y llevaba anillos, austeros, sí, pero anillos. Bien alimentado y bien armado, espada, daga y con la dentadura perfecta. No hacía falta saber más, no parecía una amenaza. Como todos los hombres ricos, mucho ruido y pocas nueces. Un hombre con posición no se la jugaba dando puñaladas traperas, pagaba a otros para hacerlo.

—Traigo un mensaje para tu señor... —y, acercándose un poco más al guardaespaldas, continuó con un tono más bajo— de Lucca, lleva el sello del duque de la Toscana.

El veterano soldado cabeceó afirmativamente, suspiró y se rascó la barba. Olía problemas pero no sabía dónde. Estaba meditando en cómo subir a molestar a su señor, cuando una figura apareció en lo alto de la escalera.

—Gracias, Luis, déjalo pasar.

El hombre de espada se echó a un lado e hizo un gesto a Mell, que se había quedado clavado al ver al muchacho; rondaría los quince o dieciséis años, aún no lucía barba, pero esa voz... Tenía un acento típico de los que habían hablado el viejo latín romano, y esa energía que emanaba no era normal. Intentó rastrear su figura mientras subía por la escalera, pero de alguna manera se le escapaba.

Cuando llegó al piso de arriba se encontró en un gran salón, la enorme chimenea calentaba la estancia sin dificultad dibujando sombras fugaces en las paredes, que, cubiertas de telas de seda y maderas nobles, daban a entender que aquel hombre gastaba demasiado. Allí estaba el muchacho, de pie, con los dos pies juntos y las manos a la espalda. Vestía un extraño atuendo, un pantalón blanco bombacho, similar al viejo estilo persa y una bata corta naranja y cruzada a media altura, sujeta por un cinturón a juego. No llevaba zapatos y sin duda era oriental.

—Ya era hora de conocerte, romano. Luna me ha hablado mucho de ti. —dejó aflorar una débil sonrisa.

Mientras, Mell terminaba su análisis. Ese chico no estaba vivo, era un condenado y por lo que podía ver y sentir mucho más viejo y fuerte que él... La cosa estaba a punto de ponerse muy fea.

Por aquel entonces, Luna solo era un concepto para Mell, una aparición, una sorpresa. ¿Enamorado? Seguramente. Pero no sabía casi nada de aquella misteriosa mujer, que le había robado el corazón a golpe de espada unos cien años atrás. Lo último que escuchó de su boca fue un «ya nos veremos», y eso había sido hacía ya casi un año.

—Mi nombre es Ta Mo Shei Lee, aunque todos me llaman Lee, soy torre de Shen. —Hizo una corta reverencia.

—Yo me llamo Mell, soy un alfil del Fénix. —Intentó copiar el movimiento de Lee, pero resultó un tanto exagerado—. ¿Proteges a este hombre?

Lee asintió, dejando escapar una suave mueca que dejaba entrever que no le hacía demasiada gracia.

—La Alianza apuesta por su vida. Al parecer puede financiar movimientos políticos en la vieja Roma. —Se giró para mirar al banquero.

Estaba grueso, más que gordo estaba inflamado. Sus ojos se tornaban amarillentos e inyectados en sangre, lo que dejaba claro que estaba enfermo del hígado—. No vivirá más de lo necesario.

—Morirá esta noche —sentenció Mell con convicción.

Lee encaró de nuevo a Mell mientras daba un corto paso lateral, interponiéndose entre el romano y el banquero.

—Así que tenemos un conflicto de intereses… —Negó con la cabeza divertido—. Escucha muchacho, no tienes ninguna posibilidad contra una torre, y lo sabes.

—Si peleamos con elementales no solo morirá este hombre —dijo Mell señalando hacia el banquero, que casi ajeno a la conversación tan solo apuraba una copa de vino tras otra.

—Supongo que arrasaríamos todo el barrio viejo, pero nadie ha dicho nada de usar elementales. —Lee volvió a ponerse las manos a la espalda.

—¿Insinúas que puedes detenerme desarmado y en pijama? —Se calló sus dudas sobre su fortaleza física, porque ya había cometido ese error en el pasado. Daba igual que aquel «niño» no pesase más de cincuenta kilos, seguramente sus músculos estaban duros como piedras, pero estaba desarmado, sin protección, con las normas de la Alianza alrededor del cuello como un yugo. No podía poner en peligro a ningún ser vivo por voluntad propia, no podía matar a otro condenado sin la orden directa de Shen. Mientras, Mell servía a una Potestad, no tenía limitaciones, podía matar a voluntad, estaba bien armado y llevaba ropa adecuada para el combate. Sin duda una torre era algo serio, pero Mell había vencido a torres en el pasado… y no precisamente de la Alianza.

—No estoy desarmado, romano. —El tono del muchacho se había tornado serio y contundente—. Si no desistes, te voy a tener que hacer daño.

Mell no pudo por menos que dejar escapar una carcajada, corta, inconsciente.

—Lo siento, mi señor lo quiere muerto. No tengo elección.

Lee dio un bufido y meneó la cabeza.

—Si tú lo dices… —Levantó lentamente la mano izquierda y señaló una de las ventanas, la más cercana. Mell siguió la línea que señalaba el chaval sin comprender; allí solo había una ventana, grande, de madera de roble, cerrada a cal y canto, nada más. Volvió a mirar hacia Lee y se encogió de hombros. Lee cerró los ojos un segundo y dijo.

—Ya lo entenderás romano. —Abrió los ojos, bajó la mano y le regaló a Mell una última sonrisa antes de ponerse serio.

En un alarde de perfección, Mell giró sobre sí mismo, lanzando la capa al chico; en el mismo giro ya había desenvainado la espada y había cargado el filo con la energía del Fénix. Era un golpe de experto, calculado para asestarle una puñalada en el pecho al terminar el giro; el dolor de una hoja a esa temperatura dejaría al condenado expuesto unos segundos, tiempo suficiente para dejarlo inconsciente y terminar el trabajo, dos metros más atrás. Pero al terminar el movimiento, Lee ya no estaba allí. La capa cayó al suelo y el filo solo silbó en el aire.

Por desgracia para Mell, el chico había cambiado de posición en el medio segundo en que este giraba, ahora estaba a su izquierda, describiendo una línea perfecta con él y la ventana que había señalado segundos antes.

Atravesó la ventana con la cabeza, pudo sentir como el cráneo se partía, junto con dos o tres costillas que rompió la patada de Lee y otras dos o tres que se rompió al caer al suelo desde el segundo piso del edificio.

El suelo estaba húmedo y no había llovido. Se revolvió un poco mientras la energía del Fénix le curaba las fracturas y apretó con furia el mango de la espada.

—Suerte, ha tenido suerte…

Se levantó de un salto y entró de nuevo en la casa; los mozos estaban ahora jugando a las cartas, junto con Luis, parecían asustados; la mirada de reojo que le dedicó el hombre de espada estaba cargada de significado. Si no esto, algo similar ya había ocurrido anteriormente.

Subió las escaleras maldiciendo, el chico ya habría tenido tiempo más que de sobra para hacerse con una espada. Pero cuando entró en el salón Lee seguía en el mismo sitio y misma posición, con las manos a la espalda.

—Vaya, es un alivio ver que no has sido tan idiota como para intentar saltar por el sendero.

Mell no podía creer lo que estaba pasando, un adolescente, seguramente chino, desarmado y en pijama se atrevía a juzgar sus habilidades. Por supuesto que no era tan imbécil; si con medio segundo le había lanzado por la ventana, en el segundo completo, que tardaba en reaccionar después de un salto, lo haría picadillo.

—Eres fuerte. Pero solo has tenido suerte, deberías haber conseguido un arma.

—Yo soy el arma, romano. —Y señaló otra de las ventanas, esta vez más alejada. Al igual que la anterior cerrada también a cal y canto.

—¿Bromeas? —No pudo contener una risotada—. ¿Y por qué no la misma de antes?

Lee respondió con algo de sorna mientras se miraba las uñas de la mano derecha.

—Porque sin puertas no tiene la misma gracia.

En esa ocasión las cosas fueron mejor. Mell atacó de frente y sin florituras, intentando hacer blanco a Lee en las piernas o el cuello. No atacó a las manos, si intentaba matarle podía darse por jodido. La única posibilidad que tenía era que el muchacho cometiese algún error. En el subconsciente del romano aquel «chaval» no era rival. Si se hubiese parado a pensar, tal vez se habría dado cuenta de su propio error.

Lee esquivaba como si fuese de papel, golpe tras golpe sin despeinarse siquiera, mientras Mell utilizaba cada truco o artimaña que conocía.

Poco a poco el hijo de Shen fue llevando al romano hacia la ventana y en un movimiento tan rápido que Mell no consiguió ni ver, le asestó una patada en el esternón que lo lanzó de espaldas contra aquella…

La atravesó con un grito ahogado, intentando frenarse con los pies contra el marco de madera, pero solo consiguió arrancarlo de cuajo y hacerse daño en el pie. Intentar girar para caer de pie solo complicó las cosas y terminó dando un costalazo contra el «húmedo» suelo, cuatro metros más abajo.

—La madre que lo parió… —Consiguió ponerse boca arriba con un gemido lastimero, más costillas rotas. Los daños empezaban a ser considerables. Estaba quemando demasiada energía y las fracturas se cerraban más despacio, además había sangrado por la boca y la camisa de lino ya parecía el sayo de un reo. —Joder con el chinito. —Tosió para expulsar algo de sangre que se había quedado atascada en la tráquea. Las heridas se cerraban pero la sangre del condenado se secaba muy deprisa y resultaba muy molesto. Se puso de pie con dificultad, algo mareado… Recogió de nuevo la espada. Se estaba pensando muy en serio dejarlo pasar cuando oyó la voz de Lee desde el piso superior.

—Más importante que ganar, es aprender a perder…

«Y una mierda —pensó Mell—, está muy pagado de sí mismo. Tal vez esa sea la clave».

Cogió la espada y se encaminó de nuevo hacia la escalera. Una vez más se cruzó con los mozos, ninguno se atrevía a mirarle de frente. Pero cuando se disponía a pisar el primer escalón una mano le cogió del brazo.

—Ese chico es un demonio, no sigas… —la mirada del tal Luis parecía sincera. Mell comprendió rápidamente quien había salido por la ventana antes que él.

—Sólo estamos jugando —dijo el romano mientras cargaba la energía del Fénix, una aureola rojiza se inflamó en sus ojos en el sentido de las agujas del reloj. Luis soltó el brazo de Mell mientras hacía la señal de la cruz sobre su cara de espanto, y el romano siguió su camino. Al llegar arriba se encontró con un Lee bastante furioso.

—Aparte de terco pareces tonto, romano. Ese alarde ha sido una imprudencia. En breve tendremos aquí un comité eclesiástico.

Mell se apoyó en el marco de la puerta, estaba hecho un asco, cansado, enfadado y dolorido.

—Vale… Lo siento, me cogió un tanto…

—¿Furioso? —preguntó Lee.

El romano levantó la mano hacia Lee como gesto de asentimiento.

—Pues mejor lo dejamos por hoy… Cuando la furia grita, el error despierta.

—¿Eres una especie de sabio? —preguntó Mell.

—Tan solo soy viejo —respondió Lee. Resultaba confuso escucharle decir eso con su aspecto exterior.

El romano señaló hacia una pequeña mesa delante del banquero, quien presenciaba el espectáculo completamente ebrio. Sobre ella, una jarra de vino tinto y una copa de plata labrada.

—¿Te importa?

—¿Quieres vino? —Lee parecía haber recuperado el buen humor—. Debes de estar muy loco, ¡si no me puedes ni rozar estando sobrio!

—Pues por eso mismo —rebatió Mell—, tal vez borracho tenga más suerte.

—¿Piensas seguir con esto?

Mell apuró una copa de vino de un trago y dejó de nuevo la copa y la jarra sobre la mesa.

—Buen vino —dijo levantando la copa en un gesto de agradecimiento hacia el banquero, que, sin responder, solo se pasó la lengua por los labios—. ¿Dónde aprendiste a pelear así?

Lee respondió mientras se colocaba entre Mell y el banquero.

—En un monasterio.

—¿En un monasterio? —Mell puso los ojos como platos—. ¿Los monjes de tu tierra pelean?

—Bueno... Se puede decir que ahora sí.

—Aquí, el que menos, sabe usar la escoba...

Lee no entendió la broma.

—Dime una cosa más, ¿qué harás cuando se te terminen las ventanas? —Mell señaló la única ventana que quedaba cerrada. Lee la miró y dibujando una sonrisa respondió:

—Entonces empezaré por las paredes...

A Mell se le erizó el pelo del cogote. Estaba claro que lo había dicho en serio.

—Bueno, entonces ha llegado el momento de romper la última. —Apurando hasta el último reducto de energía que le quedaba, el romano se abalanzó sobre el banquero. Durante un segundo, el gordo florentino tuvo miedo por su vida, mientras el filo de la espada de Mell rasgaba el aire a menos de un centímetro de su garganta. Lee reaccionó a una velocidad inverosímil, bloqueó el brazo del romano, lo hizo girar sobre sí mismo con una llave de muñeca. Los huesos se rompieron por la presión y la espada quedó suspendida en el aire unos segundos. Mell intentó cogerla con la otra mano, tal vez quedara tiempo para un golpe más... Estaba tan cerca del banquero que podía ver el pánico en sus ojos. Pero en ese momento la espada estalló... El aire se llenó de partículas de acero mientras Lee, con los ojos inyectados en plata, volteaba al romano sobre su espalda. Mell pudo ver a cámara lenta cómo se alejaba de su objetivo. Había estado tan cerca... Cuando estaba a punto de caer al suelo sintió cómo una fuerza antinatural le sostenía ingrávido a media altura, con Lee a su izquierda y la última ventana cerrada a su derecha. Estaba exhausto por la pelea, intentar bloquear la energía de Shen le parecía un alarde inútil en su situación. Sería mejor guardar energías para regenerarse, porque estaba claro que esta vez le iba a doler. A Lee le había ofendido que utilizase su hospitalidad como excusa para acercarse al banquero. Mell contaba con ello, así que había que poner tierra de por medio. Cerró los ojos y esperó el medio segundo que tardó Lee en asestarle la patada más fuerte que le habían dado en toda su vida. Atravesó la ventana haciéndola astillas y voló por encima de la calle hasta el tejado de la casa de enfrente. Por un momento agradeció que fuese una casa baja o habría atravesado la pared. Rodó sobre el tejado levantando las tejas a su paso hasta que su cuerpo venció la inercia. Por fin, unos segundos de paz.

Se sentó sobre el tejado mientras las fracturas radiaban dolor a cada músculo, y se retiró el flequillo de la cara. Al otro lado de la calle, Lee le observaba desde la habitación, que había quedado muy bien ventilada. Sonreía con esa cara de hombre a medio hacer. Y en ese momento, el banquero se desplomó a su espalda.

A Lee se le cortó la sonrisa, se giró despacio solo para ver lo que ya había sentido.

El banquero estaba muerto. Pero ¿cómo? Rememoró el combate, solo había perdido a Mell de vista medio segundo cuando miró la última ventana. Se fijó en que el cadáver aún sostenía la copa de vino. Veneno...

Dejó caer la vista al suelo un par de segundos y volvió a mirar al romano, que sonreía desde el tejado de enfrente.

—Un sabio me dijo una vez que antes que saber ganar, hay que aprender a perder... —dijo Mell entre gemidos de dolor—. Lástima, joder... Era una buena espada.

Lee asintió un par de veces sonriendo.

—Te he subestimado, romano.

—No te preocupes, suele pasarle a todo el mundo.

Lee cerró su puño derecho y se golpeó levemente el pecho, al estilo de la vieja guardia pretoriana—. Suerte, ya nos veremos —Y desapareció.

El viento azotó la habitación sin ventanas, acariciando el rostro de un muerto sin nombre, un banquero que acababa de descubrir que ya no tenía crédito, tan solo la enorme factura de sus actos.

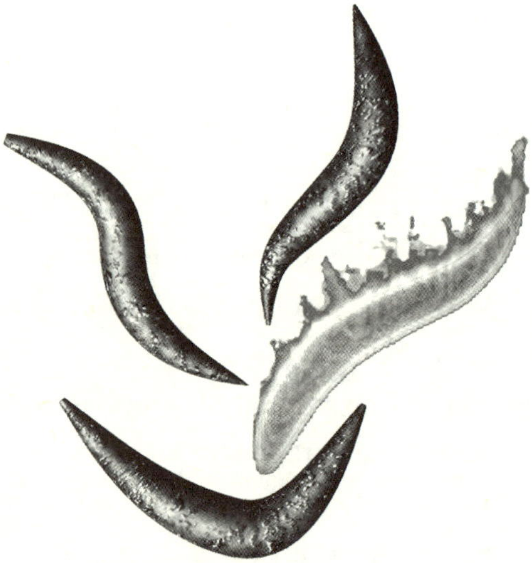

CAPÍTULO XI

Nido de cuervos

En algún lugar de la cuenca del Amazonas

El joven chamán se erguía sobre la cubierta de aquel barco portugués. Los mástiles chirriaban mientras el viento empujaba con vehemencia las velas. Se le veía concentrado en el horizonte porque ya intuía la presencia de tierra. Mucho antes de que ningún navegante pudiera ver una mísera gaviota, él ya sentía la proximidad de la tierra firme. Los marineros portugueses pasaban cerca de él intentando no mirarle. Por mucho que el capitán pensase que era inofensivo, tenía toda la pinta de un animal salvaje, calmado pero imprevisible como un león dormido.

Tenía los brazos cruzados sobre su enorme pecho y de vez en cuando lanzaba miradas desde su metro ochenta de altura a los marineros.

Ellos cuchicheaban, a hurtadillas, lejos de su mirada, sobre el aspecto de aquel curioso trofeo. El capitán quería entregárselo al rey junto con el oro que habían «encontrado» en las Américas.

El hecho de haber matado a cientos de hombres y mujeres para conseguir localizar su paradero no significaba nada. Después de buscar y buscar la mítica ciudad de oro de los tolteca, al fin, una mañana de mayo aquel joven chamán les había llevado a una cueva donde se escondía el codiciado oro azteca. ¿A quién podía importarle ya esa dichosa ciudad dorada? Además había sido todo un golpe de suerte no tener que luchar con los tolteca para conseguirlo. Por lo que contaban las leyendas, esa gente tenía muy mal carácter y no sabía perder.

El viejo capitán, Leopoldo Montalvo, no cabía en sí de gozo; había conseguido el oro sin apenas derramar sangre, al menos sangre portuguesa, que es la que contaba, y regresaba a casa con la bodega cargada de tesoros y regalos para la corte. Le recibirían como a un héroe, como a Colón y Cortés antes que a él, con la única diferencia de que los españoles eran unos tacaños. Dos palmadas en el hombro y unas tierras no pagaban ni de lejos los esfuerzos que habían tenido que pasar para conseguir aquel oro. Los portugueses, en cambio, sí sabían pagar a sus «descubridores». Sería famoso, sería honrado y pagado con riquezas y posición. Le costaba pasar más de un segundo sin su sonrisa prepotente en los labios. Miró al muchacho con cierto agradecimiento, le había prometido de todo con tal de que le llevase hasta el tesoro, y aquel ingenuo había caído en la trampa.

A su llegada a Lisboa, aquel chamán sería el centro de atención de la corte durante unas semanas y después desaparecería, vendido a alguna nación extranjera para continuar con el «espectáculo» más allá de Portugal. En cierto modo, sentía algo de vergüenza por engañar al muchacho, pero la vida le había ensañado a hacer cosas así sin parpadear.

—Ya estamos cerca, Aris. —Aquel muchacho había demostrado ser un portento para los idiomas, sabía hablar español, portugués, inglés y francés sin ningún problema; además, parecía saber navegar y comprendía la posición de las estrellas. Desde que salieron de América, solo habría bastado seguir la vista de aquel chico para llegar al puerto de Lisboa.

El joven chamán asintió sin decir una sola palabra, perdido en sus pensamientos.

—Te gustará la corte de Portugal, hijo… Allí serás respetado como un rey de las Indias.

Aunque el chico no parecía estar muy abierto al diálogo, la excitación y el aburrimiento le empujaban a intentar sacarle una buena conversación.

—Posiblemente eres el hombre que más lejos ha viajado de toda la historia de tu tribu.

Aris no podía aguantar tanta prepotencia y pedantería, hacía días que había cruzado los brazos por miedo a perder los nervios y despedazar a ese miserable antes de tiempo.

—¿De veras? —torció el gesto en una sonrisa burlona mientras reconsideraba su posición; le hubiese gustado matar al rey de Portugal personalmente. Pero había jurado a Ketxal no pasarse demasiado de la raya.

—Claro. —El portugués exageró su maliciosa sonrisa, como si realmente creyese que podía engañarle—. ¿Cómo decías que era tu nombre completo, hijo?

Aris tuvo que clavarse las uñas para no arrancarle la cabeza de los hombros. El simple hecho de que le llamase hijo era una blasfemia, él era hijo de Ketxal, él… era el hijo de un dios.

—Arishalotek.

—Ah… —el viejo puso cara de estreñido—. Aris estará bien. —Dio un golpecito en el hombro al muchacho, para lo que tuvo que levantar su pequeño brazo por encima de la cabeza.

—Supongo que sí… —«Pedazo de palurdo», pensó el tolteca. Mirando a aquel engendro no podía siquiera imaginarse pertenecer a la misma especie.

—¿Tu nombre tiene algún significado? Ya sabes, aguas profundas o algo así.

Aris luchaba por contenerse cada segundo, pero ya le escaseaban las fuerzas.

—Significa «la primera piedra».

—¡Oh, vaya! Muy bonito —repuso el portugués mientras se encajaba mejor su sombrero de ala ancha para cubrirse del sol.

Alguien en lo alto del mástil gritó: «¡Tierra a la vista!». El capitán se abalanzó sobre la proa y levantó un catalejo para atisbar el horizonte. Allí estaba la costa de Portugal, ya podían distinguirse como puntos en el horizonte algunos barcos de pesca.

En el barco estalló la alegría: los marineros dejaban sus tareas a medias mientras se felicitaban unos a otros y entonaban algunas cancioncillas como gesto de buena fortuna. Uno de ellos se puso de rodillas y comenzó a rezar; segundos después casi todo el barco estaba de rodillas rezando a su Dios. Aris no pudo dejar de sonreír. Hacían bien en rezar, nunca se sabe cuándo puede acaecer un desastre.

Cuando la letanía de los rezos se extendía por todo el barco, una voz rompió la monotonía gritando; subía de la bodega del barco como una exhalación gritando improperios; buscó con la vista al capitán y corrió hasta estar a su lado.

—¡El oro!, ¡el oro no está! ¡Son piedras…! ¡¡Piedras!!

El capitán tardó varios segundos en reaccionar.

—¿Te has vuelto loco?

—¡Son piedras! ¡Todo son piedras! —Segundos después desaparecieron por la escotilla de la bodega. Aris podía oír cómo maldecían y gritaban, soltó por fin los brazos y relajó los músculos. Cuando el portugués regresó a la cubierta había sustituido el sombrero de plumas por un sable toledano. Aris esbozó una sonrisa teatral.

—¿Algún problema con el oro, Leopoldo? —Su tono sonaba ahora diferente; el rostro que antes parecía ser el de un muchacho inocente se perfilaba ahora como una máscara diabólica; aquellos dientes blancos afilados como cuchillos ya no parecían una graciosa excentricidad, sino un presagio de dolor. Los marineros, ya armados y con cara de pocos amigos, flanqueaban al capitán mientras este se acercaba al chamán con el rostro rojo de ira.

—¡Me has engañado! ¿Qué clase de brujería es esta?

—¿Engañado? —Aris jugueteó con el tono para que sonase malicioso y cargado de veneno—. ¿Dices que yo te he engañado a ti? —Se señaló con el dedo. Dio un paso al frente hacia la multitud que de forma instintiva dio un paso atrás—. ¿Vosotros… —dijo señalando a la multitud— decís que *yo* os he engañado? Habéis matado, violado y robado a todo aquel que os encontrabais por el camino, para luego poneros de rodillas ante vuestro dios y con cara de no haber roto nunca un plato; dadle las gracias por permitiros regresar a casa… ¡Maldita panda de hipócritas! —escupió las palabras con sus preciosos ojos color miel inyectados en sangre—. Decís que sois mejores que nosotros porque os vestís de forma diferente; nos prometéis cosas buenas mientras en vuestros ojos se ve clara la mentira y la firme promesa de esclavitud; ¡mentís a los demás, os mentís entre vosotros y os mentís a vosotros mismos! ¿Y decís que yo os he engañado? Ni siquiera merecéis pertenecer a la especie humana. —Tragó aire y se irguió en toda su estatura; los marineros estaban petrificados, se sentían extraños, débiles y avergonzados tras escuchar las palabras del tolteca, pero la ira iba más allá del arrepentimiento.

El capitán dio un primer paso hacia Aris. Solo dio uno, en los ojos del tolteca se encendió una luz verdosa y el viejo capitán se quedó paralizado de miedo.

—Aquí termina vuestro viaje —dijo Aris en un tono monocorde que no presagiaba nada bueno—; es hora de que vuestro país pague por toda la sangre que ha derramado. Fuisteis a mi tierra en busca del oro de los aztecas. No para adorar a los dioses, no para pagar la paz o ampliar la cosecha, sino para que vuestros estúpidos reyes puedan costear sus guerras, ampliar sus ejércitos y mandar más barcos al nuevo mundo. —Levantó una mano y algo tembló bajo el barco, todo el mar se quedó en una extraña calma—. Es la hora de morir, espero que el dolor de haber malgastado esta vida os dé fuerza para no cometer el mismo error en la siguiente.

Ante la atónita mirada de los marineros, Aris se transformó en un enorme cuervo y comenzó a volar hacia lo alto... Desde allí el pájaro resultaba majestuoso, graznando y volando sobre la embarcación en círculos. Debajo del enorme barco portugués, el lecho oceánico se estaba deformando mientras el agua comenzaba a engullir todo a su alrededor; en unos segundos la brecha se hizo tan grande que se tragó el barco entero como si nunca hubiese existido; el cambio en la presión levantó una enorme onda en el agua, que comenzó a ganar fuerza a medida que se lanzaba hacia la costa.

En el puerto de Lisboa lucía el sol, los mercaderes regateaban con ahínco cada moneda, mientras los niños corrían de aquí para allá poniendo a prueba la paciencia de los guardias del embarcadero. El primer temblor les cogió por sorpresa, lanzando enseres de los puestos contra el sucio suelo de piedra. Los niños fueron los primeros en echarse a llorar mientras un cuervo enorme graznaba en el cielo. Uno de los guardias miró al pájaro con una mueca en la cara.

—Pájaro de mal agüero. —Señaló con el dedo de forma indiferente ante su compañero de guardia.

Después un nuevo temblor azotó la ciudad con mucha más violencia que el anterior y la gente comenzó a correr despavorida. Los guardias trataban de mantener la calma, como un maestro en el patio del colegio. Hasta que vieron la ola...: una inmensa torre de agua se levantaba en el horizonte de camino a la costa. Entonces soltaron las alabardas y se unieron a la multitud descontrolada. Algunos se ocultaron en los edificios colindantes presas del pánico, otros se quedaron petrificados por el miedo, aún de pie sobre sus barcos y la mayoría salió corriendo tierra adentro con todo la energía que el pánico les permitía.

Ninguno de ellos sobrevivió. La ola golpeó con fuerza la costa, borrando los edificios de la faz del planeta como si fuesen de papel; el setenta por ciento de la ciudad quedó devastada por el agua y los temblores de tierra. El resto ardió por los incendios que se propagaron después; dos días más tarde solo quedaban dos o tres edificios en pie.

Los ojos del cuervo reflejaban la agonía de aquellos que se aferraban a la vida después de haberlo perdido todo; en sus recuerdos, los gritos de aquellos que fueron asesinados en su tierra se apaciguaron ante tamaña muestra de destrucción. La fuerza de los gritos se mezclaba con la de los llantos de aquellos que ya habían perdido la esperanza.

Entonces despertó. Como siempre, los viejos recuerdos le arrancaban pedazos de alma en sus sueños. Recuerdos de siglos pasados en los que había sido la mano justiciera de Ketxal.

Tomó algo de aire y se incorporó en el lecho. Delante de él la luz de la luna lanzaba preciosos reflejos sobre el suelo bañado en oro de sus aposentos. La enorme terraza de su casa se extendía treinta metros en dirección a la selva justo encima de la de sus vecinos, y así una y otra vez en el entramado de la gran pirámide de oro de Tollan. Desde los pisos más altos, donde se encontraba su casa, podían distinguirse las copas de los árboles por debajo de su posición. Desde allí su mirada podía extenderse kilómetros y kilómetros sobre la selva.

Por encima de él, solo los aposentos de Ketxal impedían que la luz le bañase a todas horas. Se levantó y salió a la terraza dejando que su cuerpo se templase al frío de la noche. La luna estaba baja; pronto la noche llegaría a su fin. Se trasformó en cuervo para bajar a los pisos inferiores, donde el agua fresca del río había sido desviada hacía siglos para crear un enorme estanque artificial. En pocas horas la ciudad reviviría… Echaba de menos la calma del pasado, pero tampoco le hacía ascos a la vida moderna en la ciudad. Ahora tenían luz eléctrica, televisores de plasma, aire acondicionado… La vieja mina les aseguraba todos los caprichos del mundo moderno, pero él seguía disfrutando más de la fría agua del estanque que de la ducha de hidromasaje.

Recuperó su forma humana y se metió en el estanque. A su alrededor la selva permanecía serena, mientras los primeros rayos de sol conseguían arrancarle formas y siluetas a la oscuridad. Desde sus ojos expertos los árboles aparecían como titanes, resueltos a ganar día a día un nuevo centímetro al ser humano que había invadido sus tierras. Suspiró mientras borraba de su mente los restos de la pesadilla; aún recordaba los ojos de los muertos, secos y sin brillo.

Cada día de su vida había sido una lucha sin cuartel, primero contra las tribus cercanas, después contra los depredadores y la selva, después los españoles y los portugueses y, a partir de ahí, con todo el mundo civilizado… Curiosa palabra, «civilizado». Se suponía que la gente civilizada era capaz de respetar la cultura de los demás, ¿no? Entonces él nunca había conocido a nadie civilizado.

Se empapó la cabeza con el agua fría y luego la sacudió para aclararse las ideas. Todo estaba saliendo a pedir de boca, pronto tendría poder suficiente para cambiar las cosas.

—Aris. —La voz le cogió por sorpresa. Llegaba por detrás y la reconoció enseguida, era uno de los guardianes nocturnos. Pasaban la noche volando en círculos sobre las tierras sagradas en busca de posibles amenazas para la ciudad. Se giró despacio y no le gustó nada su cara, parecía haber visto un fantasma.

—¿Sí?

—Señor, alguien ha roto el espacio cerca del desfiladero. —Estaba tenso y parecía no querer seguir hablando—. Trae un cadáver que parece ser… —bajó la cabeza buscando las palabras apropiadas, estaba cada vez más nervioso—, parece uno de los nuestros —dijo al fin—. El que lo trae no está vivo, mi señor.

Aris se quedó petrificado, analizaba cada palabra y cada gesto del muchacho, uno por uno, y no le estaban gustando nada los resultados.

—¿Un zombi aquí?

—Sí, señor; es un condenado… —El muchacho parecía tener más miedo de la reacción del chamán que de la presencia de aquel muerto viviente.

—¿Alguien le ha atacado?

—No, señor —negó deprisa; sabía que los vigilantes no estaban para tomar decisiones, solo para observar.

—Bien. —Salió del agua con paso indiferente, hizo un gesto con la mano mientras el agua parecía huir de su cuerpo y regresar al estanque—. No des la alarma, permanece sobre mí, si el extraño me atacase despierta a la ciudad.

El joven guardián asintió para volver después a transformarse en cuervo. Después se elevó y se perdió en el cielo.

Arishalotek no necesitaba convertirse en cuervo para saltar por el sendero, ya habían pasado siglos desde que aprendió a romper las normas del espacio sin reducir su volumen. Pero no quería darle a su visitante más información de la necesaria sobre sus poderes, así que lo hizo al viejo modo, elevándose en forma de cuervo sobre la enorme pirámide de oro para después cruzar el sendero sin hacer ruido. Cuando desapareció del cielo, los primeros rayos del alba acariciaron la cámara de Ketxal, donde el hombre-dios dormitaba, entre el sueño y la vigilia, entre la vida y la muerte, ajeno al destino de sus hijos.

Mell estaba de pie sobre una plataforma de piedras, era una vieja pirámide de apenas doce metros de diámetro que hacía las veces de altar para las tribus locales. Desde allí les mandaban mensajes a la tribu tolteca, les hacían regalos y les pedían deseos. Para ellos, la «tribu chamán» era un mito, el viejo recuerdo de dioses olvidados hacía siglos. Pero la superstición y el respeto hacían de buen conservante, y algunos ancianos aún traían sus ofrendas, les pedían protección ante los ataques de las bestias, los peligros de la selva o las crueldades del hombre blanco. Y, en ocasiones, los tolteca aparecían, agrandando su leyenda, llevándose a los agresores al olvido. Se decía que los llevaban a su ciudad como esclavos hasta el fin de sus días, otros aseguraban que les cortaban los tendones de Aquiles y les daban ventaja en la selva para luego cazarlos como animales y comerse su corazón. Todas viejas leyendas, todas viejas mentiras… o quizás no.

El romano no dejaba de sentir escalofríos por el aumento de la humedad. Dos horas antes estaba en el desierto, y ahora en la selva del Amazonas. Por otro lado, los cuervos no habían tardado mucho en verle. En cuanto apareció allí, el graznido de uno bien grande había dado la alarma y como una flecha había salido en dirección norte. Ya no tardarían mucho en llegar. Miró a su alrededor y calculó sus posibilidades. A cincuenta metros a su espalda tenía un acantilado de unos cien metros de caída, y delante de él la selva se extendía como una alfombra verde. Los primeros rayos de sol estaban entrando por detrás de él, por lo que contaba con la luz del sol como aliado en caso de una refriega.

Se quitó la chaqueta y la corbata y las tiró al suelo. Tanteando su pasaporte y el móvil en los bolsillos del pantalón. Le resultó simpático pensar cuánto había viajado aquel traje de Armani desde que lo compró en Roma el día anterior, y no pudo contener una carcajada mientras se desabrochaba un par de botones de la camisa. El aire fresco le calmó los nervios, mientras a su espalda las dagas relucían bajo los primeros rayos de luz.

Arishalotek se trasformó en humano a pocos metros de la vieja pirámide. Con los ojos clavados en Mell, estaba desarmado y parecía caminar muy pagado de sí mismo. Mell tragó saliva al verlo aparecer de la nada, no porque le tuviera miedo alguno, sino porque podía leer en su rostro que había podido identificar el cadáver desde el cielo. Venía vestido tan solo con el taparrabos de cuero y los collares de hojas de coca, dos en el cuello que anunciaban su rango, dos en las muñecas y dos más en los tobillos.

Se acercó con paso lento, midiendo cada centímetro de escalera que subía, hasta que estuvo a poco más de medio metro de Mell; luego miró hacia el cadáver de su hijo que yacía en el altar de piedra tras la imponente figura del romano.

—Hola, Aris. —Su voz sonó triste pero firme, mientras cruzaba los brazos delante del pecho. El tolteca levantó la vista del cadáver para examinar el rostro de Mell con atención; parecía estar comprobando el paso de los años en aquel rostro del pasado.

—Mell… —su saludo sonó como el siseo de una serpiente—, creía que habías dejado el mundo de los vivos. Lástima que no sea así…

—Sí, lo mismo opino yo —dijo con tono divertido—, será que aún no ha llegado mi hora. —Le dedicó una sonrisa amarga, más parecida a una mueca que a otra cosa, mientras dejaba caer una mano señalando el cadáver a su espalda—, pero al parecer a él sí…

—Tienes los huevos de plomo, romano. —El tono del tolteca se elevó de golpe mientras tanteaba su espalda para recordar que había acudido desarmado; una chispa de ira le recorrió la cara y Mell borró la sonrisa—. ¿Vienes a mi selva a traerme el cuerpo de mi hijo asesinado y luego te ríes de mí en mi propia cara?

Mell cogió aire.

—No. Tu hijo no ha sido asesinado… —El tolteca frunció el ceño—. Tu hijo ha sido ejecutado, después de haber matado a sangre fría a treinta y seis personas; eso que nosotros sepamos. —El gesto de Mell se endureció—. Por otro lado, me encantaría saber en qué mierda estás metido esta vez, Aris, porque supongo que aquí el niño no estaba haciendo nada sin tu consentimiento, así que… adelante, soy todo oídos.

El tolteca se quedó frío. Sentía como si una mano en su estómago le estuviera retorciendo las tripas, tenía ganas de «rematar» a aquel engendro, pero sabía de sobra que en un enfrentamiento directo no era rival para el romano. Por otro lado, hacer saltar la alarma pondría a muchos de sus hermanos en guardia sobre sus actividades; si todo salía a la luz y Ketxal se enteraba podía darse por muerto; así que cogió aire.

—Me temo que no sé de qué estás hablando, romano. Nadir llevaba tiempo desaparecido, discutimos y se fue hace más de dos años —esbozó una sonrisa falsa, mientras sus afilados dientes reflejaban los rayos de sol —. De haberle encontrado lo habría matado yo mismo.

—Vaya un instinto muy paternal, sin duda. –Mell no creyó ni una sola palabra

—¿Desde cuándo tengo que darte yo explicaciones, romano? No eres más que un engendro muerto y vacío.

Mell se calentó un par de grados. El tolteca dio un paso más hacia Mell con la furia en los ojos mientras algunas siluetas volaban en círculos sobre la pirámide. El tiempo de Mell se estaba agotando, los cuervos no perderían la oportunidad de dar caza a una torre en su propio territorio.

—Verás..., parece que tu pueblo está perdiendo la memoria.

—¿Memoria, dices? —cortó el chamán—. Te recuerdo perfectamente, romano. Sigues siendo un títere de los demonios, un maldito zombi sin voluntad, incapaz de tomar decisiones por ti mismo. —Se acercó más a Mell, sabía de sobra que el romano no podía atacarle sin la orden explícita del Fénix y no pensaba dejar pasar la ocasión. Tenía que hacerle centrar su atención en él y esperar que los guardianes no fueran tan estúpidos como para perder la ocasión de matarlo allí mismo.

Pero Mell era perro viejo, dejó aflorar una sonrisa mientras veía las sombras de los cuervos cada vez más cerca. Estaban acostumbrados a jugar... Querían cazar, pero habían elegido la presa equivocada y Aris estaba justo donde no debía.

—Sí, me temo que habéis perdido la memoria, permíteme que te la refresque un poco.

Antes de que el tolteca pudiese reaccionar, estiró la mano y le cogió del cuello, lo levantó dos palmos en el aire mientras sus ojos se inyectaban en llamas; medio segundo más tarde una enorme explosión sacudió la pirámide, el fuego arrasó cien metros en todas direcciones, arrojando la chaqueta de Armani al acantilado. Los cuervos volvieron a elevarse en el aire escapando de la onda expansiva, algunos cayeron del cielo al perder plumas de la cola. Mell controló cada centímetro cuadrado de la explosión, conocía bien las normas, pero un par de quemaduras y un buen susto no supondrían un problema. Encaró al tolteca con los ojos llenos de fuego líquido.

—¡Escúchame atentamente, escoria!

El tolteca podía sentir su aliento ardiente sobre la cara; a esa distancia parecía el mismísimo diablo.

—Seguís existiendo porque los eones os lo permiten, camináis sobre la tierra porque acatáis las normas.

El chamán sintió un latigazo de calor por toda la columna vertebral, parecía estar a punto de empezar a arder. A su alrededor el fuego había arrasado las piedras y el cadáver de su hijo yacía en el suelo completamente carbonizado... Por un segundo temió por su vida.

—Desconozco en que estás metido, tolteca, pero estás jugando con fuego... Puede que yo esté muerto, pero prefiero servir a un dios que ama a los hombres que a un hombre que se cree un dios. —Sacudió el cuerpo del tolteca en el aire como si fuese un juguete—. ¡Piensa en eso, cuervo! —Soltó al tolteca lanzándolo hacia atrás. Este se equilibró en el aire como un gato para caer de pie al final de la escalera de piedra. Por mucho que lo intentó no pudo conservar el equilibrio, le temblaban las piernas y seguía sintiendo oleadas de calor en la espalda, las rodillas flojearon y terminó por caer al suelo. Sintió cómo las ascuas le quemaban las piernas desnudas pero el terror no le dejaba moverse.

—¡Si sigues con lo que sea que estás tramando, yo mismo te quemaré las alas! —La voz de Mell retumbó como un trueno mientras saltaba al sendero. Unos segundos después la temperatura empezó a descender. Los collares y las pulseras de coca estaban chamuscados, al igual que el taparrabos; pero no tenía más que dos quemaduras en el cuello, donde la ardiente mano de Mell había dejado su marca.

Se levantó despacio y se arrancó los abalorios; centró su energía interior en el cuello y la quemadura desapareció. En cuestión de segundos volvía a estar en su sitio. Estaba enfadado. Más que eso: estaba colérico. Sentía tal rabia en su interior que le costaba respirar. Aquel malnacido pronto pagaría su blasfemia, tarde o temprano volverían a cruzarse y en esa ocasión Aris se comería su oscuro y muerto corazón.

Un cuervo enorme apareció por el oeste y se materializó junto a la pirámide. El recién llegado vestía con ropas profanas. Era más bajo que Aris y más delgado, pero su mirada era la de una pantera al acecho.

—¿Qué ha pasado? —preguntó Sheteck mientras se acercaba al chamán.

—¿Que qué ha pasado? —Aris se volvió hacia el recién llegado, con los ojos casi fuera de sus órbitas—. ¿¿Qué ha pasado??

Sheteck vio venir la tormenta cuando ya estaba demasiado cerca para esquivarla.

—El romano… ¿Me puedes explicar cómo es eso posible? —La voz de Aris volvía a parecerse al siseo de una serpiente—. El maldito romano. —Y entonces explotó con furia—. ¡El maldito romano! —gritó directamente delante de la cara de Sheteck—. ¡Hace apenas dos días, el Fénix solo tenía un alfil sobre la tierra! —dio una patada al suelo como un niño con una pataleta—. ¡Un alfil!

Sheteck bajó la cabeza, sabía de sobra que la tormenta pasaría, no serviría de nada intentar responder.

—¡Y ahora se saca de la manga al engendro y al romano! ¡Al maldito romano! —Aris hizo una pausa mientras hacía gestos con las manos como queriendo estrangular el aire—. Si al menos hubieses liquidado al engendro en Shanghái. Ahora tiene tres fichas en activo, ¡tres!

—Te juro que todos creían que el romano estaba muerto, Aris; lleva casi cincuenta años sin dar señales de vida… No tengo información ninguna sobre su paradero hasta ahora.

—¿Muerto? —Aris parecía haberse calmado, la voz de Sheteck siempre hacía las veces de calmante; aquel era sin duda el mejor rastreador de la tribu y, posiblemente, el más listo de todos sus seguidores—. Muerto…—siseó de nuevo entre dientes, mientras recuperaba la compostura—. Muerto sí que está, pero sigue aquí para hacernos la puñeta.

El rastreador no pudo evitar sonreír.

—¿Qué problema hay con el chaval? No es más que un novato, no supone una amenaza…

Aris volvió a encararse con el rastreador, y esta vez su tono volvió a acerarse:

—Yo diré qué es y qué no es una amenaza…

—Te preocupas demasiado. Si supieran de qué va la cosa nos habrían atacado. —Sheteck bajó la cabeza.

—¿Y esto qué te parece —dijo el chamán señalando alrededor—, una barbacoa? —Esbozó una sonrisa irónica sin pizca de gracia.

—Es solo un aviso…, no tiene ni puta idea, Aris. No pierdas los papeles, es lo que espera que hagamos.

Las palabras de Sheteck rompieron todas las barreras. Aris recuperó la calma mientras ponía su mente a funcionar.

—Siempre has tenido razón. Debería haberte enviado a ti en su lugar —dijo señalando el cadáver chamuscado—. Su falta de… —buscó la palabra— *tacto* ha puesto al Fénix sobre la pista. —Cruzó los brazos sobre el pecho y comenzó a acariciarse la barbilla como atusando una perilla inexistente—. Tenemos que cambiar de táctica ahora que aún estamos a tiempo… a partir de ahora quedas al mando. —Levantó la vista hacia Sheteck al tiempo que este la bajaba como gesto de respeto—. Quiero que las cosas se hagan a tu manera, desde la sombra… No te tomes libertades, no cometas errores. No quiero que el Fénix vuelva a saber nada de nosotros hasta que llegue el momento. Llévate a quien quieras, pero no levantes polvo. No olvides al romano —su rostro se crispó de nuevo—, ese malnacido no se detiene ante nada, si se entera de esto no parará hasta estar delante de Ketxal. Y no queremos que eso pase…

—Confía en mí, Aris, no se darán cuenta de nada. —Su expresión cambió tras sus ojos verdes de pantera—. Pero ¿si alguien me detecta?

El chamán cerró los ojos y meditó la respuesta unos segundos.

—Si no queda más remedio… ataca con todo lo que tengas. Pero ándate con ojo —señaló el cadáver de Nadir—, no quiero que termines igual que él. Sé prudente.

El chamán se dio la vuelta y comenzó a caminar hacia la selva.

—Aris.

Cuando se giró vio a Sheteck junto al cadáver.

—¿Qué hacemos con Nadir?

El chamán se quedó mirando el cuerpo aún humeante, con los ojos cargados de reproches. Frunció los labios y torció el gesto.

—Lo que debería haber hecho con él cuando nació —volvió a girarse hacia la selva y su voz sonó fría como el hielo—: tíralo al acantilado.

CAPÍTULO XI

Las sombras

Islote de Kium-Zu. Mar de China

La mañana había sido tranquila. Ryu andaba liado en el hangar, a saber con qué… Marc no se atrevía a preguntar. De vez en cuando cerraba los ojos y observaba las siluetas de colores en la lejanía. Estaba resultando una cualidad muy útil para saber quién estaba y dónde en todo momento y Marc se lo estaba pasando como un niño con zapatos nuevos. A su lado, Lee parecía una estatua atemporal abandonada en la playa, con los ojos perdidos en el mar, mientras que la silueta anaranjada de Joy aparecía y desaparecía de la habitación del tercer piso de la torre. De vez en cuando a Marc se le ocurría una pregunta, y Lee la respondía como quien devuelve balones en un partido de tenis contra un rival inferior. Aun así lo hacía con cariño y diligencia.

—¿Y a qué se supone que nos dedicamos exactamente?

—No hay nada *exacto*, hijo... —hizo hincapié en la palabra—. Mantenemos el equilibrio, nos ocupamos de resolver problemas que nadie más puede solucionar y al mismo tiempo ponemos en marcha los planes de los eones cuando es necesario.

—Ajá. —La explicación resultaba insatisfactoria, así que, como un niño de cuatro años, continuó rodeando el tema para sacar datos más realistas—. Vale, ¿a qué se dedican los eones?

—Ellos influyen sobre las corrientes de pensamiento y sobre los hechos que están por suceder para conseguir que el ser humano saque el mayor partido posible de cada uno de sus aciertos o errores.

Marc le miró de hito en hito sin saber qué responder o, en su defecto, preguntar... no sabía si era cuestión del idioma o de que él era demasiado tonto, pero no se estaba enterando de nada.

—Mmm, bueno, la verdad es que parece interesante.

Lee giró su rostro de piedra y clavó la mirada en el muchacho; parecía más perdido que un pingüino en un garaje, trataba de mirarle con los ojos entornados por el sol y una sonrisa de tontorrón que le habría encantado a Joy. En ese momento recordó a la geisha y miró hacia lo alto de la torre.

—Marc, Joy es más joven que yo, ve las cosas más... ¿cómo decirlo?, ¿simples? Sí, simples... Tal vez deberías hablar con ella.

Marc pareció palidecer, pero segundos más tarde estaba rojo como un tomate. Solo de pensar en esa mujer se le tensaban los cables. Lee no pudo por menos que echarse a reír.

—¿Te da miedo, muchacho? —Tensó todo el rostro con una sonrisa antinatural que hacía parecer mucho más joven su rostro de crío.

—Miedo no es la palabra exacta. Desde que ha llegado no me la saco de la cabeza. Empieza a resultar embarazoso.

—Pues vas a estar mucho tiempo cerca de esa mujer... Más te vale concentrarte y vencer esa reacción infantil antes de que se convierta en un problema.

Marc meditó cada palabra que salió de la boca de Lee, tan acostumbrado a acatar órdenes como estaba su mente; colocó la necesidad de tolerar la presencia de Joy como una prioridad militar. Se levantó y empezó a caminar en dirección a la torre mientras se decía a sí mismo: «solo es una chica guapa, solo una chica guapa, solo una chica guapa...». No había avanzado más de doce pasos cuando se paró y se giró hacia Lee, que vio como Marc volvía a tener el rostro rojo y cara de confusión. Lee no pudo evitar desternillarse de risa.

En ese momento volvieron a sentir otro estallido junto a la pista de aterrizaje, este fue mucho más fuerte que el de Joy; la vibración se extendió por toda la isla, mientras una nueva figura aparecía de la nada. Marc miró hacia la zona con los ojos cerrados de nuevo. Una silueta rojiza se movía hacia su posición, era más grande que Joy y emitía un brillo rojizo muy parecido al de un rubí. Lee se había levantado y caminaba hacia Marc con la cara tensa como una piedra. Parecía malhumorado, pero caminaba con calma mientras mantenía los ojos enfocando hacia el suelo. Más allá de los párpados de Marc, Ryu salía del hangar en dirección a la nueva silueta. Cuando llegó hasta él, los dos se fundieron en un abrazo.

—Ese es tu jefe —dijo Lee con la voz un tanto fría—, es el romano.

El muchacho se puso un tanto nervioso, no tenía claro si por la reacción de Lee o por la sensación que siempre tiene un soldado al llegar a su nuevo destino, esa curiosa tensión que envuelve el momento de ver al que va a decidir sobre quién vive y quién muere en el campo de batalla.

—Tranquilo —susurró Lee, y puso su pequeña mano sobre el brazo de Marc—, os vais a llevar bien. Es un soldado igual que tú, os vais a entender a las mil maravillas. —Marc le miró a la cara y le dedicó una sonrisa, le atizó un par de golpecitos en el brazo y se fue caminando hacia la torre.

—¿Te vas? —La voz de Marc sonó un tanto rota por la tensión, mientras Lee se alejaba con paso ágil hacia la torre.

—No te preocupes, Ryu se encargará de las presentaciones. Me reuniré con vosotros más tarde. —Hizo un gesto con la mano sin girarse si quiera y se perdió entre los árboles del jardín.

Marc se quedó clavado en la arena sin saber qué hacer. Volvió a cerrar los ojos y aquellas dos siluetas ya venían de camino. Sopesó su posición y se dio cuenta de que permanecer allí plantado parecía una falta de respeto, así que se armó de valor y comenzó a caminar hacia ellos. Cuando rodeó el edificio pudo ver claramente al recién llegado, venía caminado junto a Ryu por el borde de la carretera que moría junto al edificio principal. Era un poco más alto que Ryu, pero seguramente más bajo que él mismo, tenía el pelo negro y a media melena sobre los hombros, llevaba un pantalón negro, una camisa blanca de corte italiano y unos zapatos que relucían a lo lejos. Ryu no paraba de darle golpes en el brazo y el romano no paraba de reír y reír. En ocasiones se paraba en seco para mirar a Ryu, cruzaban otro par de palabras y volvían a reírse juntos antes de seguir caminando. Sin duda alguna, hacía una eternidad que no se veían.

Cuando les separaban tan solo unos cincuenta metros, Marc se fijó en sus acciones. Sin duda era un hombre apuesto, de ese estilo tan de moda en los años ochenta; parecía un roquero trajeado con más espalda que un buzo de la marina. Le vino a la cabeza el dato de que los condenados perdían un veinte por ciento de su masa corporal... Él mismo estaba notando ya el cambio, mientras sus tendones se secaban día a día... Sintió un escalofrío solo de pensar cuál sería el tamaño de aquel hombre antes de morir.

Mell no paraba de reírse, volver a ver a Ryu le estaba sentando como un bálsamo para las heridas. Tenía pensado no pasar mucho tiempo con los hijos de Shen, pero aunque Lee se pusiese a la defensiva, sabía de sobra que necesitaba pedir muchas disculpas y recibir muchos abrazos para volver a sentirse dentro del juego. Además, el clima en aquella isla resultaba tentador para cualquiera y el chico nuevo necesitaría tiempo antes de poder saltar al sendero. Tendría que valorar la necesidad de quedarse en la isla una buena temporada.

Ryu seguía siendo el mismo loco de siempre; daba gusto recordar el pasado a su lado; habían tragado el mismo polvo en infinidad de ocasiones, habían sudado y recibido palos de Lee al mismo tiempo durante casi trescientos años. Se habían emborrachado en Las Vegas y habían luchado juntos contra mucha gente a lo largo de los siglos. Incluso en alguna que otra situación, habían tenido que hacerlo entre ellos. Se puso serio y tragó saliva cuando un vago recuerdo cruzó como un destello por su cabeza. Ryu parecía poder leerle el pensamiento, porque se puso serio casi al mismo tiempo a lo largo de la conversación, sabía que un pensamiento le habría llevado a otro y supo con certeza por dónde iban los tiros en cuanto Mell perdió la sonrisa.

—Mell, cálmate hombre, sonríe, el pasado es pasado... Los conflictos de intereses están fuera de la Alianza y, respecto al tema de Iván, las cosas sucedieron así y nadie pudo haberlo evitado. —Se paró en seco y obligó a Mell a mirarle a la cara como si fuese un niño pequeño que se ha quedado sin juguetes.

Mell le miró con el dolor reflejado en su rostro, sus ojos parecían humedecerse por los recuerdos mientras los labios se tensaban en un rictus de dolor.

—Venga hombre, no vamos a discutir por el pasado. Lee está mucho más tranquilo, créeme... No hay mal que cien años dure. —Esbozó una sonrisa con el rostro divertido, rozando ya el límite de la esperanza de poder contener el peso del pasado. Cuando su mente ya estaba cavilando modos más serios de afrontar la situación, Mell volvió a sonreír de nuevo, aún conservaba la mirada triste pero parecía de acuerdo en dejar las palabras serias para otra ocasión.

—Ni cuerpo que lo resista —dijo el romano levantando la mano. Como accionado por un resorte, Ryu le chocó los cinco con fuerza y se produjo un sonido sordo como dos piedras al chocar. Ambos se giraron hacia la casa y siguieron caminando.

—Mira —dijo Ryu señalando hacia delante—, ese es tu nuevo fichaje, aún se está recuperando después de conocer a Joy.

El chaval se le antojó enorme en la distancia, parecía sacado de una película de acción. Era más largo que un domingo sin dinero y tenía el pelo rapado al más puro estilo West Point. Estaba bien formado y llevaba unos pantalones que debían de pertenecer a Ryu, porque le quedaban como un tiro.

—La ropa que lleva es tuya, ¿no?

—Sí, la verdad que es lo único que tenía que me quedase grande. —Puso los ojos en blanco y le quitó importancia con un gesto de la mano.

—Ya podíais haberle comprado algo, ¿no? Está ridículo, joder. —Los dos se miraron un segundo.

—Sí, parece que le hubiese encogido la colada. —Volvieron a mirar al chico ya casi a su altura. La camiseta le estaba tan ajustada que se marcaba hasta su sombra. Mell no pudo dejar de ensanchar la sonrisa mientras Ryu parecía estar a punto de romper a reír de nuevo. Cuando estuvieron a dos metros del chaval, Ryu avanzó un paso más y se giró para hacer las presentaciones.

—Hola, Marc.

El muchacho se paró en seco y estuvo a medio segundo de cuadrarse al estilo militar. Mell se dio cuenta y contó un punto a favor del chico en su mente. Le gustaban los militares, él siempre se había considerado un soldado y en el campo de batalla solían reaccionar con eficacia.

—Este es Mellias de Siracusa, torre del Fénix. Mell, este es Marc. —Se quedó callado porque no sabía de dónde venía el diminutivo, y Marc tomó la palabra.

—Marcus Johansson Valetti —dijo mientras extendía la mano; Mell reaccionó superando su mano y cogiéndole del antebrazo al estilo romano.

—Hola, hijo, puedes llamarme Mell. —Marc apretó con fuerza, firmeza y precisión, con carisma y sin resultar arrogante. Es curiosa la forma en la que un hombre dice mucho de sí mismo la primera vez que da la mano. Mell había conocido a suficiente gente a lo largo de su existencia como para calar el estilo del chaval en un segundo. En su mente ya se estaba preparando para analizar cada recodo de su personalidad, pero en esos cuatro segundos el chico ya tenía más de media batalla ganada—. ¿Valetti? ¿Eres italiano?

—Mis abuelos eran de Turín. —Lo dijo como un dato más, desconocía que en la mente del romano eso jugaba aún más a su favor.

—Bien, bien, bien… —Mell parecía haberse tragado un kilo entero de alegría—. Me gustan los italianos, a día de hoy son casi todos unos nenazas pero son diamantes sin pulir. Supongo que podremos sacar lo mejor que tienes dentro, aunque te coja un par de generaciones atrás. —Los ojos del romano destellaron con alegría, pero Marc no pudo dejar de sentir un escalofrío al pensar qué haría esa gente para «pulir» diamantes en bruto… le vinieron a la mente sus primeros días de instrucción con las Fuerzas Especiales, sacar lo «mejor que tienes dentro» siempre suele resultar, cuanto menos, doloroso.

—El chaval tiene potencial, eso te lo garantizo —dijo Ryu mientras se pasaba la mano por la nuca—; casi nadie consigue saltar al sendero el primer día.

Se hizo un silencio sepulcral, incluso Marc paró de respirar, mientras el romano perdía lentamente la sonrisa… El romano frunció el ceño hasta que las arrugas de la frente se chocaron unas con otras.

—¿Saltar? —Lentamente giró la cara hacia Ryu, que seguía atusándose el pelo de la nuca.

—Tuvimos un problema en Shanghái… Un cuervo tolteca nos pisaba los talones y no vi otra alternativa. —Se estiró todo lo que pudo y se puso serio—. Algo en mi interior me dijo que el chico no sobreviviría si el cuervo conseguía alcanzarnos. Estaba lloviendo, Mell, ese cuervo no me quería a mí. Buscaba al chico.

Mell parecía haberse quedado mudo, en su mente las palabras «tolteca», «chico» y «salto» se cruzaban una y otra vez… Encajó cada palabra en su sitio y se relajó un poco.

—Los tolteca andan un poco revolucionados últimamente… —Giró la cara hacia Ryu y volvió a sonreír, aliviando notablemente la tensión de los demás—. Pero tengo la impresión de que se van a estar tranquilitos una temporada. Respecto al salto del chico… —levantó una ceja—, júrame que no viste otra alternativa.

Fue Marc quien respondió:

—No la tuvo —negó con la cabeza—. Estábamos en una posición difícil, el cuervo estaba justo detrás… Además, la experiencia no estuvo mal —trago saliva— ... del todo.

«*Touché* —pensó Mell—, el chaval es de los míos. Valora el compañerismo hasta el punto de rayar la estupidez». No pudo por menos que soltar un par de carcajadas mientras le ponía la mano en el hombro. Marc no era consciente de hasta qué punto tenía a su jefe en el bote.

—OK, hijo… Este *desliz* —miró a Ryu— se termina aquí, no hablaremos más del tema. Cuando estés preparado ya le devolverás el «favor» a Ryu mandándole a buscar sirenas. —Los tres captaron la broma y se echaron a reír al mismo tiempo.

Marc pudo sentirse parte de «algo», aún no tenía claro qué era, pero sin duda era mejor que la nada que sentía dentro desde que todo cambió tres días atrás. «Tres días —pensó—, tan solo tres días y mi vida ha dado un giro de trescientos sesenta grados, nada volverá a ser lo mismo, no hay marcha atrás…». Sus rasgos perdieron algo de color mientras su sonrisa se desvanecía de la cara.

—Eh, tranquilo —dijo Ryu—, no te lo tomes al pie de la letra, no hay prisa. Necesitarás un par de siglos para poder intentarlo siquiera —explicó guiñándole un ojo mientras analizaba su expresión—. Creo que el chico necesita algo de vida normal para estabilizarse, lleva tres días de aúpa.

—¿Estás bien, Marc? —preguntó el romano. Parecía preocupado.

—Sí, sí, es solo que esto… —se quedó sin palabras.

Mell le cogió por los hombros y lo puso firme delante de él. No necesitaba palabras para hacer lo que estaba haciendo, sabía de sobra la reacción que le produciría, lo había hecho un millón de veces con Joy.

Marc sintió aquellas zarpas sobre los hombros mientras la presión de sus dedos le quemaba la piel, no tuvo más remedio que mirar al romano a la cara y lo que vio en sus ojos le dijo mil cosas:

«Tranquilo, todo va a salir bien, yo estaré a tu lado, yo cuidaré de ti, eres fuerte, es tu destino».

Marc cogió aire y recuperó la sonrisa.

—Escucha, chaval, esto no será fácil, pero como decía mi padre: «nada fácil bajo la luz del sol, ni serio bajo la luz de la luna». Así es el mundo en el que acabas de entrar, una locura. Pero siempre tendrás un brazo al que agarrarte mientras Joy o yo sigamos vivos. Eso te lo juro. —Soltó el hombro derecho de Marc y se golpeó el pecho con el puño izquierdo al tiempo que lo juraba. Aquello sonó muy bien, y al chico se le escapó un suspiro. Devolvió la mirada al romano con un atisbo de esperanza en los ojos.

—Muy bien. Busquemos a Joy.

Las horas siguientes pasaron muy deprisa. Joy, Ryu y el romano no paraban de gastarse bromas y hablar de siglos pasados mientras el sol avanzaba en su carrera hacia el oeste. Marc no podía quitarle a Joy los ojos de encima, hasta tal punto que se vio obligado a abandonar el grupo bien entrada la tarde. Subió a su habitación y se metió en la bañera un rato para meditar y perder algunos grados de temperatura. No había rastro de Lee por ningún lado, pero Ryu decía que estaría perdido por los jardines hasta la noche. Al parecer siempre hacía lo mismo cuando quería pensar.

Mell esperó la ocasión de quedarse a solas con Joy, tenían que hablar. El tema tolteca le tenía preocupado. Aris no era de esa clase de hombres que se dan por avisados. Siempre le había recordado a un caballo que tuvo cuando estaba vivo. Se llamaba Ator, y era muy cabezón. Suponía que le recordaba a Ator por el nombre, cuatro letras y empezaba por «a», y además era muchísimo más cabezón que el caballo. Desde la batalla de Tollan había jurado vengarse de los Tronos y ya se habían cruzado en el pasado las veces suficientes como para entender que no descansaría hasta hacerles pagar lo que, a su juicio, fue un ataque injustificado. Fuese lo que fuese en lo que andaba metido, no lo dejaría.

—¿Qué has sacado en claro del ordenador de Nadir? —preguntó el romano.

Joy dio un vistazo rápido alrededor. No tanto por desconfianza como por costumbre; estaban en su habitación, en la torre, y resultaría difícil espiarles a esa altura.

—Por lo que he conseguido averiguar la mayoría de las víctimas estaban vinculadas a la Historia Antigua. Sobre todo a dioses de la Antigüedad. El templo que encontré estaba destinado a servir de recipiente a una especie de reliquia. Algo referente a una diosa del fuego. El símbolo de la entrada, el que estaba completamente fuera de lugar, parece ser de esa deidad.

—¿Cuál dices? —preguntó Mell mientras se echaba el flequillo hacia atrás.

—El símbolo del cuenco con las tres llamas. El que dijiste que te sonaba de algo. Hay referencias de grabados similares en todo el norte de Europa. Lo que resulta extraño es que ese templo esté en Siria. Es como encontrar una pirámide egipcia en Moscú.

—Recuerdo haber visto ese símbolo tallado en un árbol, en Britania, cuando era joven. Si es un símbolo druida, Luna nos dirá cuál. —Joy asintió, recordando la imagen de Luna, una condenada albina hija de Licos. Durante siglos había tenido una relación estrecha con ellos y sería fácil convencerla para ayudar. Sobre todo si era ella quien se lo pedía.

—Por último, he encontrado referencias de los grabados. Cuentan la historia de una diosa que se volvió loca o algo así. Se refieren a ella como «la Mentirosa». Pero no cuenta más.

Mell se pasó la mano por la barbilla mientras su mente unía algunos cabos. Estaba claro que Aris estaba buscando ayuda para su lucha. Ese templo podría ocultar información o alguna clase de arma que poder usar contra los condenados. O al menos eso es lo que creía Aris. El romano sabía por experiencia que no existían armas mágicas ni reliquias fabulosas. Eso solo eran cuentos que no conducían a nada. Como mucho te podían llevar a encontrar una aleación extraña como el Timer, con alguna propiedad especial, pero tan lejos de la magia como un higo de una castaña. No obstante encontrar el Timer había supuesto toda un hallazgo para los tolteca, por lo que seguramente seguirían buscando algo similar con ahínco.

—Creo que la cosa se va a quedar así. Aris seguirá buscando algo con lo que hacernos daño y seguirá haciéndose daño a sí mismo. Tarde o temprano los eones perderán la paciencia y nos mandaran a por él. Así que solo queda esperar instrucciones del Fénix.

Joy asintió, se fue hacia el baño y cerró la puerta. Un gesto que Mell conocía bien. Cuando Joy se metía en el baño solía pasarse allí al menos dos o tres horas. Le gustaba meditar mientras probaba trucos de belleza de diverso pelaje. Así que Mell se fue a la casa principal a ver qué se cocía por allí.

Tres horas después Joy saltó al sendero. En cuanto a Marc, por fin parecía haberse acostumbrado al estallido del salto, aunque saber que ella se había marchado le dejó una sensación de vacío en el pecho. Se encaró contra sí mismo en el espejo.

—¡Pero bueno, chico! ¿Es que estás tonto o qué te pasa? —se preguntaba mientras miraba su rostro en el enorme espejo del lavabo—. Es solo una chica guapa, nada más… —En su mente se imaginó como Ryu daba vueltas alrededor de Joy como un satélite—. No, no, no, no… Yo no. Eso sí que no. —En toda su vida nunca había perdido los papeles por una mujer, y esta no iba a ser una excepción. Prestarle demasiada atención solo supondría problemas. Llegó a una resolución, mientras intentaba fraguarse una imagen de Joyko como una mujer manipuladora y seductora.

—No va a poder conmigo, ¿OK? Nada de tonterías —se dijo, señalándose en el espejo—. Bórratela de la cabeza. —Y con eso se dejó a sí mismo en el espejo (si su imagen hubiese podido responder le habría hecho un corte de mangas). Luego, su mente empezó a organizarse.

No tenía nada decente que ponerse, no tenía dinero, no tenía identidad, joder…, ¿por dónde podía empezar? Muy a su pesar volvió a calzarse la ropa de chino mientras dejaba los vaqueros sobre la cama. No quería devolverlos, lo consideraba una falta de respeto, pero le ajustaban demasiado las partes nobles y resultaban demasiado incómodos para sentarse en el suelo, que era lo que todo el mundo hacía por allí. O eso pensaba él…

Cuando llegó al edificio principal se quedó petrificado. El salón estaba decorado con mucha clase, lleno de sofás de cuero en tonos marfil y blanco, decenas de enormes almohadones de un color marfileño que hacían juego con las alfombras de pelo casi blanco que se veían por todas partes. Era una especie de oda a los pies descalzos.

El romano estaba sentado, con un ordenador portátil en las rodillas; mientras, Ryu se relajaba en un enorme sofá de ocho plazas, frente a un televisor de plasma de un tamaño descomunal.

—Hola, Marc —dijo Ryu sin apartar la vista del televisor. Parecía estar haciendo *zapping* porque el televisor cambiaba los canales, pero no tenía el mando a distancia en la mano—. Pasa y ponte cómodo, abajo está la cocina —señaló unas escaleras de madera en un lateral de la sala, justo detrás del televisor—; bueno, más que cocina, nevera... Estás en tu casa.

Marc dio un pequeño gruñido y se fue hacia las escaleras. Una vez abajo, la cocina le pareció de lo más interesante, estaba completita, tenía todos los electrodomésticos pero al parecer no se había estrenado ninguno, todos tenían las etiquetas del fabricante, y la placa vitrocerámica no tenía ni un rasguño. Lo único que sí se veía usado era el frigorífico... por llamarlo de alguna manera. Nunca había visto una nevera más grande que un armario ropero.

—Siempre hay una primera vez para todo —se dijo en voz alta, mientras se acercaba a la nevera.

Tenían de todo. Al menos de todo lo que se puede beber... A su derecha se podían distinguir botellas de licor dentro de una alacena de cristal, y al otro lado de la cocina había otro frigorífico con puertas también de cristal donde podían verse diferentes clases de frascos de cristal y plástico que a saber qué podían contener.

—¿Os subo algo? —gritó desde el borde de la escalera.

Mell fue el primero en responder.

—Cerveza...

—¡Que sean dos!

Pasaron un par de segundos en los que Marc aún no había conseguido alcanzar la nevera, cuando una tercera voz clamó desde el piso de arriba:

—Que sean tres. —Era Lee. Marc no supo por qué, pero se le puso la piel de gallina; aunque el tono de Lee era cordial, había algo entre él y Mell, se podía sentir en el aire cada vez que hablaban el uno del otro. Dentro del «armario ropero» había cerveza de todas las marcas que

Marc conocía, y algunas que no sabía ni en qué idioma estaba escrita la etiqueta. Las miró sin saber por dónde empezar...

—La de diosss... ¿Pero qué es esto? —No pensaba haberlo dicho muy alto, pero la voz de Ryu resonó en el piso de arriba.

—¿Algún problema, chaval?

—¡Nada! Bueno, ¿queréis alguna marca en especial?

—Coge la que más rabia te dé.

Marc se paró a pensar de nuevo, agarró cuatro latas de Heineken aún atadas por la arandela de plástico y cerró la nevera.

—Espero que les guste la Heineken —dijo en un susurro.

—Sí... Esa está bien —comentó Ryu en el piso de arriba.

Marc siguió caminando hacia la escalera hasta que se dio cuenta de lo que había pasado. Entonces se quedó clavado... Le había oído, no había sido más que un susurro y Ryu le había oído. Volvió a probar.

—¿Me oyes, Ryu...? —Parecía un médium hablando con los espíritus, con la vista perdida en el techo de la cocina.

—Pues claro que te oigo, hijo... —Marc reconoció el sonido de una risita—, todos podemos oírte. Sube las cervezas que en tus manos se van a caldear antes de llegar.

Marc comenzó a prestar atención. Cerró los ojos y se concentró en el piso de arriba. Aisló el ruido del televisor y pudo distinguir perfectamente la voz de Mell que estaba hablando con Lee en algún lugar un poco más alejado... Pero no tenía claro dónde y no podía oír con claridad lo que decían. Subió las escaleras preparado para lanzarle una lata a cada uno pero, al llegar arriba, solo Ryu estaba en el salón. Le lanzó la suya y volvió a cerrar los ojos, pero esta vez para buscar sus siluetas. ¡Estaban fuera! En la playa, a unos ciento cincuenta metros de distancia ¡y podía oírles hablar!

—Deja las cervezas en la mesa de cristal de la terraza... pero déjales hablar... Los dos lo necesitan. —La cara de Ryu era una máscara de cera.

—¿Va todo bien?

—Sí… Es una larga historia, Marc; tienen que ponerse al día.

El chaval se sentó en uno de los sofás individuales de cuero negro que cubrían el lateral de las cristaleras. Desde allí se acortaba la distancia con Lee y Mell.

Intentó concentrarse al máximo para reconocer las voces.

—¡Eso no es una excusa! —La voz de Lee sonaba muy tensa, podía imaginarse su rostro de querubín alterado y no resultaba gracioso.

—No te estoy dando ninguna excusa, Lee… es la verdad. Ryu también te lo ha explicado mil veces, ¿qué querías que hiciese? —El romano sonaba envarado, tenía tintes de tristeza, pero sonaba firme. La firmeza que suele dar el creerse en posesión de la verdad.

—¡Podíais haberme esperado!

—¡Si lo hubiésemos hecho Joy estaría muerta! Llegamos cuando ya la tenían rodeada, maldita sea…

—Subestimaste al enemigo.

—He subestimado a muchos enemigos, he perdido mi sangre y he perdido a compañeros por ello, pero eso no cambia las cosas… los tres sabíamos lo que hacíamos, los tres estábamos allí por iniciativa propia. Tuvimos mala suerte, eso es todo…

—¡La mala suerte no existe! —gritó Lee—, es tan solo una ley no escrita que separa la voluntad de hacer bien las cosas de la arrogancia de creer que las cosas saldrán bien. Aquel día os jugasteis la vida sin pensar, teníais tantas ganas de luchar que se os nubló el sentido… nunca os reprocharé que fuerais, nunca os reprocharé que salvarais a Joy. ¿Por quién me has tomado? Lo que sí tengo que reprocharos —hizo una pausa— … a los dos, es la forma de hacerlo.

—No hubo otra forma de hacerlo. —Mell parecía derrotado.

La pausa que siguió podía cortarse con un cuchillo. Unos segundos después la voz de Lee regresó.

—Al menos podías haber regresado aquí. Iván lo habría agradecido… Le enterramos en el jardín, está al borde del estanque.

Después de aquello la conversación cesó… Se oyeron pasos en la arena. Marc estaba asombrado de lo bien que distinguía el sonido terroso de la arena mojada. Teniendo en cuenta que estaban al menos a ciento cincuenta metros le pareció sorprendente, era como utilizar un micrófono direccional electrónico. Cuando abrió los ojos Ryu estaba delante de él con una sonrisa en la cara.

—Espiar a los demás está muy feo, chaval. —Movía el dedo índice de la mano derecha hacia los lados—. ¿No te enseñó mamá modales?

Marc se puso rojo como un tomate.

—Lo siento…, la curiosidad mató al gato. —Puso los ojos en blanco y se encogió de hombros.

Ryu alargó la vista más allá de los cristales. Lee y Mell iban de camino hacia el estanque. Sabía de sobra por qué.

—¿Te gustan las historias, Marc?

—Claro, si las cuentas bien…

Ryu perfiló media sonrisa mientras se sentaba en el sofá de al lado.

—Entonces te contaré una historia. —Se recostó contra el asiento con un gruñido—. Por aquel entonces, los hijos de Shen éramos tres. Lee era el maestro, el más viejo de todos y el más poderoso. Siempre lo fue y siempre lo será. Luego estaba yo —sonrió abiertamente y se señaló a sí mismo la cara—, con esta jeta, que todo el mundo creía que ellos dos eran hijos míos. Y luego estaba Iván…—Se le borró la sonrisa—. Era un gran chico, Marc. Te hubiese gustado. Era nórdico, rubio como un ángel de Botticelli y más alto que una pagoda. Contaría veinte años cuando perdió la vida. El dragón nos mandó a buscarlo en mitad de una refriega de su tribu y dimos un espectáculo dantesco. —Liberó algunas risitas y sus ojos se perdieron en el pasado—. Bueno… esas son historias que él ya nunca contará.

—Oye, si no te apetece contármelo hoy, puedes dejarlo para otro día.

—No —volvió a centrar la vista en Marc—, no, hijo, no te preocupes. —Su mirada estaba cargada de pena—. Tienes que entender que no es lo mismo perder a un familiar durante tu vida humana. En el mejor de los casos, habrás pasado con ellos cincuenta años, tal vez setenta años, pero ahora conocerás a gente que estará contigo durante siglos, Marc; si tienes algo de suerte, incluso milenios. Iván creció a mi lado durante tres siglos, hijo…

Marc intentó imaginar lo que sería tener un amigo durante 300 años, las risas y las lágrimas, las anécdotas, el dolor, el placer, la vida… y la muerte. Bajó la cabeza asintiendo porque no sabía de qué otra forma podía hacer ver a Ryu que no podía comprenderlo, pero sí podía imaginarlo.

—El romano llegó hasta nosotros mucho antes de que el Fénix entrase en la Alianza.

—¿Cómo? Pensé que la Alianza era eterna o algo así.

—No, —sonrió de nuevo—, la Alianza existe desde siempre, pero muchos de sus integrantes se han unido a lo largo de los siglos. El Fénix siempre fue un espíritu libre, considerado un demonio por muchos. Pero mi señor y el tuyo siempre fueron amigos, por llamarlo de alguna manera. No obstante siempre pueden surgir conflictos de intereses e incluso en una ocasión Lee tuvo que atusarle la melena al romano.

—¡Vaya! —rio Marc—, eso tuvo que ser digno de verse.

—Bueno, por lo poco que sé de aquello, solo cruzaron un par de golpes, pero el romano tuvo que salir por piernas —agitó la mano derecha con ilusión—, Lee las mete con calzador.

Se echaron unas risas y Ryu parecía relajarse con cada carcajada, así que Marc aprovechó para levantarse y salir a la terraza a por las dos latas de cerveza que había dejado en la mesa. No había rastro de Lee y el romano por ningún lado. Cerró los ojos y enseguida pudo distinguir dos puntos de luz más allá del estanque del jardín. Entró y se sentó al tiempo que le lanzaba una de las latas a Ryu.

—Están en el estanque del jardín.

—Sí, es la tumba de Iván. —Su voz no sonó triste en esta ocasión, parecía haber aislado el dolor de los recuerdos.

—Bueno, ¿y qué pasó?

—El romano quería aprender artes marciales, después de su encuentro con Lee en Occidente y sabiendo que el Fénix y Shen se llevaban bien, nada le impedía venir a Oriente a ponerse al día. Así que un día apareció subido en una barca de pesca... ¿te lo puedes creer? ¡Se vino remando desde la costa de China! —gritó entre risas.

—¿No podía saltar?

—Bueno, teóricamente podría habernos buscado en el sendero, pero era difícil. Para saltar con seguridad tienes que conocer bien el punto de entrada. Y nadie conocía esta isla. En su día, Lee trajo los materiales por el sendero y construyó todo esto con sus propias manos... Bueno, en un principio no estaba todo lo que ves ahora, pero esta casa ya estaba en pie cuando yo me uní a él.

—Un trabajo de chinos...

Ryu asintió divertido y continuó.

—Enseguida se hizo con nosotros... Ya sabes, ese corazón que tiene se abre camino con facilidad y en cuestión de un par de años ya éramos todos una gran familia. Lee estaba metido en su papel de maestro y nosotros tres en el de alumnos rebeldes —enfatizó lo de rebeldes, mientras ponía los ojos en blanco—. Fueron buenos tiempos... Mell llegó aquí en el año 1405... Nos tiramos algunos años trabajando juntos y Mell aprendía a muy buen ritmo. Siempre andábamos picados por uno u otro motivo. Que si Iván corría más, y todos a por Iván... Que si el romano pegaba más fuerte, y todos a por el romano —rio—. Cuando estábamos muy quemados nos largábamos uno o dos meses a países lejanos, con Mell haciéndonos de guía. Aún recuerdo los burdeles de Venecia como si hubiésemos regresado ayer —confesó levantando una ceja y poniendo cara de sátiro—, ojalá pudiésemos viajar en el tiempo. Chico, qué mujeres…

Marc puso los ojos como platos, y por algún motivo extraño le vino a la cabeza la carita de Joy… Rápidamente se envaró y alejó el pensamiento lo más que pudo.

—El caso es que el Fénix estaba muy interesado en la forma de pelear de los ninjas japoneses —continuó Ryu—. Y todos sabíamos que estaba rastreando a Joyko… Mell ya había aprendido todo lo que le hacía falta para perfeccionar su estilo y el único motivo por el que el Fénix quería que se quedase aquí era la inminente llegada de Joy. —El rostro de Ryu empezó a perder el color a medida que los recuerdos de aquel día volvían a la memoria—. Aquel día hacía mucho frío —prosiguió—, recuerdo que era noviembre. Lee había tenido que irse a solucionar unos asuntos en la India para la Alianza y nosotros tres estábamos solos y aburridos, cuando el Fénix avisó de la muerte de Joy. Los tres habíamos peleado un millón de veces, con humanos normales y con inmortales, contra bestias, demonios, vampiros…

—¿Has dicho vampiros? —interrumpió Marc, que frunció el ceño y apuró la lata de cerveza de un trago. Mientras, Ryu le miró con la expresión de «ni te imaginas lo que te queda por ver».

—Sí, no quedan muchos, pero sí… hay mucho más bajo la luz del sol de lo que puedes imaginar, Marc. El caso es que estábamos muy bien entrenados y ya no le teníamos miedo a casi nada. Nos armamos y saltamos a Japón. No teníamos ningún plan, no sabíamos qué nos íbamos a encontrar, solo sabíamos que Joy estaba muy mal, su muerte había sido especialmente traumática y no estaba en sus cabales. Sus hermanos la estaban buscando para matarla, para ellos Joy se había convertido en un *shinobi*, un demonio, y habían jurado matarla o morir en el intento… Un grupo de veintitrés ninjas la estaba buscando. Cuando nosotros llegamos Joy estaba escondida dentro de una pequeña caseta de madera donde unos leñadores guardaban las herramientas, era un bosque muy espeso y la niebla no dejaba ver un burro a tres pies. Sólo podían oírse los sollozos de Joyko por todas partes, la escena era de lo más tétrica. Yo tenía un nudo en el estómago... Recuerdo que Mell estaba en la cabeza e Iván estaba detrás de mí cuando los ninjas llegaron —tragó saliva y siguió hablando—: esa gente estaba muy bien entrenada, se movían como si estuviesen bailando una coreografía, se movían en formación bajo la niebla... ¿Has oído hablar de las *suriken*?

—Sí, una «estrella ninja», ¿no?

—Sí, la gente piensa que eran un arma arrojadiza, como un cuchillo, pero como muchas otras cosas, eso es una bobada. Las usaban para distraer. El sonido que hacen al volar y el que hacen al chocar contra una superficie es parecido al sonido que hace una espada al desenvainar o golpear. De tal forma que la víctima se ponía en guardia hacia la dirección del sonido y le daba la espalda a su asesino. También la usaban cuando se movían en formación, para saber qué había en las sombras; si un ninja percibía algo extraño en la niebla, mandaba su «tarjeta de visita»...; si el ruido que hacía la suriken no era el que se esperaba, los demás hacían lo mismo. No te puedes ni imaginar la cantidad de estrellas que llevaban encima. Nos detectaron más rápido que nosotros a ellos... Para cuando nos dimos cuenta ya teníamos clavadas unas cuantas de esas por todo el cuerpo. Intentamos esquivarlas, pero nos cogieron por sorpresa. Llovían por todas partes. La oscuridad había dejado de ser nuestro aliado para convertirse en nuestro enemigo. Pasados unos minutos el cerco se fue cerrando y confluimos todos en el pequeño claro donde estaba la caseta de los leñadores. Mell ya había perdido la paciencia y viendo que la oscuridad no nos hacía ningún favor pasamos a la acción. El romano prendió los árboles en cien metros a la redonda, la luz nos devolvió la ventaja y levantó la niebla. Pero la visión de nuestro pequeño grupo, tan dispar, y las llamas no asustaron a los ninjas —dejó caer la cabeza y la sacudió de izquierda a derecha—, para nada... los cabreó aún más. Se afianzaron en su teoría de que trataban con demonios, nadie podía culparles de eso, y nos atacaron con más ahínco aún.

Peleando no eran tan hábiles como nosotros, y en cuestión de un par de minutos habíamos conseguido herir a unos cuantos. No teníamos permiso para matarlos, Marc; tan solo el romano podía hacerlo, pero en nuestra presencia podía suponer un conflicto de intereses, puesto que no podemos consentir tales actos de nuestros semejantes perteneciendo a la Alianza... ¿entiendes eso? —Marc asintió con la cabeza—. No te puedes imaginar lo frustrante que era intentar parar a esa gente, aun heridos no paraban de atacar y atacar con todo lo que tenían.

»El fuego era el elemento opuesto de Iván, así que no solo tenía que luchar contra ellos, también tenía que evitar quemarse, eso le hacía moverse con más torpeza que nosotros dos, y los ninjas se dieron cuenta de que era el eslabón débil. Recuerdo perfectamente la increíble coreografía con la que le atacaron, tenían estudiado y perfeccionado cada movimiento al milímetro, le fintaron y lo mataron... Le cortaron los dos brazos y la cabeza casi al mismo tiempo... —Ryu echó todo el cuerpo hacia delante en el sillón mientras ponía la cabeza entre las manos, estuvo así unos segundos y luego alzó la cara con lágrimas en los ojos—. Sentí que se me venía el mundo encima, en mi mente aquello no podía estar pasando... la ira, el terror, el pánico... todo se mezcló en mi interior, sentí como todo se fundía en una masa informe que me comía las entrañas... Cogí todo el aire que pude y grité... No sé cómo surgió, no sé cómo lo hice..., pero aquel día yo me convertí en torre. La energía que liberé invoco al dragón. Shen tomó forma con la niebla y comenzó a volar sobre nosotros apagando las llamas de los árboles, gruñendo por el disgusto de ver el cuerpo de Iván. Recuerdo que caí al suelo de rodillas. Los ninjas estaban asustados y confusos; el dragón, para ellos, era el símbolo del bien. No podían entender por qué el Dios de los cielos les estaba atacando, así que salieron corriendo en todas direcciones, todos menos uno: el hermano de Joy, hijo de los mismos padres... Ese era diferente, su determinación era férrea, no se largaría de allí hasta haber matado a Joy. Mell aprovechó el desconcierto para darle una patada a la puerta de la caseta que ya estaba ardiendo, y cogió en brazos a la pequeña Joy. La primera vez que la vi parecía de juguete, hecha un ovillo en los brazos del romano, era el ser más bonito e indefenso de la creación. Cuando vi que el romano no podría luchar con la niña en brazos me levanté y le dije que saliera de allí, yo me haría cargo del ninja que quedaba. Mell parecía un alfiletero, tenía estrellas y cuchillos clavados por todas partes. En sus ojos pude ver la misma pena que en los míos, el mismo dolor por la muerte de Iván, pero también vi preocupación por el futuro de Joy... Así que le di un empujón hacia la maleza y me interpuse entre ellos y el ninja. Era la primera vez que llamaba al dragón, no sabía bien cómo dirigir sus movimientos, tenía unas quince suriken clavadas en la espalda y cada movimiento que hacía me costaba una barbaridad. Por otro lado, el cadáver de Iván me ponía la piel de gallina y cada vez que lo miraba perdía la concentración. El ninja aprovechó cada fallo, cada debilidad, cada detalle... Cada vez que yo le ganaba terreno él cambiaba su posición de tal forma que yo tuviese que ver el cadáver de Iván. Era listo, se movía como un gato y peleaba como el diablo... Consiguió herirme en los brazos y a día de hoy yo estaría enterrado junto a Iván si el dragón no hubiese intervenido: al parecer, Shen llevaba un rato hablándole a la mente del muchacho, intentando convencerle de que tenía que detenerse. Pero, como suele ocurrir con los fanáticos, el chico no obedeció, y cuando Shen vio que iba a matarme, le atacó. —Observó a Marc mirándole como un niño en mitad de un cuento—. Todo terminó. El ninja perdió la vida y yo perdí la conciencia. El dolor y el gasto de energía me pasaron factura. Lo siguiente que recuerdo es a Lee quitándome las estrellas de la espalda. En cuanto hubo sentido que había invocado al dragón salió en nuestra búsqueda, no sabía dónde estábamos pero Shen le sirvió de guía en el sendero. Por desgracia, no llegó a tiempo para evitar la muerte de Iván y no se lo perdona... Ni a sí mismo, ni a nosotros.

»Después de aquello, Mell no volvió a pisar la isla. Yo me he encontrado con él en muchas ocasiones y nuestra amistad no sufrió demasiado por lo que pasó aquel día. Incluso la pequeña Joy nos visitaba de tanto en tanto y se ganó el corazón de Lee con dos sonrisas. Pero el romano ha permanecido mucho tiempo lejos de Lee, por miedo, tal vez por respeto…, no lo sé. Pero todos sabíamos que tarde o temprano tendría que venir a presentar sus… —hizo un gesto con la mano, mientras buscaba la palabra adecuada— respetos… y aclarar la situación con Lee. La verdad es que hizo bien en esperar. Lee tarda tiempo en asimilar las cosas. Al principio culpó al romano, después me culpó a mí, incluso llegó a culpar al pobre Iván. Pero al final solo queda la verdad… Cuando el creador juega sus cartas, no hay buenos ni malos, no hay culpables ni inocentes… Nadie puede vencer al destino.

Marc se tragó todas las preguntas que le rondaban por la cabeza, la cara de Ryu estaba contraída y no parecía el mejor momento para hacer más preguntas. Apuró lo que le quedaba de cerveza y se levantó del sillón.

—¿Quieres otra? —Por pura inercia estrujó la lata como solía hacer siempre antes de morir y pudo notar claramente la diferencia; el latón se deformó con tal facilidad que siguió apretándola y apretándola hasta convertirla en una bolita de metal.

—Claro —dijo Ryu, mientras, recuperaba su sempiterna sonrisa—, súbete un par…

A medio kilómetro de allí, Lee y el romano guardaban silencio ante la tumba de Iván, en la humilde lápida solo podía leerse una frase en chino: «Aquí yace un condenado, Iván, descanse en paz. Se lo ha ganado.»

Mell a duras penas aguantaba las lágrimas; demasiados recuerdos, demasiadas muertes… La imagen de aquella tumba no podía dejar de recordarle a Lidia; la había enterrado apenas unas horas antes, parecía increíble que la vida y la muerte fueran para él secuencias rápidas durante lo que parecía una vida eterna. Había visto tanto, había sufrido tanto que ya casi no podía entender por qué su razón no le había abandonado y seguía aguantando las embestidas. No sería la primera vez ni la última que un condenado perdía el juicio. Pero, al final, allí estaba él, de rodillas, con los ojos clavados en una lápida de piedra. Lisa, limpia, cargada de significados.

—Lo siento, Lee —dijo al fin con un hililllo de voz—, hice todo lo que pude…

—Lo sé. —Lee miró a Mell—. Nunca dudé de eso… Solo te reprocho cinco siglos de retraso.

El romano dejó caer la cabeza, su melena se desparramó hacia delante tapándole los ojos y parte de la cara. Al fin podía llorar tranquilo.

CAPÍTULO XII
La Alianza

Sephyra, en algún lugar...

Allí donde se crean los sueños, donde la vida no es más que un boceto y la muerte es el principio del camino, allí donde los ojos de los hombres se levantan para suplicar un destino, el Fénix creaba su pequeño universo.

Sobre su cabeza, un cielo infinito cuajado de estrellas; bajo sus pies, una niebla de cristal alimentaba mil imágenes lejanas, sus hijos, sus peones. Vivían y morían en un laberinto de pensamientos, palabras y acciones, mientras él alargaba su mirada al infinito.

Sintió como alguien se acercaba, una presencia amiga entraba en sus dominios; mientras, la neblina de cristal se disipaba, transformando las minúsculas partículas de cristal en agua. Como una ola, el agua se extendió hasta llegar bajo sus pies, enturbiando las imágenes del mundo de los vivos.

—Hola, Horck…

A su espalda, la imponente figura de Shen tomaba forma en su pequeño universo, una silueta de cristal de roca llena de luz. Sus contornos se apreciaban tan solo por la luz que emanaba de su interior, creando el boceto de un ser grandioso; sus rasgos angélicos parecían tallados en un bloque de hielo.

A sus casi tres metros de altura había que sumar su aura dorada, que se extendía más de dos metros a su alrededor, llenando el espacio inexistente con su consciencia.

—Saludos, hermano. —La voz del Fénix nacía en el interior de Shen, allí donde el pensamiento no tiene barreras, donde la verdad no puede ocultarse, donde la mentira muere antes de nacer.

—He visto al muchacho, Horck… —Shen parecía contrariado, sobre su cabeza un millar de pequeñas partículas restallaban en multitud de colores oscuros.

El Fénix se giró como una nube de vapores, volviendo a crear su imagen ante Shen. Más pequeño que este, sus dos metros de estatura desmerecían ante su hermano. Su figura también parecía tallada en el más puro cristal, mientras el fénix aleteaba en el interior de su pecho alimentando con su luz dorada el resto de su contorno. En conjunto, Horck parecía más débil, más pequeño y vibrante, como una llama ante la inmensidad del océano.

—¿Te preocupa?

—Eso depende… Espero que sepas bien lo que estás haciendo. La Alianza no va a tolerarlo. —Shen se acercó un poco más al Fénix, flotando lentamente. A su alrededor la pena que sentía se reflejaba en los colores de su aura.

—Tranquilo. Sé muy bien lo que estoy haciendo, la Alianza puede estar tranquila.

—Estás… —dudo un segundo—, estás transgrediendo las leyes.

El cristalino rostro del Fénix cinceló una sonrisa, mientras a su alrededor estallaban partículas amarillas y rojas.

—¿De veras crees que yo haría algo así? —No le dejó responder, sabía bien que había roto mil normas en el pasado, y no había razón para comenzar un debate al respecto—. No tengo intención de desarrollar la pieza hasta ese nivel. Pero creo que es muy importante tener este as en la manga.

—¿Por qué?

—He visto el alma de Arishalotek, no sé qué está tramando pero sí sé lo que está buscando… Y tenemos que estar preparados, por si lo encuentra.

Shen parecía más tranquilo; las dudas sobre la integridad moral de su compañero parecían deshacerse en su mente mientras en su aura se podían apreciar nuevos colores.

—¿Qué es lo que está buscando?

—Está buscando a Hell…

Shen pareció encenderse, todas las partículas de su ser se tensaron en un segundo, cambiando de colores hasta volver a recomponerse; ahora lucía una nube de color negro sobre su cabeza.

—¿Para qué la buscaría?

—No lo sé… Tal vez sea tan tonto como para creer que puede hacer con ella lo mismo que hicieron con Ketxal.

—Eso es imposible; ella es un eón, no un elemental.

—Nosotros lo sabemos, pero tal vez él, en su locura, no vea la diferencia.

—Hell le destruirá.

—Sí, pero también podría quedar libre… —Shen pareció entenderlo todo, su aura se relajó y su gesto parecía cambiar a cada segundo—, solo estoy preparando mis piezas por si acaso. Tanto Hell como su hijo Alter son amenazas ante las que no podemos quedarnos de brazos cruzados. Cuando llegue el momento necesitaré tu ayuda ante la Alianza.

—Tendrás mi ayuda, y la de mis piezas en el *tonal.* Pero necesito saber que no pretendes tomar reina…

Horck meditó la respuesta; en su aura se veía claramente que estaba ocultando algo.

—No es mi intención, sabes de sobra que no pondría en peligro a ninguna de mis piezas sin una buena razón, pero también deberías saber que no dejaré perder esa pieza hasta que la amenaza de Hell se disipe. Si matan al chico…

Shen, aún relajado, dejó escapar una explosión de colores, lo más parecido a un suspiro.

—No me gustaría volver a tenerte fuera de la Alianza por romper las leyes, Horck.

—Y a mí no me gustaría tener que romperlas… —Firme en sus ideas, como siempre, el Fénix mantenía la compostura ante su hermano. No podía darle la seguridad que le pedía, y tampoco podía quitársela. —Sólo puedo garantizarte que no voy a romper ninguna norma por mí, ni para mis fines.

Shen se giró lentamente mientras se alejaba de Horck, dispuesto a abandonar sus dominios; antes de perderse más allá de la neblina se detuvo un segundo y contestó.

—Con eso tendrá que bastar… que el creador tenga bien ancladas sus cadenas. Si ese loco la despierta, tu plan sería nuestra única opción a corto y medio plazo. Cuenta conmigo.

Sin más, su presencia se perdió en la neblina, mientras el agua se retiraba tras su dueño y en el suelo se recomponían las imágenes perdidas, avenidas y ciudades, casas y personas, hombres y mujeres soñando, creando día a día su destino. El Fénix volvió su vista de nuevo hacia el mundo.

—Sí, tendrá que bastar…

CAPÍTULO XIII

La prueba

Islote de Kium-Zu. Mar de China

—¿Se puede saber en qué narices estás pensando? —Joy parecía estar a punto de estallar. Mantenía a su nuevo pupilo en vilo mientras el filo de su espada le acariciaba la garganta—. ¡Parece que de cintura para abajo solo tienes dos patas!

—Dirás piernas —respondió Marc mientras trataba inútilmente de deshacer la presa de la espada en el cuello.

—Sé muy bien lo que he dicho. Si tuvieras piernas, también tendrías rodillas... y parece que no es el caso porque no las usas. —tiró del mango de la espada y dando un giro barrió los pies de Marc, mandando sus huesos al suelo.

—¡Flexiona las rodillas! Úsalas para equilibrar el filo de la espada. Los brazos son secundarios, solo sirven para imprimir el golpe; las rodillas son las que tienen que marcar el punto de salida. —Hizo el gesto exagerándolo para que Marc pudiese apreciar el movimiento.

Por suerte, Joy se había puesto un casto kimono blanco que tapaba todo lo que tenía que tapar para que a Marc no se le salieran los colores.

En las dos últimas semanas se había tranquilizado bastante, incluso parecía poder soportar su presencia sin ponerse nervioso. Al menos cuando ella vestía ropa normal, pero en cuanto se calzaba los tacones y alguno de sus modelitos de salir de compras la cosa se ponía fatal, y casi siempre tenía que tirarse al mar para calmar los nervios. Ryu y Lee ya le empezaban a llamar «la sirenita».

Por su parte, el romano estaba todo el día anclado al ordenador portátil. En su última salida Joy le había traído un Mac, y estaba familiarizándose con «el tercer milenio». Al parecer la Alianza tenía una página web en un servidor de máxima seguridad llamado MegaCrypt.com; la información estaba codificada usando el mismo software que los servidores militares, disponible desde cualquier ordenador o dispositivo móvil, publico o privado de todo el planeta... Bendito Internet. Las nuevas tecnologías estaban consiguiendo que los condenados se mantuviesen en contacto, informándose sobre las peticiones y necesidades de apoyo de cada grupo, las incidencias y los ataques que se sufrían por todo el planeta. Algo que medio siglo atrás se complicaba sobremanera. Marc estaba sudando tinta, su entrenamiento era más duro cada día. Ryu le enseñaba artes marciales y Joy le enseñaba a manejar las armas blancas. Cuando uno se cansaba de darle leña, el otro le relevaba para seguir haciéndolo. El único que parecía no estar disfrutando con aquello era él, que cuando no estaba mordiendo la arena de la playa estaba tragando agua en el Mar de China. De vez en cuando le tocaba a Lee o Mell y allí ya no había tregua. En dos semanas le habían dejado descansar algunas horas, sin contar una noche en la que le dejaron dormir para que supiese lo que se sentía. Fue una agradable experiencia, casi sin darse cuenta cayó como un leño, y en sus sueños la sonrisa de su madre se antojaba más real que si la estuviese viendo en ese momento. Los recuerdos fluían con mucha más intensidad que en los sueños cuando aún seguía con vida.

Cuando despertó su habitación estaba llena de cajas y bolsas de *boutique*, zapatos de Martinelli, ropa de Dolce&Gabbana, camisas, relojes, corbatas... una fortuna en moda de hombre. También un teléfono móvil de última generación con algunos números de teléfono grabados. Parecía que habían pasado por allí los Reyes Magos. Y aún faltaba más de un mes para Navidad. Joy le había dejado también una cartera con un montón de dinero en euros, una tarjeta de crédito y un nuevo documento de identidad de nacionalidad italiana, de tan buena manufactura que podía engañar perfectamente a un agente de la CIA.

—¿Qué esperabas? —preguntó Joy—, no iba a dejar que Ryu te siguiera vistiendo, ¿no? —dijo con cara de haber visto un fantasma—. La tarjeta de crédito tiene el límite en treinta y cinco mil dólares, supongo que con eso tendrás suficiente... Hemos puesto tu nombre con los apellidos cambiados en el registro de Turín, ahora te llamas Marco Valetti Johansson. Solo hemos italianizado tu nombre de pila. Hemos borrado todo tu registro en la CIA, ahora solo tienes que evitar que te vea alguien conocido.

—¿Habéis entrado en los archivos de la CIA?

Joy le guiñó uno de esos ojos almendrados. Marc sintió cómo un escalofrío le recorría la columna.

—Tenemos contactos hasta en el infierno. —Sin más levantó levemente los hombros y le dejó plantado en mitad de aquella habitación llena de paquetes.

A partir de ese día, se metió en el entrenamiento a destajo. Día y noche solo se podía oír el repique del acero en la playa o los gritos ahogados de Marc al chocar contra la arena. De vez en cuando, Lee y Mell se paraban a mirar desde la casa, y se podía oír un «eso ha estado bien» o un «se mueve bien el chaval», pero la mayoría de veces solo se oía a Ryu gritando: «Espabila, sirenita, que te están dando una buena».

Los días transcurrían entre cervezas, costalazos y palmadas de ánimo, y eso, para un soldado como Marc, era como estar en el cielo.

—Bueno, ¿qué opináis? —Estaban todos reunidos en el gran salón, mientras Marc se daba uno de sus baños en el mar, que ya sería el tercero de la mañana. El romano se hizo escuchar desde su reducto informático, casi sin levantar la vista del ordenador portátil.

—¿Sobre qué? —dijo Ryu mientras apagaba la televisión.

—El chico…

—Ah, el chico —Ryu cruzó la mirada con Lee, que parecía un muñeco de cera sentado en uno de los sofás de cuero blanco—. Tiene futuro, se mueve rápido y es afilado en el ataque. Pero le faltan al menos cinco o seis años para controlar la técnica.

—Vale —le interrumpió Mell—, o sea, que está bien para dar algún paseo, ¿no?

—Bueno… —Ryu se rascó la cabeza mientras ponía cara de estreñido—, depende de dónde lo metas puede que salga vivo.

Joy observaba la escena desde la puerta de la terraza, lanzando miradas furtivas hacia la playa.

—¿Tú qué dices, Joy? —Ryu esperó la mirada de Joy, pero esta seguía mirando hacia la playa cuando contestó.

—Hay algo raro en él… A veces da miedo, reacciona con enorme facilidad a los movimientos más complejos y, en cambio, suele caer en los más simples. Luego está el tema de la temperatura, vale que se caliente, es lógico entre los nuestros, pero alcanza temperaturas anormales para ser un novato. —Se dio la vuelta y devolvió la mirada a Ryu—. Y antes de que gastes alguna broma sobre su «temperatura», le he rastreado mientras entrenaba contigo y también le sucede.

Ryu se rio por lo bajo.

El romano se mesaba la melena mientras analizaba palabra a palabra lo que Joy había dicho, hasta que la juvenil voz de Lee rompió el silencio.

—Hay más…

Todos se giraron hacia él, parecía una estatua cobrando vida, mientras sus párpados se agitaban despacio, su primer movimiento en las dos últimas horas. Se cruzaron algunas miradas, y Ryu se echó a reír, esta vez en voz alta.

—Venga, Lee, no nos dejes en ascuas. Si has dicho algo es porque ya tienes tu propia teoría. Hasta yo tengo la mía.

—¿Ah sí? —dijo el romano—. ¿Y por qué no la compartes con nosotros? —Esbozó una de sus sonrisas y cerró la tapa del portátil.

—Por lo mismo que Lee no abre la boca. —Transformó su sonrisa en una mueca de burla y se recostó sobre el sofá.

Joy estaba a punto de dar su opinión sobre la que imaginaba era la teoría de Ryu cuando este habló de nuevo.

—No tiene nada que ver con Joy…

Esta dio un respingo al oír su nombre, descolgó la mandíbula y luego se afanó en cerrar la boca para no parecer sorprendida, con tan mala suerte que no midió la fuerza y los dientes chocaron con un sonido hueco. Ryu no puedo menos que echarse a reír de nuevo.

—No te des tanta importancia, princesa.

Joy parecía haberse ofendido. Se puso tensa y miró a Ryu con los ojos afilados como un cuchillo, pero en su mente la verdad desnuda le templó los nervios; se había llegado a convencer de que era ella la que le aumentaba la temperatura, era por eso que no dejaba de mirar a Marc cuando entrenaba con Ryu, o cuando se metía en el agua, o… ¿tal vez le miraba por algún otro motivo? La duda la asaltó como un felino. Se quedó atontada unos segundos barajando otras opciones y terminó por ponerse colorada y echarse a reír con Ryu.

—Vaya —dijo el romano—, yo estaba convencido de que era cosa de Joy.

En esta ocasión todos miraron al romano y tanto Ryu como Joy dejaron de reírse al mismo tiempo. Seis ojos inmortales se le estaban clavando y allí donde mirase solo veía caras de asombro.

—¿Qué? —levantó los hombros mientras alzaba las manos—. Todos lo hemos pensado, ¿no? Al chico se le cae la baba al verte…

La pequeña Joy dejó caer la mirada y se puso roja como un tomate; esta vez fue Ryu el que atajó el comentario.

—Pues no es cosa suya. Reacciona ante el dolor. —Sin prestar atención a las miradas y gestos de atención continuó con la presentación de su teoría—. Cuando algo le hace daño aumenta su temperatura, es más… —señaló a Joy—, el único motivo por el que aumenta su temperatura tanto cuando te ve, es porque le haces daño. —La joven geisha le miró con cara de sorpresa—. Espera… —Ryu levantó las dos manos—, no me refiero a daño físico, reacciona al daño emocional de la misma forma, se siente como un tonto cuando estás delante, lo sé porque a mí también me ha pasado, y reacciona enfadándose consigo mismo… También le pasa cuando le atizo fuerte. Cuando siente dolor se echa la culpa… y es entonces cuando empieza a calentarse.

La duda se quedó flotando por la estancia mientras todos se quedaron en silencio. Hasta que Lee la aplastó con tres palabras.

—Estoy de acuerdo.

Sus palabras sonaron como una sentencia, e hicieron el mismo efecto. Joy se dio la vuelta hacia la terraza y se sorprendió a sí misma mirando hacia la playa, una vez más en busca de la silueta de Marc. Ryu se apretujó contra el sofá con cara de triunfo, mientras Mell se acariciaba la barbilla. Nadie pensó siquiera por un momento que la teoría estuviese equivocada, tal era la presencia y respeto que despertaba el juicio de Lee.

—Bueno, eso se puede comprobar muy fácilmente. —El romano se levantó, caminó hasta donde tenía colgadas las dagas y se echó la funda al hombro. Lee permaneció inexpresivo y Ryu puso mala cara. Al pasar por su lado Joy miró las dagas y desencajó el rostro.

—¿Qué vas a hacer?

—Salir de dudas —No dijo más. Comenzó a caminar hacia la playa con paso firme, mientras Ryu y Lee se incorporaban para seguirle.

Pasaron por delante de Joy, que seguía plantada en el suelo con el pánico grabado en la cara.

—No te preocupes, princesa —Ryu le puso la mano en el hombro al pasar—, el romano sabe lo que hace.

Se quedó quieta, observando cómo las tres figuras se adentraban en la playa en busca de Marc.

Analizó sus sentimientos: conocía al muchacho desde hacía solo unas semanas, no más de un mes. ¿Qué le pasaba?, ¿por qué le importaba? Había cosas que solo se aprendían sufriendo, eso ella lo sabía mejor que nadie. No pudo evitar que su mente se adentrase en el pasado, los recuerdos fluyeron en su memoria, acercándole viejos aromas, viejos temores… Se vio a sí misma de rodillas en el bosque de Akeyu, una vieja alameda que rodeaba la pequeña villa en que nació. Volvió a sentir el frío recorriéndole las piernas, mientras la humedad le empapaba el pelo. Por aquel entonces lo tenía muy largo, recogido en una trenza que le caía por la espalda hasta la cintura. No tendría más de diez u once años cuando su Sensei le ordenó pasar la prueba de sangre.

Amaneció el día con los restos de la tormenta de la noche pasada. El suelo estaba húmedo y allí donde los árboles no imponían su sombra, se veían charcos y barrizales rojizos. Bajo los árboles se amontonaban las hojas que el otoño había abatido, todas húmedas y aplastadas las unas contra las otras. No pudo dejar de sentirse igual que ellas; a su lado tres niños más permanecían de rodillas, estaban acurrucados y empapados como las hojas y temblaban a causa del miedo. Todos habían oído hablar de aquella prueba; muchos, aun habiéndola superado, regresaban a la aldea con heridas y marcas en los brazos. Otros, ni siquiera regresaban a casa.

Nadie hablaba de aquella prueba, ni los que la habían superado ni los maestros. Se sabía que debía de realizarse en cuanto el niño diera muestras de madurez; con los años, la edad mínima para realizar la prueba había ido en descenso, hasta tal punto que la mayoría de los que salían a realizarla ya nunca regresaba. Los niños hacían conjeturas, algunos hablaban de lobos; otros, de una pelea a muerte entre los que se reunían allí. Pero nadie sabía en qué consistía. Su hermano, tres años mayor que ella ya la había superado.

Aquella mañana, Rikimaru se había mostrado especialmente frío con ella, por miedo a que los maestros vieran algún gesto, alguna orientación o algún consejo para la prueba. Eso estaba terminantemente prohibido y habría podido suponer un duro castigo para ambos; pero algunos días antes, Riki le había dicho algo sin motivo alguno, después de cenar, cuando esperaban órdenes en el patio para poder acostarse. Se había acercado a ella en un descuido de los tutores y le había dicho: «Llegado el momento, pregúntate: ¿Quién debería tener miedo?». Se aseguró de que nadie le había visto dirigirse a ella y se retiró al otro lado del patio. Joy no tenía claro a qué había venido aquello, en su ignorancia no calculaba que el momento de la prueba podría estar al llegar y abandonó aquel consejo al cansancio de un duro día de entrenamiento.

En aquel momento seguía sin verle sentido, se repitió la pregunta un centenar de veces pero no tenía respuesta lógica, al menos allí..., de rodillas esperando su destino.

El Sensei apareció cuando el sol ya estaba alto en el cielo; estaba vestido para el *gotompo*, con su kimono negro, la cinta de seda negra cortándole la frente como símbolo de su rango entre los ninjas Azuma, y el *ninja-tou*, la katana ninja de filo recto, a la espalda. Se arrodilló delante de ellos y les miró fijamente uno por uno.

—Escuchadme atentamente. —Hizo una pausa, esperando que su voz alejase el terror de aquellos ojos infantiles que le miraban de hito en hito, presas del pánico—. Hasta el día de hoy vuestra vida ha sido dura, habéis demostrado que la sangre que corre por vuestras venas es digna del clan Azuma. —Una nueva pausa y las miradas de los niños, ya más tranquilos, se encontraron con la suya—. No es necesario que paséis por esto. La vida de un ninja está llena de sangre, es una tarea que muy pocos pueden llegar a asumir, la vida y la muerte han de enfrentarse hoy aquí y solo una de las dos va a presidir vuestro destino.

»Sé que todos pensáis que la gloria de la sangre es la que da sentido a nuestras vidas. Lo pensáis porque os hemos educado así, os hemos enseñado que no hay mayor honor que morir por el clan. Pero eso no es verdad…

Los niños se miraron entre ellos intentando asimilar lo que les estaban diciendo allí, entre aquellos árboles. ¿Su Sensei estaba diciendo que habían sido educados en una mentira? No podían comprender…

—El camino de la sangre es solo para aquellos que deciden matar o morir en el intento. Hoy debéis decidir qué queréis hacer con vuestra vida. Podéis regresar a la aldea y vivir en paz, cultivando arroz, trayendo hijos al mundo. Podéis ser artesanos, podéis vivir para el clan sin saber nada del sufrimiento o el dolor. Las mujeres —miró hacia Joy— podéis aprender el camino de la geisha y conseguir información valiosa para el clan Azuma. No debéis pensar en que es una salida deshonrosa, pues cada uno tiene sus límites.

Los niños se calmaron, comenzaban a entender. Era una decisión personal, no una obligación y eso cambiaba la perspectiva de sus mentes infantiles.

—Aquellos de vosotros que insistan en continuar por la senda del ninja deben saber que el máximo honor de un siervo de Azuma es morir cumpliendo con su deber… y no existe premio alguno al aceptarlo ni castigo al no hacerlo. Aquel que desee regresar a casa y servir al clan en paz, puede irse.

Los niños se miraron entre ellos. El más pequeño, Kengiro, no levantaría más de un metro del suelo, pero era terco y obstinado como una mula. Bajó la mirada al suelo y se quedó allí clavado; en su mente no existía más camino que el acero. Su padre había sido un ninja, sus tres hermanos eran ninjas, jamás regresaría a casa sin haberlo conseguido. A su lado, otros dos chavales se levantaron. Ambos eran hijos de un artesano y se fueron dando gracias a los dioses por haber salido indemnes de una vida de sangre y sufrimiento. A su lado, Joy se quedó mirando a sus compañeros de juego salir del aquel claro, con la frente bien alta y los nervios en la boca del estómago. ¿Qué hacer? Su padre había sido un gran ninja, su hermano estaba destinado a serlo y ella... soñaba cada día con hacerse con una katana, espiaba a los maestros cuando entrenaban en el *dojo* y se sentía viva cada vez que su hermano le permitía tocar el filo de la espada. Tenía miedo y tenía frío. Las ganas de llorar se las llevó el aire húmedo de la mañana. Estaba a punto de levantarse y volver a casa cuando el Sensei la miró con cara de pena y le preguntó con tono suave.

—Joy, eres una niña preciosa, por favor, contempla la posibilidad de ser una geisha, no todos pueden sostener una espada.

Algo se revolvió en su interior, todos se escudaban en su belleza para dirigirla hacia un destino que no deseaba, todos intentaban evitarle el sufrimiento o el dolor físico, incluso aquel mismo maestro había reñido a uno de sus compañeros cuando en un entrenamiento de kárate este le había golpeado en la cara. Su belleza la alejaba de la espada y eso la encolerizó, rabió con la intensidad que solo puede alcanzar un niño inocente, sin saber lo que se le venía encima. Apretó los dientes y negó con la cabeza. Había aceptado... su destino.

Kiria Sensei, del clan Azuma, un ninja con más muertes a su espalda que pelos en su cabeza, un hombre que había sangrado por cada poro de su cuerpo, un hombre que jamás había tenido hijos tenía ahora que arriesgar la vida de dos infantes por la ley del clan. Siempre le dolía hacerlo; se repetía una y otra vez a sí mismo que eran demasiado niños para hacer algo así. Pero la experiencia terminaba siempre por darle una lección, pues la mayoría de los que se presentaban a la prueba la superaban de un modo u otro.

Meditó unos minutos mientras miraba a los niños. Kengiro era endeble y pequeño, tenía solo doce años y no estaba creciendo demasiado. Pensando de forma práctica eso siempre era una bendición para un ninja, ser alto y corpulento solo traía problemas en combate. A su lado la joven Joyko parecía un tallo de bambú, contaba con once años de edad y una inteligencia muy afilada, pero ni los años ni la inteligencia le servirían de mucho si no vencía al primer enemigo: el miedo.

En realidad, aquella prueba no dictaminaba si se estaba o no preparado para matar o morir. Su utilidad era más meridiana. Se podía vivir con miedo, pero nunca en la senda del ninja; en ella, el miedo era sinónimo de fracaso. Antes de que el sol se elevase aquella mañana, esos niños vencerían al miedo, o morirían, así de simple; blanco o negro, vivir o morir. Su entrenamiento, su habilidad y su resolución eran puntos secundarios para sobrevivir a la prueba. Él mismo la superó con trece años. En su caso fueron la fuerza física y la inteligencia las que le sacaron de aquel bosque con vida.

Mirando a Joy y a Kengiro, rezó por lo bajo para que ambos tuviesen inteligencia, porque no podía ver fuerza física por ningún lado. Cogió una bocanada de aire.

—Escuchadme —sacó dos trozos de tela y se los arrojó a los infantes—, debéis limpiaros el sudor de las axilas y los pies con el trapo.

Los niños hicieron caso al Sensei. Este recogió los trapos y los guardó uno en cada manga.

—Bien, recordad todo lo que os hemos enseñado. Tenéis que ser rápidos y encontrar la fuerza en vuestro interior para hacer lo correcto. Vuestro objetivo es llegar hasta la aldea.

Los niños se miraron un segundo. Kengiro parecía contrariado, como si no alcanzase a entender. ¿Regresar a la aldea? No les llevaría más de media hora a la carrera. Por su parte, Joyko sabía que aquel paño impregnado de su olor solo podía servir para una cosa…

—Corred... ahora... —Las últimas palabras que pronunció el Sensei no parecían una orden, sino un consejo, por la cara y el tono que puso en ellas. El viejo maestro parecía estar sintiendo un dolor físico.

Joyko desperdició algunos segundos en mirar al Sensei a la cara. Tenía los dientes apretados y los ojos rojos. Por fin, oyó los pasos de Kengiro corriendo a su espalda y reaccionó. Se giró sobre los talones y comenzó a correr hacia la aldea.

En pocos segundos había alcanzado a Ken. Sus piernas eran más largas, por lo que podía correr más rápido, pero tenía miedo y prefirió correr cerca de Ken. Mantuvo su paso durante algunos minutos, calculando la posición de su compañero de carrera tal y como le habían enseñado durante los últimos años; tres metros a su derecha, abriendo la vista podía distinguir su silueta en movimiento. Despejó por completo su mente de pensamientos inútiles y se centró en la carrera. Podía ver las piedras y los setos en su mente, había recorrido ese bosque un millar de veces. Pero el bosque cada día es diferente. No llevarían ni cinco minutos corriendo cuando sintieron algo a sus espaldas. Lo que empezó siendo una respiración animal se tradujo en poco tiempo en tres presencias. Corrían por ambos lados en formación y soltaban pequeños bufidos de vez en cuando. Ken fue el primero en ver un lobo. Era un ejemplar adulto, de tono gris y muy bien criado. Pudo distinguir el trapo blanco colgado de un collar en el cuello del animal. Pesaría unos cuarenta kilos. Miró hacia su izquierda y vio a Joy, tenía uno de esos lobos a la espalda y otro más cerrándole la huida por su izquierda... eran tres. Joy no tuvo que mirar para darse cuenta de lo que estaba pasando. Identificó a los animales por el ruido que hacían, sabía que eran tres, uno a su espalda, otro cerrándole el paso por la izquierda y otro haciéndole lo mismo a Ken, era una manada de caza y estaba muy claro quiénes eran las presas. Aceleró el paso todo lo que pudo dejando a Ken atrás, mientras en su cabeza el pánico solo le permitía responderse algunas preguntas. No eran lobos salvajes, eso estaba claro; estaban muy bien alimentados, llevaban collar y los habían criado solo para hacer lo que estaban haciendo. Si seguían corriendo uno de ellos les cortaría el paso y después... los matarían. Uno por uno.

Tenía que reaccionar pero el miedo no le dejaba pensar, solo podía ver el contexto de la situación, nada más. A su derecha, Ken perdía metros a cada segundo y los lobos estaban variando la posición al darse cuenta de cuál de los dos sería la presa más fácil.

«Idiotas —pensó—, si atacan a Ken yo me alejaré lo suficiente para ganar unos minutos». Pero claro, eran animales. Un ninja atacaría primero al más fuerte, pero no pudo dejar de imaginar cómo despedazarían a Ken. El sentimiento la cogió por sorpresa y unas lágrimas le asomaron por los bordes de los ojos.

Estaba aterrorizada. En su mente solo podía imaginar cómo sería morir despedazada por las fauces de aquellas bestias.

Entonces lo comprendió. En su mente la gran incógnita se resolvió sola. «Recuerda: quién debería tener miedo». ¡Eran animales, maldita sea, animales! Y ella pretendía ser un cazador de hombres. ¿Por qué debería tener miedo?, ¡ellos deberían tenerlo!

Miró a su derecha y pudo ver cómo Ken perdía fuelle, estaba rojo como un tomate, y sudaba por cada poro de su cuerpo. Estaba tan asustado que había concentrado toda la atención de los lobos en él, dos le estaban siguiendo a la espalda mientras el tercero estaba a punto de cortarle el paso por su derecha.

«Tiene demasiado miedo —pensó—, los lobos pueden olerlo».

—¡Cambia de dirección! —gritó con fuerza.

Ken oyó el consejo y reaccionó como pudo. Al pasar junto a un árbol se agarró al tronco y dejó girar el cuerpo lo suficiente como para aprovechar la inercia y romper la línea recta. Los lobos reaccionaron deprisa, pero no pudieron evitar perder algunos metros. Joyko sintió cómo Ken pasaba por detrás de ella, y cambió la dirección para seguir cerca de él. No había sido una solución pero al menos le daba dos segundos más para pensar. Huyendo no llegarían muy lejos. Tenía que hacer algo, pero ¿qué? ¡Era una niña! ¿Qué podía hacer una niña medio desnuda contra tres malditos lobos?

Una de las bestias pasó por su izquierda a toda velocidad, ni siquiera parecía haberla visto, tenía el olor de Ken tan metido en la cabeza que solo pensaba en su presa. Viendo la velocidad que llevaba, estaba claro que iba a saltar sobre el niño. Joy no pudo reaccionar, no se le ocurría nada que no fuese seguir corriendo. Justo al pasar por su lado como una flecha pudo ver cómo el lobo saltaba sobre Ken. Se oyó un grito corto y un fuerte golpe cuando el niño salió rodando por el suelo y los tres lobos se le echaban encima.

Durante aquel segundo eterno, mil pensamientos le pasaron por la cabeza. El exceso de adrenalina invadió cada fibra de su cuerpo. Inconscientemente aminoró un poco el ritmo, no sabía qué hacer, ni qué pensar, hasta que oyó los gritos de Ken; entonces el miedo se trasformó en rabia. Algo en su interior reventó. Sintió ganas de llorar, gritar, tirarse al suelo, todo al mismo tiempo. Pero nadie la escucharía, nadie iba a detener aquello.

Miró a su alrededor buscando alguna respuesta. Unos veinte metros hacia la izquierda había un sendero; los cazadores tenían la costumbre de clavar varas de bambú en los bordes de los caminos para que las presas no se escaparan por el sendero. Pensó deprisa. Tal vez esas varas le sirviesen. Aún podía oír los gritos de Ken, se oían entre gruñidos y ruidos de ramas al partirse. Consiguió llegar hasta el sendero pero no había bambú. Le entró el pánico. No paraba de dar vueltas en el camino, como una peonza. El miedo iba trepándole por las piernas y parecía estar a punto de quedarse clavada en el suelo, cuando por fin vio un par de estacas clavadas en uno de los bordes. Corrió hasta ellas y las arrancó del suelo. Estaban afiladas. Cualquier otro día le habrían pasado desapercibidas, y estaba claro que aquellas no estaban allí por los cazadores. No pensó más, ¿qué más daba? Ahora tenía tres ventajas, dos lanzas cortas de bambú y el factor sorpresa. Se vio a sí misma en tercera persona, cruzando la linde del bosque de nuevo hacia donde se oían los gritos de Ken, le temblaba el pulso, pero se sentía fuerte y decidida a hacer algo; si bien no podía salvar a Ken al menos podía llevarse a alguna de esas bestias por delante. A medida que se acercaba el pulso se le fue reforzando. El aspecto de Ken era horrible. Parecía haber intentado subirse a un árbol pero uno de los lobos le había cogido de una pierna, otro le estaba mordiendo en el hombro intentando a dentelladas alejar la cabeza del cuello para terminar de rematarlo, mientras el tercero estaba dando vueltas alrededor buscando un ángulo por el que hincarle los dientes. El pobre niño parecía un muñeco de trapo, estaba empapado en sangre y, aunque aún parecía moverse, sin duda era demasiado tarde para él. Tal vez en otra ocasión Joy se habría asustado, tal vez habría dejado caer las armas al suelo y se habría echado a llorar, pero aquel día no. Sabía que si no hacía aquello la siguiente sería ella.

En su mente calculaba que la brisa le daba en la cara, así que los lobos no podían olerla. Por otro lado la sangre de Ken hacía las veces de distracción. Estaban absortos matando. Ganó toda la velocidad que pudo y saltó sobre la escena sin detenerse. Su liviano cuerpo se elevó sobre los lobos al tiempo que levantó una de las lanzas todo lo que pudo. Aquel segundo se quedó grabado en su memoria, podía recordar cada detalle, la mirada perdida de Ken, la sangre chorreando en las fauces de los lobos, el olor a muerte extendiéndose por el pequeño claro lleno de ramas rotas y arbustos destrozados. Cuando cayó sobre ellos, ella era el cazador... Nunca, a lo largo de toda su vida, volvería a sentirse una presa.

Clavó la primera lanza con tanta fuerza que atravesó al lobo de parte a parte. Este soltó la pierna de Ken, dio un paso lateral con el rabo entre las piernas y cayó al suelo con un quejido. El que aún no parecía haber mordido a Ken retrocedió asustado, seguramente era el más joven de la manada. Joy ya había cambiado la segunda lanza de mano y le asestó un golpe con toda la fuerza que pudo. La bestia lo esquivó, pero se llevó un corte en el hocico y se alejó del cuerpo de Ken mordiendo al aire y gruñendo. La niña alargó el giro del golpe para ganar inercia, completó el giro por encima de la cabeza y antes de permitir reaccionar al otro lobo descargó otro golpe sobre la cabeza del tercer lobo que tenía el cuello de Ken entre los dientes. El golpe fue demoledor. La vara de bambú se rompió en mil pedazos sobre el cráneo del lobo. La bestia perdió toda la fuerza en el acto, como si algo en su interior se hubiese parado de repente. Y se quedó inerte aún con el cuello del pequeño Ken en la boca.

Joy se quedó parada. Y en la siguiente décima de segundo se percató del panorama a su alrededor. Todo había sido muy rápido. El primer lobo al que atacó estaba muerto o moribundo, permanecía en el suelo atravesado por la estaca a la altura de los pulmones. El segundo estaba a unos tres metros de distancia con el rabo entre las piernas y gimiendo como un cachorro, mientras el tercero estaba sobre el cuerpo de Ken, moviendo una de las patas traseras en lo que parecía un reflejo nervioso. Joy tenía aún en la mano un trozo de la lanza de bambú que había saltado hecha pedazos, pero estaba claro que aquel palito ya no era un arma eficaz. Y mucho menos contra un lobo de cuarenta kilos. Aun así lo apretó con fuerza, clavándose algunas astillas en la palma de la mano. Aún podría usarlo contra el lobo mientras le mordía.

Se giró hacia la criatura y le gritó con todas sus fuerzas.

—¡Es tu turno! ¡Ven aquí!

El lobo bajó la cabeza; aquella niña no tenía miedo. Podía oler la adrenalina, estaba enfadada y había matado a sus compañeros.

Y Joyko, por primera vez, se dio cuenta: el lobo tenía miedo. Ella era su cazadora. Miró a los ojos al animal mientras este trataba de sopesar los gestos de la niña. Durante unos segundos los dos se miraron en silencio. Entonces Joyko reaccionó.

—¡Siéntate! —gritó con fuerza, haciendo un gesto con la mano mientras daba un paso hacia el lobo. Este reconoció la orden, sopesó el hecho de no conocer a la niña, pero actuaba igual que los otros humanos que le habían educado, los mismos que le habían estado dando de comer. Los mismos que le habían pegado cuando no obedecía. En su mente animal no había brechas para el orgullo, no había necesidad de luchar. La niña tenía el mando.

El lobo se sentó. Soltó algo parecido a un bufido y comenzó a mover el rabo.

Joyko había actuado por instinto, sabía que el lobo tenía miedo, sabía que lo habían educado personas porque los lobos del bosque no usaban collar. Le había dado la orden con total convencimiento. Sabía que el lobo obedecería. Aun así, por respeto se dio la vuelta y arrancó la lanza que quedaba intacta atravesando al primero de los lobos. Este se revolvió un poco al arrancársela para luego caer de nuevo sobre el suelo empapado de sangre.

La adrenalina cayó en picado y Joy empezó a sentir cómo le tiritaban las piernas. El lobo, por su parte, se mantenía sentado mirando a la niña. Ninguno de los dos sabía qué hacer. La niña echaba miradas fugaces al cuerpo caído de Ken, y con cada gesto se le encogía un poco más el corazón, segundo a segundo se estaba trasformando de nuevo en una niña. Y el lobo lo notaba, sentía cómo su olor cambiaba, cómo sus gestos se relajaban, lo único que le instaba a seguir sentado era ver cómo apretaba la vara de bambú.

Joy se centró de nuevo en el lobo, como si algo en su interior le estuviese avisando de que aquello no había terminado aún. Sabía que el lobo no la obedecería mucho tiempo, y tarde o temprano la bestia comprobaría si podía darle la vuelta a la situación. Y eso era algo para lo que ella no estaba preparada. Estaba cansada, sudando por cada poro del cuerpo, tenía sangre en la mano y el lobo podía olerlo todo.

Empezó a sopesar la posibilidad de atacar al lobo. Y este, a saber cómo, se dio cuenta de ello. La bestia se levantó del suelo y comenzó a dar pasos laterales mientras se lamía la sangre que le caía por el hocico. Se agazapaba un poco, gruñía y volvía a moverse alrededor de la niña.

Había algo raro en su forma de actuar, parecía estar tratando de impresionarla, estaba muy tenso y le temblaban un poco las patas; de vez en cuando miraba fugazmente más allá de Joy, como si esperase que otro lobo la atacase por la espalda.

El lobo continuó acercándose a Joy y cada vez miraba más hacia los matorrales, ya no parecía prestarle atención a ella.

¿Qué estaba pasando? La situación parecía haber cambiado, el lobo estaba casi a su altura, como si estuviese haciendo frente común con Joy hacia los matorrales. La niña estaba confundida, los lobos no engañan, no alteran su actitud para luego sorprenderte por la espalda. No poseen esa inteligencia, saben distraer a la presa, para que otro lobo de la manada ataque por detrás. Pero no deja de ser un ejercicio de caza primario, no una mentira elaborada. Aquel animal estaba asustado y reaccionaba como le dictaba el instinto, se estaba poniendo junto a Joy porque ella tenía el mando. La niña tardó unos segundos en comprenderlo todo. Todas las piezas encajaban, las reacciones del lobo, su expresión corporal... Algo acechaba en los matorrales y el que antes era su enemigo se acababa de convertir en su aliado.

La niña meditó unos segundos su postura. Podía matar al lobo, tenía la oportunidad perfecta, el animal casi no le prestaba atención mientras oteaba los matorrales sin parar de gruñir. Pero, por otro lado, se quedaría sin su ayuda ante lo que fuera que el bosque ocultase. Tal vez otra criatura se había sentido atraída por el olor de la sangre de Ken.

Se giró junto al lobo hacia los matorrales y no pudo dejar de sentir cierta empatía por el animal. Él también se había quedado solo, también era joven y también tenía miedo. «El peligro —pensó Joy— hace extraños compañeros de viaje».

El lobo no paraba de gemir y gruñir, Joy dejó caer la mano izquierda sobre el lomo del animal.

—Tranquilo, cálmate... —Fue casi un susurro, pero la bestia sintió el cálido tacto de Joy. Al principio se puso un poco tenso, pero un segundo más tarde dejó de gruñir y relajó las patas traseras. Un simple gesto había terminado de unir sus lazos.

Algo agitó los arbustos y el lobo comenzó a gruñir de nuevo.

Joy intentó hacer lo mismo que el lobo, prestar atención a los arbustos y olfatear el aire. Al principio no sintió nada pero al cabo de unos segundos le llegó un olor con un golpe de aire, un olor conocido. No trató de identificarlo de forma singular, solo dejó que la mente le trajese el recuerdo asociado. «¡Vaya! —pensó—, supongo que es así como lo hacen los animales. No intentan saber a qué huele algo, solo asocian un olor a un recuerdo». El olor le recordaba un kimono. La mezcla del lino, el algodón y la seda.

A su mente vino la imagen del Sensei y unos segundos más tarde apareció su figura entre los arbustos. Caminaba erguido, siguiendo el rastro que habían dejado los niños. Captó la silueta de Joy en el mismo instante en que ella captó la suya y Joy creyó distinguir un gesto de alegría en su cara. No obstante, a su llegada al claro, su rostro no dejaba traslucir expresión alguna. Se acercó al cuerpo de Ken y se arrodilló a su lado. Mientras tanto el lobo se había dejado caer por completo al suelo, en cuanto lo reconoció empezó a mover el rabo y se relajó. A su lado la joven Joy temblaba de pies a cabeza, en su interior un mundo de sentimientos encontrados luchaban entre sí. Tenía ganas de echar a correr, tal vez llorar, tal vez reír. Estaba ilusionada por haber sobrevivido y asustada por si la prueba no había terminado. Su corazón latía con fuerza, había vivido demasiado en pocas horas y estaba exhausta. Por un lado, su mentalidad infantil le pedía tirar la vara y arrojarse a los brazos de Kiria, llorar, desahogarse. Por otro, el ninja recién nacido había visto morir a Ken a manos de una manada de lobos, había oído sus gritos y estaba oliendo su sangre. El trauma venció a la costumbre y el ninja ganó la partida. Instintivamente apretó la vara de bambú con más fuerza.

El maestro examinó el cuerpo de Ken, cerró sus ojos y bajó la cabeza, en lo que parecía ser una plegaria por su alma. Después se levantó y se giró hacia Joy.

La niña estaba ilesa, parecía tener una herida pequeña en la mano derecha pero apretaba el bambú con tal fuerza que se le estaba cortando la circulación de la mano. «Bien», pensó, eso cortaría la hemorragia. Analizó el escenario y rápidamente comprendió la situación. Joy había retrocedido sobre sus pasos después de hacerse con aquellas varas. Hacía siglos que los ninjas afilaban esas estacas en sus ratos libres y las colocaban en aquel bosque. No eran más que recuerdos a los caídos en los entrenamientos, al menos, esa era la excusa. Todos los que alguna vez habían superado esa prueba sabían que podría ser una posibilidad para una mente despierta. Seguramente, meses más tarde, Joy dejaría una o dos lanzas clavadas en el bosque en recuerdo de Ken… y salvaría la vida de algún otro niño con dos dedos de frente.

—¿Regresaste para ayudar a Ken o para matar a los lobos? —La pregunta sonó fría, como si la respuesta no tuviese importancia.

Joy meditó su respuesta antes de hablar.

—Volví para matar a los lobos… Pero tenía la esperanza de salvar a Ken. Por desgracia no llegué a tiempo. —Dejó caer la cabeza como signo de vergüenza. Recordó los días en que Kengiro jugaba con ella en los jardines, las bromas infantiles, los viejos insultos, las peleas, las riñas de niños y las reprimendas de los maestros. Todo parecía tan lejano, tan irreal. No pudo evitar que una lágrima le asomara a la cara, y después otra y otra más…

—Levanta la cara, Azuma Joyko. Y aprende… —La niña levantó la cabeza y miró a su Sensei a los ojos—. La primera lección es que las lágrimas no devuelven la vida a los muertos.

Kiria se sacó la espada del hombro aún dentro de su funda de madera lacada. La tomó por el centro y la extendió hacia Joy.

—¿Es esto lo que quieres? —La niña miró la katana sin poder evitar el brillo en los ojos. Y asintió con la cabeza.

—Joy, te doy una última oportunidad para recapacitar… el que mata por la espada, muere por ella…

Joy miró de nuevo a su alrededor. El lobo la miraba como si esperase escuchar la respuesta, mientras los cadáveres de su familia decoraban el suelo como un mosaico de destrucción. El cuerpo de Ken yacía sin vida con los ojos cerrados en lo que parecía un dulce sueño. La brisa le traía el olor de la sangre y delante de ella, la tan ansiada katana se perfilaba como el mejor de los futuros.

Joy extendió la mano y cogió la espada.

—Prefiero morir por la espada que despedazada por una manada de lobos.

Kiria permaneció unos segundos sin soltar la espada mientras escrutaba el futuro de aquella niña en el marrón avellana de sus ojos. Era inteligente, tenía resolución, era hermosa, lo tenía todo para ser letal. Aun así, en su interior algo le decía que aquella niña iba a vivir un infierno y con aquel gesto se sentía como el que arroja un verso perfecto al fuego. Con desdén, sintiéndose vencido por la terquedad de la niña, Kiria soltó la katana, y Joy la acunó como si fuese un tesoro.

—Bien. Has tomado tu decisión, regresarás a la aldea como ninja de Azuma. Espero que tu vida sea larga y llena de triunfos sobre nuestros enemigos. —Por más que lo intentó, no consiguió decir aquello con ilusión.

Joy, por su parte, estaba absorta en la contemplación de la katana; seis meses de duro trabajo de un artesano, un compendio de conocimiento y entrega absoluta habían creado aquella espada. Era un honor tenerla, era un sueño hecho realidad.

Pronto aprendería que, con los años, los sueños suelen tornarse pesadillas.

El Sensei comenzó a caminar hacia la aldea sin echar la vista atrás. Chascó los dedos, a lo que el lobo reaccionó poniéndose en pie y corriendo hasta situarse a su vera.

—¡Maestro! —Kiria se detuvo sin mirar atrás—. ¿Y Ken? —La pregunta flotó unos segundos en el aire.

—Entiérrale allí donde ha caído. Tú, seguramente, no tendrás tanta suerte…

Desde la puerta, Joy vio cómo el romano llegaba hasta la playa y se encaraba con Marc. No pudo dejar de sentir un escalofrío al recordar el tacto de aquella espada el día en que Kiria se la entregó. El viejo Sensei murió siete años más tarde durante un ataque contra la aldea; una flecha bien lanzada puso fin a sus días. En su tumba, Joyko clavó aquella espada. Aquel día lloró como nunca antes lo había hecho y recordó aquellas palabras: «Primera lección»…

Suspiró, y con un gesto de la cara devolvió los recuerdos a su caja de Pandora.

Se preguntó a qué venían tantos… Por qué, después de tanto tiempo, le acudían a la memoria sentimientos que creía olvidados. Sin duda, Marc, aun sin saberlo, tenía la respuesta a aquellas dudas. Tomó una bocanada de aire y comenzó a caminar hacia la playa.

Marc había tenido una mañana complicada. Aquella noche se echó a dormir un par de horas. Los sueños fueron un bálsamo para su mente cansada. Sueños tan vividos que le hacían pensar que el tiempo no había pasado. De nuevo disfrutó de las caricias de su madre. Rememoró algunos de aquellos días que todo hombre ha tenido alguna vez. De esos en los que parece que todo fuese perfecto, esos que nunca valoras cuando los estás viviendo, pero siempre recuerdas como días «perfectos».

Te levantas con un rayo de luz solar, completamente despejado. Desayunas en la vieja cocina de la casa del pueblo tus tostadas con mantequilla, queso fresco y miel, como parece que corresponde a un niño de cuatro años, sin pensar en el colesterol, la figura o el sobrepeso. Te calzas tu medio litro de leche con cacao y no levantas la vista de la mesa hasta que oyes decir a tu madre que hace un día «perfecto» para salir de compras. Tal vez sea eso... Tal vez a esa temprana edad, basta que tu madre te anuncie que el día es «perfecto» para que más tarde tu cerebro infantil sitúe ese día en esa sección del cerebro que, años más tarde, te dirá que cualquier tiempo pasado fue mejor.

Cuando al fin despertó solo habían pasado un par de horas, pero recordaba hasta el último detalle de aquel día, la ilusión que sintió cuando su madre le compró su primer juego de química, en su cajita de colores llena de tubitos de ensayo y sustancias inocuas que reaccionaban entre sí. Al levantarse conservaba esa sonrisa que solo un buen sueño te regala.

Bajó de la torre y se metió en el edificio principal, donde Ryu y Mell seguían buscando a saber qué en Internet. Ryu parecía un comentarista de radio, no paraba de hablar y decirle a Mell dónde y cómo tenía que mirar para enterarse de las ultimas pifias de la Alianza. De vez en cuando Mell soltaba un bufido y algún comentario soez, a lo que Ryu respondía con una de sus carcajadas. Cruzó la sala haciéndoles un gesto con la cabeza al que ellos respondieron haciendo otro con la mano y se lanzó escaleras abajo hacia la cocina. Se bebió un par de litros de zumo de naranja y subió de nuevo la escalera con tres latas de refresco en las manos.

Según asomaba por la escalera lanzó una de las latas con todas sus fuerzas hacia la cabeza de Ryu. Este ni se inmutó, levantó la mano y cogió la lata al vuelo, casi sin haber levantado la vista del portátil.

Según le había explicado el día anterior, los movimientos de un novato eran muy fáciles de predecir por otros condenados. Generaba que el anillo reaccionase con facilidad. Era lo que ellos llamaban «lucir»; los novatos lucían en el astral, lo que permitía que cualquiera pudiese detectar sus movimientos, deseos, intenciones; en resumen, hasta que pudiese dominar su energía, estaba vendido. Al menos ante otro condenado o un cuervo.

—Llevas días metido en ese trasto, Mell, ¿se puede saber qué es tan interesante? —Se acercó hasta la mesa por el lado derecho, dejando a Mell a su izquierda y a la izquierda de este a Ryu que estaba casi encima de la cabeza del romano señalando puntos en la pantalla.

—Es el espacio web de la Alianza —respondió Mell con un deje en la voz que dejaba bien claro que estaba hasta las narices—. Tienen de todo. Aquí tienen archivado cada lío en el que se han metido y el resultado de cada enfrentamiento. Hay una lista con los miembros de la Alianza en activo. Y una especie de tabla actualizada cada diez minutos que marca los trabajos que la Alianza reclama en cada punto del planeta.

—¿Trabajos? ¿Qué clase de trabajos? —Marc bajó la vista hasta la pantalla y pudo ver una tabla de trabajos, similar a la que tenían en la CIA. A la izquierda, en la primera columna, aparecía el nombre o el apodo de quien pedía ayuda o asignaba el trabajo; en otra columna se veía el objetivo o la razón de ser de dicho trabajo y, por último, en otra columna se leía el nombre de quien había aceptado el encargo. El símil con una terminal informativa del aeropuerto era obvio. Marc no pudo dejar de pensar que parecía el mismo programa informático, solo que no se leía por ningún lado la palabra «*Delayed*».

—Bueno, hay de todo. Gente que ha perdido el norte y se dedica a romper las normas. Criaturas que no saben dónde está el límite, renegados, asesinos, locos… Vamos, que hay para elegir. Lo malo es que llevo tanto tiempo fuera del juego que hay cosas que me resultan increíbles. Por eso tengo que leerme todo esto y ponerme al día.

—Lo lleva mal —dijo Ryu—. Cincuenta años es mucho tiempo. —Tanto Marc como el romano le miraron—. Bueno, ahora es mucho tiempo —trató de explicar—, antes te encontrabas con uno u otro y te contaba los cambios o las últimas noticias, pero no tenías información general de todo el planeta. Bueno, salvo en la Carneia. Pero aparte de eso no tenías datos.

—¿La Carneia? —Marc abrió su lata de coca—cola y le dio un trago dejando la pregunta en el aire.

—Sí. La Carneia se celebra una vez al año. Todos nos reunimos.

—¿Todos? ¿Quiénes?

—Todos los condenados —respondió Mell, mientras cerraba la tapa del portátil—; da igual si hemos tenido peleas ese mismo año entre nosotros, estén o no en la Alianza, es una tradición desde hace milenios.

—Un invento de Alexias, el primer guardián de la Alianza —explicó Ryu—; era tradición en su tierra celebrar la Carneia la primera luna llena de primavera para honrar a los dioses.

—¿Alexias?

—Sí, bueno —Mell volvió a echarse el pelo hacia atrás, un gesto que a mucho tardar realizaba cada hora—, pero Alexias murió hace tiempo. Ahora el pez gordo es Scyros, alias La bestia. Scyros es seguramente el condenado más poderoso que existe dentro de la Alianza. Sirve a Talos y es el que mantiene la infraestructura económica de la Alianza. Está metido en un millón de inversiones; lidia con abogados, políticos, espías..., lo que haga falta para conseguirnos apoyo logístico.

—Bueno —dijo Ryu—, de todo eso se está ocupando Leo desde hace algunos años. —Dejó la frase en el aire, como si no tuviese importancia y le dio un trago al refresco. No obstante, Mell le miró frunciendo el ceño; o mucho habían cambiado las cosas en los últimos años o a Scyros le debía de pasar algo. Nunca dejaría los asuntos de la Alianza en manos de Leo.

—Ajá. ¿Asistís todos? ¿Todos los años?

—Bueno —Mell tragó saliva—, yo no estuve presente los últimos años. Cuando alguno de nosotros se «pierde» por algún motivo, no se le tiene en cuenta. —Ryu le dio un toque en el hombro y esperó a que le mirase antes de hablar.

—Bueno, eso de que no se le tiene en cuenta es relativo...

—Uf, mierda. Ni siquiera me despedí de Leo. Fue…

—Una cagada, sí. —Ryu parecía divertido por la situación—. Este año te va a sacar a hostias una disculpa.

Marc tenía cara de no haberse enterado de nada, así que el romano tomó una bocanada de aire.

—Leo se toma muy mal las faltas de respeto. Al menos de lo que él considera que es el *respeto* —afirmó Mell, mientras Ryu asentía con la cabeza—. Y me temo que le di motivos al desaparecer sin darle ninguna explicación.

—¿Y por qué no lo hiciste? —El chaval acompañó la frase encogiéndose de hombros—. Tampoco estabas haciendo nada malo… ¿o sí?

—No, no, claro que no era nada malo, ni tampoco él puede decidir sobre qué es bueno o malo, eso lo arregla el eón de cada familia. Pero la verdad es que los años anteriores a mi «retiro», nuestras relaciones con la Alianza no eran lo que se dice amistosas.

—Bufff. —Dejó caer la cabeza para después volver a incorporarse y volver a echarse el pelo hacia atrás. Marc no pudo dejar de pensar lo repetitivos que se hacían algunos gestos entre los condenados.

A él le gustaba observar a la gente, siempre analizaba o intentaba comprender los gestos de cada uno y las reacciones que tenían más tarde; así era muy capaz de detectar mentiras, cambios de humor o agresividad en aquellos a los que conocía o intentaba conocer. Las últimas semanas habían sido muy reveladoras para Marc; había aprendido a diferenciar infinidad de señales y podía comprender desde otro punto de vista a cada miembro del grupo. Comprendía la falsa humildad de Lee, la incesante búsqueda de cariño de Ryu, la enorme dificultad que le suponía al romano hacerse el tipo duro sin parar; todos le habían enseñado algo de sí mismos. Todos menos ella. Allí estaba, delicada y perfecta como la hoja de un roble, y tan dura como la madera del mismo. Siempre distante y altiva, cariñosa a corta distancia y fría en cada mirada perdida que le dedicaba. Le tenía estupefacto, era increíble la capacidad de aquella mujer para hacerlo todo sin mostrar nada. Peleaban cada día de dos a tres horas. Ella ya conocía de él cada gesto, cada posición, cada recoveco de su mente consciente, pero ni un solo intento de conocer a la persona, de saber sus gustos, deseos, o aficiones. Para él estaba resultando ser una tortura, cada segundo en que la miraba la deseaba pero, al notar su completa frialdad, no podía dejar de pensar en qué podía estar haciendo mal.

Mell volvió a llamar su atención chascando los dedos delante de su cara; se había quedado pensando en «sus cosas» demasiado tiempo.

—¿Estás aquí, chaval? —Paseó de nuevo la mano delante de la cara de Marc—. ¿Estás prestando atención a lo que te digo? —Sabía de sobra que no, y por el instinto de quien ha visto pasar dos mil años por delante, también sabía en qué estaba pensando—. Más vale que te centres un poco, hijo, cuanto más sepas sobre Leo menos probabilidades tendrás de cabrearle. —Ryu continuaba asintiendo por detrás del romano, como los peluches del salpicadero del coche, con su eterno bamboleo.

Entonces fue cuando ella entró por la puerta, con su kimono de seda negra por encima de las rodillas y sus sandalias de cuero de medio tacón. «Es más fácil ver nevar en primavera que ver a Joy sin sus tacones», le había dicho Ryu días atrás, «y tiene más que ver con lo útiles que son en combate que con la falta de autoestima».

Estaba preciosa, Ryu le dedicó una generosa mirada antes de volver a centrarse en la pantalla del portátil. Y Mell, que parecía inmune, siguió mirando a Marc sin prestarle ninguna atención. Cuando Marc se obligó a dejar de mirarla, sorprendió a Mell mirándole con una pícara sonrisa.

—Creo que te toca clase de aikido con Joyko, ¿no? —El tono resultó de lo más jocoso, y Joy no pudo por menos que echar una sonrisita antes de perderse por la escalera hacia la cocina. El muchacho dio un bufido e imitó el gesto de Mell dejando caer la cabeza y pasándose la mano de la frente hasta la nuca al volver a incorporarse. Mell no parecía haber captado la broma, pero Ruy ya estaba doblado de risa a sus espaldas.

—Me va a partir todos los huesos.

El romano le soltó un codazo en la entrepierna a Ryu y girándose de nuevo hacia la pantalla del ordenador dejó escapar entre dientes.

—Pues seguramente.

Y acertó…

Las tres horas siguientes fueron un infierno. Joyko le rompió sistemáticamente hueso a hueso hasta haberle enseñado cómo hacérselo a cualquier pobre infeliz. Por eso se sorprendió mucho cuando vio llegar la comitiva a la playa. El romano venía el primero con cara de «te voy a contar algo que no te va a gustar», Ryu y Lee le seguían de cerca el uno con cara de pena y el otro con su eterna cara de mármol cincelado carente de toda vida. Pero lo que más le preocupó fue ver a Joy en la puerta de la casa, con una mezcla de preocupación y resignación en su eterna y «fría» mirada; tal vez no era como él pensaba, tal vez era solo una máscara perfecta, urdida a lo largo de quinientos años.

Cuando el romano llegó a su altura se sentó en la arena y le hizo un gesto a Marc para que se sentara.

—Escucha chaval, tenemos que hablar. —Mell se sentó y se puso serio de inmediato—. Tenemos unas dudas sobre tu evolución y tenemos que probar algunas teorías… Y me temo que te va tener que doler. —Se llevó la mano a la espalda para sacarse una de esas dagas enormes—. ¿Ves esto? —Alargó la mano y le entregó el cuchillo a Marc—. Es una daga ritual tolteca, al tacto parece hecha de piedra, pero es un metal llamado Timer.

Marc acarició el filo del arma, parecía tener vida propia, emanaba frío y, por algún motivo que no conseguía entender, le hacía sentir respeto.

—Es un arma formidable, capaz de cortar el acero, pero tiene otra propiedad un tanto más siniestra. Los cuervos la llaman «la piedra del dolor». Hay algo en su composición que no podemos catalogar. Cuando te cortan con ella la sangre reacciona a este compuesto y se trasforma en un tóxico muy fuerte, es capaz de volver loco a cualquiera, provoca un dolor tan agudo que una persona normal no dudaría en cortarse la mano con tal de poder detenerlo. A nosotros nos afecta durante unos treinta minutos la primera vez, cuando el cuerpo ya la conoce tan solo duele treinta segundos, pero es más que suficiente para paralizarte por completo. Si un cuervo te hiere con ella no serás capaz de evitar que te remate.

Marc asintió mientras devolvía el arma a Mell. Este la cogió por la empuñadura y con un rápido giro le dio al chico un corte en el pulgar de la mano derecha, con un solo movimiento se puso en pie y se alejó medio metro mientras devolvía la daga a la funda. Marc se miró la mano, su sangre de un tono muy oscuro había empezado a manar y podía sentir el calor de la herida antes de empezar su proceso de curación. Y entonces vino la primera descarga, un suave calambre seguido de un par de convulsiones musculares y después de eso el dolor más profundo e intenso que había sentido en toda su vida. Su primera reacción fue echarse la mano a la herida y apretar con fuerza, pero eso no sirvió de nada. Se dejó caer sobre la arena mientras su cuerpo se contraía por la intensidad del dolor y una mueca le privaba del aire suficiente para poder gritar. Lo único que podía controlar era su mirada, que al cabo de unos segundos eternos se fijó en los ojos de Joy; esta se había acercado a ver qué ocurría y permanecía de pie tras el romano con una mirada de preocupación en la cara.

Por su mente pasaron un millar de cosas. El sufrimiento le hacía recordar todos los momentos de su vida en los que había padecido de aquella manera, de la misma forma que un olor te trae recuerdos del pasado. El significado de la palabra «dolor» se hizo más patente que nunca, y allí estaba Joy... Otra forma de dolor. Sintió rabia, sintió vergüenza, sintió el deseo de morir y el de salir corriendo... Todo a la vez, todo oculto dentro de aquella horrible sensación. Luego creyó estar perdiendo el sentido. Se vio a sí mismo tumbado en su cama en la torre, cubierto de trapos húmedos, con la figura de Joy a su lado acariciándole el pelo... Y entonces ocurrió, todo se esfumó a su alrededor, todo dejó de existir.

Los presentes en la playa solo le vieron desaparecer, su rastro astral se estrelló contra la torre y una fuerte explosión envió toda la cubierta al mar, envuelta en llamas. Lee esbozó una sonrisa, mientras dejaba escapar un «lo sabía» entre dientes; Ryu se dejó caer de culo sobre la arena, imaginando lo que le costaría limpiar aquel destrozo y tanto Joy como el romano se quedaron mirando la torre como un conejo sorprendido por los faros de un coche…

Para Marc el dolor desapareció dejando un regusto metálico a sus espaldas, dejando las fibras de su cuerpo inmersas en ese frío que emanaba el filo de la daga. Después de eso, solo pudo soñar el tacto de Joy sobre su rostro.

Todos miraron a Lee, que dejó aflorar una sonrisa.

—Me temo que el Fénix tiene mucho que explicar… —Y, sin decir más, comenzó a caminar hacia la casa intentando recordar dónde había guardado su bolsa de plantas medicinales. Serían de ayuda los próximos días.

Seis Meses después

Carneia. Montecarlo

Allí, sentado en el enorme asiento de cuero marrón de la limusina, Lee parecía un niño rico con cara de pocos amigos. Había petrificado su rostro mientras miraba por la ventanilla, y cualquiera podría confundir su aspecto con el de un maniquí de porcelana. Iba vestido al «viejo estilo», según había dicho Lee, con una túnica de color anaranjado, unos pantalones blancos por debajo de la rodilla y una cuenta de bolas de marfil al cuello que terminaba en su mano derecha. Era a la altura de su mano donde se podía percibir un movimiento rítmico; acariciaba una de las pequeñas bolas blanquecinas durante al menos dos o tres minutos, luego hacía un gesto rápido con la muñeca, giraba el trozo que aún colgaba sobre el dorso de la mano y después continuaba con la bolita siguiente… Aparte de esto, parecía no tener vida alguna.

A su lado, Ryu estaba mucho más animado, gastaba bromas sobre todo lo que podía ver a través de la ventanilla del coche, intentando arrancarle a Lee algún que otro gruñido de aprobación o de reproche a sus comentarios, cosa que ocurría de vez en cuando.

Viendo aquella escena era fácil de imaginar lo largos que debían de hacérseles los años a los hijos del dragón.

Por su parte, el romano no dejaba el portátil ni a sol ni a sombra. Con la excusa de que «tenía que ponerse al día» se estaba convirtiendo en un profesional de la informática a pasos agigantados. Resultaba del todo cómico verle allí sentado con el portátil sobre las piernas, vestido con una túnica de corte romano con los ribetes bordados en púrpura y un bonito broche con el águila imperial sobre el hombro derecho.

Era difícil no pararse a pensar en cuánto habían cambiado las cosas en dos mil años, parecía increíble que alguien hubiese vivido toda esa transformación sin perder la cordura; claro que bastaba ver los aspavientos que daba Mell y los golpes que recibía el portátil de vez en cuando en cuanto la conexión se caía, para ver que no tardaría en perderla.

Frente a él, Joy lucía un kimono corto por encima de las rodillas que tenía al pobre Marc soñando despierto. Allí, en tierra de nadie, se sentía fuera de lugar. Le habían comprado un esmoquin de corte italiano que le quedaba estupendamente, pero se sentía fuera de la «fiesta de disfraces».

Al parecer, la Carneia era una fiesta griega muy antigua en honor a los dioses. Una vez al año los condenados se reunían para hacer balance, normalmente de bajas, y para honrar a los eones dándose a lo que mejor se les daba: beber, que por otro lado era una de las pocas alegrías que podían darse.

La tradición nació en Grecia hacía más de tres mil años, pero se había detenido durante largos períodos de tiempo. Alguno de los primeros invitados, al parecer, seguía estando presente. Le habían contado que el primer anfitrión de esas veladas se llamaba Alexias, que murió asesinado en el año mil trescientos ochenta y nueve, y uno de sus «hermanos», un tal Scyros, se había hecho cargo de continuar la tradición.

Todos asistían vestidos con ropas de su época y geografía de nacimiento. Esto dejaba a Marc fuera de lugar... No se le podía ocurrir ninguna ropa típica de Los Ángeles, así que optó por lo más elegante que se le podía ocurrir estando postrado en la cama con todo el cuerpo calcinado...

—¿Un esmoquin? —dijo Ryu con aire de guasa—. Eso suena muy atemporal, ¿no? Lo llevan usando más de cien años.

—Si quieres me pongo un pantalón ajustadito y una camiseta de los Lakers. ¿Os vale?

Por suerte, Joy no tardó mucho en saltar hacia Milán y regresar con un esmoquin precioso, cuyo diseño, qué casualidad, era el de Los Ángeles. Así que todos aceptaron que si tenía que encontrar algo que definiese a un asesino profesional internacional vinculado a la CIA, eso debería ser un esmoquin.

Ryu bromeó todo lo que pudo al respecto. Empezó llamándole James Bond, para terminar rememorando una y otra vez los anuncios de Martini. Todo terminó cuando el propio Ryu se puso su «disfraz», un kimono muy chillón con infinidad de colores tejidos en cascada y una especie de soga de ahorcado rodeándole la cabeza. Marc se cebó a gusto durante casi dos horas. Al parecer Ryu no era «un chino con nombre de japonés». Nació en Tailandia, de padre japonés y madre tailandesa de ascendencia china, y con un árbol genealógico que en nuestros días daría miedo. Su padre tenía diecisiete hermanos y él mismo había tenido once. Y aunque esto explicaba algunas cosas a nivel físico, el atuendo tailandés de fiesta de tres mil años atrás le quedaba —y a cualquiera— literalmente como el culo.

Y allí estaban todos, Ryu, Lee y Mell en la parte trasera de la limusina, y Marc y Joy dando la espalda al conductor. La distribución, sospechaba Marc, había sido instintiva. Ryu prefería tener de frente a Joy para alegrarse la vista de vez en cuando, cosa que Marc no quería ni por asomo. Solo imaginársela enfrente, con ese minúsculo kimono de seda, le ponía la piel de gallina.

Por otro lado, ella, con esa dulzura femenina tan característica, se había tomado su compañía como un detalle, hasta el punto de apoyar de vez en cuando la cabeza en su hombro y, señalando por la ventanilla, le contaba cosas sobre la ciudad de Montecarlo. Mientras tanto, Lee estaba absorto mirando la ciudad, y Mell estaba tan concentrado en el ordenador que podían haberle metido sin problemas en el maletero.

Durante los últimos tres meses Marc había pasado mucho tiempo en cama, bebiendo agua en cantidades industriales y dándose baños de romero. Algunas quemaduras aún se notaban y le dolían especialmente los brazos y las piernas. Pero había mejorado muy deprisa teniendo en cuenta que la explosión había destruido la última planta de la torre de Lee. Estos no habían dicho una sola palabra al respecto, como si no tuviese importancia. Incluso Lee lució una sonrisa durante los días sucesivos, asegurando que le apetecía hacer ciertas mejoras en la torre y que esa explosión le había caído bien como excusa para iniciar las obras. Ni siquiera Ryu gastó ninguna broma. De vez en cuando se dejaba caer por la habitación con un par de cervezas, que, según él, eran la mejor medicina.

—¿No decías que no me podía quemar? —le preguntó el chico cuando aún estaba envuelto en vendas húmedas.

—Bueno, debí haber dicho «algún día». Tienes que controlar el fuego para poder evitarlo, aun así… ¡qué demonios!, estás muy bien para la que organizaste, ¿no? Mientras no te falte un trozo… —Al parecer, los elementos primarios de cada condenado podían causarle daños antes de ser capaz de controlarlos y eran daños que los propios eones curaban con dificultad. Las quemaduras de Marc eran tan graves que, incluso con la energía del Fénix, tardaron casi dos meses en sanar.

Mell se había sentido culpable un par de días, para luego dar por sentado que aquello había sido inevitable y que era importante ver hasta dónde podía llegar el muchacho. Por su parte, Marc el muchacho había estado delirando durante semanas, descubriendo los diferentes matices del dolor producido por la daga y el producido por las quemaduras que, por suerte, fueron mucho más tolerables. Si a esto le sumabas las constantes atenciones de Joy a base de trapitos de agua fresca, sonrisas y bromas, al chico se le hizo corta la recuperación.

El romano le había ordenado que no volviese a intentar saltar por sí mismo de ninguna manera, que era muy peligroso para un novato. Marc había intentado explicar que no tenía ni puñetera idea de cómo había sucedido aquello, pero tenía quemaduras suficientes en la cara como para dejar la discusión antes de que empezase. Curiosamente, desde el «incidente», Marc había dejado de sentir el efecto secundario ante los saltos. La entrada en Montecarlo no le había provocado vértigo alguno, tan solo unas gotas de sudor y poco más. Saltó con Joy, aunque el romano se había opuesto inicialmente alegando que ella no tenía nivel suficiente para hacer saltar al muchacho. Ella le respondió que había aprendido muchas cosas durante sus cincuenta años de ausencia, se abrazó al chico y saltó.

Al llegar, Marc seguía entero, aunque una pequeña parte de su anatomía se había alterado levemente por la experiencia. Parecía tener más que ver con la cercanía y el tacto de Joy que con el salto en sí. Habían aparecido en una zona deshabitada al norte de la ciudad, donde una pequeña casa hacía las veces de piso franco y armería. Allí había de todo, desde rifles automáticos hasta C4. Marc se hizo el inventario en un solo vistazo, soltó un bufido y miró a Joy.

—¿Y todo esto?

Joy miró alrededor extrañada, tratando de buscar algo que no debiera estar allí, luego le devolvió la mirada como si no supiese de qué hablaba.

—¿El qué?

—Todo esto —dijo Marc señalando alrededor—, aquí hay armas para dar y tomar.

—Ajá. —Miró alrededor y después de nuevo a Marc con su preciosa sonrisita de porcelana—. ¿Y bien?

—No sé… —Durante una décima de segundo se sintió estúpido—, ¿esto no es ilegal?

—Ajá —alargó el gesto como si Marc fuese un niño cortito de entendederas—, correcto, ¿alguna apreciación más?

—¿Para qué es toda la artillería? Creía que aprender a usar la espada tenía algún sentido.

Joy encaró al chico y puso los ojos en blanco. Después, se elevó de puntillas para acercarse más a Marc. Este no pudo evitar estremecerse cuando ella le puso una mano en el hombro y le miró directamente a los ojos. Estaba preciosa, con el flequillo cayéndole sobre la frente, esa carita de muñeca y esos labios finos y sensuales, que atraparon su mirada durante un segundo que se le antojó eterno.

—Verá usted, agente… —dijo adoptando el tono de una quinceañera con exceso de hormonas—, estas armas son para mi protección. Respecto al asunto de la espada… —hizo una pausa y se acercó deliberadamente a los labios de Marc, hasta que este pudo sentir su escaso aliento en la cara—, es algo que se basa en una lógica aplastante. —Y se quedó mirando al chico con los ojos muy abiertos.

—Así, a ojo… dos cajas de seis rifles M16, tres cajas de granadas de mano, cuatro cajas de diez mil cartuchos, un rifle M12 con mira térmica y, si aquella marca es lo que parece, una caja de minas anticarro. —Carraspeó un tanto y cambió el tono de voz a algo similar al de un agente de aduanas—. Está claro que se toma su seguridad muy en serio. ¿Lo de la espada para qué es? ¿Para abrir mejor las cajas?

Joy no pudo evitar soltar una carcajada, después se dejó caer de nuevo a su altura normal separándose otro palmo de la cara de Marc, que acusó el cambio poniéndose serio. Se giró hacia la puerta y le dedicó una nueva sonrisa de soslayo.

—No, agente, pero a una espada nunca se le termina la munición —respondió Joy, y sin más, giró el pomo de la puerta y salió a la calle.

Marc se tomó unos minutos sin intención de seguirla hasta fuera de la casa, donde ya esperaba la enorme limusina. Se quedó allí unos momentos, examinando la estructura. Parecía común, de ladrillo y madera, de lo más baratito, el suelo era de madera, pero no sonaba como tal, así que lo miró todo con sus *otros* ojos, los que daba la experiencia de un asesino. El suelo, debajo de la madera, era de metal, seguramente vigas de acero colocadas unas junto a otras. Después de algunos golpecitos en la pared, observó que esto ocurría en toda la estructura. «Por eso es pequeña —pensó—. Esto es un búnker». Las tres ventanas que tenía a la vista tenían barrotes por fuera y persianas de acero por dentro, disfrazadas al exterior con láminas de madera. Había sensores de movimiento en las jambas de las puertas, tanto en las de la calle como en las del interior. Dos sensores de infrarrojos en las puertas delantera y trasera de la casa, incluso el detector de humo de la cocina tenía trampa. Marc siguió algunos cables con la vista hasta una caja fuerte de más de un metro de alto. Se acercó y observó el teclado numérico de la caja. Era un teclado sencillo de teclas blancas. Instintivamente cerró los ojos y lo que vio le dejó perplejo. Aun con los ojos cerrados veía parte del interior de la caja, incluso los contornos de las líneas exteriores. Los objetos y las estructuras que le rodeaban seguían delante de sus ojos. Allí podía distinguir los contornos de algunas pistolas, documentos, y algo que parecía un ladrillo agarrado a aquellos cables. Junto al extraño ladrillo podía distinguir claramente seis cartuchos de dinamita y dos pastillas de explosivo plástico.

En ese momento, Mell cruzó a escasos dos metros de Marc, sintió durante unos segundos cómo el aire reverberaba alrededor antes de que el romano apareciese a su lado. Le dedicó una sonrisa y saludó levantando ligeramente la mano. Luego miró hacia la caja fuerte y la señaló con el dedo.

—Es una caja de seguridad —explicó Mell—. En cada santuario tenemos armas, dinero y documentos legales para la zona. La contraseña la cambiamos cada seis meses, o al menos lo hacíamos antes cuando las cajas tenían una ruleta numérica. Ahora, al parecer, son números o letras.

—¿Letras?

—Sí, el nombre del maestro 7463639 es Phoenex. Recuérdalo. Si escribes otro número, no tendrás la posibilidad de intentarlo otra vez.

—¿Lo que se distingue dentro es un explosivo? ¿Y explotará si me equivoco en la contraseña?

—No, verás, no lo has entendido. Joyko es una fanática de la seguridad, todos los santuarios son búnkeres a prueba de casi todo lo que pudiese pasar. Los cristales son antibalas; todos los accesos, incluidos los desagües, tienen reja; el tejado tiene una lámina de acero bajo las tejas; las puertas son acorazadas, aunque parezcan de madera; todas las ventanas tienen cerradura; y las puertas solo tienen pomo por el interior. Recuérdalo, en realidad solo dejamos el cerrojo dentro por comodidad y por si hay que atender a alguna persona. Hay que respetar las normas y llamar la atención lo menos posible. Además de todo esto, después de que yo me…, digamos, «ausentase» durante tanto tiempo, Joy alcanzó un nuevo nivel de locura. Al parecer conectó los sensores de movimiento y los sensores de humo a los explosivos de la caja. Y si enciendes la vitrocerámica es posible que descubras por qué llamamos a estos sitios santuarios —dijo lanzando una carcajada—. Se nos ocurrió una noche de borrachera cuando Joy utilizaba cartuchos de dinamita para asegurar las puertas. Uf, qué noche —resopló—, algún día te lo contaré. Pero llegamos a la conclusión de que, para alguna gente, la única forma de llegar a las puertas del cielo sería venir a visitarnos.

—¿Si enciendo la cocina explota el C4? —preguntó extrañado Marc. Su cara era un poema.

—¿La necesitas para algo, genio? Que yo recuerde ya no necesitas comer. —Marc torció el gesto como un perro, girando la cabeza sobre un hombro—. Todo lo que necesitas está en la nevera. Y recuérdalo, si yo fuera tú, estando cerca de Joy... Revisa con la mente la taza del váter antes de levantar la tapa.

Se dio la vuelta y salió por la puerta detrás de Joy.

Marc permaneció aún unos minutos mirando a su alrededor. A todas luces este nuevo mundo se le antojaba una locura. Hombres que se transforman en cuervos, gente que salta de punto a punto del globo a través del astral, cargas de C4 conectadas a sensores de humo y ahora una fiesta de disfraces repleta de inmortales disfrazados de fantoches. «Bueno —se dijo—, al menos yo llevo un esmoquin».

Cuando Lee y Ryu aparecieron junto a él, esbozó una sonrisa y salió de la casa.

El recorrido por Montecarlo no le había impresionado demasiado; edificios pequeños, mucho acero, mucho cristal de espejo y mucho hotel de ensueño. A medida que se acercaban a la costa, los grandes hoteles competían con los casinos y alguna que otra villa por ver cuál era la edificación más costosa o el jardín más vistoso. Vistos los primeros diez hoteles empezó a prestar más atención al interior de la limusina. De vez en cuando una mirada directa a los ojos de Joy le hacía volver a mirar al exterior del coche, tan solo para volver a mirar su reflejo en el cristal.

Aproximadamente cuarenta y cinco minutos después de salir del santuario cruzaron unas enormes puertas de metal, donde dos hombres, armados hasta los dientes, inspeccionaron los bajos del coche y cruzaron un par de palabras con el conductor. Marc miró por la ventana pero no había ninguna edificación al frente, tan solo un camino flanqueado por robles que se perdía en el horizonte. Los dos hombres tenían a su disposición una garita bien acondicionada, un pequeño parque móvil donde se contaban tres coches de baja gama y dos motocicletas de Trial.

En el interior de la garita podían verse unas cuantas pantallas iluminadas y el teclado de un ordenador.

—Esto es solo el control de la finca, Marc. —Pudo sentir una vez más la mano de Joy sobre su hombro—. Mira allí. —Señaló con la otra mano hacia algún lugar más allá de la ventanilla. Mientras, Marc recibía otra bofetada más de aquel perfume francés que le estaba volviendo loco. Con esfuerzo se obligó a girar la cabeza hacia donde ella señalaba mientras seguía todo el largo de su brazo con la mirada. A lo lejos pudo distinguir unas luces que empezaban a destacar en el atardecer y lo que parecía una enorme estructura a unos diez kilómetros de distancia. La carretera serpenteaba para perder altura hacia la costa mientras atravesaba un bosque espeso, cuajado de pinos, eucaliptos, sauces y castaños de Indias, algunos de ellos de un tamaño sobrecogedor.

—Al norte del bosque hay un campo de golf y la casa está al sur, junto a la playa.

—Sí —dijo Ryu—, si se le puede llamar casa.

—Licos siempre ha preferido un solo santuario, es lógico que sea un palacio. En los últimos mil trescientos años no se han movido de aquí. —El romano cerró el portátil y se revolvió nervioso en su asiento—. Además, a Leo le encanta esta ciudad.

—Tranquilo, Mell, no te va a atacar según te vea —dijo Joy mientras abandonaba su posición sobre Marc y regresaba a su sitio. En respuesta, Marc dejó escapar un pequeño quejido—. Hace ya más de un mes que publicaron en la web tu resurrección; cuando le confirmé tu asistencia maldijo en algunos idiomas que desconozco, pero parecía contento.

Mell no parecía muy convencido, pero tragó saliva y dejó el portátil sobre la bandeja trasera.

—Lee este año no quería venir —dijo Ryu—, pero la verdad… —miró de reojo a su compañero—, al menos lo que va a pasar esta noche no nos lo perdemos. —Guiñó un ojo a Joy y Marc y volvió a mirar por la ventanilla. El rostro de Lee había pasado de la inexpresión a una sonrisa de niño malo y unos ojitos de ilusión que lo decían todo sobre sus expectativas.

—A lo mejor os volvéis a casa sin nada que recordar —alegó el romano mientras se pasaba la mano por el flequillo. Estaba sudando y a Marc le pareció la cara de un reo el día de su ejecución.

Ryu se echó a reír mientras Lee giró la cara hacia Joy haciendo una mueca.

—Estás centrando toda tu atención en Leo, Mell. Lo que yo estoy deseando ver es la cara de Star cuando te vea. —El romano se echó una mano contra la cara, mientras el maestro miraba de nuevo hacia el bosque; la luz había ya desaparecido casi por completo y los árboles se sucedían interminables—. ¿Sabías que juró haberte visto morir?

El romano no pudo evitar una carcajada nerviosa

—¿Sí? Vaya, menuda decepción se ha tenido que llevar.

—Fue uno de los que más afectado estuvo en la ceremonia que te hicimos ese año. —El tono de Joy sonó muy duro, y más sabiendo que en Japón el tono es algo que se toma muy en serio. Marc comprendió que le había dado mucho valor a aquella frase y se fijó en la reacción del romano, que bajó la vista para luego perderla por la ventanilla del coche.

—¿Qué queréis que haga? Puedo matarme, o puedo aceptar la que se me viene encima. Tal vez, si no os importa, podríais echarme una manita, ¿no? —Lee miró a Ryu, Ryu miró a Joy, Joy miró a Marc y Marc miró a Lee. Y tras unos segundos de silencio la primera en hablar fue Joy.

—Creo que esta vez estás solo, Mell. Yo no seré la que se interponga entre tú y Talos. —Se quedó mirando a Mell con una sonrisa en la cara. Este reaccionó como impulsado por un resorte cuando escuchó aquello.

—¿Talos? —Una enorme sonrisa se dibujó en su cara, destacando todos esos hoyuelos—. ¿Está aquí?

—Sí, estamos cruzando su bosque, se trasladó a esta zona hace veinticinco años. Parece que a cada siglo que pasa prefiere climas más cálidos.

Marc se sentía completamente fuera de lugar. Se miró el anillo que recubría su dedo anular de la mano izquierda y luego miró por la ventanilla del coche. Lee, frente a él, le dedicó una comprensiva sonrisa. Después volvió a mirar hacia el bosque.

—Romano —dijo Lee sin dejar de mirar por la ventanilla—, no es asunto mío, pero creo que tu pupilo se está bloqueando. Tal vez deberías darle algo de información sobre lo que se va a encontrar. Todo sea que al ver a Talos haga alguna tontería.

Mell frunció el ceño, aspiró hondo y soltó lentamente el aire por la boca.

—Bien… —dijo mirando a Marc—, lo mejor es que vayas preguntando todo lo que se te pase por la cabeza. Como una vez me dijo un viejo maestro con cara de crío —dijo lanzando una furtiva mirada a Lee—: aquel que tiene una pregunta, está preparado para escuchar la respuesta.

Lee perfiló una sonrisa pícara sin dejar de mirar por la ventanilla.

Marc tenía un millón de preguntas. Él sabía, como todo agente de la CIA, que la información es poder. Y necesitaba mucha información, todo lo que tenía sobre su nuevo universo eran solo retales, fragmentos inconexos, a cual más inverosímil. Necesitaba respuestas y las necesitaba ya. La oportunidad pintaba bien, así que resumió en su cabeza todas sus dudas y empezó por las que más le desconcertaban.

—¿A qué viene esto de la limusina? ¿No podíamos haber saltado directamente a la casa?

Mell sopesó la pregunta y respondió:

—Verás, es por culpa del lastre. Cuando saltamos al astral disociamos aquello que tenemos a nuestro alrededor, la ropa, los objetos, los vehículos o las personas, y las trasformamos en energía. Según nuestro nivel podemos transportar más y más cantidad de energía. Es como subir el Himalaya, cuanto más lastre, más difícil es el ascenso. Bueno —reflexionó—, los cuervos lo tienen peor. Solo pueden cruzar por el sendero transformados en cuervos y con un lastre mínimo; en ocasiones regresan con alguna prenda de ropa de menos —esbozó una sonrisa—. El caso es que cuanto más lastre se lleva más fuerte es la onda expansiva que se produce a la entrada y a la salida del sendero. Llevarte a ti genera siempre un fuerte impacto. Leo acostumbra a tener siempre invitados normales y empleados para su casa que, aunque suelen ver cosas raras, permanecen ajenos a la naturaleza de su jefe y sus…, digamos, amigos —dijo pasando de nuevo su mano por el flequillo.

Mientras, Lee y Ryu soltaron una risilla. Joy bajó la cabeza con una sonrisa en los labios.

—Incluso en alguna ocasión, invita a personas normales a sus fiestas, le hace gracia comprobar hasta qué extremo seguimos la farsa. Es casi una tradición de la Alianza. Y como no podemos llamar demasiado la atención, tenemos que recurrir a un medio de transporte más convencional. ¿Entiendes?

Marc afirmó con la cabeza. Mientras, Mell se encaró con Joy.

—Por cierto, princesita, aún me tienes que contar cómo aprendiste a proyectar personas.

—Tengo que conocer bien su estructura, pero no suelo tener problemas. —Joy acarició un poco el hombro de Marc mientras respondía—. Con algunos objetos complejos, como los motores de los coches, he tenido algún problema.

—¿Y conoces muy bien mi estructura? —preguntó Marc ronroneando como un gatito.

—Lo justo —respondió ella alargando las sílabas

Mell asintió mientras retomaba el tema.

—OK —siguió diciendo—, hay dos formas de cruzar por el sendero: de forma gradual, lentamente, formando despacio tu cuerpo de nuevo, pero este sistema con un novato de lastre es prácticamente imposible. Sería traumático para el novato.

—Sí —afirmó Ryu—, demasiado intenso, aún hay demasiadas cosas que tienes que aprender.

—¿Como por ejemplo? —replicó Marc.

—Cada cosa a su tiempo, jovencito —sentenció Ryu al tiempo que le dedicó una sonrisa.

Por un momento Marc pudo entender la enorme distancia que les separaba; durante un segundo, en aquella sonrisa, Marc pudo distinguir el peso de los años sobre Ryu, la complejidad de un carácter forjado con veintitantos siglos de antigüedad.

—Bien, sobre los anfitriones, ¿qué me puedes contar?

—Bueno —dijo Mell—, son los «hijos del Lobo», Licos. Es un eón muy fuerte. Tiene más piezas vivas que la mayoría. Y además, son los miembros más influyentes de la Alianza. En primer lugar tenemos a Scyros, posiblemente el condenado más poderoso que camina sobre la tierra.

Ryu carraspeó y Mell dejó de hablar. Pero fue Joy la que siguió la conversación.

—Bueno, Scyros está... —parecía no encontrar las palabras.

—Un pelín quieto. —Ryu terminó la frase por ella y se echó a reír como un poseso.

—Hace cinco años tuvo una discusión con Leo, ya sabes, siempre están discutiendo. Se quedó quieto en la balaustrada del jardín, petrificado. Lleva sin mover un músculo desde entonces. Leo intentó volverle en sí, pero después de dos días intentando hacerle reaccionar, se enfadó y lo mandó forrar de yeso. Ahora tiene una bonita estatua en el jardín, y Scyros sigue en sus trece.

El romano se quedó mirando a Joy con cara de bobo, esperando a que la explicación terminase con un «*ná* hombre, te estamos tomando el pelo», pero el caso es que todos en el coche se quedaron esperando su reacción. Mell cerró la boca y desvió la vista fuera del coche.

—Además, el más viejo es Talos, sin duda —dijo Ryu.

—Eso te lo puedo confirmar —aseguró Lee.

—Después tenemos a Leo... —el romano parecía mareado, ya resultaba suficientemente difícil explicar todo aquello a un novato como para que cada cual se enfrentase con los datos.

—No —apostilló Lee—, por orden cronológico te saltas a Luna.

—OK, Luna —asintió Mell con cara de confusión, y continuó su presentación—: Luna es una de las más viejas entre los nuestros. Es todo un depredador. Dicen que nunca le han puesto una mano encima en ningún combate. Nadie se lo explica, pero tiene un don para pelear. La conozco demasiado bien. —Perdió la mirada y Joy le miró con una cara extraña, como quien mira a alguien a quien espera ver sufrir.

Mell no dejaba a la vista ningún sentimiento extraño, tan solo una marea de recuerdos que le cruzaban la cabeza.

—Nunca he peleado con ella en serio, pero tal vez algún día tenga que averiguar si ese rumor es cierto. —Inclinó la cabeza, cerró los ojos y siguió hablando—. Me odia y me quiere... Supongo que tiene motivos para ambas cosas. Es la encargada de pararle los pies a todo aquel que rompe las reglas sin una excusa plausible. Es persuasiva o letal, según convenga. Ha matado a más condenados que ningún otro de los nuestros... Bien, ¿alguien quiere añadir algo sobre Luna?

Lee tomó la palabra mientras hacía girar una vez más todo el rosario tibetano para empezar desde el principio.

—Te darás cuenta de que todas las personas que vas a conocer hoy, bueno, en los próximos días, tienen una historia larga y una vida muy complicada. Aunque la mayoría lo lleva bien, todos tienen sus manías, algunas reminiscencias de su origen o su educación, y otros, como Luna, tienen cicatrices muy profundas, en la piel y en el alma —dijo mirando de soslayo al romano—. Eso les hace actuar de forma distante o diferente a los demás. Luna lleva... —dudó.

—Más de dos siglos... —aclaró Mell.

—Eso es, dos siglos —continuó diciendo Lee— ... sin hablar con nadie. —Con un nuevo giro de muñeca cambió de bolita—. Otros, como Scyros, se quedan quietos un par de años, y otros se tiran al mar...—exageró su sonrisa de forma teatral—, supongo que para ver el fondo.

—Y otros —apostilló Ryu—, no paran de dar el coñazo con las cuentas de un rosario.

La ocurrencia estuvo a punto de sacarle una risa a Marc, pero Lee levantó ligeramente la mirada y el chico cambió el gesto en una décima de segundo. Sin duda le había visto. Lee parpadeó un par de veces, y ladeó de nuevo el rostro hacia la ventana, con cara de pillo, e hizo el giro de muñeca para la próxima bolita.

—Luego tenemos a Leo —siguió explicando Lee—, su nombre es Leónidas, pero no tiene nada que ver con el rey Leónidas, que se hizo famoso por la batalla de las Termópilas... Leo nació dos siglos antes y no murió por su patria. Una de dos, o lo envenenaron o murió de un coma etílico, la verdad es que no lo tenemos muy claro.

—Apuesto por el coma etílico —dijo Ryu—. Le gusta más el vino que a un mono un sonajero.

Todos soltaron alguna carcajada, menos Marc, que estaba tomando nota mental y cogió la broma demasiado tarde.

La limusina se detuvo a escasos cien metros de un enorme palacio. Este, a su vez, no estaría a más de veinte metros de la orilla del mar. Parecía una copia exacta de un palacio veneciano de finales del siglo XVI, pero tenía algunas mejoras imposibles para la época. La pared exterior estaba forrada casi en su totalidad de mármol pulido de un tono caramelo que reflejaba vetas doradas de tanto en tanto. La segunda planta contaba con ventanales que prácticamente recorrían toda la fachada superior, y el tejado alternaba zonas de teja roja con enormes claraboyas de cristal. La iluminación salía del suelo pegada a las paredes y en algunas zonas los setos se recortaban proyectando su sombra a lo largo del muro de la entrada. Era una visión sobrecogedora. Mell tragó saliva y se ajustó la ropa.

—Me temo que no hay tiempo para más —dijo Mell—; pégate a Joy y te irá dando datos al vuelo. —Marc asintió un par de veces, casi sin poder contener la alegría. ¿Pegarse a Joy? Le echó un rápido vistazo de arriba abajo mientras ella abría la puerta del coche... Sí, se pegaría todo lo posible.

Los tacones de la geisha, al clavarse en el suelo, marcaron el punto y aparte. Salieron de la limusina cada uno con su «disfraz» y Joy se colgó del brazo de Marc. Se acercó un poco a su hombro y empezó a hablar; la diferencia de altura se hizo tan notable que Joy torció el gesto y subió el volumen de la voz.

—Scyros es el portavoz de la Alianza desde hace más de cuatro siglos. Es un hombre práctico y carismático. Se ha ganado el puesto sin buscarlo y se desenvuelve muy bien. Es quien controla nuestra red de información, pero desde su «parada» voluntaria, Leo lleva todo el peso de la Alianza. Es quien creó la página de Internet, y controla los documentos y archivos. Algunos dicen que Leo está loco, y —bajó un poco más la voz y le susurró al oído— la verdad es que lo está.

Al acercarse a la puerta, alguien la abrió desde el interior. Las hojas eran de madera tallada con figuras griegas o grecorromanas decoradas con pan de oro. Medían unos dos metros de altura por tres metros de ancho. A través de la apertura llegó el sonido inconfundible de una fiesta, un amasijo de sonidos, copas, voces y música, y emergió la figura de un hombre alto, físicamente perfecto según las medidas griegas: 1,85 de estatura, hombros anchos, y todos los músculos abdominales definidos como una tableta de chocolate. Llevaba un calzón de cuero marrón hasta la mitad del muslo y unas sandalias liadas hasta la espinilla, aparte de esto solo lucía un bonito collar que parecía de oro y un brazalete en el antebrazo derecho. Su cabeza era redonda y cubierta de rizos negros y no aparentaba más de veintiocho o treinta años. Ojos grandes de color oscuro, grises, verdosos tal vez, una frente ancha y unas cejas que parecían depiladas. Portaba una sonrisa cálida y se encaminó hacia los recién llegados a paso lento mientras cruzaba los brazos delante del pecho. El cruce de miradas fue solo con el romano, que ajustó el paso al del griego en una trayectoria directa. Cuando solo les separaba medio metro los dos se pararon a la vez. Joy se quedó con Marc justo detrás de Mell, mientras Lee y Ryu caminaron algo alejados para tener mejor ángulo de visión. Todos parecían divertidos, pero se podía sentir cierta tensión en el aire.

—Vaya, por todos los dioses, romano… —miró a Mell de arriba abajo un par de veces exagerando un gesto de asombro—. ¡Has resucitado!, ¿qué pasó? ¿Te quedaste sin cambio para pagar a Caronte?

—No —contestó el romano muy serio—. Le dije que doble o nada.

Ryu soltó unas cuantas carcajadas y la tensión desapareció como si nunca hubiese existido. En un movimiento tan rápido que Marc ni siquiera alcanzó a ver, el griego abrazó fuerte al romano y le dio algunas palmadas en la espalda que sonaron como truenos.

—Siempre serás un cabrón con suerte, Mell, pero por todos los dioses —se alejó un paso de él y transformó su sonrisa en un gesto triste—, si vuelves a darnos otro disgusto como este yo mismo te mandaré al Elíseo de una patada en el culo.

El romano se pasó la mano por el flequillo y resopló.

—Créeme, Leo, después de lo de Hiroshima, me quedé destrozado. Necesitaba unas vacaciones y mis enemigos se contaban por millares. Tenía que desaparecer una temporada, además, Scyros pidió mi cabeza…

—Si te hubieses presentado por ti mismo Scyros habría sido clemente.

—Pensé que desaparecer unos años sería más seguro.

—Cincuenta años…

—Lo sé —bajó la mirada—, no tengo excusa. Había una mujer, temía por su vida…

—No me vengas con esas, Mell. —El griego endureció el tono—. Yo te habría protegido y lo sabes.

—Recién unidos a la Alianza, Leo… —dejó la frase en el aire.

—Ya, ¿ahora me dirás que no te fiabas de mí? —hizo un gesto teatral señalándose la cara—. Me he partido el pecho por ti desde hace siglos, siempre te he ayudado, ¡siempre! —Mell tomó aire para hablar, pero en el último momento bajó la cabeza y dejó caer los brazos. Y Leo decidió quitarle hierro al asunto.

—Bueno, dejemos el tema aquí. Creo que no vamos a ningún sitio. —Pasó junto al romano y se acercó a Joy mientras su cara recuperaba la sonrisa de adonis—. Tú… —señaló con el dedo mientras se acercaba—. Tú lo sabías, noté que me ocultabas algo pero no pude confirmarlo. Todos estos años… ¡me has tomado el pelo! —Terminó la frase con cara de enfado y los brazos en jarras.

A Marc le pareció cómico ver a aquel hombre hablándole a Joy como si fuese una niña traviesa, pero no tardó ni medio segundo en encontrarle la lógica; para Leo, al igual que para Lee y Ryu, ella siempre sería una niña. Se preguntó en qué punto le dejaba esto a él mismo. Respiró hondo y se echó a un lado, fue un gesto sin meditar, de una simpleza infinita, pero que no pasó desapercibido para nadie. Leo le plantó un fuerte beso en la mejilla a Joy y después se encaró con el recién llegado.

—Y tú debes de ser Marc —le miró de arriba abajo como quien evalúa la calidad de un abrigo—. El Fénix siempre los elige XXL.

—Siento discrepar —dijo Joy mientras iniciaba el paso hacia la puerta.

Mell agarró a la pequeña geisha por los hombros.

—Bueno, Joy, todos sabemos que tú vales tu peso en diamantes —dijo el romano mientras colocaba el brazo derecho en vilo para que la geisha se agarrase; esta fingió el gesto de una emperatriz ofendida y apoyando el brazo sobre el de Mell atravesó la puerta. No pasaron dos segundos antes de que se empezase a distinguir el jolgorio, gritos, carcajadas y alguna que otra broma para recibir al romano.

Cuando Joy cruzó del todo el umbral y salió del ángulo de visión de Marc, este salió del trance hipnótico en que le sumían las caderas de esa mujer, soltó algo de aire y volvió a mirar al frente. Allí le esperaban los ojos de aquel griego, escudriñando cada gesto de su cara. Pudo sentirlo en la piel, como un pequeño picor, suave y discreto pero claramente perceptible. Se dio cuenta, por su expresión, de que habían analizado la forma en que miró a Joy cuando se iba, y estaba claro que después habían sacado sus propias conclusiones. Marc no pudo evitar ponerse algo colorado. Desde niño le costaba mantener cara de póquer, algo que creía haber solucionado después de varios años de entrenamiento en la CIA, donde pensaban que le habían enseñado a mentir... Se equivocaron. Nunca terminó de dársele bien mentir, es más, le costaba horrores no sudar en el peor momento, o ponerse colorado. Pero a su vez desarrolló una enorme capacidad para imaginar excusas aceptables; así que nunca se le fue la cosa de las manos. Por otro lado, desde su «renacimiento» su nuevo organismo parecía tener más dificultades para hacer cosas como aquella.

—Hace calor esta noche —dijo Leo sin borrar una sonrisilla estúpida. A su vez, Ryu se asomó tras la enorme espalda de Marc, puso su mano sobre el brazo de Leo y dijo.

—Deja respirar al chaval, Leo, lleva siete meses encerrado en una isla, con una sola mujer. —Y comenzó a mover la mano derecha como un autoestopista, señalando con el pulgar hacia la puerta de la casa—. Joyko en kimono por la mañana, Joyko en biquini por la tarde y... —dejó correr un segundo—, mejor no te digo lo que se pone por la noche. —Con las mismas, se giró y siguió a Lee hacia la puerta de la casa.

Leo se acercó al muchacho y le cogió por un hombro mientras le obligaba sutilmente a caminar hacia la puerta.

—Paciencia, chaval, el tiempo siempre pone cada cosa en su lugar, aunque sea solo durante un mísero segundo. —Torció el gesto y le guiñó un ojo—. Bienvenido a mi casa, soy Leónidas el Espartano, torre de Licos. Mi señor preside la Alianza desde su creación. La fiesta de la Carneia es sagrada y antigua. Tal día como hoy, solsticio de primavera, desde hace más años de los que puedo recordar, los condenados se reúnen bajo un mismo techo. Y aunque este año no están todos presentes, sin duda es una de las fiestas más concurridas que recuerdo. Adelante, pasa. Siempre serás bienvenido a la casa de Licos en Carneia, no hay enemigos ni rivales, siempre y cuando respetes las normas de la fiesta.

Marc quería conocer esas normas, así que levantó una ceja y se dispuso a preguntar, pero Leo había identificado el gesto de la ceja como si le conociese de toda la vida. Y continuó con la explicación dejando al chico con la primera palabra en la boca:

—Son normas fáciles de entender y de recordar. La primera, todos somos siervos. No somos responsables de los actos y decisiones que nos imponen los dioses.

—¿Te refieres a los eones?

Leo se paró y miró a Marc con un gesto de leve desprecio.

—No suelo responder a preguntas obvias, muchacho, lo considero una pérdida de tiempo; así que, si quieres escuchar la respuesta, medita antes la pregunta. Bueno, la segunda norma es aún más simple: nada de violencia. Puedes insultar a quien te plazca, puedes retarte con él, puedes indignarte si quieres, pero siempre podéis arreglarlo otro día. Y por último, referente al sexo, «no» quiere decir no. Créeme, ahora os educan muy bien respecto a eso, pero hace no mucho tiempo surgían algunas diferencias de opinión. Si rompes alguna de estas normas bajo mi techo —hizo una de sus pausas teatrales y bajó ligeramente la cara—, te mataré.

A continuación cruzaron la puerta, Leo con su mejor sonrisa y Marc con la lógica cara de espanto de alguien a quien un griego apodado el Espartano ha amenazado de muerte.

El salón principal resultaba acogedor, en tonos rosas y marrones sobre mármoles blancos y rosados, lámparas de lágrima a más de cuatro metros del suelo y aroma floral. Podían verse macetas con flores de todos los tamaños y colores distribuidas sobre los muebles, el suelo y todas las esquinas.

Una enorme estatua de bronce presidía el centro de la sala, un guerrero hoplita con una lanza enarbolada en la mano derecha y un escudo enorme en el suelo, apoyado sobre su pierna izquierda. A su alrededor la gente charlaba en grupos reducidos, mientras una mezcla de música electrónica y clásica aderezaba el ambiente.

En el salón no habría más que cuarenta o cincuenta personas, pero en el exterior de la casa la fiesta continuaba en la playa, donde tres enormes hogueras levantaban llamas inmensas sobre una multitud de más de doscientas personas. Marc se hizo la cuenta rápida y caminó detrás de Leo hacia un grupo nutrido que rodeaba a Joyko y al romano. Podía verse de todo, desde un gigante vestido como un vikingo que llevaba encima todas las pieles que podría transportar una mula, casco de batalla y unos brazos como los muslos de Marc, hasta una ancianita de piel blanca como el mármol, vestida tan solo con una túnica de color verdoso casi transparente, que conversaba animadamente con un hombre vestido al estilo de la Venecia del siglo XVII. Sin duda la fiesta de «disfraces» más curiosa a la que había asistido. Allí, el que más o el que menos vestía como un actor de Hollywood a punto de entrar en escena.

A la derecha del romano estaba la geisha, apoyada con los dos brazos en el hombro del romano, mientras este sonreía de frente a un hombre vestido como un indio *cherokee* o algo así; flanqueando a este había una especie de monja oriental griega y un guerrero macedonio. A su izquierda, y casi desnudando a Joy con la mirada, había un hombre vestido como un emperador romano, muy a tono con Mell, junto a Joy y a otro personaje que vestía como un gladiador, con el medio casco agujereado tan curioso de las películas antiguas.

Leo entró al grupo gastando bromas y riendo como un poseso, mientras el gladiador apuraba un vaso de vino de un trago. A su espalda, un mueble bar de unos seis metros parecía estar a punto de desmoronarse cargado hasta en los huecos más minúsculos por botellas, botellas y más botellas. También podían olerse las diferentes frutas exóticas colocadas sobre cestitas redondas dispersas por todas partes, lo que hacía pensar que tenían la misma finalidad que las flores. La fragancia suave del incienso de sándalo y una mezcla extraña de almizcle y romero. Marc se sorprendió a sí mismo al sentir los matices de los aromas; su olfato nunca antes había llegado tan lejos. Se sentía relajado, aquella mezcla de aromas le hacía sentir distinto, capaz de salir de allí con la cabeza bien alta, así que se lanzó en dirección al grupo con la firme voluntad de saber estar calladito.

Cuando ya alcanzaba a ver de nuevo la figura de la geisha por encima del hombro del guerrero macedonio, una mano le apretó el hombro con suavidad. El dueño de la mano era un hombrecito, mediría un metro setenta de altura, delgado, de unos cuarenta años mal llevados, vestía como un *sheriff* de wéstern de lo más auténtico, con su traje negro de paño bien cosido, camisa blanca impoluta, una barba de tres días tan tupida que podía encender una cerilla sin dificultad. Darle un beso en la cara a ese hombre podía suponer un *lifting* instantáneo. Llevaba el pelo, de color castaño, a media melena por encima de los hombros, muy bien cuidado, y desprendía un olor a jabón de Marsella. Enjuto, con el rostro algo huesudo y el mentón afilado, una nariz aguileña pero sin ser exagerada y unas cejas pobladas que conferían a su mirada la expresión de un ave de presa. Sus ojos, de un marrón verdoso, muy similar a la miel, brillaban con fuerza dándole vitalidad al conjunto. Le miraba como si le hubiese echado de menos.

—Tú debes de ser Marc. —Su voz sonaba melodiosa y más juvenil que su apariencia, tenía un acento texano muy marcado y Marc no pudo evitar esa sensación de encontrarse con un compatriota en la otra punta del mundo. Se relajó instintivamente.

—Sí, soy yo —repondió. Extendió la mano y se encontró con la de aquel hombre como si fuesen dos imanes. Sintió un apretón fuerte y rotundo y la sacudida enérgica de quien se alegra de verte.

—Chico, por fin otro americano —rio—. Bueno..., otro «estadounidense», que aquí hay algún siux. Maldita sea, ¡llevo un siglo esperando! —Ambos soltaron un par de carcajadas nerviosas—. Cuando me dijeron que el Fénix había aumentado la plantilla con uno… me sentí como un crío el día de su cumpleaños.

—Vaya, ¿tan mal te tratan los griegos? —Marc recuperó su mano y le dedicó una sonrisa.

—No preguntes… —Se puso algo más serio y miró hacia Leo y el romano—. Tengo algunas cosas para ti, dame un segundo —y avanzó los cuatro pasos que le separaban del grupo.

—Cuánto bueno por aquí… —Joy salió disparada hacia el recién llegado y le plantó un fuerte beso en la cara. Marc no pudo dejar de sentir dentera al pensar en la fina piel de Joy contra ese rostro de lija.

—Hola, Star —dijo el romano levantando ligeramente la mano. Su tono sonó triste pero no perdió su sempiterna sonrisa de *playboy*.

—Un placer verte de nuevo entre los vivos. La última vez que nos vimos caías en un avión envuelto en llamas al mar de Japón. Supongo que Joy recogió todos los trozos, ¿no? —Todos se reían menos Joy y el romano. Mientras, Marc ocupaba un hueco entre el macedonio y Star.

—Supongo que me subestimaste, Star.

—De eso nada, romano —negó con el ceño fruncido—, siempre que te he visto morir has «resucitado» así que en esa ocasión me lo vi venir.

Esta vez los que reían eran Joy y Mell, mientras Leo miraba a Star de soslayo.

—¿Sabías que estaba vivo? —preguntó Leo con cara de pocos amigos.

—No vi el cadáver. Por otro lado, si él quería estar muerto, ¿quién era yo para afirmar lo contrario, verdad? —dejó la pregunta en el aire y esperó. Leo se giró un poco, parecía contrariado.

—Te ordené investigarlo... Aseguraste su muerte. No te dé vergüenza reconocer tu fracaso.

«Jodidos griegos —pensó Star—, siempre midiendo el mundo a punta de lanza». En su estrechez de miras solo había victorias o derrotas, blancos y negros… Les costaba comprender que algunas derrotas tardan un tiempo en convertirse en victorias.

—Sí, lo reconozco, me tomó el pelo… Algo raro, a decir verdad, viniendo de un romano inculto. —Terminó la frase con una sonrisa, mientras algunos reían y otros como Mell y el otro individuo vestido con toga se ponían serios.

—¿Inculto? —preguntó Mell mientras intentaba recuperar la sonrisa.

—No me entendáis mal, nunca diría que todos los romanos son incultos —afirmó entre risas—, menuda tontería. Pero creí que nunca conocería a alguno que ignorara cosas… —hizo una pausa mientras movía la mano en círculos fingiendo no encontrar la palabra— ¿básicas? Sí, eso es, básicas.

El romano, que creía ver venir una broma, levantó las cejas y preguntó.

—¿Como por ejemplo?

—Pues como por ejemplo que en los bosques no hay ruletas… —guiñó el ojo a un Mell que se había quedado de piedra. Hizo una especie de reverencia al resto del grupo mientras cogía a Marc por el hombro y le obligaba a girarse.

—Tengo algunas cosas que decirle al chico, así que me lo llevo un rato… Nos vemos luego.

Marc se dejó hacer mientras observaba el rostro de Mell, que parecía haber visto un fantasma. Los demás dieron por hecho que aquello había sido una indirecta entre Star y el romano. Todos tenían la experiencia suficiente como para no preguntar. Unos miraron sus copas dejando pasar el tiempo y otros centraron sus ojos en el rostro del romano.

—¿Star? —gruñó Leo, mientras este se alejaba levantando la mano y enseñando el dedo corazón.

Todos volvieron a reír menos Leo, que parecía perdido en pensamientos contradictorios, con el ceño fruncido y mala cara.

El romano unió los cabos muy rápido. La única explicación lógica era que Star había estado presente el día en que conoció a Lidia. Seguramente, la Alianza tenía orden de cazarle, pero por algún motivo Star había ignorado la orden. Y eso que el *marshall*, como le apodaban algunos condenados, era el mejor rastreador de la Alianza. Pese a su juventud parecía tener un don para encontrar a cualquiera sin dificultad, de alguna manera conseguía pasar desapercibido, algo ilógico para un novato, pero no exento de precedentes. Tal vez no habría podido hacerle a Mell el menor daño, pero podría haber convertido aquel casino en un infierno dando la voz de alarma. En cambio, le dejó marchar, y, además, aseguró su coartada. ¿Se puso a sí mismo en jaque ante los suyos por salvarle a él? No lo entendía, y menos después del infierno que le hizo pasar durante las semanas previas a su «muerte». Tendría que buscar un hueco para agradecerle el detalle y hacerle algunas preguntas lejos del radar de Leo.

Star, por su parte, saboreaba su victoria ante el romano, caminaba junto a Marc con una sonrisa de oreja a oreja sin parar de palmearle el hombro al muchacho.

—¿Qué ha sido eso? —preguntó Marc mientras se dejaba llevar a través de la multitud. Unos y otros le miraban al pasar mientras Star asentía con la cabeza o sonreía a algunos invitados.

—Nada importante, tan solo una deuda pendiente que tenía con el romano.

Salieron del salón por una puerta lateral que daba a un largo pasillo, iluminado cada dos metros por unas lamparitas de cristal tallado que asomaban de la pared con forma de antorcha. Marc contó cuatro de ellas antes de entrar en una cocina titánica: tenía alrededor de cien metros cuadrados y una enorme mesa estilo isla en el centro, donde un grupo de seis personas, también disfrazadas, discutían, lejos de la música, en un idioma que Marc no pudo identificar.

Uno de ellos era una mujer que llamaba notablemente la atención: alta, posiblemente un metro ochenta u ochenta y cinco, con más curvas que una carretera secundaria y con la tez más blanca que Marc había visto en su vida. Permanecía en silencio con la vista dividida entre la gente y la puerta por la que entraron. Un vistazo más cercano le confirmó que era albina, de cejas finas y ojos claros, unos labios carnosos y alargados que prometían más que aquella seriedad que emanaba. Vestía con pieles, parecían de zorro y visón, un top que rodeaba sus costillas atado con cuero por el frente, que ofrecía un generoso escote a la vista y una falda cosida a retazos de diferentes tipos de piel que no alcanzaba a la rodilla, dejando al descubierto unas piernas largas y bien torneadas; por último, unas botas también de piel la cubrían hasta la mitad de la espinilla, con muchos cordones y pequeños objetos de metal colgando de ellos hasta casi los tobillos. Lucía cadenas y pulseras de oro viejo en ambos brazos, por lo que Marc no pudo evitar imaginar la cantidad de ruido que haría esa mujer al caminar.

Estaba apoyada en la isleta de la cocina. Cuando los vio venir se irguió y miró un segundo a Marc para después posar la mirada sobre Star. Este parecía querer esquivarla, pero al primer paso que ella dio en su dirección se paró en seco y la encaró levantando ligeramente la mano.

—Sí, Luna. El Fénix ha llegado ya…

Como empujada por un resorte, Luna salió caminando a buen ritmo y con cara de asesino en serie hacia la puerta del pasillo. Después sonó un portazo que hizo temblar a todos los presentes, que dejaron la conversación y miraron a Star.

—El romano ya está aquí… —Terminó la frase mirando de soslayo hacia la puerta. Dos de ellos salieron corriendo tras Luna, mientras otro, que parecía un soldado persa, contrajo la cara en ese gesto tan masculino que los hombres ponen al ver a otro recibir una patada en la entrepierna. Marc temió por Mell, pero le vino a la mente el discurso de Leo sobre la Carneia, y no dejó entrever su miedo. «Sabe cuidarse solo», pensó, aun así, pasado medio segundo, no pudo evitar hacer preguntas.

—¿Qué está pasando?

—Nada serio, un reencuentro complicado... Hoy no es el día del romano. Eso está claro.

—¿Ella también tiene una deuda con él?

—¿Una deuda? —Star se giró y miró al chico a los ojos—. Vaya, parece que no te han contado nada. Verás, Mell y Luna tienen mucho pasado juntos, pero mucho, mucho... Y lo último que ella ha sabido de él es que no estaba muerto, sino que se había tomado unas vacaciones de cincuenta años para vivir una vida completa con una mujer.

—¿Celos? ¿Eran amantes?

—¿Amantes? Sí... Hasta que la muerte los separe. —Levantó las cejas y abrió mucho los ojos—. Al parecer se casaron. Durante más de mil años fueron la prueba viviente de la eternidad del amor. Después algo pasó y sus broncas se hicieron míticas. Poco más te puedo contar, porque Luna no habla y ni Leo ni Scyros sueltan prenda; bueno, Scyros lleva algún tiempo que ni habla, ni respira, ni nada de nada... Cuanto más viejos son, más desvarían.

El guerrero turco bajó la vista al suelo y Marc detectó en su cara que sabía más que Star. Pero estaba claro que no tenía intención de soltar prenda. Se quedó allí con la vista baja mirando un vaso de *whisky* que sostenía jugueteando entre los dedos.

—Vamos —ordenó Star a la vez que seguía andando hacia la puerta de un ascensor—, tengo algo para ti.

Al pasar junto al turco, estos se saludaron sin demasiado entusiasmo. Star levantó la mano y el otro levantó el vaso.

—Tarik... —dijo Star a media voz y sin frenar el paso.

—*Marshall*...—dijo el otro con el mismo tono.

Entraron los dos en el ascensor. Star sacó una llave del bolsillo y la metió en una pequeña cerradura en el ascensor, donde marcaba «-2». La caja tembló un poco y empezó a descender.

—Me pone los pelos de punta —dijo señalando hacia arriba—. ¿Te has quedado con su cara?

Marc asintió, sin entender demasiado bien a qué se refería. Por otro lado había memorizado cada cara desde que entró en la casa, nada especial, formaba parte de su adiestramiento y ya lo hacía sin saber ni cómo ni por qué.

—Tarik no pertenece a la Alianza, es una mala bestia. Si alguna vez lo ves fuera de aquí vigila bien cada paso.

—¿A qué te refieres con que no pertenece a la Alianza?

—No todos los eones están con la Alianza, algunos actúan según su propio criterio y con sus propios métodos, se les llama Potestades. Tarik sirve a Erz Demar, también conocido como Baal; es un eón muy antiguo y con muy malas pulgas. Le gusta más la sangre que a un tonto una tiza.

—Demasiada información —se lamentó Marc.

—Nunca —dijo Star—. El conocimiento es poder... —Le puso un dedo en el pecho—. Métetelo en la cabeza, cuanto más sepas, menos hostias te darás, o te darán, depende del caso.

—¿No te supera todo esto? No sé, ¿no lo ves como una enorme locura? Gente que aparece y desaparece, inmortales, eones.

Star soltó una carcajada.

—Bueno, de inmortales nada, aquí hasta el más fuerte puede sufrir un accidente o ser asesinado. Lo del sendero no deja de tener una explicación científica y lo de los eones..., bueno, la fe no es algo ajeno al ser humano, ¿no crees?

Luna se abrió paso por el salón abarrotado con la misma facilidad que un cuchillo caliente corta la mantequilla. Todos los presentes estaban deseando ver el *reencuentro*, hasta el punto de abrirle camino en dirección al romano. Un constante pasillo entre cabezas bajas y miradas que caían de todas direcciones. Se le hizo eterno, pero ella ya estaba acostumbrada a afrontarlo. Algo harta de ser siempre el centro de atención, pero ¿qué remedio?

Era de las más viejas de la Alianza. Desde que bailaba en el Templo del Toro en Creta, pasando por sus conciertos de soprano en el Palacio de Versalles, hasta los campos de batalla…, ella siempre sería el maldito centro de atención.

Al final del pasillo, el romano, asustado, la esperaba flanqueado por Joy y Ryu. Lee, como siempre junto a Ryu, dio un paso atrás en cuanto la vio por el rabillo del ojo. Sin duda la fama de maestro no le venía de balde.

Se adentró en el círculo sin frenar la marcha, como impulsada por el viento; estiró la mano al tiempo que tensaba la mandíbula, y le asestó al romano un guantazo de derecha a izquierda que le cambió el flequillo de lado. Este se quedó tan paralizado por la bofetada como el aliento de todos los presentes. La música continuaba sonando, ajena a la situación general, mientras algún que otro observador se giraba para cuchichear una explicación a los rezagados. Incluso algunos de los invitados que en ese momento se encontraban fuera del palacio se acercaron corriendo para ver lo que ocurría. Algunos pensaban que aquello bastaría para provocar a Leo, puesto que la violación directa de las normas de la Carneia no era algo que se viese muy a menudo. Otros querían averiguar si la situación arrancaba alguna palabra a Luna. Y los demás esperaban con la mirada fija la reacción del romano.

Mell tan solo le sostuvo la mirada un par de segundos. Después dejó caer los brazos y relajó el gesto.

—Lo siento… —dijo el romano. Sonó triste, sonó dolido, pero también sonó sincero.

Luna se relajó, sin quitarle los ojos de encima. En su rostro se podían leer mil sentimientos. Esa ira, furiosa y ardiente que solo puede sentir una mujer. La pena que solo puede sufrir, tras la muerte, un ser querido. El odio irracional del que se ve rechazado y la impotencia del que se siente engañado. Luego le llamó la atención el pequeño chorro de sangre que se abría paso por la barbilla de Mell, lo siguió hasta un pequeño corte en el labio que se estaba cerrando por momentos y entonces, al mirarle de nuevo a los ojos, más de mil años de cariño le arañaron la consciencia del día a día.

Extendió de nuevo la mano y le cogió de la barbilla, mirándole como una madre a un hijo herido. Luego le limpió el labio inferior y la barbilla con el pulgar. Se acercó y le dio un beso suave y cariñoso en los labios. Durante todo el proceso, el romano ni siquiera parpadeó. Tan solo movía los ojos para mirar a Luna, su cuerpo, sus manos, su pelo. Tantos recuerdos, tanto dolor asaltándole el corazón le habían dejado sin aliento. Allí estaban más de mil años de su existencia, anclados en los dedos de esa mujer. Siglos de amor, mancillados por mentiras, celos, peleas, desgracias… Cuarenta y siete años con Lidia le habían dado más felicidad que mil años con Luna, pero allí seguía ella. Como el marco de un buen cuadro que parece no estar a la altura de la obra de arte, pero siempre está allí… rodeándola.

Su opuesto, su reflejo, su némesis. La única mujer en el mundo capaz de destruirle con dos palabras…

—¿Y dices que lo del sendero tiene explicación científica? —El ascensor dio un frenazo y las puertas se abrieron, dejando entrar aire limpio y una cascada de luz artificial sobre el interior.

—Te sorprenderían los últimos avances en física cuántica. Casi te lo pueden explicar todo. Ya te pasaré algunos libros.

—Vale, ahora resulta que también veo a un *sheriff* tejano que lee física cuántica. Bien. Lo que yo te decía, una locura.

La broma cogió a Star con la guardia baja y no pudo evitar echarse a reír con ganas.

—Bueno, verás… tal vez das mucho por sentado. En primer lugar nací en Nueva Orleans, pero nos desplazamos a Texas justo antes de la guerra.

—Vaya, no tienes aspecto de caballero sureño.

—No, ¿verdad? Será que en mi época estaba mal visto. –Guiñó un ojo mientras se colocaba un pitillo en los labios con un movimiento rápido y tan perfecto que pareció hasta peligroso.

A Marc se le pasó por la cabeza lo ridículo que podía parecer el *marshall* de fallar por un centímetro. Además, la estrella que llevaba era de agente federal, no de *sheriff*.

—Y para rematar, la ciencia es lo mejor que me ha pasado. Ya de niño me volvía loco con las matemáticas. Aquí vas a ver de todo, asesinos mongoles con creencias católicas, musulmanes alcohólicos, Caballeros de San Jorge completamente amariconados, pastores druidas con un máster en dirección de empresas, geishas paranoicas…

Casi sin poder evitarlo Marc levantó la mano al escuchar la alusión a Joy.

—No seas duro con ella, tampoco es que esté tan mal de la cabeza.

—No soy duro, chico, la última vez que la visité estaba plantando minas antitanque en el jardín. Cuidado, en la torre de Sicilia lo que ha plantado en el sembrado que da a la parte de atrás no son melones precisamente.

—Vale, de acuerdo —asintió Marc cuando le vino la imagen de la caja de minas anticarro del búnker-caseta de Montecarlo—. Sí que anda algo tensa con la seguridad. Pero, eso sí, de «melones»… va servida. —Y con esas se giró hacia un mueble bar que asomaba a su izquierda.

Estaban en algo parecido a un garaje pero sin puerta de salida para los coches, con el suelo asfaltado e iluminada con lámparas fluorescentes. Contra la pared del fondo había una mesa grande con tres pantallas de ordenador enlazadas, había cámaras de seguridad que enfocaban a distintas zonas de la casa, un armero en la pared con una buena cantidad de pistolas de repetición de diferentes épocas; algunas parecían piezas de museo pero brillaban como nuevas. A su derecha, una puerta metálica completamente aséptica y una librería de al menos seis metros cargada de discos antiguos y libros de diverso pelaje. Podían verse títulos de lo más variopinto. Desde una versión antigua de *Peter Pan* hasta el *Tratado elemental de magia práctica* de Papus. Marc parpadeó al leer el lomo del libro y luego se llevó la cerveza a la boca.

—¿Desde cuentos infantiles a libros de magia?

—Esto solo es el desván. Son los títulos que Leo no quiere tener arriba. Si te gusta leer no dejes de venir de vez en cuando. Tenemos una biblioteca que tira de espaldas.

—¿Qué tal es Leo? —Marc estaba decidido a no perder dato. Ese hombre conocía cosas que él no estaba en disposición de preguntar a Lee o al romano.

—¿Te refieres a si es así de arrogante desde que se levanta hasta que se acuesta? —No esperó la respuesta—. Pues, sí... Lo es. Tiene días en que dan ganas de pegarle un tiro. Pero aparte de ser un pedante prepotente, es un buen hombre. —Se sentó en una silla giratoria junto al ordenador y señaló una banqueta al muchacho mientras continuaba hablando—. Es duro cuando hay que serlo. El problema es que la educación que uno recibe cuando se es crío no desaparece con los siglos... Por desgracia se acentúa. Olvídate de la inmortalidad como una evolución constante. En la mayoría de los casos no lo es, son solo una sucesión de días y más días que afrontas como lo hacías antes, sin pararte casi a pensar en el tiempo. De vez en cuando parece que se detiene. Todo se queda suspendido y tú miras hacia atrás y no te puedes creer que todo haya cambiado tanto. —Sonrió mostrando una dentadura blanca y limpia que transformó por completo su rostro, haciéndole mucho más atractivo.

A Marc le sorprendió ver esos cambios tan completos en sus estados de ánimo; lucía una cara de lo más auténtica cuando estaba serio, la de pistolero peligroso, para convertirse en un catedrático a medida que se relajaba, hasta llegar a esa sonrisa que parecía imposible casar con su apariencia común.

—Supongo que con algo de suerte lo averiguaré.

—Brindo por eso, chico —y chocó la botella de cerveza al tiempo que miraba hacia los monitores—. Veamos —dijo, mientras echaba sus dedos a volar sobre un teclado.

A Marc le costó cerrar la boca para no parecer un bobo, cuando calculó la velocidad a la que aquel hombre tecleaba. Haciendo aparecer pantallas y pantallas de navegación en el ordenador, manejando archivos en varios puntos a la vez. Viéndole allí vestido como un americano del siglo XIX, manejando el PC como un *hacker*, la situación le resultaba igual de surrealista que el cuervo tamaño buitre que había visto en Shanghái.

Se cambió la cerveza de mano y usó la fría para refrescarse el pelo de la cabeza. «Genial —pensó—, si no pierdo el juicio en un mes, lo haré en un siglo, pero lo pierdo seguro».

En una de las pantallas abiertas se podía ver el salón principal, donde el romano estaba plantado frente a la chica de las botas *silenciosas*.

París, 8 de agosto de 1793

La ciudad hervía. Lo que empezó siendo una cura de humildad para las clases nobles, se había transformado en una masacre sin antecedentes. La Alianza había tomado posiciones cerca de los elementos de poder, la nobleza, la Iglesia, los partidarios de la Revolución, los políticos… Intentaron disminuir la matanza, pero no sirvió de mucho.

Los hijos del lobo se habían posicionado cerca de la familia real, en un último intento de cambiar su mentalidad antes del desastre. Fracasaron. Para empeorar las cosas, Luna se enamoró de René de Bigorre, viudo y padre de dos hijos. Había calado hasta tal profundidad en su corazón que consiguió permiso del lobo para compartir con él y sus hijos algunos años. Serían pocos: el apellido Bigorre, ya casi extinguido, representaba un lastre para la familia, pues, a pesar de ser de ideas políticas afines a la Revolución, René representaba una clase de nobleza que no podía ser escondida en un armario.

En mayo de 1781 el Fénix ordenó a Mellias afincarse en París para salvaguardar la seguridad de algunas apuestas para el futuro.

—¡Maldito hijo de puta! —El grito sonó con fuerza justo antes de que la puerta saltase de sus goznes.

Luna entró como una exhalación en la vieja casa de la calle Rívoli. Algunos tomos de la biblioteca temblaron para después caer al suelo a espaldas de Mell. Este ni siquiera se levantó de la butaca, estaba mirando por la ventana el constante paso de carruajes, caminantes y jinetes. Algunos carros intentaban disimular el exceso de carga a los ojos de los soldados; escondían dinero robado en las casas de los ricos, pequeñas fortunas que tenían que desaparecer.

En algún que otro carro se ocultaba algún prófugo, escondido en un baúl tras pagar por la promesa de la libertad, sin saber que al hombre al que habían pagado los entregaría a la primera patrulla de soldados que se cruzasen en su camino.

Había llegado la hora de pagar deudas, el pueblo se había alzado en armas contra aquellos que vivían a su costa desde hacía demasiado tiempo. Era el momento del dolor, era el siglo del cambio, era el terror, era la Revolución y solo la guillotina calmaría aquella inmensa sed de sangre.

Mell se arregló el flequillo que le colgaba fuera de la peluca y se giró hacia la puerta, o lo que quedaba de ella, justo a tiempo de ver como Luna se acercaba a él con una daga veneciana, recuerdo de los Medici, que descansaba unos minutos antes en una vitrina de la entrada. Viéndola en sus manos imaginó cómo habría quedado la sala de recepción de la casa después de su sonoro regreso a París. Sabía que vendría a por él, eso era seguro, incluso había imaginado que la vería furiosa; cierto que no creía llegar a verla acercándose a él con la muerte en la cara. Se notaba que había llorado, tenía el maquillaje completamente deformado, el carmín se había convertido en una mueca furiosa, realzando el tono rojizo de sus ojos y el afilado blanco de sus dientes.

Cuando alcanzó la mesa le asestó un golpe con el puño de la otra mano y la partió por la mitad. Mell tuvo el tiempo justo de levantarse y retroceder medio metro antes de que sus documentos y dos preciosos trozos de madera de caoba se desparramasen sobre sus pies.

—¡Basta! —levantó una mano y el grito confirió a sus palabras un tono de mando tan contundente que cualquiera se habría parado.

Luna lo hizo. Durante una fracción de segundo pareció preguntarse qué estaba haciendo, luego soltó la daga y se echó las manos al rostro. Se dejó caer de rodillas tan despacio que a Mell le pudieron las ganas de consolarla y se acercó para abrazarla. Pero aquello fue un error, con solo notar su cercanía Luna se incorporó y le asestó un fuerte puñetazo en el pecho. El romano terminó contra la pared tres metros más atrás; pudo sentir como dos costillas recuperaban lentamente su posición mientras la energía del Fénix obraba una vez más su prodigio, reparando una herida que a cualquier humano común le habría costado la vida. La peluca quedaba fuera de su alcance, así que se retiró el flequillo de la cara e intentó meter todo el aire posible en los pulmones para poder hablar.

—Luna, no ha sido culpa mía, hice todo lo que pude, todo lo que estuvo en mi mano…

—¡Mentira! —le cortó ella—, eso es mentira. —Cogió de nuevo la daga del suelo—. ¡Eres un inmortal siervo de un demonio! ¡No me digas que no pudiste hacer nada! Estaban a tu cuidado. Me lo prometiste, ¡pudiste haberlos matado a todos!

—Yo no estaba allí, ¡no supe nada hasta dos días después!

—¿Y dónde estabas si puede saberse? ¡Solo tenías que vigilar, que estar atento! ¡Pudiste haberme avisado, maldita sea! Están todos muertos, Mell, ¡todos! He visto el cráneo de Albert en una cesta. ¡Mi pequeño Albert! Tenía once años, Mell, ¡¡once años!! —Levantó la daga y dio un furioso corte al aire delante del romano—. He visto el cuerpo de Sara, mi Sara —. Volvió a echarse a llorar.

Se contrajo como una flor, hasta convertirse en un capullo en el suelo. Envolvía sus piernas con los brazos y enterraba el rostro en las rodillas, su pelo blanco se derramaba sobre ellas como una cascada de plata, mientras se contraía y dilataba al son de los sollozos y las convulsiones.

—Violada, ni siquiera se dignaron ponerle la ropa antes de subirla al patíbulo. —Mell bajó la mirada como si le hubiese acertado un disparo—. Mataron a René después de obligarle a ver aquello… Mell, por los dioses… Dime cómo es posible que no pudieses evitar eso, por favor. —Su voz se perdía en un lamento, perdiendo envite y vida a cada sílaba. No dejó de repetir «por favor» en cada idioma que conocía mientras golpeaba fuerte con los puños sus propias rodillas.

Mell se apresuró a explicar:

—Se quedaron todos en casa de tu cuñado, mi casa estaba siendo vigilada y pensamos que en la mansión estarían a salvo. Pero los delataron. Intenté negociar con Robespierre pero no hubo forma. Le ofrecí sumas que ni siquiera podía imaginar, le amenacé; nada, no conseguí nada. Les odiaban demasiado. Los mantuvieron en algún lugar, durante las siguientes treinta y seis horas; apaleé a cada golfo de esta ciudad, a cada guardia que encontré y a cada político que conozco, y nada, los encontré cuando los habían ejecutado en la plaza de la Concordia. Creí que los retendrían más tiempo… —no pudo terminar la frase.

Mientras, Luna se mecía como una hoja en otoño. En su mirada se sentía el crudo peso del dolor, empujando sus párpados hacia abajo y sus pupilas hacia el suelo. Por cada intento de levantar la vista hacia el romano, su alma daba un grito tirando de sus ojos hacia el abismo. Le sentaría tan bien cerrar los ojos, dejar de mirar ese horrible mundo al menos durante un par de años. Se descubrió meditando aquello en la oscuridad, con los ojos cerrados, intentando expulsar las visiones, los cuerpos amontonados pudriéndose antes de ser arrojados a la hoguera, pues ya no quedaría espacio en toda Francia para más fosas comunes.

—¿Por qué no me avisaste? ¿Por qué…?

—¿De qué habría servido…? Habrías venido aquí y te habrías vuelto loca. Te tirarías a ellos como una bestia y romperías las normas de la Alianza. Terminarías muerta o en manos de Scyros, que no sé qué es peor.

—Podría haberles sacado, haber intentado algo… diferente.

—No, a ti también te están buscando, Luna. Te consideran la pareja legal de René. Los habrías matado, y la Alianza se tiraría a por ti.

Luna se cogió con fuerza del pelo y comenzó a tirar de él mientras repetía: «No, no, no» cada vez más alto hasta que se levantó de un salto y se encaró con Mell.

—¿Y tu Fénix..., eh? ¡¿Y tu maldito Fénix?! —Lanzó la daga contra Mell. Esta pasó a más de un metro de su cuerpo, por lo que claramente no tuvo intención de acertarle—. ¿Él no podía hacer nada?, ¿por ti, por mí?, ¿por ellos? ¿Él no tiene jueces?, ¿no tiene normas?

—Luna —Mell levantó ligeramente la mano—, no le metas en esto, el hecho de no estar en la Alianza no le convierte en un monstruo, tiene sus normas y estas masacres injustificadas le duelen más de lo que imaginas. Pero es la Alianza la que protege a Robespierre, ¡mientras no tengan a su Napoleón, tolerarán a este asesino! Y de eso no tiene culpa nadie más que ellos. Quieren un cambio político y miran para otro lado mientras estos animales se matan entre sí. El Fénix no lo toleraría, no me permitiría interceder y, de no matarme él, lo haría la Alianza. Tal vez deberías habérselo pedido a Leo…

En ese momento Joyko entró en la habitación. Vestía un pantalón de montar marrón, camisa de flecos blancos y un chaleco de cuero a juego con los pantalones, un bonito sombrero de media ala en una mano y la fusta en la otra. Colgando de su cinturón, un sable de paseo y una pistola cargada y amartillada. Siempre así, tan hermosa como letal.

—Vaya —dijo Luna girándose hacia la recién llegada—, ¿has llamado a la caballería? Vamos, Mell, no metas a la niña en esto. —Se giró de nuevo hacia el romano que levantó la mano derecha y le hizo un gesto a Joy.

—Yo no la he llamado. Por favor, Joy, ¡déjanos solos!

Joy dio media vuelta y salió de nuevo por el marco de la puerta mientras echaba una última mirada a los pedazos de madera astillada que yacían desperdigados por el salón. Nada más salir, corrió escaleras arriba en busca de su espada. Se quedaría en el piso de arriba esperando una señal… Con Luna, parecía mejor idea estar preparada.

Abajo, Luna sintió la preocupación de Joy como un insulto, para luego analizarla y darse cuenta de que tenía sus motivos. Tiempo atrás la había querido como a una hija; más tarde, la amó como a una hermana, incluso, en alguna que otra ocasión, habían compartido la cama, los hombres y el vino. La quería, y también quería a Mell, todo su pasado en común les ponía frente a frente ante la vida. Pero siempre estaba aquel amor, tan irracional como inmortal. Se vio a sí misma desde los ojos de Joy, desde la mirada del romano y se calmó. Se sentó en el suelo y encerró el rostro entre las manos.

—Luna, de veras que lo siento. Sé que le amabas, jamás le habría puesto…

—Basta, no sigas, —sonaba fría y furiosa, pero al menos el ojo del huracán parecía haber pasado de largo—, me dirás mentiras y yo me enfadaré más aún. Puede que no seas el causante de su muerte, pero tus celos…, tus malditos celos.

—Eso no es justo Luna, no puedes…

—¡Sí que puedo, Mell! —le interrumpió subiendo el tono mientras se ponía en pie de un salto—. ¡Claro que puedo! Puedo porque tengo antecedentes de sobra para creerlo; puedo porque durante casi mil años me he ganado el derecho a hacerlo; puedo llamarte mentiroso, puedo llamarte cínico, puedo llamarte asesino. Puedo y lo haré siempre que me dé la gana.

Mell hacía esfuerzos claros por aguantar, estaba furioso. Ella siempre conseguía enfurecerle con facilidad; sabía qué fibra tenía que tocar en cada momento para sacarle de quicio. Pero comprendió que en aquel instante no tenía nada más que decir. Algún día se cobraría aquel insulto con intereses. Pero no allí, no en ese segundo, día, año, siglo… Atrás quedaron los tiempos de confianza y cariño. Desde hacía mucho su relación se basaba en la ley del tira y afloja, hoy recibo yo y mañana recibes tú. Parecían estar destinados a hacerse daño el uno al otro como dos perros salvajes.

—Bien, al menos dime a quién tengo que agradecerle el maravilloso trato que Robespierre ha dado a mi familia.

Mell se dirigió hacia la ventana alejándose de Luna, tal vez no tendría que esperar ni un mísero segundo para hacerla pagar todo aquello. Tal vez si ella le hubiese dejado algo más de tiempo, tal vez si él no hubiese estado tan furioso, tal vez, tal vez, tal vez…

—Fuiste tú, Luna. —Pudo ver por el rabillo del ojo cómo ella se le desencajaba la mandíbula.

—¿Qué?

—Durante la cena en casa de Armand, justo antes de irte, bajaste a despedirte de los niños. Todos los presentes en la cena te oímos cantar. Cuando regresaste a la mesa, ante los halagos dijiste que habías ido a cantarles algo a los niños. Luna, tu cuñado Armand no tiene hijos… Todos comprendieron que los «niños» eran los hijos de René.

—No puede ser. —Luna parecía estar a punto de perder el equilibrio—. Todos los presentes eran familia, por el amor de Dios… ¡están todos muertos!

—El servicio no… —Luna abrió los ojos de par en par, luego precipitó la mirada hacia el suelo y cayó de rodillas completamente vencida.

Mell pudo sentir cómo algo en ella se partía en pedazos, fue como ver precipitarse hacia el suelo un precioso jarrón de porcelana, pero no tenía fuerzas, ganas, ni moral siquiera para intentar atraparlo antes de que se hiciese añicos.

Para cuando se arrepintió ya era tarde. Luna gritó con todas sus fuerzas antes de descomponerse en energía y saltar al sendero. Regresó a la fría estepa germana que la había visto nacer, allí se dejó caer sobre la nieve haciéndose un ovillo, cerró los ojos y rememoró segundo a segundo aquella noche. El pequeño Albert vestido como todo un caballero, suplicándole una canción; ella, luciendo aquella voz que había mantenido en vilo a esclavos y señores, a emperadores y reos. Su única posesión verdadera, lo único que ya poseía antes de renacer bajo el yugo del lobo. Por dos palabras, ellos habían muerto. Mientras lloraba sintió cómo la angustia le atenazaba el cuello, de haber necesitado el aliento para vivir, estaría muerta. Sintió la tensión crecer y crecer…

«*¡Monstruo! ¡Debería haberte ahogado al nacer!*» Sintió aquellas manos alrededor del cuello mientras el agua deformaba el rostro de su madre. Lloró durante tantos días que los ojos se le quedaron secos. Hasta que el dolor y la locura la arrastraron al sueño. ¿Cuánto tiempo estuvo así? Ni siquiera ella lo supo... Nunca más habló. Nunca más cantó a la luna.

Mell regresó al presente con un parpadeo. Luna se giró hacia Leo que la estaba esperando con la mandíbula más tensa que un cable de acero.

—No sé, romano, desconozco vuestras costumbres conyugales. Sácame de dudas, ¿eso ha sido una caricia? ¿O Luna ha desobedecido a Licos y sus superiores directos rompiendo las normas de la Carneia y agrediendo a un invitado de la Alianza?

Luna miró a Mell. Una vez más tenía en sus manos la oportunidad de vengarse de la humillación… Y no solía desaprovechar esas ocasiones.

Pasaron tres larguísimos segundos en los que Leo miraba fijamente a Luna, esta miraba fijamente a Mell y el romano miraba fijamente al suelo...

—Por los dioses, Leo... Luna jamás haría algo así. ¿Verdad, cariño?

Luna cambió la mirada de Mell a Leo un par de veces antes de negar con la cabeza.

—Una caricia, entonces —dijo Leo llevándose la copa a los labios.

—Sin duda —afirmó el romano con un toque de acritud—. Hace tiempo que sus caricias queman más que el sol —declaró, lo suficientemente alto como para que todos lo oyesen.

Leo contuvo unos segundos la respiración y Luna se acercó a Joy y le dio un beso suave en los labios, hacía siglos que era su costumbre hacerlo y solo sorprendió a Marc, que algunos metros más abajo no podía quitar ojo de la pantalla del ordenador.

Ryu decidió poner su granito de arena para relajar la tensión. Dio un paso adelante hacia Luna y abriendo los brazos dijo:

—Bueno, preciosa, ¿y a mí qué me toca? ¿Beso o caricia?

Luna esbozó una sonrisa mientras miraba a Mell de reojo, levantó ligeramente la mano y golpeó suavemente a Ryu, que exageró frotándose la mejilla.

—Me lo temía —lamentó entre sollozos.

Leo soltó el aire que había estado reteniendo, Joy apoyó la mano sobre el hombro de Ryu, mientras Luna le daba un suave beso en la mejilla que había fingido golpear. La gente comenzó a relajarse, regresando al sitio que ocupaban antes de la llegada de Luna. El tiempo parecía haberse acelerado mientras la fiesta renacía con energías renovadas.

Lee había permanecido quieto, a escaso medio metro del romano, preparado para reaccionar si la cosa se desmadraba. Atento a cada detalle, a cada gesto. Levantó su copa y miró el rostro del romano a través del cristal de Bohemia y el vino blanco espumoso que contenía. Su rostro estaba deformado, «como la realidad», pensó el joven maestro, «es curioso cuánto puede llegar a mentir y a mentirse el ser humano». Aquel hombre se había acostumbrado a decir que no quería a esa mujer, cosa curiosa, pues su cuerpo, su mirada y su energía no paraban de gritarle al universo la verdad. Saboreó un sorbo de aquel espumoso y dejó aflorar una enorme sonrisa mientras Mell le devolvía la mirada. El romano sabía muy bien que Lee no se estaba riendo de las payasadas de Ryu. Se acercó a él levantando la copa y haciéndola chocar con la suya.

—Si te ha gustado tanto la bofetada, pídele el video a Star, seguro que lo está grabando todo —comentó levantando la vista hacia la cámara situada en un ángulo del techo.

—Tal vez lo haga, pero no es eso lo que me ha gustado, Mell.

—¿Te vas a hacer de rogar?

—¿Vas a aceptar tú la verdad?

—¿Qué verdad? —indagó Mell llevándose la copa a la boca.

—Que aún la amas.

El romano se llevó la mano al pelo para colocarse su eterno flequillo.

—Hay amores que no pueden morir Lee, no hay fosa suficientemente profunda para enterrarlos ni pira que los queme. Pero vivir en él es morir cada día, es sentirse enterrado en la desgracia, es como arder por dentro. ¿De qué sirve amar entonces?

Lee volvió a sonreír, estaba siendo una buena noche, ya le habían sacado un par de sonrisas y la noche prometía muchas más.

—Tengo más de tres mil años, romano. A otro perro con ese hueso.

CAPÍTULO XIV

Planes de guerra

Ciudad sagrada de Tollan
En algún lugar de la cuenca del Amazonas

Sheteck entró en los aposentos de Aris sin levantar la vista de la PDA, pinchando aquí y allí con un lápiz óptico. Cruzó el enorme salón mientras las grandes máscaras de piedra parecían lanzarle miradas furtivas desde las paredes. Esa sala siempre le ponía nervioso, daba igual su edad, daba igual su experiencia o sus viajes. Siempre esa sensación de vulnerabilidad, esa tensión antinatural que le ponía los pelos de punta. Se paró antes de cruzar la sala del todo y dejó escapar un suspiro; aun sin levantar la vista de la PDA, se preguntó a sí mismo qué tenía aquel sitio. Entonces recordó.

Ella le miraba desde una de las esquinas, estaba cerca del ventanal. No tendría más de dieciséis o diecisiete años, y el pelo le brillaba rubio como el oro, reflejando la luz del sol. Levantó la vista y miró de nuevo hacia aquella esquina. La luz entraba a raudales y golpeaba una vitrina de cristal. En su interior, algunos colgantes y piezas antiguas, reliquias, recuerdos de viejos conocidos, algunos amigos y, sin duda, de muchos de los enemigos que Aris había enviado al averno.

Extendió la mirada al resto de la sala. Decenas de vitrinas reflejaban la luz del sol, cargadas de tesoros sin sentido. Al menos para todo aquel que no fuese Arishalotek, el viejo chamán tolteca, el primero de los hijos de Ketxal. Pero la que fue su mayor tesoro, su primera y única hija, no estaba allí para lucirla. La lanza de Scyros puso fin a su vida hacía ya una eternidad. Aquella lanza acabó con la cordura de Aris y con la suya propia. Aquella lanza puso fin a la gran guerra. El pueblo tolteca descubrió que no estaba solo, que los demonios tenían largos y afilados colmillos capaces de mancillar todo lo sagrado. La maldita Alianza y su ejército de zombis acabaron con ellos en menos de dos horas, exterminaron a todo aquel que se cruzó en su camino hasta llegar a Ketxal. Solo la muerte de Yalia detuvo aquella masacre. Ese fue el fin de la guerra.

—El fin de la guerra —susurró. Una guerra que dio paso a otra en la sombra. Sin justicia, sin piedad. Simple y pura venganza. Terrorismo ritual. Cacería. ¿Para qué? Eso ya ni Aris lo sabía. Nada les devolvería a Yalia. Él se quedó sin su hija y Sheteck se quedó sin la única mujer a la que había amado.

A su vez, desde aquel día, los tolteca habían «liberado» a ciento ochenta y tres condenados. Él mismo había dado el golpe de gracia a más de setenta. Pero no se sentía mejor que aquel día, cuando la sangre de Yalia empapaba sus manos. Y ahora, después de tanto tiempo, Aris volvería a poner en jaque a la Alianza. Durante un segundo sintió miedo, el corazón se le contrajo en el pecho mientras una rápida visión de las posibles consecuencias se le pasó por la cabeza. Recordó fragmentos de aquel día, fotogramas arrancados de sus pesadillas. Muerte, desolación, la cabeza de Yalia rodando escaleras abajo por la gran pirámide.

Sacudió la cabeza y cogió aire. Muchas cosas habían cambiado. En aquella ocasión los cogieron por sorpresa. No sabían nada de los demonios, ni sus leyes ni su forma de luchar. Ahora las cosas eran distintas. Tenían el mejor armamento que se podía comprar con dinero. Sabían cómo usar las propias normas de los eones en su contra. Aris y él actuaban por cuenta propia, el consejo no sabía nada y el propio Ketxal permanecía dormido con su mirada perdida en el firmamento. Su pueblo estaba a salvo, ¿verdad?

Entonces, ¿qué significaba aquel nudo en el estómago? Aquel sudor frío... Llevaba en la mano lo que Aris buscaba, la pieza que cambiaría el juego a su favor. Había encontrado a Hell. Por un momento dudó, tal vez lo mejor sería mentir, decirle que no la había encontrado, alargar la búsqueda. No tardó más de un par de segundos en comprender que eso sería inútil; Aris la buscaría sin descanso, y si descubría que le había mentido... No. Al parecer no había marcha atrás. Se giró de nuevo hacia la puerta y salió a la gran terraza. Aris desayunaba disfrutando de las vistas. A su espalda, la selva levantaba la humedad de la noche, dándole una sensación de ingravidez, parecía nacer entre las nubes, se oían los chillidos de los monos, mientras una cacofonía compuesta por los mil sonidos de la selva lo envolvía todo. Frente a él, la ciudad sagrada, con sus tres pirámides de oro, brillaba con fuerza a la luz del amanecer.

Había cuatro hombres en posición de firmes junto a la balaustrada; a primera vista parecían guerreros. La guardia personal de Aris, supuso. Pero al acercarse más pudo distinguir el tatuaje azulado alrededor de los ojos. Eran Blue. La guardia del mismísimo Ketxal. Lo mejor de lo mejor, los más fuertes, los más obedientes y disciplinados de cada generación. Las pruebas que tenían que pasar los postulantes a tal honor eran salvajes. Perdían su nombre para siempre, su linaje y, por último, su descendencia.

Sheteck nunca fue obediente, más que disciplinado era metódico y la fuerza tampoco era su mayor virtud. Pero sabiendo lo que sabía, aquellos muchachos no le durarían mucho a un condenado. Primaba más la inteligencia y la capacidad de reacción que el entrenamiento concienzudo y repetitivo al que los Blue se sometían sin descanso. Aun así, no le gustaría tener que batirse con una de aquellas bestias.

Se acercó a la mesa de Aris con una sonrisa en los labios mientras agitaba la PDA.

—Tengo algo para ti. Es importante. —Clavó sus ojos verdes en el Blue más cercano a la mesa y después interrogó a Aris con la mirada.

—Son tuyos —dijo Aris—, para que luego digas que no pienso en ti.

—¿Míos? —giró de nuevo la vista hacia los Blue. Estaban firmes como rocas. Su mirada perdida más allá de la realidad, como si estuviesen en trance. Tres de ellos tenían el mismo porte, casi la misma altura, la cabeza afeitada y los cuerpos esculpidos por años, tal vez siglos, de entrenamiento. Llevaban un uniforme adaptado a la selva, pantalones cortos, camiseta de tirantes y chaleco de combate. Todo de camuflaje en tonos verdes. Uno de ellos llamaba la atención por ser más bajo que los demás. Pero, a su vez, parecía más viejo y curtido. Llevaba las tres rayas tatuadas sobre la ceja izquierda que le daban el rango de capitán. Y un símbolo tribal en el cuello. Era un bloqueador. Un don curioso: permitía evitar a cualquiera saltar al sendero cerca de él, si este lo deseaba. Por un lado aquellos chicos podían suponer una enorme diferencia a tener en cuenta en los próximos días. Y por otro, si estaban allí, alguien en el Consejo estaba al tanto de todo. Malo…

—¿Te los ha dado el Consejo?

—No —respondió sin quitar la vista del desayuno, mientras mezclaba unas fresas traídas desde Europa con cereales y yogur en un tazón.

—Aris, me gustaría hablar contigo. En privado.

El chamán levantó la vista y observó el rostro de Sheteck. Su jerarquía le permitía negarse, incluso le permitía disponer de la vida de cualquier tolteca de segunda generación. Para la tribu, los hijos directos de Ketxal eran sagrados. Él, como primer hijo de Ketxal, solo rendía cuentas ante el consejo de ancianos, y ni siquiera ellos podían condenarle. Nadie por debajo del mismísimo Dios tenía ese derecho. Pero aquel muchacho se había convertido en su mano derecha tras la muerte de Yalia. Era el único entre todos los tolteca que sentía lo mismo que él. El único que, en cierto modo, compartía su pena. Cuando su hija vivía, él había odiado a Sheteck por pretenderla. Incluso había conjurado para matarle. Le veía como un cretino oportunista, buscando unirse a su familia por intereses políticos. Solo tras la muerte de su hija pudo comprobar hasta qué punto su amor era real. Él mismo se había sentido como un monstruo, el *shock* que le produjo su muerte le dejó vacío, como un árbol seco, no sentía nada, no quería comer, le dolía respirar, pero en ningún momento pensó en morir, en abandonar los planes de venganza.

Una tarde, mientras meditaba junto al gran acantilado, vio cómo Sheteck saltaba al vacío. La pena no le dejaba seguir viviendo, su linaje no le permitía tomar decisiones y su espíritu no podía asimilar una vida sin Yalia y sin venganza. Una de las dos cosas era aceptable, pero no las dos. Aris le sacó del agua. Zanjaron sus diferencias y comenzaron a trabajar. Había que detener a los demonios. Había que hacerles entender que nadie tiene derecho a manipular a la humanidad desde las sombras. Si ellos, hijos directos de un Dios vivo, no tenían derecho a cambiar el rumbo del destino, aquellos demonios, con sus antinaturales muertos vivientes no podían tener tal derecho. Cientos de tolteca se aliaron con Aris. Sheteck no tardó en destacar por sus capacidades, por su diligencia, pero, sobre todo, por su odio hacia los eones. Siguieron siglos de trabajo, convencer a toda criatura antinatural que se cruzase en su camino, entrenar en la sombra a colaboradores y guerreros, en su mayoría carne de cañón en una lucha que cada día se intuía más difícil. Vigilar, aprender, descifrar y leer textos más antiguos que el propio pueblo tolteca. Todo por la venganza. Ahora ese muchacho era todo un mito. La pantera se había cobrado más víctimas entre los condenados que el mismo Aris. Era un ejemplo para todo Guerrero tolteca, era temido y admirado, incluso por aquel grupo de guardias de honor de Ketxal. Ahora, tan cerca de culminar la dulce venganza, podía sentir a Sheteck como a un hijo. Así que le miró con cariño y aceptó su petición, giró ligeramente la cara hacia los cuatro soldados.

—Blue… —Ellos giraron la cabeza como un solo hombre—, rompan filas y esperen junto al lago.

Se oyó un taconazo marcial que sonó como un trueno y los cuatro hombres desaparecieron. El viento trajo el olor de la tierra húmeda mientras algunos cuervos se elevaban hacia el cielo, seguramente una patrulla. Sheteck se relajó en cuanto estuvieron solos y se tomó la licencia de sentarse y arreglarse el pelo, sacó una goma del bolsillo y se hizo una cola de caballo, para coger después una taza y servirse un poco de café. Aris continuaba comiendo con tranquilidad mientras observaba el rostro del muchacho. Le conocía lo suficientemente bien como para saber que estaba cansado. Y tal vez algo más… Tal vez asustado, algo extraño en él, pero no imposible.

—No te preocupes por los Blue, simplemente están hartos de la inactividad. El consejo no les pone a trabajar y están cansados de esperar a que Ketxal se despierte. La última vez no estuvo más que unas horas despierto. No se le puede pedir a un guerrero que espere para siempre. Los turnos de vigilancia de la cámara de Ketxal les deja libres más de tres semanas por cada ocho horas de trabajo. Recuerdan tiempos pasados y añoran la lucha. Alguien corrió el rumor de que estabas buscando gente para una cacería y se presentaron ante mí voluntariamente. No tienen porqué saber nada de Hell.

—¿Rumor?

—Sí, bueno… Ya sabes, los niños hablan —esbozó una sonrisa y respiró hondo, dejando claro que había sido él quien extendió el rumor—. Si las cosas salen como está planeado los vas a necesitar. Pase lo que pase, tú tienes que salir vivo de esta.

—¿Eres consciente de lo que vamos a desencadenar? Es la primera vez que hacemos algo como esto, es un ataque en toda regla y sabes de sobra cuál será la reacción de la Alianza.

Aris se puso serio, dejó escapar el aire por la nariz de forma audible y clavó sus grandes ojos castaños en Sheteck, normalmente le habría dado un par de gritos y le habría enviado a la guerra sin más explicaciones. Pero estaba a punto de enviarle a una muerte casi segura. Así que se relajó.

—Escúchame atentamente, hijo. —El simple hecho de que le llamase «hijo» revolvió algo en lo más profundo de Sheteck, tal vez porque una vez lo deseó más que nada, tal vez porque era la primera vez que hacía algo así. Por eso se quedó atónito—. El Consejo no sospecha nada, nuestros actos son más que conocidos y respetados, pero nadie aquí se siente responsable de ellos. Los eones solo tienen a dos culpables en todo este asunto. Solo tú y yo debemos estar dispuestos a dar la cara. Y creo que ambos decidimos sacrificarnos, llegado el caso, hace ya mucho tiempo. Estamos preparados para hacerles sudar sangre, y lo sabes. Tenemos la posibilidad de hacernos con un poder que incluso ellos temen. Si por él debo perder la vida, que así sea.

Aris dejó caer su peso sobre el respaldo de la silla, sus facciones se relajaron y una suave sonrisa vino a ocupar su lugar.

—Además, ¿no echas de menos algo de acción?

«Muy gracioso», pensó Sheteck, ni que hubiese parado de jugarse la vida en todos esos años. Sopesó todo lo que sabía, las armas de las que disponía. Contaban con los trajes de pelo de murciélago, capaces de engañar a cualquier psíquico. Recursos económicos casi ilimitados, infraestructura por todo el planeta...

—Supongo que sí —dejó escapar una tímida carcajada mientras se golpeaba el muslo para aliviar la tensión—. Tenemos siete trajes de pelo de muerciélago, eso significa que aún tenemos sitio para uno más.

—No, lo necesitarás para el muchacho, es la única forma de que no den con él.

—Acaso no se trata de eso…

—No, hijo. —Una vez más aquellas palabras fueron un bálsamo para el alma de Sheteck, incluso Aris pudo sentir cuán importantes eran para el chico—. Se trata de que lo encuentren cuando nos convenga. Si no, te cazarían como a un perro en cuestión de minutos… No dejes nada al azar, no les des ninguna pista, ninguna opción, o los tendrás delante en menos de lo que imaginas. Es la primera vez que hacemos algo como esto, no sabrán cómo reaccionar y eso es lo que necesitamos. Tendrán que reunirse, tendrán que pensar y yo tendré vía libre el tiempo suficiente.

Sheteck asimiló todos los datos, calculó los pasos a seguir en su mente mientras Aris se terminaba el tazón de cereales. Ambos tendrían un día muy largo, tal vez fuese el último día que vería aquella estampa, así que extendió la vista por encima del viejo chamán y dejo que sus ojos archivasen la visión de la eterna ciudad de oro, sus cascadas, sus reflejos dorados. La canción de la selva. Tragó saliva y bajó la cabeza.

—Bueno, ahora dime dónde está.

La pantera reaccionó, levantó la vista y alargó la PDA.

—Lo siento. Casi daba por hecho que lo sabías, está en la Clump Rock, al norte de Coutances, en Francia.

—¿En Francia? —cogió la PDA y la miró extrañado—. ¿Estás seguro? No esperaba que estuviese tan al sur.

—Pensé lo mismo; casi mando despellejar al que me trajo la información. Pero a pesar de su juventud es un buen rastreador, así que fui a comprobarlo personalmente. La cámara está a quince metros de profundidad, completamente sellada, el único acceso es a través de un pozo. Bajé hasta la única entrada posible y está sellada con una puerta de piedra. Las inscripciones no dejan dudas. Y su presencia es palpable. Está allí dentro, Aris. Pude sentir cómo me observaba incluso al otro lado de aquel muro. Y es fuerte, fría. ¿Te has parado a pensar qué ocurriría si no puedes controlarla?

—Tu preocúpate de tu parte, panterita, y deja los demonios a los mayores. —El tono fue tan desenfadado y cariñoso que Sheteck no pudo por menos que echarse a reír.

—Sabes que estoy contigo hasta el final, pero... —dejó caer la mirada y su sonrisa se apagó.

—Vale ya de peros, Sheteck. —Aris levantó la mano ligeramente y con un gesto rápido se recogió el pelo en la nuca, tiró de una goma que llevaba en la muñeca a modo de pulsera y la deslizó hasta hacerse una cola de caballo. Sus rasgos ganaron firmeza. Para los tolteca el pelo simbolizaba las mentiras. Esa era la razón de que casi todos se rapasen el pelo de la cabeza y se depilasen el cuerpo entero. Las modas cambiaron a través de los siglos, unos comenzaron dejándose el pelo largo y otros ya no se depilaban, pero nunca verías a un tolteca presentarse a juicio con un solo pelo en el cuerpo. Viejas costumbres, viejas mentiras. Al recogerse el pelo, Aris pretendía tocar ese pequeño rincón en el subconsciente de todo hijo del pueblo tolteca. Apartaba todos los obstáculos entre sus ojos y los de su interlocutor, cualquier atisbo de broma, cualquier forma de malinterpretación.

—Cuando mi hija vivía, te quería muerto. —Soltó todo el aire de los pulmones y bajó la vista al suelo, extendió su mano y la puso sobre el hombro de Sheteck—. Intenté matarte en dos ocasiones y sé que lo sabes... —Al levantar la vista pudo ver el impacto que sus palabras estaban teniendo en el muchacho. Una lágrima pugnaba por escaparse tras aquella mascara pálida en que se había convertido su rostro.

—A día de hoy, te juro que para mí sería un honor tenerte en mi familia. Nunca he conocido a alguien tan capaz, leal e inteligente. Te subestimé, subestimé tu valía por celos, aún hoy —clavó sus dedos en el hombro de Sheteck—, siento esos celos..., celos por su amor, celos porque ella te dio más a ti en dos años que a mí en dos décadas. Porque tú conociste más a mi hija que yo mismo. Y te odié, maldita sea, te odié tanto… Después —levantó la mirada y esbozó una sonrisa—, después vino la guerra, me arrancaron lo único que amaba y solo podía compartir mi dolor con… contigo….

El brazo de Aris cayó, y como la presa que mantiene varado un barco, dejó el cuerpo de Sheteck a la deriva, dio un par de tímidos pasos hacia atrás, como si estuviese mareado. En cierto modo, lo estaba. Cuántas veces había rogado por escuchar aquellas palabras, ¿cuántas veces? Y aunque ahora sonaban diferentes a las de su imaginación, allí estaban… Al infierno con la tribu, al infierno con sus ancestros. Solo había deseado ser aceptado por alguien a lo largo de toda su vida… Y casi sin darse cuenta había alcanzado su lugar, su sitio, pero Yalia ya no estaba, no podría aplaudirle y abrazarle, no podrían casarse en la gran pirámide, no podrían dar a su progenie la marca de Ketxal.

Por su parte, Aris era consciente de lo que había provocado, nadaba por la mente de aquel muchacho con la experiencia de un ladrón de almas. Y aunque su intención era manipularle, se vio a sí mismo aceptando todo aquello. Era verdad. Si Yalia viviese se la daría a él, únicamente a él, alguien que había demostrado una y mil veces ser digno de ella.

Sheteck ya era perro viejo, mil años antes se habría echado a llorar. ¿Quién sabe? Tal vez, si ella estuviese viva, se habría dejado llevar… Pero dejarse manipular hasta tal punto ya le resultaba algo fastidioso. Así que soltó aire y dejó que los segundos se escurriesen entre los dedos. Hasta que Aris retomó la palabra.

—Bien, si no tienes nada más que decirme, creo que tienes una fiesta que chafar en algún sitio, ¿no?

Sheteck levantó la cabeza, se llevó la mano al pecho sin demasiado énfasis y comenzó a retirarse.

—OK, se hará según el plan. Intentaré no tener que alterarlo, pero de todas formas llevaré el móvil. En caso de que nos cacen, tu nombre será el único que encontrarán.

—Por supuesto. —Aris se giró hacia la selva—. Trata de regresar entero. Pase lo que pase que no te cojan. Y una cosa más…

Sheteck se giró antes de cruzar al interior de la pirámide.

—No dejes que el engendro sobreviva. Si algo sale mal, libérale y escapa.

Hasta ese momento la pantera creía que lo que sentía Aris hacia aquel zombi novato era odio, pero el rostro del chamán parecía más cercano a la pena que a la ira.

Esta vez se cuidó mucho de preguntar nada más, siempre que ese crío salía a colación ellos terminaban discutiendo. A su juicio, obsesionarse con un crío a medio hacer no tenía lógica. Pero estaba claro que algo impulsaba al viejo Aris. Cruzó de nuevo la sala de las vitrinas lanzando una mirada de soslayo hacia la misma esquina. Una vez más una punzada de ternura le tocó el corazón, y una vez más se la arrancó acelerando el paso.

Salió de la pirámide y se fue a por los Blue. Los encontró sentados junto al gran lago, cada uno perdido en sus pensamientos. En cuanto le vieron se cuadraron y dejaron de nuevo la vista perdida en el infinito.

—Vale, escuchadme atentamente. Yo no soy un noble, como supongo que ya sabéis, soy un *chahuat*, para más datos soy un mestizo. Si alguien tiene algún problema con esto o me piensa tocar los huevos en algún punto, es el momento de que se largue.

Los Blue se miraron entre ellos, todos sabían que la pantera era un mestizo, todos conocían su historia. Su padre fue un purasangre, hijo directo de Ketxal pero su madre fue una esclava nacida en las minas. Por linaje no tenía rango ni para toserle a un purasangre. Sus hijos no serían inmortales, a no ser que se emparentase con alguien de la nobleza, alguien de sangre pura. Cortejó a la hija de Arishalotek hasta que esta murió a manos de los eones en la gran guerra. Después pasó a manos de Aris, y nadie daba nada por su vida. Todos creían que Aris la pagaría con él hasta que lo matasen, pero aquel chico se hizo fuerte, año tras año seguía allí, firme. Empezaron a llegar rumores sobre la guerra fría con los condenados. ¡Sheteck ha cazado a uno! Sheteck se enfrentó con dos… Sheteck ha matado a otro… Y a otro… Así pasaron los años, después los siglos… Ni siquiera la pantera era consciente del cambio que la tribu había experimentado a raíz de sus hazañas. Concentrado en su tarea, había perdido el hilo histórico de su pueblo. Ignoraba que entre los jóvenes era ya un referente. Que cada vez que un purasangre pugnaba con un mestizo, el nombre de Sheteck resonaba por todas partes. Y todos, del más noble al más humilde, le respetaban. El capitán de los Blue dio un paso al frente.

—Yo no recuerdo mi nombre. Yo no tengo linaje. Nací del trueno y de la lluvia.

Los demás Blue se fueron uniendo a la letanía.

—Vi los ojos de mi Dios en la montaña y escuché su voz en la selva… «Eres un cuervo azul —me dijo—. Y solo volarás para servirme». —Dejó pasar un segundo para hacer ver a la pantera que hablaba en nombre de todos—. Sabemos quién eres. Te serviremos sin reparo alguno. Tú manda, y Blue obedece.

«Lo que imaginaba —pensó—, cuatro fanáticos de tomo y lomo». Mejor no recordarles que Ketxal había ordenado no atacar a los eones bajo ningún concepto.

—Muy bien. Vamos allá.

CAPÍTULO XV

Vamos de entierro

Carneia. Montecarlo

Marc no podía creer lo que veía: Star no paraba de abrir pantallas en el ordenador con una mano mientras apuraba la cerveza con la otra. Hasta que se detuvo y en la pantalla central comenzó a proyectarse un vídeo. La calidad no era muy buena pero se podía apreciar con claridad lo que parecía un cementerio con alrededor de treinta personas rodeando un ataúd. Sobre él, la bandera americana y una guardia de honor con sus trajes de gala y sus rifles de colección.

—¿Y bien? —no terminaba de comprender.

—Andas espeso, chaval… —El viejo pistolero dejó caer el casco vacío de la cerveza en una papelera de metal. El ruido se le antojó divertido y casi sin saber por qué apuró la suya y lanzó el casco al mismo sitio—. Esto es tu entierro, chaval.

Marc borró la sonrisa y levantó lentamente la vista de la papelera al monitor.

—No me jodas…

—Ni loco, pero te puedo concertar una cita con Leo si quieres. —Star se levantó de camino al frigorífico—. Tienes suerte, ¿sabes? Yo estuve en mi entierro, pero dentro de la caja.

Marc comenzó a identificar a la gente. Allí estaban algunos de sus amigos, compañeros de trabajo, algún que otro ligue ocasional, de esos a los que llamas de vez en cuando. Algún que otro vecino con el que no se llevaba demasiado bien y su tía Claudia, que curiosamente parecía más tranquila que los demás. Algo lógico, teniendo en cuenta que hacía más de diez años que no la veía. El más afectado parecía ser su jefe. Qué triste… Bueno, seguramente era el que más le echaría de menos. No pudo evitar sentir un nudo en el estómago a medida que la cámara enfocaba cada cara.

—Es curioso. Es como si hubiesen pasado mil años desde la última vez que los vi.

—Uy, no. Cuando pasen algunos años te parecerá que fue ayer cuando los viste.

Star se acercó por detrás con una cerveza en una mano y una botella de agua mineral en la otra. Le acercó el agua a Marc.

—¿No hay cerveza?

—Estás bebiendo demasiado, aún eres un novato. Confía en mí, es mejor que alternes un poco, si te dejas llevar vas a saber lo que es una resaca de proporciones bíblicas.

Marc no discutió, cogió el agua y casi la apuró de un trago.

—¿Y se puede saber a quién demonios enterraron?

—La verdad es que casi organizas una crisis internacional. El gobierno chino no podía ni por asomo reconocer tu… *resurrección*, así que le dio largas a tu jefe, que todo hay que decirlo, es como un *bulldog*. Cuando agarra carne no la suelta ni a tiros. Cuando vimos que la cosa ya no daba más de sí, intervenimos. Ryu tenía algunas deudas con el estado. Al parecer le estaban buscando por conducción temeraria, destrozo de bienes comunitarios, etcétera, así que les ofreció sacarles del apuro. No sabemos con quién habló pero el gobierno chino envió un cadáver imposible de identificar al consulado. Cuando el *bulldog* pidió las pruebas de ADN, cambiamos las muestras y *voilà*... Todos se quedaron tranquilitos.

Marc dejó escapar un gruñido mientras observaba la escena. Allí, entre los invitados al funeral, había una mujer vestida de luto que destacaba notablemente. Podía ver como los demás la miraban de soslayo intentando averiguar algo más sobre aquella preciosidad vestida de luto, con velo y unos tacones de aguja de doce centímetros. Al primer movimiento la identificó. Era Joyko, sin duda.

—¿Es Joy?

Star miró a la pantalla y asintió.

—Sí, alguien tenía que pagar al cámara y atar los cabos sueltos. Nadie sospechó nada.

Marc no estaba tan convencido. Conociendo a su jefe todos los presentes serían investigados y Joy la primera. Es esa manía de investigar todo lo oculto, todo lo tapado, aquel fino velo de seda solo podía alterarle los instintos.

Las palabras del sacerdote sonaban monótonas, repetitivas y en cierto modo vacías y estúpidas, dada la situación. Escuchar cosas buenas sobre alguien que había dejado atrás la vida matando no se le antojaba cristiano.

—Todo tu dinero, el piso en Washington y la casa de campo de tu madre han pasado a tu tía. Por lo que sabemos ella lo ha dividido entre sus dos hijos.

«Bien —pensó—, al menos alguien ha salido bien parado en todo este asunto».

—Respecto a tus cosas, asaltamos tu casa. Todo aquello que podía tener algún valor sentimental está metido en un camión junto al garaje. —Levantó un pequeño manojo con tres llaves y se lo dio a Marc—. La llave mediana abre la caja del furgón, y la llave pequeña una caja de seguridad donde hemos metido todas las fotografías.

Marc recogió las llaves como ausente, intentando recordar qué podía haber en aquel camión que realmente le importase. Recordó un viejo guante de béisbol, algún que otro recuerdo de su niñez que había sobrevivido a la incesante criba. Su primera navaja de supervivencia, su primera condecoración, su gorra de los marines... «Chorradas —pensó—. Nada sin lo que no pueda seguir viviendo... O "existiendo"».

—Supongo que el romano puede hacer saltar el camión con todo lo que hay en él.

En cuanto Star mencionó a Mell, Marc levantó la vista instintivamente hacia el monitor más alejado. Allí seguía el pequeño grupo, con el romano gesticulando y riendo a medida que la gente se acercaba a saludarle. Joy seguía allí parada, apoyada en su brazo. Y aunque conservaba su preciosa sonrisa, parecía estar ausente. Más allá del grupo podía distinguirse una balaustrada blanca que daba al jardín, y más allá el mar, coronando sus olas de espuma segundos antes de morir en la arena. Por el lado derecho se apreciaba vegetación. Marc trató de ubicar la situación y comprendió que allí terminaba el bosque que recorría la carretera. La sonrisa de Joy le cautivó durante unos segundos, mientras Star buscaba algo en un mueble de cajones cercano. Cuando se volvió llevaba un revólver en la mano, parecía un Colt de principios de 1900; brillaba cargadísimo de níquel.

—Este es mi regalo de bienvenida. Antiguamente era algo muy común. —Parecía sentir algo de vergüenza, y Marc se adelantó para cogerlo de sus manos como si le hiciese muchísima ilusión.

—¿También me enseñarás a desenfundar, vaquero? —bromeando se echó la mano a la cadera.

—Eso no necesita lecciones, solo miedo a que te maten. —Star le plantó un suave puñetazo en el hombro y se volvió a sentar delante del ordenador.

—¡Mira! Justo a tiempo de ver el espectáculo. —Star miraba fijamente la pantalla del salón, donde la sonrisa de Joy seguía de referente para la mirada de Marc.

Este miró en cada rincón de la pantalla, pero no había nada que le llamase la atención.

—¿Espectáculo?

—Presta atención, novato, fíjate en los arbustos.

Marc centró la mirada más allá de Joy. Los arbustos en dirección a la casa se movían con violencia describiendo una trayectoria de aproximación. Medio segundo después algo empezó a correr por la playa directo hacia el romano. Parecía un perro de cien kilos cuya imagen se difuminaba cada dos o tres segundos, casi como si parpadease. Joy se alejó del romano con un movimiento rápido y los demás hicieron lo mismo como movidos por un resorte. No pasaron más de dos segundos antes de que una enorme masa de pelo se abalanzase sobre Mell con un impacto tremendo. Se abrazó al enorme lobo al mismo tiempo que este se le echó encima y ambos, por la fuerza del impacto, salieron disparados por el lado derecho de la pantalla. Mientras, los invitados a vista de cámara se echaban a reír, otros señalaban hacia el ángulo muerto de la cámara mientras copas, botellas, flores y algún que otro invitado rodaban por el suelo para alejarse de lo que fuera que estaba ocurriendo allí.

Star se puso a teclear como un poseso y segundos más tarde se abrió una pantalla con un nuevo ángulo de cámara. Esta vez la vista venía del exterior del salón principal, desde la playa. La cámara hizo *zoom* sobre el ventanal y allí podía verse perfectamente al romano rodando por el suelo abrazado al lobo. Habían destrozado el mueble bar y arrancado el escudo de la estatua de Leo, que rodaba dando giros a pocos metros de una Joy que parecía estar pasándolo en grande. Lee y Ryu se habían aproximado a la escena y no contenían la risa.

—Ese debe de ser Talos —dijo Marc, mientras trataba de apreciar mejor las formas de la criatura.

—¡Correcto! Vaya... ¿Te han hablado de él?

—¿Qué es exactamente?

—Pues nadie lo sabe con certeza. Sin duda es un lobo, pero es enorme para su raza. Seguramente, y es una especulación mía, sea prehistórico. Es la única explicación. Cuando Scyros era joven, los ancianos ya recordaban a Talos, siempre ha estado aquí. Es... —buscó las palabras—, es el mejor de todos nosotros. Pero no te equivoques, no es un perrito. Si le pisas la cola te quedas sin pie. Pero es... No sé cómo decirlo... Es puro. No odia, no teme, no juzga... Cuando se pone cariñoso es adorable y enfadado es terrorífico. Como rastreador no tiene precio, y como aliado en un combate es contundente. Vive completamente libre, nos visita de vez en cuando y casi nunca tolera una orden. Ha pasado tiempo con casi todo el mundo, de una forma u otra, sirvan o no a la Alianza. Todos le conocen y todos le aman o temen en la misma medida. La única a la que ha obedecido alguna vez es a Luna, tienen algún tipo de vínculo. Pero nadie sabe cuál.

—Pero ¿piensa?

—Tal vez no de la misma forma que una persona. Pero es más inteligente que mucha gente que conozco. Créeme. Y es como una enorme base de datos con patas. Si le preguntas algo y le apetece contestarte, aparece en tus sueños y te lo explica.

—Bromeas...

—Que me aspen si miento. —Sin dejar de mirar la pantalla comenzó a cabecear afirmativamente—. Fue el primer condenado al que vi, aún recuerdo lo que sentí. Pasé más miedo que un niño perdido en un cementerio.

—Cuéntamelo —pidió Marc mientras se levantaba en dirección a la nevera. La abrió y cogió una cerveza—. *Please*, y no me des la brasa con el tema del alcohol. Aún no siento ni las burbujas.

—No, ya hemos tenido suficientes entierros por hoy. Algún día te contaré el mío. Pero hoy tenemos una fiesta, amigo... Y un montón de preciosas señoritas esperan que Star las ruborice. —Se levantó y se giró hacia Marc con una sonrisa en la cara—. No querrás dejar a Joy solita mucho tiempo, ¿no? Cuando bebe se pone muy cariñosa —bromeó guiñando un ojo.

—Por Dios —exclamó Marc—, ¿tanto se me nota?

—Sí, hijo, sí... Lo llevas escrito en la cara... En mayúsculas. Solo hay que ver cómo la miras. Y respecto a las cervezas, que conste que te he avisado. ¿Nos vamos?

Hizo un gesto hacia el ascensor y Marc comenzó a caminar. Parecía un niño al que habían sorprendido robando caramelos.

—Y anima esa cara. Que la noche acaba de empezar.

—OK —respondió Marc sin demasiada convicción—. Oye, cambiando de tema, esto es el sótano, dos plantas bajo la casa, ¿no?

—Disculpa mis modales. Ya casi siempre doy por hecho que la gente conoce la casa, ten en cuenta que soy el inquilino más joven. —De nuevo guiñó el ojo y pulsó el botón del primer sótano.

—Estamos en el segundo sótano. Es la zona de seguridad, guardamos aquí la mayoría de las armas. Ahora te voy a enseñar el garaje... Creo que te va a gustar.

Subieron una planta y la caja del ascensor dio otro violento frenazo.

—Este trasto cada día va peor, lo instalaron hace veinte años y solo lo utiliza el servicio. Antes de que preguntes —hizo una pausa teatral—, sí, son normales y no saben nada de lo que tienen en casa, por eso vienen solo un día a la semana y por eso tenemos zonas cerradas con llave. Además, el segundo sótano tiene dos salas inmensas cerradas, solo se puede entrar por el sendero. Algún día te las enseñaré, pero no creo que puedas verlas en una temporada.

Marc estuvo a punto de decirle a Star que ya conocía el sendero. Pero la idea de saltar otra vez no se le antojaba divertida, así que mantuvo la boca cerrada.

El garaje era inmenso, Marc calculó la superficie. Sin duda se extendía mucho más allá de los límites del edificio, debía de ocupar todo el jardín delante de la casa. Unos dos mil metros cuadrados. Había tres filas de vehículos aparcados en batería, desde coches de los años treinta hasta prototipos de Ferrari que parecían sacados de una película.

—¿Ryu ha visto esto? —preguntó Marc con la boca floja. Haciendo la cuenta de cabeza, en ese garaje había coches por valor de varios cientos de millones de dólares.

—El Lamborghini Diablo rojo es suyo, lo trajo hace un par de años hecho un desastre, me dijo que si lo arreglaba me lo quedaba. —Marc puso los ojos como platos—. No te impresiones —dijo Star—, casi todos los condenados están forrados, digamos que han tenido mucho tiempo para hacer fortuna.

A cada paso que daba descubría un coche más caro que el anterior y al final de la primera fila, unas diez motos de alta cilindrada. Había una de ellas elevada sobre un banco de trabajo.

—¿Las arreglas tú?

—Bueno, el genio de la mecánica es Scyros, yo solo me estoy dedicando a mejorar algunos modelos. Todo sea que Scyros se despierte y me cambie de peinado a bofetadas. Lo que siente por las máquinas es pura devoción.

Había una moto con una rueda trasera muy grande, era un modelo que Marc no conseguía identificar.

—Esta tiene que hacer ruido.

—Vyrus, no sé ni cuántos caballos tiene pero corre que se las pela.

—¿Algún día me dejarás dar una vuelta?

—Mucha moto para ti, novato, pero si esta noche te portas bien mañana nos vamos juntos a quemar goma. —Star guiñó un ojo y señaló hacia el ascensor. Le trataba con cariño, como un amigo al que llevase años sin ver. Marc se estaba haciendo un hueco, o al menos tenía esa sensación. Algo que agradecía a cada segundo.

Al llegar arriba, la enorme cocina estaba bastante más cargada que antes de bajar. Una vez pasado el encuentro entre Luna y Mell la gente se había extendido más por todo el edificio. Fuera, algunos bailaban en la arena de la playa, otros paseaban charlando y la música seguía sonando como si nada de aquello fuese anormal. Para un observador profano no dejaría de ser una fiesta de disfraces, con algunos muy logrados. Respecto al *perrito*, tal vez era una mezcla de san bernardo con vete tú a saber qué clase de lobo hormonado. Pero nada que no tuviese una explicación más o menos lógica. Al menos hasta que te acercabas a alguno de los invitados y distinguías algún brillo de color intenso en sus pupilas, algún cigarro que se encendía por arte de magia o alguna botella que se descorchaba sin usar las manos.

Junto a una de las hogueras de la playa, Ryu apostaba con dos asiáticos sobre el futuro de la República Popular China. En la balaustrada del jardín una estatua logradísima de un guerrero hoplita miraba al mar mientras la gente dejaba alguna flor o alguna cerveza abierta a sus pies, como si la estatua se fuese a arrodillar para cogerla de un momento a otro. Algunos invitados se acercaban y le hablaban como si fuese uno más. Incluso una mujer vestida con un traje de pequeños aros de madera, prácticamente transparente, se acercó y se abrazó al costado de la estatua durante unos minutos.

Aprovechando un descuido de Star, y puesto que le venía de paso hacia el salón principal, Marc se acercó a la estatua lleno de curiosidad. Y probó a actuar como los demás.

—Hola, tú debes de ser Scyros —«y a mí me está empezando a afectar el alcohol», pensó—. Yo soy Marc, peón del Fénix.

Esperó unos segundos por si a la estatua le daba por contestar. Después cerró los ojos para observar su interior. Brillaba tanto que casi tuvo que volver a abrirlos. Un aura dorada la rodeaba por completo y en su interior se enredaba y movía como un torbellino de colores claros, desde el azul y el blanco hasta el mismo dorado oro que la rodeaba por completo.

—Vaya, pareces un faro. —Se rio de su propia gracia sin demasiado énfasis—. Muy bonita tu casa, solo quería presentarme al anfitrión. —

Levantó el casco casi vacío de cerveza en un gesto de saludo y dio un pequeño paso atrás. Notó algo bajo el pie, algo blando y un tanto resbaladizo… Así que sin terminar de apoyar todo su peso se giró a un lado y lo miró. Tardó unos segundos en comprender lo que era… ¿Cómo había dicho Star? ¿«Si le pisas el rabo te quedas sin pierna»? Al otro lado de la cola estaba el resto de Talos. A esa distancia parecía un oso, estaba enseñando ligeramente una fila de dientes que parecían navajas, mientras un gruñido rítmico se extendía por todo su pecho. Su mirada brillaba con ese aro amarillo típico de su especie, mientras observaba a Marc de arriba abajo. Durante un segundo tuvo ganas de gritar, luego comprendió que eso no iba a servir de nada y que lo último que podía hacer era tratarle como a un perrito.

Recordando lo que sabía de él, optó por lo más lógico, tratarle como a uno más.

Por otro lado el anillo no había vibrado ni nada por el estilo y ya que había estado hablando a una estatua… Qué demonios.

—Perdona, Talos, no te sentí llegar. No era mi intención. Soy Marc, peón del Fénix.

Se quedó sin respirar mientras intentó apurar un trago de cerveza inexistente. Después, con gesto de idiota, se agachó despacio, justo delante de la cara de Talos, para dejar la botella en el suelo. El lobo dio un gruñido fuerte a escasos veinte centímetros de la cara del muchacho, que se quedó blanco como la balaustrada. Un brillo rojizo recorrió los ojos del lobo justo antes de que Marc perdiera el equilibrio y se cayese de culo. Terminó con la espalda apoyada a los pies de Scyros, mientras las botellas, copas, velas y ramos de flores se desparramaban a su alrededor.

El lobo cambió de gesto, parecía haberse calmado de golpe. Dejó caer los cuartos traseros y se sentó mirando a Marc con la cabeza torcida. Ni siquiera supo cómo, pero lo entendió. Aquel monstruo se estaba cachondeando de él. Normalmente ni se lo habría planteado, pero dado el índice creciente de alcohol en su sangre y el hecho de que la situación era completamente surrealista, se dejó llevar por su instinto.

—¿Esto ha sido una broma en plan lobuno? Pues te ha salido bien. Si llego a poder cagar le dejo un recuerdo a Scyros. —El lobo bajó un poco la cabeza, para después cambiar de ángulo y volver a mirarle. Esta vez de arriba abajo y con la lengua fuera.

—Sí, ya lo sé… Soy grande, el Fénix siempre los elige grandes. —Más debido al efecto del alcohol que otra cosa, había imitado la voz y el tono de Leo—. Pero ya me dirás qué te dieron a ti de comer cuando eras cachorrito. Porque lo tuyo sí que no es normal.

El lobo a todas luces parecía estar disfrutando por el ritmo en que movía el pecho y los ojos y el dejar caer la lengua por el lateral.

—Y si no me entiendes, pues como que da igual, compañero… Porque ya no me entiendo ni yo. —Y con esas dejó caer la espalda sobre las piernas de Scyros y se estiró en el suelo.

El lobo caminó hasta situarse a su lado y se sentó, enrollándose sobre sí mismo. Colocó una pata junto a las piernas de Marc y apoyó la cabeza encima sin dejar de mirarle.

Marc se sintió bien, parecía haber hecho un amigo más aquella noche. Un amigo a la altura de los últimos meses. Inmortales, cuervos gigantes, o vete tú a saber, albinas mudas por voluntad propia, forajidos adictos a la electrónica y la física cuántica, griegos de sexo indefinido y, cómo no, lobos prehistóricos hiperhormonados inteligentes… Ya solo le faltaba ver un ovni. Por un momento lo pensó y se vio a sí mismo despertando en una celda acolchada con su jefe al otro lado de la puerta gritando «¡tómate la medicación!».

—Por todos los dioses, esto no puede ser real…

El lobo dio un pequeño respingo y emitió un quejido suave y corto que llamó la atención de Marc. Cuando le miró a los ojos sintió comprensión, una mirada casi humana. Después, aquella criatura le golpeó ligeramente con el morro en la mano y le dio un lametón. No pudo entender, no pudo interpretar… Pero sintió. Desde dentro del corazón una sonrisa se abrió paso hasta sus labios y para cuando se dio cuenta estaba rascando el cuello a una criatura que podía arrancarle la cabeza de un mordisco.

—Hay que joderse… A que al final vas a ser tú el único que me entiende…

El tiempo dejó de importar, tal vez ¿una o dos horas? Daba igual, allí tirado a los pies de una estatua viva, se dedicó a jugar con un lobo enorme, le rascó la espalda, el cuello y detrás de las orejas, se dejó lamer, incluso algún que otro mordisco cariñoso.

Le contó todo lo que había sentido desde que despertó en aquella morgue de Shanghái, le habló del romano, de los días de entrenamiento junto al mar, de Joy… Sobre todo de Joy. Y Talos no dio muestra de aburrimiento en ningún momento. Siempre un gesto, un gruñido, una pantomima, un rodar por el suelo con las patas en las orejas. No solo parecía entender cada palabra, también parecía dispuesto a escuchar hasta el día del juicio final.

Cuando el chico terminó de desahogarse se levantó como nuevo, el alcohol parecía haberse esfumado, la tensión nerviosa, la ansiedad de los últimos días…

—Oye, no sé si me has entendido o no, ¿vale? Soy nuevo en esto de hablar con… lobos. Pero gracias.

El lobo le miró mientras se incorporaba y estiraba todo el lomo. Bostezó fuerte sacando la lengua, como diciendo «vale, hijo, no hay de qué», y luego empujó deliberadamente a Marc hacia el salón principal. Entraron uno junto al otro, llamando la atención de todos los presentes. Entre ellos, el romano y la inmensa Joy, que le atravesó con la mirada sin ni siquiera parpadear. Marc tragó saliva y buscó la mirada de Talos, que levantó la vista casi al mismo tiempo. Le guiñó un ojo y susurró «hoy no se me escapa», a lo que el lobo respondió con una especie de bufido mientras fue cambiando de trayectoria hasta dejar al chico entre Joy y él. Este último detalle fue la prueba definitiva... Ese lobo era más listo que el hambre.

El grupo había crecido. Aparte de Leo, Joy y los tres romanos, Mell, el gladiador y el que parecía recién salido de Senado, la mujer del traje de aros de madera y el vikingo cerraban el círculo a un Lee que se aproximaba por su espalda.

—Vaya, parece que ya has conocido a Talos —dijo Leo mientras acarició la cabeza del lobo—. Toda una experiencia, ¿no te parece?

—Sin duda. Para terminar de volverse loco, no tiene precio.

—Nuestro mundo es complicado, Marc. —La voz del maestro Lee se abrió paso sobre los murmullos del grupo, que se abrió en el acto para aceptar a uno más—. Es curioso ver cómo el hecho de haber vivido muchos años no altera nuestra conducta. Yo siempre seré un adolescente incomprendido. —Todos aceptaron la broma con una sonrisa y alguna que otra carcajada—. Talos siempre será un cachorro cariñoso y juguetón —prosiguió—. El tiempo tan solo ha sacrificado la inocencia. Pero no ha cambiado el carácter.

—Bueno, algunos sí que han cambiado —dijo Mell, mientras seguía la silueta de Luna en la distancia. Dio un trago y apuró la copa de vino.

—No lo ha hecho...—todos miraron a Lee—, es la misma persona, y tiene el mismo carácter. Siempre fue insegura, Mell. Siempre fue igual de drástica. Amó hasta la locura y odia con la misma intensidad.

—Yo no la odio, solo me hastía.

—¿Y crees que ella te odia a ti? Pobre romano...

Mell se quedó sin palabras, mientras, al igual que el resto del grupo, esperaba impaciente el final de la frase.

—No te odia Mell, es más, yo apostaría que todavía te quiere. Ya viste cómo son sus pruebas de amor. —Todos rememoraron la bofetada.

Lee levantó la vista para mirar de frente a los ojos del romano, su diferencia de tamaño era tan contundente que el pequeño Lee tenía que partirse el cuello a esa distancia para poder mirarle a los ojos.

—Yo te habría atizado más fuerte.

—Como dijo un sabio —interrumpió Leo—: el amor es una palabra curiosa, tiene dos consonantes, dos vocales y dos idiotas.

Casi sin saber por qué, Joy y Marc se miraron, y también sin saber por qué, ambos desviaron la mirada hacia el suelo. Fue tan obvio que hasta Talos se dio cuenta, sacudió ligeramente la cabeza y se sentó sin apartar la vista de Marc.

—Lo cual no significa —se apresuró a decir Leo— que no merezca la pena enamorarse.

La mujer del traje de aros de madera tomó la palabra. Sonaba fuerte y madura, rondaría los treinta y ocho o cuarenta años cuando pasó a engrosar las filas de los condenados. Morena, con alguna que otra mecha de tono caoba y una melena que le rozaba la cintura. Sus ojos de color marrón claro como esa misma madera le brillaban de una forma un tanto antinatural, como dos cristales de ámbar. El conjunto general era el de una mujer atractiva, fuerte, pero tal vez demasiado como para resultar femenina. Para compensar, aquella indumentaria la hacía resultar muy atractiva, era difícil para los hombres, heterosexuales, a su alrededor no perder la vista entre aquellos aros no más grandes que un anillo, que dejaban entrever un cuerpo de sobradas curvas y senos generosos. Reposaba sus pies descalzos sobre la madera del parqué, jugueteando con los dedos cuando no sentía sobre ella las miradas. Había parecido ausente desde su encuentro con la estatua de Scyros. Pero el tema de conversación parecía haber levantado en ella alguna ampolla.

—Como dijo algún poeta inglés, de cuyo nombre no quiero acordarme, lo mejor que te puede pasar es amar y ser correspondido… Al menos mientras dure.

—Shakespeare no habló de la duración, me temo —dijo Ryu mientras entraba en el grupo junto a Talos. Acarició la cabeza del lobo y se acercó a la mujer de caoba para darle un par de sonoros besos.

—Hola, Tanis, ¿cómo tú por estos lares?

—Ya ves, alguien me dijo que esta vez sería divertido.

—Deberías dejar de lado a los abuelos —miró alrededor sonriendo— y darte una vuelta por la playa, hay mucho jovencito dispuesto a animarte la noche.

—Ya me conoces, con menos de mil años no me ofrecen confianza.

—Vaya. ¿Y yo?, ¿no te doy confianza? Debo de tener los mil recién cumplidos. —Terminó la aproximación levantando las cejas y estirando los brazos al aire como quien espera un abrazo. Sorprendiendo a todos los presentes, Tanis se abrazó a Ryu y juntos se alejaron riendo hacia el mueble bar.

Mientras se retiraban una nueva figura se acercó al grupo con paso relajado. Era el hombre de rasgos árabes que Marc había visto en la cocina; parecía soldado al vaso ancho de *whisky* que sostenía, vestía con unos pantalones ajustados de cuero marrón oscuro, unas botas negras de montar, una casaca también de cuero negro, ceñida hasta debajo de la barbilla, con más botones de los que daría pereza contar. El pelo negro le caía sobre los hombros, largo y espeso, rodeando una cara atractiva y enigmática que sin duda le habría dado muchas alegrías con las mujeres. Los ojos fríos, de un tono verde grisáceo enmarcados por dos pobladas cejas y una nariz ligeramente aguileña resaltaban dos labios carnosos y largos, capaces de conseguir que una simple sonrisa se tornase en una mueca macabra. Y con una de esas en el rostro se acercaba al grupo acariciando el borde del vaso con los dedos.

—¡Vivo!

La reacción del grupo fue de lo más dispar. El gladiador y Lee se largaron como si tuviesen algo urgente que recoger del mueble bar, el senador se cruzó de brazos y esbozó una sonrisilla, mientras Joy y Mell se ponían más rígidos que una estatua. Talos se puso de pie sin demasiada prisa mientras miraba a Leo. Este último se giró para encarar al recién llegado. Marc, que observaba la reacción de los presentes y su lenguaje corporal, alcanzó, entre otras, las siguientes suposiciones.

Uno: el turco estaba más que acostumbrado a que le tuviesen miedo. Dos: era elegante el condenado. Tres: a Talos le daba exactamente igual, pero miraba a Leo como preguntando quién narices había invitado a este a la fiesta. Cuatro: tanto Joy como Mell le odiaban con ganas, algo que sin más tardar se confirmaría como mutuo, porque Joy hizo el gesto de escupir a sus pies y se largó en dirección a la playa, mientras el recién llegado susurraba algo así como «*kunoichi*» sin dejar de sonreír. Cinco: Leo mantenía las formas del anfitrión, pero parecía dejar claro con cada gesto que le encantaría ensartarlo en una lanza y ponerlo de trofeo en el salón.

Respecto al otro romano, el que parecía sacado del Senado, parecía sentir algún tipo de sorna insana al mirarle. Fue este el que le devolvió el saludo. Marc oyó por primera vez su voz en ese momento, y le confirmó lo que ya sospechaba: se había ganado la vida hablando, con total seguridad. Tenía el tono de voz más armónico de los presentes, tan acaramelado que sería capaz de venderle hielo a un esquimal... por cajas.

—Saludos, Tarik. Qué raro verte en la Carneia.

—Hola, Publio, ya ves; no habría venido ni por todo el oro del mundo. Claro que la resurrección del romano... Uf, eso no me lo podía perder. —Levantó la copa hacia un Mell que le miraba de soslayo.

—Supongo que te has llevado un disgusto —dijo Mell.

Tarik levantó la vista al cielo como quien oye una ironía.

—Pues la verdad es que no, el mundo era más aburrido cuando tú no estabas. Además, crecimos juntos, como quien dice. Si algún día te toca morir, me encantaría estar presente. —Afiló la sonrisa y dio un trago corto al *whisky*.

Animado por el alcohol, Marc estiró la mano hacia el recién llegado.

—Hola, yo soy Marc, no nos han presentado...

Todo el grupo miró al chico, incluido Tarik, con cierto aire de sorpresa. Tras medio segundo que se le antojó eterno, Tarik miró la mano del chico como si fuese una serpiente. Pero ocurrió lo impensable: Tarik le estrechó la mano con calma, mientras su rostro se tornaba relajado, casi ceremonial. Dejó reposar la mirada sobre ambas manos mientras se separaban, como si aquel gesto hubiese roto algo frágil.

—Es curioso, romano —dijo Tarik con la voz de alguien que da el pésame a otro—, a veces se nos olvida que no somos más que instrumentos. Tan acostumbrados a darnos puyas, se nos olvida el motivo por el que se empezaron a organizar estas fiestas.

Leo asintió y tragó saliva, mientras Mell y el otro romano se miraban a los ojos para después perder en el suelo la mirada. El recién llegado encaró a Marc y siguió hablando como si alguien les hubiese interrumpido.

—Yo soy Tarik, torre de Baal, es un placer conocerte, aunque mi señor y el tuyo se odian a muerte desde antes de la criba de Salomón —negó levemente con la cabeza mientras recuperaba la sonrisa—. Me he tirado más años intentando dar caza al romano que pelos tengo en la cabeza... Y seguramente tenga que ir a por ti tarde o temprano. —Levantó la copa mirando a Mell que a su tiempo levantó la suya. Después la apuraron los dos de un trago, y el recién llegado se despidió del grupo mientras se giraba buscando el mueble bar.

Justo antes de perderse entre la gente se giró para mirar a Marc, que aún le seguía con la mirada. Le dedicó una última sonrisa. El chico le había sorprendido, nunca habría esperado una reacción así de nadie. Al verle subir al ascensor con Star supuso que este le habría puesto al día sobre él. Algo sin duda lógico... Aun así, el chico no había dudado un momento en presentarse, en romper ese círculo vicioso de rencor que, por otro lado, nunca dejaría de existir entre los hijos del Fénix y él, como único siervo de Baal. Como él sabía muy bien, la voluntad de un solo hombre podía marcar la diferencia.

Mientras, a Marc no le había quedado duda de que esa sonrisa no había sido macabra, no se había reído de él, es más, el apretón de manos fue firme, seguro e incluso afectivo, como si aquel hombre tuviese algún tipo de interés en ser reconocido como un adversario, no como un enemigo.

—Por cierto —dijo el romano de la voz de terciopelo—, soy Publio, torre de Lex, siento no haberme presentado antes, simplemente no vi el momento.

—La culpa es mía —terció Mell—, debería haberos presentado, pero ando algo nervioso con todo esto de la resurrección. —Se colocó el pelo hacia atrás para apartarse el flequillo de la cara y Marc no pudo dejar de preguntarse cuántas veces hacía ese gesto al cabo del día.

—No sé si es el momento pero ¿me responderíais a dos o tres preguntas?

—Siempre es buen momento para aprender. Deja que me refresque un poco y coja otra copa, y te respondo lo que haga falta.

Mell se alejó hacia la barra dejando al chico en manos de Leo y Publio. Este último le miró interrogante hasta que este le devolvió la mirada.

—¿Y bien?

Marc tardó un segundo en darse cuenta de que los dos estaban esperando que preguntase.

—Perdonad, creía que debía esperar a Mell.

—Tranquilo, hijo, aquí estamos todos en el mismo barco, ¿verdad? —Y miró a un Leo que tragó saliva.

—Es culpa mía, antes me hizo una pregunta desafortunada y le respondí a mi manera.

—Ya, me imagino que con el acostumbrado «tacto espartano». —Publio miró a Leo mientras negaba lentamente con la cabeza.

—¿Qué quieres que te diga? A mí me educaron a golpes.

Durante unos segundos la imagen resultó de lo más reveladora. Publio, que seguramente era más joven que Leo, aparentaba veinte años más que él. Marc comprendió hasta qué punto los estereotipos que había aprendido en vida se mantenían en cierto modo. Al parecer, la edad era menos significativa en su nuevo mundo que el carácter forjado antes de la muerte. Como si la personalidad de cada individuo hubiese quedado suspendida en el tiempo. Tal vez el único al que parecía no afectar esta norma era a Lee, que no siendo más que un muchacho desempeñaba un papel que a cualquier otro le quedaría grande. Aunque viendo lo que ahora veía, era más que posible que solo fuese eso..., un papel. Si todos lo daban por hecho, ¿quién era Lee para cambiarlo? «Quién sabe —pensó—, tal vez el pequeño Lee aún pugnaba por salir y en la soledad de su mente disfrutase con cosas de críos».

—Tarik habló de la criba de Salomón...

—Bien —dijo Publio mientras levantaba la vista buscando las palabras—. A grandes rasgos fue un rey y mago semita, invocó a la mayoría de los eones y se tomó la libertad, por decirlo de algún modo, de catalogarlos según la opinión que estos tenían de su religión. Supongo que algunos le dijeron que su religión era un avance a tener en cuenta, que no tenía nada de malo y que podía contar con ellos si los necesitaba.

—El típico sermón de los tronos —dijo Leo, masticando cada sílaba, mientras Marc se apuntaba eso de los tronos en la memoria.

—Otros le dirían que no se podía ceder al egoísmo de dar un solo nombre al creador del universo, fuese el que fuese... Y que la manía que tienen algunos de decir «mi Dios es el verdadero y el tuyo no» terminaba degenerando en odio y destrucción. Y es de imaginar que no lo entendió muy bien, porque a estos últimos los encerró en botellas de bronce y los lanzó al Mar Muerto. O eso cuenta la leyenda...—miró a Leo buscando su opinión.

—No lo tengo muy claro —apuntó Leo—, pero es una buena pregunta, supongo que quedará alguien que pueda corroborarlo. No sé, tal vez Diana —estiró su enorme cuello mientras buscaba la cabeza de alguien entre la gente—, porque está claro que Scyros no cstá por la labor.

Mientras Leo buscaba entre la multitud, Marc sintió algo húmedo en la mano. Cuando dejó caer la vista se encontró con el rostro de Talos. Le había lamido la mano y le miraba directamente a los ojos. Luego asintió un par de veces con el morro y volvió a sentarse. Cuando Marc volvió a levantar la mirada Publio lucía una sonrisa.

—Vaya, al parecer tenemos a alguien que conoce la historia —dijo, mientras descargaba levemente el codo en las costillas de Leo. Este volvió su atención de nuevo al grupo—. Al parecer Talos sostiene que lo hizo. Vete tú a saber cómo, pero lo hizo.

Leo miró hacia el lobo y encogiendo los hombros preguntó:

—¿Y cómo pudo hacer eso, peludo?

El lobo levantó la cara hacia Leo, giró el morro hacia un lado y asintió un par de veces.

—Al parecer te lo va a contar a ti chaval. En la próxima Carneia nos cuentas lo que veas —dijo Leo como si no tuviese la menor importancia.

—¿Cómo lo hará? —preguntó el chico mirando al lobo de soslayo.

—Tú calcula la diferencia horaria entre tú y Talos. Cuando él esté dormido y tú también, te lo contará. No sabemos bien cómo lo hace. Al principio creíamos que había que dormir cerca de él, pero no tardamos en comprobar que se trata de estar dormido al mismo tiempo.

—Es parecido a una charla con los eones —comentó Publio—; ves imágenes de lo que él vio en su día, parece que el sueño es tuyo pero se te va un poco de las manos.

En ese momento la música paró, la gente se hizo eco del volumen de sus voces, y se fueron callando a la espera de que la música empezase de nuevo. Lo que ocurrió a continuación fue de lo más curioso. Tarik, animado por algunos de los presentes con los que parecía no llevarse tan mal, apareció en mitad del salón con un violín, la gente abrió sitio suficiente para que se encontrase a gusto y este carraspeó para pronunciar unas palabras.

—Algunos me matarían si me refiriese a los presentes como hermanos… —anunció, y esperó a que las risas esporádicas se deshicieran en el aire—. Sea, entonces, señoras y caballeros, hermanos y enemigos…, conocidos y amigos. Quiero hoy hacerle un regalo a uno de vosotros, a alguien que murió… —carraspeó de nuevo para dar un toque de humor al monólogo— para después resucitar de entre los muertos. Es solo que en lugar de hacerlo a los tres días se tomó cincuenta años. Pero no podemos tenérselo en cuenta, todos recordamos aquella frase de Julio Cesar: «No se trata de llegar pronto o tarde, sino de hacerlo a tiempo».

Todos rieron y algunos de los presentes empezaron a buscar a Mell con la mirada entre los invitados. Pero Mell no estaba allí.

—Bueno, Mell, va por ti, estés donde estés. —Guiñó un ojo a los más cercanos y dijo entre dientes—: mientras no te largues otros cincuenta años. —Y añadió alguna clase de insulto en turco.

Atacó el primer movimiento con tal violencia que a Marc se le pusieron los pelos como escarpias. Algunos de los invitados se vieron sorprendidos por la música del violín, que se extendía desde la casa hasta la playa en violentas oleadas de increíble belleza. La gente comenzó a acercarse a la casa, buscando un ángulo desde el que poder apreciar los movimientos de Tarik. Publio, viendo la cara que se le estaba quedando a Marc, se acercó un poco más a él y susurró:

—Las malas lenguas dicen que Gengis-Khan ordenó cortarle las manos si le escuchaban tocar mientras él siguiese vivo. Y eso que en aquella no había violines, usaba un instrumento mucho menos acertado.

—¿Por qué? —preguntó Marc.

Publio levantó una ceja y afiló la sonrisa.

—Porque decía que era la única cosa de este mundo capaz de hacerle llorar.

—¿Conoció bien a Gengis-Khan?

Publio apretó los labios y perdió la sonrisa, luego miró hacia Tarik y tan solo asintió con la cabeza antes de responder.

—Claro que sí. Estuvo en su entierro…

CAPÍTULO XVI

Al otro lado del espejo

Estaba exhausto. Presentarse en la Carneia después de cuarenta y siete años sin asistir, aguantar las miradas de soslayo, la desconfianza de muchos, la bofetada de Luna y el recuerdo de Lidia en cada sombra… Dejó caer la cabeza sobre el lavabo y se mojó las sienes, después toda la cara y por último el pelo. Tragó todo el agua que pudo antes de levantar de nuevo la vista y ver su reflejo en el espejo. Le costaba mirarse a los ojos… Le empezaba a costar trabajo encontrar excusas para seguir vivo, y eso era algo a lo que no estaba acostumbrado. Solo Joy le conocía lo suficiente como para entender su estado, por eso no se le despegaba ni a sol ni a sombra.

La aparición de Tarik era algo con lo que contaba. Uno no podía vivir dos milenios sin que le saliese, por fuerza, un grano en el culo. En el caso de Mell, ese grano era Tarik. Podía oír la música del violín desde el cuarto de aseo de la segunda planta. En ocasiones le parecía increíble que un personaje tan abyecto y ruin pudiese crear música tan compleja, profunda y hermosa… Todo un misterio, un don tal vez. Solo sabía que escuchar esa música no le convenía demasiado, le traía recuerdos dolorosos, fragmentos de días felices siglos atrás. Días de gloria, pero todos empañados por ese velo neblinoso del pasado. Ser capaz de recordar si fue feliz realmente se le antojaba imposible. Volvió a meter la cabeza bajo el grifo, esta vez sin prisa, dejando que el agua empapase su pelo por completo. No sacó la cabeza hasta que sintió cómo el agua le mojaba todo el rostro. Allí, bajo el agua, el sonido se apagaba, el violín distorsionaba sus quejidos muriendo a manos del ruido constante del agua al salir del grifo. Durante esos segundos la mente del romano encontró algo de descanso. Soltó todo el aire que acumulaba en los pulmones y se incorporó de nuevo. Para volver a encontrarse con su reflejo…

—Maldita sea —susurró—, no puedo con todo esto.

Para complicar más las cosas, al jefe no se le ocurre mejor momento para ampliar piezas que este, con un Mell fuera de juego intentando adaptarse tras medio siglo de vacaciones. El novato era de ley, se le veía en los ojos. Además parecía listo y tenía la lengua más afilada que un gladio. Se sorprendió a sí mismo riendo ante el espejo, recordando la cara de Tarik cuando el chico le dio la mano. Se secó con la toalla y cerró el grifo. No tenía gana ninguna de volver a la fiesta. No se sentía con fuerzas para soportar más apretones de mano, más indirectas ni más preguntas. Tal vez podría perderse un poco por la casa, al menos hasta que Tarik se hartase de tocar.

Al abrir la puerta se encontró con que le estaban esperando. Star estaba sentado en la escalera a escasos dos metros del aseo, con uno de sus cigarrillos en la boca.

—¿Sigues fumando, Star?

—Ya ves, romano —dijo mientras soltaba el humo—, un día de estos me voy a morir de cáncer.

Star no era consciente de que la muerte de Lidia había tenido nada que ver con el cáncer, sin duda no había sido más que una de sus bromas inocentes, no obstante a Mell le hizo recordar… «en mi bosque no tenemos ruleta». Se acercó al viejo *sheriff* y se sentó a su lado en la escalera.

—Vale, Star. Cuéntamelo.

—¿Qué es lo que quieres que te cuente? —preguntó Star mientras miraba el humo ascender por el hueco de la escalera.

—Cultura general, ya sabes, bosques, ruletas…

—Derribé tu caza, romano. Te vi caer desde dos mil pies envuelto en llamas, con al menos tres proyectiles en tu interior. Vi como tu sangre manchaba el cristal agujereado de la carlinga. Joder, Mell… Creí que había acabado contigo.

—Y lo hiciste, Star. —Mell se recostó sobre los escalones y se retiró el pelo aún húmedo de la cara—. Me acertaste con ocho proyectiles, casi me arrancas el brazo, el dolor se hizo inhumano y perdí el conocimiento. Lo último que recuerdo es aquel caza japonés arrancándome el ala izquierda y que mi caza empezó a dar vueltas. Después de eso nada.

—¿Ahora me vas a decir que no saliste del caza?

—Te digo la verdad, creía que había llegado mi hora. Ya todo me daba igual, había cumplido mi objetivo, lo pasé fatal para conseguirlo, lo único que quería es que todo terminase. Todos creéis que estábamos convencidos, pero nunca os habéis parado a pensar qué pasaba por la cabeza de Joy o la mía. O ¿qué pensabais? ¿Que a Joy le haría gracia que arrasasen Hiroshima?

Star miró a Mell mientras el humo se escapaba por la comisura de sus labios.

—El tiempo terminó por darle la razón al Fénix, pero en aquel momento erais el enemigo, supongo que eso lo entiendes.

—¿Que si lo entiendo? ¿Te has parado a pensar en cómo me sentía yo? Para la Alianza es fácil girar el rostro y esperar. Yo tardé diez años en poder mirarme a la cara en el espejo, aun a día de hoy… —dejó la frase a medias, cabeceó un poco sin saber bien qué decir y por último espiró mirando al techo, donde el humo se arremolinaba para después precipitarse hacia los pisos superiores.

Star decidió que ya había escuchado suficiente, no quería poner al romano más nervioso de lo que ya estaba, así que estiró una mano y le apretó levemente el hombro, esbozó una de esas sonrisas que transformaban su rostro y le ofreció el cigarrillo a Mell, que lo tomó de sus dedos sin saber muy bien qué hacer con él.

—Bueno, bienvenido a la Alianza...

Mell estalló en carcajadas mientras intentaba tragarse el humo del cigarrillo, lo que terminó con una tos ronca y continua. Cuando cesaron las convulsiones le devolvió el cigarrillo a Star, mirándolo como si de una bomba se tratase.

—Por Polux... No sé qué le veis a esto de fumar, cada día sabe peor.

Star no respondió: Él también lo había pensado mil veces, pero el tabaco de Virginia siempre le traía recuerdos, una sensación inconsciente de paz y puesto que ya no podía morir por sus efectos se había convertido en algo más placentero que preocupante.

—¿Cómo pudiste sobrevivir? Es algo a lo que no he parado de darle vueltas en todo este tiempo.

—No tengo ni idea, Star, alguien me sacó del avión, recuerdo... —hizo una pausa como si no pudiese recordar con claridad—, juraría que unas manos de mujer me abrazaron. Lo recuerdo en la inconsciencia. Pensé que sería Joy, pero luego ella me dijo que no. No sé, no tiene lógica, Joy no tiene poder suficiente para hacer algo así, fuese quien fuese saltó al avión en llamas, me cogió y salió de allí. Desperté en la costa de Sicilia, junto a uno de nuestros santuarios, me habían extraído los proyectiles, no puedo decirte más, porque no sé nada más.

Star se quedó unos segundos pensando, para luego sonreír al aire y asentir con esa cara de haber visto la luz. Y Mell se dio cuenta de que aquel hombre tenía ahora todas las respuestas. No solo sabía cómo había conseguido sobrevivir, tampoco le había revelado cómo supo lo de Lidia.

—Te toca, vaquero...

Star pensó en poner una excusa y dejar al romano en dudas cincuenta años, sin duda era algo que se merecía, pero qué demonios, era la Carneia, ¿no? Además, aprendió mucho sobre la venganza antes y después de morir como para saber que no servía para nada, así que…

—Tras la explosión Scyros pidió vuestras cabezas. Tú ya estabas muerto, así que fui a por Joy. —Mell se puso algo tenso—. La encontré en París dos días más tarde. Vi estupefacto cómo un fantasma entraba renqueando en el hotel. —Sonrió al romano, que le miraba de hito en hito con gesto de sorpresa. Sin duda nunca imaginó hasta qué punto Star, pese a su relativa juventud, podía ser un rastreador tan formidable—. Os tuve en el punto de mira del rifle durante horas.

—No notamos nada… ¿Cómo lo conseguiste?

—Tal vez porque nunca tuve intención de mataros, es más, creo que ni siquiera Licos os deseaba la muerte. Escuché por la radio lo de la rendición de Japón, la retirada de las tropas en todo el Pacífico, el frenazo que dio Hitler. Pude ver solo un atisbo de lo que el Fénix pretendía y aunque sus actos fueron… —buscó la palabra adecuada—, despreciables, no podía dejar de pensar que podía tener razón. Conozco la naturaleza del hombre, he visto lo que es capaz de hacer él solito, sin ayuda de ningún demonio manipulador. Pensé que tal vez, solo tal vez…

—Te entiendo —atajó Mell—, yo pensé lo mismo. En ocasiones el miedo es más efectivo que el cariño.

—Con según qué gente.

—Sí —asintió el romano—, con según qué gente.

—Fue exagerado.

—Sí, pero mira el efecto que tuvo.

Star apagó el cigarrillo en su mano, sin dar muestra alguna de sentir dolor. Cerró el puño y miró a Mell de reojo. Estaba claro que nunca estarían de acuerdo, pero ya nada de eso importaba, no había nada capaz de cambiar el pasado.

—Tuve tu mano delante del cañón de un Magnum aquella noche en el casino real. Estaba justo detrás de ti cuando saludaste a esa mujer. Tenía órdenes de localizarte y dar la alarma. Scyros estaba esperando…

Mell miró al viejo pistolero mientras la sonrisa desaparecía de su rostro.

—Si daba la alarma, con toda la Alianza buscándote, el casino se habría convertido en un infierno. No quería daños colaterales, así que pensé en liquidarte yo mismo, pero no pude. —Star bajó la cabeza y se miró el puño cerrado con la colilla aún caliente en su interior—. Vi cómo la mirabas, te quedaste tan absorto que ni siquiera sentiste mi presencia... Recordé un tiempo en el que yo miré así a una mujer, justo antes de que un malnacido me descargase ocho balas en la espalda. —Soltó una pequeña carcajada y la tensión del momento cayó en picado—. Así que supongo que mi pasado salvó tu futuro, romano. Después empezó el rumor de que estabas muerto y que el Fénix deseaba unirse a la Alianza. Fue todo un alivio, principalmente por Joy, se le estaba acabando la suerte y ya no podía cubrirla por más tiempo. Scyros comenzaba a sospechar de mí y ni siquiera Luna pudo abogar por él.

—Le dije que desapareciese, sabía de sobra cómo ocultar sus huellas al menos una larga temporada.

—En nuestro mundo nadie puede ocultarse eternamente —dijo Star mientras el iris de sus ojos resplandecía con el verde de Licos. Acto seguido abrió la mano y los restos del cigarrillo parecían ahora una pequeña piedra, se habían deshidratado por completo reduciéndose a carbón y, lo que antes había sido vegetal, ceniza y fibra de carbono, era ahora un trozo de piedra ennegrecida. Le lanzó la pequeña piedra al romano, que la cogió al vuelo.

—Joy sabe dónde y cómo escapar llegado el caso. Pero no creo que lo haga nunca, antes preferiría morir a vivir huyendo. —Tras decir eso miró la pequeña piedra, el iris de sus ojos se inflamó con el rojo dorado del Fénix y la pequeña piedra de carbón se desintegró en un fogonazo.

—Algún día podrías enseñarme cosas sobre el fuego, romano.

—Es un poco pronto para que busques tu segundo elemento, ¿no? Cuentas poco más de un siglo.

—Puede ser, pero aprendo rápido.

El romano movió la cabeza de lado a lado, despacio, sin perder la sonrisa.

—Sería un placer, Star, pero creo que no es buena idea. Deja al menos un par de siglos antes de ir a por el segundo. Tienes que dominar por completo el primero. Y no me refiero a trucos de salón.

Star soltó algunas de esas carcajadas suyas tan particulares antes de ponerse en pie y mirar por el hueco de la escalera.

—Parece que Tarik ya se ha cansado. —La gente se estaba disolviendo de nuevo por toda la casa.

—Lástima… —El *sheriff* le devolvió una mirada de incredulidad—, no me apetece volver a la fiesta, esto de la resurrección me está costando parte de mi escasa paciencia.

—Bueno, tienes algunas «obligaciones» pendientes que ya han esperado bastante.

Mell cruzó los brazos sobre el pecho y ensanchó la sonrisa.

—¡No me digas! ¿Como por ejemplo?

—Pues verás, las cosas del novato están en un camión en la parte de atrás, no sabemos dónde meterlas, así que tendrás que sacarlas de aquí. Considera el camión como un regalo de Leo. Pero no creo que él esté por la labor de hacerlo saltar hasta donde queráis llevarlo. Veamos —Star frunció el ceño e hizo como si estuviese resolviendo un complicado problema matemático—, el novato no puede ni saltar él sólo; Joy no puede con un camión entero, así que solo nos quedas tú, ¿no?

—Como excusa suena bien —reconoció el romano—, ¿crees que Leo se ofenderá si lo hago?

—¿Leo? Ese camión lleva aparcado junto a su precioso jardín más de un mes. Créeme, se alegrará muchísimo de que lo quites de en medio.

Mell dejó caer las manos a ambos lados y dio un paso hacia delante, extendió la mano y esperó a que Star se la estrechase.

—Gracias, Star, no lo olvidaré.

—No te preocupes, romano, siempre he sido bueno para buscar excusas.

—No me refería al camión.

El viejo *sheriff* soltó la mano del romano y se dirigió hacia la escalera.

—Yo tampoco me refería al camión... —Sacó la cajetilla de tabaco y lanzó un nuevo cigarrillo hasta sus labios afilados. Guiñó un ojo a Mell y comenzó a bajar las escaleras—. Por cierto—dijo mientras descendía—, el muchacho tiene las llaves.

Mell se quedó agarrado a la barandilla de la escalera mirando hacia abajo, mientras Star se perdía entre la gente. Algunos levantaban la vista y saludaban con la mano, mientras otros apuraban copas una tras otra.

La noche transcurría entre risas, charlas, algún que otro encuentro apasionado y buena música. «Todo un éxito —pensó—, seguro que Tarik había azuzado a otros a demostrar sus dotes musicales. No tardarán en asaltar el piano del salón». Incluso era fácil imaginar a algunos encerrándose en alguna habitación para saltar al sendero y regresar con su instrumento preferido.

A medida que bajaba la escalera se confirmaron sus sospechas. Oyó a alguien decir que Leo estaba intentando convencer a Luna para que bailase la danza del fuego al ritmo de la lira de Publio. Mell tuvo un *flashback*, recordó la silueta de Luna cubierta tan solo con finas tiras de seda, el sonido del laúd y el arpa... Y el aro de fuego. Sintió un escalofrío y despertó de su ensueño. No podría soportar verla bailar.

—Por todos los dioses, hoy no...

«El camión —pensó—, el camión...».

Bajó la escalera como una exhalación. No le costó demasiado encontrar a Marc. Estaba junto a Talos en la balaustrada del jardín, mirando hacia la playa donde Publio, Leo y Joy intentaban convencer a Luna... Algo que no sería muy difícil, dada la situación y la cantidad de alcohol ingerido en una noche como aquella.

La gente ya se había hecho eco de la noticia y se arremolinaban alrededor buscando el mejor sitio. Se fijó en Marc, el chico aguantaba bien el tipo, llevaba el esmoquin abierto y tenía el porte de una estrella de cine. Talos a su lado parecía contento, tenía el rabo relajado y permanecía sentado con la lengua fuera, mientras Marc le rascaba detrás de la cabeza, sin apartar la vista de Joy ni un solo segundo.

Mell se detuvo unos segundos a meditar, tal vez debería prevenir al chico sobre Joy, pero la verdad es que ella estaba muy atenta con el chaval. ¿Quién sabe? Tal vez los últimos cincuenta años hubiesen cambiado más cosas de Joy que las obvias. Sin duda se la veía más segura de sí misma, más capaz y mucho más comunicativa. Había madurado, eso lo notó en cuanto la vio en el desierto. ¿Algo más? Miró hacia Joy y esperó unos segundos. Como había imaginado, ella devolvía la mirada a Marc de vez en cuando, para luego dejar caer la vista al suelo y continuar el asalto al ego de Luna.

«Vaya, vaya... —pensó—, al parecer el chico tiene posibilidades». Sonrió en su interior y continuó su camino hasta alcanzar al joven galán.

—¿Cómo va la noche, novato? —Descargó la mano sobre el hombro del muchacho que lo encajó sin pestañear. Era duro, firme como una estatua, lo que el padre de Mell llamaba «porte Patricio», tan solo por ese detalle su padre habría apostado su vida por aquel chico.

Es curioso, a pesar de los siglos aún había gente que inspiraba confianza solo por la forma de «estar». Por desgracia, esos mismos siglos le habían enseñado a Mell que las apariencias engañan. Marc giró la cabeza y le dio la bienvenida con un soplido. Se le veía un poco agobiado, seguramente por eso Talos permanecía a su lado, siempre sabía dar a quien más lo necesitaba.

—Parece que están intentando liar a Luna para que baile algo.

—Sí, la danza del fuego, no te lo pierdas, es impresionante. Yo voy a tener que salir un rato, voy a sacar el camión con tus cosas de aquí.

Marc metió la mano en el bolsillo y sacó las llaves.

—Necesitarás esto —señaló mientras se las alargaba al romano—. ¿Qué vas a hacer con él?

—Tenemos un santuario en Sicilia, algo así como nuestro hogar, bueno... al menos el mío. Lo llevare allí y luego regresaré a la fiesta.

—OK, te diría que yo cuido de Joy, claro que seguramente sea al contrario. —Marc hizo una pequeña mueca y luego volvió a mirar hacia donde estaba ella. Luna ya no estaba allí. Joy charlaba animadamente con Publio, mientras Leo daba instrucciones. Unos metros más cerca, estaban haciendo sitio para el espectáculo. Al romano le faltó tiempo para salir corriendo, dejando a Marc con la palabra en la boca.

—Qué le vamos a hacer —dijo el chico mientras alargaba la mano para acariciar a Talos—, nos dejan solos...

El lobo levantó la mirada hacia el muchacho, después se irguió sobre las cuatro patas y se estiró, dejando caer el cuerpo sobre las patas delanteras, para después arquearse y levantarse de nuevo mientras bostezaba. Hacía mucho tiempo que no veía a Luna bailar, era algo que siempre le traía buenos recuerdos. La luna llena estaba en lo alto, presidiendo el firmamento con su luminosa presencia. Sería un espectáculo digno de recordar. Así que sería mejor buscar un buen ángulo para verlo. Golpeó al chico con los cuartos traseros para hacerle ver que había que caminar. Le gustaba ese chaval, aprendía deprisa y parecía tener un don para entenderle con facilidad. Caminó hasta una de las esquinas del jardín, desde donde se vería perfectamente el círculo y se subió de un salto a una piedra labrada que hacía las veces de macetero. Allí se hizo un nudo en sí mismo y relajó la cabeza sobre las patas. Tenía un ángulo de visión perfecto, además podría disfrutar del olor de los claveles y las rosas que habían plantado allí arriba.

Medio metro más abajo, el chaval se había sentado con la espalda apoyada contra la piedra, quedando su cabeza apenas a diez centímetros de la suya.

La gente comenzó a sentarse por todas partes. La escalera que daba acceso a la playa se llenó de gente en pocos segundos y la balaustrada del porche parecía tomada por un ejército. Los más desesperados se habían metido en el agua del mar; no sería muy cómodo, pero sin duda daría una perspectiva diferente del espectáculo.

Las voces comenzaron a acallarse, mientras Luna descendía los escalones del porche. Llevaba tan solo siete cintas de seda, como marcaba la tradición. Una en la frente, sujetando su pelo que, rebelde, se descolgaba a ambos lados de la cabeza, mientras detrás se recogía en una trenza enredada en otra cinta; otra en el cuello que, trenzada, bajaba entre los pechos, superaba su ombligo y caía hasta casi sus rodillas; otra cinta le cubría los senos, anudada en la espalda y trenzada después, cubría parte de los lumbares y se perdía al final de la espalda cayendo casi a la misma altura que la anterior; otra en las caderas, que sujetaba la trenza de atrás y la de delante para que no se moviesen demasiado al bailar, cubriendo su sexo; no obstante, era prácticamente transparente. Por último, dos cintas más atadas en los tobillos; estas, finas y alargadas de más de un metro. Todas de color rojo salvo las dos de los tobillos, que eran doradas.

Leo bajó las escaleras tras ella y al llegar al claro se desvió hacia Marc y Talos para terminar sentándose junto al chico.

—Talos siempre elige el mejor sitio —dijo a modo de excusa mientras se abría un hueco entre un hombre vestido como un bandolero español de finales del XVII y Marc. Apoyó la espalda en la piedra y centró la vista en Luna, que ya empezaba a bailar muy despacio, como si el viento la meciese.

De fondo podía escucharse el laúd, que Publio parecía tocar con maestría. Pero las notas parecían tener poca fuerza.

—¿No va un poco escasa de música? —preguntó Marc a Leo sin dejar de mirar hacia delante, casi en susurros.

—El laúd no es el instrumento principal —dijo el Espartano sin dejar de mirar a Luna, que ya se bamboleaba dejando caer su peso, primero a un lado y después al otro, mientras movía los brazos en círculos lentos sobre la cabeza. Entonces comenzó a sonar el piano. Marc no se había percatado de que lo habían movido, situándolo en el porche, por detrás de la multitud. La pieza que tocaba le resultaba conocida, pero no podía ubicarla. Por otro lado ganaba velocidad a cada segundo abandonando el patrón original. No intentó descifrarla, el espectáculo delante de él estaba empezando a resultar sobrecogedor, cuando Luna aceleró el paso y comenzó a girar y a dar saltos con una habilidad sorprendente. Sus manos parecían estar ¡ardiendo! A cada momento el fuego ganaba intensidad, segundos más tarde tenía dos enormes bolas de fuego en las manos; en ocasiones parecía dejarlas suspendidas en el aire para después girar y volver a cogerlas. Las dejaba caer rodando por sus brazos y sus piernas, para lanzarlas después al aire y recogerlas tras una voltereta o un salto. Marc, como todos los asistentes, estaba maravillado; no podía oírse una sola respiración, ni un solo murmullo, tan solo el piano regido por una mano diabólica capaz de sacar notas dentro de otras notas, en una ejecución imposible. El laúd atacaba algunas cadencias de la partitura, sumando notas alargadas que el piano no podría conseguir.

Cada uno de los pelos de Marc se erizaba al ritmo de la música, mientras Luna jugaba con aquellas dos bolas de fuego. Cuando la melodía superó su punto álgido, la bailarina comenzó a frenar el ritmo y cada cambio de tercio una de las cintas ardía, mientras ella se libraba de ella con un estilo que rayaba la insinuación erótica más primitiva. Sensual, vibrante, violenta y viva… como el espíritu mismo del fuego. Una a una las cintas fueron evaporándose tras una brutal llamarada, incluso la cinta que le recogía el pelo desapareció sin que su melena se incendiase. Algo que un humano normal no podría hacer. Hasta que solo quedaba Luna, con sus dos bolas de fuego en medio del claro.

Tan sensual como poderosa, su pelo parecía flotar levemente antes de caer sobre sus hombros y derramarse por su espalda desnuda. Tal vez, en ausencia de la música, la visión de aquella mujer le habría excitado, pero no se dio el caso; la música lo devoraba todo, el espectáculo era tan impresionante que no dejaba tiempo al subconsciente para activar los instintos. Por último, Luna levantó despacio las manos y dejó caer las bolas de fuego al suelo. Al llegar a este se inflamaron, completando un círculo de fuego a su alrededor mientras ella se dejaba caer sobre las rodillas y desaparecía en medio de la llamarada, dejando al público mirando el círculo de fuego en el suelo hasta que la música del piano se elevó de nuevo para morir a manos de un laúd que se apagaba despacio y plácidamente.

El tronar de los aplausos fue apoteósico.

Marc dejó caer su peso sobre la espalda. Casi no se había dado cuenta de que había estado en tensión durante toda la actuación.

—¿Dónde está Luna? —preguntó a Leo, que estaba a su lado partiéndose las palmas de las manos.

—Ha saltado a su habitación, volverá a ponerse el modelito de rastreador druida y bajará a que la halaguen hasta el amanecer. Puede que no hable, pero le encanta escuchar —esbozó una maliciosa sonrisa.

—¿Su desaparición no causará problemas?

—El servicio está ya en sus casas, no te preocupes. No será un siervo de Licos el que se salte las normas de la Alianza.

Lo dijo con tal convicción que Marc se guardó el dato en la memoria.

—He visto la estatua de Scyros…

—¿Cuál de las dos? —inquirió Leo dejando caer la vista al suelo, mientras Talos bajaba de la rosaleda dando un salto sobre su cabeza.

—¿Hay dos?

—La que hay en el centro del salón también es suya, se la regalaron hace siglos. Prácticamente construimos la cada alrededor.

—Me refería a la de la terraza.

Leo asintió.

—Eso no es una estatua.

—Ya me he dado cuenta, luce como un faro en el sendero.

—Vaya! —levantó la vista y la clavó en el novato—. Así que ya sabes rastrear.

Marc no supo bien por qué pero se sintió bien ante el tono de entusiasmo que le regaló el Espartano.

—Sí. Pero tengo una duda.

Leo abrió un poco más los ojos dándole a entender que respondería a su pregunta si podía.

—¿Por qué luce tanto en el sendero si es tan viejo? Se suponía que solo los novatos lucían.

—Tiene que estar consciente para controlar su energía.

—Así que cuando duermes te detectan seas lo viejo que seas, ¿no?

—Correcto —asintió mientras observaba cómo Talos se acercaba a los hijos de Shen, que estaban sentados en la escalera del porche discutiendo con algunos de los miembros más jóvenes de la fiesta.

—¿Qué pieza sonaba al piano? —preguntó Marc cambiando de tema. No quería apurar su suerte con alguna pregunta *obvia*.

—No lo tengo claro, creo que era Tchaikovsky. Pregúntaselo a Joy.

—¿Ella sabe de música?

Leo miró al muchacho levantando las cejas.

—¿Quién crees que estaba sentada al piano?

CAPÍTULO XVII

Hogar, dulce hogar

Carneia
Antigua casa de Mell. Santuario del Fénix

Mell hizo saltar el camión mientras aún se escuchaba la música de Joy. La había visto aprender a tocar desde que por primera vez vio un piano en la Venecia de 1711. Sin duda la influencia de Luna… Ambas sintieron siempre una predilección por el piano. Pero Joy se puso a ello como solo puede hacerlo un japonés, aplicando toda su fuerza de voluntad. Eso hizo que pronto le diese mil vueltas a Luna.

Después de ella, había recibido clases de muchos pianistas famosos. Algunos genios y algún que otro cuentista, que solo podía halagar la calidad de su alumna antes de esconder la cabeza y desaparecer. Por otro lado, los sentidos agudizados de los condenados potenciaban su calidad y velocidad, hasta tal punto que tuvo que dejar de tocar en público… Venecia, cuántas cosas podía recordar de su Venexia, pues es con ese nombre con el que él la vio nacer. Él estaba con el Dux el día en que se recibió la carta de los ediles francos del imperio de Oriente, aceptando las condiciones de los nobles y aceptando la creación de Venecia. La había visto crecer y crecer, en miles de ocasiones con su propia ayuda. De todas las ciudades de la vieja Italia, ninguna la igualó nunca en calidez.

Pero Sicilia… Sicilia era, sin duda, su casa.

El salto se completó a escasos doscientos metros de una verja de metal. El marco que Mell se encontró era muy distinto al que recordaba. Había estado allí hacía unos meses, cuando regresaba al juego, pero solo dentro de la casa. Seguramente la carta de Joy aún estuviese allí, sobre la mesa. Ahora que podía mirar la finca se quedó sobrecogido. Estaba en el camino de entrada, la casa con su torre se veía al final del sendero, aún conservaba parte de la arquitectura de la zona, con techo de una sola agua y la torre medieval protegida por una pequeña muralla que había sobrevivido, al menos, ochocientos años. Joy había organizado las obras del lugar y su espíritu se apreciaba rápidamente en los almendros y los castaños de indias que salpicaban todo ese lado del recinto. Alrededor, Joy había respetado el frondoso bosque de olivos que plantaron los descendientes de Dionisio de Siracusa, entre los que Mell se contaba. Pues todo hijo de Sicilia tenía sangre del tirano en las venas, a juicio de Mell, mezclada con ajo y aceite de oliva… Eso era para Mell Sicilia, su hogar, su origen y su inspiración.

Abrió la puerta del camión y saltó a tierra, para luego respirar el aire de su patria profundamente. Durante al menos un minuto se dedicó a dejar pasar todas las imágenes que le venían a la memoria. Las dejaba pasar deprisa por su mente, sin centrarse en ninguna de ellas. Era la única forma de no quedarse en trance durante horas. Solo los más viejos entre los condenados tenían que hacer algo así, era tanta la información que tenían en la cabeza, tantos recuerdos inconexos, tantos momentos…

Caminó hacia el fondo del jardín posterior, el lado de donde empezaban las rocas del monte y los olivos luchaban contra la montaña, creciendo apoyados contra la tierra, siempre empujando. Allí Joy había levantado la estatua de lo que parecía ¿un centurión de la tropa de Baleares? Mell se rascó la cabeza incrédulo. Reconoció el uniforme nada más verlo, aunque se trataba de un cuerpo de honderos en el que él nunca había servido... Y había servido en casi todos.

Al pie de la estatua podía leerse «*Mellias, Miles Gloriosus*»[3]. Vale... Tendría que pedirle respuestas a Joy, aunque, conociéndola «alguien» de pelo blanco la había engañado. Esa broma eterna, del estilo de Luna, seguramente tenía doble intención y un millar de sentidos en su mente retorcida... Además, la estatua había permanecido allí al menos cuarenta o cincuenta años, por lo que todos los que pasasen por allí a recordarle y tuviesen la edad apropiada se habrían reído un rato a su costa. Publio... Seguro que se habría reído lo suyo. Por un lado se enfureció, pero por otro tenía que reconocerle el ingenio a Luna.

—La madre que la parió... —susurró para sí, mientras sus pupilas se tornaban rojas y después plateadas, hasta reflejar casi por completo la luz—. La madre que la parió... —repitió justo antes de echarse a reír.

Analizó la estructura de la estatua y concentró toda la energía que pudo en el centro de la piedra. Casi podía sentir la piel de la estatua, expuesta a los elementos, y su frío interior. Levantó la mano y chascó los dedos. La estatua vibró con fuerza y luego una fina línea empezó a resquebrajarla. Los ojos de Mell volvieron a su color azul oscuro. Y *Miles Gloriosus* se hizo añicos.

Se dio la vuelta y miró hacia la casa. La luz de la luna recortaba sus formas arrancando a la oscuridad el reflejo de los ventanales. Comenzó a caminar hacia la casa; aunque trataba de evitarlo, no podía evitar la media sonrisa.

—«*Miles gloriosus*»... *Vulpes*.

3. Título de una parodia romana, cuya traducción literal es «soldado fanfarrón».

Se quedaría a descargar el camión, dormiría un rato y después regresaría a la fiesta. Sería divertido ver cómo Luna le explicaba a Joy el significado de «*Miles Gloriosus*». Aún quedaban dos días de festejos y Mell ya había tenido más que de sobra para el próximo siglo.

—Bueno —se dijo a sí mismo—, solo este año, el que viene todo estará olvidado, solapado en el recuerdo común...

Con un poco de suerte, vería a Lidia en sus sueños y, quién sabe... Tal vez sería feliz una vez más, aunque solo fuese un recuerdo.

Carneia

Casa de los hijos de Licos

Marc decidió pasarse al agua siguiendo los consejos de Star, que de vez en cuando aparecía para presentarle a algún condenado. Los «ancianos» del grupo inicial se desperdigaron por todas direcciones cuando el romano se fue, y eso dejó a Marc en manos de Star y de Talos. Este último dormitaba sobre la balaustrada del porche a escaso medio metro de donde habían plantado el piano. De vez en cuando alguien se sentaba, tocaba una partitura y se largaba cediendo el sitio al siguiente. Debía de gustarle el sonido del piano porque no había forma de moverle de allí.

Más abajo, en la playa, Luna y Joy parecían enfrascadas en una conversación. Joy hablaba y Luna asentía, o se reía, o le daba un golpe o le hacía gestos que Marc intentaba descifrar, mientras acunaba cada mirada que la geisha le dedicaba en la distancia.

—¡Marc! —La voz de Star sacó al muchacho del trance, se acercaban a él desde la casa. Star traía de la mano a una mujer de edad avanzada, aparentaba unos setenta años, caminaba despacio pero a buen ritmo y conservaba el porte regio de una aristócrata. Lucía un vestido verde de gasa y seda que, dependiendo del ángulo de la luz, parecía transparentarse. El pelo recogido en una especie de moño de dos alturas con un mechón cayendo por el lateral. Típicamente griego.

—Hola Marc, te presento a una de las mujeres más… —se detuvo sin encontrar la palabra idónea.

—Vieja, Star, dilo sin miedo —dijo la recién llegada, luciendo una inmensa sonrisa.

—Bueno… —continuó algo molesto—, digamos que es la mujer más veterana de la Alianza.

—Hola, me llamo Ergara, soy torre de Atena. —Extendió la mano derecha y la colocó a media altura ante Marc. Este se la estrechó con delicadeza, solo para darse cuenta de su error cuando ella le devolvió un apretón contundente.

«Nota mental —pensó Marc—, aquí anciano no significa débil… ni de lejos». Aquella señora, seguramente, podía arrancarle la cabeza de un sopapo.

—Yo soy Marc, peón del Fénix.

—Ya… —dijo la anciana alargando la sílaba—, te conozco muy bien.

Marc giró la cara al más puro estilo Talos y frunció el ceño extrañado.

—¿Nos conocemos?

—Te he visto en mis sueños, joven Fénix, te he visto volar, envuelto en llamas.

Star aprovechó para aclarar algunas cosas, antes de que el chico empezase a preguntar.

—Ergara ya era vidente antes de morir. Tras su transformación, sus poderes aumentaron. Es el psíquico más poderoso de la Alianza, permanece en un templo oculto por voluntad propia. En ocasiones es nuestra única referencia para evitar asuntos, digamos, complicados. —La anciana sonreía mirando a Star. Le gustaba el tono de respeto que utilizaba al hablar de ella, sobre todo teniendo en cuenta que todos conocían la predilección de Star por la ciencia. En el pasado, ningún científico había tratado bien a Ergara. Ningún científico, ni ningún hombre…

—Vaya —exclamó Marc—, ya solo me faltaba un vidente, hoy he hablado con una estatua y un lobo.

—¿No crees en los videntes? —preguntó Star—. La física moderna ha llegado a la conclusión de que el ser humano debería ser capaz de ver el futuro de la misma forma en que recuerda el pasado. —Ergara comenzó a reírse, empezó con suavidad, pero al cabo de unos segundos casi le costaba mantenerse erguida. La risa se contagió a Star y a algunos de los invitados que pasaban cerca. Incluso Marc terminó por reírse sin saber por qué.

Fue la mirada de Joyko la que hizo que Marc recuperase la compostura.

—Disculpad, es lo más cómico que he oído en siglos. A lo largo de la historia han querido quemarme, envenenarme y algunas otras cosas que prefiero no mencionar… Todo en aras de «la ciencia». Escuchar que ahora lo ven como una posibilidad es algo que mi viejo corazón no está dispuesto a creer.

—Vivir para ver… —dijo Star mientras lanzaba un nuevo cigarrillo hacia los labios.

Joyko se había quedado sola, sentada junto al jardín, con los pies desnudos sobre la arena de la playa. Y eso era algo que Marc llevaba esperando toda la noche.

—Os ruego que me disculpéis, pero tengo un asunto que atender —se excusó Marc mirando de reojo hacia la playa. Star afiló la sonrisa al comprender.

—Arrea, tortolito, seguro que podemos charlar más tarde. —Soltó una fuerte bocanada de humo sobre la cabeza de Marc, que con una sonrisa se alejó de ellos en dirección a aquella preciosa mujer que le miraba de reojo. Ergara y Star se quedaron mirando unos segundos para luego enfrentar la mirada con la sonrisa torcida.

—Amor... —dijo Star al tiempo que devolvía su mirada hacia los verdes ojos de Ergara.

—El amor es lo único que puede salvarnos...

—¿Salvarnos? No pensarás ponerte apocalíptica, ¿verdad?

Ergara dejó caer la vista al suelo. Su viejo rostro adquirió un rictus de tristeza.

—Para algunos lo será, amigo mío, para algunos lo será.

Star había oído hablar mucho de Ergara, sabía que había predicho muchas cosas, siempre con ese halo de misterio que rodeaba las viejas predicciones. El oráculo de Delfos fue una herramienta de dirección para medio mundo durante más de mil años. ¿Quién era él para juzgar sus métodos?

—Ergara, yo siempre he creído en la facultad humana de predecir lo venidero. Al igual que la mayoría de las personas pueden tener corazonadas, es de imaginar que, como en todo, un genio nazca con esa facultad ampliada. Lo que nunca he entendido es por qué se hacen esas predicciones misteriosas. Ya me entiendes, que si el ojo del cangrejo mirase hacia Occidente, las gaviotas de París morirán en los Alpes... Lees libros como las predicciones de Nostradamus y no comprendes por qué no dijo las cosas con más claridad —dijo mientras soltaba una nueva bocanada de humo.

Ergara inspiró el humo del tabaco, su sabor le parecía desagradable pero siempre le había gustado la fragancia del tabaco.

—La culpa la tiene el miedo.

Star torció el gesto, esperando que la vieja vidente completase la explicación.

—El miedo a fallar en algunos, el miedo a la reacción de los implicados, el miedo a que los propios causantes de ese destino alteren la realidad. Si te digo que mañana morirás atropellado, es posible que te encierres en una habitación para escapar de tu destino. Puede que con un alarde de voluntad lo consigas, y alteres la realidad de todos los que te rodean, hasta que el destino implacable te alcance. Puede que ganes un mes, tal vez un año pero tu presencia provocará cambios. Siempre ocurre.

—Creo que lo entiendo pero no me cuadra. Creo que la voluntad de un ser humano es más que capaz de alterar el futuro, creo que el hecho de que veas una probabilidad no lo convierte en algo inamovible.

—Tú mismo lo has dicho Star… Crees.

—¿Acaso no se trata de eso?

Ergara levantó de nuevo la vista hacia los afilados ojos de Star. Aquel hombre la sorprendía, su relativa juventud debería restarle credibilidad entre los condenados pero su forma de expresarse y su facilidad para entender las diferentes formas de pensar de todo el mundo le estaba garantizando un sitio entre los ancianos y también un montón de buenos amigos.

Marc se acercó a Joy con el corazón en un puño. Se había repetido tantas veces la misma cantinela ante el espejo que ya sentía pena de sí mismo. «Solo una chica guapa, tú no serás un pelele»… Tragó saliva e intentó que su ritmo cardíaco no le delatase. Por desgracia Joy contaba los latidos de corazón ajenos por costumbre, así que más que delatado, estaba vendido. Se acercó aplaudiendo lentamente.

—Una interpretación impresionante, no sabía que supieses tocar el piano.

Joy levantó la vista, su mirada parecía triste pero al menos lucía una sonrisa.

—Hay demasiadas cosas que aún no sabes de mí, el piano es solo una de ellas.

No hacía falta haber vivido mil años para saber que cuando una conversación empieza así, va a terminar mal. Pero Marc no tenía un solo pelo de tonto y estaba a punto de demostrarlo.

—Oh sí, ya lo sé… Ni tú sabes nada de mí…

Joyko perdió la sonrisa y giró un poco la cara, como intentando que una bolita en su cerebro encontrase el agujerito apropiado para asimilar que aquella observación era completamente cierta. Marc había conseguido el primer punto, evitar que le diese la patada en el acto.

—Supongo que me dirás que has vivido mucho, me dirás que el amor se va casi al mismo ritmo que llega, me dirás que has visto morir a los que amabas, me dirás que lo nuestro no tiene futuro y que una eternidad juntos termina por convertir el amor en odio… —Joy se había quedado de piedra, el novato se lo estaba diciendo todo él solo—. Y supongo que, para rematar, me pondrás el ejemplo de Luna y Mell y después me mandarás a pescar sirenas con un tierno besito en la mejilla.

Se hizo un silencio sepulcral. Marc se sentó despacio a su lado. La arena estaba fría y la brisa del mar golpeaba con fuerza su cara. Desde su renacimiento disfrutaba del frío con más intensidad.

—Por tu silencio deduzco que he andado cerca, ¿no? —Sin darle demasiada importancia, cogió una concha y la lanzó hacia las olas del mar.

—Le diste de lleno, novato… —Joy empezó a aplaudir con la misma cadencia que Marc segundos antes—. Una buena interpretación.

Marc se echó a reír, rebajando la tensión del momento.

—Tan solo hay una pregunta que quiero hacerte, una sola… —Marc giró su rostro y encaró aquellos ojazos azules. Joy sintió una especie de tirón en el pecho. Marc estaba muy guapo, con la pajarita desabrochada junto a los primeros botones de la camisa. La luz de la luna le daba de frente en la cara y sus ojos brillaban. Sus facciones, aunque duras, se suavizaban bajo aquella luz y sus labios se le antojaron dulces y suaves. Durante medio segundo los miró y Marc se acercó un poco más… Pero consiguió mirarle de nuevo a los ojos. Marc vio alejarse el momento y suspirando preguntó:

—En todos tus años de vida, ¿has conocido siquiera a una sola persona capaz de escapar? —y volvió a mirarla directamente a los ojos a la distancia en que el aliento se mezcla.

Joy estaba aturdida. A esa distancia aquellos ojos azules como el mar la hipnotizaban. Su pecho empujaba hacia Marc con fuerza, mientras su consciencia se defendía con uñas y dientes para no caer en la tentación. La pregunta entró por un oído y salió por el otro casi sin detenerse.

—¿Escapar de qué?

La tensión, como era de esperar, llegó a un punto en que no podía controlarse, se rompió como una rama seca bajo la presión constante del viento. Fue fluido, fue violento, fue especial... El beso los cogió a ambos desprevenidos, sacando lo mejor de cada cual. Sin demasiadas expectativas, con la dosis exacta de pasión para resultar inolvidable.

Cuando sus labios se separaron, Marc respondió a la pregunta.

—Escapar de esto...

Joy dejo caer la mirada, mientras se le formaba un nudo en el estómago. Cuando levantó de nuevo la vista tenía los ojos rojos.

—Todos los hombres a los que he amado han muerto en mis brazos.

En ese momento, Marc, viendo el rostro de Joy no pudo evitar recordar la frase de Ryu: «La primera vez que la vi parecía el ser más bonito e indefenso de la creación». Marc esbozó una sonrisa enorme, llena de la luz de la luna, y respondió:

—No me imagino mejor forma de morir.

Joy se levantó, como accionada por un resorte y salió caminando hacia la casa a buen ritmo. Su lenguaje corporal era inconfundible, estaba furiosa. Marc no alcanzaba a comprender lo sucedido, simplemente se quedó mirando el sitio donde estaba sentada un segundo antes, mientras le asaltaban unas enormes ganas de rascarse la cabeza. Para cuando quiso reaccionar, Joyko le sacaba cincuenta metros de ventaja, se levantó y comenzó a caminar tras ella. Pero sintió cómo una mano le agarraba del brazo, aunque con suavidad, le frenó con la misma contundencia que la maroma de un barco. Cuando levantó la vista se encontró con Luna. Volvía a lucir el traje de rastreador druida con todos sus abalorios y colgantes. Le miró con un gesto que reflejaba paz, le puso una mano en el pecho y le empujó lentamente hacia atrás, mientras cabeceaba negativamente. Luego separó la mano de su pecho y la movió en paralelo de arriba a abajo, como si botase una pelota imaginaria. La traducción se le antojó simple: tranquilo, espera…

—Tengo miedo de que me haya malinterpretado —dijo con la cabeza baja—, no sé…

Cuando levantó la vista de nuevo, Luna le miraba con una sonrisa mientras señalaba hacia el mar. Cuando Marc miró hacia las olas, ella hizo el gesto de las olas sobre la orilla, siguiendo el ritmo lento y pausado. De nuevo, la traducción fue sencilla: paciencia, perseverancia… Marc asintió y Luna soltó su presa dando un paso atrás.

En realidad Luna solo quería hacerle entender que una mujer era como las olas del mar, si se alejaban por voluntad propia no tardaban en volver. Pero al ver que se había calmado un poco se quedó tranquila. Le guiñó un ojo y se alejó de camino a la casa.

Marc se quedó parado mirando el mar. Ser perseverante no le daba ningún miedo, ser paciente… eso ya no lo veía tan fácil. Dejó pasar algunos minutos mientras la noche clareaba en el horizonte y el viejo bosque se iluminaba despacio como si de una aparición sobrenatural se tratase. A su espalda, algunos invitados levantaban sus copas para brindar al amanecer, festejando el fin de la primera noche de la Carneia.

Ryu apareció como salido de la nada, llevaba su mejor sonrisa, una cerveza en la mano y un esmoquin que cambiaba por completo su aspecto.

—La noche termina. Lee y yo vamos a visitar algunos casinos. Las mejores partidas de póquer se juegan por la mañana, frente a la playa… ¿te animas, novato?

«Póquer», pensó Marc, al menos sería una forma de no darle demasiadas vueltas a lo de Joy.

—Claro, contad conmigo —dijo sin demasiado ánimo.

—Le cogeremos prestada la limusina a Leo, no creo que le importe.

—Supongo que eso depende. ¿Te ha visto conducir?

—Muy gracioso, novato —declaró Ryu mientras tomaba el mismo camino que había seguido Joy un rato antes.

Los invitados estaban desapareciendo, al parecer solo se celebraban las noches en común. Durante el día todos continuaban con sus tareas, o disfrutaban de la ciudad de Montecarlo, sus playas, sus casinos y sus tiendas. Podía ver cómo algunos pequeños grupos se alejaban por la playa, muy lejos de la casa. No podía ver a Talos ni a Star, y tanto Publio como Ursus, que al parecer era el nombre del vikingo, estaban sentados en las mesas del porche con Luna, Leo y algunos personajes a los que no había tenido la ocasión de conocer. Pensó en acercarse pero no le apetecía, veía más prometedor una partida de póquer contra desconocidos, el silencio, la rutina de un simple juego. Ya estaba un poco cansado de sentirse «el nuevo», eso sin tener en cuenta que a su lado se sentía como un bebé. La vida que había llevado los últimos siete años le hacía pensar en que ya se había ganado un sitio en el mundo, tal vez sin demasiada experiencia, pero creía haberse ganado a pulso el respeto de sus superiores, amigos y enemigos. Este brutal cambio de reglas se le había atragantado. Claro que a la mayoría de la gente la muerte se les atragantaba mucho más… Necesitaba tiempo para asimilar todo aquello. Necesitaba aire…

Cruzó la casa siguiendo los pasos de Ryu hasta llegar junto a la enorme limusina negra. A ese lado de la casa, la humedad de la mañana traía aromas de lavanda y romero. La noche anterior no había podido apreciar los jardines de la casa, tan solo un borrón en la oscuridad de la noche, pero a la luz del amanecer resultaban muy bonitos. Las matas de romero eran enormes, recortadas creando una especie de escalón bajo la sombra de los arbustos. Almendros, cipreses, álamos y tamarindos se perfilaban bajo la enorme figura de los pinos de montaña, que bordeaban todo el complejo. Más cerca de la playa las palmeras datileras se levantaban por encima del edificio.

Ryu no tardó mucho en quitarse de encima al chófer de la limusina, mientras Lee apareció vestido para la ocasión, con un esmoquin de corte moderno, zapatos italianos y unas gafas de sol que no hacían más que ocultar el único detalle humano que conservaba. Con ese atuendo parecía mayor y más alto. Acostumbrado a verle siempre descalzo, Marc acusó la diferencia rápidamente.

—Parecéis los tres tenores… —dijo Joy acercándose al grupo por detrás de Marc, que consiguió contener las ganas de girarse.

—Sí, Lee es clavadito a Pavarotti —dijo Ryu, mientras abría la puerta del conductor.

Lee abrió la puerta de atrás de la limusina y se hizo a un lado con una reverencia. Durante una décima de segundo Marc cerró los ojos. Por un lado le vendría bien pasar el resto del día lejos de esa mujer, pero por el otro, tenía tantas ganas de volver a tenerla cerca. Cerró los ojos y rezó, esperando escuchar los taconazos de Joy en dirección al coche. Tras dos segundos eternos la oyó avanzar hasta estar justo a su espalda. Giró la cara y la miró, estaba preciosa. Se había puesto un vestido rosa que recortaba su figura hasta los muslos, y se había recogido el pelo en un moño de esos rápidos, con dos palitos atravesados.

—Vaya, os habéis cambiado todos de ropa.

—Ventajas de la edad —dijo Joy con una sonrisa—. A cualquiera que le diga que tengo el armario en Tokio… —Se metió en la limusina y Marc la siguió dentro, dejando sitio en espera de Lee. Pero este no le siguió. La puerta de atrás se cerró y Lee dio la vuelta entera hasta el asiento del copiloto. Ryu le miró de soslayo mientras dejaba aflorar una sonrisa afilada.

—¿No vas a subir atrás? —La sonrisa se convirtió en una mueca.

—Prefiero ir delante contigo y asegurarme de que llegamos enteros.

En el asiento de atrás se hizo el silencio. Joy y Marc estaban solos, juntos y prácticamente a oscuras. El aire parecía echar chispas.

—Lo siento —dijo Joy—. Ha sido una reacción infantil, impropia de mí.

Marc se giró para encararla.

—Da igual.

—No puedo volver a enamorarme, Marc, no quiero volver a pasar por eso.

Marc tan solo cabeceó afirmativamente.

—No quiero que pase otra vez, no quiero vivir con miedo…

Marc volvió a asentir con la cabeza. Joy estaba nerviosa, podía sentirlo, podía ver sus labios en la semioscuridad, podía sentirla temblar.

—Tú no… —empezó, pero se quedó callada, mirando a Marc, que seguía la silueta de su rostro como si quisiese memorizar cada detalle de su cara. O ¿era ella la que estaba memorizando el suyo? Estaba hecha un lío… El cuerpo le pedía a Marc, el corazón le pedía a Marc, la boca le exigía que lo besase. Los segundos se escurrieron, mientras el coche comenzaba a avanzar hacia el camino del monte.

—Vale… —dijo Marc poniéndose serio. Sonaba jocoso, como si no se creyese una palabra de los argumentos de Joy—. Entonces de sexo ni hablamos… —e hizo un gesto con las manos, como si fuese él quien se negaba tajantemente.

Se miraron… Dos, tres…, cuatro segundos y los dos se echaron a reír. La tensión parecía haberse suavizado. De nuevo se miraron… Dos, tres… Y zas… Una mano tocó un brazo, y la mezcla explotó.

Desde el asiento delantero se notó claramente la explosión, mientras la imagen de dos siluetas desaparecía para dejar un contorno bien diferente. Lee levantó la mano y pulsó el control de la ventanilla interior. Mientras Ryu apuraba la vista por el retrovisor hasta que el panel de cristal tintado se cerró del todo aislando a los pasajeros.

—No seas cotilla —dijo Lee mientras se quitaba las gafas de sol.

Ryu soltó un gemidito.

—Los hay con suerte, cuatro siglos deseando hacer eso…

—Cupido es caprichoso.

—Yo pensaba más en Baco, ya sabes, sexo y excesos.

—Pervertido...

—Niñato...

Los dos se miraron sonriendo.

—Bueno, ¿adónde quieres ir?

—El gran casino estaría bien.

—Vaya, qué casualidad, el que está en la otra punta de la ciudad...

—Sí... Y no corras, quiero disfrutar de las vistas. —Se puso de nuevo las gafas de sol y desvió la vista hacia el exterior del coche.

—Vale, mira a ver si ves el control del aire acondicionado, no queremos que los pasajeros se nos quemen, ¿verdad?

Lee intentó imaginar la temperatura que pueden alcanzar dos condenados de fuego haciendo el amor. Y tras medio segundo comenzó a pulsar botones en el salpicadero.

—Estos trastos cada vez son más complicados.

—Si quieres les abro las ventanillas —dijo Ryu con una sonrisa macabra.

—Serías capaz.

—No apuestes.

Lee dejó escapar algunas carcajadas, a su estilo, suaves y discretas. Hacía años que no le había visto reír. Y podría jurar que había sentido un latido en el corazón. Se estaban haciendo demasiado viejos...

En la parte de atrás, el amor estaba definiendo algunas de sus mejores formas. Mientras el cariño ataba nudos sin nombre, vínculos más duros que el acero, capaces de soportarlo todo.

El mundo dejo de importar. Tan solo la piel de Joyko tenía sentido. Tan solo su olor. Tan solo su calor. Tan solo el sabor de sus labios. Marc sentía que se mareaba con cada beso de pasión que ella le regalaba. Podía sentir como su cuerpo se tensaba, aproximándose más y más a ella, alcanzando la barrera inamovible de su piel. Ella parecía fuera de sí. Le acariciaba el pecho con una mano mientras con la otra le forzaba a cambiar el ángulo de la cabeza para poder lamerle el cuello. Mientras el calor en la limusina se hacía más intenso segundo a segundo.

Ryu había cerrado la mampara, aislándoles de la cabina. Pensar en que ellos lo sabían tuvo una curiosa reacción para alguien como Marc. Le excito... Le excitó sobremanera. Y cuando terminó de convencerse de que aquello estaba ocurriendo, le generó una erección tan intensa que le costaba mantenerse quieto mientras ella castigaba sus labios y su cuello sin piedad con la parsimonia de un gato ante el festín del día.

Pero Marc no era un ratón. Ni mucho menos... No solo era un buen amante, también había recibido educación explícita a tal efecto. Y no había nada que le pidiera más el cuerpo que satisfacer a esa mujer. Así que se decidió a tomar el control.

Primero la tomó de las caderas, con una mano a cada lado de aquel culo que le había hecho sudar todo el invierno y la apretó contra si con la suficiente fuerza como para que ella sintiese una parte de su anatomía en la que, tal vez, ella no se había fijado.

Pero ella sí se había fijado, le deseaba desde la primera vez que le vio. Tal vez había llegado el momento de admitirlo. El sexo permanecía latente en la vida de todo condenado. Un placer del que podían disfrutar. Conscientes de que nada estaba mal visto en realidad, conscientes de que su libertad era un bien heredado. La vida de Joy había girado siempre en torno al sexo, a su propia belleza, a su sensualidad. A la reacción que provocaba en los hombres. Desde que tuvo su primera menstruación, el sexo se había convertido en una moneda de cambio. Un bien tangible... Medible... Vacío.

Siempre había conseguido salir airosa de situaciones imposibles gracias a esa extraña belleza. Ese don innato que algún dios vengativo le había dado al nacer. Un dios capaz de convertir una virtud en un castigo. Joyko había tenido más experiencias sexuales en sus primeros veinte años de vida, que Marc en toda la suya. Y puede que para algunos eso no tenga valor, pero para otros es la peor trampa con la que se pueden encontrar. Ella sabía convertir a un hombre, o a una mujer, en un títere sin cabeza. Sabía encontrar la brecha en su ser capaz de hacerles perder la razón. Era totalmente consciente de eso… Y por *eso*… Odiaba el sexo. Le había traído tantos problemas que ya no suponía para ella más que dolor. Recuerdos dudosos, sensaciones olvidadas tras una gruesa cortina de gemidos y caricias. De saliva y sudor. El éxtasis… Era algo que siquiera recordaba. Algo que solo una vez la hizo vibrar. Arrancándole la esperanza. Bajo el filo de la espada de su propio hermano.

«*¿Estás segura de que puedes matarle?*» (La voz de Rikymaru asaltó su cabeza desde algún lugar de su subconsciente.)

Allí estaba ella, en la casa de Hiroshi. Empuñando la daga con la que tenía que poner fin a su vida. Y posiblemente, a la suya después. Mitahito Hiroshi nunca fue tonto… Pero se había enamorado. Sabía que ella era un ninja Azuma desde la primera vez que vio aquella sonrisa de ángel. Pero la amaba hasta tal punto…

—Llegó el día, ¿verdad? —preguntó él mientras la abrazaba. Pudo sentir como sus manos acariciaban sus caderas. Como el propio Marc estaba haciendo—. ¿Vas a matarme, Joyko?

Ella había entrado a servir en su casa bajo el nombre de Rumiko Hinara. Por lo que aquella frase solo podía significar una cosa. Casi se le cae la daga de la mano, mientras la ocultaba en el interior de su manga. Le miró a los ojos y lo que vio le heló la sangre. Aquel hombre era feliz. Feliz porque la amaba, feliz porque habría cambiado una eternidad en el infierno por un solo segundo con ella. Porque le daba exactamente igual morir. Los recuerdos se mezclaban con la realidad a cada beso.

«No se me ocurre forma mejor de morir…»

Joyko volvió a sentir el mismo escalofrío que la había obligado a levantarse en la playa.

—¿No tienes miedo? —preguntó ella. Sin soltar el mango de la daga, vigilando cada uno de sus movimientos por si pretendía escapar.

—Claro que tengo miedo... Desde el día en que te conocí, conocí el miedo... Conocí la pasión, comprendí el deseo. Desde el día en que te conocí, conocí el miedo... Y me condené a quererte. Por un sí o por un no, a poder perderte. Desde el día en que te conocí te quiero.

Hiroshi siempre fue un buen poeta. Ella se estremeció, sintiendo como el frío filo de la daga se escurría y caía al suelo.

(Marc, en el presente, se estremecía entre sus brazos.)

No podía matarle. Nunca pudo hacerlo. Le amó desde que sintió su primera caricia, desde que tocó por primera vez su rostro al hacer el amor.

Él sintió el golpe de la daga contra el suelo. Ni siquiera parpadeó. Siguió mirándola como si ella fuese lo único real en el mundo. Viendo en ella su redención y su condena. Al infierno la política. La cogió fuerte del pelo y la obligó a darse la vuelta. Estaba muy excitado y ella lo notó enseguida. La obligó a avanzar un par de metros hasta la pared y la aprisionó con su propio cuerpo. Tenía una erección (como Marc, en el presente...; desprendía casi el mismo calor y su presencia parecía la misma).

Joy había perdido el control, su mente la engañaba con recuerdos escondidos. Mientras, Marc tomaba las riendas de la situación obligándola a girarse y a ponerse de rodillas sobre el asiento contrario de la limusina. La mantuvo sujeta por el pelo hasta que ella se dejó llevar. Dándole la espalda se levantó lentamente el vestido. Marc creyó que se moría cuando vio aquella imagen. Joyko con el cuerpo tenso por el deseo, sudando. Ofreciéndose claramente a él.

La tensión explotó en la única dirección posible. Marc se arrodilló a su espalda, la tomó por las caderas y hundió su cara en ella hasta sentir su humedad en los labios. Mientras, en la mente de Joyko el pasado y el presente se fundían. Hiroshi hacía lo mismo mientras ella acariciaba la pulida pared de madera. Sintiendo cómo él la tomaba con la lengua. Sintiendo cómo se deshacía en sus caricias. Más arriba, sobre el techo… su hermano Rikymaru desenvainaba su katana. Joyko había fracasado. Como todos esperaban, se había enamorado. Había perdido la perspectiva y había traicionado al clan. Para los Azuma, valía más muerta que viva.

Joy se tensó en la limusina, a tenor de sus recuerdos. Mientras, Marc le arrancaba un escalofrío tras otro. Hasta que sintió como se incorporaba… Un segundo de incertidumbre en la oscuridad de la limusina, para después sentir la misma sensación, la misma pasión y la misma angustia.

La penetró con fuerza, y aunque había grandes diferencias de tamaño entre Hiroshi y Marc, le sintió igual. Con el mismo envite, con la misma familiaridad, mientras ella se perdía entre el placer y dolor más absoluto. Marc la oía gemir, pero aquella mezcla de pasión y dolor no le pasó inadvertida, y le hizo pensar que le estaba haciendo daño. Así que frenó el ritmo.

Pero Joy no tenía intención de permitirlo, tomó algo de impulso y obligó a Marc a penetrarla hasta el fondo, al tiempo que en medio de un gemido clavaba sus dientes en el asiento de cuero.

Marc sintió un fuerte escalofrío y su deseo se le fue de las manos. Comenzó a embestirla sin freno. Con toda la potencia que podía desarrollar, con toda la pasión que podía ofrecer. Mientras, Joy rememoraba. Se perdía en sensaciones que no creía ser capaz de recordar. En ilusiones que morirían, ahogadas en el sudor de aquel momento. Oyó el crujido en el techo… El movimiento de Hiroshi. La bomba de humo… El filo de la espada y olor de la sangre. Gritó mientras apretaba su cuerpo contra Marc. Deseando que todo fuese distinto, deseando que el pasado se apagase una vez más… Con un suspiro. Deseando que aquella visión terminase.

Hasta que Marc se deshizo en su interior con un grito ahogado, llevándose los recuerdos por delante.

El calor en el interior de la limusina había alcanzado los cuarenta y cinco grados, el termómetro interior parpadeaba como si no se lo pudiese creer. Mientras Joy se daba la vuelta y se agarraba de nuevo al cuello de Marc como un vampiro.

—Hace muchísimo calor —dijo Marc mientras se dejaba caer sobre el asiento.

—Sí… —respondió Joy apoyando la frente en su hombro.

—Te dije que nada de sexo.

Joy se tensó un poco mientras le cerraba a Marc la cremallera del pantalón de un tironcito.

—Eso no ha sido sexo, novato… Cuando lleguemos al casino te enseñaré lo que es.

Le miró como si fuese un pastel de chocolate, se pasó la lengua por los labios y se lanzó de nuevo a por su cuello. Mientras, Marc elevaba la vista al techo de la limusina y gesticulando daba las gracias a Dios, al Fénix o quienquiera que fuese responsable de aquello.

Alrededor del coche, los árboles daban paso a los grandes edificios, los paseos y las plazas. Un Montecarlo diferente, el de las amas de casa paseando con sus hijos, el de personas sin nombre corriendo en chándal y turistas con la mochila a la espalda dispuestos a comerse la ciudad. Lee los miraba, sintiéndolos tan lejos como las estrellas. Sus vidas le parecían algo irreal, sacados de alguna serie de televisión. Tan lejos de su forma de vida que no podía siquiera imaginarlo. Más adelante pudo ver a un niño de no más de seis años que corría hacia una máquina de esas que distribuyen caramelos o regalos. Una mujer, seguramente su madre, le sonreía moviendo una mano desde la mesa de una terraza, mientras tomaba un café con otra mujer. Amigos… Amantes… Familia… Intentó recordar, alejarse en el tiempo hasta su niñez, interrogando al pasado para poder averiguar si alguna vez se había sentido parte de todo aquello. Lo que vino a su memoria fue muy diferente, odio, sangre y fuego, el cadáver de su madre atravesada por una lanza. El rostro de su padre cubierto de barro y lágrimas... Pudo sentir el dolor en sus nudillos, abrió de nuevo los ojos y se miró las manos. Allí estaban, limpias. «Nada, nada limpia mejor la sangre que el tiempo», pensó

Carneia

Bosque de Pinos. Montecarlo

Talos dormitaba. Tanto el romano como aquel chico nuevo tan gracioso habían abandonado la fiesta. El intenso olor del tabaco y los perfumes habían terminado por agotar su paciencia. Lo que no dejaba nada de interés para él en la Carneia, al menos hasta el día siguiente.

Le vendría bien descansar un poco. El sol le había robado protagonismo a la madre y ya solo se podía intuir su perfil en el cielo. Algunas estrellas habían luchado, intentando defenderla de la luz del creador pero, como cada amanecer, perdieron la pelea.

No se puede detener lo inevitable, no se puede romper el ciclo natural de las cosas. Pero se puede influir en el futuro. Esa era la única lección que su larguísima vida le había enseñado... O, al menos, la única que deseaba recordar.

Se miró las patas. Las tenía cruzadas delante del morro y, además, de no dejarle posar la vista en el suelo, le obligaban a dirigirla hacia el cielo. Los pinos que le rodeaban estaban enfermos, muy pocos ejemplares conservaban la salud estando tan cerca de una ciudad. Los castaños habían empezado a mudar las hojas, casi un mes antes de su fecha natural. El mundo cambiaba a cada siglo que pasaba y el ser humano parecía no querer darse cuenta de las consecuencias de sus actos. Soltó el aire que acumulaba en los pulmones y se giró hacia a la derecha dejando que sus huesos descansasen sobre las hojas caídas. La tierra estaba fresca, aún conservaba la humedad de la noche pero en las próximas horas el calor lo invadiría todo. Estaba a más de veinte kilómetros de la ciudad y a unos cinco de la casa de Scyros. A esa altura el monte ya clareaba y los pinos daban paso a zonas más despejadas, donde abundaban el conejo, la liebre y las ardillas.

Se relajó y dejó que, una vez más, los sueños le devolviesen al pasado. Escucharía a Luna cantar, vería a Scyros correr en Olimpia o a Star cabalgar como un loco, perseguido por media tribu Jaqui. Recuerdos…

Curiosamente, lo primero que le vino a la cabeza fue la imagen de Luna bailando aquella misma noche. Algo digno de recordar, sin duda. El pensamiento se perdió y recordó a Ryu acariciándole el morro, después al chico nuevo del Fénix cayendo de culo a los pies de Scyros. Sintió una punzada de cariño y archivó su rostro en la memoria. Parecía un buen chico, como siempre… El tiempo diría. Empezaba a dejarse llevar por el sueño cuando sintió un fuerte dolor en el costado. Intentó abrir los ojos, pero no podía. Una secuencia de imágenes cruzo rápidamente por su cabeza, olor de agua salada, un coche negro con los cristales oscuros, dolor, fuego, odio… Después silencio, paz. El frescor del agua a su alrededor, el cielo estrellado y allí, en lo alto, una estrella se apagaba. Una de las estrellas del dragón moría… y lo hacía asesinada. Despertó con un quejido, se levantó de un salto y metió el rabo entre las patas. ¿Cómo? ¿Por qué? Dio un paso hacia la derecha, luego otros dos hacia la izquierda… ¿Qué podía hacer? Estaba confuso. Entonces lo sintió, un fuerte tirón en el collar, la vibración de Licos, el grito de aquella estrella al morir.

Dio un bufido, mientras su rostro se tensaba dejando los incisivos y los colmillos al aire. Dejó caer todo su cuerpo hacia delante para elevarse después hacia el cielo y aulló con todas sus fuerzas. Su canto trepó hacia los árboles y se extendió por la vieja montaña. Un canto a la esperanza, un aviso para el que sabe escuchar, una letanía por una estrella que había caído del firmamento.

«¡Maldito! —pensó—, ¿cómo puede la locura destruir algo tan hermoso?» Recordó el coche, estaba junto al mar. Maldito asesino de estrellas…

Giró el rostro hacia la gran casa de Scyros, tal vez Leo ya estaría tras la pista. No, no había tiempo que perder. No dejaría escapar al asesino… Comenzó a correr en dirección al mar al tiempo que su cuerpo se transformaba en energía. Los árboles se difuminaron adquiriendo los vivos colores del sendero astral.

Allí abajo, en la ciudad, un hombre se ocultaba, tratando de esconder su pecado de la vista de los dioses… Había llegado la hora de cazar. «Huye si puedes, maldito asesino de estrellas…»

Carneia

Casa de los hijos de Licos

Ergara se quedó petrificada un segundo antes de escuchar el aullido de Talos. Se hizo un silencio sepulcral entre los presentes en el gran salón de la casa. Star entró desde la terraza y sus miradas se cruzaron.

—Ya ha empezado —dijo Ergara.

Star la miró un segundo mientras su mente se ponía a funcionar. El peludo nunca aullaba por capricho, si lo hacía es porque alguien estaba en peligro.

El rostro de la vieja vidente estaba relajado y triste, incluso le pareció ver el reflejo de una lágrima perezosa en el contorno del ojo.

Leo apareció en lo alto de la escalera. Había cogido una de las lanzas de Scyros. Era un cilindro de no más de un metro, un invento del genio de la mecánica que dormitaba en la playa bajo nueve kilos de yeso. Un mecanismo de aire comprimido extendía la lanza en cuestión de medio segundo, convirtiendo ese metro en tres, con punta en ambos lados. Tanto Leo como Scyros sabían usar la lanza con maestría, claro que Leo no era capaz de inspirar el mismo miedo que producía el viejo griego cuando sostenía una de esas. Ya se sabe, hazte fama…

—¿Qué ha pasado? —preguntó Leo mientras bajaba la escalera.

Se había puesto unos vaqueros, una camiseta blanca y unos mocasines de cuero blanco. Todos los presentes se miraron unos a otros, hasta que todas las miradas se posaron en Ergara.

—Vienen a por el nuevo.

—¿A por el chico del Fénix? ¿Quién? ¿Por qué?

—No lo sé —respondió Ergara negando con la cabeza—. Es un brujo o algo así.

—¿Dónde está el chico? —preguntó Leo a Star. Este encogió los hombros.

Leo se quedó unos segundos parado, no era la primera crisis que le tocaba gestionar desde que Scyros se ausentó, pero siempre era mejor pensar antes de hablar.

—Ryu quería pasar el día de casinos, supongo que se llevaron al chaval —respondió Publio.

—Vale, Star. —El viejo *sheriff* dejó de escudriñar el rostro de Ergara y le devolvió la mirada a Leo—. Cámbiate y localiza la limusina.

—OK. —Saludó con un corto gesto a los presentes y salió corriendo hacia su cuarto. No le gustaba nada la sensación que tenía. La cara de Ergara le había impresionado, no había rastro alguno de duda en su mirada. Una de dos, o estaba completamente segura de lo que decía o era la mejor actriz que había conocido. Sea como fuere, había que dar con el chico lo antes posible, si el enemigo lo quería muerto sería por algo.

Leo siguió dando órdenes hasta que todo el mundo recibió la suya. La mayoría se ocuparía de avisar del peligro a los demás, tanto dentro como fuera de la ciudad de Montecarlo. Otros se quedarían en la casa esperando órdenes, armados y preparados para luchar, llegado el caso. Siguió en el salón dando órdenes hasta que oyó el ruido de la moto nueva de Star. Estaba parado junto a la puerta principal, se había puesto un mono de motorista con defensas de kevlar y una cazadora de cuero.

—¡Ya sé dónde están! Esto no me gusta nada. Tengo a Lee pero ni rastro de los demás.

Leo se subió detrás de Star.

—Salta, yo arrastraré la moto.

Cuando Leo le rodeó la cintura pudo sentir la energía que emanaba. Tanto él como la moto comenzaron a vibrar al mismo nivel. Star sintió ese nudo en el estómago que siempre precedía a saltar por el sendero. Se concentró en el punto donde sentía la presencia de Lee y dio el tirón. Casi al mismo tiempo pudo sentir a su espalda la potencia de un camión que le empujaba hacia el sendero. La realidad se esfumó y durante medio segundo el universo entero le pareció un simple sueño sin sentido.

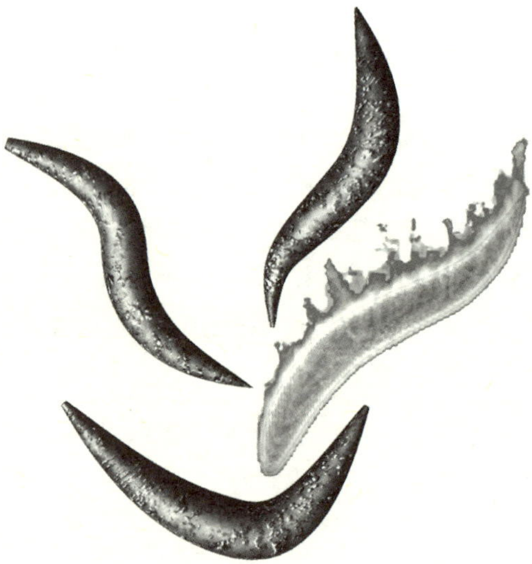

CAPÍTULO XVIII

Asesinos de estrellas

Carneia

Afueras de Montecarlo

—Estáte quieto, ¿quieres? —El niño llevaba dos horas en la terraza de aquel café. Los primeros veinte minutos los pasó observando la cara de su madre mientras hablaba con su amiga Isabel… «Es que llevaban tanto sin verse», habían comentado ellas. «Y tanto», pensó el chaval, él tenía siete años y no había visto a esa mujer ni en fotografía. Pero viendo al ritmo en que se contaban cosas calculó que la «mañana especial» que su madre le había prometido se perdería en esa mesa y había decidido dejar clara su disconformidad de la única forma que un niño de siete años conoce…

—Jean, ¡por Dios! ¿Quieres dejar el servilletero?

A Jean le habría encantado decir simplemente «no» pero, viendo que el enfado de su madre iba en aumento, decidió recostarse en su asiento y hacer un puchero.

—Está muy nervioso desde el divorcio —dijo su madre mientras rebuscaba en el bolso unas monedas. Si no podía hacer que estuviese tranquilo, al menos la máquina de bolas le proporcionaría algún juguete para distraerlo algunos minutos más.

—Es normal, es muy pequeño para entenderlo.

Aquella mujer hablaba demasiado, pensaba Jean, él no era demasiado pequeño. Entendía muy bien que cuando los mayores discutían no eran capaces de hacer las paces. ¿Qué pasaba con ellos? Él discutía con sus amigos, discutía con su madre y también, en más ocasiones de las que debía, lo hacía con su profesora. Pero al día siguiente se perdonaban las cosas, nadie cogía una maleta y desaparecía.

Lo que él no entendía y lo que nadie le explicaba nunca era qué cosas no podían perdonarse, porque él no podía imaginar nada tan malo que no pudiese perdonar.

Su madre sacó por fin unas monedas y se las puso en la mano con una sonrisa, después miró hacia la máquina de bolas de la heladería de al lado y dijo:

—Ale, fiera, saca un par de bolas a ver qué tienen dentro, ¿vale?

Jean miró a su madre con la alegría más absoluta pintada en la cara. Se tomó unos segundos para darle un sonoro beso a su mamá. Tal vez de esa forma, con el ejemplo, conseguiría explicarle cómo se perdonan las cosas.

Después, antes siquiera de calentar las monedas en la mano, corrió como alma que lleva el diablo hasta la heladería y comenzó a escudriñar aquella obra de ingeniería. Llevaba tiempo intentando averiguar cómo funcionaba el mecanismo. Sabía que la moneda se colocaba en el agujero y que había que dar una vuelta completa a la palanca para que saliese la dichosa bola. ¿Por qué una moneda y no dos? ¿Por qué una vuelta entera y no media, o dos? ¿Y quién metía las bolas dentro? Más importante aún, ¿cuándo lo hacía? Eran dudas a las que nadie sabía responder. Su madre lo intentaba, a veces respondía sus preguntas, pero al cabo de un rato su respuesta siempre era la misma: «Pregúntale a Papá». Lo hacía, y más o menos, al cabo del mismo rato, su padre le decía que ¡le preguntase a mamá! Y a su profesora mejor no intentarlo, siempre tenía muchas cosas que decir. Lástima que todas fueran mucho más aburridas que el misterio de la máquina de bolas. Así que tendría que hacerlo él mismo. Lo haría todo lo suficientemente despacio como para entenderlo, luego se lo podría explicar a los demás niños del cole y sería el centro de atención.

Es curioso, la vida en una máquina de bolas. El destino afinando una jugada, un giro de la manivela y un nuevo universo se abriría a los ojos de Jean. Cogió una de las monedas y la introdujo en el agujero de la máquina, mientras una enorme limusina negra pasaba por delante de la heladería. Después, con mucho cuidado, Jean apretó la manivela y comenzó a girarla. Los engranajes del destino se movieron y pudo oír cómo la deseada bola comenzaba su camino hacia el interior de la máquina. Se giró hacia la mesa de su madre con una enorme sonrisa en la cara, ya estaba un segundo más cerca de entender…

Un todoterreno también negro, con los cristales tintados y unas enormes defensas plateadas embistió a la limusina con tal fuerza que la partió por la mitad. El sonido fue como un trueno. Se coló en la cabeza de Jean con tal intensidad que se tuvo que tapar los oídos. Mientras, uno de los trozos de la limusina salía despedido hacia su madre y su acompañante. El tiempo parecía haberse detenido cuando su madre desapareció de su vista. Su amiga dio un fuerte grito justo antes de desaparecer también, mientras las sillas y mesas salieron disparadas en todas direcciones. Jean no podía entender, temblaba de pies a cabeza, mientras levantaba una mano en dirección a los restos del coche.

Sheteck sabía que no tendría mucho tiempo, se bajó del coche con una Uzi en cada mano y comenzó a disparar hacia los restos de la limusina. Mientras, los Blue se concentraban en hacer su tarea, también a tiro limpio.

Rodearon la limusina en cuestión de segundos, sabían perfectamente lo que buscaban. Marc no tuvo la más mínima oportunidad de defenderse. Aún conservaba el sabor de Joy en los labios, lástima que no le había dado tiempo a más, pero los besos de Joy habían despertado sentimientos en él que no estaba dispuesto a ignorar. Por suerte había perdido el conocimiento durante el impacto, por lo que no pudo ver como Joy salía disparada llevándose la puerta por delante. Tampoco se enteró de los tres impactos de bala ni del golpe que le dieron con la culata, principalmente para asegurarse de que estaba seco, antes de ponerle un saco negro en la cabeza.

Joy consiguió a duras penas no perder el conocimiento pero arrancó la puerta de atrás de la limusina y se rompió la cadera por varios sitios. Rodó durante unos segundos eternos y se debatió entre consciencia e inconsciencia hasta que empezó a oír disparos. Fue solo en ese momento cuando comprendió que no se trataba de un simple accidente.

Intentó levantarse pero tenía demasiados daños y la energía del Fénix regeneraba las heridas a su ritmo que, aunque rápido, seguía siendo insuficiente ante daños tan brutales. Por suerte, conservaba cada cosa en su sitio. Parpadeó para aclararse la vista y se encontró con un zapato de tacón que no le pertenecía. Un vistazo rápido consiguió ponerla en situación: la limusina estaba partida en dos trozos; la parte delantera seguía en la carretera, con Ryu y Lee en su interior; la parte trasera había salido despedida contra los edificios del lado derecho de la calle, al parecer una cafetería o algo así. Había mesas y sillas convertidas en un amasijo de hierros por todas partes. Pudo distinguir al menos un cuerpo humano bajo los restos.

Hizo acopio de energía y se volvió sobre sí misma para ver los restos de la parte de atrás de la limusina. No habían ido muy lejos. Un hombre enorme completamente vestido de negro se llevaba a Marc sobre el hombro como si fuese un saco de patatas. Durante unos segundos la ansiedad, el dolor y aquella imagen le trajeron recuerdos de tiempos pasados, de hombres vestidos de un negro similar. De nuevo, la voz de su hermano retumbó en su cabeza.

—¿Acaso te crees capaz de matarle?

Perdió el conocimiento pero lo recuperó al golpearse la cara contra el suelo. Una nueva ráfaga de disparos la espabiló. Ya podía sentir de nuevo las piernas pero le dolían horrores. Aun así intentó levantarse para poder observar qué estaba pasando unos metros más allá, donde estaban Ryu y Lee.

Trató de incorporarse pero el alcohol, el impacto y el dolor le hicieron perder de nuevo el equilibrio y consiguió apoyarse en los restos de la parte de atrás de la limusina antes de dejarse caer. Y entonces vio algo que la espabiló por completo. Había un niño pequeño justo enfrente, estaba hecho un ovillo en el local de al lado, a poco más de tres metros de ella. Sus ojos estaban completamente abiertos proyectando tal sensación de pánico que le puso la piel de gallina. Más disparos. Se levantó del todo y vio la parte delantera de la limusina. La habían acribillado a balazos. Podía ver la silueta de Lee con la cabeza hacia delante en el asiento del copiloto, mientras una figura vestida de ese negro brillante se acercaba al asiento del piloto por el otro lado sin dejar de disparar.

Ryu sintió el impacto como si una locomotora le hubiese embestido. No había bebido mucho, pero el mareo que sentía era intenso. Vio por el rabillo del ojo cómo la limusina se dividía en dos y en su mente el accidente no representaba más que eso, un accidente. En menos de una décima de segundo se le pasó de todo por la cabeza. Tal vez había sido culpa suya y no había visto ningún semáforo. Se vio a sí mismo pidiendo disculpas a Leo. Pero sin exagerar, podía comprarle una nueva sin despeinarse. Tan solo sintió algo de miedo al pensar que el conductor del otro coche podría estar herido. Pero cuando fue a echar la mano al cierre del cinturón de seguridad oyó la primera ráfaga de Uzi.

Durante un segundo no supo qué pensar. El anillo no vibraba, no sentía ninguna amenaza pero sin duda aquello habían sido disparos. Miró a Lee, se había golpeado contra el salpicadero. La maldita manía de no ponerse el cinturón. Supuso que se había partido el cuello. Estaría inconsciente al menos tres minutos. Intentó abrir la puerta pero el cierre estaba roto, así que la arrancó. Lo que no imaginaba es que atraería todo el fuego sobre él.

Sheteck vio caer la puerta del coche y el Blue todavía no había regresado con Marc, así que apuntó al piloto y comenzó a disparar mientras se acercaba. Cuando llegó a su altura estaba acribillado. Había perdido el conocimiento y su brazo izquierdo colgaba como el de un muerto. En su mano, la banda de metal plateado.

Solo tuvo que dar un vistazo al asiento del copiloto para reconocerlos a los dos. Si el otro era Lee, ese tenía que ser Ryu. Sintió como algo en su interior se inflamaba, estuvo tres meses entre la vida y la muerte por Ryu, y seis meses más para terminar de recuperarse después de la paliza que le dio.

—Por fin… —se dijo en voz alta—. La venganza es un plato que se sirve frío.

Ryu parecía haber oído la frase. Levantó ligeramente la cara hacia la figura encapuchada que se acercaba. En su mente maltrecha la frase no cobró sentido hasta que vio el filo de la daga. Intentó reaccionar, pero fue tarde. Sheteck le seccionó la mano de un solo tajo. Y el cuerpo de Ryu se apagó como una vela.

Lee lo sintió como una descarga tan intensa que se extendió desde el anillo hasta casi el codo. En su mente inconsciente resonó el recuerdo de la muerte de Iván, la misma sensación. Y todo se encendió de nuevo. Despertó y miró a su alrededor. Estaba empapado de su propia sangre, al parecer le habían metido muchas balas en el cuerpo. Miró a su alrededor y vio el cadáver de Ryu. Su mente procesó la imagen en una décima de segundo y se descubrió gritando como un demente con tal intensidad que creyó que la cabeza le estallaría.

Sheteck ya estaba retrocediendo, sabía de sobra que había que salir de allí ¡ya!

—¡Todos al coche! ¡Ahora!

Uno de los Blue le miró como si estuviese loco.

—Podemos rematarlos a todos...

—Sube al coche, hay que salir de aquí ahora mismo.

—Pero...

—¡Obedece, joder!

El grito de Lee cesó y la puerta del copiloto salió disparada rebotando por el suelo de la calle. El Blue no necesitó ver más; se metieron en el coche y comenzaron a disparar desde las ventanillas.

Lee se encaramó al techo acribillado y de un salto se subió encima como un gato. Cuando se giró hacia el coche, este ya estaba en marcha. Aceleró dando un giro brusco marcha atrás para huir por el otro lado de la calzada. Uno de los encapuchados siguió disparando durante el giro y la ráfaga se perdió hacia la heladería. Joyko pudo sentir la trayectoria de las balas y con todas las fuerzas que le quedaban se lanzó hacia el chaval, consiguiendo interponerse por muy poco. Sintió cómo las balas le entraban en la espalda mientras el niño enterraba la cabeza entre las piernas. Después se desplomó dejando al chaval petrificado.

El coche salió disparado calle abajo, mientras Lee trastabillaba y caía desde el techo del coche.

Todo quedó en calma.

Jean levantó lentamente la cabeza para mirar hacia la terraza de la cafetería. En su imaginación su madre le sonreía desde su mesa. En lo que a él se le antojó un simple segundo, todo había cambiado. Un nuevo universo se abría ante sus ojos, un infierno en el que solo podía ver un amasijo de hierros. Un olor extraño llenaba el aire, como después de prender petardos. No sabía qué hacer, no podía llorar, no podía gritar. Su mente vagó un segundo hasta que su mirada encontró la máquina de bolas. Su juguete estaba allí, en el suelo. La bola estaba abierta y podía ver el interior. Dentro, la figurita de un samurai con la espada desenvainada parecía observar el rostro de aquella mujer morena que se había puesto ante él para protegerle.

Lee se mantuvo algunos segundos en el suelo, comprobando los daños. Estaba destrozado, su carne sobrenatural estaba tan dura que las balas se habían quedado incrustadas en la musculatura. Pero las zonas con hueso habían quedado hechas trizas. La cadera, el hombro y el lado derecho de la mandíbula, aunque ya no sangraban, dolían muchísimo. Y alguien tendría que ayudarle a extraer los proyectiles, no resultaría agradable. Se negaba a mirar hacia el coche, se negaba a recordar lo que había dentro. Algo en su interior le estaba quemando las entrañas... Y no era una bala.

Leo y Star aparecieron casi sin hacer ruido, algo que sorprendió un poco a Lee, sobre todo porque arrastraban una moto de gran cilindrada.

—Pero qué... —La visión de la zona dejó a Leo con la palabra en la boca. Se acercó a Lee con una mano abierta, enarbolando un cilindro dorado en la otra y sin saber qué decir. Star abrió la visera del casco y gritó.

—¿Dónde están?

—Un Audi todoterreno, negro, con las lunas tintadas, son tres o cuatro... —respondió Lee señalando carretera abajo. Se echó las manos a la cabeza, el dolor le estaba bloqueando.

Star se dio cuenta de que no sacaría más. Aceleró la moto, dio un volteo rápido y se lanzó calle abajo.

—¡Encuéntralos, maldita sea!, ¡encuéntralos! —gritó Leo—. ¿Dónde están los demás? ¿Cómo han podido...?

—No hubo señales, como si no existieran. Ryu está muerto... —respondió Lee a la vez que buscaba a Marc y Joyko.

Leo se quedó blanco. No tardaron mucho en encontrar a Joy. Estaba inconsciente junto al muchacho. El niño parecía ido, seguramente lo había visto todo. No apartaba la vista de un muñeco de plástico que acunaba en las manos como si fuese un tesoro. Tenía la cara llena de polvo. Leo le dio la vuelta a Joy para examinarla.

—Joy está bien, pero tiene ocho balas dentro. Casi mejor no despertarla hasta que no se las saquemos —decidió el griego mientras giraba la cara hacia el desastre.

—El novato no está, pero hay dos cuerpos bajo los restos del coche —informó Lee casi al límite de sus fuerzas.

Leo intentaba analizar los datos, pero no le cuadraba nada. Miraba la escena y no podía imaginar cómo había sido posible todo aquello sin que un solo golpe de Lee lo zanjase en el acto. «Como si no existiesen…».

—¿Dices que no los sentiste llegar?

—No —declaró Lee taciturno—, ni una sola señal. Vestían de un negro muy brillante, no era una tela lógica para un asalto en pleno día. Llevaban ametralladoras, tipo Uzi de nueve milímetros.

Empezaron a sonar alarmas a lo lejos. No habían pasado más de cinco minutos desde el accidente, así que las patrullas cercanas serían las primeras en llegar.

—Lee, estás destrozado. Salta con Joy a mi casa y espera allí

Lee no puso buena cara

—Lee, sabes de sobra que los vamos a coger, qué más da que descanses un poco ahora —concluyó con tono firme.

Leo miró al joven maestro con respeto. Sabía que era la decisión más lógica. Leo era un personaje respetado en Montecarlo; si alguien podía apañarse con la policía era él.

—¿Y el niño? —preguntó Lee mirando Jean que parecía una estatua. Por un instante creyó verse a sí mismo siglos atrás—. Lo ha visto todo, puede explicar muchas cosas.

—Yo me ocupo del chico —respondió con un semblante de pena en la cara.

Casi todos a los que había conocido a lo largo de su extensa vida habían tenido episodios traumáticos en su niñez. En sus tiempos, una carnicería precedía a otra directamente proporcional. No se podía llegar a los diez años de edad sin haber visto algo que ningún niño debería ver.

Lee levantó el delgado cuerpo de Joy como si fuese de papel y se alejó hacia la parte trasera del local, lejos de la vista del niño y de los propietarios de la cafetería y la tienda de helados, que ya empezaban a levantarse de detrás de los mostradores. Se aseguró de que no le veían antes de saltar hacia la villa de los hijos de Licos.

Leo se quedó allí sentado en el suelo, junto al chaval. Su mente trabajaba deprisa, tendría que inventar una excusa plausible y conseguir que llevasen los cuerpos a un hospital en concreto, al suyo.

Gracias a los dioses y a un montón de dinero, hacía años que invirtió en un hospital privado. El tiempo había demostrado lo útil que podía llegar a ser tener forenses en nómina.

Cogió aire. Tendría que quemar mucha batería de móvil para encauzar todo aquello, y eso sin tener en cuenta que no había terminado… Conociendo a Star, no tardaría en hacer algo que complicase las cosas, una vez más.

El niño levantó la vista y vio a aquel hombre sentado a su lado; para ser tan joven había entendido perfectamente lo sucedido.

—Mi mamá, ¿se va a poner bien?

Leo dejó sus pensamientos a un lado y encaró al chaval. Luego miró hacia los restos de la limusina y rastreó los cuerpos. No había vida en ellos…

—Me temo que tu madre esta con los dioses, hijo… —Se lo dijo suavemente, mirándole con cariño. Con más ganas de llorar que de reír, le mostró una sonrisa suave—. Allí estará mucho mejor que aquí, muchacho, es lo único que te puedo asegurar.

El niño temblaba, sentía tanto miedo como incertidumbre. Escondía mil preguntas en la mirada pero no sabía quién era aquel hombre. Solo supo preguntar.

—¿Por qué mi mamá?

Leo le miró de soslayo, se perdió unos segundos en sus propios recuerdos y respondió:

—Da igual cuanto preguntes, pues la muerte nunca responde, ni cómo, ni cuándo ni dónde. —Un corsario español le dijo aquello en 1730, justo antes de que Leo pusiese fin a su reino de terror en las Antillas. Como aquel día, habían muerto inocentes y como aquel día, aún morirían más...

Star se había tirado toda una vida montando a caballo. Cuando inventaron la motocicleta él ya era un condenado, así que consiguió manejarse sobre esos trastos con muchísima facilidad. Si a eso le sumamos la fuerza física que había desarrollado, nos encontramos con alguien capaz de llevar una moto de gran cilindrada como si fuese una bicicleta.

La que montaba era una Vyrus. No se había parado a mirar la ficha de la moto cuando la compró, fue amor a primera vista. Tampoco tenía idea de los caballos que desarrollaba aquel motor, solo sabía que corría de cojones.

Le había hecho algunos arreglos, uno de ellos fue un carenado de kevlar, capaz de soportar casi cualquier calibre. Algunos apaños más, como ruedas de goma maciza etcétera. Cosillas que no se le podían pedir a una moto de poca potencia. Por suerte, la Vyrus tenía más caballos que una turma romana.

El paseo marítimo de Montecarlo se difuminaba a la vista, no miró el cuentakilómetros. Superaba los ciento noventa kilómetros por hora y eso en urbano era una locura.

Rastreaba la zona buscando cualquier cosa, pero no veía nada. Había alcanzado a un coche similar un poco antes pero solo era una mujer con dos niños en el asiento trasero. No había rastro de energía, no había hilo del que tirar.

Estaba a punto de darse por vencido cuando vio el coche con las lunas tintadas a unos doscientos metros de distancia. Rastreó el interior y por fin pudo entender por qué Lee no había notado nada. El interior parecía lleno de muñecos, no reflejaban energía ninguna al sendero.

Observó las siluetas a medida que se acercaba. Había tres en la parte de atrás y dos delante. El que estaba en medio detrás parecía herido, no movía la cabeza y tenía toda la pinta de estar inconsciente. Tal vez eran condenados. La Alianza tenía enemigos entre las Potestades, y siempre había algún demonio al que le había tocado las narices alguna acción de la Alianza. Había algunos tan sumamente territoriales que era preferible no acercarse a ellos. Se ponían muy, pero que muy agresivos. Pero eso no explicaría que no se les pudiese detectar. Algún individuo podía hacer cosas similares, pero durante poco tiempo y nunca afectaría a los demás. Estaban protegidos por algo.

Se metió la mano en el bolsillo y marcó el último número. El sistema wi-fi le pasó la llamada al casco.

—¿Los tienes? —La voz de Leo sonaba monótona, seguramente estaba respondiendo preguntas... Dando imaginativas respuestas a la policía.

—Matrícula de Montecarlo. Un audi enorme, bien equipado. Son cinco y no se les ve y antes de que preguntes, no tengo ni idea, pero solo se ven sus siluetas dentro del coche. Distingo armas, parecen Uzi y MP. Y en la parte de atrás tienen un juguete muy grande, parece una ametralladora de cinta. También veo algo que luce en el sendero sobre el salpicadero delantero pero no puedo ver lo que es sin quedar a su merced, pero parece un cuchillo largo o algo así.

El último detalle parecía interesante. Pocas cosas lucen en el sendero.

—Intenta averiguar qué es lo que luce. Sígueles hasta un punto neutro y márcalo. Atacaremos juntos, no te la juegues solo.

—¿Contamos con alguien más?

—Joy y Lee están incapacitados al menos durante unas horas, se están lamiendo las heridas mientras Luna les saca el plomo. Intenté llamar al romano pero debe de haber apagado el maldito teléfono. La gente se ha largado, pero seguro que podemos contar con Ursus y Publio.

—¿Y Ryu y el novato?

Leo tragó saliva.

—Ryu está muerto, le cortaron la mano, y o mucho me equivoco o el novato está dentro de ese coche. No encontramos su cuerpo por ninguna parte.

Star desvió la mirada de forma involuntaria hacia el conductor del coche. No quería descubrirse, pero saber que aquel cabrón había matado a Ryu le revolvió el estómago. Tenía que mirarle.

Por desgracia, el conductor también le miró a él. Fue un solo segundo, pero fue suficiente. El coche dio un acelerón y comenzó a esquivar a los demás vehículos.

—No creo que sea necesario un ejército. Si me das permiso, yo...

—No, Star, solo sígueles. Te estaré esperando.

—Oh, oh, tenemos un problema.

—¿Qué problema? —La voz de Star sonaba algo distorsionada por la cobertura.

—Uno peludo y con cuatro patas.

Se oyó un sonoro frenazo y una ráfaga de Uzi. Después, se cortó la conexión.

Sicilia. Italia

Mell se despertó con una extraña sensación en el estómago y una vibración leve en el anillo. Se acercó al primer espejo que encontró y esperó.

El Fénix tomó el espejo un segundo más tarde.

—Algo extraño está pasando, Mell. Alguien ha atacado a los nuestros en Montecarlo. Joy está herida y Marc… —dudó—, Marc no está. No puedo sentir su presencia. Está desconectado de mí, pero no está muerto.

—¿Eso es posible?

—No. De alguna forma lo están aislando de mí. Eso le hará debilitarse, pero no le matará, al menos de momento.

—¿Quién, cómo?

—Tengo claro que es cosa de Aris, pero no sé qué pretenden. La única explicación es que quieren llamar nuestra atención.

—Pues lo han conseguido. —Mell apretó la mandíbula.

—Quieren alejarnos de Aris, deben de haber encontrado lo que buscaban.

—Voy a por Aris, muerto el perro se acabó la rabia.

—No, también ha desaparecido. Sea lo que sea lo que han hecho para aislarse les funciona… Encuentra al chico, pase lo que pase debe vivir.

La figura del Fénix desapareció del espejo con la misma facilidad con la que había aparecido, dejando a un Mell preocupado y cabreado a partes iguales. De alguna forma, todo aquello no le cogía por sorpresa. Desde su regreso tenía una extraña sensación en la boca del estómago.

La mirada de Aris durante su encuentro en el acantilado… Un sabio le dijo una vez: «Si has de temer a alguien, teme a aquel que sepa esperar».

Arishalotek sabía esperar. Llevaba siglos buscando y estaba claro que había encontrado, por fin, la forma de vengarse. Pero ¿por qué elegir al más inocente entre los condenados?, ¿por qué Marc? Primero el Fénix, luego la Alianza, ahora los tolteca… ¿Qué demonios pasaba con ese chico?

Paseo Marítimo. Montecarlo

«¿Qué demonios pasa conmigo?» —meditó Marc en cuanto tuvo consciencia. Primero las tríadas, luego el Fénix… Joder, ¿pero qué era aquello? Sin saber por qué motivo se recordó a sí mismo dando las gracias en la limusina, con los labios de Joy tatuándole el cuello. «Di las gracias antes de tiempo», pensó.

Recordaba el accidente, al menos dos fotogramas antes de partirse la crisma. Pero, en lugar de despertar en una ambulancia, lo hacía en un coche desconocido, con las manos atadas por las muñecas y los ojos vendados. No conseguía entender por qué no veía nada. Ninguna venda podía evitar que rastrease, ¿no? Además, se sentía morir. Le dolían todos los huesos y sentía claramente tres heridas de bala en el pecho, el estómago y el ombligo, y no parecía que se estuviesen cerrando. Durante unos segundos dudó de todo. Tal vez había sido un sueño y en realidad estaba en Shanghái con sus *amiguitos* de las tríadas.

El caso es que los años de entrenamiento demostraron una vez más su utilidad. No gritó ni movió un solo músculo. No había motivo para hacerse notar, al menos hasta saber dónde coño estaba. A su alrededor podía percibir ruidos y olores. El ruido del tráfico y la posición de su propio cuerpo le indicaban que estaba en un coche grande. De golpe le vino a la mente el morro del todo terreno cuando embistió la limusina. Seguramente estaba dentro de ese coche. Así que no había sido un accidente. Podía sentir una persona a cada lado, la respiración le dijo que eran corpulentos. Si tenía uno a cada lado estaban sentados atrás. Sentía un olor extraño, como a rata muerta, pero no sabría decir si eran sus acompañantes o esa mierda que le cubría la cabeza.

En una curva pudo comprobar que no podía tenerse. Su cuerpo se desplazó a la derecha hasta caer sobre su acompañante, que le devolvió a su posición original de un codazo. En ese estado intentar escapar era inviable. Se sentía muy raro, como encorchado. Se tocó las piernas con cuidado y sintió un tejido extraño, lo notaba por todo el cuerpo. Le habían puesto un mono de trabajo o algo así. Andaba lejos de entender a qué se debía, pero estaba claro que se habían tomado la molestia de cambiarle de ropa.

Los ruidos a su alrededor cambiaron. Podía oír a gente hablando francés sin lugar a dudas. Tal vez seguían en la zona de Montecarlo, los coches, semáforos… Todo correspondía a una ciudad y podía sentir el olor del mar muy cerca. En alguna ocasión pudo oír a sus captores, pero hablaban una lengua que no le sonaba ni de lejos, pero al menos le sirvió para confirmar sospechas: eran cuatro, dos delante y dos detrás.

De todos los ruidos de tráfico, uno se hacía insistente: una moto. Potente, la sintió detrás, luego a la izquierda y una vez más detrás… Raro que no les adelantase. Entonces recordó… «Mucha moto…» «¡Por Dios! —pensó—. Al menos, esta vez que no me duela».

Talos era una potencia de la naturaleza. No entendía mucho de normas ni sabía mantener las apariencias. Sabía que la gente normal se ponía a dar gritos cuando le veía, así que intentaba no acercarse demasiado a las personas «normales», pero no tenía intención ninguna de dejar escapar al asesino de estrellas. Si a los humanos les daba por gritar, adelante…

No cruzó al plano físico hasta que los árboles desaparecieron a su alrededor y pudo ver la carretera que llevaba al puerto deportivo. Como en su visión, allí estaba aquel coche negro. No distinguía vida alguna en su interior ni una cara ni un olor. Pero sí reconoció a Star persiguiendo al coche. Su mente no necesitaba más confirmación.

Cuando era joven corría poco. Le costaba alcanzar a miembros más viejos de su manada y solía ser muy patoso. Tropezaba con las raíces de los árboles y más de una vez había perdido pie y dado con el hocico contra el suelo. Luego vino la muerte y el despertar… Y entonces se volvió muy elástico. Era capaz de superar con creces a cualquiera de su especie.

Con los siglos, los lobos fueron cambiando. Casi le costaba reconocer en aquellos perritos enclenques los vestigios de su raza. Un lobo ahora no llegaba a los cuarenta o cuarenta y cinco kilos. Uno bien alimentado, tal vez cincuenta o cincuenta y cinco. Y en algunas zonas del norte de Asia podían llegar a pesar setenta, incluso setenta y cinco kilos.

Él no era más que un cachorro de dos años cuando murió. Nunca llegaría al tamaño de sus mayores; no obstante su peso rondaba los ciento diez kilos. La última vez que se vieron lobos de ese tamaño los humanos aún usaban puntas de sílex.

Nunca se había considerado agresivo, la verdad. Incluso cazar se convertía en un suplicio durante su corta vida, así que agradeció mucho el hecho de no necesitar matar para vivir. Aún perseguía a algún conejo o algún gamo por distracción. Pero solía dejarlos tranquilos cuando veía que se les empezaba a salir el corazón por la boca. Criaturitas…

Por desgracia, Talos no poseía el don creativo de los humanos. No podía visualizar con nitidez un punto del globo, por lo que no podía trasladarse saltando. Solo podía entrar en el sendero y usarlo para moverse de forma incorpórea. Eso le permitía atravesar la mayoría de los obstáculos, incluso en ocasiones se sentía como un pájaro al volar. Alcanzaba velocidades altísimas, pero eso de desaparecer de aquí y aparecer allí era un don que ni siquiera entendía. Por otro lado, había desarrollado otras habilidades que los humanos no podían comprender, por ejemplo podía usar el sendero para ganar velocidad, entrando y saliendo de él. Eso hacía que su imagen parpadease. Y también sabía cómo separar sustancias ajenas a su organismo en el sendero, dejándolas atrás, algo muy útil si se clavaba algo o si le disparaban. Tan solo necesitaba «parpadear» y las balas, flechas, etcétera se quedaban atrás.

Podía sentir cierta tensión en el collar, una fina banda de oro viejo que le rodeaba el cuello. Su vínculo con su amo y señor, Licos, el de los mil nombres. El talismán que le devolvió la vida, tan enterrado en su pelaje como los viejos recuerdos.

Sin duda, a Licos no le haría ninguna gracia que se dejase ver de forma gratuita. Pero no podía consentir que ese mal nacido escapase… Al menos entero.

Centró toda la atención en su presa, adecuando su velocidad para atacar en ángulo recto. Usó el parpadeo para ganar toda la inercia posible y se preparó para el impacto.

A esa velocidad y cargado con la energía de Licos, la potencia del impacto podía como mínimo desestabilizarles y, con un poco de suerte, conseguir meterles el miedo en el cuerpo. Algo que a Talos siempre le facilitaba las cosas.

Star lo vio venir por la derecha, sabía que Talos parpadearía para no colisionar con el resto del tráfico y que solo se materializaría junto al Audi. Por eso se sorprendió cuando uno de los coches del carril derecho salió volando más o menos a un metro de altura y se estampó contra el morro del todoterreno. Aunque el más sorprendido debió de ser Talos, que dio un aullido lastimero mientras rodaba por el suelo.

El conductor del audi reaccionó deprisa, dio un rápido volantazo y se lanzó sobre la acera, lo que obligó a Star a frenar en seco y por poco termina con sus huesos en el suelo. Los secuestradores abrieron las ventanillas y se desató el infierno.

Talos estaba aturdido. El golpe contra aquel coche fue demoledor, principalmente para el coche. La conductora dio un grito atroz cuando vio a aquel monstruo embistiendo su pequeño utilitario.

El cálculo no le había fallado. Algo había bloqueado su parpadeo. No conseguía saltar al sendero y eso, en cierto modo, le asustó. Pudo sentir el tirón de Licos; aquel asalto ya le empezaba a salir caro y solo acababa de empezar. Aquella mujer era inocente y a Licos no le haría ninguna gracia haberle destrozado el coche. Se levantó en cuestión de décimas de segundo y apuró las patas traseras con tanto ímpetu que levantó algunos pedazos de asfalto al impulsarse. La gente comenzó a gritar a su alrededor mientras el coche negro comenzaba a derrapar alejándose por el interior de la zona peatonal, donde algunos puestos callejeros mantenían a los turistas entretenidos.

El lobo se lanzó a la persecución como un cohete, mientras las ventanillas del coche descendían y los secuestradores comenzaban a disparar. La consciencia de Talos no alcanzaba a comprender lo que estaba provocando. Para él, la amenaza contenida en ese coche era la máxima prioridad. No comprendía que entre la gente estaba cundiendo el pánico. A un coche circulando a setenta kilómetros por hora por un paseo marítimo peatonal y pegando tiros, había que sumar la presencia de un lobo de ciento diez kilogramos que, además de llevarse algunos puestos por delante, también tenía los ojos iluminados de un verde sobrenatural. Muchos turistas, creyendo que se trataba del rodaje de una película o alguna clase de efecto especial, intentaban sacar alguna foto. Los gritos se acentuaban cuando algún transeúnte inocente caía víctima de las balas perdidas. Por suerte, todo estaba pasando tan deprisa que nadie obtendría ninguna foto nítida de Talos.

Tras el lobo, un Star encolerizado trataba de buscar un hueco entre la multitud enloquecida, los puestos y el tráfico paralelo para colarse con la moto y ganar algunos metros. Las cosas se estaban desmadrando a un ritmo frenético y no parecían poder empeorar. Pero, como siempre en estos casos, es preferible aplicar la ley de Murphy: si puede salir mal, lo hará peor.

—¿Qué demonios es esa cosa?

Uno de los Blue miraba por la ventanilla a aquel monstruo que les perseguía, con los ojos fuera de las órbitas; fue el primero en verlo venir y el susto todavía le erizaba el pelo.

—Se llama Talos, es el zombi más viejo que existe —dijo Sheteck sin dejar de mirar por los espejos. Conducía con la mayor concentración posible, esquivando peatones y puestos. No le hacía ninguna gracia poner a toda esa gente en peligro pero no tenía opción, al menos desde su punto de vista. Se estaba llevando a cabo una acción de guerra entre dos facciones que aquella gente nunca podría entender. En ocasiones, ni él mismo lo entendía. Tenía bien calado a Star, y era el que más le preocupaba. La presencia de Talos era sin duda la amenaza más contundente, pero un animal siempre puede cometer errores, como en el caso de su entrada triunfal minutos antes.

Miró de soslayo al Blue que tenía en el asiento del copiloto. Se trataba del capitán, el que tenía ese don para bloquear el sendero. Gracias a él, los demonios estaban jugando con las reglas cambiadas y eso estaba marcando la diferencia. «Quién sabe —pensó—, tal vez salgamos vivos de ésta».

—Blue, coge la ametralladora. Primero dispara al motorista, después al lobo, y hazlo a través del cristal. Si aprovechamos el elemento sorpresa tal vez nos llevemos al motorista por delante.

Uno de los dos Blue sentados atrás se colocó junto al portón trasero del vehículo y preparó la ametralladora. Marc oyó «ametralladora» y sintió como el hombre de su izquierda cambiaba de asiento hacia la tercera fila del vehículo. Ahora, con un hueco a su izquierda, tal vez tendría alguna oportunidad de saltar del coche en marcha, pero sentía la puerta tan lejos, y estaba tan cansado…

«Oh, oh… » —Star rastreaba el vehículo cada tres o cuatro segundos y vio como aquel hombre tan corpulento se cambiaba de asiento y levantaba la ametralladora de cinta. «¡Licos, por Dios!, abre los ojos. Ese trasto no dejará heridos, ¡dejará muertos!»

Nada, no sintió nada, había que confirmar la naturaleza de la amenaza para que Licos, o cualquier regente de la Alianza, sentenciase a esos animales. El viejo *sheriff* estaba perdiendo la paciencia, desabrochó la chaqueta y tanteó el mango de su Magnum 357.

«Por Dios que no voy a dejar que esos hijos de puta maten a más gente, ¿me oyes? Me da igual mi vida, no lo consentiré… »

El anillo seguía sin emitir vibración alguna. «Bueno, al menos no he sentido una negativa rotunda», reflexionó.

La silueta centró la ametralladora y comenzó a disparar.

Star esquivó la primera ráfaga sin dificultad, pero la segunda le acertó a la moto de lleno, sintió cómo el carenado cedía por la potencia de los proyectiles. El *kevlar* desvió la mayoría de los impactos pero alguno debió terminar en el eje de sujeción de la rueda y se partió como una ramita. La moto cedió hacia delante y Star salió volando.

Durante su corto vuelo se le pasaron un millón de cosas por la cabeza. Pudo sentir algunas balas pasando junto a él y oyó algún grito ahogado a su alrededor. Había sucedido, la gente estaba muriendo… Preso de la rabia, en cuanto tocó el suelo dejó a la inercia hacerle el trabajo, rodó unas cuantas veces y se incorporó con la misma facilidad que había caído. Levantó el revólver, apuntó y disparó tres veces. La primera bala destrozó el espejo izquierdo del Audi, la segunda acertó en la frente del que disparaba la ametralladora y la tercera borró el espejo retrovisor derecho.

«A la mierda —se dijo—, al menos ahora hay uno menos y no me vas a ver venir, mal nacido».

El coche frenó un poco, cabeceó de morro y luego se giró dando un trompo hacia la derecha para, después, acelerar entrando en la manga del puerto deportivo.

Star miró todo lo largo de la manga y vio un yate pequeño amarrado al final.

—Así que eso es lo que quieren…

Talos oyó los disparos de la ametralladora grande y perdió un segundo en mirar hacia Star, justo antes de que la moto se rompiera. Sintió miedo por su amigo y frenó un poco el ritmo, hasta que puedo ver cómo Star se incorporaba de nuevo y disparaba contra el coche. Luego, el coche giró y pudo ver al conductor. Dos ojos verdes como esmeraldas se clavaron en los suyos. Luego hizo un gesto con la mano y un contenedor de basura se interpuso en su camino. El choque hizo que Talos perdiese pie y rodase por el suelo, al menos unos segundos, que el coche utilizó para salir disparado hacia el puerto.

Marc sintió la inercia del derrape y pensó «ahora o nunca». En cuanto la inercia cambió de dirección, se lanzó hacia la puerta pero le fallaron las fuerzas. Su cabeza rebotó contra el borde de la ventanilla y se desplomó sobre el asiento. No tenía fuerzas ni para incorporarse.

El Blue que se encontraba en el asiento junto a Marc aún estaba asimilando que a su compañero de la ametralladora le habían volado la cabeza, cuando vio cómo su prisionero se lanzaba hacia la puerta. Como había dicho Aris, el traje de pelo de murciélago había anulado el poder del demonio y había dejado a aquel zombi medio muerto. Las fuerzas le fallaron y se desplomó sobre el asiento, así que le asestó un golpe con la culata de la Uzi en el cogote y le hizo perder el conocimiento. Cuando levantó de nuevo la vista hacia la ventanilla, ya estaban terminando el giro y pudo ver cómo el lobo se estampaba contra un contenedor de basura. No le detendría, pero al menos lo retrasaría unos segundos. Tras él, el motorista corría como lo que era, un demonio... Se acercaba a toda velocidad enarbolando un revólver de esos que si te dan te arrancan un trozo. Le vio levantar el brazo y oyó un disparo. De no ser por el acelerón que dio el coche la bala le habría borrado la cabeza al conductor, pero impactó contra el nervio de acero que dividía las ventanillas del coche.

Sheteck se lanzó por el embarcadero a toda velocidad para dejarse casi toda la goma de las ruedas en el último frenazo. El audi se detuvo a medio metro del yate, al final del embarcadero. El Blue del asiento de atrás no tardó ni medio segundo en echarse al chico al hombro y salir perdiendo el culo. Tanto Sheteck como el capitán salieron del coche y miraron hacia la entrada del puerto. El lobo ya venía de camino por la mitad del embarcadero. Del motorista aún no había rastro y un helicóptero de la policía había aparecido en el cielo tras el lobo. Se les estaba terminado el tiempo, a ellos y a sus enemigos...

Hizo un gesto al capitán y miró el helicóptero. El Blue se transformó en un enorme cuervo azul que se elevó hacia el cielo, mientras Sheteck sacaba un dispositivo del bolsillo, miraba directamente al lobo y, con una sonrisa, apretaba el detonador.

Star llegó a la entrada del puerto a tiempo para ver al cuervo azul salir volando. El grupo de asaltantes había llegado a su destino, así que se defenderían con más contundencia. Ver a aquel cuervo confirmaba sus sospechas. Eran toltecas, había que extremar las precauciones. Gritó con todas sus fuerzas a Talos para que se detuviese pero el lobo no solía atender a razones hasta haber arrancado algún trozo de su presa. Vio como Sheteck miraba al lobo y activaba el detonador. Y medio embarcadero salió volando en una potente explosión. Star pudo ver como Talos salía disparado hacia un lado hasta caer en el mar. Una vibración suave le dijo lo que ya imaginaba, Talos solo estaba temporalmente fuera de combate pero había sufrido graves daños. Sabía que no llegaría a tiempo hasta ellos sin saltar por el sendero, pero algo o alguien le estaba bloqueando. Siguió la señal hacia lo alto y pudo ver como aquel cuervo se lanzaba contra el helicóptero de la policía. Sintió una descarga en el anillo y una fuerte explosión sobre su cabeza. Un amasijo de acero y fibra de carbono en llamas estaba a punto de caerle encima. Corrió hacia el borde del embarcadero y saltó al agua al tiempo que una segunda explosión anunciaba a los presentes que el helicóptero, por fin, había tomado tierra.

Star hizo la cuenta de cabeza. Al menos ocho civiles muertos, más de veinte heridos y al menos dos o tres policías, Talos incapacitado y un tolteca sin cabeza... Sin duda, una mala forma de comenzar el día.

Sheteck empujó la palanca de aceleración del yate, mientras el capitán alcanzaba la embarcación y recobraba su aspecto humano a su lado. El motor levantó una columna de agua antes de que saliesen disparados mar adentro, dejando a los demonios atrás.

—El caído ha quedado a su merced... —dijo el capitán mirando hacia los restos del embarcadero, mientras la costa se hacía más y más pequeña en la distancia.

—No por mucho tiempo —respondió Sheteck con una sonrisa en la cara.

En ese momento el Audi Q7 explotó, levantando una enorme columna de humo negro hacia el cielo y borrando toda huella de su prolífica visita a Montecarlo. «Bonita ciudad —pensó—, una ciudad para jugar...». Y, esta vez, Sheteck había ganado la partida.

El agua estaba fresca y abrazó el cuerpo de Talos con cariño, como en su visión... Estaba salada... El dolor en el costado también estaba allí. Aún podía sentir la presencia de aquel cuervo mientras se alejaba. Una vez más, había corrido hacia su visión sin miedo, sin reproches, pues no estaba en su naturaleza intentar engañar al destino. Tenía en su memoria lo que había ido a buscar... El olor y la mirada de un asesino de estrellas.

CAPÍTULO XIX

La mentirosa

Clump Rock

Norte de Coutance. Francia

Aris miraba hacia el fondo del pozo. Desde arriba solo parecía un agujero profundo, ni siquiera lo habían rodeado de piedra ni señalizado de ninguna forma. Estaba a poco más de quinientos metros del agua del mar y a su alrededor ni una mísera casa, ni campo de cultivo, ni nada. No era más que un agujero perdido al que nadie le importaba. Miró a su alrededor, no sería buena idea que nadie le viese caer al pozo. Nada, ni siquiera un turista perdido. Era de suponer que la mera presencia de un monstruo como Hell mantuviese a la gente a una distancia prudencial. Tal vez la misma Alianza se ocupase de mantener a la gente a salvo. Aunque, por la información que tenía, ni siquiera los más viejos zombis de la Alianza sabían dónde narices habían encerrado a la antigua diosa del fuego. Se sentó en el suelo y revisó su equipo. Un taladro eléctrico con dos baterías, una linterna de espeleología, explosivo plástico, el detonador con teclado numérico, un revólver y una bala. Sostuvo el proyectil en la mano. Pequeño y brillante, se le antojó completamente inofensivo. Y en circunstancias normales lo sería. Tendrían que acertarle con eso en la frente para poder matarlo e incluso así sería difícil…

Cerró la mochila y respiró el aire de la mañana. A su alrededor las olas del mar golpeaban feroces las crestas de roca levantando pequeñas nubes de espuma de mar, elevando el aroma del yodo y la sal. Algunas gaviotas volaban en círculos sobre la zona. Serían los únicos testigos de la locura que estaba a punto de hacer. Invocó al viento para amortiguar la caída y se lanzó al pozo. Calculó unos ocho o nueve metros antes de tocar el primer saliente. Tal y como Sheteck le había dicho, se arrodilló sobre el saliente y esperó unos segundos para adecuar la vista. Unos seis metros más abajo se podía distinguir otro saliente. A esa profundidad un humano normal no vería nada. Por suerte, él era de todo menos normal. Rastreó los contornos con la habilidad de un cuervo tolteca, completamente capaz de volar en la oscuridad.

Cuando por fin tocó el saliente de la puerta volvió a asomarse para ver el fondo, tan solo se oía el sonido del agua, sin duda un río subterráneo que venía a morir al mar.

La puerta era una losa de piedra caliza, que seguramente había sido cerrada desde el interior. Se concentró en el espacio más allá de la piedra. Nunca había estado allí, así que cruzar la puerta por el sendero podía ser peligroso. Al otro lado podía haber un pozo, una trampa…

Lo meditó unos segundos. Por otro lado, entrar a lo bestia también podría tener efectos secundarios. No sabía hasta qué punto Hell tenía libertad para actuar; liberarla antes de tiempo sería un enorme error. Así que tenía que arriesgarse. Se concentró en el lastre, necesitaba cada elemento de esa mochila para que su plan resultase. La descompuso en energía, después alargó su brazo y lo introdujo a través de la puerta de piedra. El resto de su cuerpo clamaba por descomponerse siguiendo la reacción en cadena. Necesitó toda su voluntad para evitarlo y conseguir materializar el lastre tras la puerta. Como esperaba, la mochila cayó al suelo, pudo sentir el impacto al otro lado. No había pozo ni trampa, así que cruzó por completo.

La oscuridad era total, ni siquiera los ojos del cuervo podían ver nada y aunque los contornos estaban allí sería mejor no arriesgarse. Buscó a tientas en la mochila y encendió la linterna. La luz se extendió a su alrededor, distinguiendo una enorme sala con ocho columnas, cuatro a cada lado. Una puerta que brillaba como el oro le esperaba al otro lado de la sala. En las paredes podía ver los mismos dibujos que en el templo del desierto sirio: la historia de Hell, la Mentirosa... Él ya conocía aquella vieja leyenda, siglos atrás había encontrado uno de aquellos templos, excavado por vikingos setecientos años antes de Cristo en una montaña perdida de Siberia. Al parecer, Hell nació hija de un dios de la espada. Por aquel entonces, los dioses eran personas de carne y hueso, hombres que habían destacado en la vida, que habían conseguido alcanzar la gloria. Nació con un eón en su interior. Tenía poderes increíbles, capaces de cambiar la mente de las personas, también dominaba los cuatro elementos y podía hablar con los espíritus de los muertos. Su reinado fue corto, nadie había conseguido descifrar lo sucedido, pero al parecer Hell había parido un hijo, un niño mortal que resultó ser un guerrero muy diestro. Confiado en su naturaleza divina, el chico recorrió el mundo, creyéndose inmortal... Pero no lo era, una espada puso fin a su vida y con su muerte vino la locura de Hell. Dicen que perdió la cordura, que un ser tan viejo, sabio y poderoso no asimiló correctamente el sufrimiento de una vida humana y que su prodigiosa inteligencia se tornó en la locura de un sádico. La Alianza Divina la vigilaba de cerca. En aquella época, otros eones encarnados habitaban la tierra, vivían reinando o influyendo sobre distintos pueblos y cualquiera de ellos podía poner fin a la existencia de Hell.

Nadie sabe cómo lo hizo, nadie había conseguido descifrar qué poder esgrimió contra los eones; tan solo se conoce el resultado. Los eones encarnados, las «reinas», tanto de los tronos como de las Potestades, fueron destruidas; cientos de eones perdieron su poder en la tierra; los responsables de la muerte de su hijo fueron exterminados y su civilización borrada de la memoria del hombre. Fue el fin de toda una era, tan solo porque aquella mujer quería venganza. Un sentimiento humano, tan viejo como la misma vida. La misma venganza que Aris perseguía, el mismo error, el mismo enemigo… Por eso pensaba que Hell era la respuesta a todas sus plegarias.

Aris estudió cada dibujo, buscando datos nuevos, pero era la misma historia repetida. Se hacía eco de la gran mentira, pero no se decía cuál era. Al final, tan solo quedaba el dibujo que mostraba a Hell con las manos cubiertas de sangre. Hombres, mujeres y niños muertos a sus pies, mientras el ojo del cielo la maldecía, bautizándola como Hell-i-jadjin, *la mentirosa.*

Se sabe que la Alianza, aun sin piezas que igualasen su poder, consiguió llevarla a una trampa, el ardid dio resultado y Hell quedó encerrada, condenada a esperar la muerte en el fin de los tiempos.

Para Aris, aquel poder significaba el fin de los eones, no había piezas de aquella magnitud sobre la tierra y, uniendo su poder al de aquella criatura, se convertiría en un azote para los demonios. El fin de otra era…

La puerta de oro resultó ser fina y manejable, tenía grabado el símbolo de Hell: un cuenco con tres llamas que ascendían hacia el cielo. La abrió sin dificultad para descubrir tras ella una escalera que se confundía con la oscuridad. Descendió durante al menos diez minutos por escalones muy finos y escurridizos. La humedad se hacía más y más patente a medida que descendía, hasta que por fin llegó a una sala enorme, una caverna natural. En el centro podía distinguirse una especie de piedra circular de unos veinte metros de diámetro que tan solo ocupaba la mitad de la sala. Estaba labrada con símbolos y dibujos que relucían en la oscuridad reflejando la luz de la linterna, parecían de metal, como si alguien hubiese rellenado los grabados. Sobre la gran piedra podía distinguirse una silueta pero estaba oscura y casi no reflejaba la luz. El suelo parecía un charco y, cuando Aris bajó el último escalón, pudo comprobar que estaba cubierto de una sustancia líquida y brillante pero que no calaba los zapatos. Intrigado, se agachó para examinarlo. Era mercurio. Instintivamente dio un paso atrás y regresó a la seguridad de la escalera. Todo el suelo de la sala estaba inundado de mercurio. «Mierda», se dijo. El mercurio no se podía rastrear, el suelo podía estar lleno de pozas, estacas, cepos, de todo, oculto por el mercurio. Nadie podía calcular la profundidad ni podía ver a través de él. Sintió una punzada leve detrás de la cabeza, mientras una presencia se alzaba en el centro del círculo. Pudo sentir cómo aquella inmensa fuerza se hacía con cada milímetro de la cueva, mientras la temperatura caía en picado. Una voz suave reverberó en sus oídos, hablando una lengua dulce y musical, tan antigua como la misma piedra que la atrapaba y, de alguna forma, la entendió perfectamente.

—Bienvenido. Te estaba esperando…

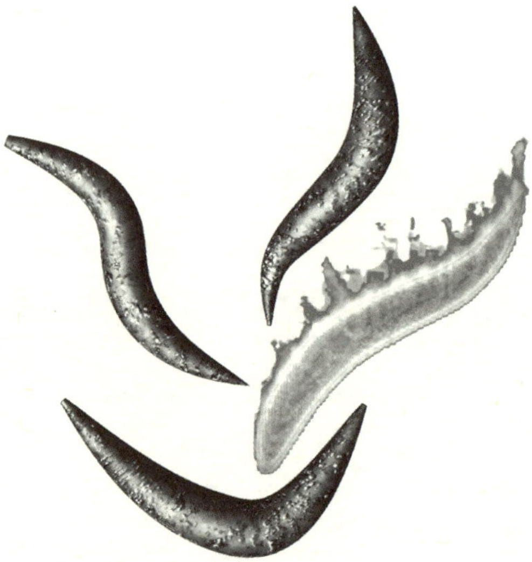

CAPÍTULO XX

La treta

Venecia. Italia

Llevar al chico hasta Venecia había sido todo un reto. Después de navegar durante cuarenta y cinco minutos encontraron el hidroavión, con el último Blue esperándoles, provisiones, armas y dinero en efectivo para pagar sobornos. Después volaron hasta el lago Raina, al otro lado de la península italiana. Tanto el primer yate como el hidroavión siguieron el destino del Audi Q7, claro que llamando menos la atención. Embarcaron de nuevo hasta entrar en Venecia.

Sheteck había alquilado un viejo palacio algo destartalado al final de la Ribera del Vin. Casi todos los edificios de la zona tenían daños serios y no paraban de escucharse los ruidos típicos de la maquinaria de construcción. El edificio daba por un lado al Gran Canal y por el otro a una calle secundaria. Gracias a las obras quedaban pocos vecinos, lo que favorecería los planes de Sheteck y evitaría muertes innecesarias. Había activado señuelos en medio planeta, utilizando dinero tolteca para alquilar de todo, desde habitaciones de hotel en Canadá, a carburante en España, México y Perú. Habían enviado cheques al portador a algunos amigos de la tribu en casi toda Centroamérica, algo que, en su inocencia, el Consejo había aprobado por unanimidad.

Para los dirigentes de la tribu solo se trataba de hacer unos cuantos regalos como pago a favores prestados. En total, catorce millones de dólares en un solo día. Más o menos el capital que les rentaba la mina en un mes. Nadie prestó atención, nadie hizo preguntas…

Los Blue resultaron ser de lo más diligentes, acondicionaron la segunda planta en cuestión de minutos. Sentaron al zombi en una silla y le ataron las manos a la espalda por si se despertaba. La habitación resultaba espaciosa, un gran ventanal regalaba unas preciosas vistas del Gran Canal, y al otro lado tenía un cuarto de baño grande y muy bien conservado, con una de esas bañeras con patas del siglo pasado. En cuestión de media hora ya tenían todo lo necesario para aguantar un mes de encierro, pero Sheteck sabía que posiblemente no llegasen a pasar una semana sin que les detectasen. En esos momentos, todos los malditos demonios del planeta estaban esperando un solo descuido, un error, una simple señal que les llevase hasta ellos. Y, como la pantera sabía muy bien, el que busca, encuentra.

Se acercó al muchacho y le quitó la capucha. Como imaginaba, estaba tan débil que no proyectaba brillo alguno al sendero. Parecía inconsciente. Le cogió del pelo y levantó su cara. Tenía muy mal aspecto, algunos morados con muy mala pinta y sangre reseca alrededor de los labios.

—Blue… —Dejó pasar medio segundo hasta escuchar el taconazo junto a la puerta—. Trae cinco litros de zumo de naranja y una toalla húmeda.

Sin mediar palabra, el Blue bajó al piso de abajo a buscar lo que le habían pedido.

Mientras tanto, Sheteck estudió el rostro del chico. Tenía unos rasgos muy nítidos, el pelo tan corto que le costaba trabajo sujetarlo con los dedos, pómulos altos y bien definidos, la mandíbula fuerte. Parecía un tipo duro. Por desgracia para él, no tendría tiempo para desarrollar sus facultades. Estaba a punto de dejar al chaval, cuando abrió los ojos. Le costó tanto esfuerzo hacerlo que a Sheteck se le ablandó el corazón.

—Hola... Me imagino que te duele hasta respirar, suerte que no lo necesites, ¿verdad?

En cierto modo sí que lo necesitaba, no se había acostumbrado ni lo más mínimo a su nueva condición y, aunque había hecho la prueba, su subconsciente luchaba por conservar esa costumbre, elevando su ansiedad si no podía hacerlo. Como aquel hombre acababa de decir, le dolía horrores pero no podía evitar intentarlo. El Blue apareció por la puerta con lo que le habían pedido. Sheteck cogió la toalla y le limpió el rostro a Marc refrescándole la cara; este levantó la vista agradecido, pero no pudo evitar mirarle con recelo.

—Somos enemigos —dijo Sheteck—, pero los tolteca no somos animales.

—Creí que erais cuervos —dijo Marc a media voz. La experiencia y el entrenamiento le habían preparado para situaciones como esa; resultar simpático no cambia la situación pero ayudaba a negociar llegado el caso.

El tolteca esbozó una sonrisa antes de responder.

—De ser así ya no tendrías ojos. —Completó la sonrisa y le acercó a la cara una botella de zumo de naranja. Bebía sin fuerza, pero antes de haber apurado la primera botella su rostro se tensó y algunas de las magulladuras desaparecieron. La pantera siguió dándole de beber hasta que empezó a ver algo de vida en aquellos ojos. Después cogió una silla y se sentó frente a él. Se ajustó la ropa y se quitó las dagas de la espalda para dejarlas sobre una pequeña mesa auxiliar en la que apenas cabía ya algo más que el móvil.

Marc sintió un escalofrío al verlas, aún tenía algún que otro calambre en el dedo de vez en cuando. Y a la pantera no se le escapó el detalle.

—Veo que sabes lo que son…

—El romano hizo las presentaciones.

—Claro, Mell… —Sheteck miró las dagas de reojo—. Robó un par hace algún tiempo, de la tumba de un viejo chamán, un hombre muy respetado en mi tribu.

Marc empezaba a espabilarse, la habitación seguía estando entre tinieblas, y solo alcanzaba a reconocer el enorme ventanal que recortaba la silueta del tolteca. Sabía que el que había traído el zumo estaba junto a la puerta, pero no podía situar a los otros.

—Me llamo Sheteck y soy un rastreador de la tribu tolteca. —Su nombre, pronunciado por él, sonaba como el hachazo de un leñador, muy lejos de la pronunciación que tanto Lee como Ryu utilizaron, pero Marc identificó claramente aquel nombre.

—¿Tú eres el de Shanghái? —La pantera solo asintió—. Ryu no sabe pronunciar tu nombre.

El tolteca frunció el ceño y respondió:

—Ya no tendrá que volver a hacerlo.

Marc tenía mucha experiencia en utilizar ese tono, demasiadas veces había hablado así de sus víctimas, no necesitó aclaraciones.

—¿Y los demás?

Sheteck hizo un gesto negativo con la cabeza.

—Ya les llegará el día.

«Bien», pensó Marc, al menos Joy estaba a salvo.

—Ryu era un buen hombre…

—No me digas —respondió con cierto tono de sorna—. Creo que hay muchas cosas que no sabes de tus nuevos amigos.

Marc levantó una ceja, pero el dolor la devolvió a su sitio.

—No tienes la menor idea de dónde te has metido. Llevaba persiguiendo a Ryu ciento setenta y nueve años...

A Marc le sorprendió la cifra, claro que barajando la edad de los condenados, y la de aquel tolteca le salían de sobra las cuentas.

—¿Has oído hablar de la rebelión de las pequeñas espadas? Fue una masacre. ¿O de la limpieza del sol? ¿Del levantamiento de los bolcheviques? Muertos por todas partes.

—¿Los mató Ryu? —preguntó Marc mientras levantaba de nuevo la vista.

—Sí... Indirectamente... Fue el causante de los levantamientos. «Instigador» sería la palabra exacta.

Marc analizó la respuesta.

—O sea, que el que les metió el ansia de libertad en el cuerpo fue el hombre al que te has cargado, ¿no? —resopló—. Buen trabajo.

—No lo entiendes. Ni siquiera fue idea de Ryu. Le conocí bien, no le gustaba la muerte, ni provocarla ni contemplarla. Fue por Shen, es él quien lo hizo, es quien lo planeó y quien lo llevó a cabo a través de Lee y Ryu. Al igual que el Fénix, son los auténticos culpables. Los eones juegan su macabro juego de poder sin valorar los métodos, no te puedes ni imaginar a qué número ascienden las bajas que han provocado a través de los siglos, no puedes ni soñarlo.

—Muy diferente a tus métodos, si me permites decirlo. Disparar una ametralladora pesada contra la multitud es mucho más ético.

—Vaya, estabas despierto...

Marc dejó caer de nuevo la cabeza, le costaba muchísimo mantenerla erguida y los efectos del zumo estaban desapareciendo.

—Lo estuve hasta que tu amigo me apagó la luz —dijo, miró de reojo hacia la puerta—. No es que sea muy cariñoso.

—No se lo tengas en cuenta, se pone de muy mal humor cuando tiene hambre. —No tenía la más mínima importancia, pero era cierto, no pudo dejar de recordar la cara de aquel Blue cuando vio el tamaño del café que le sirvieron en aquel hotel de Montecarlo.

—Mejor no pregunto lo qué le dais de comer —ironizó, y pudo oír una corta carcajada más allá de la puerta.

Sheteck sabía de sobra que pretendía hacerse el simpático. Estar prisionero, atado y medio muerto solía tener esos efectos secundarios.

—¿No comprenderás nunca que el ser humano jamás será libre mientras los eones tengan piezas sobre la tierra? Ya sabes a qué se dedican, pero no tienes ni idea de cómo lo hacen. Tal vez deberías preguntarle a la buena de Joy cómo consiguió ese precioso tono azul en los ojos...

Marc levantó levemente la cabeza al escucharle, estaba contrariado. Nunca se había parado a pensar en ello y parecía una buena pregunta.

—¿Creías que había nacido con ellos? —Sheteck echó el cuerpo hacia delante y apoyó los codos en las rodillas—. Pregúntale qué estaba haciendo en Hiroshima el día en que aquella preciosa explosión le aclaró los ojos y, ya de paso, pregúntale al romano qué hacía en un caza sobre el Pacífico al mismo tiempo... O, mejor aún, pregúntale al bueno del Fénix por qué el primer proyecto de un misil intercontinental para lanzar una bomba de hidrógeno, un proyecto nazi, por cierto, llevaba su nombre... Quién sabe, a lo mejor te sorprende la respuesta.

—Preguntas y respuestas... —Marc torció el gesto—, no sé nada de todo lo que me cuentas, la verdad. Tal vez algún día pueda hacer esas preguntas. —Levantó ligeramente la vista, quería ver la reacción de Sheteck a su siguiente pregunta—. Si salgo de esta con vida, tal vez lo haga.

—¿Con vida? —respondió el tolteca—. Que yo sepa perdiste la vida en Shanghái. Tan solo sigues aquí para cumplir un trato con un maldito demonio. Pero no te preocupes, te voy a quitar de encima esa responsabilidad.

—Vaya, ¡mi héroe! —Ahogó una corta carcajada entre lamentos y dejó caer la cabeza una vez más. Era el mismo cuento de siempre, lo quería «liberar» de la pesada carga que soportaba sirviendo al dios «equivocado»—. No sé, pero suena a excusa barata.

—Claro, chaval... —dijo Sheteck mientras se estiraba y ponía los pies sobre el borde de la mesita—. Porque lo es.

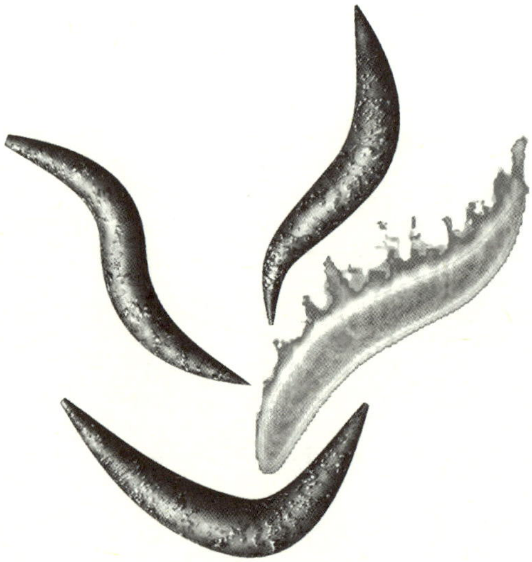

CAPÍTULO XXI

Excusas

Sede de los hijos de Licos. Montecarlo

—¡Estoy harto de excusas! —El puño de Leo resonó contra la mesa de su escritorio, que tembló hasta las patas. A su espalda, el enorme ventanal del salón de los hijos de Licos, y frente a él los sillones y el comedor, muebles que simulaban los mármoles griegos, pero mucho más ligeros, daban a la sala el toque luminoso de la Grecia clásica.

Talos apoyaba el morro sobre sus patas delanteras, mientras el bueno de Star se comía la bronca. A su alrededor estaba Luna, con las piernas cruzadas sobre uno de los enormes sofás de cuero blanco del salón. Mell acariciaba el pelo de una Joy inconsciente sobre una enorme mesa de madera lacada que imitaba el mármol de carrará. Lee estaba sacando el último proyectil del cuerpo de la geisha, directamente, con los dedos…

—¿Se puede saber qué coño te has creído? Te dije que no atacases, solo seguirlos y marcar el objetivo. —Star bajó la mirada maldiciendo en su interior, los espartanos no sabían aceptar explicaciones—. ¡Y eso va también por ti, peludo! ¿Se puede saber en qué estabas pensando?

El lobo bajó la mirada y olfateó el aire nervioso.

—Si el que os estuviese aquí esperando fuera Scyros, ¿habríais desobedecido?

Tanto el lobo como Star levantaron la mirada ante la pregunta, lo que dio automáticamente la respuesta.

—¿Lo veis, joder? —Leo dio otro violento puñetazo a la mesa, conteniendo al máximo la fuerza para no hacerla astillas—. ¿Cómo queréis que esto funcione? Joder, Star, esta masacre es inaceptable.

—¿Y qué quieres que yo le haga? Liquidé a uno, algo es algo…

—Un tolteca a cambio de Ryu, Marc, siete civiles muertos, dos policías y la escalofriante cifra de cuarenta y ocho heridos, cuatro de ellos con pronóstico reservado.

—¿Estamos seguros de que han sido toltecas? —preguntó Lee mientras extraía la última bala y la depositaba en un cenicero con un sonoro *clinc*.

—El helicóptero de la policía fue derribado por un cuervo azul, del tamaño de un buitre leonado y con la suficiente energía de viento como para hacerle un boquete —dijo Star sin levantar la vista; no tenía intención de cabrear más a Leo—. Además, el objeto que lucía en el astral ha aparecido entre los restos del coche. Es una daga ritual tolteca, la policía se la llevó.

—¿Tienes a la policía controlada? —preguntó Lee

Leo echó un vistazo a su reloj de muñeca y respondió:

—He citado al encargado del caso para dentro de dos horas. Cree que vamos a darle nuestra versión del secuestro, pero me he citado con el jefe de policía y el ministro del interior al mismo tiempo. —Se masajeó las sienes. El alcohol y los acontecimientos le estaban agotando. En ocasiones echaba de menos dormir...

—Les... aclararé el asunto. —Mentiras, mentiras y más mentiras. A veces dudaba de si se había convertido en un asesino o en un vulgar mentiroso... Seguramente en ambas cosas, pensó—. Pero creo que tenemos otro asunto mucho más serio que discutir —puntualizó, dirigiéndose al romano—: ¿Qué ha pasado exactamente?

—No tengo ni idea —respondió Mell, girando la vista hacia el cuerpo de Joy—. Lee, por favor, ¿te importaría hacer los honores?

El joven maestro asintió, colocó la mano tras el cuello de Joy y apretó con los dedos sobre la segunda vértebra cervical, la pequeña descarga eléctrica provocó un espasmo en los finos brazos de la geisha. Un segundo más tarde abrió los ojos. Observó a derecha e izquierda y se incorporó sobre la mesa; ya no tenía rasgo alguno de las heridas, contusiones y cortes. Tan solo la suciedad y los restos de sangre seca resistían como testigos del incidente.

—¿Qué ha pasado? —preguntó Joy a media voz.

Publio y Ursus entraron en el salón desde el pasillo de la cocina. El viejo senador romano vestía un pantalón de lino blanco y una camisa del mismo estilo y caminaba descalzo. Tras él, Ursus, el galo, vestía unos pantalones ajustados de cuero negro, botas militares y una camiseta que parecía estar a punto de reventar y se había recogido todo el pelo en una enorme trenza que reposaba sobre el hombro derecho. Visto de esa guisa parecía una estrella de la lucha libre. Saludó a los presentes con un gesto de cabeza, mientras jugaba con una manzana verde entre sus enormes dedos.

—¿Qué ha pasado? —preguntó Publio.

—Es la pregunta del día —respondió Leo mientras volvía a sentarse tras el escritorio—. Deberíamos empezar por resumir la situación, Star...

El *sheriff* giró la cara hacia el resto del grupo.

—Esta mañana, cuatro cuervos tolteca asaltaron una limusina de la Alianza. Dentro estaban Joy, Lee, Ryu y el chico nuevo del Fénix. Utilizaron algún tipo de protección porque nadie pudo percibir sus intenciones, ni siquiera los eones, puesto que los anillos no vibraron. Cuando

Leo y yo llegamos al escenario encontramos el cuerpo de Ryu... —Se hizo una pequeña pausa y todos miraron a Lee, que prefirió mantener la cabeza baja.

—Alcancé a los atacantes junto al paseo marítimo —siguió explicando Star—, pero no pude detenerlos. Escaparon llevándose a Marc con ellos.

Joy no pudo evitar llevarse las manos a la boca. Recibir al mismo tiempo la noticia de la muerte de Ryu y el secuestro de Marc casi le arranca un grito. Giró la vista hacia Lee, que seguía a su lado con la cabeza baja y le puso una mano en el hombro.

—Creo que es innecesario decir lo que todos sentíamos por Ryu. Que los dioses le bendigan... —dijo Publio—. Sentimos tu pérdida, Lee...

Por fin, el único hijo de Shen levantó la cabeza. No había nada en su rostro que denotase tristeza, la edad le había robado la expresividad pero aún podía distinguirse un atisbo de dolor en sus ojos marrones.

—Le lloraremos más tarde. Ahora lo inteligente es organizarse y de paso averiguar por qué los tolteca se han llevado al chico vivo —dijo Lee, devolviendo la pelota a la mesa de Leo.

Todos los presentes volvieron la mirada al líder de la Alianza como en un partido de tenis y Lee pudo relajarse un poco. En ese momento no tenía la más mínima intención de actuar como un sabio. Solo quería descansar.

—El chico... —Leo meditó unos segundos—, no sé si me equivoco, pero todos hemos recibido orden de proteger al chico, ¿verdad?

Uno a uno, todos fueron asintiendo.

—¿Y eso no os parece un tanto extraño? —Dejó caer la pregunta mientras interrogaba a Mell con la mirada.

—Sabemos que tiene algo especial, pero el Fénix no suelta prenda.

—Es una dama... —interrumpió Lee desde el otro lado de la mesa del salón. Todos le miraron de nuevo.

—¿Te refieres a un eón? —El Espartano negó con la cabeza—. Eso es imposible, las damas nacen, no se hacen, además está prohibido crear piezas de esa magnitud. La Alianza se vería obligada a eliminarla incluso antes de nacer.

—Todo eso ya lo sé, pero hay algo en ese chico que le permitiría meter al Fénix en su interior —dijo Lee sentando cátedra. Le siguió un segundo de incertidumbre.

—¿Bajo qué circunstancias? —preguntó Publio.

—Eso no lo sé con seguridad, pero basándonos en las órdenes recibidas… Supongo que si recibe daños o muere… —El joven maestro no terminó la frase y se sentó sobre la mesa junto a Joy.

—Vale. O sea, que si el chico muere, ¿el Fénix tomará dama sobre la tierra? —preguntó Leo, levantando ligeramente las cejas.

Lee asintió.

—La Alianza no lo consentiría —dijo, antes de centrar la vista en el romano.

—Oye, oye… A mí no me mires, he estado retirado cincuenta años, no he tenido tiempo de ponerme al día en intrigas.

—Conozco al Fénix —dijo Joy rompiendo su silencio—, no matará a Marc para ocupar su lugar, simplemente no es su estilo. Además, si ese fuese su objetivo ya lo habría hecho.

—A no ser que existiese una amenaza mucho mayor… —dijo el romano, con la vista perdida en sus pensamientos—. Hace unos meses, Joy persiguió a un cuervo tolteca hasta el desierto de Siria. La Alianza había pedido su cabeza por asesinato. Descubrimos que estaba investigando a una Potestad llamada Hell.

Lee levantó la cabeza como si le hubiesen pellizcado en el trasero.

—Arishalotek está buscando una forma de vengarse, tal vez liberar a Hell. Eso explicaría que el Fénix guardase un as en la manga. Ese sí es su estilo…

Pasaron unos segundos en silencio, las miradas se perdían entre los invitados hasta que Leo tomó de nuevo la palabra.

—Estamos perdiendo el tiempo. Sabemos que Aris está detrás de todo esto, tal vez sea él quien mató a Ryu.

—No ha sido Aris —dijo el romano, mirando por la ventana hacia la estatua de Scyros.

—¿Cómo puedes saberlo? —preguntó Lee.

—Porque Montecarlo sigue entero... Es cosa de Sheteck, son como uña y carne. Sheteck es la infantería y Aris la artillería pesada. Está claro que están usando al chico para distraer nuestra atención, pero les ha salido demasiado bien. Ni siquiera los eones son capaces de dar con Aris.

—Dar con Aris sería sencillo. Sabemos lo que busca, encontremos a Hell antes que él y solucionado el asunto —dijo Ursus, sin dejar de mirar la manzana.

—Hell no está prisionera exactamente...

Todos se giraron hacia la puerta. Ergara caminaba hacia el grupo con ese paso lento y elegante. Mell no podía dejar de recordar a su madre cuando la veía andar así. Vestía una de sus túnicas de seda verde, de corte griego, que conseguía darle algo de densidad a su frágil cuerpo. Por su aspecto era la única que encajaba con la decoración de la casa.

—Bienvenida, ¿has descansado? —preguntó Leo a su invitada.

Ergara se había encontrado mal tras el ataque y Luna se había ocupado de que tuviese un pequeño rincón en la zona segura del edificio donde poder reponerse. Cuando las visiones se sucedían, su mente sufría crisis de las que tardaba en recuperarse. Posiblemente la única crisis de salud que podía sufrir un condenado era el dolor de cabeza.

—Sí, gracias... Mi cabeza parece una feria, me llegan señales de aviso que casi no puedo interpretar.

—¿Qué sabes de Hell? —preguntó Joy.

—Poca cosa, los dioses se resisten a contarme su historia. Solo sé que es muy peligrosa. En el pasado fue la causante de una marea de destrucción de proporciones bíblicas, pero nadie me dice por qué, ni cómo lo hizo. Sé que no está prisionera, tan solo su cuerpo lo está, si lo desea puede liberarse destruyendo este. Pero al parecer no le apetece hacerlo. Eso representaría el fin de su forma de ver el mundo, pasaría de nuevo al plano espiritual y perdería sus instintos humanos. Al parecer, es justo eso lo que no quiere. Tal vez sea feliz en su locura.

—Mira tú que bien —dijo Leo haciendo una mueca—. Está prisionera porque le da la gana.

—El problema —continuó Ergara— es que su prisión no limita su poder. Cualquiera que esté tan loco como para plantarse delante de ella está perdido. Por eso no nos van a decir dónde está.

—¿Pero si Aris consigue liberarla? —preguntó el romano.

Se hizo el silencio. Por un lado, Leo, Luna, Lee y Star no se fiaban del Fénix; estaba claro que Marc suponía una puerta de entrada muy tentadora para un demonio reconocido. Alguien que había jugado con la Alianza en el pasado y había ganado en demasiadas ocasiones como para no tenerlo en cuenta todo, incluida la entrada del Fénix en la Alianza; podía ser una maniobra para evitar represalias. Por otro lado, el chico representaría una pieza de vital importancia si Hell rompía sus cadenas.

Tanto Mell como Joy se dieron cuenta de la desconfianza que flotaba en el aire y ni siquiera ellos podían saber si estaba justificada o no. Por su lado, Lex no permitiría quedarse fuera del juego y mantendría a Publio a la espera y a Ursus distraído con su manzana. A Talos no le estaba gustando nada el cariz que estaban tomando las cosas, sus recuerdos le asaltaban trayendo visiones del pasado. Imágenes que no conseguía ubicar y estaba preocupado por el chico nuevo.

—Ergara, crees que lo logrará, ¿verdad? ¿Es todo esto lo que me querías contar anoche? —preguntó Star, mientras acariciaba el morro de Talos, que agradeció el gesto sacando la lengua.

Ergara asintió.

—No estaba segura de que fuese a pasar tan pronto.

—Vale —respondió Star. Se giró despacio hasta fijar su atención en Leo y preguntó—. ¿Y ahora qué hacemos?

Leo pudo ver cómo todas las miradas se centraban en él, había llegado el momento de tomar decisiones y ponerse a trabajar. Se tomó unos segundos para saborear aquel momento, pero, en cierto modo, su sabor se le antojó amargo. Se giró hacia el enorme ventanal. Al fondo, el mar recortaba la figura de Scyros…

«Líder… de la Alianza…»

CAPÍTULO XXII

Cuestión de liderazgo

1 de Enero de 2000. Montecarlo

Leo miraba al mar. El atardecer recortaba sombras sobre la Villa de Licos mientras el frío devoraba la ciudad. El mar estaba furioso, casi tanto como el propio Leo. Caminaba por la orilla, veinte pasos hacia el norte, veinte pasos hacia el sur... Tenía los puños apretados con tanta fuerza que hacía rato que no sentía los dedos. Entonces le vio llegar. La energía se centró a escasos metros de la balaustrada de la casa y Scyros apareció de la nada con una de sus lanzas doradas en la mano. Parecía una aparición del dios Ares. Leo pudo sentir cómo la rabia le subía hasta la garganta, donde formó un nudo con su miedo. Scyros giró la cabeza hacia la playa antes de entrar en la casa y le vio, así que se dio la vuelta y comenzó a caminar hacia él. Se acercaba con paso lento, dando claras muestras a Leo de que no le hacía ninguna gracia tener que hablar con él. Y eso terminó de cabrearle...

Scyros era un hombre práctico. Nunca le había gustado la guerra, tal vez por eso los dioses le habían condenado a luchar eternamente, pensaba él. No le gustaba discutir y mucho menos con sus subordinados, pero el liderazgo conllevaba asumir esa responsabilidad y no saldría nada bueno del enfado de Leo si no se solucionaba rápidamente.

Una noche, cuando no tenía más de diez años, se quedó dormido mientras cuidaba de uno de los rebaños de su padre. Un lobo mató a tres corderos. Su padre amaneció borracho, había pasado la noche entera fornicando en un burdel de mala muerte y se encontraba en la frontera entre la embriaguez y la resaca. La noticia no le sentó nada bien, comenzó abofeteando a Scyros, pero eso se le antojó un castigo inútil, y, si aquel hombre se vanagloriaba de algo en su vida, era de enseñar a sus hijos algo con cada golpe. Así que sacó un oxidado cuchillo de cobre y le cortó el párpado izquierdo...

—Esto te enseñará a dormir con un ojo abierto el resto de tu vida.

Scyros aprendió muchísimo más: no te fíes ni de tu padre, nunca bajes la guardia ante un hombre armado y, por supuesto, si tienes el sueño pesado no te dediques a cuidar del ganado. Así que, como siempre tuvo el sueño intenso, con párpado o sin él, cambió el cayado por la lanza en cuanto tuvo edad para decidir su camino.

Su padre se arrepintió de lo que hizo pocas horas después. El ojo de su hijo se infectó y después de algunos meses infernales se quedó ciego. Usó un parche para taparlo el resto de su vida. Cuando renació como hijo de Licos, su ojo y su párpado regresaron, pero por algún motivo que nadie entendía no conseguía moverlos. Así que volvió a ponerse un parche y ya nunca más se lo quitó, al menos delante de nadie.

Por otro lado, este curioso defecto trajo una ventaja que nadie podía adivinar. Scyros podía ver a través del parche, es más: podía rastrear el sendero. Lo que le permitía poder ver el astral mezclado con el mundo real. Eso hizo que con los años se convirtiese en un experto en analizar el aura de las personas; detectaba las mentiras con la misma facilidad que las enfermedades, los sueños o los temores. Nunca le contó a nadie su secreto puesto que era algo tan simple que le daría vergüenza reconocerlo. Pero su leyenda creció y creció, terminando en el liderazgo de la Alianza tras la muerte de Alexias.

... Y allí estaba Leo, con el aura encendida de un rojo granate, con infinidad de pequeñas nubes rodeando su cabeza, arremolinándose y mezclándose con sus miedos y sus rencores.

Scyros amaba a Leo. Habían pasado juntos dos mil doscientos ochenta y un años, dos mil doscientos ochenta discutiendo... Lo que para un griego minoico como Scyros, significaba tener una relación saludable. Él mismo no había parado de discutir con su tutor Alexias, desde que se hizo cargo de él en plena era oscura, mil trescientos veintiocho años antes de Cristo.

Nunca le habían dicho que era bello, pero en cierto modo conservaba esa energía masculina incapaz de dejar al sexo opuesto indiferente. Unos profundos ojos verdes —aunque solo tuviese uno a la vista— y una pequeña melenita rubia extremadamente rebelde, cuajada de rizos sobre rizos que se unían en pequeños tirabuzones, lo que daba a su cabeza el aspecto de una fregona... Ryu hizo la desafortunada metáfora, allá por el año mil novecientos sesenta y uno, y casi le cuesta los dientes.

Físicamente resultaba bastante imponente, con sus doscientos treinta centímetros de altura y sus ciento cincuenta kilos de peso. Ni el proceso de degeneración posterior a la muerte consiguió robarle apenas envergadura.

Inteligente y concienzudo, había derramado sangre de todas las razas de la tierra. Su único defecto inaceptable era el carácter. Cuando estaba furioso podía matar a un toro de un puñetazo... Tal vez por eso, Leo había tardado más de dos mil años en reventar. Había llegado un momento en que ni siquiera el miedo podía retener su ira.

—Está muerto, ¿verdad? —gritó Leo sin mirar hacia Scyros que ya casi estaba a su altura—. Le di mi palabra de que estaría a salvo, ¡y tú le has matado!

—¡Se te ocurre la idea de prometer cosas que no se pueden cumplir! Das tu palabra como si tuviese el valor de la Alianza y pretendes salvarle la vida a un asesino de niños..., ¡a un monstruo!

—¡Él no era ningún monstruo! —gritó Leo encarando a Scyros.

El griego dejó de caminar y se quedó a medio metro del Espartano.

—¡Tú eres el monstruo! Por eso todos te temen, por eso nadie espera clemencia de ti. Por eso nadie como él se acercaría a la Alianza.

—¡Bien! —gritó Scyros para igualar su tono—, ¡porque de eso se trata! La Alianza no necesita la presencia de demonios en sus filas, no necesitamos Potestades, ni necesitamos más asesinos… ¡de eso ya estamos servidos! —Abrió mucho el ojo y le clavó un dedo en el pecho.

—Le di mi palabra —dijo Leo bajando el tono de voz—. Sabía de sobra que con aquel hombre gritar no servía para nada y, pasado el primer arrebato, sabía que sería más sencillo hacerle sentir culpable. Al menos de conciencia no andaba tan escaso como de paciencia.

—Tu palabra me importa a mí —respondió el griego señalándose con el dedo. Había bajado el tono al nivel de Leo, no le apetecía dar ningún espectáculo. Su voz era ronca y profunda y muy fácil de escuchar a larga distancia—. Pero tu palabra no es la palabra de la Alianza. Parece que tuvieras algún problema con eso últimamente. ¿Qué es lo que tengo que hacer para que lo comprendas de una maldita vez? —Volvió a elevar el tono—. ¡Si querías tirarte a ese cabrón solo tenías que hacerlo!... ¡Pero no sellar acuerdos a mis espaldas!

El rostro de Leo comenzó a temblar.

—Cómo te atreves… Cómo coño te atreves, maldito…

—Maldito ¿qué? —Scyros dio un paso al frente acercándose a diez centímetros del rostro de Leo, parecía una cobra con la boca abierta sobre un ratón tembloroso. La diferencia de tamaño era tanta que la sombra del griego dejó a Leo sumido por completo en la oscuridad. —¿... Bestia?, ¿animal? ¿Crees que me gusta hacerlo? ¿Es que en todo este tiempo no has aprendido nada? ¡Es el respeto! El maldito respeto lo que mantiene unida a la Alianza, es el miedo a mi reacción lo que impide que animales como Alter maten niños a diario. —Leo dio un corto paso atrás invadiendo el marco húmedo de las olas del mar—. Si para ello tengo que arrancarles los brazos, les arrancaré los brazos. ¿Acaso crees que puedes hacerlo mejor?

Leo no abrió la boca, y eso fue como gritar la respuesta.

—¿Es eso, Espartano? ¿Es eso lo que te está atormentando? ¿Crees que puedes hacerlo mejor? —La mirada de Scyros se tornó cansada de repente, como si alguien hubiese apagado la luz dentro de su cabecita. Tal vez estaba recordando algo, tal vez el eterno enemigo... El cansancio se había apoderado de él. El caso es que asintió con la cabeza y se giró hacia la casa—. Muy bien, si eso es lo que crees, me imagino que tendrás que comprobarlo... —Caminó despacio hasta que llegó a ella.

Leo esperó unos segundos antes de seguirle; no imaginaba ni de lejos lo que estaba a punto de hacer. Scyros se había colocado junto a la balaustrada del jardín, mirando hacia el mar; tras un hondo suspiro, había clavado la lanza en el suelo.

Leo entró en la casa y encendió la televisión. Todo el planeta se felicitaba por el nuevo año, siglo y milenio. Sonó el teléfono. Star estaba con Luna en una fiesta en la ciudad, así que contestó el Espartano. Se le heló la sangre al escuchar la voz de Alter al otro lado de la línea. Solo quería felicitar a Leo el Año Nuevo. Ni siquiera estaba herido...

Leo salió de nuevo a la terraza. Scyros había aceptado la palabra dada por el Espartano, le tocaba a él pedir disculpas. Lo intentó durante días, hasta que su desprecio acabó con la paciencia que le quedaba. Antes de quedarse inmóvil, Scyros había escrito una palabra en el suelo con la punta de la lanza: «*Hegemón*»[4]... El Espartano aceptó el desafío.

4. Transcripción del término griego « ἡγεμών» («líder»).

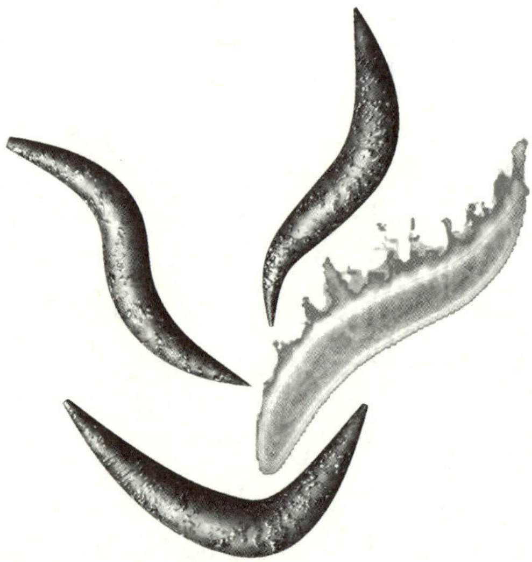

CAPÍTULO XXIII

Directrices

Sede de los hijos de Licos. Montecarlo

Leo regresó a la realidad; a su alrededor todos esperaban sus directrices. Podía sentir el peso de sus miradas como quintales.

—Bien, sabemos que la guardia de Ketxal está implicada, así que tendremos que pedirle explicaciones al patriarca. —Levantó la vista buscando al más indicado—. ¿Podemos contar contigo, Publio?

El romano se acarició el mentón.

—Siempre es un placer servir a la Alianza, nos ocuparemos de ello —respondió el romano, dejando claro que no se metería en territorio tolteca sin la presencia de Ursus. Todos daban por hecho que Ursus era el guardaespaldas de Publio desde que Lex los plantó en la tierra, prácticamente a los dos al mismo tiempo.

—Vale, Luna y Joy se ocuparan de buscar información sobre Marc, está claro que no lo sabemos todo. Ellas se ocuparon del funeral y esas cosas. Tienen medio trabajo hecho.

Ambas asintieron, Joy porque estaba igual de intrigada que los demás, Luna porque no tenía intención de perder al Fénix de vista y quedarse cerca de Mell se le hacía cuesta arriba.

—Star, obra tu magia pero encuentra al chico.

—¿Tengo carta blanca?

Leo dudó medio segundo. Star era el mejor rastreando, pero en ocasiones se excedía en los interrogatorios.

—No te pases… —El vaquero levanto las manos.

—Mell, informa a los miembros de la Alianza, creo que se avecinan malos tiempos. Será mejor que algunos escondan la cabeza, así no quedará uno que no te salude y de paso aprovecha para mirar hasta debajo de las piedras. En cuanto alguien tenga algo nos reuniremos aquí.

El protocolo dictaba que Leo no tenía poder sobre Lee y Ergara. Lee porque Shen era miembro fundador de la Alianza y Ergara por simple respeto a la edad de sus huesos, así que les miró esperando alguna oferta.

—Yo intentaré averiguar más sobre Hell, estaré en el templo de la Isla de Encuentro —dijo la vieja vidente.

—¿Podemos contar con Atena?

—La diosa siempre ha servido a la Alianza.

Era cierto, pero casi siempre se mantenía al margen del juego.

Lee llevaba un rato intentando decidir qué hacer, pero no lo conseguía. Se sentía tan vacío que no deseaba más que sentarse a meditar en algún sitio lejano.

—Yo no sé qué decir, pero creo que necesito algo de tiempo. Tengo que pensar en lo que ha pasado… No sé…

A lo largo de toda la vida de los presentes, nadie había oído nunca a Lee decir «no sé». Todos se miraron, era fácil comprender que la vida del maestro había cambiado drásticamente. Imaginar a Lee sin Ryu era algo... surrealista.

—Tal vez lo mejor es que te ocupes del cuerpo de Ryu, está en mi hospital. Te daré una carta con los permisos necesarios.

Lee asintió sin demasiado ánimo.

—Yo me ocuparé de la policía y de los medios de comunicación y centralizaré la información. Sobra decir que en cuanto Star dé con el chico empezará el juego. —Paseó su mirada por todos los presentes, que asintieron a su tiempo. Por último fijó la vista en Talos.

—Y tú, ¿qué vas a hacer, peludo?

El lobo se puso en pie y bostezó hasta estirar todos sus huesos. Entendía la pregunta y sabía perfectamente lo que tenía que hacer, no obstante no tenía forma alguna de conseguir que ese zopenco lo entendiese, así que miró a Star y luego salió de la casa en dirección este.

—No lo pierdas —le dijo Leo a Star—, o le conozco poco o no parará hasta traerse un trozo de tolteca. —Lanzó una última mirada hacia la estatua de Scyros y encaró a los presentes.

—Muy bien... Manos a la obra.

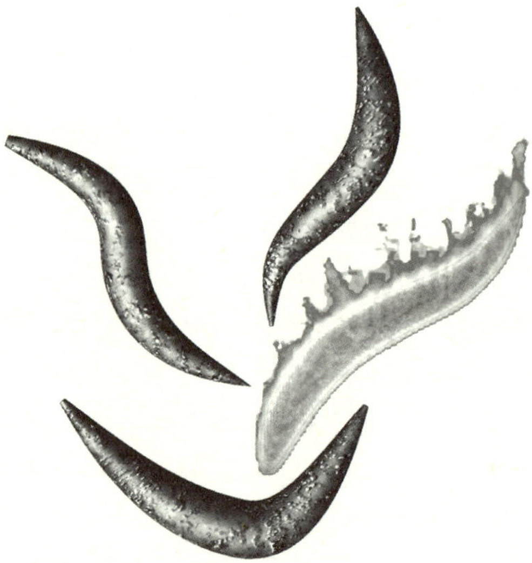

CAPÍTULO XXIV

Manos a la obra

Clump Rock. Norte de Coutances. Francia.

Aris estaba suspendido en el aire, la energía de Hell era mucho más poderosa de lo que había imaginado. Intentaba luchar, intentaba hacerse con un reducto de energía para poder salir de la trampa, pero era inútil... Él esperaba encontrarse una bestia enjaulada y se creía portador de la llave que la liberaría. Pero, al parecer, había cometido un flagrante error de cálculo. Flotó durante unos segundos hacia delante, hasta situarse a medio metro del círculo de piedra. La oscuridad lo invadía todo, salvo el pequeño haz de luz de la linterna que llevaba sobre la cabeza. El foco oscilaba de un lado al otro como muestra muda de sus esfuerzos por liberarse, mientras la presencia en el centro del círculo tomaba forma.

Una mujer, aparentemente joven, se mantenía erguida en la oscuridad. Una larga melena roja enmarcaba un rostro ceniciento, unos labios rojos y carnosos destacaban en un rostro atractivo pero severo, de ojos grandes y almendrados, nariz afilada y una frente un tanto escasa para una cabeza triangular. En general un rostro hermoso donde algo parecía no encajar, tal vez la ira que perfilaba todos sus rasgos.

La luz dejó de bambolearse y se detuvo en la figura de Hell. Mediría un metro setenta y era de complexión delgada; una túnica de color oscuro bordada en oro la cubría hasta los tobillos. Aris pudo ver cómo sus pies descalzos avanzaban los tres o cuatro pasos que necesitaba para alcanzar el borde del círculo, que parecía estar labrado de signos antiguos. Después hizo descender el cuerpo del chamán hasta tener su rostro delante del suyo. Aris pudo sentir cómo sus pies rozaban el frío mercurio.

—Veamos qué tenemos aquí… —dijo Hell. Parecía divertida, mientras sus pupilas se dilataban ante la presencia de luz. Escudriñaba a su visitante con interés manifiesto pero mantenía los brazos cruzados delante del pecho.

Aris se sentía como un títere, los brazos le pesaban como piedras y no podía articular movimiento alguno más allá de los dedos de las manos y los párpados.

—Tócame… —De nuevo aquella sensación detrás de la cabeza y esa melódica voz que parecía el canto de una sirena. Casi sin saber cómo, alargó el brazo y superó la frontera marcada por los símbolos del suelo, rozando el rostro de Hell. Sintió como si su cuerpo se trasformase en plomo, incluso los párpados se deslizaron hasta cerrarse. Podía sentir cada pelo de su cabeza y cada uno parecía pesar un kilo. Su corazón frenó su ritmo, como si la sangre fuese demasiado pesada para bombearla. Se sintió morir…

Una maraña de pensamientos se lanzó furiosa contra su mente, recuerdos dentro de recuerdos… La luz del sol sobre la pirámide de Tollan, la arena bajo sus pies descalzos, su ritual de iniciación, el cocodrilo abriendo la boca, el zafiro sagrado, su padre, levantando su mano, la multitud cayendo de rodillas, el atronador sonido de una cascada.

Las imágenes se sucedían una tras otra. Cualquier esfuerzo por frenarlas solo aceleraba su ritmo, agotando la voluntad de detener la secuencia. Un precioso rostro de mujer, su madre… Hacía siglos que había olvidado su cara y allí estaba de nuevo, resplandeciente, viva… Imagen tras imagen, día tras día… Cada hombre al que había segado la vida, cada lágrima, cada beso... Cada hijo que había acunado en sus brazos hasta llegar a Yalia.

La secuencia se detuvo al llegar a su rostro, como si su vida hubiese terminado allí, ante sus preciosos ojos castaños y su melena dorada. Primero su sonrisa, luego sus lágrimas… Dolor, la lanza de Scyros, su cabeza rodando escaleras abajo hasta terminar ante los pies de Sheteck… Odio, ira… Las imágenes volvieron a ganar velocidad, mientras el dolor se hacía cada vez más y más intenso. Hasta que todo terminó.

Aris volvió a la realidad azuzado por sus propios gritos. El sudor le envolvía mientras su corazón latía con todas su fuerzas. Cuando abrió los ojos allí estaba Hell, observándole… Durante un eterno segundo sus miradas se cruzaron.

—Has vivido mucho como para venir aquí a morir, tolteca… —Hell se giró y caminó un par de pasos hacia el centro del círculo.

—He venido a liberarte —dijo Aris. Su voz sonó rota por el sufrimiento, estaba agotado hasta la extenuación. Su mente le exigía descansar, parar, morir… Había revivido cada acto de una vida demasiado larga, demasiado intensa.

Hell se giró de nuevo hacia el chamán sonriendo.

—¿Liberarme? —preguntó divertida—. Venías a ofrecerme el mismo tipo de libertad que los portugueses te ofrecieron a ti. —Aris cerró los ojos de nuevo—. Has venido a cazar un dragón con una espada de madera. Pobre idiota, no eres más que un peón y ni siquiera lo sabes.

Hell sabía lo que pretendía, había leído su mente como un libro abierto. El juego había terminado antes de empezar. Su intención era colocar el explosivo plástico en los grabados del suelo, utilizando el taladro para fijarlo dentro de la piedra. Entrar con ella en su prisión y, utilizando el revólver, quitarse la vida para que ella se viese obligada a entrar en él y curar la herida. Puesto que solo él sabría cómo salir, ella se vería obligada a elegir, unirse a él o permanecer encerrada.

De salir bien, saldría utilizando el código numérico para activar el detonador. Una recreación moderna del enfrentamiento de su padre con Ketxal... Ante un poder semejante se veía a sí mismo como un crío jugando con una caja de cerillas. Había sido un error. Un tremendo error.

—Los eones mataron a mi única hija y convirtieron a mi pueblo en una sombra de lo que era. Mi único camino es la venganza...

—Tu dios eligió el olvido... —dijo Hell—. ¿Por qué no haces tú lo mismo?

—Porque amaba a mi hija. —De alguna forma las palabras de Aris relajaron el rostro de Hell, que regresó a su posición anterior delante de él —. Te sacaré de aquí, tan solo dame mi venganza...

Hell agrandó su sonrisa y comenzó a negar con la cabeza antes de responder.

—Pobre idiota... —se lamentó—. Formas parte de un juego mucho más complicado. Él te ha traído hasta aquí, cada acto de tu vida no ha sido más que un sendero diseñado para llegar a esta situación.

—Nadie controla mis actos, nadie escribe mi destino. Yo soy el hijo de un dios.

—Vaya, no solo eres tonto, también eres un iluso. —Apartó un poco la cara, la luz de la linterna estaba empezando a molestarle—. Hubo una época, hace mucho tiempo, en la que los hijos de los dioses abundaban. Eran, ¿cómo decirlo? Necesarios. Había que crear leyendas, había que alimentar vanidades y asentar normas de conducta. Nacían como los demás, vivían como los demás... —Su rostro se tornó melancólico—. Y morían como los demás.

—¿Como tu hijo?

Hell levantó la cabeza y fijó su mirada en los ojos de Aris, esa luz ya estaba resultando agresiva. Hizo un gesto con la mano y el cuerpo del tolteca se precipitó sobre el círculo de piedra. Tardó unos segundos en recuperarse pero volvía a ser capaz de moverse y esa sensación de presión detrás de la cabeza había desaparecido. Sus sentidos se refrescaron y fue más consciente de su entorno. El círculo mediría unos cinco metros de diámetro y estaba rodeado en su totalidad de signos, líneas e inscripciones similares a las que había visto en libros y pergaminos antiguos sobre magia ceremonial. Hell seguía al borde del círculo dándole la espalda.

—Bien, cuervo, pon en marcha tu pantomima.

Aris estaba desconcertado, aquel demonio tenía poder de sobra para hacer pedazos aquella piedra, la cueva, incluso todo el oeste de Francia.

—¿Acaso es necesario?

Hell se dio la vuelta despacio, con una sonrisa maliciosa en la cara. Se acercó lentamente a Aris, apurando cada paso como un tigre ante un cordero.

—Tal vez. O tal vez no. A lo mejor solo quiero ver en marcha un plan ridículo; tal vez solo quiero reducir a escombros estas palabras. —Señaló el suelo—. O tal vez solo quiero reírme de ti. —Terminó la frase a medio metro del chamán. La energía que desprendía esa criatura ponía cada fibra de su cuerpo en alerta, rezumaba odio. No pudo evitar recordar las palabras de Sheteck («está allí, Aris, y es fría»).

La mente le trajo la imagen del rastreador, sin duda estaba cumpliendo su parte del trato y él en cambio estaba atrapado en manos de un demonio. Así que se puso manos a la obra, abrió la mochila y sacó el taladro.

—¿Cuál es la parte más vulnerable? —preguntó el chamán.

Hell empezó a reír, una risa suave y ligera que hizo rápidamente eco en la caverna. Siguió así un rato sin prestar atención a Aris en ningún momento, aumentando en el chamán la sensación de que todo eso del explosivo plástico no tenía la más mínima importancia. No obstante, solo podía seguir adelante. Se concentró en la piedra, acarició su superficie e intentó sentir la energía de la tierra. Al parecer estaba sujeta con un solo pilar que profundizaba unos ocho metros bajo el mercurio. Por culpa del metal líquido no podía sondear el resto de la cueva ni saber si la profundidad era la misma en toda la sala. La piedra circular, por su parte, no tenía ninguna fisura en la superficie, así que estructuralmente no tenía ningún error aparente. Luego observó las inscripciones, parecía escritura hebrea pero algunos signos no se correspondían con los que Aris había estudiado. Eligió un signo al azar y acercó la broca del taladro. Pudo sentir cómo Hell se giraba para mirarle. Pero cuando intentó perforarlo una fuerte descarga de energía lo lanzó hacia el centro del círculo. Antes de caer al suelo pudo ver cómo surgía una llamarada allí donde había intentado perforar. Con cuidado volvió a acercarse al grabado. No había rastro de la herida que la broca había hecho.

Hell seguía riendo.

—¿Puedes decirme qué pone aquí?

El demonio contuvo su risa y se acercó un poco a Aris.

—Sólo promesas.

—¿Promesas?

—Mis propias promesas —asintió Hell.

—¿Prometiste no salir de aquí?

Hell dudó unos segundos, tal vez porque pensaba que el tolteca no entendería pero, cuando Aris ya daba por perdida una respuesta, ella siguió hablando.

—No exactamente. Prometí muchas cosas, tanto yo como todos mis hermanos… en una época en la que creíamos que el ser humano sería digno de respeto. El que elaboró este círculo conocía todas esas promesas y seleccionó aquellas que podían atarme a esta piedra.

—¿No puedes romper tu promesa?

Hell le miró como si fuese una cucaracha.

—Los dioses no rompen promesas... Solo vosotros lo hacéis.

Aris se guardó sus dudas respecto a su divinidad. Estaba en total desventaja... de momento.

—Prueba entre las letras —dijo Hell antes de girarse y volver a alejarse de él.

Aris busco un hueco entre las letras y comenzó a taladrar. La broca profundizaba lentamente, pero lo hacía. El ruido del taladro se extendió por toda la cueva mientras, milímetro a milímetro, penetraba en la roca. Aris estuvo concentrado en el agujero hasta que consiguió la profundidad suficiente para cien gramos de explosivo plástico. Suficiente para abrir una buena brecha en la estructura. Calculó la fuerza de la explosión y le quedaron algunas dudas, así que se dispuso a hacer otro agujero. Lo repetitivo de la operación le facilitó algo de tiempo para pensar, la situación parecía perdida. Hell tenía poder suficiente para bloquear cualquier intento de Aris por controlarla. Desde que había entrado en esa cueva, el viejo demonio había desplegado todo un alarde de poder hasta haberle dado la vuelta a la situación. Allí estaba él, preparando la fuga de un demonio de la peor calaña.

La miró de soslayo. No parecía estar tan loca como decían los viejos escritos, ni ser tan malvada. «La mentirosa—pensó—, ¿por qué la llamarán así?». Estuvo tentado de preguntar, pero una frase le llegó a la mente justo antes de hacerlo, como si hubiese algo que no encajaba y se hubiese activado un resorte en su cabeza. *«Has venido a cazar un dragón con una espada de madera»*... Recordaba esa frase pero en distinto contexto.

Una vez, rescatando prisioneros de un barco francés, vio el grabado decorando el camarote del capitán. En él se representaba a un caballero luchando con un dragón, pero en lo tosco del grabado parecía hacerlo con una espada de madera. En uno de sus alardes le dijo al capitán que nunca fuese a cazar dragones de esa forma. El viejo respondió: «Si no hay más remedio...». Aquello impresionó a Aris. En cierto modo comprendió que la vida había llevado a ese hombre a traficar con esclavos. La mala suerte hizo que uno de aquellos esclavos fuese un hijo de la tribu… Le perdonó la vida, le dejó solo, sin barco ni dinero, en Tortuga. Murió asesinado en una riña de taberna dos meses más tarde.

Hell había visto solo una fracción de aquella escena, pero no la moraleja… Tal vez esa era la situación: ella sabía que tenía un plan para liberarla pero ni siquiera sabía cómo hacerlo. Por eso tan solo le observaba, ¿por qué no dejarle hacer? Solo se trataba de esperar a que terminase y se pegase un tiro. Le dejaría morir y averiguaría la clave. Tal vez creía que la de sus recuerdos era inamovible o incluso podría levantarle como un condenado. Estaba claro que tenía poder más que de sobra para hacerlo. Después solo tendría que detonar la bomba y sería libre para hacer su voluntad. Y Aris sería solo una anécdota sumergida en un pozo de mercurio.

Seguía llevando el mono de pelo de murciélago, no podía sentir su energía; ni siquiera era consciente del poder que era capaz de desarrollar de no ser por sus propios recuerdos. La pregunta era hasta qué punto Hell había prestado atención. Todo se estaba llevando a cabo según lo planeado, salvo que era ella quien estaba al mando.

Miró hacia la mochila. La culata de la pistola asomaba de la bolsa. Aris nunca había usado una pistola, nunca había matado a nadie con una. En sus recuerdos, solo las películas, solo la televisión le decían cómo funcionaba… Pero Hell, posiblemente, no sabía ni lo que era. Llevaba allí encerrada casi tres mil años. Durante ese tiempo había permanecido viva. Tenía tanto miedo a regresar al nagual como la vieja Ketxal. Tal vez la solución no era obligarla a curar su herida, seguramente sería capaz de hacerlo sin tan siquiera tocarle… Tal vez la solución era mucho más sencilla.

Terminó de hacer el segundo agujero a poco más de un palmo del anterior. Después introdujo el explosivo, colocó el detonador y se quedó mirando la pantalla del código. En su mente, antes de que Hell se colase en su interior, había memorizado un código de quince dígitos. Pulsó cinco teclas y cogió el revólver. Lo abrió y comprobó la bala, solo que esta vez la cargó con energía. Nunca se sabe cuándo un escudo de viento puede ser útil, ¿verdad? Introdujo el proyectil y se giró hacia Hell, que seguía cavilando sin prestarle atención.

—Está listo… —Ella se acercó entonces, con su siniestra sonrisa dibujada en los labios—. Supongo que ahora moriré, tú sacarás el código de mi memoria y serás libre para vengarte.

—Eso demuestra que no eres tan tonto como pareces —dijo Hell evitando mirar la luz del foco.

A cada segundo que pasaba más harta estaba de ella. Aris levantó el revólver y se puso la boca del cañón en la sien.

—¿Sabes? —preguntó el chamán—, creo que es posible.

Hell frunció el ceño.

—¿Qué?

—Matar un dragón con una espada de madera.

El movimiento fue muy rápido. Le dio la vuelta a la pistola, apuntó directamente al rostro del demonio y disparó. A la luz de la linterna un fogonazo iluminó el rostro de Hell, mientras la parte trasera de su cabeza se hacía añicos. Su cuerpo sin vida se desplomaba medio segundo después. La luz de la linterna osciló y después reventó, dejando a Aris envuelto por la oscuridad. La temperatura cayó en picado y volvió a sentir esa presencia tras la cabeza.

—Muy bien, Hell —gritó—, ahora te toca a ti elegir… ¡La venganza o el olvido!

Venecia. Italia

A Marc no le estaban tratando tan mal. En algunas simulaciones que había tenido que vivir durante su entrenamiento en la CIA se habían ensañado con él hasta tal punto que, en comparación, le estaba resultando agradable. Sheteck resultó ser un anfitrión atento... Muy atento.

Desde que llegaron no se había movido de esa maldita silla. Uno de esos Blue, el que tenía los tatuajes en el cuello, bajaba de vez en cuando a charlar con él. Otras veces encendían un DVD portátil y ponían una película mientras los otros dos se turnaban para hacer guardia fuera del edificio.

Por suerte, Marc pasaba más tiempo inconsciente que despierto. Cuando abría los ojos, Sheteck daba orden de que le diesen de beber y el chico recuperaba algo el tono de la piel.

La última vez que se había despertado, Sheteck estaba dibujando, movía un carboncillo con trazos muy rápidos sobre un bloc de dibujo y parecía saber bien lo que se hacía.

—¿Te gusta pintar? —preguntó Marc a media voz.

Sheteck levantó ligeramente la cabeza y miró el rostro del chico. Parecía haberse recuperado bastante pero seguía teniendo los labios inflamados y uno de los párpados ennegrecido e inerte. Hizo un gesto al Blue de la puerta. La verdad es que se estaba acostumbrando a los Blue, eran de lo más diligentes. Llegaba un momento en que no era necesario ni saber hablar. Prestaban tanta atención a su entorno que eran más que capaces de imaginar cuál sería la siguiente orden.

Como era de esperar, el Blue dio un taconazo y bajó al piso inferior a por algo de beber para el chico. Regresó con una garrafa de agua de cinco litros y un vaso grande de cristal. Marc la apuró vaso a vaso hasta no dejar ni una gota de agua.

Sheteck miró su reloj de muñeca, habían pasado veinticuatro horas desde el asalto de Montecarlo y seguía sin noticias de Aris. El capitán de los Blue había fortificado el edificio, apalancando casi todos los accesos. Habían colocado un vigía sobre el edificio de enfrente, desde donde podía controlar los accesos a la zona y rastrear el sendero en busca de cualquier amenaza. Desde donde estaba, Sheteck podía verle a través del ventanal. El capitán montaba guardia en el piso superior y el grandullón delante de la puerta del salón donde estaba él con el muchacho, atento a cualquier petición. Se turnaban para poder comer, pero nadie había dormido en las últimas treinta y seis horas. Calculando el entrenamiento al que esos hombres se habían sometido, no tendrían signos de agotamiento hasta pasados dos días más. Para entonces, si aún no habían dado con ellos, tendría que matar al chico y desaparecer. «Dame tres días… —recordó la voz de Aris—. Si en tres días no he podido con ella, dame por muerto».

Levantó la vista hacia Marc. Su rostro tenía algo que le resultaba familiar pero no podía recordar qué. Se levantó de la silla, se acercó al chico y analizó su rostro; primero un lado, después el otro… Le cogió de la barbilla obligándole a levantar el mentón.

Marc observaba cómo aquellos ojos de color esmeralda escrutaban cada detalle de su rostro con curiosidad.

—Apuesto a que nunca has visto a un tío tan guapo —dijo Marc entre dientes, mientras la pantera escudriñaba su cara. Sheteck no respondió, parecía haber encontrado algo en su cara que no le hacía gracia ninguna.

—¿De dónde eres? —preguntó el tolteca.

Marc giró levemente la cara para mirar a Sheteck.

—Nací en Los Ángeles.

—¿Y a qué te dedicabas antes de meterte en este lío?

—*Retiraba* a personas que amenazaban la seguridad de mi país.

—Otro asesino…—Sheteck parpadeó y asintió con la cabeza.

—No, hombre… llámame *libertador*, ¿no es así como lo llamáis vosotros?

Sheteck hizo una mueca y regresó a la silla

—Yo no mato a gente viva.

—¿La gente del paseo marítimo? —inquirió Marc.

Sheteck dudó un segundo, dejó la vista en blanco intentando recordar cuándo se convirtió en un asesino y la respuesta de su mente fue muy clara: una cabeza rodando hasta sus pies…

—Olvídalo —dijo al fin—, no conseguiré que me entiendas.

—¿Y tú? —preguntó Marc—. ¿Qué hacías antes de meterte en este lío?

Sheteck no pudo por menos que sonreír. En cierto modo era cierto, él también estaba metido en aquel lío desde hacía casi mil años.

—Yo pintaba… —Se miró las manos como si no pudiese imaginar aquel pasado—. Doraba las puertas con pan de oro y dibujaba las historias de mi tribu en las paredes de piedra.

—¿Eras un artista? —curioseó Marc con cierto tono irónico.

—Ni siquiera eso, un simple obrero. Un peón con algo de maña para pintar. Pero igual me ponían a pintar una puerta que a levantar un muro.

Marc asintió con la cabeza mientras analizaba los gestos de Sheteck. Resultaba curioso ver que aquel hombre era menos complejo que algunos de los que había perseguido en la CIA. No era más que un hombre humilde, al que los acontecimientos habían transformado en un cazador.

—Pero nací en un mundo donde a los niños se nos limaban los dientes con la piedra del dolor en cuanto se nos caían los de leche… donde ofender a un superior significaba sufrir torturas mucho peores que la muerte.

—¿Piedra del dolor? —preguntó Marc.

Sheteck giró la cara hacia la mesa donde descansaban las dagas.

—Estás de broma… —dijo Marc con los ojos como platos. Le dolía cada gesto que hacía pero no pudo evitar sentir pavor al imaginar a un niño al que habían *afilado* los dientes con ese material.

—No, no bromeo —se lamentó—, para los tolteca el dolor es sagrado. El dolor enseña la naturaleza de la vida, enseña a respetar el sufrimiento de los demás.

Marc se perdió en sus pensamientos, recordó su última experiencia con el dolor. Y, si bien era cierto que no le había enseñado nada sobre el sufrimiento de los demás, sí que le había mostrado una reacción suya muy personal capaz de hacer pedazos una pagoda.

En su mente se comenzaba a perfilar un plan, tal vez si le ponían de nuevo en esa situación... Pero solo de imaginar de nuevo aquel dolor, algo en su interior se hizo un nudo... «Por dios —se dijo a sí mismo—, ¿es que no puedo hacer nada que no implique pasar por un infierno?». Cuando levantó de nuevo la vista, Sheteck le miraba con los ojos muy abiertos.

—¿Algún problema? —le preguntó Marc, pero el tolteca no respondió. Parecía haber visto un fantasma.

Al cabo de un par de minutos Sheteck reaccionó, cogió el bloc de dibujo, pasó la hoja y empezó a dibujar. Trazaba con mucha furia, demostrando un control casi mágico de los trazos. De vez en cuando apoyaba el cuaderno sobre las rodillas y usaba el carboncillo para rellenar huecos. Los minutos pasaron deprisa mientras Marc observaba al tolteca dibujar, parecía poseído. De vez en cuando levantaba la vista hacia él para volver a concentrarse en su trabajo, por lo que Marc pensó que tal vez le estaba dibujando a él. Cuando al fin terminó, se acercó a Marc y le dio la vuelta al dibujo.

—¿Conoces a este hombre?

Marc miró el dibujo. Representaba a un hombre de unos cuarenta años, con una mirada penetrante. Los rasgos se le antojaron muy conocidos. Su cerebro tardó unos segundos en completar la imagen en su cabeza... Y el recuerdo regresó. La mandíbula se le desencajó, levantó la vista hacia un Sheteck, que parecía entre furioso y aturdido.

—¿Es alguna clase de truco?

Villa de los hijos de Licos. Montecarlo.

—¿Estás de broma? —preguntó Leo sin levantar la vista de la fotografía.

No había hecho falta buscar mucho: en una de las cajas de Marc estaban los álbumes de fotos viejas. Solo dos y con poco material. Muchas imágenes de su infancia en el colegio y algunas de su paso por la academia militar. De su vida familiar solo habían encontrado alguna foto de su madre, su padre o su tía.

En una de esas fotos familiares se veía a un Marc de no más de cinco años. Iba disfrazado de Elvis. A su lado estaba su tía Claudia abrazando a la que seguramente era la madre de Marc, una mujer rubia con unos ojos azules inmensos del mismo tono que el mar y cara de pena. Tras el chico, un hombre alto, de unos cuarenta años, que lucía una camisa blanca de lino y una sonrisa perfecta. El marrón avellana de aquellos ojos era difícil de olvidar.

Arishalotek, primer chamán de los tolteca.

—Star lo está comprobando, creíamos que el padre de Marc había muerto de cáncer —expuso Joy a la vez que se sentaba delante del escritorio. Luna se había sentado en su sillón de cuero favorito a metro y medio de Joy y miraba a Leo con cara de póquer.

—Vistos así, uno junto al otro, hay que reconocer que el parecido es muy considerable —declaró el griego mientras se acariciaba el mentón.

—Es el pelo y el color de los ojos lo que los distancia. Marc los heredó de su madre —dijo Joy con cierto tono de orgullo en la voz, a lo que Luna reaccionó con un soplido.

Era obvio que Joy estaba feliz curioseando entre las cosas del novato. Inmortal, sí, asesina despiadada, posiblemente, pero mujer al fin y al cabo. De no haber encontrado la foto no habría habido forma de sacarla de ese camión. Estaba «sumergida» en Marc y parecía no tener intención de salir a flote. Normalmente, incluso ella habría disfrutado de ese asalto a la intimidad del muchacho. Pero, teniendo en cuenta que estaba en manos de los tolteca, Luna temía por el estado mental de Joy si el chico moría, algo que visto lo visto era más que probable.

—Aris es un fanático, el simple hecho de haber convertido a uno de sus hijos en un condenado... —puso cara de circunstancia— para él es un insulto, un ultraje.

—Encaja con todo lo que Ryu sospechaba. Desde un principio han ido a por él —dijo Joy mirando de soslayo a Luna, que asintió para confirmar su teoría—. No tienen intención de devolvérnoslo con vida. Si no le encontramos, lo matarán en cuanto Aris haya conseguido lo que sea que está buscando. Al menos sabemos que sigue vivo.

—Ser hijo de Aris le mete en la línea de sucesión de la sangre de Ketxal, ¿cómo es posible que no sea inmortal?

—Mell me dijo que ser hijo de Aris solo le reportaría ciertas facultades mentales, nada más. La sangre de una mujer normal no sirve para que nazca un inmortal, o al menos es algo que no sucede a menudo.

—Para ser uno de nuestros peores enemigos, sabemos poco de los tolteca —dijo Leo, dejando la foto sobre la mesa—. Tal vez deberíamos empezar por cambiar eso. Tú reúnete con Mell y espera nuestra señal —le indicó a Joyko. Esta asintió—. Y tú —dijo el griego señalando a Luna—, cuelga en la web todo lo que sabemos, crea una sección sobre los tolteca. Necesitamos que todo el mundo colabore.

Cuando las chicas se fueron, Leo se quedó a solas con sus dudas. El Fénix había cometido un error tentando a los tolteca... o tal vez no.

Cogió el móvil y marcó el número de Lee, al cabo de dos tonos cogió el teléfono.

—Dime, Leo.

—¿Dónde estás?

—Estoy en Hong Kong, tengo que organizar el entierro de Ryu.

—Resulta que el chaval es hijo de Aris...

Se hizo el silencio mientras Lee procesaba la noticia.

—Demasiadas coincidencias.

—¿A qué te refieres?

—El Fénix toma a un hijo de Aris. Por supuesto el tolteca se enfurece y ataca a la Alianza para llevarse al chico. Curiosamente, el romano desaparece y atacan la limusina.

—¿Adónde quieres llegar? No creo que Mell esté involucrado.

—No hablo de Mell, hablo del Fénix… ¿no te parece que su nombre aparece por todos lados?

—Sirve a la Alianza.

—Por favor, Leo, no seas inocente. No creo que los tronos de la Alianza se fíen de una Potestad. No cometamos el error nosotros. Después de lo de Hiroshima casi pierde a Mell, tuvo que dejarle cincuenta años de vacaciones para no perder una torre y se une a la Alianza, con lo que garantiza la protección de Joyko. Ahora que regresa el romano, toma al hijo de Aris y pone en jaque a la Alianza.

—No sé… —Leo se sentía muy perdido, sin duda la sospecha era plausible. Si el guardián de la Alianza fuera Scyros…

—Simplemente no perdamos de vista al Fénix. En cuanto el asunto del chico se solucione ponles bajo custodia en la isla. Ergara puede ocuparse de ellos.

—No creo que Mell acepte vivir controlado.

—Supongo que entenderá nuestras sospechas, al menos de momento. Veamos cómo reacciona su jefe.

—Pensaré en ello —respondió Leo antes de despedirse—. ¿Qué tal lo llevas?

Lee meditó unos segundos la respuesta. No sentía demasiado dolor, simplemente algo se había roto y no sabía si era su modo de vida o tan solo su fe.

—He tenido siglos mejores.

—Si necesitas algo…

—Gracias, Leo. Cuando sepáis algo del chico, hacédmelo saber.

Lee cortó la comunicación y Leo se quedó pensativo, con la vista vuelta hacia la estatua de Scyros. Sabía que estaba haciendo bien su trabajo; pero también sabía que, si las cosas empeoraban, no sería suficiente.

—Esto no me gusta... no me gusta nada.

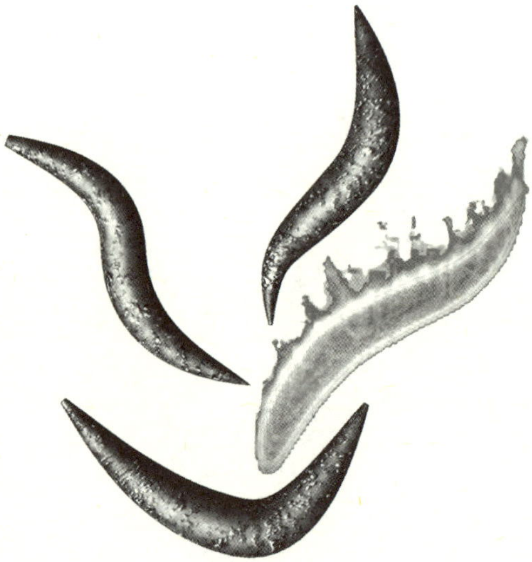

CAPÍTULO XXV

Perlas de cristal

Hong Kong

La bahía se extendía ante los ojos de Lee. Desde el paseo de las estrellas podía ver casi todo Hong Kong. Nunca le había gustado pero tenía que reconocer que los últimos años le habían sentado bien.

Algunas cosas seguían allí, perennes. El pico más alto, conocido como el Peak, ya no era una cima limpia con un par de palacios ingleses como la última vez que pisó la ciudad. Ahora una mole inmensa de acero hacía las veces de mirador y de centro comercial. Pero la selva seguía allí, luchando con los rascacielos en una batalla eterna. Por todas partes se podía ver a la vegetación tratando de engullir la ciudad. Y en lo alto, las águilas... Al menos contó catorce y seguro que a medida que avanzase el día podrían contarse veinte o treinta.

Tardó al menos dos horas en comenzar a moverse, los recuerdos que tenía de aquella ciudad, aun siendo pocos, abarcaban más de doscientos años. Algunos turistas se habían parado a observarle, pues su inmovilidad resultaba divertida. Si hubiese puesto un platito de metal en el suelo se habría llevado algunas monedas. El pensamiento le arrancó una sonrisa.

Se había cambiado de ropa, llevaba un pantalón vaquero negro de Armani, una camisa de algodón de manga larga, azul a rayas blancas y unos zapatos italianos que, de no ser porque caminaba poco, le harían trizas los pies... Bueno, en realidad serían sus pies los que harían trizas los zapatos, pero siempre resultaba más natural el pensamiento contrario.

Por más que se devanaba los sesos no podía comprender por qué Ryu quería descansar allí su espíritu. En aquella ciudad no había vivido más de treinta o cuarenta años. Le vino a la cabeza la primera vez que el dragón le envió en su busca. Lo encontró escondido tras una lápida en un viejo cementerio, había tenido que esconderse por que un cretino pretendía rematarlo a palos.

Lee meneo la cabeza, rompiendo su inmovilidad una vez más, un gesto que hizo a un niño pequeño dar un respingo y abrazarse a las faldas de su madre. Se giró para observar a la gente a su lado, le miraban con gesto de sorpresa. ¿Realmente parecía una estatua? Se giró de nuevo hacia el otro lado de la bahía, regalándole antes una sonrisa al pequeño, que aún abrazaba las piernas de su madre mientras se tapaba la boca con su manita infantil.

Tendría que cruzar al otro lado para llegar a la casa de Ryu, pero había quedado con su abogado allí. Quería dejar todo atado antes de recoger algún recuerdo.

El abogado se hizo esperar lo justo. Tiempo atrás, Ryu le había contado que Lee padecía un trastorno de crecimiento, un cuento que les había evitado muchos disgustos en el pasado, por lo que no se sorprendió al ver al mismo muchacho que había conocido casi diez años atrás.

El abogado era un hombre elegante, de porte casi aristocrático, no parecía chino pero podían distinguirse en su rostro antecedentes familiares asiáticos. Se acercó y le estrechó la mano.

—Señor Lee, un placer volver a verle. Siento mucho la pérdida del señor Kwang. —Lee torció el gesto. Ryu Kwang, uno más de las decenas de apellidos que Ryu había utilizado en vida.

—Un desafortunado final, para un gran hombre… —dijo Lee mientras enterraba de nuevo la mirada en la bahía.

El abogado pudo sentir su dolor, era algo palpable en el ambiente. Así que intentó llamar la atención de Lee sobre algo menos formal.

—¿Le gusta como está quedando la ciudad? Se ha modernizado una barbaridad en los últimos treinta años.

—Sí, supongo. —respondió Lee sin demasiado énfasis—. A Ryu le gustaba mucho esta ciudad, aunque por lo que sé, lo pasó muy mal aquí. —Clavó su mirada en el abogado resuelto a terminar con la reunión lo antes posible—. Bien, como se dice en el mundo de los negocios, vayamos al grano…

—Usted dirá —respondió él poniéndose más recto que una vela.

—Mi hermano quería que sus restos descasasen aquí, sobre una de las colinas que rodean la ciudad.

El abogado puso mala cara.

—Me temo que las leyes locales sobre los permisos de enterramiento se reducen a los cement.

—Conozco las leyes —cortó Lee—, y estoy seguro de que una donación de digamos veinte millones podría agilizar los trámites, ¿verdad?

—¿Veinte millones de dólares de Hong Kong?

La verdad es que no era mucho dinero, pero podría servir para tapar algunas bocas.

—No, estoy hablando de dólares americanos.

—Creo que se podrá hacer lo necesario. —La cara del abogado cambio por completo.

—Bien, recibirá cinco millones más como honorarios y otros doscientos treinta millones que se destinarán a obras de caridad en toda la república popular.

Aquel hombre sabía que Ryu tenía dinero, lo que no podía imaginar era cuánto, ni cómo podía su hermano deshacerse de ese dinero de forma tan desinteresada.

—Agradezco su gesto señor, pero creo que mis honorarios son excesivos para el trabajo que me pide.

Lee sonrió, estaba claro que Ryu siempre sabía dar con la persona apropiada. Elegante, legal y honrado. Recordaría su nombre.

—El salario está bien, sobre todo teniendo en cuenta que deseo que sea usted personalmente quien supervise el uso que se da a cada céntimo que entregaremos para obras de caridad… ¿Me ha entendido?

—Le entiendo, será para mí un honor ser portador de buenas noticias. Si además recibo un sueldo semejante… —No dijo más, solo le ofreció de nuevo la mano a Lee.

—Un placer señor… -dejó la pregunta en el aire. En cierto modo sintió vergüenza por no recordar el nombre del abogado.

—Ferald, Henri Ferald.

—Un placer, señor Ferald. Espero que todo vaya bien. Si necesita algo más de mí sabe mi número de teléfono. No es que lo utilice mucho, pero reviso las llamadas cada dos o tres días. Enviaré el dinero a su cuenta en los próximas horas y los restos de mi hermano llegarán a Hong Kong en una semana. Respecto a la residencia que poseemos en la ladera del Peak, pasa a ser de mi propiedad. También puede dejarme recados allí.

Se despidieron con un buen sabor de boca. Para Henri aquel encuentro suponía dedicarse al menos durante un par de años a hacer cosas por un país al que adoraba. Por otro lado, Lee sabía que había dejado la fortuna de Ryu en buenas manos, solo quedaba lo más doloroso…

Caminó por la ciudad como un turista más, perdiendo algún que otro segundo entre las vistas, el barco en el que cruzó la bahía, las laberínticas calles ascendentes y los enormes rascacielos. Subió despacio la cuesta que serpenteaba ascendiendo por la montaña del Peak, entre la verde y exultante jungla que abrazaba la cuidad. Llegó a la puerta de la casa cuando el sol ya estaba en lo más alto y agradeció los enormes ventanales del salón principal. La luz inundaba toda la estancia trayendo los reflejos verdes del exterior.

Lo primero que sintió al cruzar la puerta fue la presencia de Ryu. Estaba allí, en cada detalle de la decoración, en cada libro de los cientos de tomos que rodeaban los ventanales, allí donde no había cristal solo podían verse estanterías empotradas en la pared. En el centro de la sala una mesa baja tallada en las raíces de un árbol, seguramente un drago centenario, representaba el baile sagrado del Fénix y el dragón. Sería un regalo interesante para el nuevo hijo del Fénix, siempre que saliese con vida de su cautiverio.

Casi sin saber por qué cruzó la estancia y abrió la puerta de la cocina. Parecía haber salido de una película de principios del siglo XIX, con su fogón de leña lustroso y brillante por la falta de uso en su larga vida.

Lo único que destacaba era un frigorífico empotrado tras unas puertas de madera. No pudo evitar que se le escapase un quejido al recordar el mareo al que le sometió Ryu en su diatriba sobre si debía o no meter un frigorífico en esa cocina. Todo por no romper una estética que le traía mil recuerdos. Lee se preguntaba qué recuerdos serían esos. Durante la vida de Ryu, Lee había sido siempre un referente. Habían estado juntos durante años ininterrumpidamente, pero algunas veces Ryu desaparecía, a veces meses, a veces años… Incluso en una ocasión durante más de un siglo. No era fácil de imaginar que aquellas escapadas habían sido, sin lugar a dudas, mucho más apasionantes que la vida a su lado. Tuvieron sus momentos, como aquella vez que tuvieron que detener los dos solitos el avance de un ejército en Manchuria, o aquella vez que tuvieron que escoltar a un niño llamado Iván de punta a punta del globo, con unos cuantos demonios pisándoles los talones. «Por Dios»,pensó... El hueco que dejaba Ryu en su existencia era un boquete... No tenía nada para taparlo... Allí, en aquel momento, deseó cerrar los ojos para no volver a abrirlos. Todos los sentimientos bloqueados desde aquella maldita mañana en Montecarlo se le echaron encima y sus ojos secos ya no tenían la capacidad de llorar. Estaba cansado, harto y solo. Le vino a la mente la mirada de Luna, su propia pena reflejada en aquellos ojos azules, la presión de los dedos de Joy en el hombro.

Se dejó caer junto a la mesa labrada, intentando aislarse del entorno. No debería haber ido a esa casa. No debería estar allí. Giró el rostro hacia el ventanal y dejó que su mirada se extendiese sobre Hong Kong. Huir, recordar... Regresar al pasado. Pero la pena tenía las piernas más largas que las suyas. Tanteó con la mano el anillo de Shen y se sorprendió tirando de él. Lo desplazó hasta casi separarlo del dedo y una fuerte vibración sacudió la casa. Levantó la vista sin dejar de sujetar el anillo por el borde, y la vibración se detuvo.

—¿Tienes miedo Shen? —Se miró la mano de nuevo y después la imagen del dragón labrada en la superficie de la mesa—. ¿Tanto temes salir del juego?

No hubo respuesta, pero el silencio en la casa se hizo tan intenso como antinatural, mientras la consciencia del dragón se apoderaba de ella.

Lee lo estaba meditando en serio. Estaba cansado del mundo y hacía una eternidad que perdió el miedo a la muerte. Dirigió de nuevo la vista sobre la ciudad y simplemente lo dejó caer...

Espero ver el mundo desaparecer mientras el sol de la tarde bañaba la ciudad. Pero no ocurrió. Se miró de nuevo la mano y allí estaba el anillo, como si nunca lo hubiese movido. En la mesa, la figura del dragón parecía haber girado la cabeza para encararle, mientras una voz conocida se hacía eco en su consciencia.

—Por favor Lee, tómate un minuto para pensarlo —dijo Shen.

Lee no supo cómo reaccionar. Siempre había pensado que el simple hecho de tomar aquella decisión estaba completamente en su mano. Nunca había pensado que el dragón podía negarse a aceptar su decisión… Y, de alguna forma, eso le ofendió.

Se tensó mientras miraba furioso el rostro del dragón en la mesa.

—¿Qué quieres de mí? ¡Maldita sea! ¡Qué es lo que quieres de mí!

El dragón no respondió: Su consciencia estaba dentro y fuera de Lee. Sus ideas se adaptaban a las suyas sin fisuras. No tenía nada que decir, nada que aportar a los pensamientos de Lee. Unos pensamientos que crecían y se deformaban, aceptando realidades que segundos antes no parecían posibles.

—Te he servido durante una eternidad… ¿Y ahora me niegas la paz?

—Lee…

—Es por Fenghuang, el Fénix, ¿verdad? —Dejó caer unos segundos mientras unía las piezas de su alegación y centró la vista sobre el labrado del Fénix en la mesa—. No quieres dejarle solo. Siempre la misma historia. —Cerró los ojos y negó con la cabeza mientras la furia se hacía poco a poco con él—. Cada vez que el Fénix se cruza en mi camino me arranca un trozo de alma. —Acarició la silueta del ave sagrada sobre la superficie de la mesa.

La historia china sobre el Fenghuang era muy diferente de la realidad. Para los chinos solo era el ave que reinaba sobre las demás, el máximo exponente del equilibrio y la prosperidad. Qué ironía…

—Se llevó a Iván y ahora a Ryu. —Cerró el puño y golpeó la mesa, que tembló levemente—. Vi morir a mi madre y no pude hacer nada. Vi caer a mi pueblo en la esclavitud y no pude hacer nada… Vi el cadáver de Iván a mis pies y no pude hacer nada… Vi como los fanáticos políticos manchaban las túnicas doradas con la suela de sus botas y vi como mataban a mis hermanos de dos en dos para ahorrar balas… Y no pude hacer nada… —Cerró el puño y golpeó de nuevo la mesa, que en esta ocasión se estremeció crujiendo con fuerza—. Y ahora las intrigas del Fénix se han llevado a Ryu… —Hizo una pausa en la que todos los sentimientos que evocaba el nombre de su hermano de armas se tornaron en dolor.

Levantó el puño y golpeó la imagen del Fénix con tal fuerza que convirtió la mesa en astillas.

—¡¡¡A Ryu!!! —gritó mientras la mesa se hacía añicos.

—¿¿¿Qué quieres de mí??? ¡¡¡Qué esperas de mí!!!

Se puso en pie lentamente mientras sus ojos se cargaban con la energía del dragón. A su alrededor, todo lo que contenía agua en su composición vibraba. Atraído por su voluntad.

Las tuberías, las botellas, las hojas de los árboles y la tierra húmeda… Las nubes, la carne y sangre de todos los habitantes de Hong Kong.

—Tranquilízate Lee, no te estoy negando el descanso. Solo te suplico un sacrificio más, por favor, no me dejes fuera del juego. Al menos no ahora que la amenaza es inminente.

—Amenaza… inminente… —meditó unos segundos antes de continuar—, tu única amenaza inminente soy yo. ¡¡¡Una amenaza para tus promesas!!! —Apretó los puños mientras las zonas húmedas de los muros crujían y se deformaban formando grietas. ¿Qué es lo que le has prometido esta vez?, ¿mi ayuda?

Shen no respondió, no había más que decir. El tiempo había dado a Lee tal conocimiento sobre él y su naturaleza que resultaría imposible engañarle sin mentir, y tanto Lee como Shen sabían que eso no pasaría.

La furia de Lee estaba en pleno apogeo. Cargaba elemento sobre elemento mientras sus ojos se encendían con tonos cada vez más vivos. El agua, la tierra y el fuego, confirieron a Lee el mismo aspecto que tenía al morir. El de un chico sin esperanza. Y como aquel día, la ira se estaba convirtiendo en lo único que le quedaba.

Sintió de nuevo la sangre en sus venas, los latidos de un corazón muerto. Su cuerpo temblaba presa de la ira irracional de un adolescente, atrayendo recuerdos tan muertos como él.

—¿Irás al festival? —Su hermana pequeña se llamaba Shui, era tan frágil como un cuenco de porcelana, e igual de bonita. Su rostro parecía cincelado por un artista. Penetrantes ojos castaños y un pelo que lucía con el sol. Su trenza de soltera ya le alcanzaba casi las rodillas. Agotando el poco tiempo que le restaba para tener que desposarse.

—No lo sé —respondió Lee—, tengo que entrenar taichi.

En aquella época, el kung-fu no había hecho aún su aparición. El taichi (cuya traducción es «dominio de la energía interior») se deformaba en diferentes direcciones. Podía usarse para equilibrar el cuerpo y la mente. Para curar enfermedades o incluso provocarlas en los demás. Para algunos guerreros se estaba convirtiendo en un arma formidable, canalizando la agresividad y convirtiéndola en velocidad, precisión y una valentía que rayaba en la heroicidad o la estupidez, según fuese la amenaza. Llegaban rumores, en su mayoría deformados por el boca a boca, en los que maestros del taichi habían llevado a cabo acciones increíbles. Lee, como otros muchos jóvenes de la aldea, atesoraban cada dato, posición o leyenda sobre el taichi que caía en sus manos. Se reunían en sus horas libres y entrenaban los movimientos hasta que el sol se apagaba. Nadie podía imaginar siquiera que sería el propio Ta-Mo Shei Lee quien terminaría creando el *wu-shu shaolin* (el origen real del kung-fu), alrededor del año 520 después de Cristo. Por aquel entonces, nadie conocía el poder que encerraba la naturaleza animal ni sus movimientos. Ni su tremenda energía. El taichi se convertía día a día en el boceto que inspiraría a los grandes maestros del kung-fu siglos más tarde. Pero tan solo era eso. Un boceto que ayudaba a proyectar la voluntad del individuo hacia la victoria. Fuese en la lucha, o en su puesto de trabajo.

Lee destacaba en muchas cosas, con diecisiete años ya estaba casado y tenía dos hijas, algo común en la época. Controlaba las tierras de un lugarteniente y conseguía sacarle a la tierra un par de cosechas al año. Aplicaba su propia teoría sobre las bendiciones del dragón, las lluvias e instaba a los más ancianos a valorar las lluvias anticipadas para conseguir más beneficios. Pero por su juventud se ignoraban sus ideas.

No obstante eso no evitó que Lee triunfase y ya fuera, porque pensasen que estaba bendito —los más— o que realmente sus métodos funcionaran —los menos—, se estaba labrando un buen futuro, nunca mejor dicho.

Aquel festival se convertiría en una trampa mortal. Llevando a sus familiares a la esclavitud y a su madre y hermana a la muerte.

—No deberías insultar así a los dioses —dijo su hermana—. Todo el pueblo asistirá. Y dicen que padre va a ofrecerme a Ti-en.

Lee asintió en silencio. Ti-en era un buen hombre, su padre había sido un gran militar y al parecer él seguiría sus pasos.

—De acuerdo, pasaré cuando las montañas tapen el sol.

Su hermana le dedicó una sonrisa y le estampó un beso en la frente.

No recordaba qué hizo aquella tarde, no recordaba más que la masacre que se encontró al llegar. El cuerpo de su madre atravesado por una lanza, la sangre de Ti-en manchando el cuerpo de su hermana. Y sobre todo, el llanto amargo de su padre.

Una tribu nómada del sur se había adentrado en su territorio. Robar, saquear y matar era lo único que hacía esa gente para sobrevivir. Tanto sus hijas como su mujer y dos de sus hermanos serían vendidos como esclavos si la caravana llegaba a su destino. Su padre le dijo que no fuese en su busca, le dijo que era lo que ellos esperaban, que solo engrosaría el botín. No escuchó… Le dijo que le matarían, no escuchó…

Era la festividad de primavera, el regreso de las aves… El día del FengHang, el día del Fénix…

Los recuerdos incendiaron su mente, la ira y el dolor… Estalló en un grito, mientras la energía que contenía se liberaba a su alrededor. Las grietas se convirtieron en surcos y la casa entera se vino abajo. Las estanterías de libros se precipitaron hacia la senda de ascensión del Peak, mientras los árboles se torcían empujados por el peso de los muros. Los pocos cascotes que consiguieron golpearle no le hicieron ningún daño, mientras a su alrededor el recuerdo de Ryu se tornaba tan catastrófico como su muerte.

Cuando estuvo tan vacío como se sentía, cerró los ojos. Oyó como a su alrededor todo recuperaba la calma, mientras en su interior la calma moría, presa del rencor. Hasta que una lágrima, una mísera lágrima se abrió paso desde sus ojos muertos. La suma de los elementos le había dado un atisbo de vida a su cuerpo de piedra, materializando después su dolor en aquella lágrima. «Perla de cristal, agua divina... Transformación del odio al olvido y del dolor a la alegría». Aquellas palabras se las dijo él... Lumbini, Buda.

Inspiró cuanto aire le entró en los pulmones y suspiró mientras ponía sus ideas en orden.

—De acuerdo Shen... Entrenaré un peón para ti. Pero será el último... Cuando ese peón se convierta en caballero nuestro contrato habrá terminado. —Dejó pasar unos segundos mientras miraba a su alrededor. No había quedado más que la pared de la cocina en pie, aún se podía ver la nevera en su sitio. El resto parecía haber sufrido un terremoto.

—¡Lo has entendido! —gritó.

El dragón meditó la respuesta, un Lee fuera de control era algo que no se podía permitir. Tal vez debería dejarle morir en ese preciso momento. Pero eso supondría dejar al Fénix solo ante Hell.

—Será como pides.

Lee apretó los puños y miró de nuevo hacia la ciudad. El sol se recortaba tras los rascacielos mientras las águilas volaban nerviosas. Algunas sirenas de fondo se acercaban. Había llegado el momento de irse... Miró a su alrededor una última vez, los restos de la mesa seguían desperdigados a sus pies y curiosamente la figura del Fénix permanecía intacta recortada en uno de los pedazos. Negó ligeramente con la cabeza y esbozó una sonrisa...

—Antes que aprender a ganar...

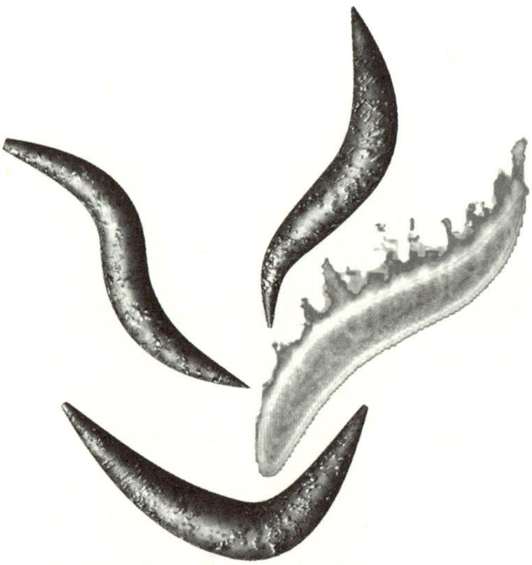

CAPÍTULO XXVI

Agujas en un pajar

Lido di Spina. Italia

Star no sabía ni por dónde empezar. Rastreó cada cuenta conocida de los tolteca, cada trasferencia de fondos, cada regalo... pero estaba claro que era buscar una aguja en un pajar.

Cuando ya no sabía dónde buscar, la policía le hizo el trabajo. La matrícula del coche era robada y habían borrado la mayoría de los grabados del bastidor pero se habían dejado uno en la llanta de la rueda de emergencia. El número de bastidor llevó a Star hasta una tienda de vehículos de lujo en Lido, en Italia, un pueblo costero cerca de Venecia.

«Todo en sus manos», rezaba el cartel luminoso. En el enorme concesionario podían verse lanchas fueraborda, helicópteros, hidroaviones, vehículos todoterreno arreglados para deportes extremos, motocicletas, incluso un submarino de recreo. El negocio parecía ir bien.

Tuvo que esperar unos minutos hasta que el gerente terminó con una venta para poderle atender. Era un chico alto y guapo, rondaría los cuarenta años y daba el aspecto de hombre de mundo. Por desgracia, Star no había tenido tiempo de disfrazarse para la ocasión, seguía con el mono arañado de Montecarlo y una simple cazadora de cuero, lo que hizo que el gerente de la tienda torciera el gesto nada más verle. En una tienda destinada al millonario, el encargado, además de ser un experto en lo que vende, se convierte en un experto en «lo que se vende». A Star le salvó el reloj Rolex de platino, que hizo al encargado pensar que sería un millonario excéntrico.

—Buenos días —dijo el encargado con su perfecta sonrisa de anuncio de dentífrico—. Pase, por favor, y siéntese. ¿Puedo ofrecerle una copa?

—Sería de agradecer —dijo Star mientras ocupaba una de las dos sillas frente a la mesa.

El despacho parecía una pecera, todo de cristal con vistas al Mediterráneo. Algunas embarcaciones que salían del puerto pasaban tan cerca del concesionario que las velas parecían rozar los ventanales. A su espalda, los cristales que daban al resto de la nave lucían unas preciosas cortinas de tiras en blanco y negro.

El gerente se sentó en su confortable sillón de cuero y pulsó un intercomunicador sobre la mesa. Una voz masculina respondió al otro lado.

—¿Un té, por ejemplo?

—Un *whisky* doble... —El gerente puso cara de sorpresa.

—Será un *whisky* entonces. —Acercó su cara al interfono sin dejar de mirar a Star—. Tráenos un té y un *whisky* doble, por favor. —Levantó el dedo del interfono y se recostó sobre el sillón.

—Usted dirá, señor... —dejó la pregunta en el aire esperando escuchar el apellido de Star. Que por su parte estaba a gusto, pero no tanto como para darle su nombre a un vendedor de dentífrico.

—Verá, un amigo mío les ha comprado algunas cosas hace poco, supongo que le recordará. —Se acercó un poco más al vendedor, echando el cuerpo hacia delante—. Un tipo alto y corpulento, con un tatuaje tribal azul alrededor de los ojos.

El gerente ni siquiera parpadeó, se quedó un segundo pensando. Efectivamente, aquel hombre les había comprado algunos vehículos hacía un par de semanas. Había pagado al contado y no había regateado un solo precio, incluso había dejado una sustancial propina para el personal. También había dicho que, si alguien pasaba por allí haciendo preguntas, recibirían una prima generosa por no decir nada. Así que cometió su primer error del día.

—Lo siento, señor, no me suena…

«Por dios», pensó Star, ese tipo mentía fatal para ser un vendedor de renombre. Ni siquiera se había sorprendido al escuchar lo del tatuaje tribal alrededor de los ojos y se impresionaba de ver a alguien beber *whisky* a las once de la mañana.

—Verá, ya sé que le vendieron un todoterreno acorazado, una lancha y un hidroavión. El coche está chamuscado en Montecarlo y tanto la lancha como el avión están criando mejillones en el fondo del mar. Lo que me gustaría saber es si le vendieron algo más o si el comprador dejó algún teléfono o dirección de contacto.

En ese momento entró un hombre corpulento en el despacho, parecía sacado de un anuncio de Lacoste. Llevaba una bandeja con las bebidas. Se acercó a la mesa y dejó la bandeja delante de su jefe antes de girarse de nuevo hacia la salida.

—Disculpa, Fred, si eres tan amable acompaña a este señor a la salida. —El gerente miró de nuevo a Star, ya sin la sonrisa en la boca—. Siento tener que decirle que no sé a quién se refiere.

Podía haberlo dejado así, pero se creció mucho con la presencia del nene musculitos y cometió su segundo error del día

—Pero aunque lo supiese, esta empresa no revela información sobre sus clientes y lo que hagan con lo que nos compran es asunto suyo. Si lo que quieren es hundir su compra en el mar, están en su derecho.

Star no cabía en sí de gozo. ¡Había tocado hueso! No pudo evitar ensanchar la sonrisa y abrir mucho los ojos.

—Claro, hombre, claro... —se hizo un segundo de silencio mientras Star se pensaba qué hacer con aquel pedazo de gilipollas. Hasta que el nene musculitos le puso la mano en el hombro... Tercer y último error del día.

Star le cogió de la muñeca y en un rápido movimiento se la retorció hasta que el semilunar y el escafoides saltaron de su sitio. Después tiró del brazo hacia abajo con fuerza, llevándose sus noventa kilos de peso por delante hasta que el cráneo del musculitos chocó contra la mesa. Solo se oyó un grito ahogado por el golpe y el chaval quedó inconsciente a los pies de Star. El gerente primero se puso rojo pero en cuanto Star le plantó el brillante cañón de la 357 directamente delante de la cara, adquirió un tono mucho más saludable.

—Muy bien, guaperas. Ve cantando que no tengo todo el día. —Aunque no fue su intención le salió el típico tono de voz de pistolero de película, así que terminó la actuación—. Y no se te ocurra mentirme, si lo haces no volverás a tener relaciones sexuales —hizo una pausa y amartilló el revólver—, al menos relaciones sexuales... satisfactorias.

Estaba claro que aquel hombre no era un policía. Y el brillo del cañón de la pistola casi no le dejaba ni pensar. Así que...

—La lancha... Nos compraron un yate pequeño, un Audi Q7, un hidroavión clase Beriev y una lancha fueraborda.

Star relajó el gesto y bajó la pistola.

—Bien... Empezamos bien...

CAPÍTULO XXVII

Sospechas

Venecia. Italia

«Esto no me gusta», pensó Marc. Desde que había reconocido el dibujo de su padre Sheteck parecía fuera de sus casillas. Hablaba con el capitán de los Blue, el más bajito de los tres. Y de vez en cuando los dos le miraban con una mezcla de asombro y asco que no presagiaba nada bueno. Había estado muchas veces en situaciones límite y estaba claro que se estaba acercando la hora de la verdad. Tenía que intentar algo y rezar para que saliese bien a la primera. Porque, desde la situación actual, las cosas solo podían ir a peor. Por otro lado, no podía comprender qué tenía que ver su padre en la nueva actitud de Sheteck. A sus ojos llevaba muerto una eternidad. Había llevado una vida de lo más normal hasta que el cáncer se lo llevó por delante.

La pantera paseaba nerviosa por la habitación. Sabía que Aris tenía algo contra el chico pero no podía imaginar aquello. Era una aberración, un insulto. Aquel chico llevaba sangre tolteca, más aún: llevaba la sangre de un dios en las venas. ¿Cómo podía el Fénix haber hecho algo así?

—Oye —dijo Marc, sin levantar la cabeza—, no sé qué os traéis entre manos con mi padre, pero era un buen hombre. Que yo sepa no le hizo daño a nadie.

Sheteck se le quedó mirando como si alguien hubiera puesto el mundo en pausa.

Pasaron dos segundos en los que su mirada parecía la de una bestia sanguinaria, luego le sacudió una especie de temblor y empezó a reírse, primero despacio, como queriendo controlarse y después a carcajadas. Se acercó a Marc, cogió la silla y se sentó delante de él.

—Se pueden decir grandes cosas de tu padre… —hizo una pausa y controló del todo la risa—, pero «buen hombre»…

El capitán de los Blue se dio la vuelta y apoyó la espalda contra el ventanal mientras dejaba escapar unas suaves carcajadas que se fueron apagando a medida que fijaba la vista sobre Sheteck.

A Marc le costaba trabajo ver con claridad y tan solo distinguía la silueta del Blue recortada en la luz que entraba por la ventana. Delante de él, Sheteck permanecía mirándole divertido. ¿Por qué hablaban de su padre en presente?

—No entiendo nada… —dijo al fin.

—Ni falta que hace. Tu jefe se ha pasado de la raya… Y, ya puestos, se ha cagado en ella.

—Creo que os estáis equivocando.

—Cuando te reúnas con tu jefe, dile que algún día saldaremos cuentas —dijo Sheteck, levantándose de la silla.

Había llegado el momento de sufrir, pensó Marc, mientras cogía todo el aire que podía.

—Vale ya de gilipolleces —dijo Marc. Sheteck se paró en seco y abrió mucho los ojos, sorprendido por la subida de tono del muchacho—. Ya estoy más que harto de escuchar la cháchara de una panda de fanáticos psicópatas. Estáis tan convencidos de vuestra realidad que no veis una mierda… Puede que te creas muy sabio pero hay algo que yo he visto y tú no. Yo he visto lo que hay detrás de la muerte, y no he visto a ningún dios tolteca lanzando rayos por el culo. Solo la oscuridad y la ardiente mano de un eón. No sé qué es lo que te hace ahora hablar de mi padre, pero te rogaría que dejases de hacerlo en clave o, al menos, de ensuciar su recuerdo con tus tonterías de sociópata. —Cogió más aire y levantó la cabeza, quería resultar lo más insultante posible—. Puede que mi niñez no pasase por aprender del dolor ajeno —escupió la frase con desprecio—, pero aprendí a no ensuciar la memoria de los muertos.

La cara del capitán de los Blue era un poema. Salió disparado hacia el muchacho levantando la mano pero la mirada de Sheteck le frenó en seco.

—Mátalo ya… —escupió hacia Marc y salió de la habitación maldiciendo en su idioma.

Una vez se quedaron solos, Sheteck volvió a sentarse.

—Mira, tu padre está vivito y coleando. Es más, es mi jefe… Y tú no eres más que un maldito engendro, un insulto directo a todo lo que representa mi dios. Te voy a matar… Y depende de ti si lo voy a hacer rápido e indoloro, algo que haría con gusto por un hermano de sangre… O lento y doloroso, algo que sin duda haría con un engendro de tu calaña.

Marc estaba alucinando. Tenía la cara como si le hubiesen querido hacer la cirugía plástica a puñetazos, tres balazos en el cuerpo y aquella cosa que olía a rata muerta por todo el cuerpo. Y en ese estado le decían que su padre, no solo estaba vivo, además era el enemigo acérrimo de la Alianza.

—Vete a la mierda, loco.

Sheteck afiló la sonrisa; sin duda ese chico no sabía lo que hacía. Por otro lado había sido muy desagradable y los Blue esperaban que le aplicase un correctivo.

—Lástima que no prefieras seguir con el papel de simpático —dijo Sheteck, mientras se acercaba a la mesa y cogía una de las dagas—. Tal vez necesites un poco de dolor para comprender. —Se acercó lentamente a Marc haciendo filigranas con la daga. La movía entre los dedos a una velocidad imposible. —¿Qué me dices? —Mantuvo el filo de la daga a dos centímetros de los ojos de Marc, quien simplemente tragó saliva.

—Que me sueltes si tienes huevos —respondió Marc, devolviéndole la mirada.

Siguieron dos segundos eternos, mientras Sheteck decidía y Marc aceptaba lo que se le venía encima. La pantera apoyó el filo de la daga sobre la cara de Marc y dio un tirón seco. El filo se hundió en la carne dejando un tajo de cinco centímetros hasta debajo del labio inferior. Un corte muchísimo más grande que el que le dio el romano.

«Ya viene», pensó Marc, mientras la pequeña descarga eléctrica daba paso a un dolor conocido, lacerante y literalmente insoportable.

De nuevo tuvo visiones de su pasado, momentos malditos, escondidos en lo más profundo de su ser, enterrados por el miedo al fracaso, por el tormento del que solo busca cariño y se le niega. El dolor se hizo aún más intenso y volvió el momento de su muerte, la poderosa fuerza de la escopeta, el impacto contra la pared… La suave voz de Lyn llamándole. Y, por último, los ojos llameantes del Fénix. Le pareció escucharle decir: «¡Por fin…!»

Sintió su aliento de fuego; comenzó por el abdomen, haciéndose con su cuerpo en pugna directa con el más absoluto dolor.

Durante el primer alarido Sheteck permaneció a su lado mirándole a los ojos. No disfrutaba especialmente de ver sufrir a la gente, pero quería dejar bien claro al chico que no aceptaría insultos ni desplantes. Pero cuando los gritos se hicieron más suaves, comenzó a caminar hacia el ventanal, sabía que nadie podía oírle gritar pero siempre era bueno asegurarse de que no había nadie cerca.

Pero las cosas estaban a punto de estallar. Los tolteca habían olvidado un simple detalle: el pelo de murciélago no es ignífugo.

Marc revivió en su mente cada uno de los momentos de su vida en que había experimentado dolor, cada quemadura, cada corte, cada disparo, cada golpe… Cada grito de terror, cada remordimiento, cada petición de clemencia. Y cuando su mente ya no pudo soportar más, el dolor se convirtió en fuego.

La explosión cogió a Sheteck por sorpresa. No había terminado de girarse cuando las manos de Marc se liberaron; las cuerdas carbonizadas se convirtieron en ceniza candente cuando el chico se levantó como una fiera. Se lanzó hacia Sheteck con tal ímpetu que no se percató de que las cuerdas de los pies aún seguían ardiendo. Cuando dio el primer paso la cuerda reventó, pero aun así perdió el equilibrio y fue a dar de frente contra el suelo.

Puede que el momento resultase un tanto cómico pero a la pantera no le hizo ni pizca de gracia ver cómo aquel demonio se levantaba envuelto en llamas. Y lo que era peor, cómo hacía arder la ropa.

Reaccionó deprisa. Mientras el Blue llegaba hasta Marc y le sacudía con la culata de la Uzi en la cabeza, él se ocupó de lo verdaderamente importante. Cogió una garrafa de cinco litros de agua y apagó las llamas.

Marc estaba inconsciente, permanecía humeando en el suelo mientras los tolteca se quitaban el susto de encima.

—Átalo y, a ser posible, con algo más fuerte que una cuerda —ordenó Sheteck al primer Blue, mientras el capitán entraba por la puerta a la carrera.

—¡Ha dejado marca en el astral!, ¿cómo ha podido? —preguntó con cara de susto.

—Tranquilos, está muy débil. No tenemos por qué preocuparnos pero no bajéis la guardia, ¿de acuerdo?

Recogió el teléfono de la mesita. Estaba claro que ese hijo de perra estaba más vivo de lo que parecía. Sin duda ha marcado el sendero, si había algún condenado en la zona ya les tenían. Con suerte, el grupo seguiría cerca de Montecarlo.

Activó el móvil y llamó a Aris. Esperó unos segundos hasta escuchar la voz maldita, la única que no quería oír.

—«Lo sentimos. El abonado al que llama está apagado o fuera de cobertura. Si desea dejar un mensaje, hágalo después de la señal. Gracias».

—Mierda. —Cerró el móvil y miró por la ventana; al otro lado el vigía miraba hacia el ventanal, parecía preocupado. Abrió de nuevo el móvil y marcó el número pensando.

—Por Tollan, Aris, date prisa…

A once kilómetros de distancia, sobre uno de los muchos puentes de Venecia, un hombre enjuto se ajustaba la cremallera de la cazadora de cuero, mientras con la otra mano sostenía un móvil contra la oreja.

—Le tengo…

CAPÍTULO XXVIII

El despertar de la bestia

Moscú centro

Nedomar tsar-jel Tarik adoraba su bar, era el único sitio del planeta donde se sentía a gusto. Lo había decorado con la mejor madera de roble inglés que se podía comprar. Cada cuadro, cada lámpara, cada detalle formaba parte de sí mismo. Durante el día hacía las veces de café y se podían ver parejitas de enamorados en cada esquina. Y por la noche se convertía en punto de reunión de la alta sociedad de Moscú.

Tres plantas y casi dos mil metros cuadrados de local. En la planta baja la cafetería y la primera barra; en la primera planta, los salones privados, para jugar…, daba igual si a las cartas o a la ruleta rusa; y en el sótano, el más grande, estaba el club nocturno, bajo las viejas leyes: nadie pregunta, nadie juzga y nadie trae armas.

En la entrada del local podía leerse una inscripción en griego antiguo que chocaba bastante con el resto de la decoración del local; no obstante, el dueño se negaba a retirarlo. Podía traducirse de la siguiente manera:

«Los condenados sin invitación darán de comer a los peces.»

El gerente del local era un chico agraciado. No solo era guapo, era un hombre inteligente. Desde el primer día se dio cuenta de que su jefe tenía algo especial, aquellos ojos eran más fríos que la nieve... Así que decidió, e hizo bien, no tocarle las narices nunca.

El tal Tarik era un millonario excéntrico. En casi diez años que llevaba a su servicio solo le había visto comer en una ocasión y solo fue una aceituna. Beber bebía como un cosaco y era capaz de encerrarse tres semanas en su despacho sin hacer más que leer y leer. Pero como jefe no le daba ningún problema. De vez en cuando alguna orden excéntrica sin venir a cuento, pero en la práctica no le decía nunca cómo debía llevar el local.

Otra cosa que ya le tenía muy mosqueado era su aspecto. Parecía no cambiar con el paso de los años. A veces se teñía el pelo o cambiaba de estilo de vestir pero su aspecto era el mismo. Corrían rumores, que si había hecho un pacto con el diablo, que si era ya de por sí el mismo diablo... En una ocasión, un gorila nuevo fue asignado a la parte de atrás del local, la puerta de servicio. Y Tarik se presentó después de tres meses sin pasarse por allí... El gorila debió de decir algo poco acertado y lo encontraron literalmente empotrado contra la pared del edificio de enfrente. La policía pensó que tenían que haberle hecho aquello con algún vehículo y a conciencia. Pero ni apareció el vehículo ni rastro alguno de pintura en el cadáver. Así quedó la cosa... Un muerto más en los callejones oscuros de Moscú.

Respecto a Tarik, todo el mundo le conocía. En algunos círculos sociales de la ciudad, con solo nombrarle las puertas se abrían y las bocas se cerraban. Así que ¿por qué no trabajar para él?

—Jefe… —abrió ligeramente la puerta después de haber llamado.

Allí estaba Tarik, sentado en su butaca preferida con un enorme libro sobre las piernas. El olor del tabaco de pipa se extendía por la habitación y el humo perfilaba figuras extrañas en los rayos de luz que atravesaban las persianas. Tarik solo levantó la vista del libro un segundo para después seguir leyendo.

—Perdone que le moleste. Hay una señorita que pregunta por usted. Dice que le conoce y le trae esto. —El joven gerente entró en la habitación como un domador en la jaula de los leones. Llevaba una botella pequeña en la mano que colocó ceremoniosamente delante de Tarik, sobre la mesa del escritorio. Tarik desvió de nuevo la vista y miró la botella. No tardó mucho en identificarla, era coñac y seguramente esa botella tenía más de un siglo. Cerró los ojos y desvió la mirada hacia abajo; allí estaba la silueta luminosa de un condenado. Podía distinguirse el aura dorada que desarrollaban las torres.

—¿Te ha dicho su nombre?

—Sí, señor, disculpe. Ha dicho que se llamaba Tanis. —Maldijo para sí, menudo error más tonto.

Tarik suspiró y cerró el libro. La última vez que recibió la visita de un druida ese mismo edificio terminó ardiendo. Luego vino la reforma, que en pleno auge comunista se convirtió en un infierno. Al menos Tanis estaba fuera de la Alianza y entre las Potestades había una especie de pacto de no agresión en los hogares que, la mayoría de las veces, se respetaba.

—Bien, dile que suba.

Vasile, el gerente, salió por la puerta maldiciendo en voz baja.

Ese chico le encantaba, siempre intentando hacer las cosas, si no perfectas, al menos bien. Conociéndole, se tiraría días pensando cómo había podido ser tan tonto de no dar el nombre de su visita por anticipado. Pobre Vasile, qué fácil sería hacerle ver que cuanto más te esfuerzas por hacer las cosas bien, más fácilmente la cagas…

Colocó el libro en la estantería y luego contó los taconazos de Tanis, desde el bar hasta su despacho en la planta de arriba. Cuando entró por la puerta ya la estaba esperando con una sonrisa y dos vasos de cristal de roca sobre la mesa.

—Vaya, vaya... Cuánto bueno por aquí —saludó a Tanis señalando una de las dos butacas forradas en terciopelo verde que completaban la decoración del despacho. Tanis, como siempre, eligió la otra butaca. Más por prudencia que por rebeldía.

Tarik aceptó el gesto con una suave carcajada. Que no se fiase de él era algo que veía más como gesto de respeto que como un insulto descarado. Por otro lado, esa butaca caía más cerca de la ventana y tenía unas vistas preciosas del río Moscova. Todo fuese que, en breve, la pobre Tanis se diese un baño. Estaba muy guapa desde la última vez que la vio.

En la fiesta llevaba uno de esos vestidos de aros de madera que las sacerdotisas de Tiuz, El divino, llevaban cuando Tanis renació entre los condenados. A juicio de Tarik, demasiado obsceno; verla con un traje de chaqueta blanco y esos tacones de Prada, sin duda, era algo que agradecía. Llevaba el pelo ondulado sobre los hombros, al igual que el propio Tarik y aquellos ojos de avellana destacaban con su brillo particular.

—Estás preciosa, Tanis. ¿Qué asuntos te traen por Moscú?

—Tengo cosas que contarte... —Tenía una expresión seria que no presagiaba nada bueno.

—Tú dirás...

—Algo gordo está pasando en la Alianza. Al parecer, un chamán tolteca ha secuestrado a uno de los hijos del Fénix.

Tarik frunció el ceño.

—¿Secuestrar a un condenado? Menuda idiotez, ¿sabes a cuál?

—Al novato, fue el que te dio la mano en la Carneia.

Casi sin saber el porqué, Tarik dejó caer todo su peso sobre el sillón, incluso él mismo se dio cuenta de que aquello no le había hecho ni pizca de gracia. Se rascó la nariz y lo analizó unos segundos... ¿No podía ser que un hijo del Fénix le cayese bien? Una cosa es que Baal odiase al Fénix, pero él, al menos, aún conservaba su propio juicio. Dejó pasar unos segundos sabiendo que Tanis estaba analizando cada gesto de su cara, después descorchó la botella de coñac y sirvió las copas.

—No esperarás que Baal haga algo por el Fénix, ¿no? ¿Qué más tienes que contarme? —Dio un trago corto al coñac, excelente...

—Ergara ha tenido una visión, dice que se avecina una guerra... Dice que ese chamán va a poner en jaque a la Alianza y que van a morir condenados a centenares.

Tarik se puso serio, Ergara había sido adivina mucho antes de morir en el siglo VIII antes de Cristo y, tras convertirse en condenada, no había fallado una.

—¿Qué puede un mortal contra la Alianza? No parece lógico.

—Lo sé, pero es Ergara... Además, ese *mortal* se ha cargado de un zarpazo una de las torres de Shen. —Los dos se quedaron en silencio, Tarik no hizo ningún comentario, sabía lo de Ryu, las malas noticias volaban. Pero no sabía quién ni por qué.

Mientras, Tanis apuraba el coñac de un trago intentando ver en el rostro del turco algún gesto útil. Pero, como siempre permanecía sonriente e imperturbable.

—Ergara dice que un lobo morirá.

Ese era el motivo, pensó Tarik, el auténtico motivo por el que Tanis se había metido en esto. Un lobo... Tanis bailaría sobre la tumba de cualquiera, siempre había odiado aquello en lo que se había convertido, deseaba la muerte... pero la temía. Y sobre todo deseaba vivir por Scyros. Qué bonito, amor eterno. No correspondido, pero eterno al fin y al cabo.

—¿Scyros? —dejó la pregunta en el aire mientras rellenaba las copas de nuevo.

Tanis aprendió mucho tiempo atrás a no negar lo obvio. Todos sabían lo que sentía por Scyros, había dejado de ser un cotilleo mil años atrás.

—Dice que no lo sabe…

Tarik puso cara de póquer, se recostó sobre el sofá y comenzó a hacer girar el vaso entre los dedos, mientras Tanis reunía el valor para pedirle lo que quería. Tarik siempre había tenido el don de encontrar el punto débil de la gente. Tenía un sexto sentido para agitar algo en lo más profundo del ser… Los miedos más profundos, los secretos más ocultos.

—Tú sabes cómo despertarle, ¿verdad? —hizo la pregunta sabiendo de antemano la respuesta. No obstante, Tarik ni siquiera parpadeó—. Por favor Tarik, hazlo… Tal vez así tengamos una oportunidad.

—Dirás que *él* tendrá una oportunidad. —Tarik afiló los labios en una de esas muecas suyas, tan desagradables como enigmáticas.

—No pierdes nada, si lo que dice Ergara es cierto Scyros va a hacernos falta.

—En todo caso, le hará falta a la Alianza… —El tono que utilizó fue dulce; no trataba de poner a Tanis furiosa, solo quería venderse caro.

—Te deberé un favor —dijo Tanis con voz aterciopelada. Muy lejos de intentar seducirle, parecía más una hermana pequeña dispuesta a hacer cualquier cosa a cambio de lo que pedía.

Tarik lo meditó; aunque ya había decidido ayudar a Tanis, utilizó esos segundos en calcular las posibilidades que representaba tener a Tanis de su parte en medio del conflicto que, según Ergara, se acercaba.

—Despertaré a Scyros, al menos eso creo…

Tanis soltó el aire que había estado conteniendo y apuró su copa de nuevo, de un solo trago.

—¿Puedo preguntarte cómo piensas hacerlo?

Tarik apuró su copa sin dejar de mirar a Tanis. Sus largos labios seguían tensos en una sonrisa antinatural. Dejó el vaso sobre la pulida mesa de caoba y respondió:

—No, no puedes… Y ahora, si no tienes nada más que decirme —dijo, levantando la vista hacia la puerta—, cierra la puerta al salir.

CAPÍTULO XXIX

El cazador cazado

Ciudad Sagrada de Tollan. En algún lugar del Amazonas

Cuando Aris abrió los ojos estaba aturdido. Miró a su alrededor, estaba en casa. A sus pies, Tollan brillaba a la luz del atardecer, reflejando el sol con sus mil toneladas de oro. Estaba al pie del lago, justo donde se iniciaba la ascensión de la gran pirámide. Se sentía mareado y no podía fijar la vista con facilidad. Parecía drogado, no sabía cómo había llegado hasta allí, no recordaba más que la oscuridad y el frío. Lo sentía por todo el cuerpo, como si la sangre no pudiese calentarle. Podía sentir el pulso de su corazón en los oídos y los sonidos le arañaban la mente con cierta cadencia. Uno de los Blue que permanecían de guardia en la escalinata se acercó a él con un aire de preocupación en la mirada.

—Mi señor, ¿se encuentra bien?

Aris no sabía qué decir. Se encontraba fatal, pero no sabía ni siquiera por qué. Cabeceó a izquierda y derecha. Había mucha gente rodeando la pirámide, atentos a la terraza superior.

—¿Qué está pasando?

—Tenemos visita, tres demonios están hablando con Ketxal.

Aris sintió una sacudida, como si algo en su interior se tensase. Sintió ganas de vomitar, se giró y dio una arcada hacia las escaleras, pero no consiguió sacar nada de su cuerpo. Cerró los ojos e intentó encontrar daños en su organismo pero no encontró nada, tan solo sentía ese frío que no le dejaba pensar con claridad y presión detrás de la cabeza.

Cuando abrió los ojos estaba en lo alto de la escalinata. Su rostro se tensó por la sorpresa, a su alrededor los guardias le miraban con curiosidad. Más abajo podía ver el rostro preocupado del primer guardia que le había hablado. Había llegado a lo alto de la escalera y ni siquiera recordaba haber dado un paso.

De nuevo aquella sensación de mareo. Se echó las manos a la cabeza y se masajeó las sienes unos segundos. ¿Qué estaba pasando? No conseguía recordar con claridad… ¿«Demonios», «Ketxal»?... ¿Estaba despierto?

Cuando abrió los ojos de nuevo estaba dentro de la gran cámara del dios hombre. Una sala de unos doscientos metros cuadrados. Doce columnas representaban los meses del año y en el centro una columna cortada por la mitad representaba el mes perdido y servía de altar para el trono de su padre. Las paredes estaban forradas de oro puro, bruñido hasta el límite. Parecían inmensos espejos dorados, reflejando entre sí las paredes hasta el infinito. El suelo y el techo, también de oro, daban un aspecto general al conjunto de absoluta ingravidez. Tan solo las columnas y el trono de su padre parecían reales, todo lo demás se sentía irreal, ficticio. En el centro del techo un gran agujero rectangular dejaba entrar la luz del sol y las estrellas, justo sobre Ketxal que, en sus días de sueño, como marcaba la tradición, toleraba incluso la lluvia sobre su cuerpo durmiente.

Allí estaban los demonios, de pie frente al trono de su padre. Ketxal estaba bien despierto. Se había vestido con la ropa ceremonial, sandalias, taparrabos, brazaletes, hombreras y corona… Todo ello de oro y trenzado de hojas de coca, símbolo de la unión de la divinidad y la naturaleza. Ni un solo pelo en todo su cuerpo, ni siquiera pestañas… Tan solo un cuerpo perfecto, bronceado por el sol y el aceite de coco que los sacerdotes le untaban cada día.

Aris notó el aroma del coco y comenzó a acercarse a la escena. Caminaba con dificultad mientras intentaba identificar a los demonios. Sin duda una era Luna, solo había una condenada albina. Respecto a los otros dos no necesitó más que ver a Ursus para comprender que el otro era Publio, apodado el Senador. ¿Qué estaban haciendo allí? ¿Por qué despertar a Ketxal? Su mente era una maraña de pensamientos sin sentido; a medida que se acercaba podía escuchar cómo discutían con su padre.

Posados sobre el trono, dos grandes cuervos azules vigilaban la escena, dispuestos a defender a su señor al mínimo síntoma de hostilidad. Uno de ellos graznó para llamar la atención sobre la llegada de Aris. Los presentes siguieron discutiendo, a medida que se giraban hacia él.

—Es intolerable, Ketxal. Llevamos mil años aceptando las agresiones de los tolteca con resignación —dijo Publio con su voz melosa.

—No son tolteca, son renegados… La guerra puso a cientos contra vosotros, no podemos controlar a todo aquel que juró luchar contra los eones.

—Tenemos pruebas contra Sheteck y, por si fuera poco, tenemos dudas más que razonables sobre la implicación de tu primogénito —le espetó Publio dando un paso más hacia Ketxal y señalando al propio Aris.

Se hizo el silencio mientras Aris lograba acercarse al círculo. Se le veía claramente desfavorecido, tenía los ojos rojos y parecía borracho.

Ketxal se acarició el mentón. Conocía a Aris demasiado bien como para saber dos cosas: era culpable y jamás se presentaría ante él ebrio.

—Hijo, ¿te encuentras bien?

Aris sintió un nuevo retortijón, pero solo se echó la mano al estómago. El mareo le hizo tambalearse un poco pero consiguió hacerse con algo de claridad.

—No lo sé, padre, he debido darme un golpe... No sé...

Ketxal parecía preocupado, cerró los ojos e intentó ver a través de Aris, pero no pudo. No tardó mucho en comprender que lo que llevaba puesto era pelo de murciélago. Recordaba perfectamente la costumbre de los incas de tejer el pelo de murciélago para hacer capas y gorros para los reyes. Decían que podía aislar al portador de la influencia de los dioses.

Lo que significaba que los demonios no sabrían si mentía o no.

—Responde, ¿estás involucrado en esta ofensa?

Aris seguía mareado, escuchaba la voz de su padre como a través de un túnel estrecho, lejano. Titubeó, no sabía qué decir, no sabía siquiera si podía hablar. La tensión del estómago era muy intensa y el dolor de detrás de la cabeza se estaba haciendo insoportable.

—No sé de qué habláis, lo siento... —dijo al fin.

Luna y Publio se miraron entre ellos. Realmente no podían saber si mentía o no, no podían siquiera percibir lo que le ocurría.

Ketxal se puso en pie. Subido al pequeño alto del trono su corpulencia y altura se multiplicaban. Sin duda daba la apariencia de un dios.

—Esa es la respuesta de mi hijo. Respecto a Sheteck, os garantizo que será perseguido y ajusticiado. Ahora id en paz.

Publio lanzó una última mirada a Luna y a Ursus, había llegado el momento de sacar el tema más espinoso de la reunión. Se giró hacia Aris y preguntó.

—¿Y qué hay de Hell, Aris?

El chamán levantó la cabeza como si despertase de un sueño, sus pensamientos se rompieron y las nubes se disiparon un poco. Recordó parte de su encuentro con Hell, recordó lo que Sheteck estaba haciendo al otro lado del mundo. Un fuerte dolor le azotó la cabeza y se echó las manos a las sienes. Gimió, mientras el frío le abrasaba las entrañas.

Luna dio un paso atrás y echó la mano sobre la empuñadura de la espada, mientras los cuervos se tensaban sobre sus patas.

Aris cerró los ojos y el dolor se mitigó. Sintió una suave brisa en el rostro y por fin pudo aclarar sus ideas. Pero al abrir los ojos la situación había cambiado. Como si acabase de despertar de un sueño muy profundo, fue consciente poco a poco de lo que le rodeaba. A su izquierda, junto a las puertas de oro de la gran cámara, Luna luchaba contra uno de los Blue y en el suelo yacía el otro cuervo en una posición antinatural que solo podía significar que estaba muerto.

Asustado, giró la cabeza a la derecha en busca de su padre. Ketxal le miraba con una expresión de terror en los ojos.

—¡Aris! Pero ¿qué has hecho?

Aris no sabía a qué se refería. Estaba a punto de preguntar, cuando sintió algo húmedo en la mano izquierda. Se la miró. Tenía la cabeza de Publio en su mano. El resto del cuerpo lo encontró en el suelo, a sus pies. La sangre dibujaba un círculo alrededor del cadáver. Atónito, soltó la cabeza y giró bruscamente buscando al otro demonio. Estaba a más de veinte metros, literalmente aplastado contra la pared. Podían verse restos de sangre allí donde había impactado antes de convertirse en un amasijo de carne en el suelo. No entendía nada, él no tenía poder para hacer algo así... La respuesta se abrió camino hacia su mente confusa.

—Padre... He cometido un error. Un grave error... Ahora lo entiendo.

—¡Aris! —Ketxal cogió a su hijo por los hombros, obligándole a mirarle —. ¿De qué estás hablando? ¿Qué error?

Aris seguía mareado, escuchaba con dificultad y reaccionaba lentamente.

—Nunca hubo opción, padre… Nunca la hubo. —Sonaba igual que un demente, abría mucho aquellos ojos inyectados en sangre.

—¿Se puede saber de qué estás hablando?

A su espalda se oyó un grito de agonía, mientras Luna enterraba en el guardián el filo de su espada. Ambos se giraron hacia ella.

Luna estaba herida, uno de aquellos cuervos resultó ser una bestia peleando y había conseguido darle tres cortes, antes de pagarlo con la vida. Tenía claro lo que sucedería a continuación. Sus posibilidades de salir de allí con vida eran pocas si se quedaba a luchar. Tenía que escapar; concentró toda la energía que pudo y lanzó el cuerpo del Blue contra Aris y su padre. Ketxal solo necesitó un gesto para detenerlo en seco, pero eso quebró la concentración que necesitaba para evitar que Luna saltase al sendero. Tuvo suerte, si Aris hubiese estado mínimamente despejado habría bloqueado su salto. Apareció en casa de Licos en tal estado que no pudo controlar la entrada, perdió el equilibrio y cayó sobre la mesa de mármol de bacarrá haciéndola añicos. Tan solo pudo abrazarse las rodillas y dejar al dolor pasar a través de ella… Podía sentir las manos de su madre entorno al cuello, podía sentirla apretar y apretar gritando: «¡Nunca debiste nacer, nunca debí dejarte vivir, monstruo!». Podía verla a través del agua, su rostro se desfiguraba… como el resto de su inocente mundo…

En la pirámide, tras la pequeña explosión del salto, el silencio gritó más fuerte que el guardián al morir. Aris y Ketxal se miraron de nuevo.

—Nunca hubo dos opciones, padre…

—Tranquilízate, Aris, ¿de qué estás hablando?

—Ella…

—¡Quién!

—Ella… —Aris sacudía la cabeza, estaba completamente fuera de sí—, ella nunca elegiría el olvido.

—¿Cómo?

De nuevo el frío; Aris dejó de oír la voz de su padre, solo le veía gesticular, sentía cómo le zarandeaba pero no podía moverse. Estaba tan cansado, tan cansado... Sus párpados cedieron y de nuevo la paz inundó su alma, la sensación de mareo y el frío disminuyeron. Allí, en el fondo de su mente quedaba algo de paz. Hell era libre, él la había liberado. Era el principio del fin para los eones, el principio de su venganza.

Volvió a abrir los ojos y lo que vio le heló la sangre en las venas. Frente a él estaba su reflejo en una de las paredes de la cámara, le miraba con una sonrisa macabra en los labios y los ojos completamente rojos, como si no hubiese dormido en un mes. Tenía la piel pálida y el pelo lacio manchado de sangre sobre los hombros. En la mano tenía un corazón humano y sin dejar de mirarle se lo acercó a la boca y lo mordió.

Aris no podía creer lo que estaba viendo. Parecía otra persona, ni siquiera era capaz de sentir su cuerpo. Percibió una fuerte descarga de energía, aquel corazón parecía seguir vivo, emanaba una energía sutil, casi eléctrica...

—¿Ves lo que has conseguido, tolteca? —¡Era su propia voz!—, pobre idiota... Lo único que has hecho es cabrear al dragón. —Y, como si su propia broma le cogiese por sorpresa, se echó a reír, mientras terminaba de devorar aquel trozo de carne. Luego se giró hacia el trono de Ketxal.

Allí estaba el cuerpo sin vida de su padre... Quien fue rey y dios de los tolteca yacía muerto con la mandíbula suelta y la mirada perdida. En su pecho había un agujero enorme, podía ver el interior de su caja torácica. Un enorme charco de sangre cubría parte del trono y los cinco escalones de la columna partida.

Aquel *cielo* se había convertido en un infierno. El dolor de cabeza cesó, al menos lo suficiente para que pudiera darse completa cuenta de la situación. Dio un paso tembloroso hacia el cuerpo de Ketxal. Aquello era imposible...

—¡Los dioses... no mueren! —dijo Aris mientras alargaba una mano hacia el rostro de su padre. —¡No pueden morir! —Dio un paso atrás, y al igual que los cimientos de su vida, se tambaleó antes de caer al suelo. Sentía terror, el sudor frío se colaba entre sus dedos mientras intentaba tapar sus sienes con las manos.

Su respiración se había acelerado, el pánico se estaba haciendo con cada una de las fibras de su cuerpo. Ketxal estaba muerto, él mismo había sido el instrumento... ¿Qué les diría a los demás, que haría?

Entonces escuchó la voz de Hell en su interior, dulce... como en la cueva.

—¿Es que no sabes ganar, tolteca?

—¿Ganar? —Aris se abrazó las rodillas, apretó y apretó intentando dar salida a su rabia—. Es la maldita ira la que lo ha estropeado todo... ¡Mi padre no debía morir! ¡Era un dios!

Sintió una fuerte descarga en las tripas y una fuerza que no pudo controlar le puso en pie.

—¡No digas más necedades! ¡No era ningún dios! Como tú mismo has dicho, los dioses no pueden morir. Había atrapado a un espíritu en su interior... uno muy poderoso. Ahora es mío, al igual que tú...

—¡Maldita seas! —Intentó zafarse, luchar... Pero fue inútil, su cuerpo no le obedecía, ni siquiera era capaz de alejar la vista del cuerpo sin vida de Ketxal.

—En eso tienes razón —respondió Hell—, los dos lo estamos...

CAPÍTULO XXX

El rescate

Venecia. Italia

—Sin novedad...

—Debes estar atento, este desliz nos puede costar caro. No necesitan ni la mitad para encontrarnos.

El Blue miraba hacia el ventanal del edificio de enfrente, en el que podía distinguir la silueta de Sheteck. Estaba a punto de responder que todo estaba en calma cuando sintió una suave oleada de energía a su espalda.

—Están aquí... —Sintió como el aire se movía a su derecha y algo frío se apoyaba en su frente. Cuando desvió la mirada vio el cañón de una Magnum 357. Tras ella, el motorista de Montecarlo le miraba con una sonrisa en sus labios afilados. Mientras, ponía el dedo índice delante de los labios haciéndole el gesto de guardar silencio.

—¡Que te jodan, engendro! —dijo, mientras dejaba caer el cuerpo y giraba para encarar al recién llegado.

Star no apretó el gatillo, sabía que era demasiado tarde. Una vez encarado, esa mala bestia esquivaría el disparo con facilidad. Así que tocaba recibir algunas hostias.

Los siguientes tres movimientos sirvieron para medir a su contrario; el Blue se movía como un felino, esquivando el cañón de la pistola mientras intentaba en vano apuntar a Star con la Uzi, encontrándose una y otra vez con el pie o la mano libre del viejo vaquero bloqueando el arma. Bailaron así durante algunos segundos, hasta que la paciencia del tolteca se terminó y empezó a usar la Uzi para golpear al condenado. Star hizo lo propio y el intercambio de golpes comenzó a ser el centro del combate, ya casi sin intención de disparar.

El Blue comenzó a ganar terreno y consiguió encajarle a Star un golpe demoledor que le lanzó por los aires. Antes de que este volviese a tocar el suelo del tejado, sonó una ráfaga de Uzi y un potente disparo de la magnum de Star, que cayó al suelo y rodó hasta ponerse a cubierto.

El tolteca se quedó petrificado cuando sintió el impacto. La bala de Star le había arrancado la Uzi y cuatro dedos de la mano derecha. Aun así permanecía impasible, mientras reunía energía para cerrar la herida. Ya pensaría en cómo recuperar los dedos después de matar a ese cabrón.

—Vaya. Cuánta habilidad, abuelito…

Star sonreía para sí mismo, le resultaba curioso imaginar que aquel capullo tendría más años que él sin lugar a dudas. Había tenido suerte de que disparó por instinto. Esa bala estaba destinada a arrancarle el anillo a un condenado. Si le hubiese dado medio segundo más para pensar le habría acertado entre los ojos.

Por su lado, el tolteca era muy consciente de que ese *abuelito* en apariencia, podía arrancarle la piel a tiras si le daba la oportunidad, así que conjuró un escudo de viento y desenfundó la daga con la mano que le quedaba.

Cuando Star reapareció, el tolteca ya le estaba esperando. Esquivó dos disparos perfectos, ganando un metro de distancia con cada movimiento, lo que no le dejó a Star ninguna duda de que estaba usando algún truco. Enfundó la pistola y se dispuso a frenar el siguiente ataque cuerpo a cuerpo. Pero no consiguió frenarlo en absoluto. Aquel gigante se coló en su defensa y le calzó un puñetazo que habría sido un nocaut técnico de haber sido un ser humano al uso.

Sintió como la sangre manaba de su nariz, al menos durante un segundo antes de que la energía del lobo obrase su magia. El siguiente golpe pretendía ser un corte ascendente con el filo de la daga, pero Star lo esquivó fácilmente mientras devolvía el golpe anterior. Pero a escasos diez centímetros de la cara del tolteca su mano se frenó ante alguna clase de campo de fuerza.

«Malo —pensó—, domina elementales, es hora de llamar a la caballería».

Concentró toda la energía que pudo en la mano y agarró al tolteca por la muñeca, controlando el filo de la daga.

El Blue sintió la presa en el brazo. Se sorprendió un poco, porque era muy difícil atravesar el escudo de viento. Intentó golpearle con el codo del brazo derecho pero también le bloqueó el golpe con la otra mano. Ambos perdieron un segundo en mirarse cara a cara. Star le regaló un guiño antes de que sus ojos comenzasen una carga de energía. El tolteca sabía lo que eso significaba, pero no podía saber qué elemento estaba conjurando ese engendro.

Intentó liberar la mano de la daga pero su mano parecía de metal, así que le golpeó las costillas con la rodilla, una, dos, tres veces, pero nada… No le soltaba ninguno de los dos brazos. Comenzó a sentir un dolor frío que se extendía por el brazo izquierdo. Se miró la mano justo al tiempo que se le caía la daga; tenía los dedos raros, de un color grisáceo y muy delgados. Le entró el pánico, dio un grito y con todas sus fuerzas le descargó un rodillazo al *anciano* que le hizo sonar al menos dos costillas. Por fin soltó a su presa; dio dos pasos atrás y se palpó el brazo... Estaba completamente deshidratado, como una momia en un museo. Necesitó de toda su energía para devolverlo a la vida, mientras jadeaba por el esfuerzo. Cuando, pudo empezar a mover los dedos, Star ya se estaba levantando del suelo. Buscó la daga con la mirada pero no podía verla. Star se enderezó del todo y sonriendo se la enseñó.

—¿Buscas esto, chaval?

La situación pintaba fatal, tenía una mano mutilada y la otra casi inservible por el dolor. Mientras su enemigo tenía la daga y conservaba el pistolón a la cintura.

Le había sacudido con saña, y aquel monstruo seguía en pie... Y parecía ileso e incluso contento.

—Mira, esto va a terminar con uno de los dos muerto y bueno, el caso es que yo ya estoy muerto. Así que ¿por qué no te largas y me evitas tener que hacerte más daño?

Al otro lado de la calle, dos pisos más abajo, Sheteck llamaba por teléfono.

—¿Policía? Unos hombres armados han irrumpido en mi propiedad y están tomando prisioneros, no sé qué pretenden. Por favor, envíen ayuda...

Marc, todavía recuperándose del golpe de la Uzi, las quemaduras y los cortes de las dagas, levantó levemente la cabeza. Conocía los cuerpos de seguridad italianos, en menos de quince minutos enviarían un comando de choque armado hasta los dientes, gente bien entrenada... ¿Qué pretendía? Ellos mismos estaban armados y el único rehén era él, al menos de momento. Eso es... Escudos humanos. Sonrió para sus adentros («joder, qué cabrón más listo»).

—Sí, en el número 12, soco... Aaaag!! —simuló con mucho estilo la muerte por arma blanca y colgó el teléfono echándose unas risas; después lo tiró sobre la mesa. El Blue que estaba junto a la puerta lo miraba con una mueca de sorna en la cara.

—Me parece que estamos a punto de recibir visitas... La Alianza tiene prohibido matar inocentes, a ver qué tal se apañan.

—¿Y nosotros? —preguntó el Blue.

—Intentad apartaros de la línea de fuego, pero si se interponen en vuestro camino... —dejó la frase en el aire hasta que el soldado tolteca asintió con la cabeza y borró la sonrisa de su cara. Sheteck miró entonces a Marc, que mantenía abiertos los ojos a duras penas.

—No somos monstruos, muchacho, intentaremos no matar inocentes...

—Claro, hombre... Por eso los metes en la ecuación contra inmortales. Eres todo bondad.

—Tranquilo, lo vas a entender todo muy pronto... Pero si sigues tocando los huevos... —cogió de nuevo la daga, hizo una filigrana y la clavó con un sonoro golpe sobre la mesa.

Marc dejó caer la cabeza, tratar con fanáticos nunca le había gustado. Negociar con ellos siempre resultaba complicado. Sobre todo, si no tenías nada que ofrecer, como era el caso. Solo podía confiar en que sus compañeros diesen con él. Sus intentos por salir de allí solito solo le habían supuesto unos grados más de fiebre y un dolor inimaginable.

Dos pisos más arriba, el romano y Leo miraban hacia la azotea de enfrente, donde Star y aquella bestia tolteca seguían frente a frente. Habían saltado siguiendo una señal de Star y habían aparecido sobre la terraza del otro edificio. Lo que sin duda significaba dos cosas: la primera que Star no creía necesitar ayuda, y la segunda que Marc debía de estar en el edificio que tenían bajo los pies.

Leo se arrodilló y puso la mano sobre el suelo. Los ojos se le cargaron con el verde esmeralda de Licos mientras su presencia se extendía lentamente por las piedras, el metal de las tuberías, el ladrillo y el viejo estuco de las paredes. Podía sentir cada grieta de la estructura, cada hueco en la edificación y a su vez cada presencia entre aquellos muros. Mientras tanto, Mell no le quitaba el ojo de encima a Star.

—¿No te preocupa que esa mala bestia lo parta en dos?

—No…

—¿No?, ese tolteca le supera… Star tiene poco más de un siglo…

—Sí…

Enfrente se habían reiniciado las hostilidades. Star mantenía el tipo pero no podía evitar recibir algún que otro golpe de aquella mole de carne y al romano le estaba doliendo cada golpe que el viejo vaquero recibía.

—¿No será mejor que salte allí y le eche una manita?

Leo abrió lentamente los ojos y se puso en pie, carraspeó y siguió la vista del romano hasta la pelea de enfrente.

—Están vigilando la pelea desde dos pisos más abajo. Star no quiere que nos vean, eso les mantendrá distraídos y engañados sobre la magnitud de nuestro ataque o nuestro número. Además, está jugando con él para darnos tiempo. Parece que sigues subestimando a Star, la edad te ciega… Sigues sin entender.

—¿Qué se supone que tengo que entender?

—Que es un genio… Simplemente eso. Nació para hacer lo que hace. Es el mejor rastreador de la Alianza y es más listo que el perro de un ciego.

Comenzaron a oírse sirenas y el romano se asomó para mirar la esquina de la calle.

—Mierda. Escudos.

Para cuando Leo se puso a su lado habían aparcado dos furgones de unidades antiterroristas y un coche de la secreta; además habían aparecido lanchas rápidas de la policía por ambos lados del canal.

—Malditos cuervos, no tienen respeto por nadie —dijo Leo mientras le venía a la cabeza la escena que se encontró en Montecarlo. Aún podía ver el cadáver de aquella mujer, el niño se estaba recuperando y se ocuparía personalmente de la factura. Pero no había dinero en el mundo capaz de devolverle a su madre.

—Pinta feo...

—No lo sé, no puedo sentir a los cuervos. Joder, es frustrante, no puedo entender cómo lo hacen.

—Va a ser la ropa...—dijo el romano mirando hacia Star, que ya no sabía qué hacer para mantener al cuervo a raya—. Fíjate, la cabeza refleja energía, las manos... pero nada tapado por ese tejido brillante.

—¿Crees que puede ser tecnológico?

—¿Qué más da? Es una putada...

—Bueno, Joy ya debe de estar dentro... —Se giró hacia Star, al otro lado de la calle y activó el intercomunicador—. Star, se terminó el juego, acaba con él y después baja a charlar con la policía. Mantenlos lejos de este edificio.

Star no hizo gesto alguno, siguió peleando mientras Leo se giraba hacia el romano esbozando una sonrisa:

—Creo que estás a punto de entender a qué me refería —dijo.

En los últimos cinco minutos aquel tolteca había demostrado que la fama no les venía de balde, encajaba los golpes como un saco de boxeo y arreaba con la fuerza de un toro de lidia. Le había roto las costillas dos veces, un brazo y las dos rodillas. En cierto modo le daba pena, tanto esfuerzo para nada... Star se regeneraba mucho más rápido que el cuervo, que necesitaba unos segundos para reparar los daños que Star le provocaba.

Esquivó un par de puñetazos y alejó a su adversario con una fuerte patada en la entrepierna. Retrocedió un metro hacia el borde de la azotea mientras el cuervo se dejaba caer de rodillas sujetando sus partes con la única mano que le quedaba sana.

—Esa ha sido por Ryu...

El cuervo levantó la cara con una sonrisa torcida llena de dientes afilados.

—No te preocupes, engendro, vas a reunirte con él muy pronto.

Como activado por un resorte, el tolteca se levantó, gano el metro y medio que los separaba y le asestó una patada a Star que lo lanzó más allá del borde de la cornisa.

El tiempo pareció haberse detenido, la figura del *marshall* se alejaba de la cornisa con una sonrisa en los labios, incluso el tolteca creía haber visto cómo le guiñaba un ojo.

Después desapareció hacia su cita con el suelo cuatro pisos más abajo. El tolteca perdió unos segundos en respirar y recuperar el ritmo cardíaco, revisó los daños y se giró para hacer un gesto a Sheteck, que observaba el combate desde el edificio, al otro lado del canal. Fue entonces cuando se dio cuenta de que, con el trajín del combate, había equivocado la orientación.

—¡Oh, mierda!

Había tirado al condenado a las aguas del canal. Y, por muy mala que fuese la caída, eso no bastaría para herirle. Recogió la Uzi y se acercó al borde mientras marcaba el número de Sheteck. Al asomarse, no había rastro del engendro por ninguna parte.

Sheteck había visto lo sucedido desde la ventana, y estaba esperando la llamada.

—Escapó… —El Blue no sabía cuál iba a ser la reacción de su actual comandante. En circunstancias normales, en la jungla, haber dejado escapar a un enemigo con vida podía ser sinónimo de torturas diversas.

—Ya lo he visto, ha caído al canal y le he perdido de vista. No te preocupes, has salido vivo de tu primer encuentro con un demonio. Enhorabuena…

El tolteca levantó el muñón de la mano mutilada y se la llevó al pecho. Estaba orgulloso de sí mismo. Pero el orgullo siempre es el portal de la desgracia. Tal vez si hubiese comprobado la azotea, podría haber visto el dispositivo que Star había colocado antes de hacerse ver, tal vez lo habría podido desactivar… Poco probable. O haberlo lanzado al canal…

La explosión borró al tolteca de la faz de la tierra, arruinando parte del tejado de la estructura y llamando la atención de la policía, que empezó a acordonar la zona sin esperar noticias del grupo de asalto.

Sheteck sintió que le hervía la sangre, apretó el teléfono móvil hasta que la carcasa empezó a crujir, pero se controló a tiempo de no hacerlo añicos. Sin duda ya estaban rodeados, esa torpe exhibición de la terraza solo podía tener el objetivo de distraerle. Además habían alejado a la policía del edificio. Podía ver desde la ventana cómo un Star empapado se acercaba al grupo de asalto de la policía con las manos en alto. Las cosas estaban a punto de ponerse feísimas. Marcó el número de Aris y esperó; al tercer tono saltó el buzón de voz.

—Espero que tengas lo que buscabas, Aris, porque el juego ya ha terminado. Nos veremos en casa… Si consigo salir de aquí con vida. —Colgó el teléfono y se lo guardó en el bolsillo. Después cogió las dagas de la mesa y se giró hacia Marc.

—Bien, Marc… Ha llegado el momento de liberarte…

Star se hizo rápidamente con la policía, les dio una versión muy imaginativa de la situación. Había al menos cuatro rehenes y los asaltantes tenían explosivos en las entradas y salidas del edificio, incluidos los sótanos. Eran al menos diez, armados con ametralladoras y pistolas de mano. Parecían de origen afgano, posiblemente talibán… Tal vez algún comando terrorista. Cuanto más hablaba más nervioso se ponía el teniente al cargo del grupo de asalto. Hasta que oyó «talibán»; entonces ordenó retroceder y empezó a llamar a todos sus superiores, del primero al último…

Star dijo formar parte de la escolta de un industrial americano, uno de los rehenes. Consiguió escapar saltando al canal después de una trepidante persecución hasta la azotea del edificio, activando así el explosivo y salvándose por los pelos de la explosión, al saltar desde cuatro pisos de altura a las aguas del canal.

Podía ver cómo alguno de los más jóvenes le miraba con respeto, mientras le traían una manta y un capuchino. Se apoyó en el morro de uno de los coches de policía y miró hacia el edificio… «Un cuervo menos», pensó; no se sentía orgulloso, pero algo en su interior le agradecía el gesto. Ese nudo que sentía en la boca del estómago desde la muerte de Ryu se había aflojado un poco… «Bueno —pensó—, ahora solo queda sacar con vida al muchacho…».

Leo y Mell habían entrado ya en el edificio por la puerta de la azotea. Había perdido la apuesta con Leo. Star estaba resultando toda una sorpresa, tal vez tendría que replantearse enseñarle algo sobre el fuego.

El edificio estaba ubicado en una zona que él conocía bien, pero sin duda había sido rehabilitado innumerables veces. De su concepción original no quedaba ni el boceto y a Mell le resultaba extraño que formara parte de su vieja Venecia. Se parecía más a un almacén que a un palacio.

—Si no puedes sentir a los cuervos, ¿cómo sabes que están en la segunda planta? —preguntó en un susurro.

—Por eliminación. Es el único piso en el que no siento a las ratas.

—¿Has dicho ratas? Joder, odio las ratas.

—Yo prefiero las ratas a los cuervos…

Leo se paró en seco y se puso de rodillas, Mell pensó que estaba dejando que la vista se acostumbrase a la penumbra. A medida que él empezó a detectar los obstáculos preguntó.

—¿Algún problema?

—Estás oxidado, romano. ¿No lo hueles?

Mell aspiró profundamente pero solo percibió el olor a madera podrida, excrementos de rata y telas viejas. No obstante, sintió una presencia en la habitación. Se movió lentamente hasta ponerse a cubierto tras unas cajas, al tiempo que una silueta hacía su aparición tras una columna casi al lado de las escaleras. Cerró los ojos y rastreó la habitación. Allí estaba la silueta, perfilada contra la realidad pero borrosa e inexacta.

Lo único que sin duda podía identificar eran las dos dagas tolteca cruzadas a la espalda y una Uzi en cada mano. Leo caminó despacio hasta la primera columna a su alcance y se puso a cubierto. Después sacó de su funda una de esas lanzas comprimidas y pulsó el activador, la lanza soltó un bufido y se extendió con un fuerte sonido metálico.

—Soy Leónidas, torre de Licos, guardián de la Alianza. Sabes perfectamente por qué estamos aquí. Ketxal no toleraría nunca la ruptura del tratado... Estás defendiendo a un traidor, retírate y salvarás la vida.

La sombra permaneció inmóvil pero levantó lentamente las armas, apuntando hacia la columna tras la que estaba Leo.

—Nada de lo que digas va a cambiar la situación. Solo hay un camino para salir de aquí y es por encima de mí, engendro...

—Sea... —La voz de Leo quedó suspendida en el aire durante unos segundos. Nadie quería ser el primero en atacar, así que Mell pensó en saltar por el sendero y coger al tolteca por la espalda. Con suerte podría dejarlo inconsciente y evitar que el ruido diese la alarma a los pisos inferiores. Pero algo impedía el salto.

—Leo... Bloquea el sendero.

El Espartano tardó menos de un segundo en comprobarlo; parecía increíble pero aquel cuervo lo estaba haciendo, no podía aumentar su vibración. Tan solo dejó escapar un gruñido, miró a Mell y asintió con la cabeza. Después miró hacia el lado derecho de la habitación y volvió a mirar hacia el romano. Éste, a su vez, miró hacia la izquierda y asintió.

Una vez más había que pelear, habían pasado casi cincuenta años… «Oxidado, ¿eh? —pensó—. Vamos a verlo».

Echó las manos a la espalda y desenfundó las dagas. Por puro instinto las hizo girar, poniendo el filo a lo largo de ambos brazos. Un movimiento que había realizado miles de veces. Como montar en bicicleta, el que ha tenido que matar durante dos mil años, no se olvida de cómo se hace. Salió corriendo, abandonando la cobertura y, sin levantarse del todo, corrió a lo largo de la pared flanqueando al tolteca.

Por su parte, Leo hacía lo mismo por el otro lado de la habitación. Podía percibir su energía cuando pasaba entre las cajas, pero al llegar a la posición del cuervo este ya no estaba allí. Ambos condenados se miraron un momento antes de buscarse una cobertura. Cuando Mell se giró para ponerse a cubierto se encontró con su enemigo.

Era de baja estatura, una cabeza menos que Mell, llevaba el pelo rapado con extrañas formas en la cabeza y tenía tatuajes en los ojos y el cuello. Daba el aspecto de saber muy bien lo que se hacía, estaba estático a menos de un metro de Mell, mirándole a los ojos. Una columna evitaba que Leo pudiese verlo y estaba claro que no dejaría que Mell diese la alarma sin atacar y cambiar de posición. Todo sucedió como el romano había imaginado.

A pesar de la increíble velocidad de Mell, el tolteca esquivó el golpe, disparó una ráfaga de la Uzi que cruzó el cuerpo del romano desde el hombro derecho hasta la cadera izquierda, dejando ocho impactos en su cuerpo, para acto seguido girar en redondo y asestarle una patada giratoria, con tal violencia que Mell voló unos cinco metros atravesando cajas y muebles viejos.

Leo giró sobre la columna y dio una lanzada de izquierda a derecha barriendo el aire; el Blue esquivó el golpe con facilidad y rodó por el suelo para dejar distancia entre ellos. Antes de levantarse disparó contra Leo, que consiguió esquivar las balas regresando tras la columna.

El romano, por su parte, ya se estaba poniendo en pie. Cuando se recibía una ráfaga de balas lo más importante para un condenado era no perder la conciencia. Las balas no podían matarte, solo dolían de cojones… Además habría que extraerlas una por una más tarde y solo de pensar en lo agradable de la operación ya se te revolvían las entrañas. El único peligro era perder la consciencia y quedar a merced del enemigo. Algo que tras dos mil añitos de combates, heridas, caídas, atropellos, disparos y cortes, se había aprendido lo suficientemente bien como para que solo tuviesen un efecto sobre él: cabrearlo muchísimo.

Leo asomó la cabeza a ambos lados de la columna hasta que las Uzi dejaron de disparar con un sonoro clic. Ya no había munición y no le dejaría tiempo para recargar las armas. Salió de detrás de la columna rodando sobre sí mismo y comenzó a lanzar ataques con la lanza a una velocidad de vértigo que el tolteca esquivaba muy bien. Sin duda estaba bien entrenado. Sacó sus malditas dagas, las conocía desde hacía mucho tiempo gracias al romano y sabía perfectamente que podía inhabilitarle si conseguía tan solo arañarle con una. Así que retrocedió un poco para aprovechar la ventaja de la lanza en longitud. Los segundos pasaron entre golpes, esquivas y bloqueos mientras ambos contendientes intentaban ganar terreno. Mell reapareció como un fantasma por detrás del tolteca, tenía los ojos cargados del rojo dorado del Fénix y cara de pocos amigos. Podía distinguirse la sangre y los agujeros de bala en su ropa. El tolteca lo detectó con facilidad y consiguió zafarse de un corte de las dagas de Mell por milímetros, giró un par de veces lanzando golpes a ambos condenados antes de alejarse y cubrirse tras la columna acribillada.

—Ten cuidado, Mell, estamos en un espacio cerrado.

La energía del fuego estaba controlada pero su concentración era muy alta y en los brazos del romano la ropa estaba empezando a humear.

—Me estoy cansando de jugar, Joy podría necesitar ayuda y este mono nos está robando tiempo.

En ese momento el *mono* salió de detrás de la columna con los ojos cargados de un color verde esmeralda, se abalanzó sobre el romano y lo hizo girar para usarlo de escudo contra Leo. El romano bloqueó sus dagas con las propias y descargó toda la energía sobre su adversario a través de ellas. Lo que debería haber ocurrido es que la energía del Fénix pasase a su adversario, inflamando su ropa y haciéndole arder. Pero no fue así.

Cuando la energía tocó al tolteca se reflejó multiplicada, la ropa de Mell se inflamó por completo y provocó una pequeña explosión al consumir el aire de un espacio cerrado.

Desde la calle, una nueva explosión alertó a la policía sobre el edificio de enfrente. Una fuerte llamarada hizo saltar las ventanas del tercer piso. Star enfrentó la mirada del teniente de la policía.

—¿Tiene usted algo más que contarme?

Star esbozó una sonrisa…

—Eso depende de hasta dónde esté usted dispuesto a escuchar… Por cierto… No tendrá un cigarrillo, ¿verdad?

Joy llevaba más de dos minutos campando a sus anchas por el edificio. En cuanto Star lanzó la señal, saltó y buscó un acceso al edificio por el canal. Sabía que aquellos palacios siempre habían tenido acceso por el sótano. Había pasado muchos años colándose en las casas de los ricos en la vieja Venecia, incluso sería capaz de jurar que había estado en ese mismo edificio tres siglos atrás y, aunque los pisos superiores estaban completamente irreconocibles, el sótano parecía cortado por el mismo patrón de siempre. Fue fácil… Había comprobado habitación por habitación, había contado cada rata del viejo palacio y estaba perdiendo el tiempo contando los latidos del corazón de Marc.

Permanecía completamente quieta, como un trozo de madera, a escasos tres metros de Sheteck, tras el otro tolteca, que parecía un poco tonto, pero lo suficientemente grande como para resultar una amenaza en un espacio cerrado y una cobertura perfecta a los ojos de la vieja pantera.

Ninguno de los dos podía imaginar que ella podía estar tan cerca. Es lo que pasaba siempre, nadie sospechaba que algo tan obvio podía estar pasando. Ser pequeña relativamente, y delgada exageradamente… resultaba muy útil en misiones de infiltración.

Había escuchado por el comunicador la teoría de Mell sobre la ropa de los tolteca. Estaba de acuerdo, tenía que ser ese tejido, así que se había hecho con un par de fibras sin que aquel tolteca XXL se diese cuenta.

Esperar el momento adecuado es algo que todo ninja aprendía a bofetadas, hasta tal punto que era fácil reconocerlo: bastaba con no sentir el picor en la cara para saber que había llegado. Oyó la explosión del edificio de enfrente, eso significaba que Star se había ocupado del vigía y que Mell y Leo ya estarían entrando en el edificio.

Cuando Sheteck se dio la vuelta hacia Marc, con aquella daga en la mano, dejó de sentir el picor en la cara…

Sheteck se disponía a terminar el trabajo, solo tenía que matar al chaval y salir de allí perdiendo el culo. Pero, en cuanto dio el primer paso hacia el reo, oyó un sonido metálico, como el de unas tijeras de podar al cerrarse. Medio segundo después la cabeza del Blue rodaba delante de sus pies, mientras su enorme cuerpo caía al suelo como un saco de patatas. Tras él, una figura forrada de negro, con una *wakizasi*[5] en cada mano.

—Hola, Joy. Menuda entrada, sí señor… —hizo el gesto de aplaudir pero sin soltar la daga—. Lástima por él —señaló la cabeza del Blue—, un poco cortito pero era buena gente.

En su línea, Joy no parecía ni respirar. Sheteck sabía que se le terminaba el tiempo, tenía que golpear rápido y desaparecer, así que se lanzó contra Marc y descargó un golpe destinado a decapitarle. Joy se quedó petrificada. Por un lado, los sentimientos se arremolinaban en su cabeza —ver la cara desfigurada de Marc la había dejado helada— y, por otro lado, el tolteca se había movido a una velocidad increíble, incluso para un condenado. El tiempo se paró cuando Sheteck completó el movimiento.

Joy soltó las espadas dando un grito. Estaba esperando ver la cabeza de Marc separase del cuerpo, pero eso no pasó. Joy dio un paso hacia delante y volvió a perder medio segundo, esperando verla rodar, hasta que fijó la atención en la daga de Sheteck. En su mano solo quedaba el mango, que parecía humear. El tolteca se dio cuenta de que algo había pasado. Sacó la otra daga, con la intención de reintentarlo, cuando una fuerza le empujó hacia atrás. Voló hasta chocar con la pared junto al gran ventanal y sintió cómo el aire de sus pulmones ardía. Comenzó a toser, mientras la temperatura de la habitación se disparaba. Cuando volvió a mirar hacia delante, una extraña figura se alzaba entre él y Marc. Parecía un hombre pero su piel tenía el tono del bronce y sus ojos no dejaban duda de que no era humano. Llevaba un taparrabos de

5. Espada corta, de quince centímetros menos de largo que la katana y de mango algo más largo

estilo egipcio cruzado sobre la pelvis que caía por ambos muslos hasta casi las rodillas. No había lugar a dudas: la energía que emanaba, la potencia... Ese era el Fénix. En la mente de Sheteck todo terminó. No saldría de allí con vida.

—Lo siento pero no puedo consentirlo —dijo el Fénix, dando un paso hacia Sheteck.

—¡No te tengo miedo, demonio! —dijo el tolteca poniéndose en guardia. Sabía que no tenía nada que hacer pero no se vendería barato.

—Ni falta que hace... Tengo otros planes para ti. Además, creo que tienes problemas más serios que yo en este momento... —Igual que había aparecido desapareció, dejando a Sheteck petrificado, blandiendo la daga al aire.

Joy estaba junto a Marc, había recuperado una de las espadas y le miraba con cara de pocos amigos. Pero lo que hizo que se le erizasen los pelos del cogote fue ver cómo aparecía un nuevo jugador en escena.

Talos había tardado casi dos días en llegar hasta allí. Estaba cansado, estaba furioso y no tenía tiempo para saludar... Entró en la habitación derrapando sobre la alfombra y se lanzó contra Sheteck como un león hambriento.

El tolteca consiguió levantar el brazo a tiempo para que el lobo se lo mordiese. Eso evitó que se le tirase al cuello pero no pudo evitar el empuje de aquel cuerpo antinatural, más duro que la piedra. El impacto sacó a los dos de la estancia, destrozando el ventanal. Mientras caían a las aguas del Canal, Sheteck encajó la daga entre las costillas del lobo.

Talos soltó la presa, parpadeó en el sendero y cayó al agua. Había conseguido quitarse la daga de encima pero el dolor del corte empezaba a consumirle. A su edad, solo tendría que aguantar unos segundos para que el dolor cesase. Pero aquellos segundos serían la esperanza del asesino de estrellas y no podía consentirlo, así que intentó lanzarle un nuevo mordisco. Sus fauces se cerraron a escasos centímetros del cuello de Sheteck y durante medio segundo se miraron a los ojos bajo el agua.

Ambos sabían que el combate había terminado. El dolor tiró de Talos hacia el fondo del canal mientras Sheteck se elevó hacia la superficie sin dejar de mirarle. Aquella bestia se la tenía jurada...

«Algún día», pensó.

El jefe del cuerpo de asalto de la policía se quedó petrificado. Primero explota una terraza, después las ventanas del tercer piso del edificio de enfrente. Y, casi seguido, un tipo abrazado a un perro gigante destroza el ventanal del segundo piso y se tira al canal.

—Por Dios —se dijo en voz alta—. ¿Cómo explico yo esto en un informe?

La situación en el tercer piso era otro cuento. Mellias, torre de Fénix, y Leónidas, torre de Licos, guardián de la Alianza, se estaban llevando una paliza seria. Mell contuvo la explosión por poco y consiguió evitar quemarse la ropa, aunque el tolteca había demostrado no achantarse ante la energía elemental. Además, aprovechó el descuido para sacudir al romano con todo lo que tenía, para después volver al juego del gato y el ratón con Leo.

Se movía entre los trastos viejos y los cajones de madera. Aparecía, daba un par de golpes o algún que otro tajo con las dagas y volvía a desaparecer. A Leo le resultaba más gracioso que otra cosa, tan solo estaba perdiendo el tiempo... Sin duda aquel Blue era listo, pero no estaba acostumbrado a pelear con condenados. Él se terminaría cansando, ellos no. Por lo que el tiempo que creía estar ganando solo jugaba en su contra.

Por su parte, Mell estaba furioso. El chico estaba abajo, seguramente medio muerto, y Joy seguía siendo su pequeña. Para él, siempre sería su pequeña. Se había tirado cincuenta años rezando para que no le pasase nada. Confiando en la protección de la Alianza. Aún no había comprendido que Joy era más que capaz de defenderse. Cuando oyó el grito de Joy perdió completamente la paciencia.

—¡Ya basta! ¡Se acabó! —Su tono de voz fue tan contundente que Leo se quedó parado y el tolteca volvió a esconderse tras una enorme caja de madera—. Este baile ha terminado. —Hizo una pausa buscando los ojos de Leo. Cuando este le miró, señaló hacia el piso inferior y miró hacia las escaleras. Leo comprendió y echó a correr hacia ellas.

—Veamos si puedes bloquear esto, cuervo.

El Blue se concentró lo suficiente como para percibir los movimientos de Leo… No podría evitar que bajase las escaleras sin exponerse al romano, así que tendría que confiar en que abajo le diesen su bienvenida. Se preparó de nuevo para pelear y salió de detrás de la caja.

Se encontró algo que no esperaba: el romano estaba ardiendo… literalmente. Le observaba a través de una capa de llamas finas, azuladas como las que genera el gas propano.

—Se acabó el juego… —La voz de Mell sonó como una sentencia, mientras liberaba toda su rabia.

Esta vez la explosión fue brutal. Todas las ventanas del tercer piso se hicieron añicos, mientras cientos de cajas ardientes caían al viejo canal. El Blue bloqueó la descarga de energía pero no pudo parar la onda expansiva. Su cuerpo cedió, atravesando el ventanal… Mientras caía pudo ver a Sheteck saliendo del agua por el otro lado. Durante una décima de segundo sus miradas se cruzaron. Después, Sheteck se transformó en cuervo y comenzó a elevarse hacia el cielo. Así que el Blue hizo lo mismo, aprovechó la velocidad de la caída y al transformarse usó la inercia para planear por el canal, pasó entre las lanchas de la policía y siguió a Sheteck. Había llegado el momento de volver a casa.

Al jefe del cuerpo de asalto se le cayó el cigarrillo de los labios, mientras los demás policías se miraban entre ellos. «A ver quién es el primer valiente que lo comenta en voz alta —pensó el capitán—, porque no voy a ser yo… No voy a ser yo».

Se giró en busca del americano, ya le picaba la curiosidad imaginando cómo explicaría eso… Pero, como en cierto modo se había imaginado, ya no estaba allí para responder preguntas. El capuchino estaba cuidadosamente colocado sobre el capó de una furgoneta y la manta estaba en el suelo. Se pasó la manga por la frente y apretó el botón de la radio.

—Atención, retírense... Repito... Retírense... Es posible que estemos expuestos a algún gas con efectos alucinógenos. Retiren los efectivos a mil metros y acordonen la zona.

Sabía que era una gilipollez, pero ¿qué otra cosa podía hacer? Solo de pensar en plasmar todo eso en un papel ya empezaba a despertarle la úlcera de estómago.

—¡A ver! —gritó a los hombres de su alrededor—. ¿Alguien me puede decir si ha visto alguna vez, en toda su puta vida, a un tío convertirse en un cuervo enorme de color azul?

Los hombres empezaron a mirar al suelo. Unos comprobaban sus armas, otros escupían a las aguas del canal mientras cabeceaban. Nadie dijo nada...

—Ya me imaginaba yo que eso era una gilipollez...

Diez minutos más tarde...

Casa de Licos. Montecarlo

—¡Eso ha sido una gilipollez! —gritó Leo en cuanto sintió bajo los pies el suelo de su casa. —¡¡¡Podías haber hundido el edificio!!!

—Sé controlar el fuego, Leo —respondió Mell, mientras ayudaba a Joy a cargar el cuerpo de Marc. Su idea era tenderlo en la mesa pero estaba destrozada junto al cuerpo de Luna, que permanecía en el suelo hecha un ovillo.

Leo reaccionó lo más rápido que pudo; se colocó sobre ella para comprobar los daños. Pero, en cuanto la tocó, ella levantó la cabeza y le miró. Tenía los ojos rojizos y la cara empapada en lágrimas. Mell soltó el cuerpo de Marc por instinto. Algo que Joy, sin saber bien por qué, ya sabía que haría. Así que se adelantó al movimiento y cogió a Marc como si fuese un bebé dormido. No le costaba ni lo más mínimo sostenerlo, la ayuda de Mell era más por comodidad que por esfuerzo. Además, le había venido muy bien la ayuda del romano para hacer saltar al chico sin riesgos.

—¿Qué ha pasado? —preguntó el romano mientras se ponía de rodillas junto a Luna.

—Envié a Luna con Ursus y Publio para hablar con Ketxal. Algo debe de haberse torcido.

Luna había rememorado muchos de los momentos más dolorosos de su vida y en casi todos ellos había estado presente Mell. En algunas ocasiones, había sido su único alivio; en otras, el instigador; y, por último, en más de las que podía recordar, había sido el causante directo. Pero cuando abrió los ojos y vio su rostro preocupado, sintió algo en el corazón. Algo que ya creía que no recordaba. No pudo evitar echarse a llorar de nuevo.

Tenía que informar, y lo sabía, así que le contó a Mell lo sucedido usando el lenguaje de signos. Después volvió a abrazarse a él, escondiendo un poco la cara entre su brazo y el pecho. Parecía un cachorro asustado, algo que solo sus más allegados habían visto alguna vez.

Mell la conocía, la conocía hasta tal extremo que podría ser su sombra. Sabía que el dolor físico no afectaba a Luna, tan solo era así de débil por sus propios miedos. Algo le había tocado la fibra. Le miró el cuerpo y pudo encontrar la ropa desgarrada en dos puntos cerca del pecho y una enorme rotura en la espalda. En la piel podía verse aún el arañazo, así que los cortes debieron de ser muy profundos.

—Le han cortado con Timer…

Leo torció el gesto al escuchar al romano.

—Y mucho…

—¿Qué te ha contado?

El romano tragó saliva antes de empezar.

—Aris ha liberado a Hell, pero de alguna forma la lleva dentro. Mató a Publio antes de que nadie se diese cuenta y después se ocupó de Ursus de un solo gesto.

Leo no podía creer lo que estaba escuchando. Abrió mucho los ojos y no encontraba sitio donde posar la vista. Se incorporó como si le hubiesen dado un mazazo en la cabeza. Se acercó al primer sofá que tenía a mano y se dejó caer. Mientras, el romano seguía hablando.

—Luna intentó detener a Aris pero le azuzaron dos Blue. Al parecer aprovechó que estaba entretenido con Ketxal para salir huyendo. —A ningún espartano le gustaba la palabra huir… Pero, en este caso, Leo dio gracias a los dioses por no haber perdido otra torre.

—O sea, que Ketxal también está implicado… Tenemos toda una insurrección tolteca entre manos.

—Es lo que Aris pretendió desde el principio. Tan solo buscaba un arma a la altura de la Alianza —dijo el romano mientras acunaba el cuerpo de Luna.

Leo se puso en pie, no se podía hacer más, de momento, que esperar órdenes de los eones. Y sabía que Mell cuidaría de Luna. Así que se giró hacia Joy, que ya había tumbado al muchacho sobre uno de los sofás y le estaba quitando aquella ropa negra. La cara del chico mejoraba por momentos pero seguía inconsciente.

Cuando, en Venecia, el Espartano había bajado a ayudar a Joy, entró justo a tiempo de ver a Sheteck salir por la ventana bailando con Talos. Cuando la geisha abrazó a Marc pudo ver a este sonreír antes de caer inconsciente.

Se acercó a Joy y le puso la mano en el brazo. Ella le devolvió una sonrisa.

—Ya está a salvo. Pero cuando despierte se va a beber todo lo que tengamos.

—No si antes nos lo bebemos nosotros —respondió Leo, con un toque de tristeza en la voz.

—Voy a buscar una cerveza. —Estaba claro que deseaba estar solo, así que nadie se ofreció a seguirle.

Mientras tanto, Mell sostenía la cabeza de Luna contra el pecho. Sabía que de un momento a otro empezaría a temblar, lo haría durante unos diez minutos y después se recuperaría. Así que la apretó con fuerza.

Hacía una eternidad que no sentía aquel olor, aquel calor sutil que emanaba. Le vino a la memoria alguna de las situaciones en que había sentido aquel aroma, aquel calor tan especial... Se sorprendió al recordar el día en que volaron Hiroshima, mientras caía al mar en aquel caza japonés... Aquel calor... ¡Fue ella! Se le abrieron los ojos con tal fuerza que incluso Joy se dio cuenta. Fue Luna la que saltó hasta la carlinga y lo sacó de aquel avión, fue ella quien lo llevo a Sicilia, la que se jugó la vida para salvar al que tenía que haber matado. Desobedeció las órdenes de Scyros, se lo jugó todo... Para salvarle la vida.

En cierto modo no le sorprendió, él habría hecho lo mismo... Esa mujer era el marco de su cuadro. Un mundo sin ella dejaría de ser interesante, dejaría de tener sentido. Del mismo modo él era el marco del suyo, el común denominador de una espiral de años y años de locura, de odio y de amor.

Luna tembló, pero, para sorpresa de Mell, cayó inconsciente.

La inercia de los últimos cuatro siglos le empujaba a levantarse y dejarla en el suelo, pero no lo hizo. Por un lado le invadía esa sensación de agobio que le provocaba su simple contacto; pero la experiencia que había vivido los últimos cincuenta años le había enseñado cosas sobre el amor que antes nunca había tenido en cuenta. Envejecer, sentir el último aliento de Lidia le había mostrado que el amor no era lo que él creía. No era una trampa, ni una obligación, no era una moneda de cambio ni un contrato... Tal vez él nunca quiso a Luna, tal vez solo se dejó querer. Pero sí amó a Lidia y durante cincuenta maravillosos años lo había demostrado cada día. Y, aunque trató de recordar no le venía a la cabeza un solo día, en más de mil años, haciendo lo mismo por Luna.

Tal vez ella siempre tuvo razón y, para ella, nunca fue más que un egoísta, celoso y posesivo. Siempre se había creído muy sabio, siempre se había visto a sí mismo como un gran hombre.

Bajó la vista y observó el rostro de Luna, acunada como un bebé. Parecía ajena al dolor que su sola presencia provocaba en él... «Es injusto —pensó—, he sido muy injusto contigo...».

Lo susurró, casi sin darse cuenta. Pero, cuando levantó la cabeza, Joy le estaba mirando.

—Buen trabajo, Joy... —Esperaba oírle decir «gracias». Así que, cuando ella bajó la vista y negó con la cabeza, apretó un poco más el cuerpo de Luna y se preparó para la «sorpresa».

—¿Qué ha pasado?

Joy miró a derecha e izquierda antes de responder.

—No fui yo... Fue el Jefe.

El romano soltó el brazo derecho y se colocó el flequillo.

—Mierda...

Los eones tenían sus propias normas, tan solo «tocaban el mundo» cuando tenían que reclutar piezas para el juego, no solían sacrificar la energía necesaria para cruzar de plano y además estaba prohibido por la Alianza.

—Así que hemos roto las normas de la Alianza... ¿Le vio alguien más?

—No. —Joy hizo un pequeño gesto con la barbilla antes de continuar—. Solo Sheteck. Además... Le dijo algo.

Mell giró un poco la cara; durante un segundo a Joy le recordó la forma de Talos de torcer el morro cuando no entendía algo.

—¿Qué le dijo?

—Que tenía otros planes para él.

El romano abrió mucho los ojos, uno de sus gestos más comunes de sorpresa. Lo que recordó a Joy el gesto que había hecho antes cuando abrazó a Luna.

—¿Y con Luna hay algún problema? —preguntó Joy, mientras devolvía la vista al rostro de Marc, que descansaba prácticamente restablecido.

Mell meditó la respuesta unos segundos, mientras se hacía a sí mismo algunas preguntas más.

—No; solo he recordado una anécdota que había olvidado.

Joy quería más datos pero ambos pudieron percibir cómo el aire comenzaba a vibrar. Así que se miraron con esa cara de «hablaremos más tarde» y se prepararon para dar la bienvenida al nuevo visitante, echando la mano al mango del arma más próxima.

Star apareció en el salón casi al mismo tiempo que Leo. Se fue derecho hacia él y le cogió una de las cervezas que traía. Arrancó la anilla y se la bebió de un trago. Mientras, Joyko y Mell se relajaban de nuevo.

—¿Por qué has tardado tanto?

—Estaba preocupado por Talos, no salía del Canal... La policía estaba cercando el cuerpo con la intención de sacarlo del agua. Por suerte, en cuanto le rozaron con una pértiga se esfumó. Su trayectoria es de regreso, así que aquí estoy.

Leo asintió y Star echó un vistazo al salón. El romano estaba sentado en el sofá favorito de Luna, con ella hecha un ovillo sobre las piernas y la mesa del salón hecha trizas a sus pies. «Bonita estampa», pensó, no obstante, se ahorró el comentario. Pero cuando miró al otro lado y vio a Joy en el otro sofá, acunando al novato... Dos parejitas era más de lo que su sentido del humor podía soportar.

—Leo —dijo, señalando a ambos lados del salón—. ¿Bailas?

—La madre que te parió, Star. Lex está fuera del juego. No estoy para bromas. —Le clavó literalmente las otras cinco latas de cerveza en las costillas y salió del salón por la puerta de la terraza.

Star no sabía qué decir, se le cortó la sonrisa. En toda su existencia como condenado no se había enfrentado a nada como aquello. Nunca había perdido a tantos amigos en tan poco tiempo. La muerte no le asustaba, la había vivido, como todos los presentes, y sabía que no era el final del camino. Pero sin duda añoraría las bromas afiladas de Publio y las lecciones sobre elementales de Ursus… «Dos menos», pensó, pero allí estaba el chaval, ¿no? Al menos uno al que ya daban por muerto seguía entre ellos.

—¿Qué tal está? —le preguntó a Joy mientras tomaba asiento en una de las butacas de la mesa de Scyros.

Ella levantó la cabeza y asintió.

—Está bien. Cuando se despierte todo le parecerá un mal sueño.

Giró la cabeza hacia Mell y Luna.

—¿Y vosotros qué tal?

Mell seguía observando las sombras que proyectaba la luz en el rostro de Luna. Mil recuerdos surgían en su cabeza, algunos tan antiguos que no estaba seguro si eran reales. No levantó la cabeza ni miró a Star cuando respondió:

—Hoy me has demostrado muchas cosas, Star. Sabía que eras listo, incluso me habían dicho que eras hábil, pero no imaginaba que alguien tan joven… —dejó la frase sin terminar—. Si quieres que te hable del fuego será un placer hacerlo.

—OK, romano… —Era todo un logro, no había necesidad de recrearse.

—Por cierto… Ya sé quién me sacó del avión.

Joy miró a Mell, Mell miró a Star y Star tan solo esbozó una sonrisa mientras abría otra lata de cerveza.

—Vaya… Me alegro… Pero hay cosas que los lobos no necesitan saber, ¿verdad?

El romano asintió, sabía perfectamente lo que haría Scyros con Luna si se enteraba.

Solo quería saber si sus sospechas sobre Star estaban fundadas... Sin duda era más listo que el diablo.

Joyko ató todos los cabos en su cabeza. Lo que ella misma sabía sobre Luna y sus sentimientos era algo entre mujeres, un lazo sagrado que no rompería jamás. Imaginó que había sido Luna en cuanto Mell le contó lo sucedido en aquel hotel de París. Incluso averiguó «por qué» el día en que Luna se presentó en Sicilia con aquella estatua «*Miles Gloriosus*». No pudo evitar sonreír al recordarlo.

Seguro que Mell pensaba que Luna la había engañado... De eso nada. Le permitió poner allí esa estatua porque comprendía que ella necesitase vengarse, aunque solo fuese un poquito... Y aunque ella se debía a Mell como una hija, amaba a Luna como una amiga, una confidente, e incluso una amante, desde hacía tanto tiempo como a él. Los últimos cincuenta años habrían sido un infierno sin ella. Aquella estatua solo significaba una cosa, que Mell estaba donde no debería estar. Y ellas, las dos, querían hacerle llegar el mensaje.

«Bueno, ahora está en su sitio —pensó, mientras le veía abrazar a Luna como siglos atrás—, veremos cuánto tardan en arrancarse el hígado el uno al otro».

Eso hizo que mirase de nuevo el rostro de Marc. Allí espatarrado sobre el sofá parecía un modelo de Versace, salvo por el pelo, que parecía una lija. Quería quitarse su amor de encima como si fuese una camisa que le sentase mal. Pero sabía que eso era imposible. Daba igual en qué lugar se escondiese de él, había llegado para quedarse... Y, al menos mientras siguiesen vivos, tendrían que intentarlo.

Star lanzó latas a Mell y Joy; abrió otra para él y la levantó diciendo:

—Por Ryu, Publio y Ursus. Se han ganado el descanso —brindó el viejo *marshall* sin apartar la vista de la lata.

Joy levantó la suya, apoyando el brindis, pero Mell se quedó mirando la suya en silencio.

—Brindaré sobre la tumba de Aris… —dijo al fin—, y espero que todos levantéis la copa conmigo.

—Que así sea —dijo Star.

—Tenemos mucho que hacer. Hay que averiguar todo lo que podamos sobre Aris, los tolteca, Hell y cuantas Potestades pueden unirse a su causa —continuó Mell—, y tenemos que informar de todo este lío a la Alianza.

—¿Crees que alguna Potestad se unirá a Hell? —preguntó Joy.

No lo había pensado siquiera… Una insurgencia a gran escala… Una guerra civil entre los condenados sería el infierno.

—No solo eso —dijo Mell—. Hell tiene poder suficiente para matarnos a todos. Tendremos que jugar al gato y al ratón con ella hasta que el Fénix tenga algo que decir. —Y señaló al muchacho.

Star empezó a dar ideas sobre la estrategia a seguir, mientras Mell las apoyaba o descartaba una por una.

«Hombres —pensó Joy—, siempre con su estrategia, intentando restar poder al destino para al final caer presas de él». Una vez más estaba enamorada de un hombre sobre el que recaían las vidas de muchos. No pudo evitar recordar el segundo en que creía que vería rodar la cabeza de Marc… Al igual que vio rodar la de Hiroshi…

Hiroshi… Creyó escuchar una vez más la voz de su hermano.

—¡Acaso te crees capaz de matarlo!

Recordó una vez más aquel poema, el día en que ella intentó matarle…: «El día en que te conocí… Conocí el miedo».

No pudo evitar sentir una punzada en el corazón. Y una pequeña lágrima rompió el marco de sus ojos muertos. Se sorprendió al sentir la humedad; desde la reaparición del romano había sentido nueva vida en aquellos ojos quemados… Quemados desde el día en que el Fénix borró la tumba de Hiroshi de la faz de la tierra… Desde el día en que la gran explosión puso el azul del cielo en ellos.

Sacudió ligeramente la cabeza, se levantó y comenzó a caminar hacia la cocina. Mell había visto un brillo en sus ojos y cuando empezó a alejarse le dijo:

—Azuma Joyko —la geisha se paró en seco—: En Roma teníamos un dicho —dijo Mell mientras acunaba el cuerpo de Luna—: No mancilles el sueño de los vivos con tus lágrimas… Guárdalas para los que no despertarán.

Joy no siguió caminando hasta tener clara una respuesta.

—Mellias de Siracusa. Corrígeme si me equivoco, pero ¿acaso no son muertos por los que lloro? —Y siguió caminado hacia la cocina. Tal vez encontrase ropa y algo de zumo para Marc; al despertar estaría sediento.

Star lanzó una mirada al romano de soslayo y le descubrió con una sonrisa en la boca. Joy había crecido mucho en su ausencia, ya no le quedaba ninguna duda. Tendrían que hablar mucho para llegar a entender hasta qué punto se distanciaba de la Joyko que recordaba.

Fuera, Leo miraba un rato al mar, otro a las estrellas… Estaba a menos de cinco metros de la puerta del salón. Así que había escuchado casi toda la conversación. Él era el guardián de la Alianza…

«El guardián de la Alianza…» ¿A quién quería engañar? Había perdido tres torres en dos días, y, aunque sabía que no había sido culpa suya, no podía dejar de pensar que era inaceptable. Tenía a un demonio descontrolado, una tribu de inmortales armada, entrenada y con suficientes recursos como para hacerle la puñeta a base de bien. Y las ideas de los demás se le antojaban mucho mejor que las suyas, incluso Star parecía más preparado para tomar medidas que él.

Leo se tiraría de cabeza, no le dejaría tiempo a Hell para situarse. Y, seguramente, moriría como los demás. ¿Qué clase de poder tendría ese demonio para poder matar a Ursus de un solo golpe?

Por otro lado, la Alianza sospechaba del Fénix. Permitir a una Potestad adquirir una dama era dejar el futuro de la humanidad en manos de dos demonios.

Crear una dama para la Alianza resultaba inviable. Tendrían que encontrar a algún humano con la capacidad de conservar un eón en su interior sin sufrir daños irreversibles. Para eso era necesario jugar con la genética durante siglos. Además, sus propias normas les impedían tomar como piezas a nadie que no estuviese condenado de antemano y, por último, el sujeto debería aceptar voluntariamente. «Demasiadas variantes», pensó.

Estaban en manos del Fénix. Pero ¿cómo saber si todo había sido planeado de antemano? ¿Cómo no sospechar de un ser que había puesto a la Alianza y a toda la raza humana en jaque en más de un centenar de ocasiones? El simple hecho de que ahora jugase para la Alianza no representaba una garantía seria. Podía dejar de hacerlo. ¿Y entonces qué? ¿Atacar a la única fuerza capaz de detener a Hell?

Se echó las manos a la cabeza.

Él siempre había sido un soldado. Tan solo quedaba esperar instrucciones de los eones. Estaba claro que no era el momento para una crisis de fe.

Se levantó y echó una mirada hacia la estatua de Scyros.

Tardó unos segundos en darse cuenta. Primero pensó que no estaba bien ubicado, seguramente se había movido sin darse cuenta, así que miró a su alrededor... Todo estaba donde debería estar. Excepto la estatua... Que ya no estaba.

Salió disparado hacia el pedestal, el suelo estaba lleno de trozos de yeso. Se le escapó un grito que sonó como si alguien le hubiese pisado con saña. Pudo ver por el rabillo del ojo cómo Star y el romano se ponían de pie de un salto.

—¡¡¡Oh, oh, oh... Mierrrda!!!

CAPÍTULO XXXI

En recuerdo de un dios

Ciudad Sagrada de Tollan. Amazonas

Sheteck cruzó el sendero sobre la ciudad. Al fin había conseguido llegar a casa. El capitán volaba a su cola mientras observaba la ciudad.

Ya antes de descender pudo apreciar que, en lo alto de la pirámide central, estaba pasando algo. Muchos nobles y la mayoría de la guardia Blue estaban junto a las puertas de la cámara de Ketxal. Cuando aterrizó y tomó forma ante las grandes puertas, los presentes dieron un paso atrás.

—¿Qué es lo que está pasando?

El primer guardia al que interrogó le miró con cierto desprecio. Aún podían verse de vez en cuando restos de la vieja escuela, gente que no gustaba de hablar con mestizos. Pero cuando el capitán tomó forma a su lado, el guardia respondió bajando la vista al suelo.

—Hace cinco horas llegó un grupo de tres demonios a la ciudad. Insistieron en hablar con Ketxal y nadie pudo detenerlos. Después apareció Arishalotek, entró tras ellos y las puertas se cerraron. —El Blue detuvo su explicación como si algo más no le cuadrase. Pero no dijo nada.

Sheteck no pudo evitar que una enorme sonrisa se dibujase en su cara. ¡Aris lo había conseguido! ¡Estaba vivo y había vuelto a casa!

—¿Habéis intentado abrir la puerta? —preguntó el capitán.

—¿Sin el permiso de Ketxal? —El Blue dio un pequeño paso atrás y negó con la cabeza.

—Si ni siquiera han intentado abrir la puerta, no creo que se les pasase por la cabeza entrar por arriba —susurró Sheteck al capitán.

—La puerta no tiene cerradura —respondió este—. Tan solo el poder de Ketxal la mantiene cerrada.

—Eso ya lo sé, pero sus enemigos también podrían mantenerla cerrada. Aris ha vuelto, tenemos que averiguar qué está pasando dentro. Algo podría estar saliendo mal.

El capitán asintió con la cabeza.

—Reúne a la guardia… Yo entraré por el mirador.

El capitán abrió mucho los ojos. Entrar sobre la cabeza de Ketxal se le antojaba un pecado capital.

—No hay otro remedio. Si no pasa nada Ketxal me castigará, pero sé que entenderá por qué lo hago. Además, Aris está dentro. Lo comprenderá e intercederá a mi favor.

El capitán meditó la propuesta y terminó por afirmar con la cabeza. Se dio la vuelta y empezó a dar órdenes a los Blue, mientras Sheteck se trasformaba en cuervo de nuevo.

Voló sobre la pirámide, intentando ver algo a través del pequeño agujero del mirador. Le pareció ver a alguien sentado en el trono; tenía la cabeza apoyada sobre las manos. Dudó durante un par de vueltas pero al fin se decidió a entrar. Lo hizo rápido, penetrando casi hasta las puertas de oro. Si Ketxal se enfadaba, al menos tendría cierta distancia para explicarse. Pero cuando se trasformó y se dio la vuelta, el mundo entero se vino abajo.

El cadáver de Ketxal estaba en el suelo, tenía el pecho abierto y a su lado podía verse el cuerpo mutilado de uno de los demonios. Pudo distinguir su cabeza unos metros más atrás. Dos Blue yacían muertos junto a las puertas y un cuerpo más, prácticamente irreconocible, estaba estampado junto a la pared a su derecha. La sangre teñía el suelo dorado allí donde posase la vista. Y, elevándose sobre la escena, sentado en el trono de Ketxal, Aris parecía estar llorando mientras cubría su rostro con las manos.

Sheteck empezó a caminar con paso tembloroso; no por miedo, sino porque lo que estaba viendo le resultaba imposible de creer. Cuando llegó a la altura de Ketxal, algo se contrajo en su pecho, su cuerpo sin vida miraba al infinito. Aquel era el padre de todos los tolteca, su dios-hombre… Y estaba… ¿muerto? ¿Puede un dios morir? Dio un nuevo paso atrás y posó la vista sobre Aris.

—¿Qué…, qué ha pasado, Aris?

Este no parecía haberle escuchado. Seguía sollozando, mientras el sol desaparecía en su eterno camino hacia el oeste, dejando la cámara sumida en la penumbra.

—Aris… —Dio un par de pasos más hasta estar a su lado—. Aris…

El chamán levantó lentamente la cabeza, tenía los ojos muy rojos y la tez pálida, el iris de sus ojos estaba verde y eso era algo completamente anormal. Sheteck dio un paso atrás involuntariamente.

—¿Es que no tienes ojos en la cara, mestizo? —Su voz parecía normal—. Hemos cometido un enorme error. Hell ha jugado conmigo… Me ha obligado a matarlos a todos, me hizo arrancar el corazón de mi padre y me obligó a ver cómo me lo comía.

—Pero… Ketxal… no puede morir. Es… —la pantera sentía que le fallaban las fuerzas mientras su cuerpo empezaba a temblar.

—¿Un dios? —gritó Aris mientras se ponía en pie—. ¿Crees que es un dios? ¡Despierta! —volvió a dejarse caer en el trono—. Estúpido mestizo. ¿Es que no ves que todo es mentira? Hemos vivido una mentira desde que nacimos…

Sheteck volvió a mirar al suelo, el cadáver de Ketxal no se diferenciaba en nada al de cualquier mortal.

—Ahora la serpiente está en mi interior, al igual que Hell… Puedo entrever sus pensamientos. Por mi estupidez, los tolteca forman ahora parte de un juego macabro del que desconozco las normas, tan solo somos una variante en la ecuación.

Sheteck no sabía qué decir, ni qué hacer… Su mundo acababa de hacerse pedazos y él mismo había sido el causante.

—¿No hay forma de detenerla?

Aris levantó un segundo la vista para mirar al muchacho. Sin duda era valiente. Alargó la mano y señaló los cadáveres.

—Esto es lo que le pasa al que intenta detenerla… —Volvió a colocar la cara entre las manos—. Además, has matado al único que podría pararle los pies.

—¿Te refieres a tu hijo? —Aris no respondió, seguía con las manos pegadas al rostro—. No está muerto…

Aris levantó la cabeza. En su rostro, el tiempo pareció detenerse unos instantes, hasta que una fuerte convulsión le puso en pie.

—¡Sal de aquí! —gritó, mientras luchaba con todas sus fuerzas contra Hell—. ¡Huye! ¡Protege al chico!

—¿Cómo?

—¡Corre, maldita sea!

Sheteck se giró y comenzó a correr hacia la puerta. Acumuló toda la energía que pudo y la lanzó contra ella para intentar abrirla. Las láminas crujieron y cedieron hacia afuera, donde una multitud se congregaba intentando ver lo que estaba pasando. Pero cuando estaba a punto de cruzar la puerta, esta se cerró con un fuerte estruendo. Sheteck frenó como pudo y se dio la vuelta. Aris estaba a menos de dos metros de él, lucía una sonrisa parecida a una mueca y caminaba hacia él con un bamboleo muy femenino.

—Vaya, vaya... Pobre cuervo, estás atrapado en una jaula de oro.

Sheteck no sabía qué hacer, tenía que escapar... Pero estaba claro que no podía.

Se llevó la mano a la espalda y desenvainó la única daga que le quedaba.

Hell parpadeó y se puso seria... Se miraron durante el medio segundo en que Sheteck se jugó el todo por el todo. Se abalanzó sobre ella... Pero no estaban en Montecarlo. Esta vez, la apuesta estaba perdida de antemano.

Sin saber siquiera cómo, la daga pasó a manos de Aris, que dio un giro rápido y la hundió por completo en el pecho de Sheteck... Le atravesó literalmente el corazón, de lado a lado. La sangre comenzó a transmitir la toxina y el dolor comenzó a provocar fuertes descargas por todo su cuerpo.

—Llegó la hora de morir, mestizo —sentenció Hell a escasos diez centímetros de su cara—. Adiós.

Hizo un gesto con la mano y el cuerpo de Sheteck se elevó en el aire, al tiempo que sintió un empujón con la fuerza de un tren de mercancías. Atravesó las puertas de oro, partiéndose la mayoría de los huesos en el proceso, y voló por encima de la multitud hasta caer rodando escaleras abajo por la gran pirámide.

El dolor había alcanzado tal índice que se había dejado de hacer notar; su sistema nervioso se colapsó, dejando su cuerpo muerto a merced de la caída.

Hell salió por la puerta caminando despacio entre la multitud. Levantó las manos y todo el mundo guardó silencio.

—Nuestro gran padre nos ha dejado. Los demonios destruyeron su cuerpo mortal.

La multitud empezó a cuchichear, incrédula.

—Pero no os preocupéis —proclamó —, pues los dioses no pueden morir. Con su último aliento mi padre ha entrado en mí, y me ha entregado su poder... ¡para que guíe al pueblo tolteca hacia su venganza!

Los nobles empezaron a tiritar ante su fría presencia.

—Ahora —Su grito adquirió un tono sobrenatural, como un trueno en mitad de la noche. Todos los hombres y mujeres de Tollan detuvieron sus quehaceres para mirar hacia lo alto de la pirámide sagrada—. Ahora... ¡¡¡YO SOY KETXAL!!!

Hell mostró entonces todo su poder, potenciando el de la serpiente. La onda eléctrica se extendió por toda la ciudad, que, forrada de oro, transmitía la electricidad sin dificultad. Uno a uno fueron cayendo de rodillas. Primero los nobles, después la guardia Blue, y tras ellos… todo el pueblo tolteca.

Sheteck los vio arrodillarse con su último aliento. Sabía que no tenía fuerzas para sacarse la daga del pecho; el dolor le había paralizado por completo, estaba herido y cansado. Todo su mundo estaba hecho pedazos. Tan solo le restaba morir como un guerrero. Al menos, tras la muerte, ella estaría esperándole… Yalia. Sintió cómo su corazón se detenía con el nombre de su amada en su último latido. Y llegó la oscuridad…

—Esta es la oscuridad, Sheteck… La gran oscuridad

—¿Yalia?

—Es la oscuridad de los condenados, amor mío.

—¡¡¡Yalia!!!

—No puedes dejar las cosas así… No puedes dejar así a mi padre.

—¡No puedo hacer nada!

—Sí que puedes… No puedes abandonar a nuestro pueblo.

—Ya es tarde.

—¡¡¡Abre los ojos!!!

Haciendo acopio de toda la fuerza que le quedaba, Sheteck abrió los ojos.

Sobre él estaba el Fénix, mirándole con aquellos ojos de fuego líquido. Tenía una mano apretándole el pecho y la otra en el mango de la daga.

—Escucha, Sheteck, el tiempo se agota —dijo, mientras alzaba la vista a lo alto de la pirámide.

La gente estaba tan concentrada en el nacimiento de su nuevo dios que no prestaba atención a unos cientos de metros más abajo, donde un demonio estaba tentando al destino.

—La oscuridad te reclama más allá de mi poder. Es hora de morir o renacer como hijo del Fénix.

—¿Qué me dices, tolteca? ¿Sí o no…?

Fin del libro primero

Agradecimientos

Las Crónicas del Bien y del Mal han resultado ser todo un reto. Lo que empezó siendo solo un sueño curioso, se ha convertido en un proyecto que arrastra consigo el trabajo de mucha gente. Personas que han formado parte de mi vida en el pasado y otras que forman y formarán siempre parte de ella. Así que, como tengo mucho que agradecer, será mejor que lo haga en orden cronológico:

Gracias a mi madre, por obligarme a soñar y saber siempre despertarme a tiempo.

A M.G. Martín, por hacerme ver que la voluntad siempre da sus frutos, y por aguantar mis brainstormings.

A L. Ortego, por su inspiración y apoyo.

A Andrés, Raquel, Javi, David, Juanma, Joxan, Mavi, Lourdes y Roxana, por su apoyo completamente incondicional; si hubiese querido fabricar una bomba me habrían buscado los materiales.

A mi hermana Anabel, por darme una razón para escribir el libro y dos más para publicarlo.

A Julián, Ángela y Angie, mis primeros lectores, críticos, correctores y fans; tan solo espero estar siempre a la altura.

A Abel, mi primer editor ¡dios mío, qué paciencia!

A Jesús, mi compañero de fatigas y socio online (presidente de *redmoebius.com* y de *megacrypt.com*); por apoyarme sin rechistar desde hace más tiempo del que merece la pena recordar (todo Fénix necesita un Dragón...).

A Gonzalo (presidente de *sintegraf.com*), mi diseñador gráfico, un genio muy estresado.

A Manuel Andrade (excelente maquillador y persona), por sacar, con pulso firme y en treinta segundos, el espíritu de las Crónicas en una magnífica foto.
A Abel y Nuria, de "La espiral sonora", por partirse los cuernos por el médico que les quitó el dolor de espalda.
A todos mis pacientes, amigos y compañeros que siempre me dieron la pizca de ilusión que me faltaba.

Y, especialmente, a Cristina López (que, aunque suene raro, es la que ha escrito este libro..., al menos el que tenéis entre las manos). Por anteponerme a todo, volcarse con el proyecto, inspirarme, apoyarme y soportar los desvaríos de un loco que tan solo sueña con convertirse en genio.

A todos ellos, gracias... De corazón a corazón, pues sin ellos, no solo no habría escrito las Crónicas..., tampoco habría merecido la pena hacerlo.

Índice